~~mau~~ õ exemplo de Cameron Post

EMILY M. DANFORTH

~~mau~~ o exemplo de Cameron Post

Descubra quem você é.
Viva de acordo com suas
próprias regras.

Tradução:
Alice Mello

Rio de Janeiro, 2018

Copyright © Emily M. Danforth, 2012

Direitos de edição da obra em língua portuguesa no Brasil adquiridos pela Casa dos Livros Editora LTDA. Todos os direitos reservados. Nenhuma parte desta obra pode ser apropriada e estocada em sistema de banco de dados ou processo similar, em qualquer forma ou meio, seja eletrônico, de fotocópia, gravação, etc., sem a permissão do detentor do copyright.

Contato:
Rua da Quitanda, 86, sala 218 – Centro – 20091-005
Rio de Janeiro – RJ – Brasil
Telefone: (21) 3175-1030
www.harpercollins.com.br

CIP-Brasil. Catalogação na Publicação
Sindicato Nacional dos Editores de Livros, RJ

D181m

Danforth, Emily M., 1980-
    O mau exemplo de Cameron Post / Emily M. Danforth; tradução Alice Mello. – 1. ed. – Rio de Janeiro: Harper Collins , 2018.
    448 p. : il. ; 23 cm.

    Tradução de: The miseducation of cameron post
    ISBN 978-85-9508-098-0

    1. Romance americano. I. Mello, Alice. II. Título.

17-45617

                    CDD: 813
                    CDU: 821.111(73)-3

Para meus pais, Duane e Sylvia Danforth,
que preencheram nosso lar com livros e histórias

Parte Um

Verão de 1989

CAPÍTULO UM

Na tarde em que meus pais morreram, eu estava na rua, furtando lojas com Irene Klauson.

A mamãe e o papai tinham viajado no dia anterior para o acampamento anual de verão no lago Quake, e a vovó Post veio de Billings para *ficar de olho em mim*, então não precisei me esforçar muito para convencê-la a deixar Irene dormir lá em casa. "Está quente demais para gracinhas, Cameron", falou ela, logo depois de concordar. "Mas nós moças ainda podemos nos divertir um pouco."

Miles City andava com a temperatura acima dos quarenta graus havia dias, e ainda era fim de junho — quente até mesmo para o leste de Montana. Era o tipo de calor que fazia qualquer brisa parecer um secador de cabelo gigante sobre a cidade, arrastando a poeira e deixando as sementes de algodão dos grandes choupos-brancos flutuarem pelo imenso céu azul, aglomerando-se em tufos macios no gramado da vizinhança. Irene e eu chamamos isso de neve de verão e, às vezes, ficamos de olhos espremidos na direção do sol forte e tentamos pegar o algodão com as nossas línguas.

O meu quarto fora adaptado no sótão da nossa casa na rua Wibaux. Tinha vigas expostas, ângulos estranhos e simplesmente fervia no verão. Colocamos um ventilador encardido na janela, mas ele servia apenas para soprar ondas e mais ondas de ar quente, poeira e, de vez em quando, o cheiro de grama recém-cortada pela manhã.

Os pais de Irene eram donos de um rancho enorme de gado na direção de Broadus, e mesmo morando lá no fim do mundo — depois de sair da rodovia 59, era preciso passar por estradas esburacadas em meio a enormes amontoados de artemísias cinzentas e morros de arenito cor-de-rosa que brilhavam e torravam sob o sol —, os Klauson tinham ar-condicionado central. O Sr. Klauson era um fazendeiro desse porte. Quando eu ficava na casa de Irene, acordava com a ponta do nariz gelada. E a geladeira deles tinha uma máquina de gelo na porta, então o nosso suco de laranja com *ginger ale* ficava tipo uma raspadinha, um drinque que a gente tomava toda hora e chamava de "happy hour".

A minha solução para a falta de ar-condicionado em casa era molhar as camisetas na água gelada da pia do banheiro, torcê-las e depois molhá-las de novo antes de Irene e eu as vestirmos e irmos para a cama, tremendo de frio, como se usássemos uma camada úmida e congelante de pele nova. As roupas ficavam enrugadas durante a noite, secas e endurecidas pelo ar quente e pela poeira, como se tivessem sido engomadas, como a vovó fazia com a gola das camisas sociais do meu pai.

Às sete da manhã, a temperatura já estava na casa dos trinta graus, nossas franjas, coladas na testa pelo suor, os rostos vermelhos e marcados pelo travesseiro e remela cinza grudada no canto dos olhos. A vovó Post nos deixou comer o que sobrou da torta de manteiga de amendoim como café da manhã; enquanto isso, ela jogava paciência, de vez em quando dando uma olhada na televisão, que reprisava episódios de *Perry Mason*, o volume no máximo. Minha avó amava histórias de investigação. Um pouco antes das onze, ela nos levou no seu carro Chevy Bel Air marrom até o lago Scanlan. Em geral, eu ia de bicicleta para a natação, mas a bicicleta de Irene ficava na casa dela. Mesmo com os vidros abertos, o Bel Air estava tomado pelo tipo de calor que só existe dentro de um automóvel fechado. Irene e eu sempre brigávamos pelo banco do carona quando a minha mãe ou a mãe dela dirigiam, mas, quando estávamos no Bel Air, nós duas sentávamos no banco de trás e fingíamos ser da realeza britânica, com a vovó de chofer, o cabelo preto dela firme em um permanente feito há pouco tempo, visto apenas pela gente do banco traseiro.

A viagem demorava talvez um minuto e meio pela Main Street (contando com as duas placas de PARE e os dois sinais de trânsito); depois do Mercado Express Kip, que servia o sorvete Wilcoxon em bolas quase grandes demais para as casquinhas; depois das funerárias, que ficavam diagonais uma à outra; depois da passagem sob o trilho dos trens; depois dos bancos que distribuíam pirulitos quando os nossos pais depositavam contracheques lá; da biblioteca; do cinema; dos diversos bares; do parque — coisas de cidade pequena, acho, mas eram os nossos lugares; naquela época, eu gostava de ter esse tipo de consciência.

— Voltem para casa assim que terminarem — disse a vovó, parando em frente à cabine de concreto do salva-vidas e aos vestiários que todos chamavam de casa de banho. — Não quero as duas aprontando por aí. Vou cortar uma melancia e a gente pode almoçar torradas com queijo cheddar.

Ela deu uma buzinadinha ao seguir na direção do Ben Franklin, onde planejava comprar mais lã para os seus eternos projetos de crochê. Eu me lembro de ouvi-la buzinar assim, *cheia de energia*, como ela mesma diria, porque foi a última vez por muito tempo em que a vi com aquele humor.

— Sua avó é doida — falou Irene, prolongando a palavra *doida* e revirando os olhos muito castanhos.

— Por que ela é doida? — perguntei, mas não deixei que respondesse.

— Você não parece ligar para isso quando ela deixa você comer torta no café da manhã. Dois pedaços.

— Isso não quer dizer que ela não seja maluca — respondeu Irene, puxando com força a ponta da toalha de praia que eu levava no ombro. Ela bateu nas minhas pernas expostas antes de acertar o concreto.

— Dois pedaços — repeti, agarrando a toalha, enquanto Irene ria. — Sua ladrazinha de torta.

Irene continuou rindo, desviando do meu alcance.

— Ela é completamente louca, totalmente, totalmente lelé... doida de sanatório.

Era assim que as coisas normalmente aconteciam entre nós. Éramos melhores amigas ou inimigas mortais, sem meio-termo. Empatamos na posição de melhores alunas entre o primeiro e o sexto ano. Na competição de preparo físico, ela me venceu na barra fixa e no salto, mas eu arrasei nas flexões, nos abdominais e no tiro de cinquenta metros. Irene tinha vencido o concurso de soletrar; eu, a feira de ciências.

Certa vez, ela me desafiou a pular da velha ponte de trem da Milwaukee Railroad. Pulei e bati a cabeça em um motor de carro afundado na lama preta do rio. Levei catorze pontos — dos grandes. Então, duvidei que ela seria capaz de serrar uma placa de sinalização na Strevell Avenue, uma das três últimas da cidade que ainda tinha base de madeira. Ela serrou e depois foi obrigada a deixar o troço comigo, porque não tinha a menor chance de levar aquilo para o rancho.

— Minha avó só está velha — falei, girando o pulso e laçando a toalha na altura dos meus pés. Eu estava tentando enrolá-la para usar como chicote, mas Irene percebeu.

Ela deu um salto para trás, se afastando, mas acabou batendo em um garotinho recém-saído da aula de natação, ainda de óculos. Irene quase perdeu um chinelo no processo, que escorregou e ficou pendurado só em dois dedos.

— Desculpa — disse ela, sem olhar para o garotinho que pingava ou para a mãe dele, mas chutando o chinelo para a frente e ainda mantendo distância de mim.

— Vocês garotas precisam tomar mais cuidado com as crianças menores — disse a mãe para mim, porque eu estava mais perto e brandindo uma toalha no ar, e também porque era sempre eu quem levava o sermão quando se tratava de mim e da Irene. Em seguida, a mulher segurou a mão do filho como se ele estivesse gravemente ferido. — Nem deviam estar brincando no estacionamento — continuou antes de puxar o menino para ir embora, caminhando mais depressa do que ele era capaz de acompanhar com seus pezinhos.

Coloquei a toalha no ombro outra vez. Irene se aproximou e ficamos observando a mãe botar o filho recém-saído da aula de natação na minivan.

— Ela é cruel — disse Irene. — Você deveria correr na direção do carro e fingir que ela atropelou você dando ré.

— Isso é um desafio? — perguntei, e, pela primeira vez, minha amiga não teve nada a dizer.

Embora a pergunta tivesse vindo de mim, assim que falei aquelas palavras, também fiquei envergonhada e insegura, nós duas nos lembrando do que havíamos feito no dia anterior, logo depois que os meus pais foram para o lago Quake. O assunto ficou formigando entre a gente durante a manhã inteira, embora nenhuma de nós tivesse feito nenhum comentário.

Irene tinha me desafiado a beijá-la. Estávamos no rancho, no alto do palheiro, dividindo um refrigerante, suadas depois de ajudar o Sr. Klauson a consertar a cerca. Tínhamos passado a maior parte do dia tentando ganhar uma da outra: Irene cuspia mais longe que eu, então saltei do alto do estoque de feno para o andar de baixo; ela deu um mortal de cima de um dos barris, eu fiquei quarenta e cinco segundos plantando bananeira com a camiseta caída por cima do rosto, deixando a barriga e o peito nus. Meu colar — nós duas tínhamos um, metade de um coração cada, com as nossas iniciais — balançava na frente do meu rosto, o metal barato me causando coceira. Era o tipo de colar que deixava uma marca verde no pescoço, mas o bronzeado basicamente cobria tudo.

Eu teria ficado mais tempo de cabeça para baixo se Irene não tivesse cutucado o meu umbigo, com força.

— Pare com isso — falei, antes de cair em cima dela.

Ela riu.

— Você está branca que nem papel na parte que o maiô cobre — comentou, a cabeça perto da minha e aquela boca enorme e vazia, implorando que eu enfiasse feno nela. Então, foi o que fiz.

Irene cuspiu e tossiu por uns bons trinta segundos, sempre melodramática. Ela teve que arrancar alguns pedaços que ficaram presos no aparelho, que estava com um elástico novo, roxo e cor-de-rosa. E depois ela se sentou, toda séria.

— Deixa eu ver a marca do maiô de novo — pediu ela.

— Por quê? — perguntei, embora já estivesse esticando a camiseta para mostrar a tira branca que se estendia entre a pele bronzeada do pescoço e do ombro.

— Parece uma alça de sutiã — falou, e passou o dedo indicador devagar pela marca. Isso fez com que os meus braços e as minhas pernas ficassem arrepiadas. Irene olhou para mim e sorriu. — Você vai usar sutiã esse ano?

— Acho que sim — respondi, embora ela tivesse acabado de ver o quão pouco eu precisava de um. — E você?

— Aham — disse ela, subindo o dedo pela marca —, oitavo ano, né.

— Não é como se eles ficassem conferindo na porta da escola — falei, gostando da sensação do dedo, mas assustada com o que aquilo significava.

Agarrei outro punhado de feno e dessa vez enfiei na parte da frente da camiseta roxa dela, da Jump Rope for Life. Irene gritou e tentou revidar, o que durou apenas alguns minutos, até que estivéssemos suadas e sem força por causa do calor intenso que tomava conta do depósito.

Recostamos nos engradados e voltamos a dividir o refrigerante que agora já estava quente.

— Mas a gente deveria ser mais velha — disse Irene. — Quer dizer, agir como se fosse mais velha. Oitavo ano, né.

E então ela tomou um gole demorado, com um semblante sério que lembrava o das atrizes daquelas novelas cafonas que passavam à tarde.

— Por que você fica repetindo isso toda hora?

— Porque vamos fazer treze anos e isso significa que seremos adolescentes — respondeu, hesitante, mexendo o pé no feno. Em seguida, resmungou baixinho com a boca na garrafa de refrigerante: — Você vai ser adolescente e nem sabe beijar.

Ela deu uma risada artificial ao dar outro gole, as bolhas do refrigerante estourando levemente na sua boca.

— Você também não, Irene. Você se acha tão gostosona assim?

Eu estava tentando insultá-la. Quando a gente jogava *Detetive*, e a gente jogava bastante, eu e ela não tolerávamos nem tirar a carta da Srta. Rosa da caixa. A nossa edição do jogo tinha umas fotos de pessoas esquisitas com umas roupas antigas, posando em uma sala cheia de antiguidades, cada uma delas representando um personagem. Na nossa versão, a peituda Srta. Rosa estava recostada em um divã como uma pantera de vestido vermelho, fumando um cigarro com uma longa piteira preta. Nós a apelidamos de Gostosona e criamos várias histórias sobre os relacionamentos impróprios dela com o pançudo Sr. Marinho e o cult coronel Mostarda.

— Ninguém precisa ser gostosona para beijar alguém, sua nerd — disse Irene.

— Mesmo assim, quem eu beijaria?

Eu sabia muito bem o que ela poderia responder e segurei a respiração de leve, esperando. Irene não disse nada. Em vez disso, terminou o refrigerante em um único gole e botou a garrafa de lado, antes de empurrá-la delicadamente para longe. Ficamos as duas olhando a garrafa rolar na direção da abertura na pilha de feno, ouvindo o som do vidro se movendo sobre a madeira lisa do galpão, um barulho meio oco. O chão do mezanino era um pouco inclinado. A garrafa alcançou a beira e escorregou para longe do nosso campo de visão, fazendo um som quase inaudível ao atingir o feno no andar de baixo.

Olhei para ela.

— Seu pai vai ficar puto quando encontrar a garrafa.

Ela olhou para mim, bem fundo nos meus olhos, os rostos colados mais uma vez.

— Aposto que não consegue me dar um beijo — disse ela, congelando o olhar por um instante.

— Você está me desafiando de verdade? — perguntei.

Ela fez aquela cara de "dã" e assentiu.

Então, eu dei um beijo nela na mesma hora, antes que a gente tivesse mais tempo para falar sobre o assunto ou que a mãe dela nos chamasse para jantar. Não há nada que se possa saber sobre um beijo como aquele antes que aconteça. A coisa toda foi ação e reação, o jeito com que os lábios dela eram salgados e estavam com gosto de refrigerante. O jeito como fiquei meio tonta o tempo inteiro. Se a gente tivesse dado somente aquele beijo, então teria sido apenas um desafio, nada diferente do que já tínhamos feito antes. Mas depois, quando a gente se encostou contra os engradados e uma abelha ficou pairando sobre o refrigerante derramado, ela me beijou de novo. E, embora eu não a tivesse desafiado a fazer aquilo, fiquei feliz.

Então, a mãe de Irene chamou mesmo a gente para jantar, e ficamos constrangidas uma com a outra enquanto nos lavávamos no enorme tanque do quintal. Depois de comermos cachorros-quentes do nosso jeito favorito (queimados e banhados em ketchup) e duas porções de pavê de morango, o pai dela levou a gente de volta para a cidade, nós três no mesmo banco da caminhonete, uma viagem silenciosa exceto pelo som da rádio AM KATL, transmitindo estática por todo o caminho entre a Cemetery Road até o outro lado de Miles City.

Na minha casa, vimos um pouco de *Matlock* com a vovó Post e depois fomos para o quintal. Ficamos embaixo da catalpa repleta de flores brancas em formato de sino que adoçavam o ar quente com um perfume pungente, a grama ainda úmida depois de ser regada, observando o Grande Céu de Montana fazer jus ao nome: um pôr do sol cor-de-rosa profundo e roxo claro dando lugar ao azul-escuro da noite.

As primeiras estrelas piscavam como a iluminação na marquise do cinema no centro da cidade. Irene perguntou:

— Você acha que a gente se daria mal se alguém descobrisse?

— Aham — respondi na mesma hora.

Mesmo que nunca tivessem me dito especificamente para não beijar uma garota, ninguém precisava fazer isso. Beijos eram coisas entre meninos e meninas: na nossa turma, na TV, nos filmes, no mundo — era assim que funcionava: meninos e meninas. Qualquer coisa diferente disso era estranho. E mesmo que eu já tivesse visto garotas da nossa idade de mãos ou braços dados e talvez algumas delas até já tivessem treinado beijos umas com as outras, eu sabia que o que a gente fez no celeiro era diferente. Era algo mais sério, adulto, como Irene falou. Não foi um beijo de treino. Não mesmo. Pelo menos eu achava que não. Mas não falei nada disso. Ela também sabia.

— A gente é boa em guardar segredo — falei, enfim. — Não é como se precisássemos contar para alguém.

Irene não respondeu, e, no escuro, eu não conseguia ver a expressão dela. Tudo ficou em suspenso no ar com aquele cheiro doce e quente, enquanto eu esperava que ela dissesse alguma coisa.

— Tá. Mas... — Irene começou a falar quando a luz da varanda dos fundos se acendeu, e a silhueta atarracada da vovó Post surgiu na porta de tela.

— Está na hora de entrar, mocinhas. Podemos tomar um sorvete antes de dormir.

Vimos a silhueta se afastar da porta e voltar à cozinha.

— Mas o quê, Irene? — sussurrei, embora soubesse que a vovó provavelmente não me ouviria nem se estivesse ali parada no quintal.

Ela respirou fundo. Eu ouvi. Só um pouquinho.

— Mas você acha que a gente pode fazer aquilo de novo, Cam?

— Se tomarmos cuidado — respondi.

Estou deduzindo que Irene conseguiu ver o meu rosto ficando vermelho mesmo naquela escuridão, mas não é como se precisasse ver: ela sabia. Ela sempre sabia.

• • •

O lago Scanlan era uma espécie de açude e a melhor tentativa de uma piscina pública em Miles City. Ele tinha dois deques de madeira separados por quase cinquenta metros, que era a distância regulamentada pela federação de natação. Metade do Scanlan era margeada por uma praia de areia marrom cheia de pedras, e essa mesma areia cobria o fundo do lago, ou ao menos parte dele, para que os nossos pés não afundassem na lama. Todos os anos, em maio, a cidade liberava uma corrente que enchia o açude até então vazio com água desviada do rio Yellowstone — na verdade, água e qualquer outra coisa que conseguisse passar pelas grades de metal: filhotes de lampreia, linguados, vairões, cobras e caracóis minúsculos e iridescentes que se alimentavam de cocô de pato, causando uma urticária conhecida como coceira de nadador, que cobria a parte traseira das pernas e fazia arder especialmente a pele fina atrás dos joelhos.

Da praia, Irene ficou observando o meu treino. Logo depois do nosso momento no estacionamento, o técnico Ted chegou, e não tivemos mais tempo para nenhuma *gracinha*, e talvez nós duas tenhamos ficado um pouquinho felizes com isso. Enquanto a gente fazia o aquecimento, me mantive perto do deque para ficar de olho nela. Irene não era uma boa nadadora. Nem de longe. Ela mal conseguia dar algumas braçadas, quanto mais passar no teste de água funda necessário para saltar dos trampolins que dominavam o horizonte do deque direito. Enquanto eu ainda estava aprendendo a nadar,

Irene tinha passado seus verões construindo cercas, guiando e marcando gado e ajudando os vizinhos do rancho do pai dela, e também os vizinhos desses vizinhos. Mas como tudo entre nós era uma competição, e quase sempre não existia vencedora, eu me agarrava ao meu título de que sabia nadar melhor que ela, me exibindo toda vez em que estávamos juntas no Scanlan, sempre provando minha superioridade ao dar uma braçada borboleta ou ao saltar segurando as pernas do trampolim mais alto.

Porém, naquele treino, eu não estava me exibindo. Não tirava os olhos de Irene, na praia; de certa forma, estava aliviada de vê-la ali, o rosto escondido sob o boné branco, as mãos ocupadas construindo alguma coisa na areia grossa. Ela me viu umas duas vezes descansando na beira do deque e acenou, eu acenei de volta, e era aquele segredo entre nós que me deixava animada.

O técnico Ted me viu dando tchauzinho para ela. Ele estava de mau humor, pisando forte de um lado para o outro, até o trampolim baixo, dando a volta na cadeira do salva-vidas, mastigando um sanduíche de linguiça de fígado e cebola, batendo nos nossos traseiros com uma prancha amarela se a gente atrasasse o salto depois do apito. Ele tinha voltado para passar o verão depois de uma temporada na Universidade de Montana, todo bronzeado e cheio de óleo, cheirando a baunilha e cebola. Os salva-vidas do Scanlan se banhavam em extrato de baunilha para afastar os mosquitos.

A maioria das garotas da equipe de natação era a fim dele. Eu queria ser como ele, beber cerveja gelada depois das competições e pular no banco do salva-vidas sem usar a escada, ter um jipe sem quebra-mato e ser o líder com a fenda entre os dentes de todos os salva-vidas.

— Você trouxe uma amiga para o treino e esqueceu por que está aqui? — perguntou Ted depois de a equipe ter nadado cem metros livres e ele não ter gostado do meu tempo marcado no relógio dele. — Não sei qual é o nome que dá para o que acabou de fazer na parede, mas aquela porra não foi uma virada. Use a pernada de borboleta para dar impulso, e quero ver pelo menos três braçadas antes de uma respiração. Três.

Eu fazia parte de uma equipe de natação desde os sete anos, mas tinha virado atleta solo no verão anterior. Finalmente havia conseguido entender a respiração — como soprar todo o ar debaixo d'água, como fazer a virada de cabeça da forma certa — e parado de espalhar água a cada braçada. Eu tinha encontrado o meu ritmo, disse Ted. Alcancei tempos a nível estadual em todas as minhas competições, e agora Ted esperava algo de mim. Aquela era uma posição meio assustadora: estar no escopo da expectativa do técnico. Depois do treino, ele caminhou comigo pelo deque até a praia. O braço do homem era quente e pesado em volta do meu corpo frio por causa do lago, e o meu ombro encostou no pelo do sovaco dele. A sensação foi nojenta, como encostar na pele de um animal. Eu e Irene rimos disso mais tarde.

— Amanhã venha sozinha, tá bom? — disse ele alto o suficiente para que Irene pudesse ouvir. — Durante duas horas do seu dia, você só pode pensar em natação.

— Ok — falei, envergonhada por ela ter me visto levando um sermão, mesmo que rápido.

Ele abriu o "sorriso marca registrada do técnico Ted", discreto e de lado. Depois, me sacudiu para a frente e para trás de leve com aquele braço pesado.

— Ok o quê?

— Amanhã só vou pensar em natação — respondi.

— Boa garota — disse ele, apertando o meu corpo de leve, um abraço de técnico. Então, todo se achando, foi embora na direção dos vestiários.

Na hora, tinha parecido uma promessa fácil de cumprir: passar algumas horas do dia seguinte e do restante do verão concentrada em nadar — em viradas, largadas e mergulhos de queixo no nado borboleta. Moleza.

● ● ●

Minha avó colocou uma reprise de *Assassinato por escrito* na TV depois do almoço, mas ela sempre dormia durante o programa, e eu e Irene já tínhamos visto aquele episódio, então saímos de fininho enquanto ela tirava uma soneca na poltrona. A respiração dela silvava baixinho, como os segundos finais antes da explosão de fogos de artifício.

No quintal, escalamos a árvore ao lado da garagem e depois saltamos para o telhado, coisa que os meus pais haviam nos proibido de fazer inúmeras vezes. A superfície era de piche preto e estava grudenta e derretida; nossos chinelos afundavam no piso. Em algum momento, Irene não conseguiu levantar um dos pés e caiu de frente, queimando as mãos no telhado derretido.

De volta ao chão, com as solas dos chinelos grudentas de piche, demos a volta no quintal até o beco dos fundos, parando para examinar um ninho de vespas, saltando do degrau mais alto da varanda para a calçada, bebendo água do poço direto da mangueira. Qualquer coisa para não falar sobre o que tínhamos feito no dia anterior, algo que sabíamos que queríamos fazer de novo. Eu estava esperando que ela dissesse algo, tomasse uma atitude. E eu sabia que Irene esperava a mesma coisa. Nós éramos boas naquele jogo: poderíamos ficar dias naquilo.

— Conta de novo a história da sua mãe no lago Quake — pediu ela, se ajeitando em uma cadeira do quintal, deixando as pernas compridas largadas sobre o braço de plástico, os chinelos cheios de piche equilibrados na ponta dos dedos dos pés.

Eu estava tentando me sentar com as pernas cruzadas na frente dela, mas o chão de tijolos estava muito quente por causa do sol, queimando as minhas pernas expostas a tal ponto que fui obrigada a mudar de posição e puxar os joelhos contra o peito. Eu tinha que apertar os olhos para enxergar Irene, o sol como uma bola de fogo branca atrás dela.

— Era para a minha mãe ter morrido em 1959, em um terremoto — falei, apoiando a palma da mão no tijolo, atrapalhando o caminho de uma formiga preta que carregava alguma coisa.

— Não é assim que começa — disse Irene, deixando um dos chinelos pendurados cair. Depois, deixou o outro pé cair também, o que assustou a formiga, fazendo com que ela tentasse um novo percurso completamente diferente.

— Então conta você — falei, tentando fazer a formiga subir em um dos meus dedos. Ela ficava parando. Congelada no mesmo lugar. E, depois de um tempo, dava a volta.

— Vai — disse ela. — Não seja besta. Conta da forma que você sempre conta.

— Era agosto, e a minha mãe estava acampando com a vovó e o vovô Wynton e a minha tia Ruth — falei, usando a voz mais monótona possível, arrastando cada palavra como o Sr. Oben, o professor mais odiado do quinto ano.

— Se você vai ser horrível, é melhor deixar para lá.

Irene tentou arrastar o dedo do pé no chão e enganchar um dos chinelos.

Empurrei os dois para longe para que ela não conseguisse.

— Ok, bebezona, eu conto, eu conto. Eles estavam acampando perto de Yellowstone havia uma semana e estavam se preparando para montar acampamento em Rock Creek. Tinham chegado ao lugar naquela tarde.

— Qual tarde? — perguntou Irene.

— De agosto — respondi. — Eu deveria me lembrar do dia, mas não consigo. A vovó Wynton estava fazendo o almoço, minha mãe e a tia Ruth ajudavam ela, e o meu avô preparava as coisas para pescar.

— Conta a parte da vara — pediu Irene.

— Se você parar de me interromper... A minha mãe sempre diz que se o vovô tivesse encostado o anzol na água, eles acabariam ficando. Nunca teriam o convencido a ir embora. Mesmo se o meu avô tivesse lançado a linha uma única vez, teria sido o fim.

— Essa parte ainda me deixa arrepiada — disse Irene, esticando o braço como prova. Porém, quando agarrei a mão dela para olhar, nós duas sentimos uma pequena corrente elétrica, nos lembrando do assunto que não estávamos mencionando, e por isso larguei a mão rapidamente.

— É, mas antes que o meu avô conseguisse descer para o rio, chegaram uns conhecidos deles de Billings. A minha mãe era muito amiga da filha desse pessoal, Margot. São até hoje. Ela é legal. Então todo mundo decidiu almoçar junto, e, depois, os pais de Margot convenceram os meus avós que valeria a pena dirigir até Virginia City e acampar lá durante a noite para que pudessem ver o espetáculo no velho teatro da cidade, porque eles tinham chegado recentemente de lá.

— E para comer aquele negócio do bufê — falou Irene.

— Uma *smörgåsbord*. É, a minha mãe conta que o que convenceu o meu avô de verdade foi a *smörgåsbord*, com todas as suas tortas e almondegas suecas e tudo mais. Porque o vovô Wynton *tinha um apetite de leão*, segundo o meu pai.

— Uma pessoa da família com quem eles almoçaram não acabou morrendo? — perguntou Irene, a voz um pouco mais baixa.

— O irmão de Margot. O restante conseguiu escapar — respondi, a história toda me deixando arrepiada, como sempre.

— Quando foi?

Irene tirou as pernas de cima do braço da cadeira e botou os pés no piso, inclinando o próprio corpo na minha direção.

— De noite, naquele mesmo dia, perto da meia-noite. O acampamento inteiro de Rock Creek foi inundado com a água do lago Hebgen, e ela não escoou porque o topo inteiro da montanha caiu e fez uma barreira.

— Criando, assim, o lago Quake — falou Irene, terminando a história por mim.

Fiz que sim com a cabeça.

— Todas aquelas pessoas ficaram presas no fundo do lago. Elas ainda estão lá, com os carros, as barracas e tudo mais que tinham no acampamento.

— Isso é tão bizarro — comentou Irene. — O lugar só pode ser mal-assombrado. Não sei por que os seus pais vão todo ano para lá.

— Eles vão porque vão. Muitas pessoas ainda acampam no lago Quake.

Eu também não tinha certeza do motivo. Só sei que eles iam todo verão, desde que eu me entendia por gente.

— Quantos anos a sua mãe tinha quando isso aconteceu? — perguntou ela, agarrando o chinelo com o dedo do pé e se levantando, espichando os braços para o alto. Com isso, pude ver uma parte da barriga dela.

De repente, aquela sensação que eu não parava de ter perto de Irene surgiu de novo na minha barriga como um balão de ar quente, e eu desviei o olhar.

— Doze anos — falei. — Que nem a gente.

• • •

Em algum momento, nós nos afastamos de casa, sem planejar nada, apenas duas garotas vagando por uma vizinhança estranha. Já estávamos no fim de junho, ao ponto de as barracas que vendiam fogos de artifício estarem abertas, e as crianças explodiam coisas nos quintais, *ca-buns* e rastros de fumaça atrás de muros altos. Em uma casa amarela na Tipperary, pisei em alguns estalinhos brancos que alguém tinha deixado pela calçada. Mal deixei escapar um grito com o som das explosões discretas sob as solas frágeis dos meus pés quando um grupo de garotos de joelhos ralados e sorrisos vermelhos de refrigerante saíram do forte deles na árvore.

— A gente não vai deixar vocês passarem se não mostrarem os seus peitinhos! — gritou um deles, um gorducho com um tapa-olho de pirata.

Os outros meninos comemoraram e riram. Irene agarrou a minha mão, o que não me deixou constrangida naquele momento, e nós corremos, os moleques atrás de nós, todo mundo gritando enlouquecidamente por dois quarteirões, até que o peso extra das pistolas de plástico e o passo curto das pernas de oito anos de idade dos nossos perseguidores os deixaram para trás. Mesmo com o calor, a corrida me deu uma sensação boa; de mãos dadas, a toda velocidade, um grupo de monstros sem camisa atrás da gente.

Sem fôlego e suadas, fomos parar no estacionamento de piso rachado na frente do mercado Express Kip, seguindo as marcações das vagas uma após a outra, até que a Irene disse:

— Eu quero um Bubbaloo de morango.

— A gente pode comprar — falei, saltando de uma vaga para a outra. — Meu pai me deu uma nota de dez dólares antes de viajar e disse para eu não contar para a minha mãe.

— É só um chiclete — disse ela. — Não podemos roubar?

Eu já tinha roubado coisas no Kip pelo menos umas dez vezes, mas sempre havia uma espécie de planejamento. Nunca recusava, e Irene às vezes me dava uma lista, criando um desafio — como uma tira de alcaçuz, que era comprida e barulhenta, porque o embrulho de papel celofane entregava logo de cara; ou um pacote de Pringles, que parecia sempre um trambolho, não importa o lugar em que tentássemos enfiá-lo. Jamais usava a tática de botar as coisas na mochila. Era óbvio demais. Uma criança no corredor de doces com uma mochila grande? De jeito nenhum. Eu enfiava as coisas embaixo da roupa, em geral na calça. Mas fazia um tempo que não ia lá, desde o fim das aulas, e na ocasião eu estava com uma roupa bem maior — um moletom grande, calça jeans. E Irene nunca tinha entrado comigo. Nem uma única vez.

— É, mas a gente tem que comprar alguma coisa mesmo assim — falei a ela. — Para não ficarmos dando voltas e sair sem comprar nada. E o chiclete é bem barato.

Geralmente eu comprava uma bala ou uma lata de refrigerante, levando o produto que queria de verdade escondido.

— Então vamos nós duas roubar chiclete — disse Irene, tentando passar à minha frente em uma das vagas. Nossas pernas nuas se enroscaram quando ela fez isso, e fiquei parada, senão poderíamos ter caído.

— Eu tenho dinheiro — falei. — Posso comprar chiclete para a gente.

— Compra um refrigerante — disse ela, depois de passar por mim.

— Posso comprar dez refrigerantes — respondi, sem perceber o que ela queria.

— A gente dividiu um ontem — disse ela, e então eu entendi.

A cena toda passou de novo ao nosso redor, graças à nossa proximidade, como fogos acesos recentemente, e eu não sabia o que responder. Irene examinava os pés descalços, fingindo que não tinha falado nada de importante.

— Temos que ser rápidas — avisei. — Minha avó nem sabe que a gente saiu de casa.

• • •

Depois do asfalto quente do estacionamento, o chão do Kip estava quase gelado demais. Angie, com a sua franja castanha enorme e as suas unhas compridas, estava no caixa, separando maços de cigarro.

— Vão comprar sorvete, meninas? — perguntou ela, guardando uma pilha de Pall Malls na prateleira.

— Não — respondemos ao mesmo tempo.

— É melhor irem pegar alguma coisa verde, hein? — disse ela, anotando alguma coisa em uma folha de estoque.

Eu e Irene estávamos as duas de short e chinelo. Eu usava uma regata, e Irene, uma camiseta, nada que pudesse esconder algo muito bem. Enquanto ela fingia examinar a embalagem de um doce Idaho Spud, sem pressa, peguei dois pacotes de Bubbaloo e os enfiei na barra da cintura do short. A embalagem sedosa do chiclete estava fria contra a minha pele. Irene botou o doce de volta na prateleira e olhou para mim.

— Pega um refrigerante para a gente, Cam? — pediu ela, de forma alta e óbvia.

— Aham — respondi, revirando os olhos e dizendo sem som *Vai logo* antes de seguir para seção das geladeiras no fundo da loja.

Dava para ver Angie por um daqueles grandes espelhos redondos que ficavam nos cantos do mercado, e ela continuava empilhando e separando cigarros, sem prestar nenhuma atenção a nós. Quando peguei o refrigerante, a porta da loja apitou e um cara que os meus pais conheciam entrou. Ele estava vestido com roupa social, terno e gravata, como se tivesse acabado de sair do trabalho, embora fosse cedo demais para isso.

Ele deu oi para Angie e foi direto para a seção de cerveja, uma grande geladeira bem ao meu lado. Tentei desviar dele no corredor de salgados.

— Diga lá, Cameron Post — disse ele. — Está se comportando durante o verão?

— Tentando — respondi.

Senti um dos chicletes escorregando de leve. Se escorregasse demais, cairia por uma das pernas do short, e talvez fosse parar direto no sapato do sujeito de terno. Eu queria continuar andando, mas ele não parava de falar, agora de costas para mim, o tronco dentro da porta de vidro com as cervejas.

— Os seus pais estão no lago Quake, não é? — perguntou ele, pegando um pacote com seis cervejas, as garrafas fazendo barulho. As costas do terno estavam amassadas na parte em que ele tinha ficado sentado o dia inteiro.

— É, eles foram ontem — falei, no momento em que Irene se juntou a mim no corredor, com um sorriso enorme no rosto.

— Peguei um — disse ela para mim entredentes, mas ainda meio alto demais. Alto o suficiente para que o cara ouvisse. Fiz cara feia para ela.

— Eles não levaram você, hein? Você é uma estraga-prazeres, Cam?

O cara de terno saiu da geladeira, virou e esmagou um pacote de tortilhas com um dos conjuntos de garrafa que estava carregando. E então piscou para mim.

— É, acho que sim — falei, fingindo um sorriso, querendo que ele calasse a boca e se mandasse.

— Bem, vou dizer para a sua mãe que só vi você entornando uns refrigerantes, nada de álcool.

Ele ergueu um dos engradados, sorriu de novo, mostrando dentes demais, e seguiu para a frente da loja. Fomos atrás, parando aqui e ali, fingindo considerar outras compras que não tínhamos a menor intenção de fazer.

O cara de terno estava botando o troco na carteira quando chegamos ao balcão.

— Vocês duas só vão comprar isso? — perguntou ele, e ergueu o queixo na direção da garrafa suada de refrigerante que eu segurava com toda a minha força.

Assenti.

— Só uma para as duas?

— É — falei. — A gente vai dividir.

— Eu pago, então — disse ele a Angie, entregando à mulher uma das notas recém-recebidas. — Um refrigerante para celebrar as férias de verão. As duas não fazem nem ideia de como a vida delas é boa.

— Nem brinca — comentou Angie, meio que de cara fechada para a gente, Irene praticamente escondida atrás de mim.

O cara de terno assobiou "Brown Eyed Girl" enquanto ia embora, as garrafas de cerveja tilintando.

— Valeu — gritamos para ele, um pouco tarde demais para que o homem ouvisse, talvez.

No beco atrás do Kip, enfiamos um chiclete atrás do outro na boca e mastigamos, aquelas primeiras mordidas difíceis, o chiclete duro de açúcar, as mandíbulas doendo, nós duas tentando amaciar o suficiente para fazer bolas. O sol dava uma sensação boa depois do frio da loja, pois ainda estávamos pilhadas com o que havíamos feito.

— Não acredito que aquele cara comprou o refrigerante para a gente — disse Irene, mastigando com força, tentando fazer uma bola, mas ainda era cedo demais e ela mal conseguiu produzir algo do tamanho de uma moeda. — A gente não pagou por nada.

— É porque a nossa vida é boa demais — respondi, tentando imitar a voz grossa do sujeito. Fomos imitando ele durante todo o caminho para casa, rindo e fazendo bolas, sabendo que ele estava certo. A nossa vida era mesmo boa demais.

• • •

Estávamos enfiadas embaixo das cobertas na cama gigante de Irene, o quarto gelado e escuro, os lençóis quentes, do jeito que eu gostava. Era para estarmos dormindo; era para estarmos dormindo havia uma hora, mas não estávamos nem perto disso. A gente relembrava o dia. Forjava o futuro. Ouvimos o telefone tocar e sabíamos que era meio tarde para aquilo, mas era a casa dos Klauson: eles eram fazendeiros e estávamos no verão, às vezes o telefone tocava tarde da noite.

— Deve ter sido um incêndio — disse Irene. — Lembra como teve um monte de incêndios no verão passado? Os Hempnel perderam tipo uns quarenta hectares. E o Ernest. O labrador preto deles.

Era para eu estar em casa com a vovó, mas, quando a Sra. Klauson chegou para buscar a filha naquela tarde, depois do Kip e do chiclete, encontramos com ela na entrada da garagem da minha casa. Antes que a Sra. Klauson tivesse sequer baixado o vidro do carro, Irene já foi perguntando se eu podia dormir na casa delas. Ela era sempre tão fácil, a Sra. Klauson, sempre sorrindo, aquela mão pequena nos cachos escuros, *O que vocês quiserem fazer, garotas*. Irene convenceu até mesmo a vovó Post, que havia planejando uma refeição de salada de atum com torrada e já tinha feito a sobremesa para nós duas — pudim de pistache, que estava resfriando em copos de sundae na geladeira, com chantilly, meia cereja e castanhas sobre cada copo, exatamente como na capa do antigo livro de receitas dela da Betty Crocker.

— Eu levo Cam para a natação amanhã — dissera a Sra. Klauson, parada bem na porta de casa enquanto eu já estava na metade da escada, preparando a mochila na minha cabeça; escova de dentes, roupa para dormir, parte do que havia sobrado do Bubbaloo roubado. — Não é incômodo algum. Nós amamos ter as meninas lá em casa.

Não ouvi a resposta da vovó. Eu sabia que ela ia concordar.

Foi uma noite perfeita de verão como a anterior. Olhamos as estrelas do nosso lugar favorito no mezanino do celeiro. Fizemos bolas de chiclete maiores que as nossas cabeças. Nós nos beijamos de novo. Irene se inclinou na minha direção e eu sabia exatamente o que ela estava fazendo, a gente nem precisou falar sobre o assunto. Ela me desafiava em silêncio a não parar sempre que fazíamos uma pausa para respirar. Eu queria aquilo. Da última vez, a gente só tinha usado a boca. Dessa vez, nos lembramos das mãos, embora nenhuma das duas tivesse certeza do que fazer com elas. Voltamos para a casa de Irene embriagadas pelo dia que tínhamos passado juntas, pelos nossos segredos. Ainda estávamos no meio do nosso segredo quando ouvimos os pais dela na cozinha, talvez dez minutos depois de o telefone ter tocado. A Sra. Klauson estava chorando, o marido dela repetia algo sem parar, em uma voz calma e serena. Eu não conseguia entender o que era.

— Shhhh — disse Irene, embora eu não estivesse fazendo barulho algum além do remexer das cobertas. — Não consigo entender o que está acontecendo.

E, então, da cozinha, a Sra. Klauson falou com uma voz que eu nunca tinha ouvido, como se estivesse quebrada, como se não fosse nem mesmo dela. Não conseguia ouvir o bastante para entender. Era algo sobre *conversar com ela de manhã, falar com ela*.

Ouvi passos pesados no corredor, as botas do Sr. Klauson. Dessa vez, nós duas o ouvimos perfeitamente, respondendo à esposa com gentileza.

— A vó dela quer que a gente a leve para casa agora. Não é uma decisão nossa, meu bem.

— É uma coisa bem ruim — falou Irene para mim, com uma voz mais baixa que um sussurro.

Eu não sabia o que responder. Então, fiquei calada.

A gente sabia que a batida na porta chegaria uma hora ou outra. Ouvimos os passos do lado de fora do quarto, mas houve um intervalo de tempo entre o fim dos passos e a batida pesada dos dedos dele: história de fantasma. O Sr. Klauson parado ali, esperando, quem sabe prendendo a respiração, assim como eu. Sempre penso nele do outro lado daquela porta, mesmo agora. Como eu ainda tinha pais antes daquela batida, e como, depois dela, não tinha mais. O Sr. Klauson também sabia disso; o modo como ele teve que erguer a mão calejada e tirá-los de mim às onze da noite, em uma noite quente de junho — férias de verão, refrigerantes, chicletes e beijos roubados —, a vida muito boa de uma menina de doze anos, quando eu já tinha descoberto quase tudo, e o que ainda não sabia parecia ser fácil o suficiente para que esperasse a sua chegada; além disso, fosse como fosse, Irene sempre estaria ali para esperar comigo.

CAPÍTULO DOIS

A tia Ruth era a única irmã da minha mãe e a minha única parente próxima além da vovó Post. Ela chegou no dia seguinte que o carro dos meus pais bateu no muro da estrada estreita que subia o desfiladeiro do lago Quake. Vovó e eu estávamos sentadas na sala com as cortinas baixadas, uma jarra suada de chá gelado doce demais entre nós, uma reprise de *Cagney & Lacey* preenchendo o silêncio com tiros e insolências.

Eu estava na grande poltrona de couro em que o meu pai normalmente lia o jornal. Minhas pernas estavam encostadas no peito, os braços as envolvendo, e a cabeça apoiada na pele seca e escura dos joelhos expostos. Estava nessa posição fazia horas, uma reprise depois da outra. Usei as unhas para moldar semiluas nas minhas panturrilhas e coxas, uma marcação branca para cada dedo, e quando elas sumiam eu fazia outras dez.

A vovó deu um salto quando ouviu a porta da frente se abrindo e fechando. Ela fez a sua versão de caminhada rápida em direção à entrada para espantar quem quer que fosse. As pessoas tinham passado na nossa casa o dia inteiro para levar comida, mas todas haviam tocado a campainha, e a vovó as manteve no portão, longe de mim, mesmo que fossem pais de colegas minhas ou algo do tipo. Fiquei grata. Ela dizia alguma versão das mesmas três ou quatro frases para as pessoas: *Tem sido terrível, um choque terrível. Cameron está em casa comigo, em segurança; está descansando. A irmã da Joanie, Ruth, está vindo. Bem, não existem palavras. Não existem palavras.*

E então ela agradecia pela visita e levava para a cozinha mais um prato de caçarola de brócolis e queijo, outra torta de ruibarbo e morango, mais um pote de salada de frutas, outro prato de alguma coisa que nenhuma das duas comeria, mesmo que a vovó não parasse de preparar pratos gigantescos com toda aquela comida e deixando que eles se empilhassem na mesa de centro, moscas pretas e gordas zunindo sobre a louça, pousando, pousando, zunindo novamente.

Esperei para ver o que ela traria da cozinha dessa vez, mas a vovó não parecia conseguir se livrar de quem quer que estivesse na porta. As vozes delas se misturavam às da televisão — a vovó dizendo *acidente*, Cagney dizendo *homicídio duplo*, a outra voz na porta dizendo *onde ela está*. Simplesmente deixei que elas se misturassem, não tentei distingui-las. Era mais fácil fingir que vinha tudo da TV. Cagney dizia para Lacey que algum detetive era "faixa preta em falar merda" na hora em que a tia Ruth entrou na sala.

— Ah, meu amor — falou ela. — Pobrezinha.

Ruth era aeromoça na Winner's Airlines. Ela trabalhava em Boeings 757 que faziam o trajeto Orlando — Las Vegas para aposentados que sonhavam em ficar ricos. Eu nunca a tinha visto de uniforme antes, mas as roupas normais dela eram sempre tão arrumadas, tão Ruth. Aquela pessoa chorando na porta e me chamando de *pobrezinha* parecia um palhaço fantasiado de *Ruth Triste*. A saia e a camisa do uniforme — exatamente do mesmo tom de verde do feltro das mesas de cassino — estavam amassadas e marcadas pela viagem. Ela usava um broche na lapela que parecia um jogo de fichas de pôquer, com WINNER'S em dourado brilhante sobre o arco, mas estava torto. Os cachos loiros estavam bagunçados e esmagados de um lado, os olhos, vermelhos, e a pele em volta deles, inchada, como marshmallows manchados de rímel.

Eu não conhecia a tia Ruth muito bem, não do jeito que conhecia a vovó Post. Em geral, a gente se via uma vez por ano, talvez duas, e era sempre normal, agradável o suficiente: ela me dava roupas que eu provavelmente nunca usaria e contava histórias engraçadas sobre passageiros que faziam bagunça nos voos. Ela era apenas a irmã da minha mãe que morava na Flórida e que, há pouco tempo, havia *nascido de novo*, algo que eu entendia de uma maneira vaga como uma referência ao jeito peculiar em que praticava sua religião. Aquilo era algo que fazia os meus pais revirarem os olhos quando falavam sobre o assunto — mas não frente dela, claro. A tia Ruth era mais estranha para mim do que a Sra. Klauson, mas a gente era da mesma família, e ela estava ali, e acho que eu estava contente. Acho que estava feliz em vê-la. Pelo menos me sentia assim, como se fosse a coisa certa a ser feita, a coisa certa que devia ter acontecido, ela ter entrado por aquela porta.

Ela envolveu a mim e parte da cadeira em que eu estava em um abraço apertado que deixou os meus pulmões cheios de Chanel N°5. Ruth sempre, desde que eu me lembrava por gente, cheirava a Chanel N°5. Aliás, eu só sabia da existência daquele perfume, do nome e da essência, por causa dela.

— Eu sinto tanto, Cammie — sussurrou ela, as lágrimas molhadas no meu rosto e pescoço.

Sempre odiei quando ela me chamava de Cammie, mas não parecia certo odiá-la por aquilo naquele momento.

— Pobrezinha. Quanta tristeza, minha querida. A gente precisa confiar em Deus nessas horas. Precisamos confiar nele, Cammie, e pedir que ele nos ajude a entender. Não há nada mais a ser feito. É o que faremos. É tudo que podemos fazer agora.

Ela ficou repetindo isso sem parar, e tentei retribuir o abraço, mas não conseguia retribuir as lágrimas, e não conseguia acreditar nela. Em nenhuma palavra. Ela não fazia ideia da culpa que eu estava sentindo.

● ● ●

Depois que o Sr. Klauson bateu na porta do quarto de Irene e encerrou a última noite que eu passaria com a filha dele, dizendo para mim, enquanto pegava a minha mochila e o meu travesseiro, que eu precisava voltar para casa, e depois segurando a minha mão e me levando para fora, passando pela Sra. Klauson que chorava sobre o fogão marrom da cozinha, e para longe dos gritos não respondidos de Irene que perguntavam *Por que ela precisa ir? Por quê, pai?*, soube que aquilo significava algo provavelmente mais terrível que qualquer coisa que já tinha acontecido na minha vida.

Na hora, pensei que a vovó tinha caído ou que talvez tivessem descoberto o nosso furto na loja. Mas, então, enquanto estávamos no carro, eu ainda usando o meu pijama, aqueles sessenta quilômetros até a minha casa, o pai de Irene dizendo o tempo todo que *a minha avó precisava falar comigo* e que eu tinha que estar lá com ela, me convenci de que havíamos sido descobertas.

Durante aquela viagem interminável, foram o silêncio do Sr. Klauson, preenchido apenas pelo ruído dos pneus grossos no asfalto esburacado e pelos ocasionais suspiros dele na minha direção, e o modo como o homem balançava a cabeça para si mesmo que me convenceram: o pai de Irene estava com nojo de mim, com nojo daquilo que, de algum modo, ele descobriu que eu e a filha dele tínhamos feito, e não me queria na sua casa por mais nenhum segundo. Passei o trajeto inteiro encostada na porta pesada da picape, tentando usar o poder da mente para ficar pequena e longe dele. Pensei no que a vovó diria, o que os meus pais diriam quando chegassem em casa. Talvez eles até voltassem antes da hora. Algum guarda florestal os localizara para contar o que a filha esquisita dos dois tinha feito. Imaginei diversos cenários na minha cabeça, nenhum deles bom. *Foram só alguns beijos*, eu diria. *A gente só estava praticando. Era brincadeira.*

Então, quando a vovó recebeu a gente na frente de casa no seu roupão roxo, ela abraçou um Sr. Klauson petrificado sob a luz laranja da varanda, as mariposas sobrevoando aquele encontro desajeitado, e depois me sentou no sofá e me entregou a caneca do agora morno chá gelado doce demais que ela estava bebendo, enroscou as minhas mãos nas dela e falou que estava sentada assistindo à televisão quando a campainha tocou. Era um policial rodoviário, e ele disse que havia acontecido um acidente, e a mamãe e o papai, a *minha* mãe e o *meu* pai, haviam morrido. A primeira coisa que eu pensei, a primeira coisa que pensei, foi *Ela não faz ideia sobre mim e Irene. Ninguém sabe.* E mesmo depois que ela falou tudo — e acho que eu tinha entendido que os meus pais estavam mortos, ou pelo menos a escutei dizer isso — ainda não fazia sentido. Quer dizer, eu devia ter percebido aquela coisa gigante, aquela notícia imensa esmagando o meu mundo inteiro, mas só conseguia pensar *A mamãe e o papai não sabem sobre a gente, eles não sabem, estamos seguras*, embora não houvesse mais mamãe e papai para saber de nada.

Passei o tempo todo naquele carro me preparando para ouvir como a vovó tinha vergonha de mim. Em vez disso, ela estava chorando, e eu nunca tinha visto a minha vó chorar daquele jeito, nunca tinha visto ninguém chorar daquele jeito. E o que ela falava não fazia sentido, um acidente de carro no mato, a notícia na TV, os meus pais mortos, ela dizendo que eu era uma garota corajosa e passando a mão no meu cabelo e me abraçando forte contra o peito macio, com aquele cheio de talco e laquê Aqua Net. Senti uma onda de calor me percorrer, e depois náusea, como se o meu corpo estivesse reagindo porque a minha cabeça não estava fazendo aquilo do jeito certo. Como, agora que os meus pais estavam mortos, ainda podia existir alguma parte de mim que sentia alívio por não ter sido descoberta?

A vovó Post me apertou mais forte, arfando de tanto soluçar, e precisei virar a cabeça para longe do cheiro doce dela, o sufocamento daquele roupão de flanela, criar forças para me afastar do seu toque e correr com a mão cobrindo a boca até o banheiro. Mesmo ali, não tive tempo para levantar a tampa da privada. Vomitei na pia, na bancada, e depois escorreguei até o chão, deixando o azulejo azul e branco refrescar a minha bochecha.

Eu não sabia naquele momento, mas o enjoo, o calor repentino e a sensação de estar nadando em uma espécie de escuridão que jamais havia conseguido imaginar, todas as coisas que eu tinha feito desde a última vez em que vi os meus pais perambulando ao redor, luzes em meio à escuridão — os beijos, o chiclete, Irene, Irene, Irene —, tudo aquilo era culpa: uma culpa real e massacrante. Ali, naquele piso de azulejo, me permiti mergulhar nela, cada vez mais fundo, até os meus pulmões arderem, como quando eu estava no fundo do poço sob as plataformas de salto no lago.

Minha vó meio me ajudar a ir para a cama e não me mexi.

— Ah, minha querida — disse ela quando viu a nojeira na pia. — Você precisa ir se deitar agora, meu bem. Vai se sentir melhor se fizer isso. Vou pegar um copo d'água.

Não respondi nada e continuei imóvel, querendo que a vovó me deixasse em paz. Ela saiu, mas voltou com o copo d'água, que deixou no chão ao meu lado, porque eu me recusava a aceitá-lo. E então saiu de novo, mas dessa vez voltou com uma lata de desinfetante e um pano. Depois de tudo que havia acontecido, ela ia limpar a minha sujeira, outra bagunça, e foi naquele instante que, de certa forma, o que ouvi dela fez sentido. Vê-la ali na porta com uma lata verde, os olhos vermelhos, a ponta da camisola aparecendo por debaixo do roupão, minha vó inclinada com um pano amarelo, jogando desinfetante nele, o cheiro artificial de menta, o filho dela e a nora mortos e a sua única neta agora uma órfã ladra, uma garota que beijava garotas, coisa que nem sabia, e agora ela estava limpando o meu vômito, sentindo-se ainda pior por minha causa: foi isso que me fez chorar.

E quando a minha vó me ouviu chorando, quando enfim me viu com lágrimas de verdade nos olhos, sentou-se no chão, algo que eu sabia que era doloroso para ela, por causa dos joelhos ruins, e botou a minha cabeça sobre o colo dela e chorou comigo, acariciando o meu cabelo, e eu estava fraca demais para dizer que não merecia nada daquilo.

$$\bullet \quad \bullet \quad \bullet$$

Nos dias que antecederam o enterro, Irene passou lá em casa com a mãe dela, e ligou algumas vezes para falar comigo depois disso. Todas as vezes pedi para a tia Ruth avisar que eu estava dormindo. As pessoas não paravam de mandar presentes, então eu sabia que, mesmo se a ignorasse, era apenas uma questão de tempo até que ela também me mandasse alguma coisa. Chegou no mesmo dia em que o time de natação mandou um buquê enorme de girassóis, uma caixa de biscoitos e um cartão assinado por toda a equipe. O técnico Ted deve ter passado o cartão depois do treino, porque tinha um monte de manchas úmidas no lugar segurado pelos nadadores e a tinta estava borrada. A maioria das crianças apenas assinou o nome. Alguns escreveram *Sinto muito*. Eu me perguntei o que teria escrito se tivesse sido uma daquelas pessoas molhadas, depois do treino, a toalha enrolada na cintura, mastigando uma barra de cereal, esperando a minha vez de assinar o cartão para uma colega de equipe que havia perdido os pais. Decidi que provavelmente teria apenas assinado o meu nome.

A tia Ruth colocava tudo na mesa da sala de jantar, mas, mesmo com as duas abas abertas, estávamos ficando sem espaço, e ela começou a botar as coisas em qualquer lugar livre que encontrava. O térreo inteiro cheirava a uma floricultura e, com o calor e todas as cortinas fechadas, o cheiro de rosas, lírios-roxos, cravos e as outras flores era quase sufocante, como gás. Eu prendia a respiração. Encontrei o buquê de botão de rosas claras e um envelope com *Cam* escrito nele sobre o bufê de carvalho que o meu pai havia reformado. Eu sabia que era de Irene antes mesmo de abrir o cartão. Simplesmente sabia. Então, tirei o cartão do vaso e o levei para o quarto. Sozinha na minha cama com a porta fechada, o calor pesado me envolvendo, o cartão sobre o meu colo pesando quase nada, mas aparentemente cheio de significado, eu me sentia uma criminosa, como teria me sentido se a própria Irene estivesse sentada ali comigo.

O cartão tinha um céu noturno do lado de fora, dúzias de estrelas espalhadas. Dentro, havia algo sobre as estrelas serem *memórias na escuridão do luto*. Soube na mesma hora que tinha sido a mãe dela que escolhera o cartão. Porém, na parte de baixo, estava a letra cursiva de Irene, e ela havia escrito:

Cam, queria que tivesse me visto ou atendido ao telefone quando liguei. Queria poder falar com você em vez de escrever isso. Na verdade, não queria ter motivo algum para mandar este cartão. Eu sinto muito e amo você.

Ela nem assinou, mas eu gostei.

Fiquei vermelha quando li, e então li de novo e de novo até ficar tonta. Passei o dedo inúmeras vezes sobre o *amo você* a caneta, e senti vergonha o tempo inteiro, como uma pervertida que não conseguia parar de fazer aquilo, mesmo depois da morte dos pais. Enterrei o cartão no fundo da pilha de caçarolas podres na lata de lixo de metal que ficava no beco dos fundos. Queimei a ponta dos dedos só de abrir a tampa, a lata inteira fervia e fedia. O ritual do enterro me fez sentir bem, como se tivesse algum significado, mas, àquela altura, eu já tinha memorizado cada palavra que Irene havia escrito.

A vovó e Ruth estavam na rua resolvendo coisas que precisavam ser resolvidas, indo à funerária e à igreja. Elas me perguntaram se eu queria ir, mas respondi que não, embora tivesse passado o restante da tarde resolvendo as minhas próprias questões funerárias. Primeiro, arrastei a TV e o videocassete do quarto dos meus pais, onde a tia Ruth estava dormindo, escada acima para o meu quarto. Eu não tinha pedido a permissão de ninguém para fazer aquilo. Quem poderia negar ou, até mesmo, concordar? Foi difícil carregar a TV, mais exercício que eu havia praticado em dias, e quase a derrubei uma vez, os dedos suados escorregando na camada de poeira, as pontas afiadas enfiadas na barriga e nos quadris enquanto eu a equilibrava, carregava um degrau acima, descansava, e repetia o movimento.

Assim que posicionei a TV e o videocassete na cômoda e liguei tudo na tomada, voltei para o quarto dos meus pais e fui direto na última gaveta da cômoda deles, onde o papai guardava as cuecas brancas de algodão perfeitamente enfileiradas e as meias pretas com as pontas douradas. Havia um bolo de notas de dez e vinte escondido no fundo da gaveta. Peguei o dinheiro para mim e, embora eu estivesse sozinha em casa, enfiei o bolo no elástico do short para escondê-lo. E depois peguei outra coisa. Uma coisa importante. Uma fotografia guardada em um porta-retratos de estanho que ficava em cima da cômoda, que era basicamente lotada de fotos minhas.

Na foto, minha mãe tinha doze anos, um cabelo de cuia estiloso, o sorriso enorme e cheio de dentes, os joelhos pontudos expostos pelos shorts. Ela estava cercada de árvores, a luz do sol na posição perfeita, iluminando-a. Eu sabia a história por trás daquela fotografia desde que conhecia a existência dela. O vovô Wynton havia tirado a foto em 17 de agosto de 1959 e, em menos de vinte e quatro horas, o local onde o retrato fora feito, o acampamento Rock Creek, seria destruído pelo pior terremoto na história do estado de Montana e seria inundado pela água decorrente de uma barragem, que acabaria se tornando o lago Quake.

Botei a fotografia em cima da TV para que eu pudesse vê-la toda hora. Depois, botei o dinheiro dentro do troféu que ganhei no campeonato do verão anterior. Toda a grana, menos uma nota de dez, que enfiei no forro de um boné manchado de suor do time de beisebol Miles City Mavericks que eu tinha desde que me entendia por gente. Eu e o papai gostávamos de ir aos jogos juntos, comer salsichão e rir dos velhos que ficavam xingando os juízes. Aquele boné na minha mão, a borda manchada de suor salgado contra o fundo azul-escuro, quase me fez enlouquecer por um instante, mas não permiti que isso acontecesse. Eu o enfiei em cima do meu cabelo sujo e, então, saí.

Com exceção do velório que fiz na lata de lixo, eu não pisava na rua desde a noite em que o Sr. Klauson havia me levado para casa. O brilho do sol me fez sentir bem, mesmo que também me deixasse desconfortável na hora. Senti como se merecesse aquilo. Minha bicicleta estava encostada na garagem há dias sob aquele sol e o metal queimou as minhas pernas quando encostei nele. Pedalei o mais rápido que pude, deixei que o suor escorresse pela minha testa e ardesse os meus olhos, embaçando a vista por alguns segundos. Segui pelos becos e me concentrei no som dos pneus sobre o cascalho solto, no estalo da mudança de marcha. Saí na Haynes Avenue e entrei no estacionamento da locadora Video 'n' Go.

Era o dia 2 de julho, e havia uma enxurrada de carros e bicicletas na frente da tenda de fogos de artifícios Golden Dragon no canto do estacionamento. O clube Elks comandava aquela venda, e o meu pai sempre trabalhava um ou dois turnos lá. Eu me perguntei quem estaria cobrindo a ausência dele enquanto desviava pela multidão em direção à locadora, torcendo para o meu boné me deixar invisível — de qualquer forma, já me sentia como um fantasma.

Sabia exatamente o que queria: *Amigas para sempre*, na seção de lançamentos. Tinha visto o filme no Montana Theatre com a minha mãe no ano anterior. A gente chorou sem parar. Compramos a trilha sonora no dia seguinte. Depois, voltei com Irene ao cinema e assisti de novo. Debatemos qual de nós seria Bette Midler e qual seria Barbara Hershey. Nós duas queríamos ser Bette Midler.

O personagem de Barbara Hershey morre no finalzinho do filme. A filha dela, Victoria, é deixada para trás, assim como eu. Ela usa um vestido de veludo preto e meia-calça branca e segura a mão de Bette Midler durante o velório. A menina devia ter pelo menos quatro anos a menos que eu, e só tinha perdido a mãe (o pai, embora ausente, ainda estava vivo). Eu sabia que ela era uma atriz interpretando um papel, mas, ainda assim, era algo pelo qual eu estava passando. Sentia que precisava de algo oficial que me mostrasse como deveria sofrer, como deveria agir, o que deveria dizer — mesmo que fosse apenas um filme idiota sem uma ponta de realidade.

A Sra. Carvell, que antes era conhecida como Srta. Hauser, estava no caixa. Ela dava aula para o quarto ano durante o ano letivo e trabalhava na locadora nas férias — os pais dela eram os donos da Video 'n' Go. Ela foi a minha professora no primeiro ano em que deu aula, mas não fui uma das suas alunas favoritas, porque não fazia as aulas de sapateado que ela dava depois da escola, no ginásio, e talvez também por não ter ficado toda alegrinha e feito perguntas bobas sobre namoro e casamento quando ela levou o então noivo, o Sr. Carvell, para a aula um dia na primavera e o obrigou a fazer experimentos nerds de ciências com a gente. Nas anotações no meu boletim de final de ano, ela escreveu: *Cameron é muito inteligente. Ela vai se sair bem, com certeza.* Meus pais acharam aquilo hilariante.

A Sra. Carvell pegou a caixa do vídeo e encontrou a fita correspondente sem olhar diretamente para mim, mas quando precisei dizer "Post" para que ela achasse a conta, a mulher me observou duas vezes, espremeu os olhos para espiar sob a aba do boné e recuou.

— Meu Deus, querida — disse ela para mim, parada ali, meio boquiaberta, a fita dura na mão. — O que está fazendo aqui? Eu sinto muito pelo...

Terminei a frase por ela na minha cabeça: *pelo modo como os seus pais voaram estrada afora de uma montanha e se afogaram em um lago que não deveria nem existir, não deveria sequer estar ali, e tudo isso enquanto você estava em casa beijando uma garota e roubando uns chicletes.*

— Eu sinto muito... sinto muito por tudo, meu bem — concluiu ela.

Havia um balcão alto entre nós, e agradeci por ela não conseguir se debruçar facilmente sobre ele para me abraçar.

— Tudo bem — balbuciei. — Só preciso alugar essa fita agora. Tenho que voltar para casa.

Ela examinou o filme com cuidado, o rosto grande meio franzido, confusa, como se tentasse desvendar aquilo, como se de fato conseguisse entender.

— Bem, pode levar, ok, querida? — disse para mim, entregando o filme sem me cobrar nada. — E pode até ligar para cá se quiser que eu vá buscar o filme quando estiver pronta para devolver. Fique com a fita o tempo que precisar.

— Tem certeza? — perguntei, sem saber que aquela seria a primeira vez que eu receberia um desconto como órfã. Não gostei daquilo. Eu não queria que a Sra. Carvell "cuidasse" de mim.

— Claro, Cameron. Não tem problema nenhum.

Ela abriu o seu sorriso largo, algo que nunca tinha direcionado pessoalmente para mim, mas que eu já tinha visto nas ocasiões em que ela o exibia para toda a turma — como na vez que a nossa classe ganhou o concurso de coleta de anéis de latas de alumínio da escola inteira.

— Mas eu tenho dinheiro — falei, sentindo que podia me debulhar em lágrimas a qualquer momento e desviando o olhar. — Vou querer alugar outra coisa daqui a pouco, de qualquer jeito.

— Pode alugar o que quiser — respondeu. — É só me procurar. Vou estar aqui o verão todo.

Eu não podia deixar que ela fizesse aquilo por mim. Estava me retorcendo por dentro.

— Vou deixar essa nota aqui, então, e alugo os outros filmes depois — resmunguei, com a cabeça baixa, deixando dez dólares no balcão e saindo o mais rápido possível, mas devagar o suficiente para não parecer que estava correndo, em direção à porta.

— Cameron, tem dinheiro demais aqui! — disse a Sra. Carvell, me chamando de volta, mas eu já estava fora da loja, na calçada, livre da generosidade, ou da pena, ou da bondade dela, livre de tudo aquilo.

• • •

A tia Ruth estava esperando por mim no meu quarto, de costas para a porta, com as minhas roupas novas para o funeral penduradas impecavelmente em cabides vagabundos nas duas mãos. Ela encarava os novos aparelhos eletrônicos do quarto e não se virou assim que cheguei. Enfiei o vídeo no cós do short, logo acima da bunda. Fiquei vermelha no momento em que fiz isso, lembrando-me do chiclete e de Irene.

— Eu tenho roupa, você sabe, né? — falei.

Ela se virou e abriu um sorriso cansado.

— Não sabia o que comprar para você, meu bem, e você não quis ir comigo. Trouxe algumas opções da Penney's. A gente pode devolver o que não for usado. Só espero que sirva... tive que adivinhar o tamanho.

Ela botou as roupas na cama de forma delicada, como se deitasse um bebê para a troca de fralda.

— Obrigada — falei, porque sabia que era o que devia fazer. — Vou experimentar as roupas à noite, quando estiver mais fresco.

Não olhei para ela. Em vez disso, me concentrei no vestido azul-marinho, na saia e na blusa pretas. As roupas que agora estavam sobre a minha cama não pareciam em nada com qualquer outra roupa que um dia tivesse estado sobre a minha cama, pelo menos não desde que eu aprendi a me vestir sozinha.

— Deve ter sido difícil trazer isso tudo aqui para cima — disse ela, dando um tapinha na TV do mesmo jeito que fazia comigo, às vezes. — Eu teria ajudado com o maior prazer.

— Foi tranquilo, mas valeu mesmo assim.

Mantive as costas pressionadas contra a porta aberta.

— Você está bem mesmo, querida? — perguntou ela, se aproximando e passando um braço em volta de mim, o abraço que era a sua marca registrada. — Quer rezar um pouco comigo? Ou talvez posso ler umas passagens em que andei pensando muito. Elas podem lhe trazer um pouco de paz.

— Só quero ficar sozinha — respondi.

Se pudesse, eu teria gravado aquela frase em um daqueles gravadores portáteis com minifitas e pendurado o troço no pescoço, para apertar o play umas oito ou nove vezes por dia.

— Tudo bem, querida. Com certeza posso deixá-la sozinha. Nós conversamos quando você estiver pronta. Não importa quando e onde isso acontecer... estarei aqui. — Ela beijou o meu rosto e já estava no segundo degrau, quando se virou. — Sabe, seja como for, é melhor conversar com

Deus sozinha. É só fechar os olhos e entrar em contato com ele, Cammie... pergunte o que quiser.

Fiz que sim com a cabeça, mas apenas porque a minha tia parecia esperar que eu dissesse algo.

— Existe todo um mundo além deste — falou ela. — E, às vezes, só de saber isso já ajuda. Sempre me ajuda bastante, pelo menos.

Eu me mantive com as costas na porta até que Ruth chegasse no final da escada. Fiquei com medo de que ela visse o contorno da fita ou que ela escorregasse da minha cintura e batesse com força nas tábuas largas do chão. Não queria ter que explicar para a minha tia sobre *Amigas para sempre*. Sequer tinha certeza se aquilo fazia sentido para mim.

Fechei a porta do quarto, botei a fita no aparelho e me acomodei na cama, bem em cima das roupas novas. Minha mãe com doze anos sorriu para mim de outro mundo, um mundo sob a sombra de pinheiros e cedros, um mundo no qual ela se sentia feliz e não sabia que estava a algumas horas de escapar de uma tragédia — e que, uma vida inteira após aquele dia, a tragédia a encontraria mesmo assim.

O vestido azul-marinho estava amassado de um jeito estranho embaixo do meu pescoço. Eu não parava de me mexer. Não conseguia ficar confortável. O conselho da Ruth sobre falar com Deus ficava repetindo na minha cabeça. Eu não queria ouvir, mas lá estava ele. Não era como se nunca tivesse rezado antes. Eu tinha; algumas vezes, na igreja presbiteriana, e quando os meus peixes, quatro deles, morreram — um depois do outro —, e outras vezes também. Naquelas ocasiões, eu havia tentado falar com algo grande, algo no mundo que fosse maior que eu. Porém, todas as vezes, não importa a tentativa, acabei me sentindo um pouco falsa, como se estivesse fingindo ter uma relação com Deus, como qualquer criança brincando de casinha, ou de compras, ou de qualquer coisa. Não era como se fosse algo real. Eu sabia que essa era a parte em que a fé deveria entrar em cena, e era aquela fé, a fé verdadeira, que deveria impedir que tudo parecesse um faz de conta. Mas eu não tinha aquela fé, e não sabia onde ou como consegui-la, ou sequer se a queria naquele momento. Sentia que talvez fosse Deus que tivesse causado aquilo, ele que tivesse matado os meus pais, porque eu estava vivendo a minha vida de forma tão errada que merecia ser punida, que precisava entender que devia mudar, e que Ruth tinha razão, que essa mudança deveria ser feita através dele. Mas, ao mesmo tempo, também achava, como se fosse o outro lado da mesma moeda, que tudo aquilo significava que Deus não existia, existia apenas o destino e o desencadeamento de eventos que é predeterminado para cada um de nós — e que talvez houvesse uma lição no afogamento da minha mãe no lago Quake trinta anos mais tarde. Porém, aquela não era uma lição de Deus, era uma coisa diferente, algo mais parecido com juntar as peças de um quebra-cabeça, formar uma imagem. Eu não queria aqueles pensamentos ocupando a minha mente sem parar. Queria mesmo era me esconder de tudo aquilo, ser pequena e invisível e seguir em frente. Talvez Ruth se sentisse melhor conversando com Deus, mas eu me sentia sem ar, me afogando, o poço do trampolim tudo de novo.

Peguei o controle remoto, dei play e comecei o vídeo. Acho que, naquele momento, também comecei a minha nova vida como *Cameron-a-garota-sem-pais*. Depois, eu aprenderia que Ruth tinha um pouco de razão: uma relação com um poder superior em geral é melhor quando praticada sozinha. Para mim, a prática durava períodos que iam de uma hora e meia a duas horas, com intervalos, se necessário. Não acho que seja exagero dizer que a religião que escolhi acabou virando o aluguel de VHS, e que a sua mensagem vinha a mim em Technicolor, e sequências musicais, e montagens, e cortes, e estrelas da TV, e desconhecidos, e vilões de filmes B para quem eu torcia, e mocinhos que odiava. No entanto, a minha tia também estava errada. Havia mais de um mundo além deste; existiam centenas e centenas deles, e pelo preço de noventa e nove centavos cada, eu podia alugar todos.

CAPÍTULO TRÊS

No primeiro semestre do sétimo ano, tive que frequentar a sala da psicóloga da escola todos os dias durante um tempo de aula: a órfã em treinamento. Na minha grade, aquele período de aula estava listado oficialmente como "tempo de estudo", mas a tia Ruth, que agora era a minha tutora legal, havia falado com os administradores, e todo mundo menos eu decidiu que seria melhor para mim se eu passasse uma hora sentada em um dos sofás verdes de vinil da sala, falando com Nancy, a psicopedagoga sobre um dos seus muitos panfletos sobre perda: "Adolescentes e o luto", "Completamente sozinho para lidar com os problemas", "Compreendendo a morte e seguindo em frente".

Eu passava a maior parte do tempo no centro de psicopedagogia enrolando com o dever de casa, lendo um livro ou comendo as coisas que as secretárias roubavam da sala de professores — alguns brownies dentro de guardanapos, um prato com uma variedade de aperitivos com torrada —, presentes que elas me davam com sorrisos e tapinhas no ombro. Aquelas singelas ofertas de comida, *de tomar conta da criança*, de certa forma me faziam sentir mais sozinha do que quando elas sequer se lembravam de mim.

• • •

Já haviam se acostumado comigo na Video 'n' Go, e agora que as aulas tinham recomeçado, a Sra. Carvell não estava mais lá. Quase sempre era Nate Bovee quem cuidava do caixa. Ele me deixava alugar qualquer porcaria que eu quisesse sem fazer nenhuma pergunta, dando uma piscadela e um sorriso escondido atrás daquele cavanhaque tosco que tentava deixar crescer, sem muito sucesso. Eu só precisava esconder as caixas da tia Ruth e manter o volume baixo.

— O que escolheu hoje, querida? — perguntava Nate, os olhos azuis-acinzentados e estrábicos me seguindo enquanto eu vagava pelos corredores. Eu sempre alugava uns dois lançamentos e depois ficava escolhendo uns filmes mais antigos.

— Ainda não sei — respondia a ele.

Eu tentava ficar atrás das prateleiras mais afastadas do caixa, o que não adiantava muito, porque Nate ficava me observando pelo gigantesco espelho antifurto pendurado sobre a porta dos fundos. Quando eu ia de tarde, logo depois da aula, em geral só havia nós dois na locadora. A Video 'n' Go sempre tinha um cheiro muito forte do desinfetante de carpete que eles usavam, com um odor artificial de rosas, e comecei a associar aquele cheiro a Nate, como se o fedor viesse dele.

Eu tentava gostar de Nate porque ele me deixava alugar os filmes censurados e porque, às vezes, me oferecia um picolé de graça da geladeira na frente da loja, mas eu não gostava do fato de o balconista saber quais eram todos os filmes que eu alugava, de que ficasse me observando, principalmente enquanto eu escolhia as fitas e as levava para o balcão. Parecia que, sabendo tais coisas, Nate me conhecia melhor que qualquer pessoa naquele momento, com certeza mais que Nancy, a minha terapeuta, e mais que a tia Ruth também.

• • •

Em algum momento de setembro, Irene Klauson chegou na escola com o tipo de sorriso que só é visto nas crianças dos comerciais de margarina. Ela e o pai estavam no campo construindo um novo curral e uma área de marcação do gado. Irene disse que ela estava com a pá nas mãos quando eles encontraram. Um osso. Um fóssil. Grande.

— Meu pai ligou para um professor conhecido dele na Universidade do Estado de Montana — falou para os alunos reunidos em volta do armário dela. — Vão enviar uma equipe inteira.

Em poucas semanas, os "paleontologistas", como diria Irene, parecendo a porra de um livro de ciências, tinham invadido o rancho de gado dos Klauson. O jornal chamou a situação de *um canteiro para descobertas de espécimes, uma mina de ouro, uma caça a tesouros*.

Eu e Irene quase não nos víamos desde o nosso abraço robótico no enterro dos meus pais em junho. A Sra. Klauson ficava tentando marcar para que eu fosse dormir na casa deles, ou fazer passeios no shopping em Billings, ou ir no rodeio em Glendive, mas eu sempre acabava desmarcando em cima da hora.

— A gente entende, querida — dizia a Sra. Klauson ao telefone. Acho que o "a gente" se referia a Irene, mas talvez fosse o Sr. Klauson também.

— Mas não vamos desistir, está bem, Cam?

Quando, no final de agosto, enfim aceitei ir com eles à feira de Custer, passei o tempo todo desejando não ter feito isso. Eu e Irene já tínhamos ido àquela feira antes — e em grande estilo. Havíamos comprado as pulseiras que davam acesso a todos os brinquedos. Comemos raspadinhas — limão, laranja, uva e cereja misturados — e comida mexicana na barraca de tiro ao alvo, a gordura laranja escorrendo e queimando a nossa boca. A gente descia a comida com limonada da barraca com moscas voando em volta. Depois, ficávamos rindo dos artesanatos dos concursos e dançávamos enlouquecidamente ao som de qualquer banda tosca que estivesse no palco. Houve uma época em que achávamos que éramos as donas da feira.

Porém, naquele agosto vagamos pelo corredor central como fantasmas — parando na frente do Twister, depois do jogo de pescaria, vendo as coisas como se já tivéssemos visto tudo que havia para ver, mas sem conseguir ir embora. Não falamos sobre os meus pais ou sobre o acidente. Não falamos muito sobre nada. A feira toda estava encoberta pelo som dos apitos, pelas luzes que piscavam, pelos berros, pelos gritos, pelas risadas histéricas, pelas crianças chorando, pelo cheiro de pipoca, de pão frito e de algodão doce tomando conta do ar, mas tudo meio que passava por mim como uma névoa. Irene comprou ingressos para a roda-gigante, um brinquedo que teríamos achado entediante demais no ano anterior. No entanto, parecia que devíamos estar fazendo algo ali.

Sentamos no banco de metal, nossos joelhos expostos apenas encostados. Mesmo quando a gente os separava, eles acabavam juntos alguns segundos depois, se unindo como metal e ímã. Estávamos mais próximas que na noite em que o pai dela bateu na porta do quarto. Elevadas em meio ao ar quente do céu cada vez mais escuro de Montana, as luzes do centro nos trespassando com o seu brilho fluorescente, uma espécie de jazz tocando muito ao fundo no centro da roda. Lá do alto, a gente conseguia ver todos os cantos da feira: a corrida de tratores, a pista de dança, os caubóis de calça jeans imprensando as marias-rodeio, magras feito uns palitos, contra as picapes no estacionamento. Lá no alto, o ar não tinha tanto cheiro de graxa e açúcar, estava mais para feno recém-enrolado e as águas turvas do Yellowstone, que margeavam o terreno onde acontecia a feira. Lá no alto, era silencioso, as coisas todas amontoadas abaixo de nós, o som mais alto vindo do rangido dos parafusos enquanto o vento balançava o nosso banco na medida certa. E, então, tivemos que flutuar todo o caminho para baixo, o peso da roda-gigante sobre nós, e prendi a respiração até que a gente chegasse ao alto mais uma vez.

Na terceira vez que chegamos no alto, Irene agarrou a minha mão. Ficamos assim durante uma volta inteira, sem dizer nada, os dedos entrelaçados. Por mais ou menos os quarenta segundos que a volta durou, fingi que as coisas eram como antes: eu e Irene na feira.

Quando chegamos ao topo mais uma vez, ela estava chorando, e falou:

— Eu sinto muito, Cam. De verdade. Não sei mais o que dizer.

O rosto de Irene estava iluminado no céu escuro, os olhos úmidos e tremeluzentes, fios do cabelo castanho soltos do rabo de cavalo. Ela estava linda. Tudo em mim queria beijá-la e, ao mesmo tempo, me deixava enjoada. Afastei a minha mão da dela e olhei para o meu lado do banco, tonta de enjoo. Fechei os olhos para não vomitar, e mesmo assim conseguia sentir o gosto no fundo da boca. Ouvi ela dizendo o meu nome, mas a sua voz parecia vir de alguém enterrado em um monte de areia. Tinham parado a roda para que as pessoas lá embaixo pudessem sair. Balançamos com o vento. Começamos a andar outra vez, seguimos algumas posições, paramos. Agora eu queria estar de volta no centro e no meio do barulho. Ela continuava chorando ao meu lado.

— A gente não pode ser amiga como antes, Irene — falei, mantendo os olhos fixos em um casal se agarrando no estacionamento.

— Por que não? — perguntou Irene.

A roda começou a girar de novo. Nosso banco travou e fomos baixadas alguns níveis. Paramos. Agora estávamos penduradas entre o céu e o centro — alinhadas com as marquises brilhantes das barracas de jogos. Eu não disse mais nada. Deixei que a música preenchesse o silêncio. Lembrei-me do gosto que a boca de Irene tinha naquele dia no celeiro, o gosto do chiclete e do refrigerante. O dia em que ela me desafiou a beijá-la. E exatamente no dia seguinte, o carro dos meus pais tinha voado pelo muro da estrada.

Não falei nada. Se Irene não tinha ligado os pontos sozinha, não era a minha função fazer isso, explicar que todo mundo sabia que as coisas aconteciam por um motivo e que a gente criou um motivo para que coisas ruins, muito ruins, acontecessem.

— Por que a gente não pode ser amiga como antes?

— Porque estamos velhas demais para essas coisas — falei, sentindo o gosto de mentira na boca enquanto dizia as palavras, seco como um chumaço de algodão doce, mas não tão fácil de ser dissolvido em açúcar e desaparecer.

Ela não se deu por satisfeita.

— Como assim "velhas demais"?

— Só velhas demais. Velhas demais para aquele tipo de coisa.

A roda começou a girar mais uma vez e, como não havia ninguém no banco abaixo de nós, logo estávamos no chão de novo. Tudo o que tinha acontecido ficara lá no alto.

O Sr. e a Sra. Klauson nos encontraram perto do Zipper logo depois. Eles nos deram um pedaço grande de torta e espigas de milho, e tiraram polaroides da gente com o urso Smokey, vestindo chapéus de balão. Acho que nós duas fingimos muito bem.

A gente continuou fingindo depois que as aulas começaram. Sentávamos junto na aula de história geral. Às vezes, íamos ao balcão do Ben Franklin na hora do recreio e comprávamos achocolatado e queijo quente.

No entanto, o que quer que a gente tivesse sido um dia, não éramos mais. Irene começou a andar com Steph Schlett e Amy Fino. Comecei a passar ainda mais tempo com o meu videocassete. Assisti da arquibancada quando Irene beijou o Michael "Bozo" Fitz depois de uma competição de luta. Assisti a Mariel Hemingway beijando Patrice Donnelly em *As parceiras*. Assisti quando fizeram mais do que só se beijar. Rebobinei aquela cena e a revi tantas vezes que fiquei com medo de que o VHS fosse quebrar. Se eu tivesse que entregar aquele filme quebrado para Nate Bovee e fosse obrigada a explicar o motivo enquanto o balconista dava aquele sorriso dele, seria insuportável. Ele já tinha me dado um esporro por eu estar alugando aquilo.

— Vai pegar isso hoje, é? — perguntou. — Sabe o que acontece nesse filme, mocinha?

— Sim, ela é atleta, não é?

Eu não estava me fazendo de idiota, não muito. A capa da fita dizia: *Quando você corre em direção a si mesma, dá de cara com sentimentos que nunca soube que existiam.* Na contracapa havia uma foto de Mariel e Patrice próximas sob uma luz baixa. A sinopse mencionava *mais que uma amizade.* Eu tinha escolhido o filme porque era sobre corredoras, e estava planejando fazer um teste para o time de atletismo. Acho que alguma parte de mim tinha descoberto um jeito de decifrar todos aqueles códigos para conteúdo gay, mas não era algo que eu saberia nomear.

Nate segurou a fita por um bom tempo antes de me devolver, meio que estudando a imagem descabelada de Mariel Hemingway na capa.

— Depois me diz o que achou desse filme, hein? Essas garotas com certeza sabem correr juntas.

Ele deu um assobio tipo *fiu-fiu* e, depois, lambeu os lábios.

Devolvi a fita quando a loja estava fechada, pela caixa de devolução. Nate não disse nada na vez seguinte em que voltei à locadora, então tinha esperança de que ele se esquecera do assunto. Eu tinha esperanças, mas não era idiota o suficiente para alugar *As parceiras* mais uma vez, mesmo que eu quisesse. Às vezes, sonhava com a cena, mas comigo e com Irene. Só que eu não podia fazer aquele sonho se tornar realidade. Ele simplesmente vinha por conta própria, como todos os outros sonhos.

$$\bullet \ \bullet \ \bullet$$

Minha avó e Ruth não me envolveram muito na forma que decidiram as coisas entre elas — coisas como quem cuidaria de mim, onde eu moraria e quem pagaria pelas contas. Eu poderia ter feito mais perguntas. Poderia ter feito todas elas, as grandes perguntas, mas, se tivesse feito isso, então só estaria lembrando a todas, inclusive a mim mesma, de que agora precisava ser cuidada porque era uma órfã. Eu não precisava de outro motivo para pensar naquilo. Então, ia para a escola, ficava no meu quarto e assistia a tudo, tudo, sem nenhuma distinção — *A pequena loja dos horrores, Nove semanas e meia de amor, O garoto do futuro* e *Reformatório de mulheres* —, geralmente com o volume baixo e o controle remoto na mão caso eu tivesse que apertar Stop rápido, como quando a tia Ruth passava pela escada. Assim, deixei que toda decisão fosse feita à minha volta na mesa da cozinha como uma neve artificial dentro de um globo de vidro, eu congelada lá dentro, parte do cenário, tentando não me meter. Na maior parte do tempo, parecia funcionar.

A vovó se mudou oficialmente do apartamento dela em Billings para o nosso porão, onde o meu pai começara a construir um banheiro que nunca fora finalizado. Então, alguns dos caras que trabalhavam para ele terminaram a obra, muito rápido, em mais ou menos um mês — construíram uma parede de gesso e fizeram um quarto e uma sala para a vovó, com um carpete azul-claro e uma poltrona reclinável Lay-Z-Boy. Ficou bem legal.

É claro que a tia Ruth não ia poder continuar sendo aeromoça da Winner's Airlines se fosse viver conosco em Merda City, Montana. A gente até tinha um aeroporto, mas ele era do tamanho de um trailer grande e só fazia voos particulares e da Grande Céu Airlines — que as pessoas chamavam de Grande Susto Airlines por causa da reputação de fazer voos tão turbulentos que eles praticamente garantiam sacos de vômito extra. De todo modo, os voos da Grande Céu faziam apenas o trajeto entre Miles City e outras cidades de Montana: aviões minúsculos com poucos passageiros e sem nenhuma necessidade de ter uma moça de uniforme servindo refrigerantes e pacotes de amendoim.

— É uma nova fase da minha vida — dizia Ruth o tempo todo durante aqueles primeiros meses depois do acidente. — Nunca planejei ser comissária de bordo para sempre. É uma nova fase da minha vida.

Aquela nova fase envolvia trabalhar como secretária na empreiteira do meu pai. A minha mãe costumava fazer boa parte do controle financeiro à noite, de graça, quando voltava para casa depois do trabalho no museu Tongue River; mas Greg Comstock, que assumiu os negócios após a morte do meu pai, mas manteve o nome antigo, oficializou Ruth como funcionária da Solid Post Projects — um emprego com uma mesa, uma placa e um contracheque duas vezes ao mês.

Naquele outono, Ruth precisou viajar para a Flórida para dar uma olhada no apartamento dela, empacotar os seus pertences e organizar as coisas de forma geral para se preparar para aquela *nova fase* da sua vida. Ela também precisava passar por uma cirurgia.

— Nada grave — disse ela. — Coisa de rotina para a minha NF. Eles precisam raspar, dar uma limpada.

NF era a sigla para a neurofibromatose de Ruth. Minha tia tinha essa doença desde o nascimento, quando a vovó e o vovô notaram um caroço do tamanho de um amendoim no meio das costas dela, junto com uma mancha lisa da cor de café com leite (apropriada e oficialmente chamada de mancha *café au lait*) no ombro, e outra menor na coxa. Os médicos disseram que não era nada para se preocupar, mas, conforme Ruth cresceu, apareceram outros caroços, alguns do tamanho de amêndoas, de punhos de bebês, e em lugares que uma garota bonita como ela não queria que crescessem, não durante o verão, não na época da festa de formatura. Então, os médicos a diagnosticaram, removeram os tumores benignos, com exceção do caroço nas costas, que nunca mudou muito. Tinha crescido um pouco, e depois parou, mas os cirurgiões temiam a proximidade dele com a medula e, por isso, resolveram deixá-lo quieto.

Eu achava estranho que ela, tão lustrosa, perfeita e reluzente, fosse tão *blasé* em relação a ter um monte de tumores arrancados dos nervos (aparentemente, o grupo atual ficava na coxa direita e também havia um atrás do joelho); mas Ruth já tinha feito aquilo vezes suficientes para que se tornasse uma coisa que ela apenas fazia, acho, a mais ou menos cada década — outra parte da sua rotina de embelezamento com um pouco mais de esforço envolvido. Com a cirurgia e tudo mais, ela ficou longe por mais de um mês, e a vovó e eu ficamos com a casa toda para nós de novo. Foi legal. A grande coisa que aconteceu enquanto Ruth estava fora foi que a amiga da minha mãe, Margot Keenan, veio nos visitar. Na verdade, ela veio *me* visitar. Margot Keenan era alta, com braços e pernas compridas, e tinha sido jogadora de tênis semiprofissional por um tempo depois da faculdade antes de ir trabalhar para um mandachuva no ramo das roupas esportivas. Eu me lembro de que nas poucas vezes em que veio nos visitar quando os meus pais ainda estavam vivos, Margot me deu aulas de tênis e deixou que eu usasse a raquete chique dela. Outra vez, no verão, ela foi nadar comigo no Scanlan e sempre trazia presentes da Espanha, da China, de qualquer lugar. Meus pais estocavam gim e tônica para as visitas dela, compravam limão para fazer o drinque do jeito que ela gostava. Ela era amiga da minha mãe desde o ensino fundamental. E, mais importante que tudo isso, elas tinham o lago Quake em comum. Foi a família de Margot que tinha convencido os meus avós a irem até Virginia City no dia do terremoto e que ficaram para trás, foi a família dela que perdeu o filho, irmão de Margot.

Agora, ela morava na Alemanha e só ficou sabendo do acidente dos meus pais um mês depois de ter acontecido, e então me mandou um buquê enorme. Não para todos nós: para mim. O negócio era gigante, com flores que eu nem sabia o nome. No cartão, ela prometia que me visitaria assim que voltasse para os Estados Unidos. Algumas semanas depois, Margot ligou enquanto eu estava na escola, falou com a vovó, avisou quando chegaria e que gostaria de me levar para jantar, e a vovó disse que sim por mim, que é o que eu teria dito de qualquer maneira.

Ela apareceu em uma sexta à tarde em um carro azul empoeirado, alugado no aeroporto de Billings. Observei pela janela enquanto ela subia os degraus da frente da casa. Parecia ainda mais alta do que eu me lembrava, e agora usava o cabelo preto e lustroso em um corte curto e assimétrico, com um lado enfiado atrás da orelha. A vovó abriu a porta, mas eu estava bem ali também e, embora não conhecesse Margot tão bem assim, quando ela se curvou de leve para me abraçar, não congelei os ombros do jeito que fazia sempre que recebia aquele tipo de abraço. Eu a abracei de volta, e acho que aquilo surpreendeu a nós duas. Seu perfume, se é que era mesmo um perfume, tinha cheiro de toranja e hortelã, fresco e limpo.

Nós três tomamos Coca-Cola na sala de estar, enquanto a Margot falava um pouco sobre Berlim e os variados compromissos de negócios que teria durante a sua viagem aos Estados Unidos. E, então, ela olhou para um relógio bonito de prata que estava usando, um relógio grande com o visor azul, tipo um relógio masculino, e disse que era melhor a gente se apressar se quisesse chegar a tempo da reserva no Cattleman's. Foi engraçado porque, mesmo sendo a churrascaria mais cara de Miles City, espremida entre os bares, um lugar lotado de painéis de madeira escura e animais empalhados, ainda não era o tipo de estabelecimento em que alguém fazia uma reserva. Mas, aparentemente, Margot fez mesmo assim.

Dava para ver que ela estava nervosa quando abriu a porta do carro para mim e depois disse para eu escolher a música que quisesse ouvir nos sessenta segundos do trajeto pela Main Street. Quando não fiz movimento algum em direção ao botão do rádio, ela escolheu por mim, pulando entre as três estações captadas, fazendo uma careta e, por fim, desligando o aparelho. Eu também estava nervosa, e aquilo me fez sentir como se a gente estivesse em um encontro, o que meio que era verdade, acho. A dupla de caipiras que estava no bar do Cattleman's deu a Margot — que vestia calça preta, botas também pretas e usava aquele corte de cabelo de uma pessoa que definitivamente não era de Miles City — um olhar de cima a baixo quando passamos em direção à nossa mesa. Porém, tudo já parecia mais calmo quando recebemos as nossas bebidas: o gim-tônica dela de sempre e, para mim, um Shirley Temple, com o dobro de cerejas e pouco gelo.

— Bem, vou me adiantar e dizer logo que isso é bem estranho, não? Desconfortável talvez seja a palavra certa. — Margot deu um longo gole no seu drinque, deixando os cubos de gelo baterem no limão na borda do copo. — Mas fico muito feliz de a gente estar aqui.

Gostei do jeito como ela disse *a gente* e transformou o jantar em algo para nós duas e não uma coisa que ela estava fazendo só *por* mim. Aquilo fez com que eu me sentisse adulta.

— Eu também — falei, bebendo o meu drinque sem álcool, torcendo para parecer tão sofisticada quanto Margot parecia ser aos meus olhos.

Ela sorriu e tenho certeza de que fiquei corada.

— Trouxe umas fotos — disse ela, mexendo na elegante bolsa de couro. Era mais uma mochila que uma bolsa. — Não sei quais destas você já viu, mas pode ficar com quantas quiser.

Ela me entregou o envelope.

Limpei as mãos no guardanapo antes de pegar as fotos. Queria que Margot percebesse o quanto eu levava aquilo a sério. Não tinha visto a maioria das fotografias. Acho que as primeiras doze eram do casamento dos meus pais. A tia Ruth tinha sido a dama de honra, e Margot, uma das madrinhas. Achei que ela estava bonita, ainda que parecesse desconfortável naquele vestido e com aquelas luvas compridas, bem como imagino que eu ficaria usando a mesma roupa.

— Ai, a sua mãe e aquele pêssego monstruoso — disse ela, estendendo o braço pela mesa e virando a foto para si mesma, balançando a cabeça em reprovação. — Eu tinha todas as intenções de botar uma calça jeans antes da recepção, mas ela me subornou com champanhe.

— Parece que funcionou — falei, dando de cara com uma foto em que ela bebia champanhe direto da garrafa, o meu avô Wynton no canto da imagem, dando uma enorme risada. Mostrei para ela, que assentiu.

— Você não chegou a conhecer os pais da sua mãe, não é?

— Com a exceção da vovó Post, não conheci nenhum dos meus avós — respondi.

— Você teria gostado do seu avô Wynton. E ele teria gostado de você. Ele era um verdadeiro pândego.

Achei legal que Margot tivesse decidido, considerando o pouco que ela me "conhecia", que eu agradaria ao meu avô. A minha mãe tinha falado a mesma coisa para mim antes, mas era diferente vindo de Margot.

— Você sabe o que é um pândego? — perguntou ela, acenando para a garçonete e pedindo mais um drinque.

— Sei — falei. — Um brincalhão.

— Muito bem — disse ela, rindo. — Gostei dessa... um brincalhão.

As fotos no final eram mais antigas, dos dias de ensino médio da minha mãe e outras ainda mais velhas: um piquenique, um jogo de futebol americano, uma peça de Natal, Margot sempre imensa ao lado das outras garotas. Conforme elas ficavam mais novas, foto a foto, Margot parecia imensa também em relação aos garotos.

— Você sempre foi bem alta — falei, e então fiquei envergonhada por ter dito aquilo.

— Na escola, meu apelido foi Ma por muitos anos... era uma sigla para Margot Alta— explicou ela, não olhando para mim e sim para uma mesa de clientes que começava a travessia até o bufê de saladas.

— Até que é meio esperto — falei.

Ela sorriu.

— Também acho. Bem, hoje em dia. Na época, nem tanto.

A garçonete voltou para anotar os nossos pedidos, trazendo o segundo drinque de Margot. Não tínhamos nem dado uma olhada no cardápio marrom com uns fios dourados, mas eu sabia que ia querer o bife de frango frito e *hash browns*, e Margot aparentemente sabia que ia querer costela de porco, porque foi o que ela pediu, com uma batata assada, assim como outro Shirley Temple para mim. Ela pediu sem sequer perguntar se eu queria. Foi legal.

Peguei três fotos do montinho que ela me entregou — uma dos meus pais dançando no casamento deles, outra da minha mãe em cima dos ombros de algum garoto desconhecido com o dente da frente lascado e uma terceira na qual minha mãe e Margot, com talvez nove ou dez anos de idade, de short e camiseta, estavam abraçadas pela cintura, com bandanas na cabeça — essa última me lembrava de uma foto minha com Irene. Levantei as escolhas para ela ver e dei de ombros.

— Então, você fez as suas escolhas. — Ela assentiu para as fotos que eu tinha na mão. — A de nós duas foi tirada na festa do Acampamento para Garotas. Eu estava procurando alguma coisa outro dia e dei de cara com o meu velho manual. Vou tentar me lembrar de mandá-lo para você. Vai morrer de rir.

— Ok — falei.

A seguir, olhamos uma para a outra, ou para a mesa, ou para o saleiro e o pimenteiro, pelo o que pareceu um longo tempo. Fiquei concentrada em dar um nó no cabo de uma das minhas cerejas.

Margot deve ter notado a minha boca se mexendo, porque ela disse:

— O meu irmão, David, fazia isso. Conseguia dar dois nós em um cabo. Segundo ele, isso significava que ele beijava muito bem.

Como sempre, fiquei envergonhada.

— Ele tinha quantos anos? — perguntei, sem terminar a pergunta com *quando morreu*, mas Margot entendeu mesmo assim.

— Tinha acabado de completar catorze anos. No final de semana antes do terremoto — respondeu ela, misturando o drinque. — Não acho que ele tenha beijado muitas garotas antes de morrer. Acho que nenhuma, na verdade; com a exceção da sua mãe.

— O seu irmão beijou a minha mãe?

— Com certeza — disse ela. — Na despensa da Primeira Igreja Presbiteriana.

— Que romântico — falei.

Margot riu.

— Foi tudo bem inocente — respondeu. Margot pegou o saleiro e bateu a base de vidro algumas vezes contra a toalha. — Nunca voltei a Rock Creek desde que tudo aconteceu, mas vou direto para lá amanhã quando sair de Miles City. Acho que tenho que fazer isso.

Não sabia o que dizer.

— Eu já queria voltar mesmo. Faz muitos anos que tenho essa vontade — disse ela.

— Eu não quero ir lá nunca.

— Não acho que tenha nada de errado com isso.

Margot estendeu a mão sobre a mesa como se talvez fosse pegar a minha ou apenas tocá-la, mas coloquei os braços sobre o colo rapidamente.

Ela abriu um sorriso apertado e disse:

— Vou ser sincera, Cameron, porque você me parece adulta o suficiente para aguentar. O luto não é o meu forte, mas queria vê-la e dizer que, se precisar de qualquer coisa de mim, pode sempre me pedir que farei o melhor possível. — Ela parecia ter terminado, mas acrescentou: — Eu amei a sua mãe desde o dia em que a conheci.

Margot não estava chorando e eu não conseguia ver se havia algum potencial para aquilo acontecer. No entanto, eu sabia que se a encarasse por muito tempo, com certeza poderia sentir vontade de chorar e, quem sabe, até contar para ela sobre mim, Irene e o que a gente fez, o que eu queria ter feito e ainda queria fazer. De algum jeito, tinha certeza de que Margot saberia como fazer eu me sentir melhor. Apenas tinha consciência de que ela me asseguraria de que as minhas ações não haviam causado o acidente e, embora eu não fosse acreditar em mais ninguém que dissesse o mesmo, talvez acreditasse nela. Porém, naquele instante, eu não queria acreditar, então não encarei o rosto dela. Em vez disso, engoli o restante do meu Shirley Temple, o que envolveu muitos goles, mas terminei cada gota cor-de-rosa do líquido doce e gasoso até que o gelo batesse nos meus dentes.

E, então, falei:

— Obrigada, Margot. Fiquei muito feliz por você ter vindo.

— Eu também — respondeu ela. Em seguida, botou o guardanapo de volta na mesa e disse: — Estou pronta para o bufê de saladas. E você?

Fiz que sim, e depois ela me perguntou se eu sabia como se falava *banheiro* em alemão. Respondi que não, e ela disse que era *das Bad*, e foi engraçado, então nós duas sorrimos. Então, ela levantou e disse que ia *dar um pulinho no* das Bad antes de comer. Enquanto Margot fazia isso, tirei as fotos do envelope mais uma vez, encontrei a imagem do casamento em que ela estava bebendo champanhe direto da garrafa e enfiei na camisa, logo abaixo da cintura das calças, sentindo o contraste gelado e pegajoso na minha barriga.

• • •

Quando Ruth voltou, um caminhão de mudança veio logo atrás dela e tivemos que abrir espaço para algumas das suas coisas. Isso significa que reviramos a garagem, os armários e o galpão que usávamos como depósito no quintal. Em uma dessas sessões de limpeza, desenterramos uma casa de bonecas que o meu pai tinha feito no meu aniversário de cinco anos. No quesito casas de boneca, a minha era incrível. Tinha sido construída na escala exata de uma casa vitoriana antiga de São Francisco — segundo o meu pai, era uma casa famosa de uma rua famosa.

A versão que ele construiu para mim tinha um metro de altura e cinquenta centímetros de largura. Foi preciso que eu e Ruth carregássemos juntas a casa pela abertura estreita do galpão lotado de coisas.

— Vamos botar isso no carro e levar para o St. Vincent's? — perguntou ela depois que tínhamos conseguido passar pela porta coberta de teias de aranha e estávamos paradas na grama, suando. — Essa casa faria uma garotinha muito feliz.

A gente já tinha feito um monte de viagens com o carro até o brechó.

— É minha — falei, embora não tivesse planejado ficar com a casa até aquele instante. — Meu pai fez para mim, e não vou dá-la para uma pessoa estranha.

Ergui a casinha pelo teto pontudo e a levei para dentro, subi a escada e fechei a porta.

Meu pai tinha pintado a casa de um tom de azul que ele chamava de cerúleo, e achei a palavra tão bonita que batizei a primeira boneca que morou na casa de Sarah Cerúleo. As janelas tinham um frisado branco, painéis de vidro de verdade e jardineiras com pequenas flores de plástico. Havia uma cerca simulando arame farpado em volta do pequeno quintal, que foi feito com restos do gramado do campo de futebol coberto em Billings. Não sei como o meu pai conseguiu aquilo. Ele tinha cortado pedaços de telhas de madeira de verdade para fazer o telhado. A parte externa estava totalmente construída, cada detalhe, mas o lado de dentro era outra história.

A casa de bonecas era toda feita de dobradiças, então dava para fechá-la e vê-la pelos quatro lados, ou ela podia ficar aberta, dando acesso a cada um dos cômodos separadamente, como um diorama. Meu pai tinha construído a estrutura de cada cômodo e instalado a escada e a lareira, mas era só isso, não havia nenhuma outra decoração ou toque final. Ele queria ter terminado a tempo do meu aniversário, e prometeu que a gente faria isso depois, juntos, algo que nunca aconteceu. Não que eu me importasse. Mesmo inacabada, era a melhor casa de bonecas que eu já vira.

Eu e a minha mãe compramos alguns móveis para a casa no quiosque de artesanato no Ben Franklin. Eu e Irene costumávamos passar horas com aquela casa, até que, um tempo depois do meu aniversário de dez anos, decidi que estava velha demais para bonecas e, como consequência, para casas de bonecas.

Enquanto Ruth continuava a arrumação, levei a casa de brinquedo para o canto do meu quarto, que já estava entulhado, e a coloquei sobre a mesa, que era mais uma coisa — uma coisa monstruosa — que o meu pai construíra para mim, com nichos e gavetas de todos os tamanhos, além de uma bancada larga para os projetos de arte. No entanto, a casa de boneca também era monstruosa, e sobrou apenas um canto livre para uso. Ainda assim, gostei de tê-la ali, apesar do tamanho. Contudo, durante algumas semanas, ela fez apenas isso: ficou ali, tomando espaço e esperando.

● ● ●

Os Klauson ganharam na loteria com a fazenda de dinossauros.

— Criar dinossauros dá de mil em criar gado. — Ouvi o Sr. Klauson dizer mais de uma vez. A Sra. Klauson comprou um conversível verde--azulado obsceno, embora estivéssemos no meio do outono. Irene chegava no colégio com um monte de coisas novas. Mais ou menos na época do Dia das Bruxas, já estava acertado: ela ia estudar na Maybrook Academy, em Connecticut. Um colégio interno. Eu já tinha visto isso nos filmes. Sabia tudo sobre aquele tipo de lugar: saias xadrez, gramados verdes intermináveis e viagens para alguma cidade litorânea nos finais de semana.

— Mas e os garotos? — Steph Schlett perguntara para ela enquanto um monte de meninas se espremia em uma mesa de cabine no Ben Franklin, e algumas faziam *uuuuh*s e *aaaaah*s para um catálogo brilhoso.

— O Maybrook é um colégio exclusivamente feminino — respondeu Irene, tomando um gole demorado da sua Perrier.

Ninguém vendia Perrier no quiosque de comida do Ben Franklin ou em qualquer outro lugar de Miles City, mas a Sra. Klauson adquirira o hábito de comprar lotes dela em Billings, e Irene adquirira o hábito de carregar uma garrafa para praticamente todos os lugares.

— Que chaaaato — desdenhou Steph com o gemido agudo pelo qual era conhecida. ·

— Até parece — falou Irene, tomando o cuidado de não fazer contato visual comigo. — A escola-irmã para garotos, River Vale, fica do outro lado do lago, e sempre acontecem eventos sociais e festas entre as duas. Quase todos os finais de semana.

Observei Steph mergulhar uma batata frita em uma poça de ketchup e depois em um pote gigante de plástico de molho rancheiro vendido no Ben Franklin, antes de enfiar a batata na boca e começar tudo de novo.

— Mas por que você vai agora? — perguntou, a batata mastigada presa no aparelho dos dentes. — Por que não pode esperar o ano letivo, ou pelo menos o semestre, acabar?

Eu queria ter feito a mesma pergunta, mas fiquei feliz por Steph ter questionado isso por mim. Não queria que Irene percebesse o meu ciúme. Dava para ver parte do catálogo de onde eu estava sentada: garotas bonitas jogando lacrosse, abraçadas vestindo cardigãs de lã grossa ou tomando chocolate quente em salas cheias de livros de capas de couro. Era mesmo como nos filmes.

Irene tomou outro gole da Perrier. Em seguida, fechou a tampa bem devagar, meio que franzindo a testa, como se a pergunta de Steph tivesse sido muito profunda ou algo do tipo. Por fim, ela respondeu:

— Meus pais acham melhor eu começar no Maybrook o mais rápido possível. Não fiquem ofendidas, garotas — ela olhou diretamente para mim —, mas não é como se Miles City fosse famosa pelo seu ensino escolar de ponta.

A maioria das garotas ao meu redor balançou a cabeça em concordância, como se não estivessem insultando os seus próximos cinco anos de educação, mas o de outras pessoas.

— Eles viram as minhas notas e vão deixar que eu faça estudos independentes das aulas que estava tendo aqui para poder terminar o semestre do outono — falou ela, destacando a palavra *semestre*, conseguindo de algum jeito soar esnobe. Era tão diferente de como a gente falava em Miles City. Nenhum de nós jamais teria dito *semestre do outono*. Bem, não até aquele momento.

• • •

No fim de semana seguinte, Irene me chamou para ir ao rancho. Ela ia embora na segunda. O clima estava ameno até para Montana em novembro, mesmo que fosse o início do mês — congelante à noite, mas cerca de quinze graus durante o dia. Caminhávamos lado a lado sem casaco. Tentei inalar o cheiro de pinheiro e de terra do rancho, mas aquele já não era o lugar que tinha sido um dia. Havia tendas brancas por todo canto, um circo de cientistas e uns sujeitos de cabelo comprido sujos de terra, todos mexendo em trincheiras enormes, tratando a terra como se ela fosse algo frágil, como se não fosse a mesma terra em que eu e Irene costumávamos chutar, cuspir e fazer xixi atrás do celeiro.

Agora Irene também falava como nos filmes.

— Nunca tinham visto um hadrossauro nessa região antes — falou ela. — Não completo como esse.

— Nossa — respondi. Eu queria falar para ela que tinha pensado muito sobre aquele passeio na roda-gigante. Queria dizer que talvez estivesse errada sobre o que falei naquela noite. Mas não fiz nada disso.

— Meus pais estão construindo um centro de visitas e um museu. E uma loja de lembrancinhas. — Ela de fato passou a mão sobre a terra. — Dá para acreditar? Talvez até batizem alguma coisa em minha homenagem.

— Irenossauro? — sugeri.

Ela revirou os olhos.

— Vão dar um nome mais profissional que esse. Você não entende bem de nada disso.

— A minha mãe gerenciava um museu — retruquei. — Entendo, sim.

— Não é a mesma coisa. O museu em que a sua mãe trabalhava é um local histórico que existe desde sempre. Estamos falando de algo novo. Não tente dizer que é a mesma coisa.

Ela deu as costas para mim e caminhou depressa na direção do celeiro.

Achei que ela fosse me levar para o mezanino. Se tivesse começado a subir a escada, eu a teria seguido. Mas Irene não fez isso. Ela parou logo na entrada. Havia mesas montadas ali, todas cobertas com uma variedade de torrões de uma lama cor de ferrugem tão gosmenta que era basicamente barro. Saindo de alguns daqueles torrões estavam os fósseis. Irene fingiu examiná-los de perto, mas dava para ver que era apenas isso: fingimento.

— Você já sabe com quem vai dividir o quarto? — perguntei.

— Alison Caldwell — respondeu ela, a cabeça abaixada sobre um espécime. — Ela é de Boston — complementou, com aquele novo tom de voz.

Usei a minha melhor imitação de Henry Higgins:

— Ah, os Caldwell de Boston. Muito bem, minha jovem.

Irene sorriu e, por meio segundo, pareceu se esquecer de como agora precisava parecer importante.

— Fico feliz de ao menos saber cavalgar. Pelo menos posso cavalgar tão bem quanto qualquer uma delas.

— Talvez até melhor — falei, com sinceridade.

— Mas é diferente. Meu estilo é faroeste, não inglês. — Ela deu as costas para os fósseis e abriu um sorriso só para mim. — Sabe, têm bolsas acadêmicas no Maybrook. Você pode se inscrever no ano que vem. Aposto que entraria, por causa dos... — Irene deixou o que ia dizer de lado.

— Por causa dos meus pais mortos — completei, de um modo um pouco mais cruel do que estava sentindo de verdade.

Ela deu um passo na minha direção, botou a mão no meu braço, manchando a minha camisa com um pouco daquela lama gosmenta.

— Sim, mas não é só por isso. Também porque você é muito inteligente e mora aqui no meio do nada em Montana.

— Aqui no meio do nada em Montana é de onde eu sou, Irene. E você também.

— Não existe uma regra que diz que você precisa ficar no lugar em que nasceu — disse ela. — Não é como se você se tornasse uma pessoa ruim por tentar algo novo.

— Eu sei — falei.

Tentei imaginar a mim mesma inserida em uma daquelas fotos brilhosas do catálogo, eu em um gramado verde coberto em um mosaico de folhas castanhas do outono, eu de pijama lendo um daqueles livros de capa de couro na sala de estar. No entanto, só conseguia enxergar versões daquelas fotos com nós duas, eu e Irene, juntas na casa de barcos, na capela, debaixo do cobertor de flanela sobre a grama grossa, dividindo o mesmo quarto...

Como nos velhos tempos, ela leu os meus pensamentos. Então tirou a mão do meu braço e agarrou a minha mão.

— Ia ser incrível, Cam. Vou primeiro para aprender as manhas do lugar, e você chega no outono.

A voz dela tinha aquele tom de empolgação de quando a gente costumava apostar coisas, algo que não parecíamos fazer há séculos.

— Talvez — falei, pensando que parecia mesmo bem fácil, naquele instante, com o sol quente do quase inverno no topo das nossas cabeças, o som das ferramentas dos paleontólogos escavando, o toque da mão dela na minha.

— Por que talvez? Diz que sim. Vamos pedir para a minha mãe pegar uma inscrição para você.

Irene me puxou na direção da casa. A Sra. Klauson sorriu para o nosso plano, tudo tão fácil, como sempre. Ela disse que se certificaria de que uma inscrição no Maybrook fosse enviada para mim. Depois disso, levou a gente de carro de volta para a cidade. O capô estava abaixado, claro, e deixamos os braços balançando para fora do automóvel, subindo e descendo com a corrente de ar. O mato na lateral da estrada estava meio morto por causa das geadas noturnas — uma parte dourada, ocre, seca e curvada —, mas o restante continuava verde, aguentando firme, tentando continuar crescendo. Se eu espremesse os olhos, as ondulações de vento que fazíamos com os braços quase pareciam nadar pelo mato. Fizemos isso durante quilômetros, até sairmos da estrada, de volta às ruas da cidade. E, então, a Sra. Klauson me deixou em frente de casa. E, assim, Irene se foi.

CAPÍTULO QUATRO

Meus pais tinham sido presbiterianos quase totalmente relapsos. Éramos o tipo de família que ia à igreja na Páscoa e no Natal, com alguns anos de aula de catequese para dar uma equilibrada. A vovó Post dizia que era velha demais para frequentar a igreja e que entraria no paraíso sem nada daquilo. A tia Ruth não era cristã de nenhum desses dois tipos. Frequentávamos a Primeira Igreja Presbiteriana todos os domingos desde o velório, porque tinha sido a "igreja da família", mas ela deixava claro na viagem de volta para casa que uma congregação cheia de idosos e sermões secos não a agradava. Quanto a mim, eu gostava o suficiente. Gostava, ao menos, de conhecer as pessoas sentadas ao meu lado no banco, de saber a hora de levantar e de me sentar, e a maioria das canções. Gostava do vitral no altar, mesmo que o Jesus crucificado sangrasse um pouco demais na minha opinião, todos aqueles pedaços vermelho e magenta filtrando a luz do sol. Não me sentia próxima a Deus na igreja, mas, em alguns domingos, me sentia próxima a algumas lembranças de estar naquele lugar com os meus pais. E eu gostava da sensação.

Ruth aguentou a época das festas de final de ano sem falar nada, mas, quando estávamos desmontando a árvore de Natal, ela me disse que andava pensando que a Primeira Igreja Presbiteriana *já não era mais para nós*. A minha tia infiltrou esse assunto bem no meio de outra conversa sobre como só porque eu não tinha feito as sessões obrigatórias com Nancy, a pedagoga grudenta, durante o semestre, isso não significava que eu deveria deixar de conversar com alguém.

— Sabe, Greg Comstock e a família dele vão na igreja Portões da Glória, e também os Martenson e os Hoffsteader — falou Ruth. — E todos eles parecem amar. A presbiteriana não tem o tipo de senso de comunidade da qual precisamos agora. Não tem sequer um centro da juventude.

— Que porcaria é um centro da juventude? — perguntou a vovó por detrás da revista *Histórias absurdas de detetive* que ela lia no sofá. — Eu achava que as crianças iam para a catequese aos domingos até ficarem velhas o suficiente para se comportarem durante a missa. Você não sabe se comportar, Cameron?

Ruth riu do jeito que fazia quando não tinha certeza se a vovó estava brincando ou falando sério.

— A Portões da Glória tem um grupo para adolescentes, Eleanor — disse ela. — Segundo Greg Comstock, eles fazem todo tipo de projeto comunitário lá. Também pode ser legal para Cammie passar um tempo com alguns jovens cristãos.

Até onde sabia, todo mundo com quem eu "passava um tempo" era um jovem cristão e, mesmo que alguns deles não estivessem totalmente convencidos disso, nenhum falava sobre as suas dúvidas acerca do assunto. Eu sabia onde Ruth queria chegar, no entanto; ela queria que eu passasse um tempo com aqueles garotos que carregavam Bíblias para todas as aulas. Queria que eu vestisse camisetas de bandas de rock cristãs e frequentasse os acampamentos de verão e as manifestações deles e que praticasse o que o livro sagrado dissesse.

A minha tia estava ajoelhada no assoalho da sala de estar, arrancando pedaços de pinheiro da saia da árvore, uma renda antiga que a minha mãe amava. Ela botava cada pedaço retirado com a mão direita dentro da mão esquerda, como se estivesse colhendo mirtilos. Seus cachos dourados — Ruth começara a gastar um bom tempo da manhã passando um creme especial neles e depois secando do jeito certo — estavam caídos na frente do rosto enquanto ela fazia aquilo. Sua aparência era jovem, até mesmo angelical.

— Por que está fazendo isso? — perguntei. — A gente sempre leva a saia lá para fora e sacode.

Ruth ignorou a minha pergunta e continuou a tarefa.

— Você deve conhecer um monte de gente da escola que frequenta essa igreja, não é, Cammie?

Agora foi a minha vez de ignorar a pergunta. A árvore de verdade, comprada no quiosque da Associação dos Veteranos de Guerra, foi uma concessão de Ruth. Minha mãe tinha sido uma grande defensora de árvores de Natal de verdade. Todos os anos, ela montava diversas no museu Tongue River, temáticas, é claro, e nós também sempre tínhamos uma em casa. A gente costumava pegar as árvores em uma única viagem, só nós duas, colocando tudo na picape do meu pai e depois, às vezes, parando no Kip para tomar um sorvete. Minha mãe sempre foi uma grande defensora do sorvete no inverno também.

A gente não precisa se preocupar se vão derreter ou não, ela costumava dizer, segurando o cone na mão elegante e protegida por luvas de couro, a respiração visível no ar enquanto dava uma mordida.

A questão das árvores de Natal tinha surgido no Dia de Ação de Graças. Ruth mencionou que estava de olho em algumas árvores sintéticas muito bonitas anunciadas nos encartes do jornal, e eu dei um pequeno chilique à mesa, com o apoio total da vovó. *É o primeiro ano da menina sem eles, Ruth. Deixe a garota manter as tradições.* E Ruth *deixou* que eu mantivesse as tradições. Na verdade, ela até se esforçou ao me perguntar quais eram as receitas que eu queria para a ceia de Natal e o lugar exato em que deveria pendurar as decorações. Até fomos juntas à Feira de Natal no centro da cidade. Ruth fizera uma fornada atrás da outra de biscoitos de açúcar com gotas de manteiga de amendoim. Em suma, ela tinha feito tudo que deveria para criar a atmosfera natalina de um jeito ainda mais perfeito que os meus pais teriam feito. No entanto, em vez de fazer com que eu me sentisse melhor, a imitação perfeita de Ruth do Natal da família Post fez com que eu me sentisse bem pior.

Eu estava num mau humor *terrível*, segundo a vovó, havia semanas, e agora a limpeza interminável de Ruth das partes da árvore só piorava a situação.

— Isso só vai fazer com que caiam mais pedaços quando a gente for tirar isso daí, Ruth — falei. Em algum momento no mês de dezembro, parei de usar "tia" antes do nome dela, basicamente porque sabia que isso a incomodava. — É burrice tentar limpar tudo com a mão. Foi por isso que inventaram o aspirador de pó.

As minhas palavras fizeram com que ela parasse. Ruth ficou de pé e ajeitou o cabelo para um lado com a mão livre de espinhos.

— Talvez seja por isso também que inventaram as árvores artificiais — respondeu, naquele tom dócil controlado que era a especialidade dela. — E é por isso que teremos uma assim no ano que vem.

Era quase impossível conseguir que Ruth se exaltasse além daquela doçura ríspida, mas eu nunca deixava de tentar.

— Tanto faz — falei, me jogando no sofá ao lado da vovó, chutando de propósito uma caixa cheia de luzes e enfeites do canto da mesa de centro. — A gente pode ficar sem árvore nenhuma. Por que a gente não ignora o Natal como um todo?

A vovó botou a mão dentro da revista, marcando a página que estava lendo, e a usou para dar um tapa forte no meu braço — do tipo que a gente dá para matar uma aranha.

— Cameron, pegue a caixa do chão — disse ela. Logo depois, se virou para Ruth. — Não tenho certeza se essa aqui está pronta para um desses grupos jovens. Antes, ela precisa aprender a se comportar como uma adolescente e não como uma criança de dois anos.

Minha avó tinha razão, é claro, mas fiquei incomodada por ela ter ficado do lado de Ruth.

— Desculpe — falei, desembolando os fios dos enfeites, sem olhar para nenhuma das duas.

— Bem, acho que podemos tentar a Portões da Glória no domingo que vem — disse Ruth naquele jeito dela, como se nada tivesse acontecido. — Uma coisa nova. Acho que pode ser divertido.

● ● ●

A Portões da Glória (PDG) era uma dessas igrejas de tamanho industrial que parecia mais um galpão gigante de alimentação de animais que um local de adoração. Era uma construção de metal no alto de uma colina nos limites da cidade, com três lados cercados por um estacionamento pavimentado e, no único lado restante, por um quadrado muito pequeno de grama.

Quando comparada aos vitrais e aos bancos de mogno da Primeira Igreja Presbiteriana, a PDG parecia um escritório ou até uma fábrica. E meio que era. A comparação era real sobretudo na capela, grande o suficiente para acomodar a congregação de mais de quatrocentas pessoas com folga. O som no lugar ecoava, com alto-falantes espalhados por todo canto, luzes fluorescentes no teto e mais ou menos quatro mil metros quadrados de carpete azul-escritório pelo chão.

As missas raramente duravam menos de duas horas, de dez ao meio-dia. A Ruth e eu íamos todo domingo. Ela entrou para o coral e, mais tarde, para o grupo feminino de estudos da Bíblia. Conforme prometido, me fez entrar no Poder de Fogo, o grupo jovem.

O que me lembro da catequese aos domingos na Presbiteriana era meio que a Sra. Ness ensinando a gente a cantar "Jesus me ama", o cabelo prateado dela preso em um coque e um violão no colo. Também me lembro da Bíblia infantil que nos davam, com imagens coloridas dos casais de animais embarcando na arca, Moisés partindo um mar muito vermelho, e um Jesus de cabelo comprido caminhando sobre a água, os braços bem abertos, que de algum jeito me fazia lembrar do Salsicha do *Scooby-Doo*. E me lembro também de que, durante a missa, o lugar era tomado de gente velha repetindo alguns versículos, uma música dolorosa era tocada no piano, um sermão longo difícil de acompanhar era dado. De cara, a Portões da Glória era diferente.

Não bastava aceitar que Jesus tinha morrido pelos meus pecados, tentar não quebrar os Dez Mandamentos e ser gentil com os outros. As coisas aconteciam de um jeito bem mais específico na PDG. O mal, eles disseram, estava por toda parte e precisava ser combatido sempre. Ser um crente de verdade significava ajudar os outros — muitos outros — a acreditar da mesma forma que eles. *Tornar-se um agente de Deus evangelizando o mundo.* Em vez de me convencerem a ter aquele tipo de crença cega, em vez de me darem certeza da minha boa índole, aquelas coisas fizeram com que eu questionasse e tivesse ainda mais dúvidas. Eu sabia que os meus pais não viam o mundo, viam Deus, daquela forma. Acho que a gente não chegou a debater muito a fundo tantas vezes assim, mas de uma coisa eu tinha certeza: aquela não era a visão deles.

No meu primeiro encontro com o Poder de Fogo, a nossa conselheira, Maureen Beacon, que, de um jeito bizarro, se parecia muito com Kathy Bates, me deu um exemplar da *Bíblia completa para adolescentes*. Estávamos na grande sala de encontros nos fundos do templo, e havia dezenas de garotos da minha idade e mais velhos enchendo copos de plástico com suco de laranja e rondando a mesa de lanches, arrancando uvas dos cachos e jogando uns nos outros. Cada um deles tinha uma Bíblia igual à minha. A *Bíblia completa para adolescentes* tinha capa preta com uma gravação azul-brilhante e uns raios neon em baixo relevo por toda parte, que simbolizavam sabe-se lá o quê. Não me lembro dos tópicos debatidos pelo grupo naquele primeiro encontro — talvez algo sobre adolescentes cristãos e a anorexia ou adolescentes cristãos e a televisão. No entanto, não importava o assunto, da acne aos namoros, a *Bíblia completa para adolescentes* dava conta.

Eu ainda não sabia o que a Bíblia dizia sobre os meus sentimentos por Irene, sobre como eu poderia me sentir por outras garotas. Tinha uma vaga ideia de que o livro não era muito favorável a isso, mas nunca tinha procurado por provas concretas. Na noite do primeiro encontro do Poder de Fogo, depois que cheguei em casa, fui para o meu quarto, botei *Atração fatal* como pano de fundo e procurei por homossexualidade no índice de "Tópicos a levar em consideração" na parte de dentro da capa. Sublinhei passagens dos Romanos e dos Coríntios. Li tudo sobre Sodoma e Gomorra, fiquei com dúvidas sobre a proveniência do enxofre. No entanto, o versículo que me pareceu ser a passagem mais condenatória — Levítico 18:22 — apenas mencionava a homossexualidade masculina ("Com varão não te deitarás, como se fosse mulher: abominação é"), mas não me fez sentir nem um pouco melhor. A minha *Bíblia completa para adolescentes* tinha observações explícitas nas margens: "'Com varão' pode ser interpretado como toda e qualquer forma de atração e atos entre o mesmo sexo." Li aquela frase pelo menos dez vezes. Parecia clara o suficiente.

Eu estava largada de bruços, os pés no travesseiro, o rosto tão colado na tela da TV que podia sentir a estática sugando o meu cabelo. Fechei a Bíblia, deixei que ela escorregasse para fora do colchão e *batesse* no chão. Como sempre, minha mãe com doze anos me observava da foto do lago Quake.

"Eu não vou ser ignorada!", dizia Glenn Close para Michael Douglas, o cabelo dela se soltando aos poucos, mostrando o quão louca a mulher ficaria em breve. Enfiei as mãos nos bolsos de trás da calça jeans e fiquei deitada sobre os braços, como uma grande massa comprida. Os nós da minha mão direita bateram em algo que não me lembrava de estar ali: um pedaço quebrado de fluorita roxo-claro que eu tinha roubado da sala de ciências terrestres durante o laboratório de minerais.

Tirei a pedra do bolso e a rolei pelos dedos. Estava quente por ter ficado guardada, lisa como vidro em uns dos lados e áspero como lixa em outros. Botei o mineral na boca por um instante para sentir o seu peso na minha língua, ouvir o estalo contra os meus dentes. Tinha o mesmo gosto do cheiro da sala de ciências terrestres — metal e terra. Ainda estava com o pedaço dele encostado no céu da boca, meio que assistindo ao filme, meio que não, quando olhei de relance para a casa de bonecas, sempre me lembrando da presença dela, o tempo todo. Decidi que o pedaço de fluorita ficaria bem ali, até mesmo perfeito, sobre a lareira no cômodo que eu visualizava como a biblioteca. Então, em vez de esperar e pensar mais sobre o assunto, ou mesmo pensar em fazer aquilo, eu me levantei, revirei a mesa até encontrar um pequeno tubo de Super Bonder e colei o mineral ali, logo acima da lareira, enquanto Glenn Close fervia um coelho ao fundo.

Eu andava colecionando coisas que pegava de vários lugares. Deixava--as no fundo de uma das gavetas da mesa. Espalhei tudo sobre a colcha e me ajoelhei ao lado da cama para ver toda a minha pilhagem. Não era lá grandes coisas, somente objetos pequenos: um broche original da campanha do Nixon que roubei do quadro de cortiça do Sr. Hutton, um ímã de termômetro de Jesus rezando da cozinha da PDG, um sapinho de vidro da mesa da pedagoga Nancy Hutley, um cinzeiro de alumínio, do tipo descartável, com BOLICHE E DIVERSÃO escrito em vermelho, um chaveiro de canivete suíço que um garoto tinha pendurado na mochila na aula de história geral, uma flor colorida de origami feita por um dos alunos de intercâmbio do Japão, um daqueles retratos escolares destacáveis de uma criança que eu tinha cuidado uma ou duas vezes como babá, a foto do champanhe de Margot que peguei enquanto ela estava no *das Bad*, uma minigarrafa de vodca que encontrei durante a limpeza do escritório da minha mãe e, finalmente, um pacote de Bubbaloo que eu tinha levado do Kip só porque estava pensando em Irene.

Comecei a colar outros tesouros na casa de boneca. Fiz um tapete de embalagem de chiclete para a cozinha. Pendurei o broche do Nixon na parede que eu imaginava que fosse o quarto do menino mais velho. Botei o sapo no jardim e tirei um abajur de uma parte da decoração antiga da casa de boneca para criar um abajur com a garrafa de vodca para a sala de estar. O filme continuou passando e então terminou, os créditos começaram, entrando na tela preta, estalou, rebobinou e começou a passar mais uma vez, tudo de forma automática, e continuei colando. Estava me sentindo bem demais fazendo algo que não tinha sentido algum.

Parte Dois

Ensino Médio
1991-1992

CAPÍTULO CINCO

No verão antes do meu primeiro ano de ensino médio, cheguei em casa do treino de natação e a tia Ruth estava na sala de jantar com um monte de caixas cor-de-rosa espalhadas pelo chão e flocos de isopor por toda parte. Ela estava de costas para mim, cantando alguma coisa — talvez fosse Lesley Gore, talvez não, mas era com certeza alguém da época de colégio dela.

Larguei a minha mochila no chão porque sabia que ela levaria um susto e, embora restassem apenas cinquenta dias de verão para eu começar no ensino médio, não havia superado aquele tipo de imaturidade.

Ela exagerou o salto que dizia *você me assustou* e virou, com um martelo cor-de-rosa na mão.

— Cameron, você me assustou — disse, como se estivesse em uma novela e fosse sido pega no flagra mexendo na mesa de alguém.

Sinalizei o martelo com a cabeça.

— Qual é a do martelo cor-de-rosa?

Os olhos dela brilharam como quando alguém acende uma bomba de fumaça, um calor vermelho.

— É o meu martelo feminino da Sally-Q Busy. Conheça a primeira revendedora das Ferramentas Sally-Q de Miles City. — Ela estava dando aquele sorriso de miss; ela era todos os canais de revenda em uma pessoa só, e eu, a plateia do estúdio.

Ruth mexeu nos flocos de isopor da caixa ao seu lado e tirou uma pequena furadeira sem fio, também cor-de-rosa e apertou o botão de ligar. A máquina fez o barulho esperado para uma furadeira como aquela. Parecia um beija-flor mecânico: agudo e rápido, mas sem muita potência.

— Na verdade, sou a única representante das Ferramentas Sally-Q na parte leste de Montana. Sou um centro de distribuição!

Ela deixou a furadeira zunindo por mais alguns segundos e depois a desligou.

Eu já podia ver as festas de Sally-Q na sala de estar: uma pequena quiche de espinafre, limonada com folhas de hortelã e, em seguida, os argumentos de venda: *É possível ser prática e bonita ao mesmo tempo. Essa aqui não é a chave de boca do seu marido.*

Ela me entregou a furadeira para que eu desse uma olhada.

— São feitas em Ohio — falou. — Tudo foi pesquisado e testado. São ferramentas feitas especialmente para mulheres. — Ela viu a expressão no meu rosto, que dizia: *Eu não sabia que as outras ferramentas eram feitas só para homens.* — São para coisas como fazer os suportes menores e as pegadas mais juntas — explicou Ruth. — Até você tem mãos pequenas, Cammie. Dedos compridos, mas mãos delicadas.

— Elas são ossudas — falei, entregando a furadeira de volta.

— São como as minhas — disse ela, mas mal tive tempo de dar um sorriso falso para suas unhas imaculadas antes que ela acrescentasse —, e como as da sua mãe também.

Eu me lembrava de que a gente tinha as mãos iguais, eu e a minha mãe. Lembro-me de encostar a minha palma contra a dela, esperando que os meus dedos crescessem e alcançassem os dela, e de como ela usava as duas mãos para passar hidratante de cereja e amêndoas nas minhas, a pele dela quente, o hidratante gelado.

— É mesmo — falei para Ruth, e foi um momento legal entre nós, aquela memória da minha mãe, a irmã dela. Porém, aquelas caixas cor--de-rosa por toda parte, o confete deprimente de flocos de isopor também cor-de-rosa não permitiram que o momento se prolongasse muito.

Fui até a cozinha e peguei uma barra de cereal. Ruth continuou abrindo caixas, conferindo o inventário em uma folha de pedidos, cantarolando aquela música de novo, ou alguma outra bem parecida. Da porta, enquanto eu mastigava, assimilei todas aquelas ferramentas, e eram muitas. Eram coisas idiotas, mas fiquei feliz por Ruth ter aquela coisa para ela, porque a deixaria ocupada, e eu a queria ocupada. Eu tinha planos para as minhas férias de verão e como gostaria de passar o meu tempo. Ou, pelo menos, como eu achava que queria. E ajudaria ter Ruth ocupada, porque o que eu planejara era algo que ela definitivamente não aprovaria.

• • •

Em maio, a construção do enorme centro hospitalar onde um dia havia sido um enorme pasto foi completada, e deixaram a carcaça do antigo hospital no centro da cidade para trás. Embora basicamente todas as crianças de Miles City tivessem nascido, visitado o pediatra, o Dr. Davies, engessado os seus ossos quebrados em gessos cor-de-rosa ou verdes, examinado os ouvidos e costurado as cabeças ali, o hospital Holy Rosary adquiriu aquela aura irresistível e misteriosa de qualquer lugar enorme que era abandonado.

Havia nove andares vazios com salas de atendimento, cirurgia, centros de tratamento intensivo, escritórios e também o refeitório e a cozinha, que ainda reluziam com os seus balcões e as suas prateleiras de aço inoxidável, tudo conectado por um labirinto interminável de corredores — mais que o suficiente para ocupar qualquer criança minimamente aventureira e um jogo entre amigos.

No entanto, a parte mais antiga do hospital, o prédio de tijolos original do século XIX, que foi ampliado na década de 1920 e depois na década de 1950, era a que havia se tornado o destino máximo de todas as apostas. Era assustador o suficiente do lado de fora, a arquitetura em estilo espanhol se despedaçando pela idade, as janelas quebradas, uma cruz castigada pelo tempo no alto, todos os elementos clássicos para uma noite escura e turbulenta. Qualquer adolescente diria que um lugar como aquele só podia ser ainda pior do lado de dentro.

Na primeira vez, foi fácil entrar. De algum jeito, Jamie Lowry conseguira roubar o alicate do armário do faxineiro da escola. Ele também levou uma garrafa de plástico gigante de schnapps de menta da marca Dr. McGillicuddy's e uma lanterna pequena, os dois itens enfiados embaixo dos shorts e do suporte atlético suados na mochila. Já que, como sempre, eu era a única garota convidada, não falei nada sobre o quão nojento é o gosto de schnapps de menta, antes mesmo de a garrafa passear por aí enrolada em um suporte atlético suado durante horas.

Eu e quatro pessoas da equipe tínhamos conseguido escapar mais cedo da festa de pizza de comemoração do final de ano, antes mesmo que Hobbs fizesse o seu famoso gesto de comer todas as fatias e bordas restantes, o tipo de coisa nojenta que as pessoas deixam nas caixas de papelão abandonadas em uma poça de gordura laranja. Ele engolia tudo, bebendo Mountain Dew para ajudar a descer e, então, fazia polichinelos até vomitar. De toda forma, eu já tinha visto aquilo no ano anterior.

Jamie já tinha invadido o Holy Rosary uma vez com o irmão mais velho, então isso e o alicate deram algum moral para ele, algo que o próprio estava amando.

— Não fomos muito longe — disse Jamie para a gente no caminho até lá. — É muito escuro lá dentro e chegamos tarde... o sol se pôs. Mas o que conseguimos ver... o lugar é surreal.

— Tipo como? — perguntou alguém, provavelmente Michael, que não estava a fim de ir, mas que fazia bastante esse tipo de coisa para que ninguém parasse de convidá-lo para sempre.

— Só espera para ver, cara — respondeu Jamie. — Estou falando sério. É hardcore para caralho. — A descrição dele para tudo, desde filmes de zumbi, brigas dos pais dele, até as novas *enchiladas* do Taco Jonh's, era "hardcore para caralho", então não dava para levar as palavras muito a sério.

Logo que ficamos protegidos pelo quintal do antigo hospital, com as suas heras não podadas e as suas árvores de copa ampla, nos revezamos para engolir o máximo de schnapps possível. A gente se saiu bem, levando em consideração a temperatura morna do licor e a montanha de pizza barata que tínhamos ingerido antes da bebida.

— Vamos detonar essa porra — falou Jamie, tirando o alicate da mochila. — Eu e o meu irmão quebramos uma janela do outro lado, mas já botaram um tapume. — O garoto levou a gente até um alçapão com mais ou menos um metro de altura. — Eles usavam para entregas. Dá direto no porão.

O cadeado se partiu surpreendentemente rápido, com Jamie forçando uma alça e Michael a outra. Contudo, assim que o painel de madeira foi levantado, os degraus apareceram, e Michael disse que já tinha feito a parte dele e que precisava ir embora.

— Seu medroso do caralho — acusou Jamie, e então bebeu um gole do schnapps, todo sério, tentando parecer durão, meio John Wayne, como se aquilo fosse um código do faroeste ou algo do tipo: *Quando você xinga alguém, tem que dar um gole.* Mas ele só disse aquilo quando Michael estava bem longe do quintal e devia estar se sentindo muito bem com o seu papel de fodão.

Pulei a minha vez quando a bebida fez mais uma volta.

— Está com vontade de ir embora também, Cameron? — perguntou Jamie. Fiquei puta por ele não ter feito aquela pergunta para mim da mesma forma que teria feito com um dos outros garotos. Ele preferiu usar um tom meio que de bebê chorão. Falou do jeito mais sincero possível para alguém como Jamie Lowry, como se estivesse tudo bem se eu quisesse ir, já que eu era uma garota e fosse normal ficar com medo.

— Só não quero mais beber essa merda. É nojento. Vamos logo.

— A dama revelou o seu desejo — disse Jamie, e desceu os degraus.

A lanterna era uma piada. Mesmo quando ainda estava funcionando, era um fiapo de luz. De qualquer forma, ela parou de funcionar em mais ou menos quatro minutos. Havia chovido muito naquele mês e o porão parecia mesmo uma cripta: teias de aranha em volta da porta tocando os nossos rostos como um fantasma, aquele cheiro de terra, decomposição e ar parado, e estava escuro, completamente escuro. Quero dizer, havia um filete de luz vindo de uma janela do outro lado, tipo um quadrado luminoso, mas não ajudava em nada para a gente ver aonde estava indo. Eu podia sentir o bafo quente de schnapps no meu pescoço, provavelmente de Murphy, talvez de Paul, mas não me importava com a proximidade. O bafo até tinha um cheiro bom, de menta, mas, por algum motivo, era meio podre. No entanto, eu gostava de saber que havia alguém logo atrás de mim.

Nós quatro éramos as estrelas da equipe de atletismo do segundo ano, mas atravessamos aquele porão um passo tímido de cada vez. Mesmo com toda aquela quantidade de pizza para amortecer, a bebida se espalhou pelos meus braços e pelas minhas pernas, tudo acentuado e abafado ao mesmo tempo. A minha mente não parava de reprisar todos os filmes de terror que eu tinha alugado.

Paul era o nosso resmungão oficial.

— Não gosto de freiras — disse ele. — Nunca gostei. Freiras são bizarras para caralho. São bizarras. Esse negócio de casar com Deus? Que porra é essa? Maluco para caralho.

Talvez ele estivesse falando com a gente, mas ninguém respondeu.

De vez em quando, a minha mão se esticava para a frente procurando por Jamie, quase de forma involuntária, como se tivesse síndrome de Tourette, agarrando um pedaço do algodão úmido e torcendo-o bem apertado, esticando o tecido colado ao corpo dele, do mesmo jeito que eu fazia com a perna da minha calça quando eu subia no touro mecânico nas feiras estaduais montadas em estacionamentos. Jamie não falou nada sobre o assunto, também não riu e deixou que eu me agarrasse a ele enquanto a gente tropeçava a caminho da porta que levava para longe daquele inferno.

Embora os degraus velhos estivessem cedendo sob os nossos pés, a escada estava envolta em uma luz velada que vinha da porta aberta no andar acima.

— Aê, caralho! — gritou Jamie quando alcançamos o alto da escada. Paul e Murphy repetiram algo parecido, todos nós ligados pelo alívio que vinha com a nossa sobrevivência.

Fazia relativamente pouco tempo desde o fechamento do hospital, então o prédio ainda tinha alguma energia elétrica (pelo menos nos andares superiores) e, embora parecesse moderno demais para o cenário, a existência de um sinal de SAÍDA brilhando com aquele conhecido vermelho natalino me deu certa segurança e, por algum motivo, uma noção de normalidade. Porque era a única coisa normal naquele lugar.

Naquele dia, tivemos tempo apenas para a ala antiga, o que já era muita coisa. O local foi tomado por arcos e papel-alumínio dourado, decadente demais para lembrar os quartos austeros que conhecíamos das nossas consultas. Os sofás eram verdes, com certeza verdadeiras antiguidades, e, em um dos cantos, havia até um piano de cauda pequeno. Assim que viu o instrumento, Murphy correu na direção do banco e tocou uma versão pausada de "Heart and Soul", enquanto Jamie e Paul se atacavam do jeito que garotos fazem quando estão animados e juntos em um lugar em que deveriam se comportar — ou que um dia tiveram que se comportar. Acima de nós, freiras com olhares rígidos em hábitos impecavelmente brancos observavam a nossa invasão em pinturas a óleo enormes em molduras douradas.

Quando Jamie propôs um brinde às "moças de Deus", ergui a garrafa na direção da pintura e dei um gole, e os rapazes fizeram o mesmo. Dessa vez, o schnapps queimou feio o céu da minha boca, o fundo da garganta, e cuspi uma parte, envergonhada.

E, então, eles voltaram a lutar, dessa vez com a participação de Murphy, e assisti de um dos braços do sofá, me perguntando o que eu deveria estar sentindo naquele momento. Não era uma exibição para mim, como os tigres machos se exibem para as fêmeas, cortejando-a com coragem masculina e encenação, embora eu tivesse visto aqueles garotos fazendo aquela merda antes perto de Andrea Harris e de Sue Knox. O que estavam fazendo era o que sempre faziam quando estavam juntos. Era uma espécie de liberdade que os meninos se permitiam uns com os outros, e eu invejava cada minuto daquilo. Era algo mais alto e mais forte do que qualquer coisa que eu já tinha participado em um grupo de garotas. Não que eu de fato fizesse parte daquele grupo no hospital. Tudo parecia tão simples para eles, mas havia um limite para a minha proximidade.

— Ei, Camster — gritou Jamie do fundo da pilha —, vem me salvar.

— Não fode — falei de volta.

— Você disse que quer me foder?

— Aham. Foi isso mesmo.

A mãe de Jamie frequentava a Portões da Glória. O pai dele, não. O próprio Jamie só conseguia se livrar da função de vez em quando. A gente havia começado a andar junto no ano anterior, durante os aquecimentos e os alongamentos dos treinos de corrida. Eu tinha visto mais filmes que ele, o que fazia com que o garoto me visse como uma espécie de autoridade. Os outros meninos foram na onda.

— Vem, Cameron — insistiu Jamie, se livrando da pilha e correndo até o piano. — Vamos fazer a cena do piano de *Uma linda mulher*.

Murphy e Paul riram muito.

— Tá bom — falei. — Quem você prefere que faça Julia, Paul ou Murphy? Murphy é melhor, porque ele é ruivo.

A luz do lado de fora estava cortada em fileiras estranhas, ângulos esquisitos, por causa do trabalho porco que alguém havia feito na hora de prender as tábuas nas janelas. Aqueles filetes de luz iluminavam a grossa camada de poeira que os garotos tinham levantado com a brincadeira deles, e sua descida lenta para o chão, feito purpurina, feito flocos de neve, fazia tudo parecer um pouco onírico e surreal. E o schnapps ajudava. Parecia que a gente tinha entrando em um mundo que não deveria ser descoberto daquele jeito. Eu gostava.

• • •

Naquele verão, Lindsey Lloyd e eu competimos na Divisão Intermediária Feminina em cada um dos encontros da Federação do Leste de Montana. Ela ganharia de mim por meia braçada nos cem metros, mas eu a bateria no medley individual. Então, o resultado seria resolvido pelos cronômetros dos juízes e todas as outras competições de borboleta já feitas por nós. Lindsey passava os verões com o pai — ele trabalhava em alguma construção perto de Roundup — e os anos letivos com a mãe e o padrasto em Seattle. Éramos adversárias desde antes da morte dos meus pais, e Lindsey estava sempre na frente, porque a escola dela em Seattle tinha uma piscina coberta, enquanto eu tinha só os meses de junho, julho e agosto no lago Scanlan.

Sempre tivemos uma relação amistosa — trocávamos gentilezas enquanto esperávamos pelas baterias de exercícios e, às vezes, ficávamos juntas na fila da comida, esperando a nossa ração, o prato favorito dos encontros de natação que consistia em um hambúrguer temperado, queijo, *sour cream*, tomate e azeitonas, servidos com um pacote individual de Doritos, o garfo pulando para fora. Lindsey amava aquele troço. Ela comia aquilo mais ou menos vinte minutos antes de uma competição e ainda assim vencia, uma espécie de "foda-se" para a regra ridícula que dizia para esperar duas horas antes de entrar na piscina.

Lindsey Lloyd sempre estivera ali, era parte da experiência dos encontros de natação do verão. Eu me lembro de que, na minha primeira competição depois do enterro dos meus pais, ela não tentou me dar um daqueles abraços constrangedores como as outras garotas. Em vez disso, ela disse "sinto muito" apenas com o movimento dos lábios para mim quando cruzamos olhares durante o hino nacional que insistiam em tocar nos alto-falantes antes de cada prova — nós todas pingando de suor do aquecimento e reunidas em volta da piscina, com a mão no peito, sem ninguém ter muita certeza de onde ficava a bandeira daquela piscina em particular. Aquele "sinto muito" me pareceu o jeito certo de lidar com aquilo.

Porém, nesse verão, Lindsey tinha aparecido bem mais alta, e outras coisas haviam mudado também. Ela cortou o rabo de cavalo que costumava guardar dentro da touca de natação e clareou o resto do cabelo de branco. A garota encharcava a cabeça de condicionador antes das competições para impedir que o cloro deixasse o seu cabelo verde. Também estava usando um piercing na sobrancelha, uma coisa prateada que os fiscais de piscina a obrigavam a tirar antes de nadar. Ted, o técnico, disse que ela tinha ombros de borboleta e que não havia nada que eu pudesse fazer em relação ao meu ombro "não borboleta" além de treinar mais.

Entre as baterias, Linds e eu sentávamos juntas sobre as toalhas de praia, jogando Uno e comendo uvas geladas do fundo de um cooler rosa da Sally-Q que a tia Ruth havia ganhado em troca do seu comprometimento com a empresa. Lindsey contava histórias sobre Seattle, onde tudo parecia ousado e interessante, histórias sobre shows e festas aos quais ela fora, todos os amigos malucos dela. Falei sobre o hospital e o mundo secreto que a gente descobriu com a invasão. Das nossas toalhas no leste de Montana, a gente escutava fitas de bandas que eu nunca tinha ouvido falar, nossas cabeças coladas, cada uma com o ouvido encostado em um lado dos fones pretos de Lindsey.

Depois de alguns finais de semana, estávamos na competição de Roundup, a prova "em casa" de Lindsey naquele torneio. Eu estava passando bronzeador nas costas dela, aquelas costas de borboleta, a sua pele macia e quente de sol. Ela usava o mesmo tipo de óleo que cheirava a coco, como Ted, embora não precisasse, porque era tão bronzeada quanto todas nós; *indiazinhas*, como a vovó costumava dizer. A gente treinava horas por dia sob o sol do verão e não havia nada de especial em passar protetor solar, mas havia quando eu passava em Lindsey. Aquilo me deixava nervosa e ansiosa, porém, em todas as competições, eu mal conseguia esperar para que ela me pedisse.

Minhas mãos estavam todas meladas daquele troço e eu estava tentando passar o óleo embaixo das alças do maiô, quando ela disse:

— Se eu estivesse em Seattle, iria na Parada nesse fim de semana. Ouvi dizer que é divertido para caralho. Mas eu não saberia dizer.

Ela tentou soar casual, mas reparei no esforço que fez.

Lindsey sempre comentava sobre todos os eventos e shows de Seattle que eu nunca tinha ouvido falar. Então, não saber ao certo de que tipo de Parada ela estava falando não significou nada de mais para mim na hora.

Continuei passando a loção, concentrada na região sensível da lombar, em que o maiô da equipe dela deixava uma janela de pele exposta, alguns calombos da coluna.

— O que quer dizer com "não saberia dizer"? — perguntei.

— Porque junho é o mês da Parada e, em junho, estou sempre aqui — respondeu ela, ajeitando as alças dos ombros para que eu alcançasse melhor. — Não é como se Roundup-Montana-de-Merda tivesse uma Parada.

— É, não brinca — falei, ainda passando o protetor.

Ela se mexeu para ficar de frente a mim, tentando, sem sucesso, esconder a risadinha maldosa que crescia no seu rosto.

— Você não sabe do que estou falando, não é? Tipo, não faz a menor ideia.

Dava para ver pela expressão e pelo tom dela que eu, de algum jeito, tinha perdido alguma coisa importante. Aquilo, mais uma vez, provava que eu era a caipira de cidade pequena que sempre me sentia perto dela. Escolhi, como resposta, fingir indiferença.

— Não sou burra. Você está falando de algum festival que perde todo ano.

— É, mas de que tipo?

Ela chegou mais perto, o rosto colado no meu.

— Não sei — confessei, mas ali, enquanto ainda dizia aquelas palavras, parte de mim soube, mais ou menos como se a informação tivesse recaído sobre mim. No entanto, eu não diria em voz alta de jeito nenhum. Então, o que eu disse foi: — É a Parada Alemã?

— Você é tão fofa, Cam — disse Lindsey, com o rosto ainda perto o suficiente para que eu pudesse sentir o cheiro de Gatorade de frutas vermelhas na sua boca.

Eu não queria ser fofa daquele jeito.

— Não precisa se esforçar tanto para me convencer de que você é legal — falei, levantando, pegando os meus óculos de natação e a minha touca. — Já entendi, você é muito, muito legal. É a garota mais legal que conheço.

Algumas das garotas da minha equipe passaram por nós naquela hora e avisaram que tinham chamado os cem metros livres. Fui atrás delas, sem esperar por Lindsey, mesmo aquela sendo a competição dela, como sempre.

Ela me alcançou atrás da barraca de comida, onde deixavam os galões que usavam para preparar chá gelado — uma fileira organizada de mais ou menos quinze recipientes, a água dentro deles agora apresentando uma variedade de tons castanhos. Pulamos as garrafas juntas e ela agarrou o meu braço, logo acima do cotovelo e me puxou para perto, colocando a boca no meu ouvido.

— Não fica chateada comigo — disse, baixinho e com um tom bem incomum para ela. — É a Parada Gay. Só isso.

Aquilo me pareceu uma declaração e não era. Pelo menos não completamente.

— Eu meio que entendi — falei. — Quer dizer, decifrei.

Estávamos atravessando grupos de pais, nadadores, o gramado lotado e barulhento; e, embora aquilo nos desse certo anonimato, fiquei preocupada com o futuro daquela conversa, o que ela diria a seguir, o que eu diria se não tomasse cuidado.

— Se eu pudesse levar você na Parada, em um mundo ideal, se pudesse levar a gente de jatinho para Seattle, você ia querer ir comigo? — perguntou Lindsey, sem largar o meu braço.

— Bem, tem algodão doce lá? — perguntei, porque estávamos ali, no banco da bateria, e me parecia um bom momento para ignorar a pergunta.

Não era a resposta que Lindsey esperava.

— Esquece — disse ela, pegando sua ficha com a moça que sempre era a encarregada de distribuir as fichas na competição de Roundup, de cabelo ruivo preso em dois rabos de cavalos e um chapéu branco de safári que ela nunca tirava. — Deixa para lá.

Os bancos das baterias estavam lotados de nadadoras nervosas, algumas se aquecendo, outras puxando com força as toucas de silicones sobre o bolo de cabelo, deixando um calombo parecido com um tumor embalado em roxo neon ou prateado metálico no alto das cabeças. Um grupo de meninas acenou para a gente, garotas com quem a gente competia havia anos, desde sempre. Lindsey estava na bateria anterior à minha, mas ainda faltavam cinco baterias antes dessa.

Encontramos um lugar no banco do fundo e nos sentamos coladas, como sempre era necessário ficar naqueles bancos. Quando nossos joelhos nus se tocaram, do jeito necessário para que todo mundo coubesse ali, não consegui deixar de me lembrar de Irene e da roda-gigante, como uma reação alérgica. Afastei a perna, preferindo deixar o outro joelho bater na perna da garota do lado oposto.

Lindsey reparou.

— Nossa... não queria ter deixado você tão chateada — disse ela, um pouco alto demais para o meu gosto, para o lugar onde a gente estava.

— Não estou chateada. Só não quero falar sobre isso dois minutos antes da competição.

A minha voz estava baixa, e eu olhava ao redor, embora não houvesse motivo para aquilo. Todo mundo estava conversando ou concentrado na prova.

— Mas quer falar sobre isso em algum momento depois? — perguntou Lindsey, enfiando o rosto bem perto do meu, mais uma dose de Gatorade e alguma outra coisa, canela, talvez. Chiclete.

— Você precisa cuspir o chiclete antes de nadar — falei, pensando de novo em Irene.

— Srta. Lloyd, acabei de ouvir que você está mascando um chiclete? — A sempre atenta Chapéu de Safári deu alguns passos na nossa direção com o braço esticado, a palma da mão aberta.

— Quer que eu cuspa na sua mão? — perguntou Lindsey, embora fosse claro que sim, era exatamente isso que a mulher esperava.

— De outra forma, vou encontrar o chiclete colado embaixo do banco quando for guardá-lo. Ande. — A Chapéu de Safári estalou os dedos e botou a mão mais uma vez na cara dela. — Não importa o que é, não vai me matar.

— Se eu fosse você, não teria tanta certeza assim — falei, na hora em que Lindsey cuspiu.

— Vou correr o risco. — A Chapéu de Safári examinou o pequeno naco vermelho mastigado antes de se virar para encontrar uma lata de lixo.

— Nossa, o que será que ela vai pegar de mim? — perguntou Lindsey para mim. A garota tentou parecer irritada, mas pisquei e ela começou a rir.

— Algumas coisas me veem à mente — respondi.

Lindsey deixou o silêncio se instalar por um instante, e então me perguntou de novo, e com muita seriedade:

— Mas você iria na Parada comigo, não iria? Você ia querer. Diz que sim.

Eu sabia que a minha resposta significava algo além daquelas palavras. Então, assenti e disse:

— Sim, eu iria. Eu iria com você.

Ela abriu um sorriso enorme e não perguntou mais nada. Eles chamaram a bateria dela logo depois, e fiquei ali no banco, esperando a minha vez.

● ● ●

Tivemos apenas dois dias para nos conhecermos de verdade. As eliminatórias eram no sábado e as finais no domingo, e havia a questão de que estávamos ali para competir. Tive que me atualizar bem rápido. Lindsey tinha beijado cinco garotas antes e fez outras coisas *mais sérias* com três delas. A mãe dela conhecia um cara, Chuck, que era drag queen, Chastity St. Claire, e Lindsey viu uma apresentação dele em algum evento beneficente. Ela ia entrar para o grupo LGBI do colégio dela. O *I* significava *indeciso*. Eu não sabia, antes de conhecê-la, que essa era de fato uma categoria.

— *As parceiras* é bom, mas você precisa ver *Corações desertos* — disse ela.

— Tenho certeza de que a Video 'n' Go não vai ter esse filme — respondi logo depois que ela me explicou a sinopse.

Quando Ted entregou as autorizações para a nossa competição em casa, nem botei o papel na mochila e pedalei para casa com aquilo preso no guidom. Mesmo com Ruth dizendo que a gente podia acomodar quatro atletas confortavelmente, devolvi o papel para o técnico com um X ao lado da caixinha que dizia: *Podemos acomodar e alimentar um atleta*. Às vezes, Lindsey ficava alojada nas competições, outras, o pai dela levava o furgão. Eu tinha cinquenta por cento de chance. Tentei perguntar para ela como quem não quer nada, na bateria do final de semana seguinte, mas aquilo me pareceu um passo grande demais.

— Você vai na competição da minha cidade, não é?

Eu não parava de puxar as alças dos óculos. Já tinha cuspido nele duas vezes, esfregado as lentes com o dedo indicador, mas fiz tudo isso de novo.

— Sim, por que eu não iria? — perguntou ela, notando a atividade das minhas mãos, a necessidade óbvia de fazer qualquer coisa que não fosse olhar para ela durante aquela conversa.

— Não sei — falei, ainda agitada. — Porque o lago é nojento e ninguém nunca vai nas nossas competições. — O coordenador das baterias mandou a gente para o banco seguinte e bati com o dedo do pé na ponta do deque de concreto da piscina. Vi uma bolha de sangue se formar quase na mesma hora sob a unha.

Lindsey viu a minha careta de dor e tocou no meu joelho, deixando a mão ali por um segundo além do necessário para saber se estava tudo bem.

— Eu gosto do seu lago — disse ela. — É diferente das outras competições.

— É — falei, e então não soube o que dizer a seguir ou por que aquilo era tão difícil. Em seguida, Lindsey começou a mexer nos óculos e nós duas ficamos assim, em silêncio, no banco que algum idiota havia pintado de azul-brilhante, o tipo de tinta que esquenta como o capô de um carro e queima a parte de trás das coxas assim que nos sentamos nele de maiô.

Esperei até a caminhada em direção aos blocos de saída — com Ted dizendo que a gente deveria estar visualizando a competição a seguir, concentradas na força das braçadas, no ritmo das pernadas, imaginando a volta e as batidas sem parar — para terminar a minha pergunta.

— O seu pai não vai, não é?

Ela já tinha botado a touca grossa de silicone e tirou um lado da orelha, olhou para mim como se estivesse feliz por eu ter dito alguma coisa, mesmo que não tivesse certeza do que era.

— Quer dizer, para Miles City — falei. — Ele vai na competição? Você precisa de um lugar para ficar?

— Vou ficar com você, não é? — Ela falou aquilo com tanta facilidade que me senti como se tivesse caído em uma armadilha, algo que não saberia lidar quando o momento chegasse. Depois daquilo, em menos de quinze segundos, ouvi "Atletas, tomem as suas posições" e foi a minha pior bateria daquela temporada.

• • •

Dave Hammond estava de volta da casa da mãe no Texas e o garoto era ainda mais maluco que Jamie — ele topava qualquer coisa. Durante o verão, ele morava em um trailer de acampamento atrás da barraca de frutas do pai e, durante a última semana de junho e a primeira semana de julho, ele comandava a barraca vermelha, branca e azul montada ao lado das mesas compridas de melancias e milho, a Fogos de Artifício do Dave. Não existe popularidade maior do que, durante a primeira semana de julho, a de um adolescente de catorze anos com acesso a uma barraca inteira de merdas vagabundas feitas para serem explodidas. E a melhor parte era que, depois do feriado de Quatro de Julho, quando era ilegal vender fogos, os Hammond guardavam o restante do estoque em um galpão ao lado da sorveteria Dairy Queen. Então, a gente comprava um Butterfinger Blizzard e fazia uma parada no galpão para buscar alguns Bottle Rocket, Roman Candle, estalinhos Black Cat e rojões. Eu ficava fedendo a enxofre e a protetor solar durante dias.

Queria compartilhar aquele universo de verão com Lindsey na visita dela. Tudo que havia de melhor em Miles City no mês de julho se estendia à nossa frente como uma mesa de piquenique lotada de tortas. A competição parecia apenas uma formalidade, e nenhuma outra prova em casa tinha sido daquele jeito antes para mim. Nas baterias eliminatórias, bati o tempo de Lindsey em todos os estilos, até no nado livre. As outras equipes não estavam acostumadas com a densidade da água, a sensação das plantas do lago roçando nas pernas, os dedos dos pés escorregando em algas que envolviam os nossos apoios de virada, custando segundos preciosos. O mais vergonhoso, e provavelmente a coisa mais eficiente para a nossa vantagem, eram os blocos de saída. Eles ficavam guardados em um galpão úmido do outro lado do estacionamento do lago, empilhados de setembro a maio, aninhando aranhas, ratos ou cobras, de vez em quando. Eram feitos de madeira compensada pesada, cavilhas lixadas para as saídas de costas, um carpete verde cor de vômito arrancado dos porões das pessoas e grampeado nos apoios para dar tração, e os números das raias pintados com spray laranja na parte de trás. Os pais das atletas, inclusive o meu, haviam montado aquilo em um dos verões.

Antes do medley livre, Ruth trouxe uma bandeja de gelatina de limão e laranja cortadas no formato de estrelas para mim e Lindsey. Estava gelada e doce, e nós duas concordamos que era a melhor gelatina que já tínhamos comido. Quando Lindsey derramou a dela na areia, dei o restante da minha, mas, como sempre, fiquei vermelha ao fazer isso. Ela não ficou nem um pouco corada.

Minha vó também estava lá, com um chapéu enorme estranho e um daqueles visores escuros de plástico que as pessoas botam na frente dos óculos quando se chega a uma certa idade e é necessário bloquear o sol. Ela estava sentada em uma jardineira sob a lona da equipe, comendo os seus biscoitos doces e lendo a sua revista de histórias de detetive até a hora de uma das minhas provas, quando foi até a beirada do píer e me viu nadar. Ela me deu um grande abraço quando saí da água, mesmo que tenha ficado toda molhada depois.

— A sua vó é a maior viagem — disse Lindsey depois que a vovó falou algo sobre eu ter sangue de sereia ou, no mínimo, sangue de baiacu. Quando ela disse aquilo, eu me lembrei da Irene, sempre ela, e fiquei ainda mais nervosa com o que podia acontecer, com o que parecia inevitável acontecer.

A competição terminou às três da tarde e isso queria dizer que ainda restavam pelo menos seis horas de sol, seis e meia se levássemos em consideração o crepúsculo, que parecia bem mais escuro de dentro do hospital. Engolimos a pizza mexicana na Pizza Pit, Ruth dizendo para que eu comesse devagar e mastigasse como uma moça, para eu parar de estalar os dedos e de morder o canudo. Lindsey revirara os olhos e fazia uma careta sempre que Ruth não estava olhando, e aquilo foi o suficiente para que eu sobrevivesse à refeição. Estávamos espremidas em uma daquelas cabines de vinil vermelho, as duas de short, o assento gelado nas nossas pernas bronzeadas. Nossos braços e coxas expostos encostavam uns nos outros enquanto comíamos, e a sensação era a de um raio de calor, como um leve toque na cerca elétrica no rancho Klauson, como a promessa de algo a mais.

— A gente vai encontrar Dave na barraca dele, comprar um sorvete e pegar a sessão das seis e meia — falei para Ruth assim que ela engoliu o último pedaço da segunda fatia de pizza. Surpreendi a mim mesma quando agarrei a mão de Lindsey e a puxei para fora da cabine. Acho que ela também ficou surpresa.

— Qual filme está passando? Tem que ser censura livre. Os que têm classificação para catorze anos deveriam ser para maiores de idade. Não quero que vocês vejam essas porcarias, meninas. — Ruth estava limpando a boca com o guardanapo de papel, sempre tão delicada, sempre tão refinada, mesmo com as máquinas de caça-níquel apitando na loja ao lado.

— É livre — menti, sabendo que Ruth poderia (o que ela de fato fez) conferir a marquise ao passar de carro pelo cinema a caminho de casa.

Porém, quando isso acontecesse, já ia pensar que estávamos dentro do cinema, assistindo ao extremamente censurado *Thelma & Louise*, e conversaria comigo sobre aquela mentira apenas mais tarde. Era uma conversa merecida, acho, porque mesmo que eu e Lindsey não tivéssemos ido assistir a *Thelma & Louise* naquela noite, foi um dos filmes que aluguei inúmeras vezes quando saiu em vídeo.

• • •

Dave e Jamie encontraram a gente no quintal do hospital com uma mochila lotada de bombinhas e estrelinhas. Dave ficou olhando para Lindsey durante um tempão, como se conhecesse o tipo dela ou quisesse conhecer. Eu achava uma idiotice o brinco de caveira e o rabo de rato cheio de miçangas que ele andava cultivando, como se estivesse se esforçando para parecer um pirata ou algo assim.

Eles já estavam bebendo algo de uma garrafa térmica, a mesma que Dave dizia que o pai tinha usado na Guerra do Vietnã. Estava pela metade com uma mistura de suco de laranja Sunny Delight e gim Beefeater. Tinha o mesmo gosto dos remédios para criança que tentam disfarçar o sabor com gosto artificial de laranja.

Na minha mochila, estavam alguns itens que tinham pertencido ao meu pai — uma serra e um machado pequeno — e, durante algum tempo, ficamos cortando a armação de madeira podre de uma janela do porão, mas resolvemos destruí-la de uma vez, pulando um por um sobre o vidro quebrado. Lindsey cortou a parte de cima do ombro na descida e o sangue molhou a camiseta branca dela, formando um pequeno mapa de um continente desconhecido.

— Está tudo bem? — perguntei, preocupada que aquilo fizesse a coisa toda parecer perigosa demais para a gente continuar, preocupada que ela quisesse estar no cinema, onde deveríamos estar de verdade, ou pior, de volta na minha casa com a tia Ruth, onde ela, sem dúvida alguma, estaria esperando pela gente com pipoca e jogos de tabuleiro.

Mas isso não era nem um pouco a cara de Lindsey.

— Sim. É só um corte idiota — respondeu. No entanto, quando ela tirou a mão de cima do machucado, os dedos estavam vermelhos e grudentos. Ela colocou os dedos na boca e eu fiquei corada no escuro do corredor, envergonhada por aquilo ter acontecido.

— Bote um pouco de gim. Vai limpar na hora. — Dave se enfiou entre nós, oferecendo a garrafa térmica.

— Não seja babaca — disse ela, pegando a garrafa. — Não vou desperdiçar bebida no meu braço.

Ela deu um gole só e passou a garrafa para mim, e fiz o mesmo, pensando que os lábios dela tinham tocado o mesmo lugar que os meus e me perguntando se ela também estava pensando o mesmo.

Gastamos uma boa meia hora fazendo merda na parte de 1800, tentando impressionar os nossos convidados, o que não era muito difícil. Na época do primeiro fechamento, quando mudaram os pacientes de lugar — pelo menos os casos mais sérios da UTI —, foi tudo feito às pressas. Isso saiu no *Miles City Star*, sobre como fizeram o transporte e tudo mais. É um procedimento sério, transportar pessoas doentes pela cidade. Porém, o que restava naqueles cômodos, o que tinha sido deixado para trás, não fazia sentido para adolescentes que não deveriam estar vendo nada daquilo.

No último andar, que achávamos ter sido originalmente a ala das freiras, encontramos um baú cheio de bonecas muito, muito velhas, com pele de couro rachada e enrugada pelo uso ou pelo tempo. O enchimento de uma das bonecas parecia uma espécie de areia preta e vazou para fora quando a pegamos. Cada uma tinha uma etiqueta costurada com muito cuidado, com o nome de uma criança escrito com letra elegante em tinta preta. Eram nomes antigos — Vivienne, Lillianne, Marjorie, Eunice — e a doença de cada uma. Na maioria, era algo simples, como febre ou gripe, e na última linha de cada etiqueta havia uma data e, depois *Encontrou seu Criador no Céu*.

— Que coisa bizarra — disse Lindsey, pegando uma das bonecas, que se partiu ao meio. O tronco da boneca explodiu, deixando uma pilha de areia preta na mão dela. — Merda! — Ela largou a boneca inteira e a cabeça se soltou ao bater no baú.

— Está com medo? — perguntou Dave, apertando o ombro dela, meio que de soslaio, mas ele parecia um pouco assustado também.

— Tanto faz — disse ela, rejeitando o toque do garoto. — Quero ver outra coisa. — Ela pegou na minha mão e me puxou para perto. — Me mostra a parte nova, o quarto com as chaves.

A ala de 1800 e o prédio dos anos 1950 eram ligados por uma espécie de túnel, com mais ou menos seis metros de largura e talvez uns vinte e cinco metros de comprimento. Ou era o que parecia. Era todo feito de cimento e linóleo, paredes, teto e chão, e ecoava exatamente da forma que era esperado. Quando chegamos ao outro lado, Jamie e Davie anunciaram que iam disparar fogos de artifício pelo túnel — um tipo de fogos que eles haviam, muito convenientemente, esquecido de nos mostrar quando estávamos do lado de fora.

— Vai fazer barulho demais, Dave — falei. — A polícia passa por aqui umas dez vezes por hora hoje em dia.

— Eles não vão conseguir ouvir lá de fora — disse ele, pegando os fogos estreitos, tubos amarelos com a ponta vermelha e letras da mesma cor formando os nomes Moonstrikers e A-11. Eles os examinou e entregou um a Jamie, que estava dizendo algo para Linds, algo que a fez abrir um sorrisinho de canto de boca.

— Eles nem sempre ficam do lado de fora — falei. — A gente pode ir embora se vocês quiserem soltar essa merda. Podemos fazer em algum lugar fora do prédio.

— A ideia toda é fazer dentro — comentou ele. — É melhor ficarem aqui, caso a gente precise correr. Não podemos nos separar. — Ele disse aquilo como se do nada fosse a autoridade máxima e eu, uma intrusa. Ele estendeu um dos fogos para Lindsey, como se estivesse tudo resolvido. — Você quer esse aqui?

— Não — respondeu ela. — Quero que Cam me mostre a sala com as chaves. A gente se encontra aqui na volta.

— É burro para caralho a gente se separar — disse Dave mais uma vez.

Porém, Lindsey segurou a minha mão de novo e me levou embora, mesmo sem fazer ideia de para onde estava indo. Eu simplesmente deixei. Fiquei feliz quando ela não largou a minha mão mesmo quando os garotos já estavam seis andares abaixo de nós, o som abafado dos foguetes batendo no cimento e ecoando até a sala das chaves como se tivessem sido projetados para nós, o tipo de coisa que acontece nos filmes melosos quando os personagens principais se beijam pela primeira vez — fogos de artifício e estrelas.

A gente já tinha ido naquela sala antes, eu e Jamie — a sala das chaves. Eram caixas e caixas empilhadas em torres tortas, às vezes até caídas. Em todas aquelas caixas, haviam chaves, algumas em anéis grossos como os chaveiros dos zeladores, as chaves apertadas juntas, pequenos bolos pontudos de metal que doíam quando Jamie os jogava na nossa direção. Eram tantas chaves que talvez fossem todas as chaves já feitas para o prédio, as chaves que alguém havia obrigado os médicos, as enfermeiras e os funcionários a devolverem antes de irem embora. E, lá estavam, dentro das caixas de papelão mofadas, jogadas em uma sala qualquer do sexto andar.

— É aqui — falei, quando chegamos lá. — Bem louco, né?

— É — disse ela. — É, sim.

Ainda estávamos de mãos dadas, mas parecia que o clima podia acabar a qualquer momento se a gente não arriscasse, fizesse logo o que tinha que ser feito.

E Lindsey fez.

— Eu quero beijar você agora — disse ela.

— Tá — falei.

Então isso, o gim e o escuro foram o suficiente para que a gente fizesse o que passáramos o verão inteiro querendo fazer. Lindsey era a especialista, então deixei que ela tomasse a iniciativa, a sua boca quente e os lábios cobertos de gloss purpurinado sabor laranja. Ela tirou a minha regata com alguns movimentos rápidos e a própria camiseta ainda mais depressa. A pele dela era quente e macia contra a minha. Suas mãos me puxaram para perto até que, de repente, não restava mais espaço algum entre nós. Ela me pressionava contra a parede, um interruptor de luz machucava as minhas costas, a boca úmida dela por toda parte, quando se afastou.

— Eu nunca fiz nada muito além disso — confessou ela.

— O quê? — Eu estava ofegante, o meu corpo querendo aquilo mais que tudo, de um jeito que eu nem sabia que era possível.

— Quer dizer, já fiz isso deitada e tudo mais, mas só — disse ela.

— Tudo bem — falei, estendendo os braços para puxá-la de volta.

— Tudo bem mesmo? — perguntou ela.

— Tudo — respondi, porque estava tudo bem. Estava tudo ótimo.

CAPÍTULO SEIS

Se tinha alguma coisa que eu havia aprendido depois de assistir mil vezes a *Grease — Nos tempos da brilhantina*, além do óbvio — que a Olivia Newton-John pré-transformação, ingênua e de saia comprida é dez vezes mais gata do que a Olivia Newton-John pós-transformação, de permanente e calça de couro — era que o começo do ano escolar pode terminar até mesmo com os relacionamentos de verão mais apaixonados. Ainda mais quando a outra metade do relacionamento vai estudar a mais ou menos mil e quinhentos quilômetros de mim, em uma cidade no oceano Pacífico, que ela descreveu como um mar de lésbicas assumidas de camisas de flanela e Doc Martens.

A viagem de carro de sete horas cruzando o estado de Montana para o encontro estadual em Cut Bank — Ruth tocando as fitas de músicas antigas sem parar, nós duas comendo balas de alcaçuz, procurando placas de carros de outros estados — me deu bastante tempo para pensar sobre mim e Lindsey. Aquela competição era a nossa grande despedida e também o fim do meu último verão antes do ensino médio, e tudo aquilo me deixou prematuramente nostálgica.

O que me pareceu à primeira vista uma grande revelação era que, apesar do nosso repertório de pegação estar em constante evolução — mãos dentro da camisa, escondidas dentro do escorrega azul no parquinho ao lado da piscina de Malta; a língua de Lindsey na minha boca atrás do Snack Shack nem cinco minutos depois de eu ter vencido o Torneio Intermediário Feminino de Scobey; coladas, as partes de cima dos nossos maiôs abaixadas, as alças pendendo na cintura como um suspensório, enquanto a gente deveria estar se secando e se aquecendo na barraca de acampamento do pai de Lindsey durante um temporal que suspendeu a competição regional em Glasgow por mais ou menos uma hora — eu não estava realmente apaixonada por ela, e ela não estava apaixonada por mim; mas estávamos bem com isso, e quem sabe a gente se gostasse ainda mais por causa dessa situação.

De alguma forma, o que fiz com Lindsey durante o verão não pareceu tão intenso quanto o que eu e Irene vivemos, mesmo que fôssemos mais novas na época. Com Irene, nada do que fazíamos ou sentíamos era parte de algo maior que nós duas. Com Lindsey, tudo era. Ela me iniciou na linguagem gay; às vezes, falava sobre gostar de meninas como algo *político*, *revolucionário* e *contracultural*, todos esses termos que eu sequer sabia que deveria entender, e um monte de outras coisas que eu não compreendia direito e acho que nem ela — embora eu jamais tenha confessado isso. Nada disso nunca tinha sequer passado pela minha cabeça. Eu gostava de meninas porque não conseguia não gostar. Com certeza não havia levado em consideração que um dia os meus sentimentos me dariam acesso a uma comunidade de mulheres que pensava da mesma maneira. Pelo contrário, a frequência semanal na Portões da Glória me deixara certa do extremo oposto. Como acreditar no argumento de Lindsey, de que duas mulheres podiam viver juntas, como homem e mulher, e isso até ser aceito pelas pessoas, se o pastor Crawford falava com tanta autoridade sobre a perversão maligna da homossexualidade? Não que ele tenha mencionado a palavra *sexo*, mesmo que ela estivesse espremida dentro do resto do discurso; saía algo como "homo-sexo-alidade" e até com mais frequência que "doença" e "pecado".

— Deus é muito claro a esse respeito — disse ele numa manhã de domingo quando algo sobre os direitos dos gays, ocorrido na costa Leste ou Oeste, havia aparecido, sabe-se lá como, na *Billings Gazette*. — Não se enganem pelo que veem na televisão a respeito desses movimentos doentios que estão acontecendo em algumas partes do nosso país. Como sempre, em Levítico, em Romanos, a Bíblia é exata e inabalável ao definir os atos de homo-sexo-alidade como abominações ao Senhor.

Ele então seguia explicando que as pessoas atraídas para este tipo de estilo de vida pecaminoso eram as que precisavam mais desesperadamente do amor de Cristo: viciados, prostitutas, pessoas com doenças mentais e adolescentes problemáticos, semelhantes aos atores simpáticos de jaquetas jeans surrada e cabelo sujo naqueles comerciais de prevenção ao suicídio que passavam na TV de madrugada. Por que não colocar órfãos no pacote também?

Durante esses sermões eu tentava me fundir às almofadas cinzentas no banco da igreja. Ruth ficava perto de mim, com o seu enorme sorriso de domingo, de alguma forma piedoso, mas também sexy à moda Ruth, o crucifixo delicado brilhando na pele enrugada do pescoço, as unhas perfeitas, os conjuntinhos de ir à igreja azul-marinho ou cor de pêssego. Eu rezava para que ela não olhasse na minha direção naqueles momentos, para não ver o meu rosto todo vermelho e a minha pele coçando, para não assentir para mim ou me oferecer uma bala de menta que tinha consigo em uma carteirinha dentro da bolsa.

Algumas vezes, como já estava na igreja e porque parecia que eu deveria, ao menos, tentar me salvar, mesmo que não quisesse isso de coração, imaginava Lindsey como a pervertida que corrompera a minha inocência. Porém, mesmo que isso me fizesse sentir menos culpada e, por um instante, um pouco menos responsável, eu sabia que não estava escondendo nada de Deus, isso se ele existisse mesmo. Como eu podia fingir ser uma vítima quando estava querendo tanto pecar?

● ● ●

Após a nossa final no nado borboleta, eu e Lindsey nos pegamos com força atrás de uma cortina suja no vestiário da piscina municipal de Cut Bank, um vapor grosso de cloro e xampu frutado se alastrando pelo ar. Quando terminamos, ela anotou o meu endereço na primeira página do jornal com uma caneta roxo-fluorescente.

— Você precisa ir embora dessa merda de estado — disse ela, sentada no banquinho de madeira do trocador e me puxando para perto, enquanto levantava a minha blusa e usava a mesma caneta para desenhar um coração roxo-fluorescente na minha barriga. — Seattle é foda para meninas que gostam de meninas.

— Eu sei, você já falou isso umas sessenta e duas vezes. Quer me levar com você? — perguntei brincando, mas com uma ponta de seriedade.

— Bem que eu queria. Mas vou escrever para você toda hora. — Ela agora estava colorindo o coração, fazendo cócegas de uma forma que eu gostava.

— Mas não mande postais se não quiser que Ruth leia — falei, enquanto ela terminava minha nova — e, por sorte, temporária — tatuagem com nome dela assinado embaixo.

Lindsey pegou a câmera que ganhara do pai e a segurou diante de nós, analisando qual seria a melhor posição para posarmos. Tirou algumas fotos comigo olhando para a câmera enquanto beijava a minha bochecha, como nas velhas cabines de foto, e então disse:

— Você vai me beijar de volta ou não?

E então eu a beijei e o flash clareou a cabine. Agora existia uma evidência fotográfica de mim com uma menina. Lindsey guardou a câmera enquanto eu contemplava o filme dentro dela, como ele estava grávido do nosso segredo e seu inevitável nascimento.

— Como você vai se sentir quando for buscar as fotos reveladas na loja? — perguntei a ela.

Tentei imaginar eu mesma indo buscá-las na Fishman's Photo-Hut, com o barbudo Jim Fishman atrás do balcão, me encarando ao entregar o envelope, contando o troco com a sua testa enorme toda vermelha, as mãos trêmulas, tentando fingir que não tinha acabado de me ver beijando uma garota em um trocador.

— *Toujours*? Tem milhares de lojas em que provavelmente eu seria aplaudida. Onde me diriam: "Mandou bem, minissapatão." — Lindsey estava mais uma vez encenando a postura lésbica que, talvez, me convencera no início do verão, mas cujas pequenas falhas eu já estava familiarizada agora. (Ela também substituía a expressão "tu jura?" por *toujours* agora, o que era bem idiota, mas estranhamente contagiante.)

Quando saímos do trocador, um grupo de garotas da divisão sênior nos observava da pia, de braços cruzados, algumas ainda usando maiôs molhados. Nenhuma delas era do meu time, mas algumas eram do time de

Lindsey. Seus rostos mostravam desaprovação, lábios espremidos e olhares tortos. Minha primeira reação foi tentar acreditar que deviam estar olhando para algo atrás da gente ou que iam nos contar sobre o que era tão repugnante, afinal. Linds e eu éramos nadadoras de elite, com alta pontuação, e isso sempre nos dera algum status. Só levou um minuto para que eu me desse conta do erro que tinha cometido.

— Agora é que eu não troco de maiô mesmo — disse uma das colegas de time de Lindsey, uma tal de MaryAnne-qualquer-coisa, para o grupo. — Não quero ser estuprada com os olhos mais uma vez neste verão.

As outras resmungaram, concordando, e desviaram os olhos, como se não suportassem nos encarar por nem mais um segundo, cochichando alto o suficiente para que ouvíssemos *sapatões* e *doentes*.

Lindsey andou em direção a elas e falou algo que começou com "Ah, tá, sua vaca", mas não posso dizer como terminou, porque saí pela porta e fui para o deque da piscina, os chinelos batendo no concreto molhado. Depois da escuridão claustrofóbica daqueles trocadores de cimento, o forte brilho do sol era branco e, enquanto eu tentava discernir as linhas nebulosas diante de mim, fiquei com um pouco de vergonha — nunca tinha me sentido daquele jeito antes. Antes, de alguma forma, fora fácil fingir que ninguém percebia coisa alguma sobre mim, sobre nós. Se ficássemos caladas, seria o suficiente para esconder de todos o que éramos, exceto de nós mesmas, de Deus e, talvez, dependendo do dia e da maneira como eu estava pensando neles, dos meus onipresentes pais.

Uns vinte segundos depois, Lindsey chegou ao deque da piscina. Ela tentou pegar no meu braço, mas empurrei a mão dela e olhei ao redor para ver quem poderia ter presenciado aquilo. Ninguém. O deque estava tomado pela correria da limpeza cotidiana pós-treino. Salva-vidas suados puxavam as raias para abrir a piscina e um grupo de treinadores estava reunido ao redor da mesa de prêmios, separando nove cores de fitas em envelopes grossos de papel pardo. Nove cores porque naquele verão a federação tinha acrescentado fitas para o sétimo, o oitavo e o nono lugares: rosa-pérola, roxo-real e, como as nadadoras diziam, marrom-cocô, respectivamente.

O treinador Ted me viu parada ali e acenou, me chamando. Lindsey veio logo atrás de mim, a voz baixa.

— Não vale a pena ficar chateada. Elas são umas vacas mesmo.

— É bem fácil dizer isso quando você vai entrar em um avião amanhã, não é? — Eu me sentia mal com a situação e estava tentando ser cruel, tudo ao mesmo tempo.

— Ah, então em Seattle não tem homofóbicos?

— Não da forma que você fala.

— Vê se cresce — disse ela. — Seattle não é como São Francisco, mas é melhor do que isso aqui.

— Exatamente — respondi baixinho, quando chegamos à mesa.

Naquele momento tinha inveja de ela poder ir embora de Montana como nunca senti de nada nem de ninguém.

Ted estava com o seu sorriso de vencedor, os óculos escuros espelhados de salva-vidas refletindo a mim mesma e o meu cabelo desgrenhado pós--nado-borboleta-e-sessão-de-pegação. Ele passou o braço pesado e peludo ao redor de cada uma de nós, nos unindo em um abraço que tinha cheiro de suor e da cerveja que ele bebia tranquilamente de um copo de plástico apesar das placas de PROIBIDO BEBIBAS ALCOÓLICAS penduradas a cada três metros.

— Nada dessas fitas marrons para vocês, hein, meninas?

— Não — respondemos em uníssono.

— Você quase ganhou dela, Seattle — disse Ted, empurrando Linds para a frente e para trás por baixo do braço. — Ela só abriu vantagem na última volta. Graças a todo aquele treino de nado cachorrinho lá no lago.

— É, imagino— retrucou ela, meio que fugindo do abraço, sem deixar muito óbvio o que estava fazendo.

— Mas Lindsey teria acabado comigo se tivéssemos disputado cinquenta metros em vez de cem — falei, tentando dizer algo parecido com *me desculpe*.

Ted deu de ombros.

— Provavelmente. Ainda bem que não foi isso.

O técnico de Lindsey perguntou a Ted alguma coisa sobre as tabelas de substituições, e eu fiquei ali, parada, sob o braço pesado e quente, sentindo uma sensação esquisita de segurança, como se estivesse protegida do que quer que aquelas garotas tivessem dito ou ainda estivessem dizendo. Também estava procrastinando. Afinal, não queria sair dali sozinha com Lindsey, pois isso significaria que estava na hora da despedida.

Dava para ver a tia Ruth na grama do outro lado da corrente, embaixo da lona azul do nosso time. Toda arrumadinha, ela guardava a tralha da equipe — toalhas, a minha mochila, o nosso cobertor e as cadeiras desmontáveis — e, sentada no cooler rosa da Sally-Q, ela me esperava com muita paciência enquanto bebia uma limonada do quiosque. Minha mãe nunca fora, pelo que eu lembrava, paciente. Era bem o oposto, na verdade. Ver Ruth ali, sozinha embaixo da lona, esperando, meio que observando o burburinho no deque, me deixou muito triste por ela. Ruth me levou para os treinos e as competições, durante todos os fins de semana do verão inteiro, e eu nunca tinha nada a dizer a ela, e, quando dizia, jamais era a verdade.

— Você vai voltar no verão que vem, Seattle? — perguntou Ted para Lindsey, enquanto uma MaryAnne agora vestida e outra das meninas do vestiário chegavam à mesa.

— Acho que sim. Mas o meu pai deve passar o próximo verão no Alasca, então não sei — respondeu ela, olhando para MaryAnne, que, por sua vez, fingia ter algo a dizer para o técnico, apenas algum pressuposto para ter se aproximado.

— Alasca? — perguntou Ted, sacudindo a cabeça. — Vai ter que aprender a se desviar dos icebergs se quiser nadar lá.

MaryAnne se virou para nós, como se estivesse na conversa desde o início.

— Está falando sério, Lindsey? Isso seria péssimo para você e Cameron. Digo, vocês duas são as melhores amigas do mundo, não?

— Seria ainda pior para o time de vocês — falou Ted. A resposta dele foi melhor que qualquer coisa que eu ou Linds pudéssemos ter dito, além de ter sido o suficiente para fazer com que o grupo de treinadores começasse a rir. Ele continuou, tirando-me do abraço para me olhar nos olhos. — Não sei, não, Cam. Acha que consegue manter a velocidade sem Lindsey na raia ao lado?

Parecia que todo mundo na tenda da premiação estava esperando que eu respondesse, Ted, MaryAnne, os outros treinadores que eu nem mesmo conhecia e até Lindsey. Provavelmente era só a minha interpretação da pergunta, mas aquilo me deixou nervosa.

— Vou me lembrar do ensinamento de Patrick Swayze e ser legal até a hora de não ser mais — respondi.

Ted deu um soquinho no meu ombro, rindo com os outros treinadores.

— Quem disse isso foi o Dalton, e não o Swayze. Dalton é o cara. Swayze é só um imbecil. Mas tenho certeza de que você não deveria estar assistindo a *Matador de aluguel*, hein?

— Você ficaria chocado — falei, e MaryAnne revirou os olhos, mas foi o suficiente para que ela pegasse as fitas e saísse dali.

● ● ●

No estacionamento, Lindsey entregou a mochila para o pai e ajudou Ruth e eu a colocarmos as coisas no Ford Bronco que Ruth tinha comprado no início de junho para ajudar a carregar todas as coisas da Sally-Q *com mais facilidade*. Na mesma hora, Jamie apelidou o carro de Fetomóvel, abreviação FM, depois de ela ter colado uns adesivos antiaborto no para-choque traseiro — *Feto é vida* e *A escolha de alguns é a **não** escolha de outros*. Ruth sugeriu que faria mais sentido se chamássemos o carro de VM (Vidamóvel), mas aí não teria graça nenhuma.

— Mantenha-me informada sobre qualquer novo item na galeria de arte do para-choque — falou Lindsey perto do meu ouvido. Ruth pegou alguns refrigerantes do cooler e bateu a porta.

— Bem, querida — disse ela para Lindsey —, espero que tenha um excelente ano letivo. Ligue para Cammie a cobrar, se quiser.

— Tenho certeza de que vou ligar sempre para ela — respondeu Lindsey, levantando a sobrancelha para mim enquanto Ruth a puxava para um abraço. Linds estava quase nua no seu maiô de listras finas e resmungou quando uma das latas geladas encostou na parte de cima das suas costas.

— Ai, olha só para mim — disse Ruth, abrindo os braços e sorrindo, como às vezes fazia. — Não queria mandar você de volta para Seattle toda congelada. — Ruth quase sempre causava algum tipo de constrangimento quando era simpática. — Cuide-se, está bem? Cammie, me lembre de parar no posto de gasolina antes de pegarmos a estrada. Você sabe que vou acabar passando direto. — Ela abriu a porta e liberou logo o seu assento, empurrando as latas de refrigerante e o casaco que gostava de usar quando dirigia, e enfim entrou no carro e nos deixou sozinhas.

Com Ruth esperando dentro do carro, provavelmente nos observando pelo retrovisor, e o pai de Lindsey encostado na sua picape fumando o resto de um cigarro, acabamos desperdiçando todo o tempo que tínhamos.

Era uma daquelas manhãs de agosto que só acontecem em Montana. Nuvens pretas pesadas se formavam no céu azul e a sensação de uma tempestade começava a mudar a densidade do ar, a luz do sol. Estávamos bem no meio dos, talvez, vinte minutos antes de a tempestade desabar, e absolutamente tudo no caminho — desde os cordões prendendo as bandeirinhas coloridas sobre a piscina, o brilho das poças de óleo no estacionamento ao cheiro de fritura vindo do quiosque de hambúrguer da esquina pairando no ar — estava, de alguma forma, mais vivo com esta promessa.

Ficamos paradas naquele mundo pelo que pareceu um longo tempo. No segundo em que comecei a falar algo, Lindsey começou também, e então rimos de uma maneira estranha e ficamos mais um tempo assim.

— Espero que você escreva mesmo para mim — falei finalmente, enquanto abraçava Lindsey de um jeito brusco e esquisito, como costumava abraçar os professores no último dia de aula quando era pequena e havia uma fila enorme de outras crianças atrás de mim esperando para ganhar um abraço, todas tímidas e constrangidas em relação a tudo aquilo.

Lindsey, ainda bem, tinha voltado a recitar as suas vanglórias lésbicas, e disse:

— Vou gravar uma mixtape para você assim que chegar em casa. — E me puxou para outro abraço, agora de verdade. — Você poderia ir me visitar em Seattle. Seria demais.

— É — respondi —, talvez.

E então ela correu na direção do pai. Observei o seu cabelo louro-branco espetado balançar no ritmo das passadas do chinelo, as nuvens já muito próximas, o estacionamento um ou dois tons mais escuro que havia estado um minuto antes.

CAPÍTULO SETE

Ao final do piquenique do Dia do Trabalho da Portões da Glória, Ray Eisler era oficialmente o namorado da minha tia Ruth. Foi Jamie Lowry, que estava na casa da mãe durante o fim de semana e por isso foi obrigado a ir ao piquenique, que viu Ray fazer o seu pequeno ritual de sedução. A maioria das pessoas do grupo jovem estava ocupada guardando as cadeiras dobráveis dentro da igreja ou catando os copos descartáveis grudentos que lotavam o pequeno pedaço de grama onde havíamos passado boa parte da tarde. Jamie, porém, desistira de ajudar e, em vez disso, pegava pedaços grossos de massa das tortas já bem remexidas que sobraram ao redor da mesa de sobremesas. Ele dobrava os pedaços de modo a juntar recheio de mirtilo, cereja ou maçã suficiente para dar a toda aquela massa esfarelenta e enfarinhada um pouco de doçura e então a lançava para a boca e começava tudo de novo.

O garoto estava fazendo isso havia uns dez minutos quando entrei na frente dele com a grande cafeteira elétrica. Com a boca cheia e as palavras cuspindo recheio e massa feitos por uma boa moça de igreja, ele disse:

— Parece que alguém quer encher o freezer de Ruth.

Eu não sabia se tinha ouvido direito.

— Do que você está falando? — perguntei, colocando a cafeteira na ponta da mesa.

Jamie comia um pedaço de creme de coco e não tirava os olhos das sobras de torta, mas virou a bochecha na direção do pequeno grupo que se reunia ao redor da fogueira que já perdera muito da sua intensidade.

— Ray passou a tarde inteira lançando as suas táticas de *Top Gun*.

O brilho estranho da fogueira fez com que Ray e Ruth parecessem silhuetas deles mesmos, mas lá estavam os dois, lado a lado em um banco de madeira em que só caberia uma pessoa, cada um totalmente absorto pelo outro. Ray era um desses cinquentões de Miles City que não era fazendeiro, mas que, às vezes, usava calça jeans com cinto — homens magros com cabelo escuro curto e sobrancelhas enormes, não muito altos, talvez 1,75 metro, usando botas de caubói, falando em tom suave e com picapes limpas, tanto do lado de dentro quanto do lado de fora. Ray era um sujeito em quem eu realmente não reparava, a não ser que estivesse com o seu uniforme todo azul — calça, camisa e boné de beisebol — que de vez em quando usava para realizar funções em nome do partido republicano quando ele vinha para a igreja direto do trabalho, o que não era o caso hoje.

— Ei, se Ray começar a transar com ela, talvez você possa descolar uns pirulitos push-pop de laranja. São os melhores — disse Jamie, encarando o olhar repressor da mãe, que estava recolhendo travessas de comida ali perto.

Ele estava falando do trabalho de Ray na Schwan's, entregando comida congelada pelas planícies do leste de Montana. Os pais de Irene tinham um freezer enorme no porão cheio de comida da empresa: pizzas, rolinhos primavera, nugget — em suma, comidas cristalizadas em embalagens azuis e brancas, congeladas há tempos, aguardando o momento de serem desembaladas e colocadas no forno para voltarem a ser reais. Essa coisa da comida congelada mexia comigo desde que eu tinha alugado e assistido de novo (pela primeira vez desde o segundo ano, provavelmente) o filme *Ursinhos Carinhosos na luta contra a máquina de congelamento*, onde o maldoso Coração Gelado e o seu comparsa Malvado ameaçam congelar todas as crianças da cidade e até conseguem prender alguns Ursinhos dentro de pedras de gelo, que voltavam ao normal quando o gelo era derretido pelo calor do coração de alguém. Criar um jantar de verdade e comestível a partir de embalagens duras-feito-concreto-e-geladas-a-ponto-de-queimar--a-mão de coxa de frango ou torta salgada começou a me parecer algo um pouco mágico.

— Acho que nunca tinha visto Ruth falar com ele antes — falei, assistindo à manobra cuidadosa de Jamie com um pedaço específico de torta de morango e ruibarbo, que ele tentava mergulhar no que sobrou de um pouco de chantilly.

— Bem, ela compensou isso hoje. Ela quer ele.

O garoto comeu a maior parte do último pedaço em duas mordidas, pegou uma das travessas da mãe e soltou, com a boca cheia:

— Cinco e meia da manhã, JJK.

Então fez a longa caminhada a passos largos até o carro.

Jamie andava me chamando de JJK, as iniciais de Jackie Joyner-Kersee, desde que a temporada de *cross country* começara algumas semanas antes. Não tinha planejado fazer corrida, mas ele acabou me convencendo e, agora que a temporada de natação chegara ao fim e Lindsey fora embora, eu estava com uma nova ocupação além de ficar no Poder de Fogo. Isso me ajudava a ver o segundo grau menos como uma terra estrangeira. Parte da equipe já treinava desde o verão, mas por estar em forma graças à natação e equipada com o que a treinadora Rosset chamava de *pulmões de nadador*, eu podia acompanhar o grupo muito bem.

Coloquei a cafeteira na cozinha da igreja, que estava cheia de mulheres lavando louça nas pias cavernosas de metal e de gente rindo à toa, totalmente satisfeitos de tanto comer. Aquilo era o que eu mais gostava da Portões da Glória: o momento que vinha depois dos serviços, após os círculos de oração e de estudos da Bíblia ou dos encontros do Poder de Fogo, quando todo mundo já tinha rezado bastante e estava com o nível de glicose alto, quando já havíamos terminado de falar sobre maldição, pecado, vergonha e todas as coisas que me faziam ficar completamente vermelha, o que quase sempre acontecia.

A cafeteira ficava numa prateleira nos fundos da despensa e, após ter encontrado o lugar dela, me escondi lá trás por um minuto, ouvindo as mulheres, o barulho dos potes e das panelas esbarrando uns nos outros e a água sendo espalhada ao passar da esponja. Eu gostava de ser um fantasma naquele lugar, invisível. Parte disso talvez tivesse a ver com a história que Margot me contou — aquela sobre o irmão dela e a minha mãe terem se beijado na despensa de uma igreja. Mas as pilhas de louça limpa nas prateleiras altas e o cheiro de Pinho Sol me faziam sentir estranhamente segura, ou acolhida, ou apenas normal, acho. Eles mantinham um calendário com uma lista de eventos em um pequeno quadro ali dentro, e todos os dias de setembro tinham, ao menos, um evento agendado: *Para Crianças, Círculo de Mães, Filhos da Luz, Só para Papais*, e assim por diante. Ao lado do calendário, alguém havia pregado um broche com a figura de um pão e a frase: "O pão da vida — você está satisfeito?"

Poucos meses antes do acidente, o meu pai tinha enfim comprado a tal máquina de fazer pão da Hitachi de trezentos e cinquenta dólares, uma que ele desejara desde o momento em que a vira em um catálogo e que a minha mãe achava *desnecessária* e *ridícula*. Os dois discutiram sobre gastar dinheiro com aquilo durante um tempo, e então o meu pai foi lá e comprou de qualquer jeito. Ele fez pão naquela máquina várias vezes, durante uma semana, como se quisesse provar que ia mesmo usar aquela coisa. Ele fez um pão crocante de fermentação natural e outro integral, bem espesso, deixando a casa toda com um aroma maravilhoso e o meu pai, cheio de orgulho. Sentamos na varanda da frente com manteiga e um pote plástico de mel e comemos pão quente aos montes. A minha mãe não queria se juntar a nós, e até onde lembro, nunca comeu nenhum dos pães. Depois, o meu pai fez pão de canela, que tinha o melhor cheiro de todos, só para a minha mãe, e levou para ela no museu, como um pedido de desculpas, penso eu. Acho que acabou funcionando, porque após isso ele não se sentia mais na obrigação de ter que usar a máquina toda hora. Então, eles a guardaram em um dos armários da cozinha, não sem antes ter que abrir um bom espaço para que ela coubesse. Embora eu não tenha pensado nisso desde a morte deles, acho que a máquina ainda estava lá.

Estiquei a mão e peguei o broche do *pão da vida*, firmei a agulha afiada dentro do gancho e coloquei o objeto dentro do bolso traseiro do meu short jeans. Eu tinha um lugar para ele no sótão da casa de bonecas. E então comecei a chorar, ali mesmo na copa, sem saber muito bem por quê, mas sentindo saudade dos meus pais de um jeito que eu tinha me tornado muito boa em evitar na maior parte do tempo.

Alguém deixou cair um copo de vidro na cozinha. Ouvi quando os cacos se espatifaram no chão. Todo mundo estava rindo, gritando "Muito bem", "É assim que se faz", "Mão frouxa" e "Tem certeza de que não estava lá dentro bebendo o vinho da eucaristia?". Usei esse momento como deixa e enxuguei o rosto na bainha da camiseta para voltar aos eixos.

Ruth me encontrou na mesa de sobremesas, já vazia. Ela estava com o cabelo bagunçado e os olhos vermelhos por ter passado tempo demais ao lado da fogueira. Parecia mais jovem, de uma forma que eu não a via há muito tempo, talvez desde antes do acidente.

Ray estava um pouquinho atrás dela, segurando a tigela de pedra colorida em que tínhamos trazido a salada de batata. Lembrei-me dos meus pais comprando a tigela em uma pequena galeria de arte no Colorado quando passamos as férias lá, certa vez. Foi estranho ver ele segurando aquilo; não necessariamente ruim, apenas estranho, como algo fora do lugar.

• • •

Cumprindo a sua promessa, antes mesmo das provas bimestrais, Lindsey já tinha me mandado umas vinte páginas escritas à mão, repletas de observações e interesses amorosos atuais, sempre escritas com caneta de tinta brilhante. Ela me mandou também um exemplar antigo do livro *Rubyfruit Jungle*, alguns números aleatórios da revista *The Advocate* e talvez uma dúzia de mixtapes, cada uma das músicas escrita em uma cor diferente na folhinha dentro da fita cassete. Escondi tudo, exceto as fitas, embaixo do meu colchão, o que eu sabia que os meninos adolescentes, incluindo Jamie, faziam com as revistas pornô. As fitas eu escutava sem parar no meu walkman durante os treinos de *cross country*.

Nós corríamos três trajetos, um pelo meio da cidade, passando pelos bares e pelos bancos, pela igreja presbiteriana e depois pelas lanchonetes, motéis, a Portões da Glória, ao redor do cemitério e de volta para a escola. O outro circundava o parque e o lago Spotted Eagle, uma espécie de reserva natural cheia de lama, um lugar em que as pessoas iam para transar dentro do carro com o rádio ligado e o nível alcoólico bem acima do permitido. E o terceiro passava pela Fort Keogh, a base militar de pesquisa que era mais antiga que a própria Miles City, fundada no mesmo local do quartel original comandado pelo general Nelson A. Miles — a referência do nome da cidade.

Nenhum desses lugares era novo para mim, mas eu os via de maneira diferente de acordo com a trilha sonora que tocava nos meus fones de ouvido ao passar por eles: um armazém caiado de 1800 com teto embutido ao som de um proibidão. As vitrines de Penney's e Anthony's — escuras nas primeiras horas da manhã, com manequins vestindo casacos e jaquetas de inverno — ao som do hardcore do movimento *riot girl*. Na verdade, não era permitido ouvir música durante os treinos, mas eu era um bônus inesperado para a equipe, tinha ficado no top dez de todos os nossos campeonatos até agora e suspeitava de que as fofocas sobre as preferências da treinadora Lynn Rosset por mulheres talvez tivessem me favorecido.

Talvez eu devesse ter pensado melhor sobre como esse tratamento diferenciado poderia ser uma área com potencial para grandes problemas, pois dava mais peso para quaisquer rumores sobre a minha própria "preferência", mas estava feliz por poder correr ao som do que quer que Lindsey tivesse gravado para mim em uma fita cassete: às vezes, Prince e R.E.M.; às vezes, 4 Non Blondes e Bikini Kill; às vezes, Salt-N-Pepa e A Trible Called Quest.

Também fiquei com mania de usar os fones de ouvido nos corredores da escola, entre as aulas, ou até quando ia ao banheiro ou ao meu armário durante os intervalos. Ficava com a cabeça baixa, os pensamentos perdidos na música tocando, qualquer que fosse, de alguma maneira simultaneamente em uma escola em Miles City e em outro mundo. Era é o que eu estava fazendo certo dia em outubro quando virei a esquina que levava à secretaria e trombei com uma menina com roupa de veludo e mocassins que pareciam caros. O que ela vestia foi de fato o que vi até levantar o rosto, resmungar um *desculpa* e me deparar com Irene Klauson.

— Caralho — falei sem querer, boquiaberta. Tirei os fones e os deixei pendurados no pescoço, com a música ainda ligada, uma espécie de som abafado emanando de mim.

— Oi, Cameron — disse Irene, parecendo totalmente recomposta. Ou talvez ela nunca tenha perdido a compostura, afinal. Irene até cruzou os braços e deu algo como um meio sorriso, quase de desdém, mas talvez não exatamente.

De toda forma, parecia que tínhamos perdido o momento certo para nos abraçarmos, então ficamos ali de pé, uma diante da outra. Eu não a via desde a Páscoa do primeiro ano, uma ocasião em que um monte de gente ficou fazendo perguntas sobre o quão incrível era ser Irene Klauson, às quais ela respondia da forma que esperávamos. Achei que a encontraria durante os verões, mas ela os passava na costa Leste como conselheira júnior em algum acampamento esnobe. Só trocamos cartas umas duas vezes, e isso foi logo quando ela foi embora, provavelmente porque ainda se sentia sozinha, apesar de nunca ter dito isso nos seus escritos.

Ela estava mais alta, e eu também. Vestia uma camisa polo azul, um suéter careta amarrado ao redor do pescoço, brincos de brilhante que reluziam até sob a péssima iluminação fluorescente do corredor. Seu cabelo estava puxado para trás de um modo que eu não me lembrava de ter visto antes. Eu usava uma camiseta de manga comprida do time de natação do ano anterior e a minha calça de corrida, além de um rabo de cavalo bagunçado, simplesmente uma versão mais alta e mais velha daquela Cameron que Irene deixara na porta de casa alguns anos antes. No entanto, durante o tempo que ela passou longe, era como se aquela Irene tivesse se tornado a Irene adulta.

— O que está fazendo aqui? — perguntei.

— Tem um intervalo de outono no Maybrook. Algumas amigas minhas foram para Londres. Eu até poderia ter ido, mas o Sr. Frank perguntou para os meus pais se eu não poderia vir até aqui falar com as turmas de ciências sobre o que está acontecendo na escavação.

— Por que o seu pai não poderia vir e economizar uma passagem de avião? — Eu estava sentindo a nossa velha competitividade brotar.

Ela acenou para alguém no corredor atrás de mim.

— Ele está muito ocupado e não é o melhor orador do mundo. Sou melhor para esse tipo de coisa. — Ela fez uma pausa, pensando, acho, se deveria ou não dizer o que falou logo em seguida. — E, seja como for, a gente não precisa economizar em passagens aéreas agora.

— Deve ser legal.

— É, sim — respondeu ela. — É muito legal.

Senti que ela ia terminar a conversa naquele momento, pela forma que ficava olhando para além de mim no corredor, pela forma com que o seu corpo estava quase se afastando do meu, como se um ímã a puxasse para longe. Eu não queria que Irene fosse embora. Então, perguntei:

— O que está acontecendo na escavação, afinal?

Ou Irene ignorou a pergunta, ou não ouviu, ou decidiu que não valia a pena responder.

— Minha mãe disse que você aparece nos jornais toda hora, na seção de esportes — falou ela.

— É, acho que sim. Você ainda anda a cavalo?

— Sete dias por semana. Temos os nossos estábulos e várias trilhas pela floresta, tudo dentro do campus. — Ela passou a mão pelo cabelo de um jeito que me fazia lembrar da mãe dela. — O meu namorado, Harrison, também anda. Ele é jogador de polo, na verdade. É muito bom. — Ela tentou deixar a menção à palavra *namorado* bem casual, mas nós tínhamos muita história para que isso funcionasse.

— O nome dele é mesmo Harrison? — perguntei, sorrindo.

— Sim — respondeu ela fazendo a pose esnobe de novo. — Por que é tão engraçado?

— Não é. É só o tipo de nome que se esperaria de um cara rico que joga polo.

— Bem, ele é rico e joga polo, como eu disse. Eu riria do nome do seu namorado também, mas... — ela se inclinou um pouco mais para mim — não existe nenhum namorado, existe?

— Existe sim, na verdade — respondi, sorrindo, tentando desfazer o que tinha acabado de criar. — O mais estranho é que o nome dele é Harrison. E ele também joga polo.

Não funcionou.

— Enfim — respondeu ela, sem sequer olhar mais para mim, fingindo estar muito interessada em alguém que perguntava alguma coisa na secretaria. — Preciso ir... Minha mãe está esperando no carro lá fora.

— Sim, vai nessa — falei. — Me liga.

— Quem sabe? — disse ela, como eu sabia que faria. — Estou bastante ocupada. — Então Irene pareceu se lembrar do seu novo status e acrescentou, com o tipo de voz que os personagens de um filme da era vitoriana usam quando estão lendo em voz alta as cartas formais que escreviam. — Foi bom ver você, Cameron. Mande lembranças à sua avó e à sua tia.

— Ah, tá — falei. — Isso foi estranho.

Só que Irene já tinha ido embora.

Eu ainda era capaz de me lembrar do ruído exato das suas botas fazendo *poc-poc-poc* quando ela andava; algo a ver com o tipo de passada dela, um barulho muito particular que eu vivia imitando. Porém, aquele mocassim não fazia ruído algum no chão dos corredores brilhantes. Nada. Nem um mísero som.

● ● ●

Em algum lugar, mais ou menos nesse horário, fiquei sabendo que a tia Ruth estava transando com Ray, o homem da Schwan's. Eu os ouvi em uma tarde em que ela pensou que eu tinha saído com Jamie, mas na verdade estava no meu quarto, mexendo na casa de bonecas. Havia roubado um potinho de purpurina metalizada e um tubo de cola para *decoupage* no Ben Franklin e estava cobrindo o chão do sótão com um carpete grosso de purpurina intercalada com moedas que se tornaram camadas fininhas de metal depois que eu as coloquei nos trilhos do trem perto do curral. *As bruxas de Eastwick* estava passando no vídeo, com o volume baixo.

Quando eu estava fazendo qualquer coisa naquela casa de bonecas, ficava tão dentro do meu mundo que Ruth podia, em alguns momentos, me chamar três vezes antes que eu a escutasse. Então, quando ouvi o primeiro gemido, achei que tivessem vindo de Cher ou de Susan Sarandon, mas, ao olhar para a tela, tudo que vi foi Jack Nicholson sozinho naquela mansão, reagindo e planejando a sua vingança.

Não era como se Ray e Ruth estivessem sendo super selvagens, mas eles estavam transando e havia certos sons impossíveis de não serem ouvidos no cômodo diretamente acima, onde eu estava. Preferia não ter escutado nada, mas não queria fazer algo que desse sinal da minha presença, então segui com a decoração da casa de bonecas, da melhor forma que pude, e esperei que os dois terminassem, tentando não imaginar o que estava acontecendo no antigo quarto dos meus pais.

Ray parecia um cara legal. Ele gostava de jogar *Banco imobiliário*, fazia uma pipoca muito gostosa e mantinha o nosso estoque sempre cheio com produtos da Schwan's — até com algumas coisas bacanas, como patas de caranguejo e tal. Ele e Ruth adoravam comparar detalhes a respeito das estradas esburacadas do leste de Montana, rodovias que ambos percorriam para vender os seus trecos, e eu ficava agradecida por terem um ao outro para falar sobre essas merdas. Às vezes, eles até iam juntos para algumas cidades.

Quando as coisas ficaram quietas por um bom tempo, desci a escada e encontrei os dois no sofá assistindo a futebol americano embaixo da coberta.

— Oi, Cammie — falou Ruth. — Você chegou agora?

Eu poderia ter dito que sim, mas não vi sentido nisso. De toda forma, saber que Ruth transava fazia com que ela parecesse uma pessoa mais real para mim. Por dois anos ela havia sido basicamente uma força na minha vida, a substituta dos meus pais e alguém cujos padrões eu não achava possível um dia alcançar. A Ruth que fazia sexo sem estar casada talvez fosse alguém que eu poderia conhecer, então respondi:

— Não, eu estava no meu quarto fazendo o dever de casa.

Ray pigarreou bem alto e respirou fundo. Ele não tirou os olhos da televisão, mas começou a brincar com o anel da latinha de cerveja.

— Nós nem sabíamos que você estava aqui — disse ela, fazendo uma expressão facial que eu não conseguia entender. Não estava ficando vermelha, não parecia necessariamente envergonhada, mas também não parecia com a Ruth de sempre.

— É, eu estava — falei, deixando a resposta no ar enquanto fui ao freezer buscar um picolé, sentindo como se tivesse ganhado um jogo. Então desci para a área da vovó. Ela estava deitava na cadeira dela, costurando um cobertor para Ray nas cores que ele tinha escolhido: orgulho de funcionário, é claro — azul, dourado e branco.

— Aí está a minha espoleta — falou a vovó, olhando para mim por cima dos óculos de leitura. — Que colírio para os meus olhos cansados.

Eu mergulhei no sofá dela.

— Você me viu no jantar ontem. Me viu na cozinha hoje de manhã. Me viu...

— Já chega, espertinha — falou ela. — Você entendeu o que quis dizer.

— Sim — respondi, porque de fato sabia. Nós não fazíamos algo juntas, só nós duas, há muito tempo.

— Então, o que tem para me contar? — perguntou ela, algo que sempre fazia.

— Nada — respondi, empurrando o restinho do picolé laranja do papel.

— Você sabe que a gente só fica entediada se for entediante.

— Talvez eu seja entediante.

— Nunca tinha pensado nisso — disse ela. — Faz um favor e me passa a lã azul, por gentileza? — Ela apontou com o gancho para um tubo de lã em uma cesta perto do meu pé. — E não deixe essa coisa pingar pelo meu chão. — Mantive o picolé na boca enquanto passava o novelo para ela.

Então ficamos ali sentadas por um tempo ouvindo as notícias no rádio.

— Ray ainda está lá em cima? — perguntou ela por fim.

Assenti.

— Ele deve ficar para o jantar.

— O que você acha dele?

— Não sei. Acho que gosto — respondi. — Ele parece legal.

— Acho que você está certíssima sobre isso — disse ela. — Acho que ele é um cara legal, trabalhador. Os homens que a sua tia namorava quando os seus pais se casaram... eram uns sujeitos que ficavam só na conversa fiada, e Ruth era só um enfeite, sabe? Mas acho que esse é capaz de vingar.

— Você já pensa assim? — perguntei. Acho que eu não tinha olhado para as coisas tão a longo prazo a respeito de Ruth, do que quer que ela planejasse para o seu próprio futuro. — Eles começaram a namorar agora.

— Não começaram, não, gracinha — falou a minha vó. — Não quando se tem a idade da sua tia. Você esquece que ela passou por tantas mudanças de vida quanto você. Acho que isso é algo bom para ela.

— Fico feliz, então — disse. E fiquei mesmo. E depois eu falei, sem planejar, algo que simplesmente saiu: — Vi Irene Klauson na escola outro dia. Ela me disse para mandar um oi para você.

— O que ela está fazendo aqui?

— De visita — respondi. — Ela teve umas férias de outono. Acho que já foi embora de novo.

— Você deveria tê-la chamado para vir aqui — disse a vovó. — Gostaria de ter falado com ela. Vocês duas eram grudadas que nem chiclete.

— Não mais — falei, com pena de mim mesma de novo, pensando que tínhamos terminado o assunto ali.

Só que a vovó continuou:

— Não, não desde que eles morreram, né?

— Não foi só por isso, vó.

— Não — disse ela. — Não foi só por isso.

• • •

Coley Taylor não era uma das meninas fazendeiras que estavam sempre usando uma jaqueta azul da FFA (Futuras Fazendeiras da América) e que passavam todo o tempo livre na loja da fazenda. A loja da fazenda era uma dessas estruturas metálicas em semicírculo no meio de um estacionamento. Lá davam algumas aulas de agricultura, os alunos consertavam tratores e identificavam fungos em grãos e pestes. Algumas das meninas que frequentavam o lugar eram tão caipiras quanto eu, e tentavam compensar isso usando fivelas de cintos brilhantes do tamanho de bonés e pagando boquetes para Seth e Eric Kerns — os futuros campeões da Final do Rodeio Nacional e semideuses da escola — nas suas respectivas picapes no intervalo do almoço.

Coley não precisava se fantasiar de fazendeira. Ela era autêntica. Dirigia os sessenta e poucos quilômetros da fazenda dos pais dela até a cidade toda manhã, e depois de volta quando a aula terminava. Tinha estudado até o oitavo ano em uma escola pequena em Snakeweed, e era a aluna número um em uma turma de doze. No entanto, como Snakeweed não tinha escolas de ensino médio, os doze estudantes se juntaram a nós.

Fizemos aulas de biologia juntas no segundo semestre do primeiro ano dela, e Coley não ficava lá no fundo da mesa com as outras FFAs, mesmo que as meninas guardassem lugar para ela. Tinha escolhido uma carteira solitária na frente da sala e fazia perguntas inteligentes sobre métodos de dissecação, enquanto eu passava o semestre assistindo as luzes sumirem do seu cabelo, que tinha um cacheado natural e que eu imaginava que tivesse cheiro de flor e grama. Eu passava um bom tempo imaginando o cheiro do cabelo de Coley Taylor.

Junto com ela, na mesa principal, ficavam alguns alunos que integravam o conselho estudantil, entre eles Brett Eaton, que tinha a aparência vistosa de um anúncio de recrutamento de astronautas. Além disso, ele era um cara legal de verdade e um bom jogador de futebol. Os dois já estavam namorando no Halloween, o que, naquele momento, não me entristeceu tanto quanto aos caubóis na mesa de trás que cuspiam fumo de mascar nas pias do laboratório quando o Sr. Carson não estava vendo.

Em algum ponto daquele mês de dezembro, nos dias que antecediam o Natal, Coley e a mãe dela se juntaram a Portões da Glória. Era a época do ano em que o pessoal que raramente ia à igreja retornava (a vovó Post estava incluída nesse grupo) por dois ou três domingos, achando que assim poderiam compensar o feriado. Não vi as Taylor durante o serviço lotado, mas enquanto arrumava os donuts açucarados para o que eu chamava de "café da comunhão", frequentado apenas por pessoas acima dos sessenta e obrigatoriamente por novos membros da igreja, elas chegaram. Coley e a mãe *estavam elegantes*, como a vovó disse. E de fato estavam. Ambas medindo algo em torno de 1,80 metro, esbeltas sem serem magras demais e vestindo suéteres de gola alta — o de Coley era preto, o da mãe, vermelho. Nessa época, Cindy Crawford ainda fazia capas de revistas e vídeos de exercícios e apresentava aquele programa tosco sobre moda na MTV. Naquela manhã no corredor da igreja, no entanto, eu teria dado a Coley uma vantagem sobre a supermodelo com a famosa pinta.

Eu tinha acabado de começar a função de arrumar os guardanapos em forma de cata-vento na mesa (o que era uma piada, pois Ruth praticamente refazia todos os cata-ventos que eu montava) na hora em que Coley me viu.

Ou, na verdade, na hora em que Coley me viu olhando para ela. A garota estava de pé um pouco atrás da mãe e abriu um enorme sorriso para mim, logo antes de o namorado com mãos de fazendeiro dela aparecer e dar um beijo na sua bochecha. Quando o rapaz foi cumprimentar a sogra e pude ver a expressão no rosto dele por trás da camisa de flanela, Coley piscou para mim. Uma piscadela vinda de qualquer outra pessoa, como o namorado fazendeiro ou um dos garotos da faculdade que pairavam por ali e levavam as sobras de donuts para os dormitórios, teria sido previsível e irritante — algo que se fazia para a garotinha órfã e masculinizada. Porém, a maneira com que ela piscou me fez sentir como se já existisse um segredo entre nós.

Se não fosse o café da eucaristia, um monte de colegas de sala dela estaria presente, alunos que a conheciam melhor que eu. O Poder de Fogo devia ter uns noventa membros. Contudo, eu estava repentinamente mais atraente naquela manhã, no meio de todos aqueles adolescentes com menos de vinte anos comendo pelos corredores: um grupo heterogêneo de crianças do ensino fundamental correndo e gritando, aliviadas por se verem livres dos bancos da igreja em que ficaram sentadas pela última hora e meia, a filharada sempre crescente do pastor Crawford, com um único filho que tinha idade suficiente para frequentar o ensino médio e que deram o fora logo após a missa; e Clay Harbough, o gênio da computação que, apesar de ser talentoso como programador e poder passar todas as tardes no laboratório de informática desenvolvendo sistemas e impressionando os bibliotecários, falava rápido e em tom monótono, sempre olhando para o tênis Nike. O menino em geral cheirava a alcaçuz, coisa que nunca o vi comer.

Levando em consideração a minha concorrência, não fiquei tão surpresa quando Coley se lançou na minha direção, apesar do nosso diálogo mais longo até então ter sido: "Você já terminou de usar o bisturi?" Fiquei surpresa, porém, quando ela não parou do outro lado na mesa para falar comigo por cima dos acompanhamentos do café. Em vez disso, deu a volta para chegar ao meu lado, o lado do serviço, e ficou naquele lugar como se sempre tivesse estado ali, todo domingo, ajudando a arrumar os guardanapos.

— Então, como você acha que será a dissecação final? — perguntou, debruçando-se na minha frente para pegar um saquinho de chá de laranja com especiarias. Eu me encolhi quando a manga do suéter dela roçou no meu peito e senti o coração disparar por um segundo. Foi desconfortável, como se algo estivesse queimando dentro dos meus pulmões.

— Não faço ideia. Provavelmente vai ser eu com um fórceps mexendo em intestinos enquanto Kyle cantarola "Enter Sandman". — Gostei de vê-la mexer o chá com um pequeno canudo vermelho, três vezes no sentido horário, depois no anti-horário, e repetir tudo de novo.

Ela riu. Fiquei feliz com aquilo.

— Sim, aquele garoto é uma figura — disse. Coley Taylor fazia o gesto de beber um chá barato em uma caneca amarela que dizia *Jesus Cristo é o Senhor* parecer algo tão sofisticado e elegante quanto Julie Andrews. — Rola alguma coisa entre vocês?

Fiquei horrorizada e lisonjeada ao mesmo tempo. Kyle Clark, o meu parceiro de laboratório, era roqueiro, o melhor roqueiro que a Custer High podia oferecer, e se Coley achava que eu estava namorando ele, isso significava que ela pensava que eu era roqueira o suficiente para isso, que era um erro relativamente comum que as pessoas cometiam.

— Não, não mesmo. A gente só se conhece há muito tempo. Como todo mundo na nossa sala — acrescentei.

— Eu, não. — Ela sorriu de novo, o rosto a alguns centímetros do meu, e senti tudo em mim arder.

Dei um passo para trás.

— Fique feliz por isso, ou saberia que Kyle vomitou macarrão em cima de mim no terceiro ano. — Conversar com Coley enquanto ela bebia chá vestindo a sua roupa chique, toda combinando, me fez sentir como se eu ainda estivesse no quarto ano do ensino fundamental, minha postura desleixada com os meus braços idiotas pendendo esquisitos. Procurei me ocupar colocando donuts na mesa, mesmo com o prato já bem cheio. A cada donut, um pouco da cobertura e calda grudava nos espaços entre os meus dedos.

— Desculpe — disse ela. — Eu não deveria presumir que todo mundo namora os próprios parceiros de laboratório.

— Bem, você é um bom exemplo, né? — Foquei na pilha de donuts, pensando em como aquilo deveria ter soado para ela. Meio maldoso? Ou pior, enciumado?

Mas ela riu e segurou o meu braço por um segundo, o que me deixou bastante tensa.

— Sim. É isso mesmo. Pensei que vocês estivessem juntos porque sempre parecem estar se divertindo bem mais com o feto de porco que dissecam que eu e Brett.

— Você está falando do Pernilzinho?

Ela sorriu dentro da caneca.

— Vocês batizaram o porco?

— E vocês não? Esse é o problema. Podiam chamá-lo de Porquinho, mas é óbvio demais. O que acha de Poderia Ter Sido Bacon? Mas você tem que falar o "Poderia Ter" bem rápido, para parecer um nome próprio. — Eu estava apresentando o meu pequeno *stand-up comedy*, aquele que eu fazia para garotas bonitas para que elas gostassem de mim logo de cara e não tentassem conhecer de verdade quem eu era além da Cameron Hilariante e Órfã. Talvez fosse um pouco de flerte, mas também havia certa proteção ali: "Não se aproxime muito, sou só uma menina engraçadinha sem conteúdo." Parecia estar funcionando, e eu teria continuado se Ruth não tivesse se juntado a nós de repente, uma nuvem de White Diamonds (o novo perfume dela, um presente de Ray) para arrumar a mesa. Ela pegou a caixa de donuts da minha mão, e os meus braços esquisitos tiveram que ficar pendurados ali de novo.

— Já tem muito aqui, querida — disse ela, pegando os donuts com cobertura e os com calda de framboesa e colocando-os de volta na caixa. — Coley, acabei de conhecer a sua mãe. Estamos muito felizes de tê-las aqui rezando conosco. — Ruth terminou de recolher os donuts, apoiou a caixa e limpou as mãos em um guardanapo antes de estender a mão para a menina. — Sou Ruth, a tia da Cameron. Você também é caloura?

Coley respondeu assim que o pastor Crawford se aproximou para pegar uma barrinha.

— Sim. Estávamos falando sobre dissecação agora mesmo.

— Que forma de passar a manhã de domingo! Caramba, meninas, vocês não são nem um pouco divertidas. — A tia Ruth deu o seu sorrisinho de Annette Funicello, colocou as mãos no quadril e fez um movimento como se estivesse com um bambolê na cintura, algo que devia ser moda nos anos 1950, naquelas lanchonetes antigas, com meninas que pareciam poodles de saia.

O pastor Crawford continuava observando, mastigando, rindo de Ruth, com um pouco do glacê pulverizado no colarinho.

— Sabe, — começou ele — estou tendo um grande momento de epifania. — Ele fez uma pausa e mastigou um pouco mais. O pastor era o rei das revelações dramáticas. Então, ele se virou para mim. — Cameron, Coley vai começar a frequentar o Poder de Fogo, e sei que Ruth traz você de carro. Por que você não vem de carro com Coley?

Imagino que a sugestão tenha sido feita em prol da socialização e pela função dele enquanto pastor, mas, na verdade, o homem tinha acabado de me forçar a entrar no carro de uma das garotas mais bonitas da sala, e eu era uma qualquer, uma menina sem carro, alguém cuja tia ou avó precisava levar e buscar em todo canto.

Enquanto eu estava sorrindo como uma abóbora de Halloween, me encolhendo, revirando os olhos e tentando despistar os dois adultos intrometidos, Coley respondeu:

— Sim, isso seria bem legal. — A menina não hesitou nem nada, mas havia algo tão adulto em Coley que pensei que talvez ela fosse melhor em lidar com essas conversas superficiais que eu, então não levei as palavras tão a sério.

Também queria que a gente estivesse tendo essa conversa sem os adultos nos vendo e planejando os nossos encontros.

— Sabe, metade da escola vem aqui às quartas-feiras — falei para Coley. — E eu começo o treino de atletismo em março, de qualquer forma. Não se sinta obrigada a dar uma de *Conduzindo Miss Daisy*.

— Não seja boba — respondeu ela. — Nada a ver. — A mãe de Coley estava acenando para ela de uma mesa de pessoas bem velhas, e, quando a menina virou a cabeça, o rosto dela bem perto do meu com um sorriso enorme estampado, falou: — Nós poderíamos simplesmente chamar o porco de Feto de Piggly Wiggly, não é, Miss Daisy?

Não achei que ela responderia à minha referência tosca de cinema, mencionando o supermercado na cena em que Miss Daisy enfim aceita uma carona do próprio motorista, mas eu fazia referência a filmes há tanto tempo que elas saíam sem que eu sequer racionalizasse e sem que eu esperasse que alguém, exceto Jamie, as rebatesse. E com certeza não esperava resposta para a cena do supermercado de *Conduzindo Miss Daisy*, muito menos vinda de alguém como Coley, que achei que já tivesse decifrado ao sentar atrás dela na aula de ciências durante um semestre.

No Fetomóvel, a caminho de casa, Ruth deu a vovó todo o histórico da família Taylor. O Sr. Taylor tinha morrido de câncer de pulmão dois anos antes, mas o irmão mais velho de Coley, Ty, e a mãe deles, ainda comandavam e faziam funcionar a fazenda de gado. Ty supostamente era um rapaz jovial e selvagem, um verdadeiro caubói, e a Sra. Taylor, que depois da morte do marido havia perdido um pouco o seu rumo — bebendo, saindo e *fazendo escolhas ruins* —, recentemente reencontrara o caminho de volta a Cristo.

— Ela está colocando as coisas de volta nos eixos — disse Ruth. — É preciso ter muita coragem para isso.

Segundo Ruth, fora Coley a responsável por manter as coisas sob controle nesse ínterim. Minha tia disse que Coley era uma garota bonita e inteligente, uma *verdadeira empresária*, amada por todos.

— Fico feliz que vocês duas estejam ficando amigas, Cammie — disse Ruth, olhando para mim pelo retrovisor do carro, como gostava de fazer. — Ela parece uma menina muito centrada e, talvez, se vocês se conhecerem melhor, não precisará passar tanto tempo com Jamie e os meninos, sabe?

— Jamie é o meu melhor amigo — respondi para o espelho, interrompendo-a. — Eu nem conheço Coley direito. Nós só fazemos uma aula juntas.

— Bem, agora você pode ter a oportunidade de conhecê-la melhor — afirmou Ruth.

— É, pode ser — respondi, pois era mais fácil que tentar explicar de novo a política do colegial para uma ex-líder de torcida. No entanto, eu tinha acabado de perceber que Coley me ofereceria a carona obrigatória na quarta-feira seguinte e que, apesar de ser um pouco estranho, ela seria gentil em relação a isso. Depois, ela falaria, de forma casual, que tinha algumas compras a fazer antes de ir para o Poder de Fogo e que *eu poderia pegar uma carona com a minha tia*, e então esqueceríamos todo esse lance de amizade arranjada. O que seria o melhor que poderia acontecer. Foi o que decidi naquela noite deitada na cama, quando fechei os olhos e a vi bebendo chá, quando continuei vendo ao abri-los, percebendo que queria ver ainda mais.

CAPÍTULO OITO

Demorou até março, a caminho dos dias ainda frios do início da temporada de treinos de atletismo, para que eu parasse de esperar que Coley usasse a desculpa das compras. Àquela altura, ela e Brett haviam me adotado como um tipo de irmã mais nova grudenta, apesar de termos a mesma idade. O único problema era que quanto mais tempo eu passava com os dois — num quiosque da Pizza Hut criando competições que incluíam atirar bolinhas de papel com o canudo em vários alvos, ou na última fileira do Montana Theatre, assistindo a qualquer filme que estivesse em cartaz, com um pote de pipoca no colo da Coley para nós três dividirmos, ou dirigindo em estradas de terra da Honda no jipe turbinado do Brett, ouvindo AC/DC estrondando no rádio —, mais eu me apaixonava por Coley Taylor. O mais estranho, no entanto, era que eu realmente gostava de Brett. Eu tinha alguns episódios de ciúmes diante de coisas pequenas — como quando ele pegava na mão de Coley ao atravessarmos a rua ou quando ela acariciava o pescoço dele enquanto o garoto nos levava de carro para algum lugar —, mas nesses primeiros meses eu estava feliz só de estar perto dela e por fazê-la rir, o que era mais difícil de fazer do que com as outras meninas; eu tinha que me esforçar bastante, o que fazia valer mais a pena.

• • •

A temporada de festas de formatura, com a sua torrente de confetes, vestidos de cetim e estrelas brilhantes para acompanhar o tema *A noite estrelada*, de Van Gogh, chegou com a apatia das roupas de flanela do grupo grunge que era uma pequena mas turbulenta parte da turma sênior da Custer High de 1992. Um pouco dessa onda grunge tinha adentrado na minha sala também, um grupo de roupas largas aqui, um cheiro de pachuli ali, mas parecia ter afetado mais os alunos que estavam perto de se graduar. Esses "quase adultos", muitos com cartas de aceitação nas faculdades já pregadas nos seus quadros de cortiça em casa, gostavam de se rebelar e de não lavar os cabelos, e com certeza curtiam o oposto de tigela de ponche, sapatos coloridos combinando com a roupa e de chamar a atenção no desfile dos formandos no em breve ex-ginásio do ensino médio. Eu poderia simpatizar com isso; afinal, eu mesma tinha algumas camisas de flanela; mas não era uma grunge de raiz. Porém, quando a administração anunciou que o traje formal seria obrigatório (em resposta à fofoca que rolava nos corredores de que vários casais grunges do último ano planejavam chegar à Grande Noite descalços e vestindo moletons unissex feitos cem por cento de cânhamo), a maior parte da turma do último ano simpatizou com os grunges também, e o pessoal da FFA, os atletas e os nerds do conselho estudantil se uniram e começaram um boicote absoluto ao baile.

As poucas vendas de ingressos, junto com os parcos esforços para arrecadação de fundos das turmas mais novas, cujas lavagens de carro e venda de tortas arrecadara muito menos que o necessário para fazer um evento daquele porte, resultaram em um cenário nunca antes visto na Custer High: calouros e alunos do segundo ano poderiam ir ao baile, *em traje formal*, pagando o preço *justíssimo* de apenas dez dólares por casal.

— Você vai, Cam — disse Coley, surgindo ao lado do meu armário logo após a última aula e antes do treino de atletismo.

Ela parecia ter surgido do nada. Aquele era o último dia de aula e já havia no ar aquela sensação da primavera, todo mundo transitando bêbado pelos corredores às três e quinze da tarde, livres, o fluxo de alunos indo em direção às portas de saída durante tempo suficiente apenas para uma paradinha nos armários antes de se juntarem ao grupo, como se tudo aquilo fosse coreografado, cada movimento ensaiado, cada som e olhar um efeito especial — a batida e o barulho das portas de metal dos armários, os "me liga depois" e "porra de prova de química" ditos em som alto e gutural, o cheiro forte de cigarros que se acendiam assim que chegávamos ao lado de fora, o som de fitas cassete emanando dos carros que zarpavam do estacionamento, as janelas totalmente abertas. Em geral, eu gostava de mergulhar naquilo tudo por um ou dois minutos, me demorar um pouco além do necessário no meu armário antes de trocar de roupa para o treino. Mas naquele dia, Coley apareceu.

O vice-diretor Hennitz tinha acabado de explicar o "novo acordo" do baile durante os anúncios do fim do dia naquela voz melosa, cada palavra soando como um chiclete: "O baile é um local de decoro e, ao oferecer essa oportunidade aos alunos mais jovens, a administração e eu nos sentimos confiantes de que vocês também vão tratar a questão com a mesma seriedade."

Como recebemos essa oportunidade há literalmente minutos, eu sabia do que Coley estava falando quando disse *Você vai, Cam*, mas fingi não saber, para que ela tivesse que se dedicar um pouco para me convencer. Eu gostava da sensação de quando ela precisava de algo de mim.

— Do que está falando? — perguntei a ela, fingindo procurar alguma coisa na minha mochila.

— Do principal evento da temporada de moda da primavera — respondeu ela com a voz pomposa de socialite que fazia muito bem, mas logo retornou ao tom normal para acrescentar: — Se você vai ser parte do casal que vai nos acompanhar, precisa achar um garoto para poder ser, de fato, um casal. — Coley fez aquela coisa que sempre fazia com o cabelo, colocando-o para cima num rabo e prendendo com um lápis, tudo em um único movimento. Eu sempre me surpreendia com o quão sexy ela ficava ao fazer isso, mesmo sem perceber.

— Acho que posso ver se a vovó está livre. Quando vai ser mesmo? — perguntei, tentando manter a porta do armário entre nós. Brett estava quase sempre por perto quando Coley aparecia e quando não estava, às vezes eu ainda ficava toda agitada, como naquele primeiro café da eucaristia na PDG.

— Não começa com esse lance de ficar fazendo piada com tudo e tornar impossível a conversa — pediu ela. — Esse momento vai entrar para a história. A gente nunca mais vai ter a chance de ir para uma festa de formatura como calouras.

— Não há nada no que você acabou de dizer que torne o seu argumento minimamente mais convincente — retruquei.

Ela desviou da porta do armário e agarrou o meu braço, toda dramática.

— Vou ligar para Ruth. Vou mesmo. Vou ligar para ela e dizer que você está sendo esquisita e solitária de novo e que não quer ir ao baile, e você sabe que ela vai pegar no seu pé. Ela vai ter todo tipo de ideia para pares elegíveis.

— Você é uma pessoa horrível, e eu odeio você.

— Então, quem quer que eu chame? Travis Burrel com certeza iria com você. — Coley escancarou a porta do armário e ficou bem na frente, pegando um chiclete que eu deixara na prateleira de cima. Enquanto fazia isso, encostou em mim de uma maneira que ela sequer reparou, e eu não consegui reparar em mais nada.

Dei um passo para trás no corredor, de forma que não ficássemos espremidas naquele espaço tão apertado.

— Travis Burrel iria ao baile com qualquer pessoa que achasse que poderia dar uns amassos no salão.

— Então quer que eu ligue para ele antes de ligar para outra pessoa? — O chiclete cobria as palavras dela com um cheiro de morango açucarado.

— Sim. Faça isso. Eu vou me atrasar — falei, tentando ao mesmo tempo tirá-la do caminho com o antebraço e pegar a minha mochila e a bolsa do treino. Ela não se mexeu muito e tive que dar a volta de novo, encostando nela mais uma vez, e senti um calafrio percorrer todo o meu corpo, terminando no meu estômago, e então fechei a porta e tranquei o cadeado.

Ela permaneceu ao meu lado enquanto seguimos pelo corredor, andando contra o fluxo de pessoas em direção aos armários femininos.

— Anda, convida o Jamie. Você sabe que vai fazer isso, de qualquer forma.

Coley e eu tivemos que nos separar para ultrapassar uma menina que estava escondida debaixo de um trabalho enorme que carregava, algum projeto sobre a Segunda Guerra Mundial — uma imagem de Hitler com o seu bigodinho fazendo a saudação nazista, uma vítima esquelética de um campo de concentração, alguns soldados americanos fumando cigarros de olhos franzidos para a câmera, as legendas abaixo de cada foto em letras com purpurina colada. Eu sabia que, se essa fosse a minha biografia cinematográfica, feita por algum diretor com experiência em filmes de adolescente, ele teria postergado a imagem naquele trabalho e talvez até colocado alguma trilha sonora comovente. Ficaríamos em câmera lenta enquanto o corredor continuaria em velocidade normal ao nosso redor, uma luz sobre nós três — Coley, a garota do trabalho e eu — e, com esse recurso, ele tentaria deixar alguma mensagem ao comparar a frivolidade adolescente com as suas festas de formatura a algo autêntico e terrível como a guerra. Porém, se alugar todas aquelas fitas tinha me ensinado alguma coisa além de como me desligar do mundo, foi que, na verdade, só é possível viver na vida real breves momentos profundos e perfeitos como aquele se formos capazes de reconhecê-los, se fizermos todo o trabalho de edição na cabeça, normalmente nos exatos segundos em que o que quer que esteja acontecendo estiver de fato acontecendo. E mesmo que a gente consiga, a pessoa que está conosco quase nunca viverá o momento da mesma maneira, o que torna impossível explicar enquanto acontece. E, então, o momento acaba.

— Pergunte a Jamie hoje, porque quero comprar os ingressos amanhã — prosseguiu Coley, mais uma vez ao meu lado, as atrocidades de uma guerra que ambos os nossos avós haviam enfrentado cavalgando para longe de nós, retornando para fora da cena, o lugar ao qual pertenciam, de onde não mais nos confrontariam durante a temporada de festas de formatura.

— Jamie não vai querer ir nessa merda de baile. Eu não quero ir nessa merda de baile. Todo o objetivo do boicote é que ninguém nessa escola quer ir nessa merda de baile.

Um calouro desengonçado vestindo uma camiseta da banda Pantera se virou e gritou enquanto passávamos por ele:

— Eu vou te comer no baile! — Seus dois amigos, tão desengonçados quanto ele, fizeram um *high-five* e riram como garotos do ensino médio e personagens de desenho animado, como o Barney dos *Flintstones*, riam.

— Você é um troglodita! — gritou Coley para ele. Nós estávamos diante da porta azul de metal do vestiário. Ela agarrou os meus dois braços na altura do bíceps. — Jamie vai acompanhá-la se você pedir, mesmo se ele mesmo não quiser ir.

— Coley, *eu* não quero mesmo ir.

— Mas eu quero, e nós somos amigas, e esse é o tipo de coisa que amigas fazem uma pela outra — disse ela com uma certa seriedade que poderia ter sido cômica se eu não estivesse completamente apaixonada por ela.

— Ah, então é assim? — falei, ambas sabendo que eu acabaria perguntando a Jamie naquela mesma tarde e que ele me falaria um monte de merda, mas acabaria dizendo "sim", porque Jamie Lowry era esse tipo de cara. — Quais são os outros tipos de coisas que amigas fazem uma pela outra, hein? Você tem uma lista?

— Não, mas vou fazer uma — respondeu, acenando para um grupo de calouros sorridentes que eram, na sua maioria, amigos de Brett. Eles estavam perto da máquina de refrigerantes e a chamaram. — Vai ser muito, muito legal — completou Coley.

— Você me deve muito, muito mesmo — retruquei, já com metade do meu corpo dentro do vestiário.

— Você sabe que te amo para sempre.

Ela já estava andando em direção ao grupo de casais felizes a caminho de uma tarde ensolarada, sem dúvida uma cena parecida com uma propaganda da J.Crew, e fiquei pensando na tal lista de "coisas que amigas fazem uma pela outra" durante todo o tempo em que troquei de roupa, durante todo o tempo em que corri na pista de atletismo da escola, durante todo o tempo em que dava voltas extras após o fim do treino por ter chegado atrasada. Se Coley um dia fosse escrever uma lista dessas, eu sabia que faria todas as coisas que constassem nela. Eu simplesmente sabia.

• • •

Já tinha mencionado a minha paixão por Coley para Lindsey em poucos parágrafos em uma das cartas que mandei, mas completei com detalhes angustiantes durante uma conversa de três horas pelo telefone que tivemos na semana anterior ao baile, enquanto Ruth e Ray passavam um fim de semana em um retiro religioso para casais em Laramie, e a vovó estava dormindo na frente da TV, com embalagens vazias de biscoitos wafer na mesa de centro. Ela estava preferindo o sabor morango naquele mês, então tinha pedacinhos cor-de-rosa de açúcar no vinco da blusa dela, como os pedaços de fibra de vidro que, às vezes, cobriam a roupa do meu pai quando ele estava instalando o isolamento.

O telefonema partira de Lindsay, então seria a mãe dela quem receberia a conta, e não Ruth. E quando ela levou vinte minutos só para falar sobre o show da Ani DiFranco que tinha ido na noite anterior, eu sabia que seria uma longa conversa. Sendo assim, peguei algumas cervejas de Ray na geladeira (eu tinha certeza de que ele sabia que eu fazia isso de vez em quando, mas o homem não falou nada para mim nem para Ruth), levei o telefone sem fio para o meu quarto e passei uma boa parte dessas três horas decorando o chão e o teto do quarto de hóspedes da casa de bonecas com selos retirados das cartas da Lindsey. Ela me escrevia bastante, provavelmente quatro cartas para cada uma que eu escrevia, mas eu ainda não tinha nem perto da quantidade de selos suficiente para terminar o trabalho todo. Aquilo era somente um esperançoso começo.

Enquanto estive treinando atletismo, contemplando Levítico e Romanos, e sendo a irmã mais nova do casal favorito da Custer High, imaginando em segredo Coley toda vez que assistia a qualquer filme com o mínimo indício de lesbianismo (ela como Jodie Foster em O *silêncio dos inocentes*, ela como Sharon Stone em *Instinto selvagem* — finalmente esse filme tinha chegado a Miles City), Lindsey estava se atracando com, de acordo com a própria, todas as lésbicas na área de Seattle entre os quinze e os vinte e cinco anos. Muitas delas tinham nomes, ou provavelmente apelidos que soavam assustadores para mim, de uma maneira "legal demais da conta": Mix, Kat, Betty C. (de Betty Crocker? Eu pensei naquilo, mas nunca perguntei), Brights, Aubrey, Henna e daí por diante.

Lindsey era boa em fornecer detalhes, e ela era sempre bastante específica sobre qual das suas conquistas tinha dreads fedorentos de menina branca, qual tinha raspado a cabeça, qual usava jaqueta de couro e dirigia uma Harley, qual cheirava cocaína, qual era anoréxica e esquelética, qual tinha um corpo que mais se parecia com um andaime; mas eram tantas garotas que eu não conseguia acompanhar a história de nenhuma delas no fim do telefonema ou da carta, e geralmente eu nem precisava, porque a própria Lindsey já parecia ter esquecido essas meninas e seguido em frente para outra meia dúzia de garotas na próxima ocasião em que nos falávamos ou que ela escrevia.

— Betty C. tem um piercing na língua. Bem, é um parafuso, na verdade, e é doido porque eu tinha ouvido falar que esses piercings faziam toda a diferença, mas eu não fazia ideia do tamanho da diferença, sabe? — Esse era o estilo de conversa de Lindsey, falando as coisas de tal maneira que eu era forçada a pedir que me explicasse melhor, mantendo-a para sempre no papel da minha guru lésbica pessoal.

— Como assim faz toda a diferença? — perguntei, colocando um selo com uma bandeira ao lado de um selo do State Bird of Maine, com a figura do pássaro com uma listra preta na cabeça.

— Sério, Cam, seja criativa! Quando ela estava me chupando! Tipo, é só um pedacinho de metal, mas se a pessoa souber usar... e Betty C. sabe, ah, ela sabe. É coisa de outro mundo.

— Sim, essa parte eu entendi — retruquei, pois entendera mesmo que ela estava se referindo a sexo oral, mas como ainda estava incerta a respeito dos mecanismos e do processo propriamente dito, de como era para cada pessoa, tinha dificuldade em entender como aquele pequeno pedaço de metal fazia alguma diferença significativa. Quando eu sonhava acordada com Coley, era sempre uma fantasia longa que levava ao nosso primeiro beijo, e depois a muitos outros mais intensos, então tirávamos a blusa, talvez nos encostávamos um pouco, mas nunca nada além disso. Nunca. Era um território tão estrangeiro que a minha cabeça não conseguia sequer imaginar um mapa para isso.

— Certo, tudo bem — disse Lindsey. — Esqueci que estava falando com uma viciada em sexo. Você e as suas inúmeras conquistas na terra do gado.

— Deixa para lá — respondi.

Tomei um gole da cerveja que ficava mais quente a cada minuto. Eu não gostava muito de beber sozinha, mas algo naqueles telefonemas com Lindsey faziam o álcool parecer necessário, em parte porque apreciava a ideia de que, enquanto ela me abastecia de tudo que eu não estava fazendo (e me abastecia mesmo), eu poderia quebrar regras também, e em parte porque precisava estar um pouco anestesiada para ouvir as façanhas dela.

— A questão é que eu vou colocar um piercing da próxima vez que Alice sair da cidade — disse ela.

Nos últimos tempos, Lindsey tinha começado a se referir à mãe apenas como Alice, e normalmente com desdém, o que me irritava, pois até onde eu sabia, Alice era uma típica ex-hippie liberal de Seattle; portanto uma opção bem incrível na categoria mãe.

— Ela deixa você fazer tudo que quer, Lindsey — afirmei, com mais hostilidade que o necessário. — Por que não faz agora, se já se decidiu?

— Ela não me deixa fazer tudo que eu quero — respondeu. — Ela me deixou de castigo, ou tentou, pelo desastre da deusa.

(Lindsey tatuara recentemente um símbolo da Deusa Tríplice — o que, de acordo com ela, representava umas coisas da Wicca e também os três estágios da lua e da vida da mulher —, em roxo, na parte de cima do ombro esquerdo.)

— E eu fiquei, tipo: "Sério, Alice?" O quão puritana uma pessoa pode ser? O corpo é meu. Como é que uma mulher que sai por aí para as reuniões de pais com um adesivo dizendo "O corpo é da mulher, o direito de escolha é da mulher" surta porque eu *escolhi* colocar algo significativo no meu ombro?

— Você realmente acabou de dizer que um aborto é a mesma coisa que uma tatuagem? — perguntei, não porque achei que ela estava errada, mas porque sabia que isso a deixaria irritada.

— Sim, para quem tem a compreensão lógica típica de uma garota da primeira série, foi isso o que eu falei — respondeu Lindsey, e então prosseguiu com o que dizia ser a sua voz de professora: — O ponto não é a gravidade da ação feita ao corpo, Cameron; é uma questão de domínio do corpo em si. Mesmo que eu tenha quinze anos, esse corpo pertence a mim.

Dei outro gole e fiz a minha melhor voz de aluna sarcástica.

— Então, mais uma vez, pergunto a você: por que esperar para fazer o piercing na língua?

— Porque é uma merda para cicatrizar. Às vezes, tem que ficar até quatro dias só bebendo milk-shake. E se você tirar o piercing, ferrou. Estou esperando para quando Alice viajar por, no mínimo, esse período. E então, depois de cicatrizar, posso tirar o piercing, se for preciso, quando estiver perto dela.

— Entendi — falei, abrindo a segunda das duas cervejas e me aproximando da porta do quarto para ouvir se *Columbo* ainda estava passando na TV do andar de baixo. Não que a vovó fosse subir até o meu quarto, de qualquer forma.

Aí houve uma pausa na conversa, com uns vinte segundos de silêncio entre nós. Isso quase nunca acontecia quando a gente se falava, então pareceu especialmente desconfortável. Como Lindsey não cortou o silêncio, resolvi falar alguma coisa, só por falar, porque mesmo que ultimamente ela tivesse se tornado risonha e autocentrada, ainda era a minha única ligação com o lesbianismo autêntico, real, fora dos filmes, e eu queria mantê-la na linha:

— Eu vou ao baile com Coley Taylor.

— Que porra é essa? Por que estava escondendo isso de mim? Com a sua Cindy Crawford fazendeira? Você está de sacanagem comigo. Nem tem idade para ir ao baile!

— Bem, não vou *acompanhada* dela. Vou com ela, mas não como um casal. Vamos juntas com os nossos respectivos pares. Coley e Brett, eu e Jamie. — Fiquei feliz de não ter deixado que ela desligasse o telefone, mesmo que fosse constrangedor admitir isso. — Eles mudaram as regras esse ano — falei — porque não tiveram formandos suficiente comprando ingresso.

— É claro que não — disse ela. — O baile de formatura é uma instituição antiquada que reforça papéis de gênero ultrapassados e rituais de encontro burgueses. É pior do que clichê.

— Obrigada por sempre fazer todos esses momentos serem de aprendizado — retruquei.

— Bem, me desculpe por ter que fazer isso, mas ir ao baile não é um progresso saudável para uma sapatão em treinamento. Posar ao lado de garotas hétero, que, a propósito, estão em relacionamentos felizes com garotos hétero bonitões, quando você vive em uma cidade cheia de caipiras raivosos, pregadores da Bíblia e provavelmente compradores de armas é uma derrota total.

— Mas ao lado de quem eu deveria posar em Miles City? — perguntei.

— Não é como se eu tivesse um bufê com todas as lésbicas imagináveis logo ali no estúdio de tatuagens da cidade, esperando em fila para colocar piercing na língua.

— Estúdios de piercing e estúdios de tatuagem nem sempre são a mesma coisa — disse ela, e depois foi mais gentil. — Você acha que Coley faz alguma ideia sobre você?

— Não sei. Às vezes, talvez... — respondi, o que era em parte verdade.

A verdade é que uma vez, uma única vez, quando Brett cancelou o nosso encontro no cinema na última hora porque tinha que estudar para um teste de matemática, Coley e eu fomos sozinhas, e apesar de eu estar no meu modo normal de quando estou sem ninguém perto dela — inquieta e elétrica —, quando nos sentamos juntas nos assentos lá em cima, Coley também parecia estar um pouco assim. Ela não fazia contato visual comigo e tirava o braço quando nós duas apoiávamos no apoio do meio ao mesmo tempo.

— Mas ela definitivamente não é gay — disse eu, tanto para Lindsey quanto para mim mesma.

— Então qual seria o melhor desfecho possível para essa história? — perguntou Lindsey, continuando antes mesmo que eu pudesse responder: — É isso que você tem que se perguntar, porque parece que há poucas coisas boas e muitas coisas realmente ruins que poderiam acontecer.

— É, eu entendo — respondi, dando o último gole na cerveja e colocando a lata embaixo da cama. Eu estava guardando latas de cerveja ali há algum tempo e as usava para fazer coisas como pássaros voando, diamantes, cruzes, tudo na menor escala possível, mesmo que muitas vezes cortasse os dedos no processo. Usava essas coisas como decoração do quarto de bebê da casa de bonecas. — Mas não consigo deixar de me apaixonar por ela só porque entendo isso. Você sabe que não é assim que funciona.

— Ok, mas o que inspirou essa paixão toda? Quero dizer, sério, por que Coley Taylor?

Essa, é claro, era uma pergunta impossível de responder.

— É só o jeito dela. Sei lá. É a forma como ela fala as coisas, no que se interessa, em como ela, de alguma maneira, é mais adulta que qualquer pessoa que eu conheça. E ela é engraçada. — Fiz uma pausa, percebendo o quão idiota e óbvia soava.

Lindsey falou no meu lugar:

— E como a bunda dela preenche a calça jeans e...

— Sério, você é dez vezes pior que todos os caras do time de atletismo juntos — falei.

Ela riu, e depois voltou com a voz de professora:

— Escute a voz da experiência, minha estúpida e jovem aprendiz: há sapatões nesta cidade que só procuram meninas hétero, ou meninas hétero--de-dia-e-putas-de-noite, para tentar convertê-las ou sei lá o quê. No entanto, elas nunca conseguem nada além de uma noite e sempre terminam tristes e com raiva quando a garota, inevitavelmente, diz algo sobre como estava só experimentando, como estava doidona ou qualquer coisa do tipo, e que ela gosta mesmo é de homem, não de mulher. E isso acontece aqui, onde há bares e shows, e toda uma cena lésbica para abrandar as inibições dessas garotas. Um baile em Montana é um lugar totalmente diferente.

— Dã — resmunguei, soando como alguém que acabou de virar duas latas de cerveja.

— Continue pensando nela quando tocar uma ou sei lá, mas acabe com isso. É sério.

Já que, em uma conversa prévia, Lindsey tinha me explicado sobre tocar uma, fui poupada de ter que pedir explicações sobre masturbação.

— Bem, mas vou ao baile mesmo assim — falei. — Nós já temos os ingressos, as roupas e tudo mais.

Lindsey bufou:

— Aposto que Ruth não está se aguentando de tanta alegria.

— Ela está fazendo um encontro para todos nós, um jantar gourmet. Não cala a boca sobre o quão gourmet vai ser. Ela já usou essa palavra umas vinte vezes.

— Claro que usou — disse Lindsey, implicando. — Aposto que Ruth faz um monte de coisas que acha que são verdadeiras representantes da culinária sofisticada, mas que faria um aprendiz de chef chorar de desprezo.

— Não sei. Seja como for, estou dizendo o horário em que as pessoas devem chegar.

— Confie em mim — completou Lindsey.

* * *

Ruth fez um frango *cordon bleu* da Schwan's, uma salada (com molho francês comprado pronto) e vagem com amêndoas (também da Schwan's), além de uma batata frita saborosa que insistiu que chamássemos de *frites* quando pedimos mais. Ela fez o papel de garçonete e ficou, junto com a vovó, na cozinha e na copa durante a maior parte da nossa refeição pré-baile, entrando na sala de jantar somente para encher as nossas taças de vinho com suco de uva com gás e tirar fotos da gente comendo as tais *frites*. Porém, ela até que foi fofa com tudo aquilo, parecendo óbvia e feliz de verdade por ter nós quatro ali, eu me comportando como uma típica adolescente na visão dela. Ruth comprou um grande buquê de rosas para colocar no centro da mesa junto com os candelabros de prata, e arrumou a mesa com o que tinha sido a toalha de mesa e a louça de casamento da minha bisavó — coisas que a minha mãe costumava usar em datas comemorativas e, às vezes, no meu aniversário.

A comida estava especialmente boa para mim e Jamie, pois tínhamos fumado um belo baseado no meu quarto antes de Coley e Brett chegarem e do jantar ser servido. Essa tinha sido a condição dele para ir ao baile: "Temos que ficar doidões para aguentar tudo", o garoto me disse depois de aceitar ir comigo. "E vou vestindo um terno preto com camisa e gravata também pretas. Tudo preto, como um vilão do James Bond ou algo do tipo, porque acho isso demais. Ah, e vou de All Star."

Naquela noite, ele chegou lá em casa mais cedo vestido da exata forma que tinha dito, com a cabeça recém-raspada. Chegou antes aparentemente para me trazer um *corsage* — de florzinhas cor-de-rosa e com cheiro de bebê — que ele falou que a mãe dele que escolhera. Ruth estava desconfiada por Jamie estar no meu quarto, o que era estranho, já que ele já estivera lá tantas vezes antes. No entanto, naquela noite, ela disse ao garoto que ele estava estonteante e me avisou no vão da escada que ele estava subindo até o meu quarto. Eu ainda estava de calça de moletom e camiseta, com o vestido curto demais (eu achei) que Coley escolheu para mim pendurado em segurança dentro do meu armário, protegido (assim eu esperava), de qualquer cheiro de maconha. Jamie tirou o paletó e colocou lá também.

Nós já tínhamos fumado juntos duas vezes, com o mesmo grupo de garotos de sempre, eu ainda sendo a única menina permitida no grupo. Ambas as vezes tinham sido na sala das chaves do Holy Rosary. Depois daquelas ocasiões, eu decidira que a maconha não era uma boa substituta para o álcool. Não gostava do arranhado na garganta da fumaça descendo para os pulmões, deixando-os sensíveis até o dia seguinte. Também não gostava de como me deixava paranoica. Eu não tinha certeza se isso acontecia porque ela de fato me deixava paranoica ou se era porque tinha ouvido falar que a maconha deixava a pessoa paranoica; mas, nas duas vezes que fumei, fiquei totalmente convencida de que acabaríamos indo parar no pronto-socorro e seríamos expulsos do time de atletismo. Estava tão convencida disso que fiquei me escondendo por trás dos armários de arquivos e apressando o grupo de rapazes sorridentes, fazendo todo mundo ouvir os barulhos esquisitos e os ecos do hospital abandonado durante minutos intermináveis.

— A gente não pode deixar muito na cara que estamos doidões, Jamie — falei, enquanto ele pegava um cachimbo de vidro azul que eu nunca tinha visto antes. — Ainda temos um jantar e a abertura do baile para encarar.

— Esse negócio é melhor do que o que você já fumou antes — garantiu ele, e então pegou um isqueiro Bic amarelo e acendeu o cachimbo, dando o primeiro tapa. Eu tive que esperar ele terminar, o que o garoto fez com algumas pausas enquanto segurava a fumaça e depois soltava. — O irmão de Travis Burrel que me arrumou essa merda.

Eu esperei.

— Ele está fazendo faculdade na MSU-Bozeman com Nate.

Eu esperei.

— Isso aqui é maconha de verdade, é o que aqueles babacas liberais da costa Leste que gostam de esquiar vêm buscar em Montana. Faz parte da experiência real dos alunos daqui. — Ele levantou a cabeça para expirar a fumaça doce para fora da janela aberta, terminou e me passou o cachimbo.

— Isso é porque temos plantações melhores aqui?

— Porra, não, a gente planta maconha selvagem, garota. Essa merda é lá do Canadá, vem direto da fronteira. Hidropônica e tudo.

— O que isso significa? — perguntei, com o cachimbo quente na mão.

— Eles plantam sem solo, só com os minerais e tal. Mas tudo o que precisa saber é que ela deixa você doidão com mais classe. — Jamie sorriu o seu sorriso de dentes grandes, com cinzas grudadas no lábio superior, que ele tirou com a ponta da língua.

Revirei os olhos e dei o meu primeiro tapa, com a impressão de que parecia mesmo menos forte do que o que tínhamos fumado antes.

— A gente fuma metade agora, vê o que acontece e depois fuma a outra metade escondido, antes de entrar no baile — sugeri após expirar.

Eu estava pensando em Coley e em não querer desapontá-la. Já a tinha visto beber cerveja em algumas festinhas que uns filhos de fazendeiros tinham dado nos terrenos dos pais, mas maconha era algo que eu achava que Coley Taylor não aprovaria, pensaria que era deprimente e algo exclusivo de jogadores de RPG e liberais.

— O que aconteceu com você, JJK? — perguntou Jamie, balançando a cabeça e cruzando os braços, como se fosse alguém da escola me questionando sobre deslizes com as notas ou matar aula. — Primeiro, quer que eu leve você ao baile, e agora está dando para trás com a melhor maconha que já fumou? Eu estava com medo que isso ia acontecer.

Acabei mordendo a isca:

— Isso o quê?

Ele puxou a fumaça e prendeu por um período longo demais, me fazendo esperar de novo. E depois falou, soltando a fumaça bem em cima de mim:

— Minha garotinha está virando mulher.

— Vai se ferrar — respondi enquanto ele ria cada vez mais.

Peguei o cachimbo e puxei a fumaça. Depois, puxei de novo. Estava prestes a provar o meu ponto com o terceiro tapa quando a maconha me pegou. Quando comecei a me dar conta do peso da minha língua, da sensação de areia por trás dos olhos e da maneira que o meu tendão de jarrete esquerdo distendido, que me incomodou durante toda a temporada, já parecia mais frouxo e flexível, decidi que talvez eu tivesse provado o suficiente.

E então o tempo passou da forma que passa quando estamos entorpecidos, e Jamie deu mais um tapa, talvez três, e conversamos sobre a casa de bonecas, e ele sugeriu que tivesse uma pequena estufa nos fundos da casa, com lâmpadas de aquecimento e uma plantação de maconha feita com mudas reais, e calculei que isso me custaria uns cem dólares, ter "plantas" pequenas suficientes, e que seria um desperdício colá-las em uma mesa na casa de bonecas, e Jamie disse que o objetivo era a autenticidade desse empenho e que, se em algum momento ficássemos desesperados, poderíamos queimar a estufa; então falei para ele que isso seria um incêndio proposital e que a polícia da casa de bonecas não ia toleraria esse tipo de coisa, ou algo assim, ou talvez nada a ver com isso, e então Coley e Brett chegaram, e Ruth nos chamou pelo vão da escada, e a noite do baile tinha oficialmente começado, comigo doidona de moletom e camiseta.

— Só um segundo — gritei pela porta enquanto Jamie esvaziava quase uma lata inteira de spray de desodorizante de canela, uma névoa de aerossol doce e grudenta pairando no ar que deu ao ambiente um perfume de maconha sabor canela.

Coley não esperou um segundo sequer e subiu as escadas, batendo na porta enquanto Jamie ria no canto do quarto segurando a lata na frente dele com as mãos, como se fosse uma arma.

— Deixa ela entrar. — Ele ficava repetindo aquilo, e depois rindo mais ainda, tentando parar. — Deixa ela entrar, ué.

Eu não precisei dar permissão, porque Coley bateu outra vez e abriu a porta, cantarolando:

— Espero que vocês tenham se comportado aí.

E lá estava ela, perfeita como sempre, só que ainda mais, em um vestido amarelo-claro com listras finas e pequenas margaridas trançadas no cabelo, sem muita maquiagem de baile, mas *divina*, e *reluzente*, e *pura*, e *estonteante*, e todos os outros adjetivos que são usados nas reportagens do tipo "Como se maquiar para ir ao baile como uma profissional". Eu sabia que Coley tinha lido e talvez até seguido as dicas de uma matéria assim, mas ela não precisava, já que era linda sem quaisquer conselhos de beleza ou maquiagem.

Estávamos bem perto uma da outra, Coley no último degrau da escada e eu dentro do quarto. Eu me senti secando-a com os olhos. O momento pareceu muito longo, nenhuma de nós disse nada, e não queria me virar para ver se Jamie ainda apontava a lata para nós.

— Vocês estão doidões? — perguntou Coley, fechando a porta, embora isso significasse que Brett tenha sido largado sozinho lá embaixo com Ruth e a vovó, o que não era justo.

— Não sabemos do que a senhora está falando — respondeu Jamie, que enfim se livrou da lata. (Descobri bem cedo na manhã seguinte, quando finalmente cheguei em casa, que ele se livrou da lata enfiando-a embaixo do meu travesseiro, como se fosse um presente da Fada do Dente.) Ele andou até Coley em linha reta, como Rex Harrison em *Minha bela dama*, pegou a mão dela, curvou-se em reverência e beijou a articulação do seu dedo. — Se me derem licença, amáveis senhoritas, preciso me refrescar antes do jantar e conversar com Brett, aquele velho fedorento. — Ele pegou o paletó de dentro do armário e desceu a escada fazendo um caracol.

Eu permaneci imóvel.

— Na realidade, estou feliz de você ainda não estar vestida, pois vai ser mais fácil fazer o seu cabelo assim — disse Coley.

Ela abriu uma bolsa que eu nem tinha reparado que estava carregando e pegou um *babyliss*, um secador de cabelo e vários rolinhos de plástico e tubos de maquiagem e colocou tudo em cima da minha cama.

— O que quer fazer primeiro? — perguntei, esperando que talvez a gente fosse se concentrar na tarefa a ser feita e pular o assunto sobre eu estar ou não doidona.

— Sempre o cabelo — respondeu ela, colocando as mãos nos meus ombros e me empurrando para trás e para baixo, até que eu estivesse sentada na ponta da cama.

— Imaginei — disse eu, virando a minha cabeça porque era bom fazer isso, mas também porque estava tentando ajudar no processo.

Coley e eu estivemos discutindo sem muito entusiasmo sobre a necessidade de fazer um "cabelo de baile" em mim desde que eu concordara em ir.

— Brett vai ficar arrasado se vocês dois estiverem doidos demais para dividir a garrafa de Jim Beam que trouxe. Ele estava guardando para uma ocasião especial há meses. Sério. Meses. — Ela estava ocupada desfazendo o meu rabo de cavalo de sempre.

— Nós não estamos tão doidões assim — respondi, gostando da sensação dos dedos dela no meu cabelo e também me sentindo um pouco enjoada e inquieta por ela estar tão perto, debruçada sobre mim.

— Espero que não — retrucou ela, espirrando spray de cabelo, penteando, usando o *babyliss* e fazendo outras coisas também, coisas que eu nunca tinha sequer feito. — Porque a noite, minha querida, é uma criança.

— Pensei que você fosse ficar brava comigo se descobrisse que nós tínhamos fumado — falei, o que não seria o tipo de coisa que eu teria admitido para Coley sem a influência da maconha.

— Eu já sabia disso, claro. É coisa de Jamie, não é?

— Mas Jamie é Jamie, e eu sou eu.

— É quase a mesma coisa, às vezes — disse ela, mexendo no meu cabelo.

— Não — respondi —, não é não.

— Ok, tudo bem. Só estou surpresa de vocês não terem esperado a gente.

— Desde quando você fuma? — Eu estava, de alguma forma, ofendida com a ideia de Coley ter o hábito de usar uma droga recreativa e eu não saber.

— Não fumo — respondeu ela debruçando-se para sorrir para mim, o seu rosto muito grande e luminoso e bem, bem perto do meu. — Mas acabei de dizer, a noite é uma criança.

E foi assim que a jovem noite se tornou mais velha:

Depois do jantar e de tirarmos fotos e mais fotos, Brett e Coley conversando mais que o necessário com a tia Ruth para que Jamie e eu pudéssemos evitar falar, nós quatro entramos no Chevy Bel Air da vovó Post, que parecia um carro mais legal do que tinha sido há tantos anos. Brett se fingiu de motorista, e Ruth tirou ainda mais fotos de nós entrando no carro, saindo da garagem e entrando na rua. Finalmente, viramos a curva e estávamos livres dos flashes da nova câmera rosa da Sally-Q dela — pelo menos, até a abertura do baile. Nós dissemos a Ruth que íamos sair um pouco mais cedo para pegar as ruas principais (o retorno da Main Street) e tirar fotos na casa da tia de Brett. Em vez disso, ele estacionou em uma vaga ao lado da pista de atletismo da escola, o estacionamento vazio, um homem solitário fazendo cooper em um agasalho de corrida estufado desaparecendo na pista, a área o mais livre possível. Nós fizemos rodadas de Jim Beam até que Jamie disse que não queria beber muito mais daquela merda, pois ainda tinha que ir ao baile, pegou o cachimbo e, após assistirmos enquanto ele colocava erva ali dentro, Coley falou pelo grupo quando disse que "daria um tapa", mas só se fosse do lado de fora do carro, porque ela "não ia aparecer no baile cheirando a maconha".

Pegamos cobertores ásperos e velhos na mala do carro, e Jamie e Brett tiraram seus paletós. O corredor com o casaco estufado fez uma mudança de percurso repentina hilariante, enquanto nós quatro — Coley e eu enroladas em casulos de lã com as pernas de fora e sandálias de tira, Jamie e Brett com seus trajes incompletos — atravessávamos o estacionamento em direção ao grupo de arbustos finos de junípero e algodão, encontrávamos uma cobertura próxima a uma das mesas de piquenique e acendíamos o cachimbo. Coley tossiu e tossiu de novo. Brett tossiu e tossiu de novo. Jamie correu até a máquina de refrigerantes bem ao lado da porta do centro de recreação e comprou um Sprite para resfriar a garganta dos dois, voltou correndo e começou a abrir a lata cheia de gás, que espirrou o líquido grudento de limão nele.

— Que merda! — exclamou Jamie, sacudindo gotas do refrigerante dos seus dedos e oferecendo o que tinha restado na lata a Coley. — Bateu a onda, pelo menos?

— Não sei dizer — falou Brett. — Meus lábios parecem uma colmeia. Isso significa que estou doidão?

— Como uma hippie em Woodstock — respondeu Jamie, estendendo o cachimbo. — Dê mais um tapa antes de partirmos.

— Sem mais tapas antes de partirmos — interrompeu Coley, agarrando os meus braços e tentando fazer com que eu girasse com ela, o que não aconteceu. — Estou me sentindo em paz. E também que o mundo é feito de pudim. Isso é legal. Isso é suficiente, por enquanto. Vamos embora.

E após espirrar em todos nós quase todo o líquido do pequeno frasco de perfume Red Door que ela tinha na bolsa e de distribuir deliberadamente as balinhas de menta que a vovó guardava no porta-luvas, nós partimos.

* * *

Tivemos que pegar uma fila para entrar no baile, atrás de uma divisão colocada no fundo do ginásio. O vice-diretor Hennitz estava recebendo os ingressos e supostamente checando para ver se estávamos com hálito de bebida alcoólica, mas o sorriso de vencedor de Brett e uma tremenda temporada de futebol conquistaram um vigoroso cumprimento com a cabeça e um sorriso do homem, e então nós quatro estávamos lá dentro, no baile. Tinha muito spray de cabelo e delineador, todo mundo um pouco suado e o ginásio todo parecia meio desanimado. Quando os nossos nomes foram anunciados, tivemos que subir em escadas separadas encaixadas dos dois lados de uma plataforma, cheia de tinta de purpurina e aparentemente com o intuito do comitê do baile de parecer uma superfície lunar. Ao subirmos a escada, era para nos encontrarmos no meio, dar as mãos, sorrir para uma foto e sairmos juntos. Eles tinham câmeras de vídeo penduradas, então tudo isso passava em um telão pendurado na cesta de basquete recuada. As arquibancadas do outro lado do ginásio estavam cheias de parentes exageradamente amorosos e amigos do último ano doidões em vários níveis, alguns torcendo para os seus casais favoritos, mas a maioria zoando toda a produção — e podemos dizer que alguns de nós, na fila, fazia a mesma coisa.

Tive que me concentrar para caminhar com o salto alto que Coley escolheu para mim. Não que eles fossem particularmente altos, mas com certeza eram mais altos do que os meus tênis de sempre. Graças a toda essa concentração, e também pela maconha, não ouvi o pessoal da arquibancada até que eu já estivesse bem no meio do ginásio com Jamie, de mãos dadas, o holofote em cima da gente e, à distância, os flashes velozes de algumas câmeras — de Ruth, com certeza, e provavelmente da mãe de Jamie. Ele, incapaz de resistir ao seu momento no telão, colocou um braço nas minhas costas e me jogou como um dançarino de tango. Mais flashes de câmera. As pessoas bateram palmas e assobiaram. Alguém vaiou.

Durante os cinco segundos de fama de Coley e Brett, ele deu nela o que foi descrito por duas meninas do primeiro ano em vestidos roxos praticamente iguais como um beijo no rosto "simplesmente adorável", e Coley preencheu o telão com aquele maldito sorrido doce e incrível, e o pessoal da arquibancada, até as garotas rancorosas e ignoradas na fileira de trás, fizeram um *aaawwww* como as pessoas fazem quando um filhotinho de cachorro toma um banho de espuma num filme da Disney. Só que esse não foi o momento do baile que me marcou.

Outros momentos que não me marcaram incluíram a primeira dança, cujos pais e curiosos tiveram permissão para assistir e que foi ao som de "To Be with You", do Mr. Big. Coley e Brett não tiveram muito tempo para intimidades, já que a mãe dela ficava interrompendo os dois a cada dois segundos para sorrir e posarem. Porém, quando olhei para o casal, eles pareciam muito felizes e totalmente doidões. Jamie e eu estávamos recebendo o mesmo tratamento fotográfico de Ruth e da mãe dele, mas Jamie ficava me puxando e nos girando ao redor de outros casais para nos manter longe das lentes. Fez isso tantas vezes que a mãe dele de vez em quando andava entre as pessoas no meio do salão e puxava o paletó do filho, perguntando por que nós dois não podíamos "simplesmente dançar como pessoas normais para que ela pudesse tirar uma foto, cacete".

Depois que os pais foram embora e começaram a tocar um monte de músicas mais agitadas, vi que, sabe-se lá como, Jamie sabia de fato dar uns passos, a maioria cômicos, todos bem largos, mas com um ritmo impressionante. E então foram mais dois tapinhas no cachimbo para cada um, na terceira cabine do banheiro feminino do corredor do terceiro ano, da qual nós quatro conseguimos escapar com facilidade, mas que tivemos uma grande dificuldade para voltar. As salas de aula e os corredores atrás do ginásio estavam "oficialmente fechados", talvez para prevenir o tipo de atividade que estávamos fazendo. No entanto, havia apenas alguns poucos inspetores e a fonte de ponche precisava de vigilância constante.

Enquanto Jamie fazia jus à sua vestimenta toda preta, deslizando em silêncio pelo corredor e pelas escadas para garantir que a área estava limpa, Coley e Brett aproveitaram a onda e se beijaram mais naquele banheiro do que já tinham se beijado antes na minha presença. E ainda assim, aquele não foi o momento que me marcou.

Também não foram as músicas lentas que vieram a seguir. E nem assistir a Coley dançando gentilmente, sem a menor intenção de ridicularizar, com um garoto FFA magricelo que gostava dela e estava todo vermelho e envergonhado. E não foi sequer quando ela me chamou para dançar. Brett e Jamie estavam posando para uma foto que um desses fotógrafos profissionais de cidade pequena sempre adoram tirar e depois colocar no portfólio — uma foto em preto e branco com um monte de atletas do segundo grau, com os paletós jogados sobre os ombros, os braços cruzados, todos se recusando a sorrir e, em vez disso, olhando com fúria para a câmera.

Outras meninas dançaram juntas a noite toda, fosse em grupos ou em duplas, mas "November Rain" era uma música um pouco lenta e melosa demais para uma típica dança entre duas meninas. Mesmo assim, com as estrelas de papelão sobre as nossas cabeças e Coley, um pouco doidona demais, me abraçando forte, a dança pareceu estranhamente sem sentido e muito romântica, e em nada similar a algo que eu tivesse desejado em segredo quando pensava nela. Eu estava consciente dos casais ao redor que poderiam estar nos observando, e fiquei aliviada quando aquilo terminou.

O momento que me marcou foi, talvez, umas cinco músicas antes do DJ nos agradecer pela presença e as luzes do teto se acenderem, quando todos nós ficamos meio cegos e olhamos em volta sob a luz fluorescente, percebendo o quão amassado o cabelo de não sei quem estava ou como a mesa de comida encontrava-se toda bagunçada, suja e remexida — e como alguns de nós também já estava um pouco assim. Antes disso, Jamie e eu ficáramos sentados na arquibancada, e Coley e Brett dançavam juntos naquele salão grudento. Todos os casais ao redor deles eram membros do Clube dos Relacionamentos Mais Comprometidos da Custer — não os casais que tinham se juntado apenas para ir ao baile, mas os de verdade. Eu estava olhando para Coley. Estava mesmo. A cabeça dela no ombro de Brett e os olhos fechados, com diversas margaridas já desaparecidas do cabelo. Coley tinha tirado a sandália, nós todas tínhamos, então ela estava dançando na ponta daqueles pés perfeitos com a sola totalmente preta, mas não parecia que ela conseguia sentir o chão. Não de onde eu estava sentada. Ainda estava doidona o suficiente para sonhar acordada que era eu que dançava com ela daquele jeito, no nosso baile, com todo mundo sabendo que estávamos juntas, e as garotas nos seus vestidos roxos cochichando sobre o quão fofo e adorável foi quando eu dei um beijo nela. Achei que tivesse tendo um momento íntimo observando Coley lá do fundo da arquibancada, mas então senti aquela pontada na parte de trás do pescoço de quando alguém nos observa e estamos prestes a ser pegos no flagra. Foi quando virei para o lado, e Jamie não estava mais olhando para o salão, estava olhando para mim.

— Caramba, Cam — disse ele, e não tão baixo. — Tenta disfarçar pelo menos.

Dentro do meu peito, senti como se tivesse acabado de fazer uma prova de duzentos metros medley.

— Quer toda a minha atenção para você, não é? — perguntei, tentando sorrir e fazê-lo de idiota, de uma maneira deprimente.

— É, claro — respondeu ele. — Deixa para lá. — Jamie levantou. — Eu não quero falar sobre essas merdas. Vou ver se encontro Trenton e descolo um cigarro. — Ele já estava duas fileiras abaixo, com o paletó pendurado no ombro e uma expressão genuína de raiva, sem ser a de posar para a câmera.

Eu levantei e o segui sem saber o que deveria dizer, mas incapaz de deixar o que quer que tivesse acabado de acontecer me consumir ali na arquibancada. Minha cabeça parecia bastante confusa, como se eu a tivesse deixado dentro de um secador de cabelos, e eu não conseguia encontrar a melhor maneira de fazer isso desaparecer logo.

Quando o alcancei e estava logo atrás dele, debrucei no seu ombro e tentei:

— Eu não sinto nada por Brett, se é isso que quis dizer. Está com ciúmes? — Minha intenção tinha sido falar do modo mais irônico possível, mas, para começo de conversa, a ironia não era o meu forte. Além disso, eu estava doidona e já era difícil soar plausível para mim mesma dentro da minha cabeça.

Estávamos no salão de entrada, do lado de fora do ginásio, onde ficavam os estandes de comidas e bebidas e os armários de troféus. Havia muitos convidados do baile ali, aglomerados em suas roupas agora desarrumadas, as portas de entrada pesadas abertas e a brisa da noite entrando gelada o suficiente para deixar o local frio. Jamie me respondeu mais alto que eu esperava:

— Sim, eu sei. Você não teria o problema que tem se fosse esse caso, né?

Um grupo de alunos da aula de oratória e teatro, vestidos em trajes com estilo da Renascença, a maioria emprestado das fantasias da escola, se viraram e olharam para nós. Apesar dos óculos, cortes de cabelo e aparelhos dentais que não condiziam com o restante da indumentária que alguns deles usavam, senti naquele momento que eles eram o coral da minha tragédia em desdobramento. Peguei Jamie pelo cotovelo e o puxei pela porta de entrada. Ele permitiu que eu fizesse isso, mas Hennitz estava de pé do lado de fora, segurando as mãos para trás, olhando para o gramado da escola e para a escultura de metal iluminada da Custer que algum ex-aluno doara no ano anterior.

— Dois dos alunos mais rápidos da Custer — disse ele, virando-se para nós e sorrindo naquele jeito de vice-diretor. — Aproveitaram bastante a noite?

— Claro — respondeu Jamie, entrelaçando o braço dele no meu. — Foi um momento excelente para soltar a franga.

Hennitz deu uma risada:

— Vocês não estão usando essa gíria de novo, estão? — perguntou, parecendo confuso de verdade. — Não consigo me manter atualizado nesse linguajar de vocês. — Ele se virou para entrar, e virou de volta. — E lembrem-se de que se saírem dos degraus da propriedade como fizeram agora, não posso permitir que voltem. — Ele nos deixou ali na ladeira larga de cimento.

— Com certeza, imbecil — disse Jamie para o espaço onde Hennitz estava. Em um movimento gracioso, retornou ao degrau de cima do corrimão de metal.

Alguns alunos que eu não conhecia estavam na outra ponta da ladeira, conversando, as meninas vestindo os paletós dos seus pares sobre os ombros nus. Estava frio ali fora, o que só ficava pior quando uma brisa levantava a bainha do meu vestido e me causava uma série de calafrios. Mordi as bochechas e encolhi os ombros. Não tinha nenhuma das palavras certas para convencer Jamie de nada. Olhei para os meus pés ainda descalços, que já ardiam por causa do concreto gelado. Desejei muito não começar a chorar.

— Você quer o meu paletó? — perguntou Jamie, com a voz mais suave.

Fiz que não com a cabeça sem olhar para ele.

Ele o tirou do ombro e colocou sobre os meus ombros trêmulos.

— Meu Deus, Cameron, não precisa chorar — pediu com a voz ainda mais suave, e ele nunca, nunca me chamava de Cameron. — Eu não queria mesmo fazer você chorar.

— Não estou chorando — falei, o que ainda era verdade. Era agora ou nunca. — Quando você soube? — perguntei, ainda olhando para os meus pés. Meus polegares estavam brancos na ponta.

— Sei o quê?

— Sobre mim.

— O que tem você? — O tom de voz dele era de quem estava me provocando.

— Por que você tem que ser um babaca em relação a isso?

— Porque o que eu sei, de verdade? Só sei que você e aquela garota, Lindsey, ainda são íntimas para caralho, e ela era meio estranha. É isso que sei.

— Estranha como? — perguntei, olhando para ele.

— Meio sapatão. Porra. — Ele balançou a cabeça, resmungou e bateu com a palma da mão no corrimão tão forte que fez um barulho estridente e oco. Os casais ali perto perceberam. — Você quer que eu chame você de sapatão? É o seu prêmio da festa ou algo assim?

— Sim, é isso que eu quero — respondi, agora chorando de verdade, e irritada comigo mesma por isso, irritada com Jamie também. — Talvez você pudesse pichar no meu armário, só para garantir. Assim eu não esqueço.

Eu me virei para ir embora, mas Jamie me puxou para os braços dele. Mesmo tendo visto a mesma cena acontecer em, sei lá, quatrocentos filmes, ninguém nunca fez aquilo comigo, e eu não sabia que funcionava daquela forma. Em um segundo, eu estava indo embora cheia de vontade, e depois estava chorando muito no peito dele, o que foi constrangedor e me fez me sentir fraca. Mesmo assim, foi algo que deixei acontecer durante um tempo.

— Todo mundo sabe? — perguntei quando me afastei e usei a manga do paletó dele para enxugar a bagunça que tinha feito no "visual orvalhado" que Coley se dedicara tanto para fazer em mim.

— Uns dois caras do time falaram umas merdas — respondeu ele. — Mas não é um assunto recorrente.

Fiz cara que queria dizer "É mesmo?". Levantei a sobrancelha e meio que forcei os lábios e ergui a cabeça, e pude sentir o quão idiota eu parecia ao fazê-lo.

— Não é — confirmou Jamie. — Eles gostam de você, então falam coisas do tipo: "Ela é só atleta" ou algo assim.

— Mas não foi isso que você falou lá na arquibancada.

— Porque é na porra do treino. — A voz dele aumentou de novo. — Porra, você acha que as pessoas estão falando o quê agora? Por que não segue com essa coisa com Coley Taylor por mais um tempo e vê no que dá?

Não pude controlar a vermelhidão no rosto de constrangimento, como nunca consegui:

— Nós somos amigas — disse. — Sério. Eu nunca nem... — Não sabia como terminar a frase.

— Você e eu somos amigos também — retrucou ele. — Há muito mais tempo. E tipo, como é que você sabe?

— Quem disse que eu sei de alguma coisa? Ou que tenho certeza de alguma coisa?

Jamie balançou a cabeça.

— Bem, quando você está perto de Coley, se comporta como se soubesse. Pelo menos, às vezes. — Ele fez uma pausa de um segundo, parecendo pensar no que falaria. — Então, se está me dizendo agora que não tem certeza, então isso é idiota. É, sim. Você podia dar uma chance para um cara, tentar descobrir.

E mesmo que provavelmente eu devesse ter percebido antes, em muitas oportunidades, até aquele exato momento não sabia que Jamie sentia algo por mim. Ou que ele pensava que sentia algo por mim. E tudo que estávamos falando naqueles últimos minutos de repente se tornou mais complicado e desconfortável. Era sempre nessa hora que eu adiantava os filmes — cenas com tensão demais, pouco ar, nada para quebrar o clima.

Alguns alunos que nós dois conhecíamos saíram do baile bem nesse momento, todos rindo alto, suados, com franjas grudentas e rostos vermelhos.

— Mais uma música antes da última dança — disse um deles para nós.

E então todos pareceram perceber ao mesmo tempo que tinham interrompido algum tipo de drama juvenil da noite do baile: Jamie todo tenso, o meu rosto completamente borrado.

Eles deram de ombros e sorriram com cara de desculpa, apontaram os maços de cigarro para nós, resmungaram algo sobre não quererem fumar em cima da gente e foram embora descendo alguns degraus e indo para o outro corrimão.

— Se você não tem certeza, então qual é o problema de experimentar outras coisas? — perguntou Jamie, sem olhar para mim e observando a estátua, como Hennitz estava fazendo.

Eu ainda não tinha nenhuma das palavras certas a dizer:

— É mais como se eu soubesse e ainda estivesse confusa, tudo ao mesmo tempo. Faz sentido? É meio que como o fato de você ter reparado isso em mim esta noite, ter visto, ou sei lá se já sabia... Isso é de verdade. Mas não significa que não seja confuso.

— É, mas eu não tenho certeza de nada sobre você. — Ele se virou para olhar para mim de novo. — É isso que estou dizendo. Às vezes, quando estou com você, você é mais macho que eu. Outras vezes, eu quero... — Ele terminou a frase fazendo esse movimento saliente exagerado com o quadril, sorrindo que nem um pervertido. O que foi idiota, mas muito melhor que qualquer outra coisa que tivéssemos vivendo no segundo anterior.

— Isso é porque você é um adolescente nojento — falei, batendo forte no braço de Jamie para que ele parasse de fazer aquilo. — Não tem nada a ver comigo, na verdade.

— Bem, se eu gosto de meninas e você também, então isso faz de você um adolescente nojento — concluiu ele, me batendo de volta, e não de uma maneira gentil.

— Nunca!

Com isso, achei que tivéssemos esclarecido algo importante, deixado o assunto para trás, mas, naquele momento, Jamie se inclinou e me beijou. Eu podia ter virado a cara para o outro lado, ou me abaixar, ou me mexer, ou empurrar o rosto dele, mas não fiz nada disso. Eu deixei. E meio que o beijei de volta. Os lábios dele estavam secos e as bochechas um pouco ásperas, e ele tinha gosto de uma fumaça amarga e de raspadinha de ponche doce demais, mas rolou essa eletricidade ao beijá-lo, um tipo de adrenalina por ter sido algo totalmente inesperado.

A boca de Jamie era muito agitada, mas ele não beijava mal. Continuamos nos beijando por tempo suficiente para a turma do cigarro gritar e assobiar para nós, e então eu me afastei, não porque não fosse interessante beijá-lo — era meio que um tipo de experimento de ciências errado, e foi legal, até certo ponto —, mas porque estávamos nos degraus da escola na noite do baile e eu gostava de fazer os meus experimentos a portas fechadas, e agora as mãos do Jamie estavam atrás de mim, uma nas minhas costas, outra na minha cabeça, e ele estava se animando, mas eu não.

— Opa! Missão abortada! Movimento de avanço negado! — Era Steve Bishop, um dos fumantes, berrando do seu degrau, e o resto das pessoas rindo.

— Por enquanto, Bishop — berrou Jamie de volta. — E só porque sou um cavalheiro.

— Não foi isso o que pareceu daqui, garotão! — continuou Steve, mas Jamie sorriu, mostrou o dedo do meio de ambas as mãos para ele e voltou a sua atenção para mim.

— Então é isso, né? Você entende o que estou dizendo? — Ele ajeitou o paletó, pois tinha escorregado dos meus ombros.

— Não. O que está dizendo?

— Que nós deveríamos fazer mais isso — respondeu ele. — Dã, JJK. A escolha óbvia.

— Talvez — falei, o que foi exatamente o quis dizer sem saber nada do que queria dizer. — Vamos entrar para a última dança.

E foi o que fizemos, com Coley e Brett se abraçando com força bem ao nosso lado. Deixei que Jamie me beijasse mais duas vezes durante aquela dança (ao som de "Wild Horses") e, depois da segunda vez, percebi que Coley tinha percebido. Ela piscou para mim sobre o ombro de Brett e fez uma cara de surpresa, o que me deixou ainda mais vermelha. Ao perceber isso, ela piscou de novo, fiquei mais e mais vermelha e me escondi no ombro de Jamie, o que tenho certeza que ela também percebeu. Jamie percebeu e ficou, é claro, todo convencido, me puxando para mais perto dele, e ali estava eu, enviando os sinais errados para as pessoas certas de maneiras erradas. De novo, e de novo, e de novo.

CAPÍTULO NOVE

Desde décadas antes de eu nascer, o verão em Miles City é celebrado com banners e bandeiras que enfeitam a Main Street e é recebido com um evento, sempre no terceiro fim de semana de maio: o mundialmente famoso Bucking Horse Sale de Miles City. O negócio consistia em uma série de shows durante os quais caipiras idiotas que providenciavam os bichos para os rodeios vinham apostar na melhor raça de cavalo à mostra. Durante quatro dias, as pessoas se satisfaziam com danças de rua, competição de tratores e autênticas babaquices do interior. Isso atraía gente vinda de ambas as costas e estimulava a economia até o ano seguinte. O Bucking Horse Sale (BHS) colocou Miles City no livro dos recordes como o evento em que ocorria "o maior consumo de bebidas alcoólicas em um raio de dois quarteirões per capita nos Estados Unidos". Muito impressionante, se você considerar o Mardi Gras em Nova Orleans ou qualquer jogo importante da liga universitária de futebol americano — e essas coisas eram levadas em consideração. Havia um tipo esquisito de orgulho local pelo nosso feito; o lema da cidade durante o fim de semana era: "Se você não conseguir transar durante o Bucking Horse, não vai conseguir transar nunca."

Meus pais e eu sempre íamos para o desfile no sábado de manhã, com cadeiras de praia e uma garrafa térmica cheia de chá gelado, eu procurando nas valetas da Main Street por caramelos com sal grosso ou balas que as pessoas desfilando, já embriagadas às dez da manhã, jogavam para fora do percurso. Depois, almoçávamos no City Park, sempre um sanduíche de carne que engordurava os meus dedos e tornava difícil manusear o copo molhado de limonada. Então, a minha mãe ia embora porque precisava guiar turistas no museu. Assim, eu procurava Irene e íamos ao rodeio juntas. Ficávamos sob a sombra da arquibancada, recolhendo em copos enormes de isopor os ingressos duplos que as pessoas jogavam fora, tentando evitar a chuva de sementes de girassol ou, pior, mascando algumas, tudo isso sob os pingos pesados e instáveis do início de uma tempestade.

Desde que eles morreram, a vovó tinha virado uma enorme fã das Feirinhas de Bolos das FdA (em Miles City, essa era a sigla para Filhas da América), um tipo de evento que acontecia dentro de outros. O Bucking Horse Sale tinha um monte de coisas assim. Após o desfile, íamos para a biblioteca e voltávamos para casa com um bolo de chocolate com calda de coco e meia dúzia de rolinhos de canela de Myrna Sykes. No entanto, logo depois da noite do baile, a vovó começou a se sentir mal, e o médico disse que ela não estava "administrando muito bem" a diabetes dela apenas com a dieta. Dessa forma, algumas semanas depois, quando foram divulgados os eventos do Bucking Horse no jornal e perguntei sobre os seus planos, a vovó, com a insulina nas mãos, disse que não ia "dar bobeira naquela porcaria de desfile esse ano". Por mim, tudo bem, porque Ruth e Ray já tinham se inscrito para trabalhar em um zilhão de atividades da Portões da Glória no BHS (uma creche, um encontro matinal de oração, um piquenique de almoço), assim como no estande da Sally-Q no parque de diversões, o que me deixava com quatro dias de autênticas babaquices do interior para passar como quisesse; e acabei descobrindo que quatro dias era tempo mais que suficiente.

Jamie, Coley, Brett e eu fizemos um esquenta na casa de Jamie com cerveja e maconha, e depois fomos para a abertura com dança de rua na quinta à noite. Chegamos cedo, antes mesmo de a área ser cercada em frente ao bar Range Riders. Deveríamos ter sido expulsos dali, já que claramente éramos menores de idade e a polícia patrulhava a cidade com força total. Ficar naquele lugar não seria um problema nos próximos eventos, mas a primeira noite tinha uma vigilância extra. Nós deveríamos ter sido expulsos, mas o irmão de Coley, Ty, era um sujeito importante naquela festa, já que participaria dos rodeios. No entanto, mais que isso, ele era um dos fazendeiros de vinte e poucos anos, original de Miles City, autêntico, bonito e bom para o turismo. Ty falou com alguém que estava montando a barricada, e de repente ninguém podia encostar em nós quatro.

— Mas agora se virem para conseguir bebida — anunciou ele, gabando-se e seguindo em direção a dois casais que chegavam conversando. Ty estava estranhamente elegante vestindo o seu traje completo da Wrangler. O chapéu dele parecia grande como de um desenho animado, mas caía muito bem. — Não me deixem pegá-los com bebida alcoólica na mão — avisou ele para Coley, cochichando no ouvido da irmã. — Não preciso ver uma merda dessas.

— Uma merda dessas? — retrucou ela, batendo no peito dele. — Por que ficar aqui se a gente não pode beber nada?

— Não falei que vocês não podem beber — respondeu ele, dando um gole bem teatral na sua latinha de Miller. — Falei que não quero ver vocês bebendo. Se não vejo, não sei, vossa alteza.

— Ainda não sou da realeza — disse Coley. — Você não precisa me tratar com esse título até amanhã.

— Por favor, me nomeie o bobo da corte — interrompeu Jamie, dando um salto e batendo os calcanhares, o gesto típico de duende que ele adorava fazer.

Coley fora indicada como rainha do Bucking Horse Sale, uma competição em toda a cidade, na qual em geral uma garota FFA do último ano da Custer acabava ganhando a coroa. Ela foi a menina mais nova a ser indicada nos últimos trinta anos, ou algo assim, para o incômodo de muitas formandas. Coley perguntou sobre a possibilidade de recusar a indicação, mas isso fora uma ofensa para o diretor bigodudo da Associação de Fazendeiros de Montana, que coordenava a coisa toda. Então, ela decidiu que encararia, com as obrigações reais e tudo.

— Olha, eu não vou ganhar — afirmou ela. — Vão dar a coroa para Rainy Oschen. E é o que deveriam fazer. Ela vive por aquela coroa. —

Coley deu alguns passos, e em um movimento que fortaleceu ainda mais os meus sentimentos por ela, fez uma imitação perfeita do salto com o bater de calcanhares de Jamie e, ao voltar ao chão, concluiu: — Mas você sempre será um bobo da corte para mim.

A banda, um grupo do Colorado, começou a fazer um som de percussão com os pés e Ty cumprimentou com a cabeça uma garota morena, baixinha e de cabelo comprido que estava do outro lado da rua e foi em direção aos casais dançando. Ele olhou para nós quatro por um instante, para o rosto de cada um, como se estivesse dando uma dura policial. Então colocou a mão em cada um dos meus ombros, o que foi esquisito, com aquela lata de cerveja gelada encostando na minha clavícula, pressionada pelo polegar enorme e enrugado, com a unha praticamente morta, preta como asfalto e ameixa.

— Cameron, estou escolhendo você para patrulhar Coley pelos próximos quatro dias — falou ele, com o hálito de cerveja quente e espesso na minha cara. Não havia o menor sinal de sorriso. — Não posso confiar no bobo da corte nem no namorado, por razões óbvias. Tem que ser você. Precisa mantê-la na linha.

— "Ajude-me, Obi-Wan Kenobi, é minha única esperança" — disse Coley, segurando o meu braço e rindo.

Ri também, mas Ty não foi embora.

— Estou falando sério — comentou ele, com os olhos verdes feito aipo olhando bem fundo nos meus. — Não deixe a minha irmã arruinar o bom nome da família.

— Não, esse trabalho é seu — retrucou Coley, empurrando-o em direção à multidão. — Vai lá dançar com a sua fazendeira, bonitão. Prometo que vou me comportar.

— Se precisar usar fita-crepe para ficar grudada nela, faça isso — disse ele enquanto ia andando de costas, ainda me rodeando feito um abutre. — Não me desaponte, Cameron.

Eu ri de novo e respondi:

— Pode deixar, senhor. — No entanto, algo em Ty me deixava nervosa, uma coisa que eu não conseguia entender muito bem.

— O seu irmão vai ficar na luta o fim de semana todo — disse Jamie enquanto nós quatro o observávamos ir atrás da garota e girá-la para o centro da rua.

— Isso não faz dele um garanhão — retrucou Coley. — Digo, se você não conseguir transar no Bucking Horse, Jamie...

— Ah — disse Brett, pegando a mão dela. — Não precisa destruir o sonho do rapaz. Vamos dançar antes que Cameron precise defender a honra do homem dela.

— Não se preocupe — respondi enquanto eles iam para o meio da rua. — Ele não tem nenhuma honra.

Muitas piadinhas como essa tinham acontecido desde a noite do baile. Implicâncias, a maior parte vindas de Brett e Coley, já que Jamie e eu não estávamos de fato falando sobre o que aconteceu nos degraus da escola. Não sabíamos o que éramos desde o baile, e eu não necessariamente queria uma resposta. Por duas vezes levamos os beijos adiante e tiramos as blusas, ambas as vezes no meu quarto, ambas as vezes ouvindo uma das fitas da Lindsey; em uma dessas ocasiões, Ruth estava totalmente ciente da chegada dele, de fecharmos a porta do meu quarto e do momento em que ele foi embora. E ela não disse nada.

Esses amassos não eram ruins; não me senti fazendo nada de errado nem agindo de forma tão estranha quanto achei que fosse parecer, mas a coisa toda foi meio mecânica. Ou como um ensaio, talvez esta seja a melhor maneira de descrever. Coloquei a fita no rádio, dei play e começamos a ouvir The Cranberries, tirei a blusa enquanto Jamie tirava a dele e rolamos na minha colcha com cheiro de amaciante. Jamie tem uma entrada estranha nas costas e mãos tão grandes que posso sentir os calos. Sinto também as batidas do coração dele sobre a minha barriga, e ele faz uma coisa na parte de trás do meu pescoço que produz ondas de calafrio pelo corpo todo. Jamie ainda não forçou o momento de tirar a parte de baixo da roupa, mas a protuberância dentro da calça sinaliza que vai fazer isso em breve.

— Eu adoro que o tal baile idiota, que você tanto resistiu a ir, fez vocês ficarem juntos — disse Coley na segunda-feira de volta às aulas, logo depois da nossa aula de educação física no ginásio ainda cheio de purpurina.

— Nós não estamos juntos — retruquei.

— Então o que estão fazendo?

— Somos amigos que estão descobrindo coisas — respondi o que naquele momento era a coisa mais honesta e direta que já dissera a Coley sobre mim e os meus sentimentos.

• • •

Na sexta-feira do Bucking Horse, praticamente todos os jovens da FFA, ou seja, uns quarenta por cento da escola, deram uma desculpa esfarrapada para serem dispensados. Provavelmente outros vinte por cento tinham pais que deixavam que eles faltassem. O restante infeliz de alunos que não eram queridinhos ou completamente desinteressados simplesmente matou aula. Jamie e eu passamos a manhã no Holy Rosary com uns amigos do time de atletismo, racionando a maconha, pois ele não conseguiria pegar mais até o fim da tarde, e o estoque estava acabando. Usamos alguns carrinhos de mão empenados para apostar corrida no corredor e causamos alguns acidentes. Por fim, arrebentamos a barricada no topo da escada de metal no nono andar para escalarmos pela portinhola para o terraço vazio e com chão de asfalto grudento, onde pichamos "Turma de 95" em tudo que não se movia e também em um pombo, mas, como ele não parava de se mexer, Jamie só conseguiu fazer um traço prateado em uma das asas. Quebramos janelas. Plantamos bananeira. Jogamos coisas no estacionamento vazio e cheio de ervas daninhas. Fizemos tudo que não fazia sentido algum.

Era verão e estava muito quente naquele terraço. Jamie já estava sem camisa quando chegamos lá em cima, assim como os outros garotos, e eu puxei a minha blusa para cima, amarrando-a em baixo do peito e deixando o umbigo a mostra, as mangas enroladas e presas também deixavam meus braços completamente nus. Em algum momento, ficamos sozinhos, eu e Jamie, e então a minha blusa amarrada foi para o chão. Encontramos um canto sombreado por um duto enorme, minhas costas foram esmagadas contra o asfalto derretido, pele com pele, fervendo de calor. Eu me lembrei da sensação com Lindsey, e imaginei como seria com Coley. Levei aquilo adiante por alguns minutos, a minha cabeça ao mesmo tempo presente e fora dali, tentando corresponder à intensidade de Jamie, enquanto eu fingia estar com outra pessoa. Em dado momento, não consegui mais ir adiante, uma sirene de polícia passou ao longe, o céu se fechou e a respiração forte do garoto me trouxe de volta àquele terraço. Tinha que sair dali.

Sentei, empurrando Jamie sem avisá-lo.

— Estou morrendo de fome — falei, pegando a blusa. — Vamos para o parque de diversões e pedir para Ruth pagar o nosso almoço.

— Porra, Post. Pelo amor de Deus! — rebateu Jamie. — A gente estava no meio de uma coisa.

Levantei e estiquei as pernas como se elas precisassem de um alongamento, o que não era verdade.

— Eu sei, me desculpe, mas estou com fome de verdade — falei, sem olhar para ele. — Não tomei café hoje de manhã.

— Porra nenhuma — respondeu ele, apoiando-se nos cotovelos e envergando-se na minha direção. — Nós nem podemos ir para a Feira até a hora que a escola acabar. Ruth acha que você está na aula de química agora.

Vesti a blusa, estendi a mão para ajudar Jamie a se levantar e disse:

— Vamos dizer para ela que a escola hoje foi só meio período. Ou simplesmente podemos dizer que saímos mais cedo; ela vai superar. Talvez a gente nem esbarre nela, está lotado de gente lá. Podemos encontrar Coley e descolar um hambúrguer.

Jamie ignorou a minha mão e se levantou sozinho, virando de costas para mim.

— É, vamos atrás da porra da Coley. Eu já deveria saber. — Ele puxou a tampa da portinhola.

— Vamos — falei, segurando na camiseta que ele ainda não tinha vestido, mas que estava pendurada no cós da bermuda dele. — Estou com fome.

— Sei — disse ele. — O que eu não consigo entender... — Ele balançou e cabeça e resmungou: — Ah, foda-se.

— O quê? — perguntei, sem querer que ele respondesse de fato.

161

Jamie riu, irônico:

— Por dois minutos pensei: "Puta merda, está acontecendo. Cameron está a fim mesmo." E agora estamos indo atrás da Coley. — Ele começou a descer a escada, entrando na escuridão abaixo.

— Então não vamos atrás dela — falei, descendo logo atrás. — Vamos no Taco John's. Tanto faz.

Foi uma sugestão desesperada minha, e Jamie sabia. Provavelmente o grande desejo dele depois de fumar maconha era a Super Batata Condimentada do Taco John's, que ia muito bem com uma larica. Nós comíamos lá com tanta frequência que eu quase sempre tinha que brigar para irmos em outro lugar.

— Tenho uma ideia — disse ele, abaixo de mim na escada. — Por que não deixo você lá com o pastor Crawford e peço a ele para rezar pela sua doença perversa? — Eu o ouvi saltar do último degrau, o tênis batendo contra o chão de cimento.

— Você está sendo escroto — respondi, o meu pé procurando outro degrau e encontrando apenas ar. Saltei também.

— E você está sendo sapatão — retrucou ele, sem me esperar, seguindo pelo corredor.

Não conversamos no carro. Ele colocou Guns N' Roses, e fingi que estava interessada no mesmo cenário da janela do banco do carona que olhei por toda a vida. Jamie dirigiu até o parque de diversões e pagou os três dólares para estacionar. Vestiu a camiseta. Andamos pelo caminho lotado de gente, pedaços de terra batendo nas nossas pernas, como Eufrazino Puxa-Briga nos desenhos — a terra macia e seca como farinha. Fomos andando lado a lado, mas não juntos de fato. O chão tinha cheiro de estrume e primavera, o vento de campina despertando o odor de terra nova e das flores roxas recém-abertas que adornavam o painel de tinta descascada da entrada da Feira. O que restava da minha onda era basicamente exaustão, mas ainda havia um pouco para que eu apreciasse estar ao ar livre na primavera de uma maneira que não teria apreciado se estivesse careta.

Na feira, não vimos Ruth, mas logo achamos Coley, dentro de um estande junto com as outras cinco indicadas para ocupar o cargo de Rainha do Bucking Horse Sale. Estavam vendendo uma rifa de um cobertor e uma dúzia de filés para a FFA, e o jarro de vidro em frente a Coley tinha o maior número de rifas. Ela não era apenas a mais nova; de onde eu observava, ela era disparada a mais bonita. Vestia uma regata preta e justa por baixo de uma das camisas brancas e engomadas do irmão, com botões de pérola, uma espécie de chapéu de caubói com uma faixa. O cabelo estava preso em um rabo de cavalo perfeito pela primeira vez. Dois rabos, na verdade. Ela estava bebendo uma Coca-Cola em um canudo vermelho e branco e dando o seu lindo sorriso para um caubói que parou diante da mesa. O cara estava com o polegar apoiado no fecho do cinto e tinha um olhar esbugalhado, como se tivesse sido atingido pela flecha do cupido. Eu conhecia aquele olhar. Já tinha passado por aquilo antes.

Coley levantou com um pulo quando viu a gente, correu ao redor da mesa e nos abraçou, como se não estivéssemos estado juntos há menos de doze horas. Ela podia criar esse tipo de cena, coisa que não funcionava nem um pouco quando era Ruth que fazia.

— Isso aqui parece uma tortura — disse ela no meu ouvido, e pude sentir cheiro de perfume de homem e cigarro, que deveriam estar impregnados na camisa de Ty. Ela me passou o refrigerante, do qual dei um grande gole. Ao me deparar com o olhar de Jaime, ofereci o copo para ele, que recusou.

— Quanto mais tempo você tem que ficar aqui? — perguntei.

— Meia hora, quarenta minutos, algo assim — respondeu, apertando o meu braço. — Me espera? — Então, ela olhou para nós dois de novo e foi de volta ao meu ouvido. — Vocês estão chapados?

— Nada — respondi. — A onda já acabou.

— Que manhã, hein?

Coley sorriu com a piscadela que era a marca registrada dela.

— Nada de mais — disse Jamie. — Cameron não via a hora de vir para cá ver você. Ela está pensando em você há horas.

163

Eu falei bem rápido:

— Jamie está dando uma de bebê chorão porque não quis ir com ele ao Taco John's.

— Ah, tadinho — disse Coley, agora segurando o braço de Jamie. — Tem tacos de outro restaurante lá no estande da organização. É um substituto aceitável? Ficam por minha conta. Bem, serão por conta da minha mãe, na verdade; ela está trabalhando no estande agora mesmo.

Coley tinha esse dom de amenizar as coisas, de fazer as pessoas sorrirem e ficarem bem, mas acho que nem sempre funcionava.

— Acho que não — disse Jamie. — Vou cair fora, ver se consigo encontrar Travis. — Ele ainda não tinha olhado para mim desde que Coley me ofereceu o refrigerante.

— Mas vai voltar? — perguntei.

— Depende. Tenho certeza de que consegue se virar sem mim.

E, assim, Jamie se foi em meio à barulheira do corredor.

— O que aconteceu? — perguntou Coley, nós duas assistindo os passos largos e a camiseta preta de Jamie sumir na multidão de caubóis, observando-o enquanto ele caminhava, basicamente devido ao short e às pernas nuas no meio daquele monte de calças jeans.

— Só uma onda errada — respondi. — Ele está rabugento desde que fumamos.

— Vocês e as suas drogas — disse ela. — Quando é que vão aprender?

• • •

Coley não foi eleita a Rainha do Bucking Horse Sale de 1992. Quem ganhou foi Rainy Oschen, exatamente como ela disse que aconteceria, apesar de algumas pessoas parecerem escandalizadas com o processo de eleição. Havia rumores de que o resultado já tinha sido predeterminado e que, se os votos tivessem sido contabilizados da forma certa, Coley teria ganhado.

— Deixa para lá — disse ela após a empoeirada cerimônia de coroação feita no meio da arena, logo após o rodeio, com o próximo touro já sendo preparado. (As outras indicadas também recebiam coroas, porém menores e de prata.) — Para ser sincera, prefiro ganhar no último ano que no primeiro. Se eu for indicada de novo.

— Você está de brincadeira, né? — perguntou Brett, colocando o braço ao redor dela. — Esse prêmio já está no papo.

Nós estávamos reunidos em uma das entradas das arquibancadas, bloqueando a passagem, mas nem ligávamos para isso. A noite estava fria o suficiente para nos lembrar de que ainda era primavera, tecnicamente falando, e a feira estava lotada, todo mundo berrando, bem bêbado e chapado, vivendo a febre do Bucking Horse. Eu havia passado a tarde inteira olhando ao redor, à procura de Jamie, mas sem sucesso. Na verdade, não esperava mais encontrá-lo.

— Quantos dias mais o festival vai durar? — perguntou Coley, tirando a coroa e colocando-a na minha cabeça. — Já parece que é para sempre.

— Nada disso — disse Brett, tirando a coroa da minha cabeça e colocando-a de volta em Coley. — Você não vai ficar cansada na minha última noite do Bucking Horse.

Brett fora selecionado como um dos dois jogadores de Miles City para competir numa partida de futebol interestadual que selecionaria as estrelas para representar Montana em alguma liga nacional de futebol escolar, que aconteceria durante o verão. A partida seria em Bozeman no domingo, então ele estava indo para lá com os pais na manhã seguinte, bem durante o desfile.

— Nem me lembre disso — disse ela, colocando a coroa na cabeça de Brett. — Queria poder ir com você.

— Sem chance — retrucou ele, beijando a mão dela. — Você faz parte da brigada real.

Saímos da arena, onde estava um pouco mais vazio e o odor de hambúrguer defumava o ar. Paramos o mais perto da tenda de cerveja que achamos permitido, rezando para encontrarmos alguém que comprasse algumas para nós, ou, pelo menos, que nos deixasse beber uns goles da sua lata. Uma rodada terminou e a fila da cerveja inflou, tornando-se um rio de fregueses sedentos acenando notas de dez dólares para as mulheres saradas que trabalhavam na tenda. Dois desses fregueses eram Ruth e Ray, de mãos dadas, ela usando uma saia jeans e um cachecol vermelho com estampa de botas e chapéus marrons.

Ray me viu, e acenei com a cabeça para ele, pensando que isso seria tudo. Mas então ele apontou para mim, falando com Ruth, e ela veio até nós, ganhando alguns olhares, eu percebi, enquanto caminhava.

— Finalmente achei vocês — disse ela. — Estava começando a pensar que só nos veríamos na segunda-feira.

— A culpa é do meu irmão — falou Coley, como se estivesse explicando algo para Ruth, exatamente o tipo de coisa que ela gostava. — Ele nomeou Cam como minha guardiã oficial durante o fim de semana.

Ray se juntou a nós, estendendo uma cerveja para Ruth, que notei não ser a primeira dela no dia. Depois que expliquei que tinha dormido as últimas duas noites na casa de Coley (algo sobre a presença obrigatória na igreja no domingo de manhã), e ouvirmos sobre o sucesso do estande da Sally-Q ("Dezessete novas vendedoras dispostas a abrir as suas salas de estar para demonstrações!"), Ruth me contou que queria falar comigo em particular, então nos distanciamos um pouquinho e encontramos um espaço tão perto de uma das churrasqueiras que o meu lado direito ficou todo engordurado.

— Querida, sei que isso vai deixar você chateada, mas quero que saiba que eu e Ray vimos Jamie hoje — falou ela, pegando a minha mão e baixando a voz o máximo possível naquela multidão. — Jamie estava algumas fileiras na nossa frente na arquibancada, e ele e aquele garoto, Burrel, estavam sendo bem nojentos com duas meninas. — Como continuei calada, ela completou: — Acho que elas não são da Custer. Ray disse que devem ser de Glendive. — E quando permaneci sem falar nada, ela continuou: — Só queria que você ouvisse isso de alguém que te ama.

— Ok — respondi, tentando imaginar como essas garotas eram e gostando mais da versão gordinha de cabelo alourado com raízes pretas e maquiagem exagerada. E apesar de ficar surpresa com o pouquinho de ciúmes que senti, havia um certo alívio também, como se não estivesse mais sob tanta pressão.

— Quer conversar sobre isso? — perguntou Ruth, bem na hora em que algum bêbado incomodou um sujeito já impaciente na fila da cerveja e os berros da multidão ficaram ainda mais altos ao nosso redor.

— Na verdade, não. Jamie pode fazer o que quiser. — E então completei: — Mas obrigada por me contar, tia Ruth. — Ela me deu um abraço rápido e um meio sorriso tristonho, bem típico, e foi embora com Ray.

— Você levou uma bronca? — perguntou Coley, vindo em direção à churrasqueira e deixando Brett com alguns dos nossos colegas de classe.

— Tipo isso — respondi. — Jamie está na arquibancada com a língua enfiada na garganta de uma garota de Glendive.

— Foi Ruth que disse isso?

— De um jeito "Ruth" de dizer.

— Aquele filho da puta — esbravejou Coley, colocando o braço ao redor de mim. — Vamos pedir para Ty dar uma surra nele.

— Não vale a pena — falei, de coração, mesmo sabendo que Coley não acreditou em mim. — Vamos ficar muito, muito bêbadas.

— Você não quer ver como ela é? — perguntou Coley.

Respondi que achava que sim, só para animá-la. Da entrada mais próxima da arena, Coley viu Ruth e Ray subindo a escada, e quando não consegui encontrá-los na arquibancada, ela pegou a minha cabeça e virou na direção certa, nós duas espremidas no meio da multidão, assistindo-os voltarem para as suas cadeiras. Logo ali estava Jamie, algumas fileiras à frente. E mesmo que estivesse um pouco longe, posso dizer que aquelas garotas eram muito mais bonitas do que as que estavam na minha cabeça. E Jamie estava, de fato, em cima de uma delas.

— Elas são horrendas — afirmou Coley. — Feias de verdade. E dá para ver daqui que são meio vadias.

— Você consegue ver isso? — perguntei, sentindo o cheiro do shampoo de maçã de Coley, seu cabelo macio passando ao lado do meu rosto. — Elas estão usando a letra escarlate?

— Como pode estar tão tranquila em relação a isso? — Ela se virou para olhar para mim, nossos rostos bem próximos. — Foi isso que aconteceu hoje de manhã antes da gente se encontrar? Você terminou com ele?

— Eu já falei vinte vezes. Não tinha nada para terminar.

— Eu sei, mas achei que você só estava sendo você.

— Eu nem sei o que isso significa — retruquei. Mas eu sabia, e ela estava certa; não falei nada sobre Jamie e eu para ela, mas por motivos diferentes dos que ela imaginava. — Ele e eu somos só amigos — completei, tentando mais uma vez.

Ela ia dizer alguma coisa, mas desistiu. Nós vimos Jamie e a garota de Glendive se beijarem, depois Ruth fazer caretas para aqueles beijos e balançar a cabeça para Ray, e começamos a rir.

— A coisa boa disso acontecer hoje é que estamos no Bucking Horse — comentou Coley, pegando o meu braço e nos tirando dali. — Podemos encontrar um caubói para você em um minuto. Ou dois caubóis. Ou doze.

E eu queria muito dizer: "Que tal uma fazendeira?" Simplesmente dizer, bem ali, naquele momento, falar logo e deixar com que Coley lidasse com aquilo. Mas é claro que não fiz nada. De jeito nenhum.

• • •

Após a função de Coley de desfilar em um palanque bege no desfile de sábado, nós duas decidimos que estávamos cansadas do Bucking Horse. Brett já tinha ido para a sua partida de futebol, Jamie ainda estava se esquivando de mim para ficar com uma garota que de fato queria algo, e, ao meio-dia, uma sequência de trovões e pancadas de chuva invadiram o dia, da maneira que sempre fazem pelo menos uma vez durante as festividades, deixando tudo cinza, encharcado e mais do que sufocante.

Coley dirigiu até a fazenda dela e passamos a tarde vestidas com os moletons gigantescos de Ty, bebendo canecas de chá Constant Comment (o preferido dela) cheio de açúcar e assistindo à MTV, escondendo-nos das obrigações sociais do festival. Era somente a segunda ou a terceira vez que fui para a casa dela sem Brett, e eu estava ansiosa em relação a isso, é claro. A mãe de Coley fez queijo quente com sopa de tomate antes de ir à cidade, para o seu turno de doze horas como enfermeira no pronto-socorro. Ela já tinha me dito para chamá-la de Terry provavelmente uma meia dúzia de vezes, mas eu não conseguia parar de chamá-la de "Sra. Taylor".

— Coley, querida, você poderia alimentar os animais antes que seja muito tarde? — pediu a Sra. Taylor, de pé na porta com o seu sapato bordeaux e um guarda-chuva nas mãos, uma versão mais velha e abatida de Coley, mas ainda assim muito bonita. — Não faço ideia de quando Ty vai aparecer. — Ela permaneceu olhando o seu reflexo em um espelho acima dos ganchos de casaco, balançando o cabelo algumas vezes. — Hoje é noite de filé de frango frito na cafeteria. Querem vir comigo e comer antes de saírem?

— Nós não vamos sair — falou a filha, e então se virou para mim. — O que foi mesmo que você disse sobre o Bucking Horse, Cam?

— Que é uma amante rancorosa — respondi.

— Isso — disse ela, rindo, apesar de a mãe não estar achando graça. — Decidimos que o Bucking Horse é uma amante rancorosa e que preferimos comer sorvete e evitá-la.

— Isso não é nem um pouco a cara de vocês — comentou a Sra. Taylor, olhando para Coley e depois para mim, não de uma forma rude, mas sem ser gentil tampouco. — Achei que estariam lá na confusão da cidade.

— Vamos ficar aqui em casa sem fazer nada — explicou Coley, olhando o próprio reflexo no espelho acima dos ganchos. Depois, colocou o capuz do moletom e se inclinou até sentir o braço do sofá, finalmente se esparramando com a cabeça e as costas nas almofadas e as pernas para o ar.

— Me ligue se mudarem de ideia e decidirem ir — falou a Sra. Taylor. E da escada da frente, completou: — E diga a Ty para me ligar também, se você o vir.

Nós vimos Ty menos de meia hora depois, sujo e acabado, com um corte embaixo de um dos olhos que, segundo ele, era resultado de um "probleminha de tontura".

— Achei que você só ia competir no rodeio hoje à noite — comentou Coley, ajudando-o a tirar a jaqueta jeans.

— E achou certo — respondeu ele, colocando um sorriso no rosto. — Isso é obra de um ranzinza filho da puta chamado Thad. Juro por Deus.

O nome do escroto era Thad. E agora ele que está parecendo que foi esmagado por um touro.

— Legal, Ty — disse Coley, inspecionando o sangue seco na gola da jaqueta. — Pensei que estávamos tentando preservar o bom nome da família.

— Foi exatamente isso que eu fiz, maninha — respondeu ele, enfiando a cabeça dentro do freezer. Tirou dali um saco de brócolis congelado para amenizar a dor.

Ele saiu de novo depois de tomar banho, comer uma torrada com ovos mexidos e trocar de roupa: uma calça jeans engomada, um chapéu diferente e um cigarro atrás da orelha. Coley estava dormindo ao meu lado no sofá. A chuva já tinha quase parado e havia uns raios de sol saindo pelo meio das nuvens e iluminando algumas partes das montanhas que avistávamos da janela da sala. Ao lado da janela havia um porta-retratos com uma foto da família tirada antes de o Sr. Taylor falecer. Eles estavam no campo. Coley devia ter uns nove anos, usando maria-chiquinha, e todos eles vestiam camisas jeans para dentro da calça. A foto tinha meio que clareado na hora de revelar, quase uma foto em preto e branco tingida com cor. O Sr. Taylor, com o bigode escondendo parte do sorriso, tinha os braços ao redor da Sra. Taylor e de Ty, Coley um pouco espremida no meio, e Ty estava com o polegar apoiado na fivela do cinto. Eles pareciam felizes, o que é o objetivo nesse tipo de foto, eu sei. Mas pareciam felizes de verdade.

Tentei levantar do sofá para olhar a foto mais de perto sem acordar Coley, mexendo apenas uns poucos centímetros e então esperando, tentando não balançar as almofadas, mas eu sequer tinha colocado todo o peso nos pés quando ela perguntou:

— Já parou de chover?

— Sim — respondi, sentindo-me como se tivesse sido pega fazendo algo que não deveria estar fazendo.

— Temos que ir alimentar os animais, então — disse ela bocejando e esticando os braços.

Sorri para ela.

— Você acha que vou ajudar com as suas tarefas? Quem brinca de fazendeira aqui é você, não eu.

— Só porque nunca conseguiria ser uma fazendeira, sua garotinha da cidade!

Coley se sentou rápido, segurando a bainha do meu casaco e me empurrando no sofá. Não lutei de volta. Ela jogou o cobertor de lã em que estava enrolada na minha cabeça e colocou uma almofada em cima, subindo na pilha e se sentando sobre tudo. Lutei com indiferença, Coley resistiu, lutei mais, nós duas finalmente no carpete, entre o sofá e a mesa de centro, o cobertor ainda cobrindo a maior parte de mim e, portanto, entre os nossos corpos. Porém, quando um pedaço dele ficou preso embaixo do meu joelho e eu o puxei, pude ver como aqueles casacos de moletom enormes tinham se retorcido ao nosso redor, deixando a minha barriga e as costas da Coley de fora. Foi quando parei de fingir que estava lutando e me afastei de fato dela, levantei do chão e balancei as pernas como se eu fosse o Rocky no topo da escada na Filadélfia.

— Desistir é a mesma coisa que perder — declarou Coley, tirando o cabelo do rosto e erguendo os braços para que eu a ajudasse a se levantar do chão. Foi o que fiz, mas me afastei novamente.

— Eu não queria machucar você com a minha bravura física avançada — retruquei, ofegante.

— Claro que não. Quer ver se Ty tem alguma bebida no quarto dele, como pagamento pelos seus serviços?

Ele tinha. Meia garrafa de licor Southern Comfort, que misturamos com o resto de uma garrafa de dois litros de Coca-Cola sem gás que estava na porta da geladeira. Bebemos um pouco. Vestimos calças jeans. Peguei emprestado um par de botas grandes demais de Ty, que me lembraram das viagens para a casa dos Klausons. O lado de fora da casa estava lamacento e tinha cheiro de grama e árvores de flores selvagens recém-molhadas pela chuva, o aroma que os amaciantes e sabões em pó tentam em vão replicar nas suas variedades de "primavera do campo". Nós colocamos sacos pesados de capim na caçamba escorregadia do carro. Coley achou um canivete e cortou cada um dos sacos por cima. Entrou de volta em casa e saiu com uma fita cassete, que colocou no rádio do carro e apertou o botão para rebobinar. A fita tinha os sucessos de Tom Petty, que um dia fora de Ty.

Eu tinha mandado uma fita parecida com músicas de Tom Petty & The Heartbreakers para Lindsey, como agradecimento por todas as mixtapes que ela fez para mim, mas quando perguntei o que tinha achado em uma das nossas conversas telefônicas, ela me disse que Tom Petty era um machista e que o seu papel de Chapeleiro Maluco que mastigava a Alice no clipe "Don't Come Around Here No More" era apenas mais lenha na fogueira do que Lindsey dizia a respeito das letras dele: "habilidades limitadas como autor e interesse lúbrico em meninas adolescentes".

Eu não compartilhei nada disso com Coley, e isso também não mudou a minha impressão de Petty. Naquela tarde no carro, ela colocou o volume lá no alto. Baixamos os vidros, que eram manuais, não elétricos. Bebemos da nossa garrafa de plástico grande. Ela rebobinava diversas vezes para a primeira música do lado B, "The Waiting", a nossa preferida. Ela cantava uma frase.

Oh baby don't it feel like heaven right now?

Eu cantava a frase seguinte.

Don't it feel like something from a dream?

Coley nos guiou pela subida das montanhas, pela descida por estradas esburacadas de terra e pedras, por trincheiras de lama fresca, grossa e oleosa como barro de modelar, e depois para o outro lado, esmagando arbustos de sálvia que sempre surgiam no nosso caminho.

Entre os versos, passávamos a garrafa uma para a outra, reparávamos nas flores roxas de açafrão que enfeitavam alguns trechos de estradas, as suas pétalas quase transparentes de tão finas, os raios de sol as atravessando e os campos mais verdes do que ficariam pelo resto do verão. Ouvíamos mais algumas músicas e então Coley rebobinava para "The Waiting" de novo, e de novo, cada vez mais alto, cada vez melhor.

Encontramos a maior parte do rebanho no portão sete, embaixo de um bosque de juníperos, com um daqueles raios de sol aquecendo a pele molhada e enrugada dos bichos. Os Taylor criavam a raça Red Angus. Novos rebanhos iam nascer em duas semanas, e muitas das novilhas prenhes pareciam vagões de carga peludos com patas. Suas crias, eu sabia, seriam ursinhos de veludo vermelho-amarronzados com olhos grandes e doces, completamente adoráveis. Fui até a caçamba do carro, de onde fiquei jogando capim enquanto Coley dirigia em zigue-zague, tentando espalhar as vacas para que elas comessem.

Encontramos o restante do rebanho pastando em um campo de grama nova a uns oitocentos metros dali. Terminei de espalhar o capim. Nós duas bebemos um pouco mais. Com certo esforço, Coley dirigiu pelas pedras escorregadias de uma montanha de arenito parcialmente cor-de-rosa que eles chamavam de Morango, e depois de atolar em uma poça de lama perto do cume, ela estacionou. Forramos a caçamba com os sacos de capim vazios e abrimos o cobertor de flanela do banco por cima deles. Coley deixou o rádio ligado e aumentou ainda mais o volume. Deitamos de barriga para cima, com os pés plantados no chão da caçamba e os joelhos apontando para o céu, o sol poente colorindo as últimas nuvens de roxo e azul com rosa-xarope ao fundo, e o céu atrás em diversos tons de laranja. Eu sentia que algo estava acontecendo entre nós, algo além do torpor causado pela bebida, algo que tinha começado na luta no sofá e, para ser sincera, antes disso. Fechei os olhos e desejei que enfim acontecesse.

— Por que você não fala mais com Irene Klauson? — perguntou Coley.

A pergunta me surpreendeu mais que qualquer outra que ela poderia ter feito naquele momento.

— Ela é popular demais para mim agora — respondi. — Eu nem sabia que você conhecia ela.

— Claro que sim. A herdeira dos dinossauros? Tá brincando?

— Mas você a conhecia antes disso?

— Sim, principalmente quando éramos pequenas — disse Coley, girando a tampa da garrafa com um mínimo barulho de gás. — Eu não conhecia você, mas via as duas juntas em tudo.

— Em quê?

— Em tudo. Na feira, nos dias de visita ao campo Forsyth.

— Nós ficávamos juntas o tanto quanto ficávamos separadas — falei.

— Eu sei — continuou Coley, me passando a garrafa. — Por isso que perguntei por que não fala mais com ela.

— Irene foi embora. Eu fiquei aqui.

— Isso não responde à pergunta. — Coley deixou o joelho direito cair para o lado, de forma que encostou no meu joelho esquerdo, apoiando-se nele.

— Os pais dela encontraram dinossauros e os meus morreram. Isso responde? — Eu não falei aquilo para soar maldosa; realmente esperava que essa resposta fizesse sentido.

— Talvez — respondeu Coley, deixando o outro joelho cair e virando completamente para o lado direito, me encarando, as suas duas pernas apoiadas nas minhas, o cotovelo para baixo e a mão direita segurando a cabeça dela. — Acho que algumas amigas minhas mudaram depois do meu pai ter morrido.

Eu não tinha nada a dizer sobre aquilo. Nós ouvimos Tom Petty nos falar sobre queda livre. Coley colocou a mão esquerda sobre a minha barriga, bem acima do meu umbigo. Ela fazia uma pressão um pouco forte.

— Você dormiu com Jamie? — perguntou, simples assim.

— Não — respondi. — E nem planejo.

Coley riu.

— Porque você é uma puritana?

— Isso. Completamente puritana, o tempo todo. — Então esperei um pouco e continuei: — Mas você já dormiu com Brett, né?

— Você acha isso?

— Sim.

— Não, ainda não — respondeu ela. — Brett é um cara muito legal, ele não me pressiona.

— Ele é um cara legal mesmo — falei, tentando entender e ter certeza do que estava acontecendo, mas sem conseguir.

— Seja como for, às vezes acho que deveria esperar. Era importante a espera para mim, pelo menos antes da faculdade. Você não tem a sensação de que tem um mundo inteiro a ser descoberto na faculdade?

— Talvez — respondi. Ela ainda não tinha tirado a mão do lugar.

— O que acha que Irene Klauson está fazendo nesse momento? — As palavras da Coley tinham cheiro de licor, eram molhadas e quentes na lateral do meu rosto, dentro do meu ouvido.

Este era o momento, decidi, e falei:

— Transando com o namorado dela, o jogador de polo. — E então acrescentei antes de desistir: — E fingindo gostar disso. — As palavras ficaram ali no ar por um instante, pairando no céu colorido, ao som de gotas de chuva voando dos pinheiros quando a brisa os atingia.

Ela esperou um segundo, e perguntou:

— Por que fingindo?

Fiquei com medo.

— O quê?

— Por que ela não gostaria? — Coley moveu os seus dedos na minha barriga, um por um; ela fazia pressão com o mindinho, e soltava, o anelar, e soltava, o dedo do meio, e soltava, de novo e de novo, fazendo um ciclo com eles.

— É só um palpite — respondi. Eu podia virar a minha cabeça na direção dela agora, pensei, e então seria o momento. Mas não o fiz.

— Não acho que seja só um palpite — retrucou ela, e então tirou a mão da minha barriga, se sentou, se arrastou para a ponta da caçamba, a parte traseira, e deixou as pernas penduradas para fora.

De alguma forma, era um pouco mais fácil com ela lá na ponta, de costas para mim. Um pouco mais fácil, mas não fácil. Respirei fundo duas vezes. E depois de novo. E então, antes do momento passar, falei para o capuz do casaco dela:

— Ela está fingindo porque preferia estar beijando uma menina.

Naquele momento, foi Coley quem sentiu medo.

— O quê?

— Você me ouviu — respondi, apesar de ter sido um esforço ter falado firmemente aquelas palavras.

— Como sabe disso?

— Como você acha?

Ela não respondeu. Nós ouvimos os ramos de pinheiro sacudirem mais gotas de chuva. Estava escurecendo a cada palavra que eu desperdiçava.

Ela se virou para olhar para mim, o céu colorido aberto atrás dela, seu rosto em sombra.

— Vem aqui.

Eu fui. Sentei o mais perto dela que consegui. Os nossos ombros e as nossas pernas se encostavam. Ela estava balançando os pés para a frente e para trás, como uma criança num balanço. Ficamos assim durante um tempo. O balanço dos pés dela fazia a traseira do carro ranger, mas só de vez em quando.

Finalmente, Coley falou, uma palavra de cada vez:

— Em muitos momentos, achei que você fosse tentar me beijar. Ontem no rodeio, inclusive.

Esperamos mais um pouco. A traseira do carro rangeu duas vezes.

Ela continuou:

— Mas você nunca tentou.

— Não posso — falei, quase sem pronunciar as palavras. — Nunca faria isso. — Fiquei assistindo às botas de Coley se movimentando, o salto de uma delas arrastando em um arbusto de sálvia, fazendo respingar água.

— Eu não sou assim, Cam. Você deveria saber disso a essa altura.

— Ok — respondi. — Eu não achei que fosse.

— Não sou — repetiu ela, respirando fundo. — Mas o que é estranho é que, às vezes, penso que, se você me beijasse, eu não ia tentar parar.

— Ah — murmurei. Na verdade, foi um pouco alto: — Ah. — Uma palavra clara e sólida, e pareceu uma coisa idiota a se dizer, porque era mesmo.

— Não sei o que isso significa — disse ela.

— Precisa significar alguma coisa?

— Sim — respondeu, olhando para mim. Eu podia sentir o olhar de Coley, mas continuei olhando para os seus pés balançando. — Tem que significar alguma coisa.

Eu desci da caçamba, bem na lama. Debrucei na traseira do carro, tentando me esquivar de cada um dos montinhos no chão, enquanto o lusco-fusco transformava as formas em sombras.

— Desculpe.

Um pedido que fiz apenas por achar que precisava dizer algo. Imaginei se conseguiria caminhar de volta até Miles City. Eu sabia que levaria mais de uma hora só para chegar na estrada. Porém, naquele momento parecia ser a opção mais sensata.

Mas então Coley colocou a mão no meu ombro, só apoiada, o toque e o peso da palma da mão dela por cima do moletom grosso de algodão de Ty. Era tudo que eu precisava. Eu me virei e dei de cara com ela. Sua boca já estava esperando, como uma pergunta. Não vou fingir que era nada além do que era: perfeito. Os lábios macios dela misturados com o amargo do licor, o doce do refrigerante ainda nas nossas línguas. Ela fez mais que apenas não parar. Ela me beijou de volta. Ela me puxou com os braços, seus tornozelos encaixados atrás das minhas pernas, e ficamos desse jeito até que eu senti as botas afundando tanto no barro amolecido pela chuva que fiquei na dúvida se conseguiria sair dali. Coley também percebeu, e eu já estava centímetros abaixo do que estava quando começamos.

— Puta merda — disse ela quando me afastei.

— Eu sei — falei. — Acredite em mim, eu sei. — Tentei levantar as botas e percebi que não conseguia, então fiquei ali plantada. — Estou presa — avisei. Foi constrangedor.

— Caramba, Cam. Caramba. — Coley colocou as mãos no rosto, que estava bem na minha frente, a centímetros de distância, mas não conseguia me mexer nem um milímetro.

— É sério, Coley, estou entalada — falei.

Coloquei as mãos nas coxas dela e estava planejando segurar na sua calça enquanto tentava tirar um pé da lama, mas o meu toque a assustou mais ainda e ela arfou num estilo Elizabeth Taylor e pulou da caçamba do carro, e não havia espaço suficiente para nós duas ali, eu não conseguia mexer os meus pés, então caí para trás, em câmera lenta, as botas de Ty ainda presas naquele barro espesso e o impulso empurrando o resto de mim, até não dar para ir mais.

Esbarrei em uma moita de sálvia, mas não consegui segurar o meu peso. As minhas costas bateram forte nas folhas borrachudas e nos galhos rígidos, até que a minha cabeça estava na lama, as minhas pernas estavam na lama e a porra do meu pé ainda estava preso naquela bota. Eu tinha lama gelada dentro do ouvido, mas podia ouvir Coley rindo, muito e alto, uma gargalhada de verdade, uma risada histérica, então fechei os olhos, coloquei as mãos arranhadas de sálvia dentro do bolso da calça jeans e me afundei, bem ali no chão.

E quando abri os olhos de novo, Coley estava parada em cima de mim, um pé de cada lado do meu quadril. Entretanto, por causa da pouca luz e do ângulo que ela estava, a maneira como se inclinava sobre mim, com o cabelo caindo na minha direção, eu não conseguia ler o seu rosto.

— E nós a chamamos de Graciosa — falou Coley. Mesmo sem ver a sua expressão, eu sabia que ela estava sorrindo.

— Você é muito esperta — retruquei.

— O que acabou de acontecer?

— Eu caí de bunda. Caí feio.

Eu estava fazendo uma cena e Coley sabia disso.

— Antes.

— Não tenho certeza — respondi.

— Tem, sim — disse ela. Em um movimento que eu nunca poderia prever, ela sentou no meu quadril. Fiquei esmagada embaixo dela como quando estávamos lutando, mas agora era algo bem maior. — Você me beijou.

— Achei que você quisesse.

Coley não disse nada. Esperei que ela dissesse algo, mas ela permaneceu calada.

— Não precisa ser uma questão — disse. — Pode ser só mais uma coisa idiota que fizemos juntas.

Ela permaneceu sentada na junta dos ossos do meu quadril, todo o peso dela em cima de mim, e tê-la ali era enlouquecedor; eu queria puxá-la para cima de mim. Contudo, ela ainda não tinha dito nada. Então esperei, e entrei em pânico, e ouvi Tom Petty cantando lá de dentro do carro, e pensei em Lindsey e em como ela tinha me avisado sobre aquele tipo de coisa idiota, e em como eu não consegui evitá-la.

Tentei de novo:

— Tá tudo bem, Coley. Nem precisamos falar sobre isso. Não tem problema nenhum.

— Tem, sim — ela disse.

— Por quê?

— Por mil motivos.

— Por quê?

— Porque achei que não fosse gostar, mas gostei — disse ela. Aquilo foi como um tiro.

— Eu também — falei.

— Isso não parece um problema para você?

— Não precisa ser — menti. — Não é como se eu achasse que você vai me pedir em namoro.

— Bem, agora não importa mais — concluiu ela, se levantando. — Só que quero parar por aqui.

— Sim — falei, esperando que ela não conseguisse ver o meu rosto, assim como eu não conseguia ver o dela. — Eu também.

Não dormi na casa de Coley. Depois que voltamos para a casa da fazenda e nos limpamos, nós duas sequer sabíamos como sentar no sofá e ver TV sem pensar no que acontecera entre nós, e enfim Coley disse que achava que queria ir para a cidade, então acabamos na cafeteria do hospital comendo frango frito com excesso de gordura com a Sra. Taylor, que ficou surpresa e feliz, e depois fomos assistir outra dança de rua e encontramos um grupo de FFAs. Quando todo mundo decidiu ir para a fazenda dos McGinn para uma festinha, disse a Coley que estava cansada e que ia para casa, se ela não se importasse, e ela pareceu aliviada com isso. Pelo menos foi assim que interpretei.

Ruth e Ray ainda não estavam em casa, e foi um pouco constrangedor chegar antes deles, mas vovó estava na mesa da cozinha comendo gelatina de cereja sem açúcar com tangerina e queijo cottage. Ela usava o mesmo casaco roxo de ficar em casa que estava vestindo na noite em que me contou sobre a mamãe e o papai. Ela o usara milhares de vezes desde então, mas alguma coisa em vê-la sozinha na mesa usando o casaco foi como ficar descalça na neve.

— Quer um pouco, pestinha? — perguntou, me oferecendo a colher e empurrando a tigela alguns centímetros sobre a mesa. — Não é nenhuma torta alemã de chocolate.

— Não, obrigada — respondi, mas me sentei com ela de qualquer forma.

— Seu Jamie ligou duas vezes essa noite — comentou.

— Ele não é meu Jamie, vó.

— Bem, meu é que ele não é. De quem ele é, se não seu? — Ela colocou um gomo de tangerina na colher que já estava cheia de gelatina.

— Não sei. — Ele é dele mesmo.

— De toda forma, você é muito nova para ficar por aí com namorados sérios.

Gostei de ver como ela se certificava de que cada mordida tivesse um pouco de cada um dos três componentes do prato.

A vovó engoliu e disse:

— Eu fiz o seu avô correr atrás de mim para sempre, como ele dizia. Essa era a graça.

— Então como resolveu deixá-lo conquistar você?

— Porque já era hora. — Ela usou a colher para raspar o interior da tigela, o metal contra a cerâmica fazendo um barulho desconfortável. — Isso é algo que você descobre quando faz.

— Foi assim com a mamãe e o papai?

— Quase. Foi do jeito deles. — Ela deixou a colher descansar na borda da tigela. — Já vai fazer três anos, meu bem.

Assenti, focando na colher e não no rosto dela.

— Quer falar sobre isso?

Fiz que não com a cabeça, mas depois decidi que devia a ela uma resposta digna pela tentativa.

— Hoje não — respondi.

— Nós estamos indo muito bem, né?

Vovó bateu a sua mão macia e velha sobre a minha algumas vezes e então se levantou da mesa, um processo trabalhoso, e levou a tigela com a colher chacoalhando dentro para a cozinha.

— Eu não estou tão bem assim, vó — respondi num tom que não era um murmúrio, mas ela já estava lavando a louça na pia, a água que saía da torneira fazendo barulho ao encostar na cuba de metal, e não havia possibilidade de ela ter me escutado.

No meu quarto, coloquei o filme *Um hotel muito louco*, basicamente para ver de novo o beijo de meio segundo da Jodie Foster com Nastassja Kinski. Era pouco antes das onze e pensei em ligar para Lindsey, já que era uma hora a menos em Seattle, mas não tinha certeza se queria ouvir o sermão que eu sabia que ela me daria, muito menos a lista de conquistas de garotas não héteros que viria a seguir.

Mais cedo naquela semana, eu tinha terminado de forrar esse casal de mãe e pai de madeira com palavras recortadas de reportagens de jornais sobre o acidente dos meus pais e também do obituário deles. Furtei os bonequinhos do corredor de papelaria do Ben Franklin. Coloquei os dois dentro do casaco de corrida na seção de flores artificiais, que ficava no canto da frente da loja e era completamente lotada de parreiras de plástico e strelitzias chamativas, o lugar perfeito para se esconder coisas saqueadas. Porém, por alguma razão, mesmo sabendo que eu poderia roubá-la, decidi pagar pela boneca filha que tinha encontrado. Custou quatro dólares e noventa e cinco centavos. Naquela noite, comecei a trabalhar nela, usando palavras retiradas de um panfleto "Lidando com a morte: respostas a crises da vida" que eu tinha desde as sessões de terapia com Nancy Huntley. Paralisado e paralisante apareciam dezessete vezes naquele livreto de doze páginas, então resolvi fazer uma blusa com Paralisado na frente.

Eu estava fazendo isso há um tempo antes de notar o pedaço de papel dobrado como se fosse um bilhete secreto (todas as pontas juntas formando um quadradinho, perfeito para passar pela palma da mão na sala de aula e nos corredores). Jamie me ensinara a fazer aquela dobradura. O bilhete estava encostado na mesa de piquenique da casa de bonecas, que eu tinha feito guardando alguns dos papéis de bala da vovó em bom estado. A mesa tinha pés cor-de-rosa de wafer de morango e o tampo de wafer de chocolate preto e branco, e estava secando em cima de algumas páginas de jornal na prateleira larga sobre a escrivaninha. Limpei os meus dedos pegajosos na calça e puxei o recado, que ficara grudado um pouco no tampo.

ENTREI AQUI ESCONDIDO ENQUANTO A SUA AVÓ ESTAVA DORMINDO.

DESCULPA. ACHEI QUE FOSSE ESTAR EM CASA. MAS NÃO ESTÁ. EU COMI A MENINA COM QUEM SEI QUE ME VIU NO BHS (ACHO QUE VOCÊ NÃO CONHECE ELA, O NOME É MEGHAN.) NÓS NÃO VAMOS SAIR JUNTOS NEM NADA, MAS FOI ISSO QUE ACONTECEU. EU QUERIA QUE SOUBESSE POR MIM. VOCÊ NÃO DEVERIA ME ODIAR POR ESSA COISA. ISSO SERIA UMA MERDA.

EU NUNCA CONTEI PARA VOCÊ (DE PROPÓSITO) QUE O MEU TIO TIM É GAY OU SEI LÁ. MINHA MÃE FICA REZANDO POR ELE, MAS, QUANDO A GENTE SE ENCONTRA NESSES MALDITOS EVENTOS DE FAMÍLIA, ELE É O MÁXIMO. TIPO, NÃO É MARICAS NEM NADA E TEM UMA HARLEY FODONA.

NÃO VOU CONTAR PARA NINGUÉM SOBRE VOCÊ. CONFIE EM MIM. VOCÊ PODE.

Jamie.

"E NÃO SE PREOCUPE COM NADA, POIS PREOCUPAÇÃO É PERDA DO MEU TEMPO."

GNR - "MR. BROWNSTONE"

CAPÍTULO DEZ

Se você não trabalhasse no rancho dos seus pais nem tivesse afinidade com a prática de grelhar hambúrgueres, os dois melhores empregos de verão disponíveis para um aluno do ensino médio em Miles City em 1992 era ser salva-vidas no lago Scanlan ou sinaleiro rodoviário (função que, em geral, era dada para uma menina) no Departamento de Estradas de Montana. Conseguir um desses dois trabalhos significava que você precisava conhecer alguém importante ou ter um conjunto de habilidades especiais, como nadar muito bem. Porém, ambas as funções também significavam um bom dinheiro, horas e horas de dedicação, e aceitar que tudo isso acontecia ao ar livre. A desvantagem de ser salva-vidas era ter que dar aulas de natação durante as manhãs: crianças com soluços, mães ansiosas usando calças largas, a dificuldade de fazer com que um rebento magricelo de seis anos de idade, trêmulo de frio e com os lábios azulados, consiga boiar na água por alguns segundos. A desvantagem de ser sinaleiro rodoviário era ficar hora após hora de pé em uma estrada de asfalto no calor nebuloso do verão do leste de Montana. Além disso, havia o constante perigo de ser atropelado por alguma família na sua minivan a caminho de Yellowstone. Fiquei com o emprego de salva-vidas; Coley se tornou sinaleira; Jamie era o mais novo funcionário de camisa polo preta e roxa da Taco John's; e Brett, que aparentemente tinha causado uma boa impressão com as suas habilidades esportivas no jogo durante o Bucking Horse, foi selecionado como o representante de Montana para um acampamento nacional de futebol importante para caramba, o que significava que ele passaria parte do mês de junho e o mês de julho inteiro na Califórnia tentando, quem sabe, ganhar uma bolsa para a faculdade.

Eu e Jamie voltamos à nossa amizade pré-baile, mas Coley e eu estávamos estranhas uma com a outra desde o Bucking Horse, como era de se esperar. Sendo assim, me esforcei para ser bem divertida e também para oferecer muitas oportunidades para que Brett e Coley tivessem privacidade. A estranheza, ao menos, ficou abafada pela ansiedade do verão.

— Então você a beijou, ela virou o seu mundo de cabeça para baixo e ficou por isso mesmo — disse Lindsey quando contei pelo telefone a maioria dos detalhes, incluindo a queda por causa das botas entaladas. — Assim serão muitos e muitos beijos no seu futuro, mas, para ela, essa lembrança vai se tornar uma obsessão depois que tiver filhos e ter que pagar hipoteca. Coley vai se perguntar enquanto tenta dormir à noite: *Por que não me atraquei com aquela menina quando tive a chance?*

Lindsey estava me pressionando para ir visitá-la por um tempo durante o verão. Ela não tinha interesse algum na equipe de natação e, com o pai no Alasca, como previsto, nenhum motivo para vir a Montana.

— Eu *deveria* passar três meses com ele, mas o meu pai nem liga se eu ficar aqui. De qualquer jeito, que porra vou fazer no Alasca?

— Conhecer esquimós gostosas — respondi.

— Uau, vejam só a nossa pequena Kate Clinton.

— Não sei quem é essa pessoa — falei, apesar de Lindsey saber disso.

— Uma comediante sapatão. Você vai adorar ela. Alice está sendo bem fascista com a coisa toda. Como se três meses no Alasca com o meu pai fossem melhorar ou piorar o meu desenvolvimento de adolescente problemática para adulta funcional.

— Pode ser que seja legal.

— Ah, é, muito — retrucou ela. — *Talvez* seja. Talvez. Mas só se você vier para cá, encontrarmos algumas drogas legais na fronteira do norte e continuarmos de onde paramos. — Ela fez voz de atendente de telessexo. — Conheço todos os movimentos certos agora, *Cammie*.

— Ruth não vai deixar — contestei.

— Vai, sim. Diga para ela que esta será uma experiência enriquecedora. Fale como se fosse o verão da sua vida. Peça ajuda à sua vó.

184

Eu sabia que Lindsey estava certa, e que não seria tão difícil assim convencer a tia Ruth de que passar um mês e pouco no Alasca seria algo bom para mim. Só que a minha amiga estava fazendo pressão para que eu fosse em julho, porque ela não chegaria lá antes do meio de junho e precisava de algumas semanas para situar as coisas com o pai. E julho seria o mês que Brett estaria fora de Miles City. Apesar da estranheza e de como as coisas estavam entre mim e Coley, devo admitir que eu tinha esperança — muita esperança.

Então falei que tentaria ir para o Alasca, mas na verdade não tentei nem um pouco. Agora fico imaginando como as coisas teriam sido diferentes se não tivesse tomado essa decisão, mas esse tipo de pensamento não leva a lugar algum.

• • •

O treinador Ted enfim se formou e estava trabalhando como preparador físico para algumas universidades no Leste. Eles só conseguiram encontrar alguém para substitui-lo um pouquinho antes do início da temporada de natação, um idiota de Forsyth que normalmente dava aulas de hidroginástica para gestantes. Ele sabia tanto de virada olímpica e estilos de natação quanto a minha vó. Além disso, era difícil tirar folga nos fins de semana como salva-vidas num lago que era muito popular justamente nos fins de semana, e sem Lindsey e Coley por perto, não entrei na equipe de natação. Fiz parte dela durante sete anos. Além da escola, era a maior rotina da minha vida. Mas não naquele verão.

Enquanto Coley vestia uma roupa de malha laranja com tiras de um material prateado que refletia a luz, específica para trabalhos à noite, e ficava plantada na obra infernal de uma estrada de doze quilômetros entre Miles City e Jordan, eu passava a semana com uns vinte colegas salva-vidas aprendendo reboque de peito cruzado, abordagem à vítima submersa, e, a coisa mais difícil de todas, o terrível resgate completo com imobilização da coluna cervical com prancha.

Os salva-vidas que já tinham trabalhado ali, muitos deles caras que estudavam em outras cidades e passavam as férias de verão em casa, faziam as habilidades parecerem fáceis e tranquilas, e os poucos de nós que éramos novatos tentávamos brincar com eles, embora ficássemos nervosos demais para fazer os exercícios direito. Pouco mais de uma semana antes do nosso treinamento, a cidade tinha apenas a água que vinha do rio para encher o pacato lago Scanlan. Isso significava que, em junho, nadar naquela água era como nadar numa lama de neve derretida. Apesar de ter sessenta e poucos anos, a mãe do treinador Ted, Hazel, ainda estava no comando. Ela tinha cabelo pintado de cinza-escuro firmemente enrolado em bobs, como uma jovem rebelde dos anos 1920, e se aparecesse fumando um Capri mentolado numa piteira longa, ninguém teria ficado muito surpreso. Mas ela não fez isso. E ela com certeza não fumava nos postos de salva-vidas ou mesmo na praia, só no estacionamento, à sombra do banheiro e perto do estacionamento de bicicletas, entre o nosso material de emergência, ainda de maiô, usando um sandália vermelha vintage (ela os chamava de chinelos de dedo) para balançar com elegância cada nádega chamativa contra a calçada de areia.

Hazel assistia ao nosso treinamento das docas, com o seu rostinho escondido sob óculos escuros enormes e roxos de celebridade, fazendo anotações num papel que ela mantinha seco, preso numa prancheta de plástico com um enorme adesivo da Cruz Vermelha. Enquanto avaliava os nossos resgates, de novo e de novo e de novo, mastigava eternos pedaços de chiclete de menta Wrigley's e fazia bolas que estouravam tão alto que pareciam até machucar a boca por dentro. Ela nos chamava de "queridos" ou de "meus amores", mas se decepcionava conosco com muita facilidade e deixava isso bem claro, nos mandando competir em corridas de nado livre iniciadas com o barulho agudo do seu apito de resgate da Acme Thunderer — que ela contou que tinha desde a sua primeira experiência como salva-vidas nos anos 1950. Acreditei nela. E queria impressioná-la. Eu me esforçava bastante. Antes e depois do nosso treinamento em grupo, praticava inúmeras vezes as minhas habilidades, tanto dentro quanto fora d'água: de massagem cardíaca a primeiros socorros. Pedi ao grupo de veteranos para assistir ao meu treino e me dar conselhos. Mona Harris — uma veterana do segundo ano com corpo de ginasta e uma boca enorme, tanto literalmente quanto em relação à fofoca — era a que mais se dedicava, berrando as correções das docas, me dizendo diversas vezes para "tentar de novo". E eu tentava. Algo em Mona me intimidava. Ela parecia saber um pouco demais sobre tudo e todos, mas era uma excelente salva-vidas, e eu estava feliz por contar com a ajuda dela. Aparentemente, valeu mesmo a pena, pois Hazel logo me deu três certificados oficiais da Cruz Vermelha recém-plastificados, um maiô vermelho com SALVA-VIDAS escrito no peito em letras brancas e o meu próprio apito de resgate Acme Thunderer. Eu tinha conseguido.

• • •

Quando Brett foi para o acampamento de futebol, Coley e eu tínhamos desenvolvido, mais por acaso que por qualquer outra coisa, o que virou um padrão traiçoeiro crescente. O horário para a natação no lago Scanlan era das duas da tarde às oito da noite de segunda a sexta. Coley saía do trabalho, pegava o carro no departamento de construções de estradas (que ficava fora da cidade) e dava carona para muitos dos colegas de trabalho até a divisa de Miles City durante a última troca de turno do lago. Essa era a melhor hora para ficar no posto de salva-vidas: o sol tinha diminuído e as sombras começavam a se expandir pelo lago; a maioria das mães com crianças pequenas já tinha parado de superlotar a parte rasa e voltado para casa, para dar banho e janta aos filhos; nós ligávamos o rádio velho e deixávamos o som arranhado e metálico a todo volume sair pela portinhola do banheiro. Era ali o lugar que normalmente devolvíamos as cestas de roupas e distribuíamos baldinhos de areia e pranchas.

A saída da cidade fazia com que o pessoal que trabalhava na estrada passasse pelo Scanlan. Todos estavam com a cara vermelha e empoeirada, loucos para dar um mergulho. Àquela hora da noite, com apenas alguns pré-adolescentes (ratos de lago) que passavam o dia inteiro ali pulando dos trampolins e talvez uma ou outra família brincando no raso, ficávamos bem relaxados quanto a cobrar entrada, sobretudo de uma equipe de trabalhadores desidratados do Estado de Montana. Hazel não se importava. A política padrão dela era entrada gratuita para todos os ex-salva-vidas, quase qualquer pessoa que estivesse usando um uniforme e crianças com menos de seis anos. No entanto, ela raramente estava presente no horário em que a gente fechava o lago. Costumava ir para casa durante a tarde e nos deixava para contar os bilhetes molhados e enrugados que as crianças tinham enrolado ou amassado e trazido junto ao guidão das suas bicicletas durante o percurso até o lago.

Com frequência, expulsávamos os ratos, trancávamos as portas dos banheiros e fechávamos o lugar de maneira oficial. Depois disso, alguns de nós nadávamos mais um pouco com o pessoal do departamento da estrada, pulando do trampolim mais alto e fazendo as brigas de galo totalmente--proibidas-durante-o-horário-de-funcionamento. Na verdade, a gente quebrava todas as regras e todos os regulamentos: ficávamos pendurados no trampolim mais baixo, mergulhávamos dos postos de salva-vidas, pulávamos das pedras do lago e, o pior de tudo, nadávamos embaixo das docas.

Eram três: as duas docas longas a cinquenta metros uma da outra, designando a área oficial de natação, e uma doca quadrada menor, bem no meio da área mais profunda. Por razões óbvias, afundar, encontrar o fundo das laterais de madeira e subir no vão embaixo delas era a coisa mais proibida do lado Scanlan. Nós não conseguíamos ver as crianças uma vez que elas entravam ali, o que significava que não saberíamos se estavam se afogando ou fazendo alguma coisa proibida. Era exatamente por isso que as sessões de pegação-sob-a-doca-central eram tão populares entre os pré-adolescentes.

De uma forma discreta, o sexo e o lago Scanlan sempre andaram juntos. Diziam que Mona Harris tinha perdido a virgindade tarde da noite apoiada na escada de metal mais distante do trampolim alto; Bear e Eric Granola diziam ter pego no flagra inúmeros (e, portanto, questionáveis) boquetes no trocador após o horário de funcionamento do lago; e quase todos nós estávamos familiarizados com o atrativo da relativa privacidade do mundo debaixo-da-doca: o movimento delicado das águas, a maneira como o sol entrava por entre as pranchas em fendas uniformes, a distância próxima entre elas, o encaixe apertado com qualquer garoto ou garota em trajes de banho (ou seja, quase pelados) que conseguisse arranjar como companhia. Às vezes, alguém dava um jeito de levar escondido algum tipo de bebida para estas horas depois de o lago fechar, então deixávamos algumas latas de cerveja boiando e as abríamos sob aquela cobertura de madeira aquecida pelo sol.

Naquelas primeiras semanas sem Brett, Coley e eu fomos cuidadosas para nunca ficarmos debaixo de uma doca sem, pelo menos, outra pessoa ali. Apesar de termos voltado a sair juntas, só nós duas, o peso do que aconteceu no rancho e o inescapável mundo sexual sob aquelas docas deixava a nós duas nervosas.

Depois do lago, jogávamos a minha bicicleta na caçamba do carro dela e íamos para o Taco John's descolar uns tacos de chocolate e nachos de graça com Jamie, ou para a minha casa tomar longos banhos separadas (é claro), comer qualquer coisa que Ruth tivesse preparado e assistir a um pouco de TV. Mesmo assim, nós nos esforçássemos bastante para não ficarmos sozinhas no meu quarto ou então deixávamos a porta aberta. Havia um ruído constante entre a gente naqueles primeiros dias de verão, como um rádio ligado na estática, com o volume baixo, e nenhuma de nós falou nada sobre isso. Mas ele estava lá.

Coley estava na minha casa certa noite, meio que vendo comigo e a minha vó uma reprise do seriado *Magnum*. As janelas estavam abertas, e um enorme ventilador preto e velho girava na frente delas, embora não fizesse diferença nenhuma além de balançar as cortinas e soprar ar quente para cima da gente. Sobre a mesa de centro, algumas uvas descongelavam dentro de um pote e um mosquito preto e gordo voava por cima delas.

Durante o comercial, a vovó disse:

— Precisamos ir ao cemitério no sábado. Quero que vá à floricultura e compre uns arranjos bonitos.

Vovó sacou do bolso do casaco duas notas de vinte novas em folha, vindas do caixa eletrônico, e me entregou. É claro que ela tinha planejado esse momento, o anúncio dessa função, o que me despertou uma tristeza repentina.

Eu já pedira esse dia de folga para Hazel no início do verão, mas ele parecia estar mais longe que de fato estava.

— Ruth vai naquela feira grande da Sally-Q no sábado — falei em voz alta e olhando para a vovó, pois a audição dela piorava cada vez mais e, além disso, a TV estava ligada.

— Eu sei — respondeu ela quase sussurrando, pois Tom Selleck estava na tela de novo, correndo nas areias brancas do Havaí. — Seremos só você e eu, garota.

— Não sabia que era nesse fim de semana — disse Coley, colocando a mão sobre a minha. Apesar de aquilo ter feito nós duas nos encolhermos, ela continuou com a mão ali por algum tempo. — Sinto muito.

— Tudo bem — respondi.

— Nunca fui no cemitério de Miles City.

— Seu pai não está... — perguntei, sem querer terminar a frase.

Ela balançou a cabeça.

— Ele foi cremado. Queria que as cinzas fossem jogadas no rancho.

Aquele era um território que Coley e eu jamais tínhamos explorado em detalhes, e agora acho que evitar esse assunto parecia algo estranho para nós, uma vez que ter os pais mortos era uma coisa bem específica que tínhamos em comum.

— Eu nem sei exatamente o que os meus pais queriam — falei. — Mas o cemitério de Miles City foi o que ganharam.

Coley apertou os meus dedos.

— Quer que eu vá com você no sábado?

— Sim — respondi. — Isso seria bem legal da sua parte.

Então ela foi, e éramos três em vez de duas. O dia estava bem parecido com o do funeral, quente e seco, e a vovó até repetiu o mesmo vestido preto e o broche repleto de pedras falsas. Coley usou uma saia floral e uma blusa de linho. Eu vesti um short cáqui e uma blusa branca de botões que

Ruth comprara para mim, com um pequeno jogador de polo bordado no lugar do bolso, se houvesse um. Em homenagem à ocasião, fiz um trabalho porco passando a ferro o short e a blusa, e até coloquei a blusa para dentro do short — mas enrolei as mangas. Estava quente demais.

Os quarenta dólares da vovó compraram dois buquês enormes de tudo menos lírios brancos, flor que recusei, e Ruth organizou a colocação de dois vasos bem bonitos no túmulo dos meus pais, dois belos vasos de cobre com gerânios vermelhos e heras. Coley comentou que as lápides eram muito bonitas e apertou os meus ombros enquanto eu apertava os da vovó. Limpei algumas folhas secas que estavam sobre o granito frio. A vovó sacou um dos seus lenços bordados e o usou. Ela contou essa história de quando certa vez o meu pai foi tentar cozinhar *alguma coisa chique* para a minha mãe, *no início do namoro deles*, mas estragou tudo e causou um pequeno incêndio na cozinha. Daquele lugar no topo da montanha, conseguíamos ver além da estrada e de uma cerca no jardim dos fundos de uma casa, onde uma garotinha descia por um escorrega azul-marinho e mergulhava dentro de uma piscina de lona. Ela subia a escada, descia o escorrega, e fazia tudo outra vez, com a longa trança castanha batendo nas costas enquanto corria pelo deque.

— Estou feliz que tenha vindo — falei a Coley, ainda assistindo à garotinha.

— Também estou — respondeu ela. — Este lugar é muito bonito. Não era o que eu esperava.

Após alguns minutos, a vovó precisou *sair do sol*, então fomos ao Dairy Queen. Coley e eu tomamos sorvete de cereja, enquanto a vovó comia anéis de cebola empanada. Depois, ela bebeu um milk-shake havaiano, mesmo que não devesse, e tivemos que correr para casa logo depois para aplicar insulina nela.

Enquanto ela dormia, Coley se sentou na ponta da minha cama e eu me acomodei na cadeira da escrivaninha. Estávamos assistindo a *Uma noite de aventuras*, que Coley nunca tinha visto, mas acho que nenhuma de nós estava prestando atenção de verdade a Elisabeth Shue, com os seus cachos louros perfeitos, pegando uma carona num caminhão cujo motorista tinha mãos de gancho, cantando num bar de blues de Chicago e brigando com pessoas de rua, tudo isso numa noite só.

Eu tinha pego um monte de pacotinhos cheios de álcool para assepsia do treinamento de massagem cardíaca, pequenos quadrados de papel branco e macio com letras azuis, como travesseirinhos. Estava planejando usá-los para fazer um cantinho acolchoado num dos quartos da casa de bonecas, mas até então eles estavam arrumados em pilhas organizadas na minha frente — pilhas que eu ficava sempre fazendo e desfazendo. Coley se levantou, pegou a foto da minha mãe no lago Quake que estava em cima da TV e a estudou bem de perto, embora já tivesse perguntado antes sobre ela e eu tivesse contado a história.

— Sua mãe parecia com você — concluiu ela.

— Quando ela era pequena — expliquei. — Mas nem tanto se você ver as fotos dela no ensino médio.

— Como ela ficou quando envelheceu?

— Muito linda. No estilo de Miles City.

— Você é linda — disse Coley, como se não tivesse falado nada de mais.

— Não, você é linda, Coley — retruquei. — Esta não é a minha área de atuação.

— E qual é a sua área?

— Design de interiores de casa de boneca — respondi, levantando e passando na frente dela em direção à minha bolsa de natação, jogada no chão desde a noite anterior. Tinha uma caixa de chicletes lá dentro, a embalagem de papel encerado resistindo a uma semana de toalhas molhadas.

Coley levantou e colocou a foto no lugar. Quando tentei voltar para a cadeira, ela estava de pé na minha frente, naquele pequeno espaço entre a cômoda e a cama, impedindo que eu passasse.

— Quer um? — perguntei, oferecendo o chiclete de laranja.

— Não — respondeu ela.

E então nós estávamos nos beijando. Foi exatamente assim que aconteceu. Eu tinha uma bola de açúcar cristalizado de chiclete ainda não mastigado guardada nos molares e a boca da Coley estava sobre a minha, a porta do meu quarto totalmente aberta. Não tínhamos como voltar atrás, então não voltamos. Deitamos na cama, o meu corpo por cima porque foi ela que me puxou. Nós nos mantivemos vestidas e nossa pegação aconteceu com *Uma noite de aventuras* ao fundo. Coley não parecia nervosa ou na dúvida e não paramos com aquilo até ouvir a vovó chamando no vão da escada e perguntando o que queríamos para o jantar.

— Já vamos descer! — berrei, virando a cabeça em direção à porta, mas ainda por cima de Coley.

— Eu ainda sou namorada de Brett — disse ela, como se aquilo tivesse estabelecido alguma coisa.

• • •

Acho que Coley ficou muito boa em convencer a si mesma de que o que estávamos fazendo durante várias noites quentes, abafadas e com o céu aberto de Montana era apenas a ocorrência precoce de uma experiência- -destinada-a-acontecer-na-universidade. Eu tentava não deixar transparecer que sabia que não era só isso, ou ao menos esperava desesperadamente que não fosse.

Nossa nova onda era ir ao cinema. Coley ia me buscar no lago, me levava para casa e eu tomava um banho rápido enquanto ela conversava com a vovó. Então, íamos assistir a qualquer coisa que estivesse passando. O único problema era que o cinema exibia sempre os mesmos dois filmes, um às sete e o outro às nove, durante uma semana inteira. E nunca chegávamos a tempo da sessão das sete. Então, naquele verão, assistimos a *Uma equipe muito especial*; *Buffy, a caça-vampiros*; *Batman: O retorno* e *A morte lhe cai bem* umas três ou quatro vezes. Na tela, vimos Michelle Pfeiffer como Mulher-Gato, Bruce Willis como um cirurgião plástico idiota e não um herói de filme de ação, Madonna num uniforme de beisebol vintage cor de pêssego e um sotaque do Brooklyn falso como em todos os seus filmes. Embora fosse um cinema construído para centenas de pessoas, nas sessões de terça e quarta-feira à noite, às vezes, éramos só Coley, eu e menos de dez pessoas no total. E era dessa forma que a gente gostava.

— Vocês vão ao cinema de novo? — perguntou Ruth em mais de uma ocasião em que estava em casa enquanto eu trocava de roupa. — Para ver o mesmo filme? Deve ser muito bom.

Porém, Ruth estava com Ray ou sempre ocupada com a Sally-Q e a PDG. A essa altura, nós havíamos aprendido muito bem a não ficar no caminho uma da outra, em especial porque Ruth amava Coley e achava que ela era *boa para mim.*

O velhinho que já era o bilheteiro do cinema havia muito tempo era um senhor magérrimo que sempre vestia calça, casaco e gravata marrom. A única coisa branca era a sua camisa social. O cabelo dele era ruivo, ralo e bagunçado. Ele nos chamava de *dupla terrível,* e vez ou outra nos colocava para dentro sem precisarmos pagar, mas sempre que tínhamos certeza de que seria uma daquelas noites, não acontecia. Quando era o caso, porém, gastávamos todo o dinheiro em pipoca e refrigerante, e às vezes até em chocolate.

O ar condicionado na sala era ártico; de vez em quando, trazíamos o cobertor da vovó conosco. Sentávamos na última fileira, encostada na parede, com a cabine de projeção sobre as nossas cabeças, bem nos assentos do meio. Quando estes lugares estavam ocupados, sentávamos numas cabines antigas muito legais que ficavam dos dois lados dos corredores, embora, às vezes, encontrássemos um homem assustador sozinho numa delas. Meu pai me contou que o cinema não tinha mudado muito desde que ele era criança, e com certeza não mudou nada desde a minha primeira lembrança nele: um carpete vinho, grandes arandelas laranjas e cor-de-rosa que eu sabia serem *art déco* porque a minha mãe gostava de falar delas, e, atrás da *bombonière,* descendo alguns degraus, um *lounge* com sofás de veludo manchados e entradas para os banheiros maravilhosos com azulejos verdes e rosados, um de cada lado. As portas dos banheiros diziam SENHORES e DAMAS em letras douradas.

Após algumas semanas, todo aquele lugar, desde o cheiro forte de pipoca à escuridão gélida e o silêncio da sala, parecia um tipo de caverna quase exclusiva que descobríramos e à qual estávamos apegadas. Ficávamos de mãos dadas. Entrelaçávamos as pernas. Quando era possível, nos agarrávamos. Mesmo no escuro e na última fileira, era um risco enorme, e enquanto essa era apenas parte da emoção para mim, devia ser a emoção inteira para Coley, mas não sei dizer com certeza.

O filme em si consistia basicamente em duas horas de manobras cuidadosas de preliminares, e então saíamos de lá ansiosas, cochichando e querendo nos agarrar ali mesmo no saguão, na calçada enquanto andávamos até o carro de Coley, e até dentro do veículo, parado no estacionamento de uma das ruas mais vazias; mas não podíamos fazer muito mais que dar as mãos sem causar um escândalo. Dessa forma, caminhávamos a uns passos de distância, sem sequer deixar os braços se encostarem, o que piorava tudo. Talvez não fosse adequado chamar o que fazíamos de preliminares porque não levava a nada além.

Depois que saíamos do cinema, às vezes, pegávamos algumas ruas principais, conversávamos com um pessoal na estação Conoco, e então Coley me levava para casa e era isso. Não era como se pudéssemos ir a um lugar típico de pegação, como o Spotted Eagle, ou a parte atrás do parque de diversões, ou o drive-in abandonado havia tempos, ou Carbon Hill: não podíamos parar e estacionar o carro ao lado dos nossos colegas de escola praticamente nus em nenhum desses lugares. E depois daquela primeira tarde no meu quarto, era como se tivéssemos declarado as nossas respectivas casas ilegais sem ter que dizer isso de fato.

O pior de tudo é que não conversávamos sobre o que estávamos fazendo, não em detalhes. A gente simplesmente ia para o cinema e fazia o que conseguia fazer quando era possível, e depois eu dava o meu melhor para deixar aquilo para trás, lá no cinema, para ir embora junto com os créditos, até que fizéssemos tudo de novo na noite seguinte. Porém, enquanto passava os meus dias confusa e ansiando por essas noites, uma rápida sucessão de coisas importantes aconteceu, coisas que talvez parecessem pequenas a princípio, mas que depois se tornaram enormes.

• • •

Coisa importante número um: Ruth e Ray foram para Mineápolis para um fim de semana religioso e também para ver uma prévia exclusiva do Mall of America, que seria inaugurado em breve — prévia essa que Ruth, de alguma forma, tinha ganhado com as vendas que fez da Sally-Q. Os dois voltaram vestindo blusas azuis iguais que diziam EU SOBREVIVI AO SHOPPING QUE VAI ACABAR COM OS OUTROS SHOPPINGS e também noivos. Ray tinha me perguntado antes sobre a intenção dele de fazer a proposta, não para obter a minha bênção, mas algo assim. Falei a ele a verdade: que achava uma ótima ideia. Eu gostava de Ray. E mais importante, gostava de Ruth com Ray. Ele deu a ela um anel de ouro monstruoso cravado de brilhantes, que deve ter custado centenas de caixas de patas de caranguejo congeladas da Schwan's. Durante muitos dos dias seguintes, Ruth colocou a música "Going to the Chapel" no rádio lá de baixo enquanto separava a tralha dela da Sally-Q. Eles não viam motivo para esperar, e Ruth adorou a ideia de se casar em Montana em setembro, então conferiram o calendário da igreja e marcaram para sábado, dia 26 de setembro de 1992.

As pessoas disseram que eles estavam *com uma pressa terrível*. Ao menos um fazendeiro falou essas exatas palavras durante o café da eucaristia, após o pastor Crawford anunciar o noivado durante os avisos da manhã de domingo.

— Como vai preparar tudo a tempo? — perguntou uma mulher a Ruth. Outras assentiram e fizeram expressões de descrença com olhos esbugalhados.

— Venho planejando o meu casamento na minha cabeça por anos — respondeu Ruth. — Isso vai ser moleza. Molezinha.

A vovó disse, só para mim, mais tarde:

— Eu vou falar uma coisa: vai ser uma baita cerimônia. Já posso até ver.

• • •

Coisa importante número dois: Mona Harris me pegou desprevenida. Ela e eu ficamos com a tarefa de colocar sulfato de cobre na água do lago no sábado à noite, depois de fechar. Para distribuir o sulfato de cobre, era preciso pegar um bote de metal velho, arrastá-lo até a praia e carregá-lo por entre as plantas. Então, uma das pessoas entrava no barco e o segurava contra a doca, enquanto a outra o enchia com sacos de treze quilos do componente químico, para depois pegar os remos e entrar no bote. Então, uma pessoa remava e a outra jogava o sulfato de cobre, que era de um azul brilhante cristalino e parecia tanto aquelas pedrinhas de praia transparentes quanto as pedras imensas de aquários. O componente só era ativado em contato com a água. No entanto, algumas partes do nosso corpo sempre estavam molhadas por causa do bote cheio de buracos; além disso, a substância no fundo dos sacos já estava bem triturada e, como o pote que usávamos para pegá-lo e jogá-lo na água era inadequado, um pouco do sulfato de cobre sempre acabava caindo nas nossas pernas e nos nossos braços, deixando a gente com um monte de queimaduras químicas vermelhas.

Acabamos inventando um verbo para isso: sulfatar o cobre, algo que precisávamos fazer nas noites de sábado, pois o lago só abria no domingo ao meio-dia. Era tempo suficiente para o componente químico matar algumas ervas daninhas, um monte de bichinhos que causava coceira e um número incontável de criaturas aquáticas, bichos da lama e peixinhos. Encontrávamos todos eles boiando na superfície no dia seguinte; a essa altura, contudo, em teoria o efeito tóxico já teria passado e os nadadores humanos poderiam entrar na água sem problemas.

Eu remava, Mona jogava o componente, e ficávamos basicamente em silêncio. O sulfato respingava na água como uma chuva forte e formava uma tempestade de bolhas ferozes na superfície antes de afundar devagar e se dissolver por inteiro até o fundo.

Terminamos um saco e estávamos começando o segundo quando ela perguntou:

— Você já pensou sobre faculdade? Tipo, para onde quer ir?

— Ainda não — respondi, o que era tanto verdade quanto mentira. Eu alimentava sonhos em seguir Coley para onde quer que ela fosse.

— Bozeman é uma cidade bem legal — comentou ela. — Conheci uma galera tranquila lá.

— Vou me lembrar disso — falei.

— O mundo é imenso fora de Miles City.

Achei que aquilo soou um pouco como Irene e suas ideias sobre o grande mundo lá fora.

Mona continuou falando, jogando um montinho de sulfato e tentando soar um pouco indiferente:

— Você já deve ter ouvido falar que namorei uma menina durante um tempo esse ano. Não que seja uma questão nem nada. Não estou anunciando isso ou algo assim.

Fiquei feliz de estar usando os meus óculos escuros e rezei para que ela não conseguisse ler nada na minha expressão.

— Não tinha ouvido falar, não — respondi. — Por que teria ouvido?

— Não precisa surtar. Achei que Eric ou outra pessoa já tivesse dado um jeito de compartilhar essa fofoca com todo mundo. Só estava tentando dar um exemplo do tipo de coisa que pode acontecer quando você sai de Miles City.

Acabei atolando o barco num banco de mato grosso e precisei afundar o remo na lama para tirá-lo de lá. Fingi que isso estava usando toda a minha concentração para evitar aquela conversa.

Quando voltamos a nos mover devagar pela água, Mona falou:

— Não precisa ficar estranha. Eu não estava tentando agitar as coisas.

— E não agitou — retruquei. — Está tranquilo.

— Só tenho alguns anos a mais de experiência que você.

— Bem, os meus pais morreram — afirmei. — E tragédias fazem com que você amadureça mais rápido. Portanto, tecnicamente, sou a mais velha aqui.

— Você é engraçada — disse, mas sem rir ou sequer sorrir, na verdade.

Estávamos contornando algo que eu não estava pronta para abordar num barco com uma garota cujas motivações eu não entendia. Então, perguntei a Mona sobre o diploma dela e Mona me fez rir contando tudo sobre engenharia de biofilme, deixando o outro tópico se esvair sobre a superfície do lago, junto com o sulfato de cobre.

● ● ●

Coisa importante número três: a Portões da Glória recebeu Rick Roneous para comandar um sermão de domingo e também como orador convidado para uma reunião do Poder de Fogo. O Poder de Fogo não se reunia com regularidade no verão, exceto durante um acampamento de fim de semana que acontecia em agosto, um grande retiro para um ano letivo de espiritualidade. Portanto, essa nova reunião foi considerada algo muito especial.

O *reverendo Rick* era um cristão famoso em Montana pelas suas boas ações: ele escreveu alguns livros sobre a prática do cristianismo num "mundo em mutação", e havia retornado recentemente ao estado *que tanto amava* para inaugurar uma escola de tempo integral e um centro de saúde e bem-estar para adolescentes portadores de *defeitos sexuais*. Além disso, tinha olhos azuis como Elvis e cabelo castanho na altura dos ombros (como tantas imagens de Jesus e Eddie Vedder). E, como Rick era meio jovem, com seus trinta e poucos anos, e sabia tocar violão, pregava muito bem aquela mensagem de que "ser cristão é legal".

Durante o sermão, em que usou uma bela camisa branca toda abotoada e uma gravata azul-prateada, leu trechos dos próprios livros e falou de uma forma geral sobre a importância da fé cristã iniciada e continuada em família. Contudo, na reunião do Poder de Fogo, recebemos um Rick de calça jeans e camiseta, com o violão a tiracolo, e muitas meninas expressaram uma enorme atração em sussurros muito mal sussurrados.

Coley e eu sentamos lado a lado, com as pernas cruzadas, no tapete cinza da sala de reunião. Fomos cuidadosas para não deixar os nossos joelhos se encostarem ou os ombros resvalarem, com o objetivo de não querer praticar as mesmas atividades das noites de cinema.

Rick nos ensinou algumas versões acústicas de músicas populares de rock cristão, como da banda Jars of Clay, por exemplo, e todo mundo, inclusive eu, ficou bem impressionado com o repertório moderno dele. O pastor colocou os cachos para trás da orelha e sorriu para os elogios daquela forma meio tímida dos artistas e poetas, o que fez com que Marry Tressler, a rouca, e Lydia Dixon, que tinha voz de passarinho, sorrissem e piscassem uma para a outra.

— Vamos fazer isso de vez em quando, vocês topam? — perguntou o reverendo Rick tirando a correia do violão e colocando o brilhante instrumento musical do seu lado. Depois, virou-se para nós e colocou de novo o cabelo atrás da orelha, apesar de não ter necessidade de fazer isso. — Então, me perguntem alguma coisa. O que se passa na cabeça dos adolescentes de Miles City, Montana?

Ninguém falou nada. Lydia Dixon sorriu mais uma vez.

— Duvido que vocês sejam sempre assim, tão calados — provocou o reverendo, fazendo um trabalho quase convincente de parecer alheio ao seu status de celebridade.

— Você podia nos contar o que está fazendo na sua escola em Montana ou algo assim — comentou Clay Harbough, o garoto que cheirava a licor, olhando para baixo, sem dúvida tão ansioso quanto eu para que aquela reunião acabasse logo, embora, no caso dele, a motivação provavelmente era voltar para qualquer coisa que estivesse fazendo no seu computador naquele mês; e, no meu caso, evitar justamente o tópico que ele acabara de sugerir.

— Com certeza — respondeu Rick, sorrindo aquele sorriso tímido. — Este é um verão importante para o Programa da Promessa; vamos comemorar o nosso aniversário de três anos aqui em algumas semanas.

— Meus pais acabaram de enviar uma doação para vocês — disse Mary Tressler, se achando, quase piscando o olho para o pobre homem.

— Bem, nós certamente apreciamos toda e qualquer ajuda — disse ele, sorrindo de volta, mas sem ser bajulador como um pastor da televisão, e sim com um sorriso genuíno.

— Mas é para a cura gay e esse tipo de coisa, né? — perguntou Clay, falando mais durante esta reunião do que me lembro de tê-lo ouvido falar a vida inteira.

Coley precisava saber que era nisso que estávamos entrando — eu sabia, era o que aquele cara fazia, pelo que era conhecido —, mas podia senti-la, ao meu lado, ficando um pouco tensa só de ouvir as palavras: *cura gay*. Talvez eu tenha ficado tensa também, mas tentei parecer tranquila, como Rick estava. Fiz questão de manter contato visual com ele.

— Não usamos muito a palavra *cura* — respondeu o reverendo, sem parecer que estava corrigindo Clay, o que era de fato um dom para o diálogo. — Nós ajudamos jovens a virem para Cristo ou, em alguns casos, a voltarem para Cristo, e desenvolverem o tipo de relação com Ele que vocês estão tendo. E, quando somos bem-sucedidos, é *essa* relação que ajuda as pessoas a escaparem de certas tentações indesejadas.

— Mas e se a pessoa quiser ser desse jeito? — perguntou Andrea Hurlitz. Depois, ela contou uma história sobre um documentário que tinha assistido na igreja que frequentava antes, no Tennessee, que dizia que a única cura verdadeira para a homossexualidade era a Aids, que, segundo ela, era a maneira de Deus de curá-la.

O reverendo Rick ouviu a história de Andrea, e assentiu em momentos que era possível ver que ela achava estar falando algo importante. No entanto, quando a menina terminou, ele disse, respirando fundo e colocando o cabelo atrás da orelha de novo:

— Eu também já assisti a esse filme, Andrea, e conheço pessoas que acreditam nisso, mas a minha relação com Cristo me ensinou a ter compaixão pelo próximo, não importa com quais pecados ele esteja lutando. — Rick fez uma pausa, cabelo para trás da orelha. — Sei um pouco como isso funciona dentro da gente. Fui um adolescente que lutava contra desejos homossexuais, e me sinto agradecido, de verdade, me sinto abençoado por ter tido amigos e líderes espirituais que me ajudaram, e que ainda me ajudam. Marcos 9:23: "Tudo é possível ao que crê".

Ninguém sabia para onde olhar depois disso. Eu encontrava os olhos de alguém na roda e logo nós dois desviávamos o olhar para outra pessoa. Não sabia desse pedaço do quebra-cabeça, a história de Rick, e, julgando pelo rosto da maioria dos meus colegas do Poder de Fogo, nem eles. Exceto Clay Harbough, que parecia estar tentando, sem sucesso, esconder um sorrisinho, com a sua missão de revelação aparentemente cumprida.

— Vocês têm outras perguntas a esse respeito? — perguntou Rick. — Isso não é mais um segredo vergonhoso para mim. Podem apostar que um dia já foi, mas encontrei redenção e um novo propósito em Cristo. Então, podem ir em frente, vamos falar sobre qualquer coisa que quiserem.

Eu tinha muitas perguntas, e não me atrevi a olhar para Coley, mas sabia que ela tinha dúvidas também. Porém, não havia a menor possibilidade de eu levantar a mão, e ninguém fez isso até Lydia perguntar:

— Então hoje em dia você tem namorada?

Todo mundo riu, inclusive Rick, e após ele responder que *não no momento, mas não por falta de tentativa* e todos rirmos ainda mais, alguém perguntou algo sobre os diferentes tipos de defeitos sexuais. Isso levou a uma discussão sobre a promiscuidade nos adolescentes e depois sobre as *alarmantes* taxas de gravidez na adolescência pelo país; por fim, como era previsível, falamos sobre o aborto, e então parecíamos ter finalizado o assunto.

Após a reunião, Coley e eu nos juntamos com alguns membros do grupo ao redor da mesa de lanche. Rick colocou uma pilha de panfletos sobre o seu Programa da Promessa de Deus para os Discípulos de Cristo na ponta da mesa, perto de um prato de brownies de manteiga de amendoim. Coley pegou um dos panfletos e fingiu examiná-lo de maneira casual, e então colocou-o discretamente na bolsa. Eu queria pegar um também, apesar de não saber dizer por quê. Acho que era só para ver o que dizia, ver se tinha fotos de jovens que estavam naquele lugar e outras informações sobre o que acontecia de fato, mas não havia a mínima chance de eu pegar um panfleto na frente de todo mundo. Não como Coley fez. Ela não precisa esconder nada, porque ninguém jamais suspeitaria que ela poderia pegar o panfleto porque precisava ir para aquele lugar ou ao menos achar que talvez precisasse. Não Coley Taylor do casal *Brett & Coley*. De jeito nenhum.

• • •

Coisa importante número quatro — a Coisa Realmente Importante: alguns dias após a visita do reverendo Rick, Coley se mudou para um apartamento em Miles City. Um apartamento só dela. Talvez isso soe como algo típico para quem mora numa cidade grande, algo glamoroso ou coisa assim, mas não era nem um pouco incomum para os filhos de famílias que viviam em fazendas a centenas de quilômetros de distância da Custer High. Dava para contar com facilidade mais de vinte alunos com esse perfil — quatro deles dividiam um casebre não muito longe da escola, ou alguém alugava o andar de cima da casa de uma senhora mais velha, ou, como Coley, um apartamento de um quarto no residencial Thompson, um prédio de seis andares, sem escada, no centro da cidade, a algumas quadras da Main Street.

Coley já tinha mencionado essa possibilidade para mim, mas quando Ty atropelou um cervo certa noite, no caminho de volta para o rancho, e alguns dias depois, dirigiu para fora da estrada e entrou num canal de irrigação (isso teve mais a ver com o álcool que ele consumiu que com as estradas esburacadas e cheias de curvas das fazendas), a sra. Taylor decidiu que um apartamento na cidade seria bom para todo mundo. Coley ficaria lá de domingo a quinta-feira durante o ano escolar; Ty poderia usar o apartamento quando bebesse demais, e a sra. Taylor iria lá para dormir algumas horas após os seus plantões de doze horas, quando ficava cansada demais para fazer a viagem até o rancho. Mas, basicamente, aquele era o canto de Coley.

Ela me contou sobre o apartamento quando me pegou no Scanlan. Eu ainda estava sentada na cadeira da esquerda, o lago cheio de sombras dos choupos e uma família de fora da cidade brincando de marco polo, gritando bem alto, logo além da corda.

Por mais surpreendente que fosse, estávamos nos encontrando com frequência depois da reunião do Poder de Fogo, desde que Coley pegou o panfleto. Como era típico da gente, nem mencionamos o assunto, e, desde então, íamos ao cinema sem nenhuma mudança notável na nossa rotina. Só que Brett voltaria em uma semana e a escola começaria quinze dias depois. Então, mesmo que não estivéssemos falando sobre isso, nossa rotina teria que mudar.

Ainda assim, naquela tarde, Coley, com a roupa de trabalho toda suja e brita e poeira no cabelo, se colocou ao lado do meu posto de salva-vidas, apoiou um dos braços na madeira quente com tinta descascando e me disse, em tom de voz animado, o quão legal seria esse apartamento, embora, segundo ela, o lugar tivesse um cheiro constante de *água sanitária e chulé*, e o quanto ela queria que eu a ajudasse na decoração, e que a mãe dela já tinha ido no Kmart e comprado uma chaleira de metal vermelha e um tapete de banheiro amarelo e macio e um monte de velas de baunilha e de canela, e que o banheiro tinha uma banheira com pé e azulejos pretos e brancos, e que nós poderíamos começar a fazer a mudança no dia seguinte.

CAPÍTULO ONZE

Certa vez, Lindsey tentou me explicar essa *conexão primordial* que todas as lésbicas têm com narrativas de vampiros; algo a ver com a história gótica *Carmilla* e a *impotência sexual e psicológica dos homens quando se deparam com o poder sombrio da sedução lésbica*. Dito isso, ouvi tudo sobre "a cena" no filme *Fome de viver* antes mesmo de assisti-lo. Um dia, finalmente aluguei a fita. Na tal "cena", Catherine Deneuve, que interpreta Miriam, uma vampira egípcia que não envelhece, e Susan Sarandon como Sarah, a médica especialista em envelhecimento, se jogam na cama enorme com lençóis de seda e se pegam. Elas também fazem aquela coisa troca-de-sangue-da-irmandade-vampírica, mas as cortinas brancas voando ao redor bloqueiam as imagens de seus corpos entrelaçados nos momentos mais inoportunos, me obrigando a rebobinar diversas vezes. É *de fato* uma cena bastante erótica e todas as outras coisas que Lindsey falou, mas é o que vem antes dela que ganha o meu voto de momento mais quente de todos.

É quando Susan/Sarah, ruborizada por ouvir Catherine/Miriam tocar piano — e provavelmente também por sua voz baixa e hipnotizante, além de um sotaque às vezes difícil de entender —, derruba três gotas do seu coquetel na blusa branca e quase apertada demais que usa. Então, há um corte para sua tentativa de tirar a mancha com uma toalha molhada, criando um tipo de situação de blusa molhada da fraternidade-cinematográfica. Nessa hora, tudo que Catherine Deneuve precisa fazer é caminhar atrás dela e delicadamente arrastar a ponta dos dedos pelo ombro de Susan, causando esse momento intenso de contato visual e a hora H: Susan Sarandon arranca a blusa fora uns cinco segundos depois disso.

E apesar de ser só um filme artístico de vampiro com David Bowie e duas atrizes que, até onde sei, não são lésbicas na vida real, esse único instante, o toque no ombro, a forma como os olhares se encontram, pareceu completamente real para mim e muito mais poderoso, ou erótico, ou qualquer outra coisa, que o sexo em si. Talvez seja porque, durante a primeira vez que assisti a *Fome de viver*, eu já tivesse *vivido* um momento como aquele, mas não o "sexo em si".

Aluguei a fita em algum momento nos primeiros meses após conhecer Lindsey, mas ela já tinha me passado tanto dever de casa sobre a construção da sabedoria cultural lésbica que acabei me esquecendo de avisar que já tinha assistido a esse filme. Pensei nisso quando recebi o VHS enviado por ela na caixa original e com um adesivo cor-de-rosa escrito USADO colado sem nenhuma consideração em cima do rosto de Catherine/Miriam, num embrulho cuidadoso vindo de Anchorage, no Alasca. Um embrulho cuidadoso que eu nem mesmo merecia, já que só tinha escrito para ela uma única vez desde o início do verão, e menos ainda se considerarmos que eu estragara os planos dela quanto ao nosso encontro no Alasca apenas para cortejar Coley Taylor.

O embrulho estava esperando por mim na mesa de jantar quando cheguei em casa do trabalho correndo para tomar banho e trocar de roupa. Pela primeira vez em muito tempo, Coley não estava comigo. Foi assim que tínhamos planejado. Coley estava no novo apartamento dela, que, nos últimos dias, esteve lotado de familiares e conhecidos: Ty e seus amigos fazendeiros arrastando móveis e fixando prateleiras; os amigos da sra. Taylor, enfermeiras e frequentadores da PDG, levando louças, potes e panelas antigos; pessoas aparecendo com refrigerante, refeições congeladas e plantas. Agora tudo estava arrumado, e nós tínhamos nos programado para a nossa primeira noite de sessão de filme privê-exclusiva-para-duas sem ir ao cinema. Eu precisava passar na locadora e alugar um filme, qualquer filme, para servir de desculpa para o nosso encontro — um momento para ficarmos sozinhas, com uma porta que podia ser trancada, com fechadura e corrente, e uma cama *queen* novinha no quarto.

No entanto, no meio desses planos, chegou o embrulho de Lindsey. Eu o abri enquanto subia as escadas para o quarto, pulando de dois em dois degraus, tentando abrir a caixa e, ao mesmo tempo, tirar algumas peças de roupa enquanto andava, a fim de não desperdiçar o tempo que poderia passar com Coley. Consegui rasgar um pedaço do papel na borda da caixa, que aumentei puxando o embrulho da fita VHS. Fui espalhando jornal amassado por onde passava. Não parei para catá-lo. Dentro, junto com a fita VHS de *Fome de viver*, tinha duas outras fitas gravadas, um pacote de castanhas e passas cobertas de chocolate chamado Real Alaskan Moose Droppings, com um desenho de um globo de neve e um urso-pardo pescando dentro, e um cartão-postal com duas mulheres peitudas e bronzeadas, com enormes sorrisos, posando em biquínis neon em um banco de neve imenso e parecendo bem gelado, com pinheiros e cedros ao redor e a seguinte legenda em roxo florescente: *O melhor da vida selvagem do Alasca*.

No verso do cartão-postal, Lindsey escreveu:

Fiquei feliz por ela ter colocado o cartão dentro do pacote. E apesar de, a princípio, ter lido as sugestões de sedução dela como brincadeiras, *Fome de viver* era, de fato, um filme que eu sabia que Coley não tinha visto, que estava bem em cima da minha cama e que poderia levar comigo, economizando os minutos que seriam desperdiçados na locadora. Refleti sobre isso durante o banho, onde usei a extensa linha de esfoliantes para o corpo, xampus e condicionadores de Ruth — todos eles em vários tons de bege e verde, perfumando o banheiro com seus *extratos naturais de plantas* e *vitaminas e minerais fortificantes*. Em algum momento entre raspar as pernas e me secar, decidi aceitar a sugestão de Lindsey. Eu levaria o *Fome de viver*, apresentaria o filme como uma história doida de vampiros, colocaria no aparelho de vídeo e deixaria que as coisas rolassem a partir daí.

As escadas de madeira escura e os longos corredores do prédio de Coley tinham um ar quente e pesado, com cheiro de diversas comidas que vinham dos apartamentos: definitivamente peixe frito do 3-B e talvez McDonald's ou Hardee's do 5-D. O prédio todo zumbia por causa dos aparelhos de ar-condicionado. Na calçada do lado de fora, alguns pingos caíram sobre mim, gotas gordas de chuva de máquina, e, na parte de dentro daqueles corredores, o zunido constante deles junto com o barulho abafado de TVs e aparelhos de som faziam com o que o Residencial Thompson soasse vivo e também como um ótimo local para se esconder, para não ser visto.

Do lado de fora da porta de Coley, que era de madeira brilhosa avermelhada com 6-A pintado em preto, parei por um instante antes de bater. Eu estava segurando a fita, o saquinho de chocolate e uma caixa de ferramentas cor-de-rosa *Garota-Pronta — Somente para Necessidades*, um presente/cortesia de *open house* que Ruth de vez em quando fazia em nome da Sally-Q. Dava para ouvir o rádio tocando dentro do apartamento, na estação de música country, Trisha Yearwood cantando sobre estar "apaixonada por um menino". Eu suava, e não só porque estava quente ali. Respirei fundo algumas vezes, o que não me acalmou muito. Imaginei, talvez pela primeira vez na vida, se deveria ter me vestido melhor, algo diferente da regata e do short de sempre. Olhei para os meus dedos dos pés bronzeados, sempre a parte mais bronzeada do meu corpo, tão escuros que pareciam estar sujos mesmo depois de eu sair do banho. Olhei de novo para a porta e me perguntei se Coley estava assistindo a tudo isso pelo olho mágico que a sra. Taylor havia pedido permissão ao proprietário para que Ty pudesse instalar. Bati na porta.

Coley não atendeu na mesma hora, então ela não estava me observando pelo olho mágico, ou talvez só quisesse que eu pensasse isso. Ouvi o barulho metálico da tranca e o escorregar da corrente inútil (de acordo com Ty), e então nós estávamos cara a cara, as duas de regata e short (o dela bem mais curto que o meu, ou talvez fosse simplesmente por causa daquelas pernas enormes), ambas de cabelo molhado do banho e sorrisos tímidos e esquisitos.

— Está quente como magma aqui dentro — disse ela, dando um passo para trás para que eu pudesse entrar.

— Qualquer desculpa para usar a palavra *magma* — falei enquanto ela trancava a porta.

As sombras se espalhavam pelas paredes e um único abajur fazia o trabalho tosco de iluminar um canto da sala. O lugar estava tomado pela voz de Trisha Yearwood e também pelo ruído alto do único ar-condicionado do apartamento, que a sra. Taylor havia encontrado numa venda de garagem e que Ty consertara. Ficava no quarto, e Coley tinha razão: não estava ajudando muito a refrescar o ambiente.

— O lado bom é que o cheiro já está bem melhor — falei, deixando os meus chinelos na porta ao ver que Coley estava descalça. Eu tinha bolado esse plano de tentar seguir os passos dela durante a noite toda, mesmo nos menores detalhes.

— Você acha?

Ela passou por mim e entrou na minúscula cozinha com piso de linóleo verde-azeitona e armários pintados da mesma cor.

— Com certeza. Muito, mas muito melhor que na minha primeira visita.

Coley abriu a porta da geladeira e falou comigo com a cabeça lá dentro:

— Então, fiz aquela salada de lámen com repolho da minha mãe que você disse que gostou, além de uma salada de frutas e uma salada de frango.

— Você ficou toda dona de casa — falei, saindo do caminho para que ela pudesse colocar a pilha de potes em cima da bancada.

Ela tirou as tampas e mexeu cada uma das saladas com a sua respectiva colher de pau para servir.

— Sou chique demais para isso. Estou mais para uma Martha Stewart.

Mudei a voz para fazer a minha melhor apresentação da apresentadora:

— Bem, certamente Martha aprovaria a sua fantástica caixa de ferramentas de plástico cor-de-rosa completa, com um martelo feminino, alicates, uma fita métrica, uma chave de fenda *e* uma chave Phillips.

Segurei a caixa da maneira como imaginei que Vanna White faria, mostrando o objeto com toda pompa e circunstância.

— Deus abençoe Ruth — disse Coley, abrindo o kit enquanto eu o segurava. Ela tirou o martelo de lá e praticou algumas marteladas imaginárias. — Uau! Útil *e* confortável. Nunca mais vou ter que usar um martelo para homens!

Nós duas rimos, ali nas sombras desenhadas na penumbra da cozinha, juntas num espaço apertado e totalmente sozinhas. De alguma forma, a facilidade da risada nos lembrou do nosso nervosismo. Isso aconteceu com as duas ao mesmo tempo. Do rádio, ouviam-se as notícias de agricultura, o locutor com uma voz melosa. Coley colocou o martelo de volta, e eu pus a caixa em cima da bancada. Ela pegou pratos de um armário em cima da pia, de uma prateleira recentemente forrada com *contact* com estampa de pequenas peras amarelas perfeitas, cada uma com uma folha verde também perfeita. Nós tínhamos forrado as gavetas e os armários no dia anterior.

Coley arrumou os pratos e pegou talheres. Mexíamos os nossos corpos com todo o cuidado possível, com cautela suficiente para não esbarrarmos uma na outra ou sequer ficarmos próximas demais, o que significou fazer manobras bastante precisas naquele espaço pequeno.

Ela apontou com a cabeça em direção ao pacote de chocolate e à fita.

— O que você alugou para a gente?

— Não aluguei — respondi, abrindo a geladeira para que ela pudesse recolocar os potes.

— O que trouxe, então?

— Foi Lindsey que me mandou. É um filme de vampiros com Susan Sarandon. É legal. Um pouco esquisito.

Coley emergiu de trás da porta com uma jarra de plástico cheia de um líquido laranja-amarelado.

— Você já viu?

— Eu já vi tudo.

— Podemos beber em homenagem a isso.

Ela fez um gesto para eu que eu saísse da frente, abriu o armário embaixo da pia, colocou o frasco de Pinho Sol de lado e pegou uma garrafa de rum.

— Foi Ty que deixou aqui — disse ela. — E foi bem específico quando me mandou não beber.

— Então é claro que vamos beber o rum misturado ao que quer que tenha dentro dessa jarra — concluí.

— Suco de laranja com abacaxi.

— Que tropical.

Coley piscou o olho para mim.

— Isso mesmo. Podemos começar com rum com suco e depois seguirmos para rum com rum.

Fizemos essa parte como se fosse um balé, com cuidado e precisão, quase sem conversar e com a presença daquilo que havíamos planejado para a noite, apesar de ainda não ter sido verbalizado de forma oficial, pairando tão densa e pesada quanto o calor do ambiente. Carregamos os pratos para a sala, colocamos na mesa de centro, voltamos e misturamos as bebidas. Deixamos bem forte e adicionamos o gelo das bandejinhas roxas de plástico que a mãe de Coley comprara recentemente. Demos goles grandes na cozinha. Brindamos. Bebemos de novo e então voltamos a encher os copos até a boca com mais rum. Coley carregou as bebidas, eu, o filme e o chocolate. Desliguei o rádio no caminho. Coloquei a fita no aparelho, peguei o controle remoto em cima da TV, levei para o sofá comigo e apertei *play*. Sentamos, com os pratos no colo, o mais longe possível uma da outra, cada uma num extremo do sofá marrom, com mais espaço entre nós que jamais tivemos no cinema. Eu me preocupei, naquele momento, se não nos moveríamos dos lugares durante a noite inteira.

Comemos e assistimos à introdução chatinha e difícil de acompanhar do filme, com Bowie e Deneuve numa boate que parecia estrangeira. Nenhuma de nós disse nada até Coley interromper o silêncio:

— Isso é bem estranho, não é?

— O filme?

— É. O que achou que eu quis dizer?

— Não sei — respondi.

Coley colocou o prato dela na mesa de centro, veio até mim e pegou o controle remoto, que estava parcialmente embaixo da minha coxa. Ela precisou encostar em mim, e nós duas estávamos bastante cientes disso. Ela apertou o *pause*. A cena congelada deixou a tela num corredor brilhante, estéril e branco, com David Bowie e a outra metade feminina do casal que ele e Catherine Deneuve tinham levado para o apartamento deles, todos espremidos juntos e usando roupas de couro preto, cabelo punk e piercings.

Coley se virou para mim com um olhar intenso e perguntou:

— Vai ser assim a noite toda?

— O filme? — perguntei de novo, dando um sorrisinho.

Coley sorriu também.

— Você está muito engraçadinha. Ainda bem que escolhi ver além das suas inúmeras imaturidades.

— Sim, e serei eternamente grata por isso, madame — falei.

— Tenho certeza disso. — Ela pegou a caixa do VHS. Observou a parte traseira e então leu com uma voz grave de Drácula: — Nada que é humano ama para sempre. — Deu uma gargalhada como o Conde da *Vila Sésamo* e jogou a caixa de volta à mesa de centro. — Por que Lindsey mandou isso para você?

— Eu não contei? Ela é vampira.

— Bem que eu imaginava. — Coley sacudiu o copo na minha direção, um indicativo para eu beber também. — Sério, por quê?

— Você vai descobrir quando assistir.

— De alguma maneira, duvido muito — respondeu ela. — Vocês duas e seus segredos pelo correio. Por que você fica tão incomodada de eu perguntar sobre isso se vamos assistir mesmo?

— Não me incomoda.

Dei uma colherada grande na salada de frutas, uma colherada bem grande: duas uvas e várias fatias de banana.

— Claro que incomoda.

Não tinha contado muito sobre eu e Lindsey para Coley. Ela sabia que Lindsey sempre me mandava coisas pelo correio. Sabia que Lindsey gostava de meninas. Mas o que ela sabia com certeza não tinha sido detalhado. Coloquei o meu prato na mesa de centro e falei:

— Se você apertar o *play*, todos os segredos serão revelados.

— Sem condições. Assim fica fácil demais. Que tal me dar três chances para eu tentar adivinhar?

Coley puxou as pernas para cima do sofá e as cruzou, virando-se na minha direção.

Fiz o mesmo com as minhas pernas.

— Meu Deus, como você está bronzeada — disse ela, olhando para os meus joelhos, que estavam com um tom bem próximo ao dos dedos dos pés, devido a todas aquelas horas na cabine de salva-vidas.

— Você também — respondi.

— Não nas pernas.

Ela descruzou uma das pernas e a esticou no sofá até que o pé com as unhas pintadas de vermelho estivesse sobre o meu colo.

— Bem, você trabalha de jeans — concluí. — Que milagre esperava do poder do sol?

Ela poderia ter puxado a perna de volta depois disso, mas não o fez. Fingi que aquilo era uma coisa meio festa do pijama. Eu sequer sabia o que fazer com um pé no meu colo. Certa vez, tinha visto um filme com uma cena em que alguém chupava os dedos da outra pessoa, mas aquilo parecia totalmente fora do meu alcance de habilidades e também algo nem um pouco atraente. Os dedos de Coley eram muito lindos, mas esse movimento seria um salto gigantesco do que quer que estivéssemos fazendo ali.

213

Conversar parecia o melhor caminho.

— Então, tenta os três chutes — sugeri.

— Ok. — Ela fechou os olhos por um segundo, pousou as mãos nas pernas e se preparou como se fosse um participante de um programa de TV respondendo à pergunta milionária. — Ok. É porque o filme é assustador para caramba e eu vou morrer de medo e vou querer que você durma aqui porque não vou querer ficar sozinha? — Ela arregalou as sobrancelhas para mim, de um jeito bem cafona.

— Não chegou nem perto — respondi. — É um assustador artístico, e nem é assustador, na verdade. Quase não tem sangue. Você não vai ter medo de ficar sozinha.

Coley assentiu como uma psicóloga sabichona.

— Mmm-hmmm, mmm-hmmm. Bem como eu imaginava. — Ela observou a imagem congelada na tela e olhou de volta para mim. Então perguntou, com mais seriedade agora: — Eles vão fazer sexo grupal vampiresco?

— Um chute consistente — respondi, ruborizando um pouco. — Mas não. Não tem sexo grupal, nem de vampiros nem de outro tipo.

— Em nenhuma parte do filme?

— Em nenhuma parte. — Pensei e então apontei para a TV. — Bem, quer dizer, agora dois casais estão se pegando ao mesmo tempo e no mesmo quarto, mas separados, então isso não é sexo grupal. Faz sentido?

— Sim — concordou Coley.

Ela olhou para mim, não por muito tempo, e então pegou o controle remoto e apertou o *play*, simples assim, e Bowie e a garota voltaram à ação.

— E o terceiro chute? — perguntei.

— Eu já sei o que é.

— Ah, é mesmo? — questionei.

— Ah, é mesmo — respondeu ela.

Ela puxou a perna e cruzou de novo. Talvez por uns quinze segundos, achei que tivesse estragado tudo sem saber por que nem como. Só que aí ela chegou para o meio do sofá, perto o suficiente para me oferecer a mão, que eu segurei, e também me mexi na direção dela, e nos entrelaçamos da mesma forma que fazíamos no cinema, só que melhor, mais apertado.

Coley colocou as pontas dos dedos macios sobre uma das minhas pernas, me fazendo sentir cócegas do melhor jeito possível e finalmente demos o primeiro beijo da noite. Eu estava pronta para mais quando Coley disse:

— Só quero assistir até acontecer.

Eu perguntei:

— Até acontecer o quê?

— Você não é tão esperta quanto acha que é.

— Está bem.

Depois disso, levantei para encher os nossos copos e, quando voltei, nós nos entrelaçamos de novo.

No momento em que, no filme, Susan/Sarah, de camiseta branca, tocou a campainha da casa assustadora e chique de Catherine/Miriam, Coley falou:

— Sabia.

E só ouvi-la dizer isso me fez ficar toda arrepiada.

Nós nem mesmo vimos *a cena* até o final. O filme ficou rolando enquanto seguíamos, tropeçando e ainda entrelaçadas, para o quarto.

O barulho do ar-condicionado era ainda mais alto lá, só que estava mais fresco também. Coley, com a língua na minha boca, começou a levantar a minha blusa, mas parou no meio do caminho. Terminei o serviço e tirei a dela também. Não era tão complicado como alguns filmes fazem parecer, com um monte de risadas. Coley tirou a colcha fina de verão e deitamos juntas nos lençóis gelados, tremendo, rindo, puxando a colcha sobre nós, gargalhando da nossa pele arrepiada, sentindo a suavidade dos lençóis frios, o calor dos nossos corpos. Enquanto nos entrelaçávamos e nos aquecíamos debaixo das cobertas, as coisas ficaram mais sérias de novo.

Eu poderia ter passado horas só arrastando os lábios na pele perfeita dela, sentindo os caminhos e os vales formados pelos ossos sob a pele, o cheiro do seu perfume de tangerina, os barulhinhos que ela fazia quando eu encontrava áreas de prazer inesperadas: bem debaixo da axila, na penugem fina e macia da nuca, a clavícula que sobressaía como hastes finas de metal de um guarda-chuva abertos, seus batimentos fortes e rápidos pulsando ali.

— Você é tão delicada — disse ela em determinado momento, como um sussurro. — Sua pele é tão macia e você é tão pequena.

— Você também — respondi, e foi uma resposta idiota, mesmo que fosse verdade, mas não estava ligando para aquilo naquele momento.

Segui na minha exploração com pequenos beijos, passando os lábios pelos seios dela, pela cintura, pela barriga. Coley fazia pressão e se movimentava ao meu encontro, de forma bastante encorajadora.

Parei no cós e no botão de metal do seu short cáqui. Deixei somente um dedo escorregar por baixo dele, sem ir muito além, só até o lugar onde o osso do quadril se sobressaía e senti Coley estremecer um pouco.

— Você me diz a hora de parar.

Ela inspirou fundo, expirou e disse:

— Agora não.

E ao ouvir aquilo, *agora não*, minha vontade de tê-la vibrou dentro de mim mil vezes, como estalinhos explodindo em sequência. Foi necessário apenas ouvi-la dizer aquilo.

Abri o botão, achei o zíper de metal, comecei a abri-lo e o barulho que ele fez foi alto e definitivo. Quando cheguei no fim do zíper, parei e perguntei:

— E agora?

— Não — respondeu ela.

Tirar o short, pequeno como era, foi mais complicado que tirar as nossas blusas, mas fui trabalhando bem devagar e parei para beijar partes das pernas dela que eu nunca tivera a chance de explorar antes. Quando cheguei com o short até os pés, Coley se mexeu para me ajudar a tirá-los. Eu a ouvi respirar fundo.

— Agora? — perguntei.

Ela riu um riso contido, e então falou:

— De jeito nenhum.

Eu não sabia exatamente o que estava fazendo, mas fui descobrindo. Não sabia dizer se Coley supôs minha competência ou se não era assim tão difícil entender o que ela queria. Eu fazia algo, analisava a reação sucinta ou prolongada dela, e então continuava dali ou recomeçava. No início, usei só as pontas dos dedos, e depois a mão, mas quando Coley começou a pressionar mais o meu corpo, simplesmente continuei o que já tinha começado e usei a boca. Não demorou muito para que o seu corpo todo se retesasse e a sua respiração ficasse mais forte. Suas coxas pressionaram a minha cabeça e parei no que esperava ser o momento certo. Pareceu ser, embora eu não soubesse o que fazer depois, onde colocar o meu corpo, o que dizer. Senti que talvez coisas devessem ser ditas, as coisas certas, mas não sabia como. Em vez disso, fiquei onde estava e apoiei a cabeça na barriga dela: parecia que o coração de Coley havia, de alguma maneira, ido para o estômago, cada batimento pulsando alto e rápido no meu ouvido.

Por fim, ela disse:

— Vem cá.

Percorri todo o caminho até a sua boca com beijinhos.

Quando cheguei ao travesseiro, ela falou com a voz doce e baixa:

— Uau, Cameron Post.

Sorri um sorriso largo, que com certeza teria me deixado constrangida se alguém tivesse me mostrado um espelho logo depois.

Só que então a expressão dela mudou um pouco, os traços formando uma expressão um pouco inquieta, e ela disse:

— Eu não sei como... eu não sei.

— Tudo bem — respondi.

— Não, quero tentar. Eu nunca fiz, como você fez com Irene e com Lindsey, e eu...

— Irene e eu tínhamos doze anos. A gente mal se beijou. E Lindsey e eu nunca chegamos tão longe.

— Mas, mesmo assim, foi alguma coisa. Ela não é toda selvagem?

— Não era na época — respondi. — E não foi nada parecido com isso. — Aproximei-me do rosto dela e ela me deixou beijá-la, e então se afastou.

— Tem que ter sido algo parecido — afirmou.

— Não foi.

— Por que não?

Naquele momento, fui eu que respirei fundo.

— Ah, Coley, você sabe por quê.

— Não, não sei.

Falei essa parte com o rosto virado para o ombro, desviando o olhar dela:

— Porque sou apaixonada por você desde sempre.

— Eu não sabia disso — replicou ela.

— Sabia, sim.

— Não sabia — afirmou ela, se afastando e virando para o outro lado. Não sabia dizer se ela estava chorando ou quase.

— Coley — falei, encostando de leve no ombro dela, sentindo como se eu tivesse feito algo errado. — Está tudo bem. Eu nem...

— Isso vai contra tudo — interrompeu ela, com a boca no travesseiro. — Isso é... é para ser uma brincadeira e tal. Não quero que seja assim.

— Assim como? — perguntei.

De alguma forma, mesmo depois do que eu tinha acabado de fazer, do que *nós* tínhamos acabado de fazer, senti vergonha e culpa.

— Como duas sapatas — respondeu ela.

— O que isso significa?

— Você sabe o que significa.

— Para quem?

— Que tal Deus, por exemplo? — respondeu ela, virando e olhando fundo nos meus olhos.

Pensei e não havia uma boa resposta para aquilo. Sei que Lindsey pensaria em algo, mas eu não tinha certeza suficiente para falar.

— Você não sente que isso é uma coisa enorme? — perguntou Coley. — Digo, enorme de verdade? É como se, quanto mais tempo passássemos juntas, mais difícil ficasse não sentir isso.

— Talvez signifique que não devemos deixar de sentir isso — respondi.

— Talvez signifique que nem deveríamos ter começado — retrucou ela.

No entanto, de uma forma que eu não esperava, ela me beijou por um longo tempo, e logo depois me empurrou e deitou por cima de mim. Nós nos beijamos por mais alguns minutos, ainda mais intensamente que antes, quase como se Coley estivesse tentando se livrar daquilo, como se talvez pudesse simplesmente resolver tudo e acabar com isso para sempre, se fosse agressiva e enérgica o suficiente.

Por fim, ela desceu a mão pelo meu corpo, bem devagar, afastou a boca da minha e disse:

— Eu vou tentar. — Havia uma determinação séria nela que me fez sorrir, mas também me fez querer que ela "tentasse" muito mais.

Coley desceu até a minha barriga, o cabelo e a boca macios percorrendo a minha pele, me causando calafrios, quando o quarto, que parecia ser o nosso pequeno mundo, escondido e privativo, explodiu com o som de alguém batendo forte na porta do apartamento, um barulho tão assustador e fora de propósito naquela hora que pareciam tiros.

Nós duas ficamos congeladas. Coley levantou a cabeça. Mais batidas. E então a voz bêbada e abafada de Ty atrás da porta, rindo:

— Abram a porta, meninas! É a polícia. Sabemos que estão consumindo bebidas alcoólicas.

Coley saiu de cima de mim e estava de pé ao lado da cama antes de o irmão sequer terminar o que estava dizendo.

— Merda, coloque a roupa! — disse Coley com a voz baixa mas em pânico, um tom que eu nunca tinha ouvido dela antes.

Fomos rápidas. Não tínhamos muito o que vestir. Ainda assim, Ty teve tempo de colocar a chave na fechadura e abrir a porta os poucos centímetros que a corrente da tranca permitia.

— Vamos, garotas. — Dessa vez, era a voz de outro cara, mais alta na abertura da porta. — Estão desmaiadas aí dentro?

Coley colocou a colcha de volta na cama, e eu tentei esticá-la um pouco.

Depois da caverna escura do quarto, até o único abajur da sala parecia claro demais e Coley estava um pouco amassada. Seu cabelo bagunçado voava com eletricidade estática e seu rosto estava vermelho como se ela tivesse feito algo errado. Do jeito que ela olhava para mim, percebi que parecia que eu também.

— Pegue a sua bebida — disse ela, já na mesa de centro, alcançando o próprio copo e ajeitando o cabelo com a outra mão.

Não entendi quais eram as intenções dela. Encarei-a como se eu fosse uma idiota.

E ela olhou para mim exatamente da maneira como se olha para um idiota quando ele está prestes a arruinar alguma coisa ou acabou de fazê-lo.

— Pegue a sua bebida para eles pensarem que estamos bêbadas — falou na mesma voz sussurrante e ríspida.

Obedeci. Também peguei o controle remoto e dei *play*. A fita tinha rebobinado sozinha.

Coley deu passos largos até a porta.

— Vamos precisar ver os seus distintivos, policiais — disse ela, com a voz forçada e estridente de uma boneca fazendeira de plástico falante. — Até onde sabemos, vocês podem ser fugitivos de Pine Hills.

— Nós somos — respondeu Ty. — Pulamos a cerca e agora precisamos dar uma mijada. Abra a porta.

— Então tire o nariz do caminho para que eu possa fechar a porta e abrir a tranca — respondeu Coley para, logo depois, fazer exatamente isso.

Eram três homens, todos de bota, camisa para dentro da calça jeans e cinto com fivela brilhante: o pacote caubói completo. Tenho certeza de que ajudou muito o fato de estarem bêbados, e, portanto, com as percepções já bem prejudicadas.

Ty andou até a bebida de Coley a caminho do banheiro, tirando o cinto enquanto caminhava.

— Eu sabia que era Malibu — disse ele. — Sabia. — Ele bateu a porta, mas não era como se estivesse bravo; foi de um jeito meio bêbado, acidental. Lá de dentro, ele berrou: — Confiei em você para mantê-la na linha, Cameron. Minha fúria está voltada para você.

O mais baixo dos três, um sujeito com um pescoço grosso e síndrome de "homem pequeno e musculoso", colocou os braços ao redor de Coley e disse:

— E aí, gata? Você cresceu bastante durante a minha ausência.

Ele a apertou no corpo dele, e eu cerrei a mandíbula.

Coley seguiu com aquela voz plastificada:

— Oi, Barry. Na última vez que nos encontramos, você estava desmaiado na caçamba do carro de Ty com o sutiã de uma garota qualquer na cabeça.

— Parece algo que aconteceria comigo — respondeu ele, apertando-a de novo e dando uma risada de bêbado.

Coley riu também, e, apesar de ser uma risada fingida, vê-la flertar da maneira que eu já a vira fazer inúmeras vezes e achava até charmoso, talvez, ou até fofo, logo depois do que tinha acontecido no quarto, depois de termos ficado nuas, da nossa intensidade silenciosa, depois de sentir o corpo dela embaixo do meu, em cima do meu, foi insuportável.

O outro cara veio para cima de mim, parou e cheirou a minha bebida, fez uma careta, piscou e disse:

— Isso é coisa de menina, né?

— É — respondi, olhando para ele, feliz por ter um motivo para não olhar para ela.

Ele se virou para a TV, onde Bowie e Deneuve estavam de novo na boate, dançando:

— Que filme é esse?

— É sobre vampiros — respondeu Coley rápido.

— Ah, é? — disse Barry, o baixinho. — Estão tentando ficar assustadas? Que bom que estamos aqui, então.

No banheiro, barulho de descarga, água caindo na pia.

— Não, é uma merda — respondeu Coley. — Nós íamos desligar e sair.

Ty voltou, a parte da frente do seu cabelo molhada e a testa úmida, como se tivesse enfiado a cabeça embaixo da torneira. Ele passou as mãos no rosto bem rápido algumas vezes:

— Para onde?

— Só sair — respondeu Coley. — Ir para algum lugar.

Ela conseguiu se livrar do abraço do baixinho e veio até mim, estendendo a mão para mim. Por um milésimo de segundo, pensei que ela ia provar, de uma maneira inacreditável e maravilhosa, algo sobre nós para aqueles caras, e engoli em seco quando ela alisou a minha blusa, descendo a mão até a cintura. Mas tudo que ela queria era o controle remoto, que eu tinha colocado no bolso traseiro sem nem perceber. Não foi difícil puxá-lo, estava quase todo para fora. Ela pausou o filme e eu ainda estava prendendo a minha respiração.

— Ei — disse o cara do meu lado, dando as costas para a tela da TV, agora em branco. — Aquilo parecia interessante.

— Mas não é — retrucou Coley.

— Vocês duas estavam aprontando alguma — concluiu Ty, girando a pequenina caneta-lanterna que carregava como chaveiro e acendendo-a bem nos meus olhos, me deixando vesga.

— Vocês é que estavam aprontando.

Coley empurrou a mão dele e tirou a lanterna do meu rosto.

— A gente estava mesmo — respondeu ele. Então Ty virou a lanterna para o copo na mão de Coley e a encostou no vidro, para que o laranja--amarelado brilhasse. — O que vocês, duas jovens delinquentes, inventaram, hein? — Ele pegou o copo e bebeu um gole do que restava, fazendo uma cara mais feia que a do sujeito alto que tinha cheirado o meu copo. — Que merda de desperdício do meu rum.

Barry tinha algo a dizer sobre isso:

— Tudo que precisam fazer é misturar com um pouco de Coca-cola, meninas. Esse é o melhor drink que vocês vão fazer com rum.

— Piña colada é delicioso — disse o cara mais alto.

— Só se você estiver numa ilha, cara — concluiu Ty, fazendo um péssimo sotaque jamaicano e indo para a cozinha, ligando a lanterna lá.

— Piña colada é bebida de menina — acrescentou Barry. — É basicamente o que essas garotas estão bebendo aqui.

— Não, tem que ter leite de coco — completou o cara alto, e ao mesmo tempo Ty gritou alguma coisa da cozinha sobre como tínhamos "bebido demais da porra da garrafa".

O cara alto e Barry ficaram discutindo sobre a natureza homossexual dos drinques com frutas enquanto perambulavam para a cozinha. Ao mesmo tempo, Ty começou a cantar, numa voz alta e surpreendentemente boa:

— *If you like piña coladas, getting caught in the rain...*

Coley, parada do meu lado, sem olhar para mim, mas encarando as costas dos rapazes que cantavam na cozinha, sussurrou:

— Você devia sentir a minha pulsação agora. Graças a Deus coloquei a tranca, hein?

Achei que se eu abrisse a boca para dizer algo, iria gritar com ela feito uma louca; gritar, chorar ou até beijá-la, algum gesto grandioso e dramático, que não conseguiria controlar depois que começasse. Então fiquei calada.

Meu silêncio se manteve firme até que ela enfim olhou para mim e disse:

— Acho que está tudo bem. Eles não perceberam.

Continuei sem falar nada.

— Está tudo bem agora, Cam.

Antes que Coley pudesse me impedir, ou que eu mesma pudesse me impedir, coloquei os dedos na pele macia da lateral do pescoço dela, bem na curva da mandíbula, o toque mais leve do mundo no lugar que minutos antes, *minutos antes*, eu estava beijando, bem em cima da artéria carótida. Fiz isso independentemente da presença dos caubóis na cozinha, que podiam se virar a qualquer segundo e nos ver.

Coley deu um tapa na minha mão como se enxotasse uma formiga ou algo ainda pior, algo que definitivamente não deveria estar sobre a pele dela.

— O que está fazendo?

Ela nem sussurrou essas palavras, simplesmente mexeu a boca sem fazer som, de forma clara, para que eu não pudesse confundir a mensagem.

— Estava sentindo a sua pulsação — respondi, falando baixo, mas nem tanto.

Coley se afastou e foi para a cozinha, mas manteve a cabeça virada para mim, ainda falando sem som, só com o movimento dos lábios:

— Que merda há de errado com você?

— Você disse que eu devia sentir a sua pulsação — respondi.

— Meninas, eis um drinque — disse Barry, aparecendo debaixo do portal de entrada da cozinha com um copo de uma nova bebida recém-preparada.

— Cuba libre? — perguntou Coley, pegando o copo dele sem esperar confirmação e bebendo um gole grande.

— Ou o que deu para fazer com o que sobrou do rum — gritou Ty. — Vocês são um bando de ciganas ladras.

— Uma dupla, não um bando — corrigiu Barry. — Onde você aprendeu a contar, cara?

Ele pegou o copo de volta de Coley, colocou a boca no mesmo lugar que ela e bebeu a metade do drinque em um gole só.

Achei que fosse desmaiar. Meu corpo parecia esquisito, incontrolável, hipersensível, como se pedaços de vidro boiassem dentro dos meus órgãos. Eu não podia ficar com aquela gente nem mais um segundo dentro daquele apartamento.

— Quer um pouco?

Barry estava sacudindo o copo na minha direção.

— Não, preciso ir — respondi, sem olhar para ele nem para ninguém.

Andei até a porta, calcei os meus chinelos encaixando a haste de plástico que divide o polegar dos outros dedos. Eu podia ouvir Barry repetindo para Ty e para o cara alto que eu estava indo embora, e eles pareciam bastante confusos com essa notícia.

Já tinha aberto a porta quando Ty saiu da cozinha e veio na minha direção:

— Não é por causa da gente, né? Não queríamos que você fosse embora.

Eu não conseguia olhar para o rosto dele. Não conseguia olhar para Coley que estava atrás dele, mesmo que ela o tenha seguido.

— Não — respondi olhando para o carpete horrível do apartamento. — Acho que peguei sol demais hoje. De repente, fiquei muito cansada.

— Mas, além disso, está tudo bem? — perguntou Ty com as mãos na parte de cima da porta, mantendo-a aberta, o braço dele meio que bloqueando o meu caminho. — Você parece chateada.

— Só estou cansada — respondi.

— Como vai voltar para casa?

Eu estava dirigindo o Bel Air. Nem lembrava em que lugar tinha estacionado.

— As chaves do seu carro estão aqui — disse Coley, me entregando o chaveiro como se ela as tivesse evocado num passe de mágica.

— Tem certeza de que está bem para dirigir? — perguntou Ty, ainda bloqueando o caminho.

— Ela está melhor que você, Ty — respondeu Coley. — Deixa a garota ir para casa dormir.

— Estou bem — falei. — Tudo perfeito.

— Ligue quando chegar em casa — pediu ele, e então deslizou o braço e me deixou passar.

Tenho certeza que alguém ficou me observando da porta enquanto eu andava até o fim do corredor e começava a descer o primeiro lance de escadas, mas não olhei para ver quem era, sobretudo porque precisava acreditar que essa pessoa era Coley, embora soubesse que era só Ty.

CAPÍTULO DOZE

No dia seguinte, Coley não foi me buscar no lago depois do trabalho e, embora aquilo tenha me deixado ainda mais irritada e triste, não fiquei surpresa. Fui de bicicleta até o Taco John's e, quando cheguei, vi Jamie pela vidraça passando um esfregão enorme pelo chão em frente a máquina de bebidas.

— O Troy Trevas acabou de passar para conferir os pontos e deu um monte de merda para a gente fazer — disse Jamie quando entrei. O lugar estava vazio. — E o Brian está chapado, então está irritante para cacete.

Brian, que recentemente havia pintado o cabelo de verde Tartarugas Ninja, estava atrás do balcão, no segundo degrau de um banco, fazendo um péssimo trabalho ao jogar um saco gigante de tortilhas na máquina de aquecimento. Ele estava com o saco mal alinhado, com a abertura na direção da máquina, e as tortilhas não paravam de cair, duas ou três por vez, acertando o piso de azulejo como folhas no outono.

— Meu intervalo será daqui a vinte minutos — avisou Jamie, que veio montando no cabo do esfregão até o balcão. — Se quiser, faço um supernacho para você.

— Não, valeu — respondi. Esperei por ele no banco de madeira de uma das cabines vazias, com a toalha de praia enrolada nas pernas porque ali dentro estava muito frio levando em consideração as nove horas que eu tinha acabado de passar sob o sol. Tinha um monte de pichação com caneta e pilot no papel de parede creme e marrom listrado ao lado da cabine. Eram inserções breves na maior parte, quase todas pontuadas com pelo menos uma exclamação:

Eu amo a Tori! sua mãe ama a Tori! Viva os Cowboys!!!

quem é Tori? TORI SPELLING? **BARRADOS NO BAILE É UMA MERDA!!!**

Pensei em pedir uma caneta aos garotos e acrescentar meus pensamentos, mas não tinha certeza do que queria escrever: *Eu amo Coley Taylor. Estou puta com Coley Taylor. Eu comi Coley Taylor. Coley Taylor fodeu com a minha cabeça.*

Não pedi a caneta. Dois caminhoneiros entraram e me analisaram, com a toalha enrolada e a parte de cima do maiô. Esperei mais um pouco, enquanto Jamie fazia enchiladas para eles e, então, por trás do balcão ele sinalizou que era hora do intervalo, que me encontraria lá fora.

Ele já tinha acendido um quando cheguei ao bloco de concreto nos fundos do prédio. O lixo laranja florescente do Taco John's estava tomado por moscas varejeiras e havia um balde de plástico gigante cheio de gordura marrom logo na porta da entrada de serviço, mas a noite era calma e o céu começava a ficar com aquele tom de roxo do verão que acontece de vez em quando. A parede de cimento do restaurante era quente e macia contra a pele nua em meus braços e ombros enquanto Jamie me passava o baseado com seus dedos magros.

— Cadê a Coley? — perguntou ele.

Ele teve que esperar eu terminar de soltar a fumaça que estava nos pulmões antes de responder.

— Sei lá — respondi, tentando parecer indiferente e má, e não magoada.

— Minha pobre donzela. — Jamie apertou meu ombro e fez uma expressão exagerada e falsa de sofrimento. — Terá o jovem pretende Brett retornado para sua noiva?

— Amanhã — falei, pegando o baseado dele, embora ele ainda não tivesse me oferecido e sequer tido a oportunidade de dar um trago.

— Então, não quer tentar uma abordagem de última hora na sua mulher nesta noite derradeira?

— É tudo muito complicado — respondi.

— É — disse ele, batendo em uma mosca com a viseira do trabalho e depois esmagando-a com o tênis no asfalto. — Eu falei desde o início que seria uma merda.

— Bom, agora está ainda pior, Capitão Vidente — falei, com medo de que fosse começar a chorar, sem sequer ter certeza do motivo e com raiva por sempre chorar na frente do Jamie.

— Por quê? — perguntou ele, tirando o último pedaço de mosca da sola do tênis, uma asa minúscula que ainda se debatia.

Ele pegou o baseado de volta.

— Porque sim. E também não tem solução. Não tem como voltar atrás nem nada.

— As moças chegaram a consumar o não-relacionamento?

Jamie tentou usar seu tom sarcástico de sempre, mas dava para ver que ele estava falando sério.

Não respondi. O baseado — que tinha começado pequeno — já era quase uma baba, mas ainda havia o suficiente para mais um trago.

— Quer que eu passe direto para a sua boca? — perguntei.

Ele entendeu a minha não-resposta.

— Boooa, JJK — disse ele, dando um soco no meu braço. — A merda está *mesmo* completa. Você agora é oficialmente a outra mulher. É uma lésbica destruidora de lares.

Puxei o máximo de fumaça possível e joguei a guimba no beco. Depois de alguns segundos, Jamie se inclinou, abriu bem a boca e eu pressionei meus lábios contra a sua boca seca do melhor jeito possível, soltei a fumaça, esperei e me afastei. Depois, comecei mesmo a chorar como um bebê gigante enrolado em uma toalha. Jamie me abraçou, e ficamos ali, naquele pátio de concreto sem nos largarmos até a hora em que um ônibus cheio de alunos do ensino médio apareceu. Estava realmente lotado e entrou na fila do *drive through*. Brian abriu a porta de serviço gritando por ajuda.

— Vai ficar tudo bem — disse Jamie, enquanto eu tirava a toalha e enrolava em volta dos ombros, usando uma das pontas para secar o rosto.

— Vai ser melhor com a volta do Brett. Agora a pressão acabou. A gente precisa encontrar uma garota fácil em Glendive para você. Alguém fora dos limites da cidade.

— Eis a resposta — falei. — No momento de dúvida, sempre escolha uma garota fácil em Glendive.

— A resposta para tudo é uma garota fácil — retrucou Jamie, ajeitando a viseira assassina de moscas no ângulo certo em sua cabeça. — Mas não existe uma regra que determine que ela precise ser de Glendive.

Depois que ele entrou, pensei em pedalar até ao cinema, Coley poderia estar na última fileira, talvez. Mas, mesmo eu tendo seguido algumas quadras além da minha casa na direção do cinema, dei meia-volta bem antes. Quando cheguei, minha avó estava na varanda da frente, sentada no escuro, comendo uma fatia enorme de flan de banana diet com a crosta de cream cracker.

— Nada de filme hoje, é?

— Hoje, não — respondi. — Alguém ligou para mim?

— Alguém quem?

— Apenas alguém, vovó.

— Não conheço nenhum alguém, malcriada — disse ela. — Mas me parece que você tem alguém específico em mente.

Ruth e Ray estavam no sofá vendo alguma coisa na TV que não me fez diminuir o passo para saber o que era.

— Botei alguns catálogos no seu quarto, querida — gritou Ruth quando comecei a subir a escada. — Circulei os que gostei mais. Você só tem dois meses para escolher. Dois meses!

Tomei banho com o telefone sem fio cor-de-rosa em cima da bancada da pia para que conseguisse ouvir. Ele não tocou. Fiquei brincando com a ideia e me convenci de que se eu ficasse no banho Coley iria ligar e, se eu saísse, ela não ligaria, então deixei a água quente correr e correr até ficar gelada, o que por mim tudo bem também já que o banheiro estava muito quente. A água foi ficando cada vez mais gelada, mas ela não ligou.

De volta ao meu quarto, não coloquei um filme. Também não mexi na casa de bonecas. Ruth tinha deixado os catálogos de casamento na minha mesa. Dei uma olhada e vi os círculos azuis do marcador dela em cada página. Todos os vestidos de madrinha que ela havia escolhido eram ok e surpreendentemente básicos, como se ela estivesse mesmo tentando pensar em mim e no que eu gostaria de vestir, mas ainda assim eu não conseguia me imaginar em nenhum deles. Coley tinha dito que me ajudaria a encontrar algo para o casamento em Billings, que seria um final de semana especial.

Tentei desligar o abajur e dormir, sobre as cobertas, de camiseta e cabelo molhados, o ventilador ligado, o telefone ao meu lado na cama, mas ainda era cedo e eu não estava cansada. Botei uma das fitas da Lindsey para tocar, um monte de bandas e cantores que eu ainda não conhecia, mas me parecia um esforço muito grande tentar ouvir de *verdade* as novas músicas cantadas por vozes novas, algo que me obrigava a pensar demais, então troquei para Tom Petty, sentindo pena de mim mesma e depois raiva por me sentir daquele jeito, e depois com pena de mim novamente. E Coley não ligou jamais.

• • •

Mona Harris e eu tínhamos um turno juntas no vestiário na tarde seguinte. Eu estava sendo uma salva-vidas de merda nas últimas horas, olhando para o lago, mas sem observar a água, imaginando o reencontro de Coley e Brett nos maiores detalhes possíveis, criando um cenário após o outro como forma de tortura. Inventei um monte de possibilidades bem eficientes.

— Pode passar em mim? — perguntou Mona enquanto eu voltava da praia, tirando meus óculos escuros, esperando meus olhos se ajeitarem ao escuro.

Segurando um frasco de Coppertone fator 30, ela já havia removido as alças do maiô, que estavam penduradas nas laterais do corpo.

Assenti. Ela me passou o protetor.

— Estamos no final do verão e ainda assim estou torrada — disse ela, enquanto eu espremia o frasco com o creme grosso e branco na palma da mão. — Se eu deixar de passar o protetor uma única vez fico parecendo um camarão.

Passei o protetor pelas costas quentes dela, a pele rosada e cheia de sardas, mas com certeza nem um pouco bronzeada como os outros salva-vidas.

Terminei e Mona levantou as alças, enquanto eu botava o protetor na prateleira que era uma espécie de cemitério comunitário de todos os frascos de óleos ou protetores já inventados e parcialmente usados.

Ficamos sentadas à mesa de entrada sem conversar, com o rádio tosco e mal sintonizado ligado atrás de nós. Mona folheava uma edição da *People* toda manchada de água que estava no clube desde junho, e eu estava usando o cabo de metal do mata-mosca para finalizar uma caveira que alguém já tinha começado a fazer no tampo da mesa. E, então, uma dupla de garotos que vivia no lago saiu correndo do vestiário masculino e falou que os outros tinham jogado as roupas e as toalhas deles no telhado do vestiário. Esse tipo de episódio acontecia pelo menos uma dúzia de vezes durante o verão porque, como o lugar era a céu aberto, apenas com divisórias de cimento, o pessoal subia nos bancos de madeira e escalava o telhado quando queriam ser babacas.

— Você vai ou eu? — perguntou Mona.

Eu já tinha levantado da cadeira de praia e estava a caminho de pegar a escada para resgatar as camisetas, os tênis e as meias alargadas e nojentas com algumas notas de um dólar enfiadas nelas.

Os garotos esperaram no chão, enquanto eu jogava as coisas para eles e dizia para que da próxima vez eles botassem as camisetas nos cestos, mas assim que o telhado ficou vazio, parte de mim quis ficar ali em cima, escondida. Era apenas um quadrado chapado de piche, meio como o telhado da Holy Rosary, só que muito menor. Eric Granola acenou para mim da cadeira da esquerda, obviamente também não fazendo um bom trabalho de prestar atenção aos banhistas. Acenei de volta. Olhei para o fio de sol que refletia no lago e tudo à minha frente, debaixo de mim, reluziu com um brilho muito forte. À medida que minha visão se reajustava, os contornos obscuros da praia, da rua e da Conoco do outro lado modificaram-se para cores embaçadas e, finalmente, para suas formas normais. E, então, desci.

Bati a lateral da escada contra o vão da porta tentando levá-la de volta para o vestiário e esmaguei meu polegar. Doeu e xinguei muito antes de conseguir botar a escada no lugar. Mona, que tinha visto tudo, riu de leve.

— Está tendo dificuldades? — perguntou ela, quando me sentei.

— Afff — respondi.

— Acho que sim, né — disse Mona, e então ela esticou o braço e deu um peteleco logo acima do meu pulso.

— Porra! — falei. — Doeu.

E doeu mesmo.

— Doeu nada — disse ela, sorrindo.

— Doeu, sim — falei, mas por algum motivo aquilo me fez sorrir também. — Isso é assédio no ambiente de trabalho e não preciso aguentar esse tipo de coisa.

— Me denuncia. Pego o formulário para você.

— Muito trabalho.

Tentei dar um peteleco nela, mas saiu muito fraco porque ela não parava de mexer os braços. Então, o que quer que a gente estivesse fazendo passou e o momento se foi daquele jeito que às vezes acontece, quando o clima muda, e as duas pessoas sabem, e é isso. Voltei para o meu trabalho com a caveira e Mona para a revista.

Passaram alguns minutos antes de ela dizer:

— Ela é linda, não é?

Ela virou a revista para que eu visse as duas páginas de fotos da Michelle Pfeiffer: Michelle Pfeiffer na praia e passeando com o cachorro e cortando vegetais, para o que parecia uma salada enorme e colorida, em sua cozinha elegante e iluminada.

— Aham, ela é bonita — respondi.

— Ela está muito gata em *Grease 2* — disse Mona, voltando-se para a revista.

— Esse filme é uma bosta.

— Não falei que o filme era bom. Falei que ela estava gata.

— Acho que não reparei porque o filme era uma bosta muito grande.

Mona sorriu lentamente para mim.

— Então você não reparou mesmo nela? Era como se ela estivesse invisível em cada cena?

— Aham. Exatamente.

— Nossa — disse Mona, pegando o apito de cima da mesa e pendurando em volta do pescoço. — Que talento incrível.

Hesitei. E então falei:

— Enfim, ela está mais gata em *Scarface*.

— Hummm — disse ela. — Vou ter que pensar sobre isso.

Olhei para o relógio. Teríamos que sair para a ronda em alguns minutos. Levantei, peguei minha garrafa de Gatorade de dentro do cooler comunitário que Hazel abastecia com gelo todo dia de manhã.

— Pega alguma coisa para mim? — perguntou Mona, já em pé atrás de mim, deduzindo que eu diria sim.

Entreguei a garrafa para ela, que bebeu muito antes de me devolver.

— Você é meio tímida, né? — perguntou ela, tirando a toalha do gancho. — Tímida tipo uma criancinha.

— Não. Nem um pouco — respondi.

— Tudo bem. Não foi um insulto — disse ela.

— Mas não é verdade.

— Viu? Está parecendo uma criancinha agora mesmo — retrucou ela, rindo, deixando o vestiário para dar folga para o outro salva-vidas.

Não que eu não estivesse mais pensando em Coley, e em Coley com Brett, e em Coley e eu durante as muitas horas seguintes que passei ao ar livre. No entanto, esses pensamentos ficaram intercalados com pensamentos sobre a Mona e as suas possíveis motivações, e algumas vezes eu de fato a encarei enquanto fingia observar a minha área, com um lago inteiro entre nós e meus óculos escuros cobrindo exatamente a direção do meu olhar.

Claro que Coley não apareceu depois do trabalho, não com Brett de volta à cidade. Mas alguns caras do departamento de trânsito apareceram e trouxeram uma caixa de cerveja.

Eu não ia ficar. Estava pendurando o apito no meu gancho quando Mona entrou no vestiário e agarrou a minha toalha na altura da cintura, deslizando os dedos entre a dobra da toalha e o maiô. Ela ficou me segurando e disse:

— Você vai ficar, né?

E então eu fiquei.

Enquanto ela me protegia da curiosidade dos últimos ratos de lago, joguei uma lata e meia de Coors na minha garrafa vazia de Gatorade. Escondemos o maior número possível de latas nas toalhas e nos baldinhos de areia, trancamos a porta principal e nos juntamos aos caras do departamento na trilha perto da praia ao lado das docas, que era o lado mais fundo do lago.

Um dos caras, Randy, disse para mim, depois de puxar a alça esquerda do meu maiô:

— Achamos que você também teria matado o trabalho hoje.

— Como assim? — perguntei.

— Coley ligou hoje dizendo que estava doente — disse ele, fazendo aspas com os dedos na parte do *doente*.

— Nem, foi o Ty que ligou por ela — falou um dos caras, juntando-se no grupo.

— Dá no mesmo — disse Randy. — A gente tinha achado que vocês tinham ido para Billings ou algo do tipo. Vai ver ela realmente está doente.

Paramos em frente à torre da direita para desovar nossas coisas. Dava para sentir o olhar de Mona em mim.

— O namorado dela voltou — falei. — É esse tipo de doença.

— Uuuuuh — disse Randy, fingindo dar um soco na minha direção. — Doente de amor, é? Doença boa.

— É o que dizem — falei, dando um gole grande da minha garrafa, fechando a tampa e atirando no lago, seguindo sua trajetória com o meu próprio salto atrás dela.

Fizemos briga de galo por um tempo, eu e Mona em cima de ombros largos e escorregadios, agarrando e puxando uma a outra, rindo e caindo na água sem parar. Depois, ficamos dando notas para nossos saltos e canhões, mas somente eu e Mona conseguimos saltar da plataforma mais alta. Quando nós duas fomos parar juntas embaixo do píer central, pareceu inevitável e nem um pouco forçado. O grupo do departamento estava zoando no lado mais raso, perseguindo um lagarto e, mesmo a Mona tendo dito algo tipo "não acredito que sou uma dessas universitárias que vai atrás de gente no colégio" umas três ou quatro vezes, aquilo não nos impediu de nos pegar ali embaixo, sob os feixes de luz que coloriam a água verde. E foi só isso. Talvez uns dez minutos de pegação. Mona e seus lábios cheios, seus cílios quase transparentes. Fui pedalando até em casa meio inebriada de cerveja e beijos. Uma mulher mais velha, que já estava na faculdade, *Bem-feito,*

Coley Taylor, bem-feito, e me senti bem por vinte quadras antes de me sentir mal. Muito mal. Tudo aquilo bateu de uma vez só, e comecei a me sentir como se eu tivesse traído Coley ou, estranhamente, nós duas.

Nas últimas ruas antes da minha casa, decidi que eu ia escrever uma carta para a Coley. Uma carta muito longa, dizendo que mesmo se essa coisa entre nós fosse grande e assustadora, que a gente podia dar um jeito porque era necessário, porque aquilo era amor e é o que se faz quando se está apaixonado. Mesmo na minha cabeça a coisa toda já parecia uma letra do Whitesnake, mas não importava. Eu ia botar aquilo no papel. Tudo aquilo. Todas as coisas que me faziam sentir estranha e cafona e boba e assustada sempre que pensava em verbalizar e, às vezes, até quando eu só pensava.

O carro do pastor Crawford estava na entrada de casa e não parei um segundo para pensar naquilo. Ele vivia lá por causa de Ruth e seus comitês. Botei a bicicleta na garagem, peguei o jornal na varanda, sem me perguntar por que ninguém tinha feito aquilo antes, abri a porta, joguei o jornal na mesa de entrada e já estava no terceiro degrau na direção do meu quarto quando Ruth disse:

— Cameron, a gente precisa de você aqui na sala.

Foi quando ela disse Cameron e não Cammie que senti um embrulho no estômago. E, então, quando parei na porta de entrada da sala e vi Ruth e Crawford no sofá, Ray na poltrona e a vovó em lugar algum, o embrulho aumentou e revivi a situação com os meus pais toda de novo, só que dessa vez com a minha avó. Eu tinha certeza.

— Por que você não se senta? — sugeriu o pastor Crawford levantando e gesticulando para o lugar no sofá que ele tinha ocupado.

— O que aconteceu com a vovó?

Permaneci parada no vão da porta.

— Ela está lá embaixo, descansando — respondeu Ruth.

Ela estava evitando me olhar. Ou pelo menos não estava mantendo contato visual por muito tempo.

— Ela está doente? — perguntei.

— A sua avó não é o assunto, Cameron — disse o pastor Crawford. Ele deu dois passos na minha direção e botou uma das mãos no meu ombro.

— Gostaríamos que você sentasse para que a gente batesse um papo sobre algumas coisas.

Bater um papo era um termo do centro de aconselhamento, um termo que, quando dito daquele jeito como Crawford dissera, jamais significava um papo. Significava uma conversa importante sobre todo o tipo de coisas que você jamais gostaria de bater um papo com alguém sobre, jamais.

— O que eu fiz agora? — perguntei.

Meu ombro encolheu sob a mão pesada dele e cruzei os braços na frente do peito, apoiando o corpo no batente da porta de um jeito que eu torcia que dissesse que não me importa nem um pouco. Mas eu estava fazendo uma lista mental dos meus pecados. *Era a cerveja que estava faltando na geladeira? Era Holy Rosary? Era um presente da Lindsey que tinha sido interceptado? Era a maconha que eu fumava com Jamie? Marque aqui para todas as opções.*

Nós quatro trocamos olhares. Dava para ver Crawford fazendo a cara que ele fazia quando estava buscando palavras fortes durante um sermão, mas antes que ele pudesse dizê-las Ruth soltou um som bizarro e agudo de choro e o abafou rapidamente com as mãos. Ray se levantou para ir até ela e, ao fazer isso, um panfleto caiu do seu colo. Era apenas um folheto simples, nada que eu teria notado do outro lado da sala, mas com certeza reparei quando ele caiu sobre o tapete, com aquela logo inconfundível: *Promessa de Deus* — aqueles panfletos que o moderno pastor Rick empilhava na beira da mesa de lanches. O panfleto que Coley havia pegado e botado na bolsa.

Depois de passar tanto tempo sentindo como se eu pudesse me livrar de qualquer coisa, *qualquer coisa* — como se eu pudesse simplesmente continuar passando incólume pelo tempo como Indiana Jones rolando habilidosamente por baixo de um portão de metal, escapando por pouco de uma série de coisas pontiagudas, de uma pedra rolante enorme em um túnel estreito, escapando por pouco, apenas o suficiente para uma dose de adrenalina —, senti o aperto de ter sigo pega e de saber disso. Senti também a vergonha que vem junto.

— Sei que sabe o quanto isso é difícil para todos nós — disse o pastor Crawford. — E sei que isso também vai ser muito difícil para você. — Ele estendeu o braço como se fosse botar de novo no meu ombro, mas mudou de ideia e apontou para a poltrona.

Obedeci, pensando que tudo aquilo tinha que ter a ver com Lindsey, os pacotes e as cartas, talvez até mesmo aquelas fotos que a gente tinha tirado dentro do vestiário, diversas provas contra mim. Não sei explicar muito bem por que me concentrei em Lindsey e somente nela, mas foi o que aconteceu: ali, sentada naquela poltrona, com os joelhos próximos ao peito, eu estava convencida de que aquele *papo* tinha tudo a ver com as correspondências que a gente tinha trocado.

Então, eu já estava concentrada em descobrir todos os jeitos em que eu jogaria tudo em cima de Lindsey, sua influência, suas abominações perversas da cidade grande, quando Crawford disse:

— Coley Taylor e a mãe dela foram até a minha casa ontem à noite.

As palavras me atravessaram como se alguém tivesse batido um bumbo dentro da minha cabeça. Ruth se apoiou em Ray, deixando a camisa azul dele abafar seus soluços de um jeito mais eficiente do que suas mãos.

Dali em diante tive dificuldade para acompanhar a narrativa de Crawford. Minha atenção ficou instável como um fone de ouvidos prejudicado por mau contato. Eu ouvi tudo que ele disse, é claro. Eu estava bem ali e ele estava falando comigo, mas era como se alguém estivesse me contando uma história muito complexa e vergonhosa sobre outra pessoa. Ele me contou que Ty e os outros garotos bêbados tinham arrancado uma história da Coley , "a verdade", depois que deixei o apartamento dela dois dias antes e, naquela história, "a verdade", eu era a pessoa que foi atrás da Coley, e ela era a amiga inocente, e Ty ficou muito irritado e convenceu Coley a procurar a Sra. Taylor na manhã seguinte. Então Coley contou para a mãe dela sobre como Lindsey havia me corrompido e que eu tinha tentado fazer o mesmo com ela. Falou sobre a minha paixão doentia e que sentia pena de mim, e que eu precisava de ajuda: da ajuda de Deus. A seguir, o pastor Crawford me contou que precisava lidar com aquela notícia, e que tinha visitado Ruth naquela manhã, antes que ela entrasse em seu Fetomóvel para sua viagem de negócios em Broadus. E enquanto eu estava no Scanlan ensinando à minha turma de nível três os movimentos básicos do nado de costas — *frango, avião, soldado, repete, repete* —, no sofá, ele e Ruth encaravam os detalhes sórdidos do meu comportamento pecaminoso. Assim que Ruth conseguiu reunir forças suficientes para se levantar, e isso demorou horas, os dois vasculharam o meu quarto, e foi isso: toda a correspondência que eu tinha deduzido erroneamente serem a causa daquilo, não tinham sido nada além de provas reais das acusações da Coley. Aas cartas, os vídeos, o bilhete de Jamie, as fotos, as fitas-cassete, o maldito bolo de ingressos do cinema que eu tinha amarrado com um elástico e estava guardando para a casa de bonecas, a casa de bonecas. Mas quem poderia adivinhar isso?

O pastor Crawford manteve aquele seu tom calmo e treinado demais ao dizer como não era tarde demais para mim, sobre as habilidades de Cristo para curar meus pensamentos e ações impuros, para me livrar daqueles impulsos pecaminosos, para me curar, para me deixar plena, enquanto eu pensava sem parar: *Coley contou, Coley contou, Coley contou.* E, depois: *eles sabem, eles sabem, eles sabem.* Apenas aqueles dois pensamentos em *looping*, precisos como a batida de um tambor. E, na verdade, nem senti tanta raiva assim na hora. Nem a sensação de traição. Apenas me senti cansada, desmascarada, fraca; e, por algum motivo, pronta para a minha punição. Qualquer que fosse ela, que chegasse logo.

O pastor Crawford fez diversas pausas durante seu sermão na sala de estar para que eu acrescentasse algo, ou questionasse, acho, mas não fiz nada disso.

Em algum momento, ele disse:

— Acho que todos nós concordamos que Miles City não é o melhor lugar para você no momento, espiritualmente ou por qualquer outro motivo.

E não consegui me controlar.

— O que Miles City tem a ver com qualquer coisa? — perguntei para o chão.

— Existem muitas más influências aqui — respondeu ele. — Todos nós achamos que será reformador se você fizer uma mudança temporária de cenário.

Finalmente, levantei os olhos.

— Todos quem?

— *Todos* nós — disse Ruth.

Quando ela olhou para mim, vi que seus olhos estavam inchados e borrados de rímel, o retorno do palhaço Ruth Triste.

— E a minha avó?

O rosto de Ruth se contorceu de novo e ela teve que cobrir a boca novamente. Crawford interferiu rapidamente:

— A sua avó quer o melhor para você, assim como todos nós. Isso não é um castigo, Cameron. Espero que entenda como estamos falando de algo muito maior.

Falei, rápido e enrolado:

— Quero falar pessoalmente com ela.

Quando levantei para ir ao andar de baixo, Ruth também se levantou e disse, em um tom forte e cortante como uma espada, bem junto ao meu rosto:

— Ela não quer falar sobre isso! Ela está doente com essa história, *doente*! Todos estamos.

Era quase como se eu tivesse levado um tapa. Ray e Crawford faziam ambos uma espécie de O com a boca como se ela de fato tivesse me dado um tapa. Sentei de novo e *nós* continuamos nosso *papo* e *nós* decidimos tudo em questão de uma hora. Ruth me levaria de carro para o Programa da Promessa de Deus para os Discípulos de Cristo na sexta seguinte. Eu ficaria lá por pelo menos um ano escolar inteiro, dois semestres — com férias no Natal e na Páscoa. *Nós* veríamos com as coisas ficariam depois disso.

Antes de ir embora, o pastor Crawford fez uma longa oração na qual pedia a ajuda de Deus em minha recuperação; então, abraçou todos nós, até a mim. Depois de me deixar abraçar, recebi das mãos dele um envelope pardo com alguns formulários e regras de admissão que o reverendo Rick havia enviado por fax. O preço, aliás, era $9.650,00 dólares por ano, pagos em espécie com o dinheiro do espólio dos meus pais, um fundo criado por eles para a minha educação. Bem simples.

ESCOLA CRISTÃ
& CENTRO DE CURA

Programa Residencial de Discípulos

*O oposto do pecado
Da homossexualidade
Não é a heterossexualidade:
É a **santidade**.*

Missão

Promessa de Deus é uma escola cristã e um centro de aprendizado para adolescentes que anseiam se livrarem das amarras do pecado e da confusão sexual ao receberem Jesus Cristo em suas vidas.

Nosso objeto é prover apoio e direcionamento, enquanto cuidamos da espiritualidade e do crescimento pessoal de nossos alunos através de sessões particulares e em grupo, atividades de adequação de gênero, instrução espiritual constante e ensino acadêmico rigoroso.

"Vocês foram ensinados, quanto à forma de vida que levavam anteriormente, que devem se desfazer dessa velha natureza que vai apodrecendo na sua própria imoralidade, nas suas ilusões. E que o vosso entendimento se renove nas atitudes a tomar na vida. Devem revestir-se do novo homem que é criado por Deus e que se manifesta na verdadeira justiça e na santidade."

(Efésios 4:22-24)

Diretrizes/ Restrições

Muitos discípulos que chegam à Promessa de Deus lutam contra uma série de comportamentos e históricos com os quais não foram instruídos para lidar por conta própria. Esses comportamentos incluem vícios sexuais, vícios em drogas e em álcool, abuso, isolamento, distanciamento social etc. Portanto, durante o primeiro semestre, não são permitidos visitas nem ligações — nem mesmo da família. Depois de três meses, os discípulos podem receber correspondências, que serão analisadas por um funcionário antes de serem entregues. O objetivo dessas diretrizes é a manutenção de um ambiente seguro para o rompimento dos padrões pecaminosos.

Ao final dos três primeiros meses, a liderança do Programa vai analisar os parâmetros individualmente. É possível que algumas ou todas as restrições de visitas e ligações sejam abonadas se o discípulo em questão tiver evoluído em sua caminhada com Cristo.

Colegas de quarto/ Amizades

Uma doutrina primária no programa residencial de discípulos é a importância do estabelecimento e do cultivo das amizades saudáveis e devotas a Deus entre todos os discípulos. É especialmente importante que os discípulos aprendam a desenvolver amizades saudáveis e não eróticas com indivíduos do mesmo sexo. Essas amizades são importantes não somente para afirmar os papéis sociais de gênero apropriados, mas também como parte do processo de cura.

Em adição, na Promessa de Deus nós almejamos reproduzir o ambiente oferecido por colégios internos para nossos alunos e, assim, ajudá-los a se prepararem para as situações do *mundo real*. Para tal, cada participante é alojado com um colega de quarto do mesmo sexo. Vemos isso como uma oportunidade para a construção de um relacionamento saudável e apropriado dentro das doutrinas de Deus. Os estudantes devem aprender a existir em uma sociedade que valoriza as amizades e as ligações entre indivíduos do mesmo sexo, e temer esse tipo de relacionamento saudável não é progresso.

No entanto, sabemos da situação delicada e especial de cada aluno. Assim, as portas dos dormitórios devem permanecer destrancadas a todo o momento, dia ou noite, e, com a exceção da troca de roupas, os alunos devem deixar as portas completamente abertas até o toque de recolher, das 22h às 6h. E mais: inspeções aleatórias são feitas nos quartos, assim como visitas-surpresa feitas pelos funcionários regularmente.

Se detectarmos componentes de um relacionamento, seja do mesmo sexo ou do sexo oposto, que possa ser danoso ao encontro do discípulo com Jesus (incluindo atração sexual, socializações negativas e pecaminosas guiadas por desejos impuros ou históricos ou indicativos de dependência emocional), implementaremos diretrizes com o fim de renovar essas amizades para o caminho de Deus.

Se qualquer discípulo tiver alguma experiência sexual ou

sentir atração sexual não saudável por outro discípulo, ele/ela deve pedir imediatamente para conversar com Rick ou Lydia. Discípulos NÃO PODEM CONTAR UNS AOS OUTROS SOBRE QUAISQUER ATRAÇÕES EM POTENCIAL. Tal ação poderia causar extrema tentação em ambos os discípulos. Nenhum tipo de relacionamento afetivo é permitido durante o programa.

Apagando a danosa imagem "gay"

Promessa de Deus tem como objetivo manter um ambiente que promova os meios de comunicação do Senhor. A liderança irá erradicar rapidamente qualquer padrão de comportamento ou fala que promova ou celebre os chamados interesses ou maneirismos da cultura gay ou lésbica. E mais: conversas que glorificam os pecados do passado não são permitidas. Isso inclui o compartilhamento de detalhes gráficos de encontros sexuais ou fantasias.

Vestimenta e Manual do alojamento

Durante todas as atividades programadas (fora o tempo livre) que ocorram durante a semana de aulas e, também, durante os cultos de domingo, o uniforme da Promessa deve ser usado por todos os discípulos. Durante as horas livres do meio da semana, (algumas) atividades fora do campus e nas horas do final de semana, que não o culto, uniformes não são exigidos. No entanto, a vestimenta deve ser considerada apropriada pela liderança.

Todas as outras instruções ou requerimentos para o dia a dia na Promessa de Deus estão detalhados no manual do alojamento, que será entregue aos discípulos mediante aprovação no programa.

Todo discípulo deve:

- Renascer em Cristo e ser tomado pelo espírito do SENHOR JESUS CRISTO

- Entender e concordar com as diretrizes estabelecidas no manual do alojamento da Promessa de Deus

- Participar ativamente em todas as atividades residenciais discípulas, além de conhecer e seguir todos os pré-requisitos do programa

- Ter um CORAÇÃO APRENDIZ, ou seja, ser receptivo a instruções, correções e ao apoio da liderança da Promessa de Deus

- Concordar que o comportamento sexual marital existente entre homens e mulheres é o desejo de Deus para a humanidade e quaisquer outros comportamentos sexuais são considerados pecados

Parte Três

A Promessa de Deus
1992-1993

CAPÍTULO TREZE

Foi a Jane Fonda que guiou a mim e Ruth em nosso tour de boas-vindas à Escola Cristã & Centro de Cura Promessa de Deus. Foram seis horas seguidas no Fetomóvel até chegar. Seis horas seguidas, exceto quando Ruth parou no Git 'n' Split em Big Timber para abastecer e comprar *guloseimas*, e para que eu pudesse fazer xixi. Ruth sequer foi ao banheiro. Ela conseguia segurar o xixi como um camelo.

Naquela época, Big Timber ainda tinha o único parque aquático de Montana e ficava logo na saída da estrada interestadual. Quando passamos por ele, eu me estiquei para ver os estranhos tobogãs verdes-pasta-de-dente, cheios de curvas, que apareciam saindo de um campo de cubas de cimento com águas de um azul artificial. O lugar estava lotado.

Era a última semana quente de agosto e, mesmo rápido daquele jeito, pude sentir a urgência nos movimentos das crianças superlotando o local. Tudo estava intensificado daquele jeito típico de quando o verão dá espaço ao outono, você com menos do que 18 anos e tudo o que pode fazer é chupar seu sacolé de cereja, o cloro fazendo o nariz arder até a parte de trás dos olhos, mostrar sua toalha para a garota bonita bronzeada e esperar repetir tudo isso no verão seguinte. Eu virei a cabeça para trás no banco e continuei olhando até quase não conseguir mais ver os escorregas verdes contorcidos. Pareciam túneis saídos de uma versão de ficção científica do futuro, as Crazy Mountains pretas e roxas estendendo-se ao fundo como se não coubessem ali, como um cenário pintado em uma peça de teatro do colégio.

No Git 'n' Split, Ruth comprou tiras de queijo, caixinhas de achocolatado e uma Pringles. Ela os ofereceu para mim no Fetomóvel como se estivesse oferecendo incenso e mirra.

— Eu odeio Pringles de sour cream e cebola — falei para o para-brisa, onde estava com meus pés apoiados até que Ruth os tirasse.

— Mas você ama Pringles.

Ruth chacoalhou a lata.

— Odeio qualquer coisa de sour cream e cebola. Todas as lésbicas odeiam.

Soprei para fazer bolhas no meu achocolatado com o canudinho que vinha grudado com celofane na caixinha.

— Quero que você pare de usar essa palavra.

Ruth colocou a tampa de volta na lata.

— Qual palavra? *Sour* ou *cream*?

Eu ri, debochada, com meu reflexo na janela do banco do passageiro.

• • •

Eu tinha passado a semana pós-intervenção intercalando entre uma sensação de dormência e uma hostilidade imperturbável e categórica com Ruth, enquanto ela, por outro lado, tornou-se demasiadamente falante e positiva sobre a minha *situação*. Ela se ocupou com os muitos *preparativos* a serem feitos para mim: comprar itens para o meu dormitório, falar com Hazel sobre a minha saída antecipada do Scanlan, preencher a papelada, agendar meu exame físico obrigatório, ajudar Ray a tirar o telefone, a TV e o vídeo cassete do meu quarto. Esse preparativo veio primeiro, na verdade. Mas o maior preparativo de todos: ela cancelou o casamento. Adiou, por assim dizer.

— Não faça isso — falei.

Ela ainda nem tinha me dito que faria tal coisa. Eu a surpreendi na cozinha, a ouvi conversando no telefone com a florista.

— Não é a hora certa agora — Ruth tinha dito. — A prioridade é você ficar boa.

— Eu estou falando sério: não faça isso. Não pare o show por minha causa. Não vou morrer por não ir ao casamento.

— Não é por você, Cameron. É por mim, e eu não quero me casar enquanto você estiver longe.

Ela saiu da cozinha depois disso. Era mentira dela, é claro. Era totalmente *por minha causa*. Totalmente.

· · ·

Eu tinha que ser observada o tempo inteiro. Alguém na minha condição não podia ficar sozinha. Eu encontrava o pastor Crawford todos os dias, por uma ou duas horas seguidas, mas nunca disse muita coisa. Eram simplesmente sessões de Nancy Huntley com Deus no meio. Eu tomava café da manhã com Ruth, almoçava com Ruth e jantava com Ruth e Ray. Eu olhava muito pela janela do meu quarto. Uma tarde, pensei ter visto Ty circundando o nosso quarteirão em sua picape, passando várias vezes. Tenho certeza de que o vi. Mas ele nunca parou na calçada, estacionou o carro; nunca subiu a escada para me ensinar a versão violenta da mesma lição que a Promessa de Deus tentaria me ensinar em breve.

Durante o meu período de clausura, Ruth foi a Ruth de sempre: tagarela — forçada, mas tagarela. Ray foi o Ray de sempre: quieto e ainda mais na dúvida do que dizer para mim. E a vovó não estava em lugar nenhum. Aquela semana inteira ela andou como um fantasma pela casa, não se permitindo ficar sozinha em nenhum cômodo comigo, saiu no Bel Air para sei lá onde durante horas um dia. Acabamos juntas na cozinha uma tarde. Ela deve ter achado que eu ainda estivesse fora em meu encontro diário com o pastor Crawford, mas eu a surpreendi enquanto ela misturava uma lata de atum com maionese.

Tentei não ser orgulhosa. Achei que talvez eu só tivesse uma chance.

— Eu não quero ir, vó — falei.

— Não olhe para mim, menina — respondeu ela, ainda misturando a maionese. — Você causou isso a si mesma. Foi um feito seu, cada pedacinho. Não sei se o método de Ruth é correto, mas sei que você precisa de um corretivo.

Acho que ela não percebeu que as palavras que escolheu eram um pouco engraçadas, e não eram, de fato, corretas.

— Você vai ficar bem — acrescentou ela, colocando a maionese de volta à porta da geladeira e pegando o pote de *relish* doce que ela não deveria comer. — Faça o que eles mandarem. Leia a sua Bíblia. Você vai ficar bem.

Parecia que ela estava dizendo isso mais para ela do que para mim, mas foi assim que a conversa terminou. Eu só a vi mais uma vez antes de partirmos. Ela surgiu do porão enquanto estávamos colocando as coisas no carro, me deu um abraço frouxo que ficou um pouco mais apertado bem antes de ela me soltar.

— Vou escrever para você, quando for permitido. Escreva você também — pediu ela.

— Não durante três meses — respondi.

— Você ficará bem. O tempo vai voar.

• • •

Lindsey me ligou uma vez, provavelmente querendo saber o que eu tinha achado da caixa de cuidados, mas Ruth atendeu e disse a ela que eu *iria estudar longe este ano* e que *não poderia mais continuar a me comunicar com ela*. Simples assim. Tenho certeza que ela tentou ligar de novo, mas eu não podia atender. Jamie veio aqui e ele, ao menos, Ruth deixou entrar. Ela, é claro, se escondeu no cômodo ao lado, deixando óbvio que estava escutando a conversa.

— Todo mundo já sabe, né? — perguntei a ele.

Não parecia haver nenhum sentido em desperdiçar palavras para disfarçar a única coisa que valia a pena falar naquele momento.

— As pessoas sabem de uma versão — respondeu Jamie. — Brett está contando para as pessoas. Não acho que a Coley esteja.

— Bem, é a única versão que as pessoas acreditariam, de qualquer forma — completei.

— Provavelmente.

Ele me deu um abraço rápido, disse que iria me ver no Natal, se o diretor da prisão permitisse. Aquilo me fez rir.

• • •

Eu podia ter fugido. Eu podia ter feito ligações secretas. Eu podia ter feito movimentos a meu favor. Eu podia. Eu podia. Mas não fiz. Sequer tentei.

• • •

Cerca de uma hora de Miles City, Ruth já tinha desistido de me dar sermão sobre apreciar *o presente de Deus de ter uma instituição como essa em nosso estado*. Acho que tinha desistido de incutir em mim uma atitude positiva antes mesmo de pegarmos a estrada, mas citou alguns versículos e cada frase como se tivesse escrito o próprio discurso com antecedência. E conhecendo Ruth, provavelmente ela havia feito isso — talvez em seu diário de orações, talvez no verso de uma lista de supermercado. As palavras dela eram tão antiquadas àquela altura que eu sequer ouvi a maior parte. Fiquei olhando pela janela com o nariz afundado no ombro e senti o cheiro da Coley. Eu estava usando um dos casacos dela apesar de estar calor demais para isso. Ruth pensava que era meu, caso contrário o teria empilhado na caixa de papelão com as outras coisas que pertenciam a Coley e ou a nós duas, itens que ela e o pastor Crawford haviam confiscado. Muitas daquelas coisas eram itens da nossa amizade e não necessariamente do que quer que tenhamos virado naquelas últimas semanas: fotos, muitas delas da noite do baile; bilhetes escritos em papel com linha e dobrados do tamanho de moedas de cinquenta centavos; é claro que a pilha grossa de entradas do cinema presas com elástico também; além de algumas flores do cardo prensadas, um dia enormes e espinhosas e bem roxas, e agora secas e desfolhadas, fantasmas de suas cores originais. Elas viram pó nas mãos se espremidas com muita força; exatamente o que Ruth fez. Os cardos que eu tinha colhido no rancho da Coley, trazidos para a cidade e colocados de cabeça para baixo na parede sobre a minha escrivaninha. Mas o casaco, escondido no fundo da minha cesta de roupa suja, sob toalhas de praia e blusas limpas, mas ainda não dobradas, tinha escapado. Ele ainda tinha o cheiro de fogueira de acampamento, ocasião em que ela havia usado a peça pela última vez, e algo mais que não me lembro, mas indubitavelmente Coley.

Durante quilômetros e quilômetros, eu simplesmente deixei Ruth falar. Deixei que as palavras dela caíssem entre nós como aqueles cardos transformados em pó nos bancos e no porta-luvas. Durante todo o tempo eu senti o cheiro de Coley e pensei nela, imaginando que começaria a odiá-la e me perguntando quanto tempo levaria para que isso acontecesse, porque eu não estava nem perto daquilo ainda, embora achasse que deveria estar. Ou que talvez eu estivesse um dia. Por fim, Ruth parou de falar comigo e mudou a rádio, até que encontrou Paul Harvey e riu como se estivesse bêbada e nunca tivesse ouvido aquele humor leve de rádio.

Durante aquelas seis horas, os únicos protótipos de diálogo entre nós, além do incidente da Pringles, foram:

RUTH: Por favor, feche a sua janela; liguei o ar-condicionado.

EU: E como isso me afeta?

RUTH: Eu queria que você parasse de se curvar desse jeito. Você está deformando os ombros e vai acabar como uma velha corcunda.

EU: Que bom. Vai combinar com os chifres que estou desenvolvendo.

RUTH: Sei que você leu seu manual, Cammie; eu vi. Ele diz que você tem que entrar na Promessa de Deus com o coração aberto se quiser que isso dê certo.

EU: Talvez eu não tenha um coração, seja ele aberto ou qualquer coisa.

RUTH: Você não quer que isso dê certo? Não consigo entender por que alguém iria querer continuar assim sabendo que pode mudar.

EU: Continuar assim como?

RUTH: Você sabe exatamente como.

EU: Não sei, não. Diga você.

RUTH: Continuar em uma vida de desejos pecaminosos.

EU: Essa é a mesma categoria do sexo antes do casamento?

RUTH: (Pausa longa.) O que você quis dizer com isso?

EU: Eu que te pergunto.

A alguns quilômetros do retorno para a Promessa de Deus, passamos pela placa do lago Quake. Estava toda amassada e o metal enrugado no meio, como se tivesse caído no chão, um caminhão tivesse passado por cima e então ela tivesse sido colocada de volta. Acho que Ruth e eu percebemos exatamente ao mesmo tempo. Foi quando ela virou para mim, quando de fato tirou os olhos da estrada para olhar em minha direção por alguns segundos. Mas, de alguma maneira, ela deu um jeito de não dizer nada. E eu não disse nada. E então fizemos a curva e tudo que se via pelo retrovisor eram árvores, estrada, e aquela placa não tinha significado nenhum, somente mais um marco de onde havíamos passado no caminho. Pelo menos foi isso o que nós duas fingimos naquele momento.

A menina que nos recebeu no estacionamento da Promessa de Deus tinha uma prancheta laranja, uma Polaroid e uma prótese na perna direita (do joelho para baixo). Parecia ter a minha idade, no segundo grau, com certeza, e balançava a prancheta enquanto vinha em direção ao Fetomóvel em uma velocidade surpreendente. Talvez eu não devesse ter ficado surpresa: ela estava vestindo um short de corrida.

Ruth sequer teve a chance de dizer algo como "ah, pobrezinha" antes que a pobrezinha em pessoa estivesse ao lado da porta do motorista, abrindo-a e tirando uma foto, o que para mim pareceu tudo o mesmo momento.

Ruth fez um barulho como um pigarro estridente e balançou a cabeça para frente e para trás. Então fechou os olhos como um *Looney Tunes* faz após colidir com uma parede de cimento.

— Desculpe o choque. Gosto de tirar uma foto logo na chegada — disse a menina, deixando a câmera enorme e preta pendurada em seu pescoço, fazendo a cabeça pender um pouco para baixo. A foto saiu da máquina como uma língua, mas ela não a puxou. — Assim que o pessoal chega eu tiro. Tem que ser bem nos primeiros momentos; é melhor assim.

— Por que é melhor assim? — perguntei para ela, caminhando ao redor do Fetomóvel para olhar a perna dela de perto.

A perna real era magra e branca opaca, mas a de mentira tinha certo formato, uma definição plastificada, e era bronzeada como a Barbie Praiana.

— Não há palavras para descrever, por isso tiramos fotos. Acho que é porque é o momento mais puro, menos diluído.

Ruth deu uma risada esquisita ao ouvir isso. Dava para ver que ela estava desconfortável com essa menina nos recebendo.

A menina puxou a foto e segurou de forma que somente eu e ela pudéssemos ver. Era basicamente a cabeça de Ruth perto demais das lentes, sua boca retorcida em uma linha de desprazer, e eu bem atrás dela, quase sorrindo.

— Meu nome é Cameron — falei.

Eu sabia que se eu não falasse, Ruth falaria, e por alguma razão eu queria que essa menina gostasse de mim logo de cara. Talvez porque seja lá quem fosse que eu estivesse esperando que nos recebesse, não era essa garota.

— Eu sei. Nós todos estávamos falando sobre a sua chegada. Eu sou Jane Fonda.

Ela estava sorrindo e se apoiando um pouco na perna falsa que rangia como um brinquedo de água.

— Sério? Jane Fonda? — Sorri de volta.

— Estou sempre falando sério — respondeu ela. — Pergunte a qualquer um. O negócio é o seguinte: Rick está em Bozeman, no Sam's Club, comprando comida e tal. Eu vou fazer um tour com vocês e logo, logo ele estará de volta. — Ela se debruçou em minha direção. — O Sam's Club e o Walmart dão um desconto enorme e comida de graça, às vezes. Basicamente peito de frango e bananas. Ele faz um bom churrasco de frango, mas compra papel higiênico barato, daquele que arranha e que a gente precisa dobrar para usar.

— Há coisas piores do que isso — comentou Ruth. — Devemos levar as malas agora?

— Sem dúvida — respondeu Jane.

— Não acredito que o seu nome é mesmo Jane Fonda — falei. — Que loucura.

Ela bateu a prancheta duas vezes na perna e soou como quando eu era pequena e batia as minhas baquetas no Sr. Cabeça de Batata.

— Isso é a ponta do iceberg — concluiu ela. — Nós nadamos na loucura aqui.

• • •

O terreno da Promessa de Deus tinha um pouco de tudo pelo qual o leste de Montana é famoso, coisas que o departamento de turismo do estado se certifica de que apareçam nos cartões-postais e nos guias: campos verde-dourados para arco-e-flecha ou hipismo, trilhos de madeira compacta com flores e tremoços, dois rios que, de acordo com Jane, estavam simplesmente *repletos de trutas*, e um lago tão-azul-que-parecia-de-mentira a uma caminhada de somente dois quilômetros do prédio principal. Ambos os lados do campus (o complexo de prédios) eram rodeados por pastos de criação de gado cujos donos eram solidários com a causa sagrada de salvar nossas almas de uma vida de desvio sexual. Até naquela tarde quente de agosto, o vento das montanhas era frio e trazia consigo o cheiro doce de feno, o aroma apimentado de pinheiro e cedro.

Jane Fonda nos levou até o outro lado, aquela perna surpreendentemente flexível rangendo, Ruth determinada a não ser deixada para trás por uma menina aleijada, mesmo que isso significasse passar com a mala de rodinhas verde e maltratada, da companhia aérea Winner e contendo meus pertences, sobre buracos imensos e arbustos. Eu arrastava uma mala cor-de-rosa da Sally-Q, que Ruth tinha dito que levaria de volta com ela, mas que eu podia ficar com a da Winner. Doar o velho, manter o novo.

Jane meio que foi em direção ao galinheiro (ovos eram coletados todas as manhãs pelos alunos em sistema de rodízio); ao estábulo vazio (eles planejavam adquirir alguns cavalos); a um conjunto de cabines com teto de metal usadas somente durante o verão, para acampar; a duas casinhas pequenas onde o reverendo Rick e a assistente da diretoria, Lydia March, moravam. Mas Jane não era exatamente uma guia turística dessas que costumamos ver em outras cidades, alguém que se sentisse obrigado a nos mostrar um pouco os arredores. Enquanto andávamos, olhei para a parte de trás da blusa dela. Havia o desenho de uma atleta em preto e branco, talvez uma jogadora de vôlei, pelo short e blusa, alongando-se após uma partida exaustiva — o rabo-de-cavalo caído, a testa suada. Ao lado da imagem, escrito em roxo: BUSQUE DEUS EM TUDO O QUE VOCÊ FAZ.

O prédio principal foi construído, eu acho, para parecer um alojamento campestre, com troncos e uma entrada grande; mas uma vez que estávamos do lado de dentro, parecia a Portões da Glória em Miles City, só que maior e com dormitórios. O piso era todo daquele laminado industrializado que imita toscamente madeira. Havia poucas janelas e muita luz fluorescente. Alguém havia feito uma tentativa de lareira no salão principal, com tapetes estilo Navajo, uma cabeça de alce sobre a moldura, mas até aquele cômodo tinha cheiro de desinfetante e produto de limpeza.

— Onde está todo mundo? — perguntei, e logo fui respondida pelo eco cavernoso da minha própria voz.

— Quase todo mundo está em Bozeman com o pastor Rick. Lydia está em algum lugar da Inglaterra, de onde ela é. Ela vai visitar algumas vezes ao ano. Mas acho que alguns discípulos estão no lago, talvez. O acampamento de verão acabou na semana passada, então estamos no momento de transição antes do horário regular da escola começar. Tempo de liberdade.

Ela acendeu um interruptor e começou a percorrer um corredor.

— Então vocês fazem o que querem durante essa semana?

Tia Ruth trotou um pouco para alcançá-la, as rodinhas da mala girando com tufos de poeira e grama naquele chão brilhante.

— Não exatamente. A frequência das atividades em grupo diminui, mas ainda fazemos o estudo da Bíblia e sessões individuais.

Ela parou perto de uma porta fechada, que tinha duas coisas coladas: um pôster da banda de rock cristã Audio Adrenaline e uma cópia da Oração da Serenidade, a caneta roxa tão apagada e o papel tão amarelado e curvado que, de alguma forma, tinha ganhado ares de história, quase de autenticidade.

Jane bateu na porta com a prancheta.

— Aqui é o seu quarto. E o da Erin. Ela está em Bozeman com o Rick.

Tia Ruth *fez que não* com a cabeça. Ela ainda não concordava com a questão da companheira de quarto. Quem poderia culpá-la? Eu também não concordava. Naquela mesma semana, quando fiquei sabendo o nome dela, com frequência imaginei que Erin seria uma gordinha de óculos, cachos rebeldes e uma mancha de acne sobre as bochechas protuberantes. Erin seria alguém que gosta de agradar. Eu simplesmente sabia. Ela trabalharia arduamente, pedindo a deus para ajudá-la, para que aquele grunge sagrado no pôster em nossa porta pudesse, de fato, fazer isso por ela. Arrepios na nuca e uma pontada no peito. Rezando para Jesus ajudá-la a querer aquele homem da maneira que ela queria aquela garota da biblioteca, do laboratório de ciências. *Ele é um chuchuzinho*, ela diria a respeito de algum astro de cinema, algum herói de filme de ação, e então daria um sorriso. Erin seria, basicamente, uma pessoa que sorri.

Nós ainda estávamos esperando do lado de fora da porta. Jane apontou para a maçaneta com a cabeça.

— Você pode entrar — disse ela. — Nós não trancamos nada aqui. As portas não costumam sequer ficar fechadas, mas já que não tem ninguém dentro, não tem problema, acho. — Ela deve ter visto a minha cara, pois acrescentou: — Você vai se acostumar.

Não era como se eu conseguisse acreditar nela.

A metade do quarto que pertencia a Erin era repleta de amarelos e roxos: uma colcha amarela com almofadas roxas, um abajur roxo com uma luz amarela, um quadro enorme com a moldura de tiras amarelas e roxas, a coisa toda com colagens de fotos, ingressos de shows cristãos e citações da Bíblia escritas à mão.

— Erin é de Minessota. Ela é fã do Vikings — disse Jane. — Além disso, ela já está no segundo ano aqui, portanto adquiriu alguns privilégios que você não tem, como o pôster e coisas assim. — Ela olhou para mim e deu ombros. — Ainda. Você irá adquiri-los eventualmente. Provavelmente.

A minha metade do quarto era estéril e branca e eu não tinha trazido muita coisa para mudar esse cenário. Colocamos minhas malas em cima do colchão que parecia novo. Eu não tinha certeza se deveria desarrumar minhas malas imediatamente, então só peguei alguns itens aleatórios e os coloquei sobre a minha escrivaninha: uma pilha de cadernos novos e uma caixa de canetas, compradas por Ruth; lenços Kleenex; uma foto da minha mãe, meu pai e eu no Natal; a foto da minha mãe no lago Quake; a foto da minha mãe e Margot, que Ruth tinha olhado com uma cara achando meio engraçado enquanto inspecionava minha mala, mas tinha me deixado levá-la. *Faça um esforço*, pensei. E acrescentei minha *Bíblia do Adolescente*.

Ruth estava examinando o quadro da Erin. Parecia notar a minha falta de cores com relação à Erin Viking. Acho que isso a deixou um pouco triste por mim. Ela me lembrou de pegar a luminária de leitura e o relógio no Fetomóvel antes que ela fosse embora.

— Acho que você vai ficar muito bem aqui, Cammie. Acho mesmo.

Ela se aproximou para me dar um abraço e eu me afastei dela, fingindo um interesse súbito e compulsivo em olhar pela janela que eu olharia durante o ano inteiro. A vista era inacreditável, então era isso o que eu tinha.

Graças a Deus, Jane nos tirou dali.

— Gostaria de ir até a sala de jantar? Rick achou que você poderia estar com fome. Tem coisas para fazer um sanduíche.

— Pode ser uma boa ideia — respondeu Ruth, já do lado de fora do quarto.

Jane foi atrás dela, rangendo a perna. Eu parei em frente ao quadro. Havia uma menina repetidamente em todas as fotos. Tinha de ser Erin. Eu estava certa com relação a tudo, menos à acne. A pele era limpa como a das garotas dos comerciais de Noxzema, talvez graças às orações antes de dormir. *Deus, conceda-me poros perfeitos. Deus, conceda-me um brilho saudável.*

• • •

Tínhamos acabado de terminar de comer um sanduíche de salada de ovo quando uma van azul grande estacionou do lado de fora e a porta de correr com a logo prateada da Promessa de Deus se abriu. Minha companheira doente disparou como um esguicho de água benta para me observar, me limpar e me encaixar no caminho deles.

Foi um tal de *Oi, eu sou a Helen. Estamos muito felizes que você esteja aqui. E Eu sou o Steve. Acabamos de comprar toneladas de cereal Cap'n Crunch. Você gosta? É muito bom.* E Mark e Dane disseram que me mostrariam o lago, e o Adam falou que ouviu dizer que eu era corredora, e que ele corria durante as manhãs e que já tinha visto diversos cervos e veados, e até um alce uma vez ou outra. *E esses bichos são imensos.* E foram muitos abracinhos, toques no braço, aqueles olhos muito brilhantes, todo mundo sorrindo para mim como se fôssemos personagens saídos de algum jogo de tabuleiro. O que me fez pensar: *tudo bem ficarmos nos encostando tanto assim?*

Olhei para Jane, que parecia realmente estranha, com a câmera ainda pendurada no pescoço, e cheguei para me certificar, em toda aquela felicidade e iluminação, se a perna amputada não tinha se curado repentinamente, brotado nova e perfeita e pura. Não tinha. E isso significava algo.

Erin Viking foi a última a sair da van. Ela desceu como se fosse de uma carruagem que um dia fora abóbora, como se todos esses desejadores do bem de olhos brilhantes fossem seus súditos, sua corte, e eu, a nova dama de companhia. Ela estava confiante em seu macacão jeans e suas sandálias, com os cachos brilhantes e bem cuidados; tudo nela — até o formato do seu corpo, a maciez da sua pele — fazia com que parecesse saudável. Talvez eu estivesse completamente errada sobre essa garota. Talvez ela fosse a líder do grupo. Será?

Ela fez um som agudo ao me ver. E então riu, várias vezes. Enquanto nos abraçávamos ela me contou tudo, a oração na porta, o quadro do quarto. Como ela estava feliz por voltar a ter uma companheira de quarto, e como era bom termos a chance de fazer essa jornada juntas, e que alívio que eu era atlética, porque ela estava realmente tentando entrar em forma. Eu fiquei mais feliz comigo mesma naquele momento, na realização da minha intuição, do que ficaria por semanas.

Mas mesmo alegre e simpática, Erin deixou de fazer determinada coisa que alguns dos seus colegas igualmente afetuosos não deixaram. Eu não conseguia entender o que era, mas era alguma coisa. Eu observei o rosto de Jane, tentando lê-lo. Um último abraço de Adam me envolveu brevemente em um cheiro doce e grudento, que custei um pouco a identificar, mas somente porque estava ali naquele contexto. No fim do abraço, senti o cheiro de novo. Inconfundível. Maconha. Os viados estavam superchapados.

Ruth estava conversando com o reverendo Rick, que vestia seu traje de fim de semana de rock star, calça jeans e camiseta, e quando nos olhamos ele me deu um sorriso e acenou. Parecia exatamente o mesmo que visitou a Portões da Glória. E Ruth não reconheceria o cheiro que senti nem se dessem um baseado para ela. Se dessem um narguilé para ela. Todos eles estavam chapados? O pastor Rick estava chapado também? Eu não conseguia ler a expressão no rosto de Jane. Ela estava falando com o cara Cap'n Crunch sobre as compras do grupo. Algumas pessoas já estavam se dispersando para os seus quartos, para a cozinha. *Horário livre*, dissera ela. Eu teria gastado minha onda ao ar livre.

Apesar da falta de naturalidade no movimento, debrucei em direção a Erin enquanto ela listava várias arrumações dos móveis que podíamos tentar fazer em nosso quarto, *por diversão*. Eu fingi que não consegui ouvir direito o que ela dizia.

— Então, você gosta dos Vikings, não é? — perguntei, respirando fundo, mas não senti nada, exceto cheiro de roupa lavada.

— Você já sabe! Não se preocupe, você vai ganhar privilégios para decoração em breve. Quem sabe você não vira fã dos Vikings até lá?

Erin começou uma longa sessão de perguntas e respostas, e, pela segunda vez no dia, foi Jane que me resgatou.

Ela era tão autêntica com aquela prancheta.

— Desculpem, meninas — interrompeu ela. — O reverendo Rick precisa conversar com a sua tia. Ele me pediu que terminasse de mostrar o lugar para você.

Eu achei que Jane já tivesse terminado seu tour semidesinteressante, mas lá estava aquela prancheta, a autoridade implícita de uma boa cristã. Erin seguiu para o nosso quarto não sem antes dizer que mal podia esperar até que nós pudéssemos *fofocar e fofocar*.

Jane disse algo ao reverendo Rick. Ele assentiu para mim novamente, tudo muito bem, calmo, tranquilo. Então Jane me levou para o galpão do celeiro principal. Ela lutou para subir os degraus velhos de madeira cinza, mas como se fosse algo comum. Eu pude perceber que vinha aqui com frequência. Eu, uma garota da cidade, sempre descobrindo coisas de grande importância em celeiros.

— Então, agora você conheceu seus colegas pecadores — disse Jane enquanto apontava para que eu sentasse na beirada. Eu obedeci enquanto ela se ajeitava ao meu lado. Ela tinha apoiado a mão em uma viga, mas estava supreendentemente manca. Tudo era surpreendente: a Jane, o lugar em si. — Algum pensamento ou observação?

Eu simplesmente toquei no assunto. Por que não?

— *Todo* mundo estava chapado? — perguntei, enquanto nossas pernas pendiam livres na beirada do mezanino, a dela emitindo aquele rangido a cada segundo e meio.

Ela riu.

— Boa sacada — respondeu ela. — Não todo mundo, somente alguns de nós que estão em reincidência.

— Então, você também está?

— Sim, eu também. Você não achou que Erin estivesse, achou?

Jane deu um sorrisinho, mas não para mim. Para o celeiro.

— Não. Entendi isso bem rápido. — Limpei alguns pedaços de palha da beirada só para vê-los flutuar e passear. — O reverendo Rick não percebe? Algumas pessoas cheiravam como se tivessem vindo diretamente de Woodstock.

— Ele não tem olfato. Nenhum. Nunca teve, desde que nasceu. Você vai ouvir falar disso. Ele ama achar significado no fato de não poder sentir cheiros.

Jane tirou uma foto rápida de algumas palhas caindo. Ela usava aquela câmera como se fosse um chicote.

— E o resto das pessoas?

— Você acabou de conhecê-los. Eles não precisam ficar chapados. Deus é o maior barato, certo?

Jane de fato capturou meu olhar para o dela com essa frase, mas o momento não durou muito.

— Por que eles não deduram vocês?

Ela sorriu para si de novo.

— Às vezes eles deduram.

— E?

— Você vai ver. Seja lá o que você pensa que esse lugar é, você vai se surpreender. Acredite. Você só precisa ficar aqui por um tempo e vai entender.

— Não que eu tenha escolha — falei. — Estou presa aqui. Aqui é onde ficarei.

— Então, posso adivinhar que você vai querer.

— Querer o quê?

— Maconha — respondeu ela muito naturalmente.

Eu não achei que seria assim tão fácil. Nem que seria minimamente fácil, mas ela tinha oferecido.

— Com certeza — concluí.

— Você tem dinheiro?

— Algum — respondi.

Não era para trazermos dinheiro nenhum — estava escrito no manual. Mas eu tinha enrolado cerca de 500 dólares que tinha ganhado como salva-vidas e algumas notas esquecidas na gaveta da cômoda do papai, notas de 20 e de 50, em pequenos rolinhos firmes, da espessura de um palito, e os tinha escondido em vários lugares na minha mala, para que se alguns fossem encontrados, outros pudessem escapar.

Jane estava mexendo nas faixas e nos fechos da sua perna, puxando algumas coisas. Estava me dando nervoso. O coto estava todo coberto com uma faixa e panos, mas eu tinha medo de que se ela não parasse de mexer, logo não estaria mais.

Ela percebeu que eu estava notando.

— Eu guardo um pouco de maconha dentro da perna. Tenho um pequeno compartimento escondido. Você vai se acostumar com isso.

— Por mim está tranquilo — falei, lançando um monte de palha sem olhar.

— Não está, não. Mas vai ficar depois que você fumar um pouquinho.

Ela segurava um saquinho com uma boa quantidade de maconha e um cachimbo de pedra-sabão.

Eu estava impressionada.

— Estou impressionada — disse.

Jane encheu o cachimbo como alguém que já tinha feito isso muitas vezes antes, fechou o saquinho e puxou uma caneta Bic vermelha.

— Eu tenho recursos. Na verdade, sou um pouco "de fora", sabe? Eu nasci em um celeiro.

Parecia a situação para uma frase de efeito:

— Ah, sim, você e Jesus.

— Exatamente — disse ela, soltando o ar e me passando o cachimbo.

Era forte, intenso, potente talvez fosse a palavra, mas não necessariamente agradável. Meus olhos lacrimejaram imediatamente.

— Você vai se acostumar — disse Jane enquanto eu tossia como um gato doente. — Faço o melhor que posso com o que é, essencialmente, maconha vagabunda.

Eu assenti, vesga, e tentei de novo, deixando a fumaça me preencher enquanto fechava os olhos, passando o cachimbo para ela antes de me deixar deitar na palha.

— De quem vocês compram?

— De mim. Eu planto a alguns quilômetros daqui, só o suficiente para durar o inverno. Se formos cuidadosos — acrescentou antes de puxar de novo.

Eu me apoiei no cotovelo e a observei enquanto ela prendia a fumaça.

— Fala sério! Você é a fazendeira residente plantadora de maconha?

Ela passou de volta o cachimbo e se jogou para trás na palha ao meu lado

— Eu acabei de te dizer; sou meio "de fora".

— Então como você veio parar aqui?

Jane ergueu a sobrancelha num movimento que supus ser misterioso.

— Os jornais — respondeu ela, sem oferecer mais nenhuma informação..

— Por causa do seu nome? — perguntei.

— Mais ou menos. Não exatamente.

A Jane estava curtindo a onda, eu podia ver. Ela tinha estado por aqui tempo suficiente para ver novos alunos chegarem à Promessa de Deus e partirem, e sabia exatamente o que eu estava buscando: sua história, seu passado, a sequência de eventos que a trouxeram para este lugar para ser salva, assim como eu. Algo sobre ser enviada para a Promessa de Deus me deixava desesperada para ouvi-la, para ouvir todas as histórias de todos os alunos, até a hora em que seus pais, seus tios, seja quem for, os trouxera por aquela estrada e para dentro daquele estacionamento, para deixá-los aqui. Não sabia porque tanto desespero, na verdade. Ainda não sei. Talvez fosse a sensação de que todos nós compartilhávamos a mesma história, de alguma maneira. Talvez a sensação de que entender o caminho dessas outras pessoas até a Promessa de Deus me fizesse encontrar sentido no meu próprio caminho. O que sei é que todos nós, *todos nós*, colecionávamos e compartilhávamos o passado um do outro, como trocar figurinhas de um álbum cujo tema fosse "circo dos horrores" — cada uma mais bizarra e estranha e mais improvável do que a outra. Mas acho que ninguém jamais teve um trunfo com a história da Jane.

Toda a história dela estava suspensa em uma névoa espessa de maconha forte e uma tarde quente de agosto em um celeiro, pelo que me lembro. Da forma que ela contou, talvez não fosse igual a dos demais. Mas isso não importa tanto quanto à conclusão a que cheguei enquanto ela contava — claramente o meu passado talvez não estivesse nem perto de ser o filme que uma vida inteira em Miles City havia me convencido ser.

• • •

Jane havia sido criada até os 11 anos em uma comunidade ao norte de Chubbuck, em Idaho. Segundo ela, era como se o lugar fosse o resultado do cruzamento dos motoqueiros do Grateful Dead com uma comunidade Amish. Era uma terra boa, deixada pelo avô de um dos fundadores. Os cidadãos da comunidade exploravam cristais de quartzo e ametistas no solo, que posteriormente era polidos e vendidos para lojas de souvenires ou feiras de arte. Plantavam milho e cenoura, batatas, certamente, e caçavam veados e cervos. A mãe de Jane era linda, uma mulher de cabelo escuro nascida no Novo México, a princesa da comunidade, amada por todos. E de todo aquele amor, Jane tinha dois pais.

Em um local como aquele, dissera Jane, teste de paternidade não significava nada. Quem pode realmente clamar a posse de uma alma? Ou de uma vida? Essas merdas. Um dos possíveis pais era Rishel — o mecânico com olhos lacrimejantes e andar desleixado, sempre com um pacote de bala de cereja no bolso de trás. A outra possibilidade era Gabe, uma espécie de professor. Ele trabalhava em um colégio da região durante um semestre, ensinando literatura e poesia, e passava o semestre seguinte na comunidade. Ele usava barbicha, dirigia uma Vespa e fumava um cachimbo estilo Sherlock Holmes basicamente como um adereço.

De alguma maneira, esses homens, que no segundo grau da escola teriam se estranhado em um corredor vazio, descobriram o respeito um pelo outro lá na comunidade. Ou pelo menos algo do tipo. O nome do bebê foi somente uma barreira menor.

Rishel queria Jane por causa da sua mãe: uma boleira de Chubbuck que tinha colocado a cabeça dentro do forno da própria doceria após terminar um bolo de cinco camadas. Gabe queria Jane, veja você, por causa de sua própria mãe: natural de Saratoga, uma sobrevivente de câncer de mama que fora funcionária de medição. E não havia dúvidas quanto ao sobrenome, que seria da mãe de Jane: Fonda. Como todos haviam gostado de *Barbarella* (por diversas razões: Gabe, ironicamente; Rishel: genuinamente), assim ficou. Jane Fonda.

Gabe achou o nome um triunfo da pós-modernidade.

Rishel achou o nome simples e direto. Limpo. Uma boa escolha.

Jane Fonda nasceu no celeiro da comunidade em dezembro, com uma enfermeira de pronto-socorro aposentada chamada Pat puxando-a da barriga de sua mãe. Pat parecia a enfermeira de *Romeu e Julieta*, falava alto e era autoconfiante, com tranças cinzas enormes e mãos rosadas como pedaços de presunto. Pat e seu amor, Candace, uma policial aposentada, haviam se mudado recentemente para a comunidade para gastar a pensão de suas aposentadorias com o bem de todos. Antes de Idaho, tinham vivido em uma comunidade lésbica da Womyn's Lands, ao sul da Califórnia, controlada por diversas mulheres gays de Berkeley. Pat e Candace tinham aproveitado o tempo que passaram em uma comunidade utópica só de mulheres gays, até que foram para o Canadá para um festival folclórico, pararam para visitar uns amigos em Chubbuck e nunca mais voltaram.

Pat e Jane Fonda eram próximas. Até que Pat morreu em um acidente de moto na neve — Jane perdera a perna no mesmo acidente. Então, numa mesma tarde, Jane perdera a perna, do joelho para baixo, e sua enfermeira e modelo de mulher. Gabe não voltava à comunidade havia dois anos, e Rishel não sabia exatamente o que dizer sobre a tragédia sem soar como *O Almanaque do Fazendeiro*.

Nem na noite do nascimento de Jane, nem nunca, a mãe de Jane depreenderia os vários significados cristãos daquela ocasião. A manjedoura, o mês, a noite estrelada, até o trio de músicos experientes da comunidade tocando canções de nascimento e passando uma torta para todos dividirem. Ninguém conseguia entender exatamente o porquê Jane tinha nascido em um celeiro. Eles tinham algumas casas, diversas cabanas aquecidas.

— Por que foi a mão de Deus — decidira a mãe da Jane mais tarde. Ela havia cismado com isso.

Depois do acidente, a mãe da Jane encontrou Cristo na fila do supermercado. Ela estava comprando coisas "não plantáveis" para a comunidade naquela semana: pasta de dente, papel higiênico e absorvente. Uma daquelas revistas chamou a atenção dela — uma suposta imagem de Jesus na cruz havia se formado na nuvem de poeira sobre o Kansas. E por que não? Se cristais podiam ser poderosos e cânticos podiam ser sagrados, então por que não? E a outra reportagem em destaque na capa daquela revista? Uma história sobre a dificuldade da atriz de Hollywood Jane Fonda em filmar seu novo vídeo de exercícios: *A gravidez de Jane Fonda, Nascimento, e Exercícios de Recuperação*. Jesus e Jane Fonda na capa de uma revista, bem ali, olhando para ela na fila do supermercado: era demais para ser só coincidência.

A mãe de Jane, agora com uma filha aleijada, estava pronta para deixar a comunidade, para partir em direção ao que acreditava em uma vizinhança de classe média com uma sorveteria perto de casa. Ela nunca estivera totalmente confortável com Pat e Candace, mesmo antes do acidente. Algumas coisas eram simplesmente mais anormais do que outras. Ela culpou a falecida Pat, talvez até com razão, por Jane ter ficado aleijada, e, quem sabe, por ter infectado sua filha com algo a mais. Alguns dias antes da revista no supermercado, a mão de Jane tinha encontrado a filha com uma menina de cabelo vermelho e dentuça, filha de uma das novas famílias da comunidade. As duas estavam sem blusa, brincando de "quiroprata", disseram. (O pai da garota nova era quiroprata.) Mas elas já tinham passado da idade de brincar de médico. Então, a mãe da Jane tomou uma atitude e elas se mudaram. Dessa vez, a mãe dela casou-se com um homem bom: um técnico de beisebol infantil, jovem, que frequentava a igreja e cortava a grama do jardim. E não muitos anos depois, Jane Fonda acabou na Promessa de Deus.

— Mas o que você fez, especificamente? — perguntei a Jane naquele dia no celeiro. — Para terminar aqui, digo. Qual foi o ato determinante?

Ela já havia guardado o cachimbo no compartimento da perna. Nós já estávamos envoltas no calor grudento e no cheiro doce daquele celeiro há quase uma hora, talvez mais. Eu esperava que Ruth estivesse procurando por mim havia algum tempo, que estivesse pronta para ir embora e me deixar ali, mas não pudesse porque eu não estava em lugar nenhum e não era encontrada e ainda, tecnicamente, pelo menos por mais alguns minutos, sob o seu controle.

— O que eu não fiz? — retrucou Jane. — Ora, as coisas típicas. Acabei de te contar todas as partes boas.

Dei de ombros. As "coisas" que ela estava deixando de fora não pareciam típicas para mim.

— O quê? Você quer ouvir sobre como eu *ainda* estava brincando de médico com meninas aos 14 anos? Simplesmente ninguém chama mais de brincar de médico nessa idade. Além disso, o que eu fazia com as meninas era mais ginecologia do que práticas gerais.

Eu ri.

— Sua mãe pegou você no flagra de novo?

Jane sacudiu a cabeça em minha direção, como se eu estivesse muito lenta na compreensão. Provavelmente estava.

— Ela não precisou me pegar no flagra com ninguém. Eu estava vivendo o meu pecado livremente. Eu já me autodefinia, orgulhosamente, como membro da Nação Sapatão, e pedi a uma amiga para usar o barbeador elétrico do irmão dela para raspar meu cabelo. Tentei pegar um ônibus para o litoral, qualquer um deles, qualquer coisa, mais de uma vez. Não tem como *pegar no flagra* alguém que não está escondendo nada.

Eu fiz a pergunta inevitável. A única que faltava fazer:

— E você está *curada* agora?

— Não dá para perceber? — perguntou Jane, dando aquele sorrisinho que ela era boa em dar, aquele que não revelava nada.

Eu teria pensando em algo para dizer de volta, mas o pastor Rick e tia Ruth entraram no celeiro. Olharam para cima e viram nós duas, paradas na beirada do mezanino. Rick deu o seu sorriso com covinhas, de rock star. Ruth parecia calma. Ao menos mais calma do que parecia quando chegamos.

— Não é legal aqui? — perguntou Ruth. — Todo esse ar fresco.

— Nós somos muito abençoados em ter esse terreno — respondeu Rick. — Fazemos bom uso dele, não é, Jane?

— Sem dúvida — disse ela.

— É um lugar lindo, realmente — complementou Ruth. — Mas acho que... — Ela olhou para cima, para mim.

Olhei para baixo, para ela, tentando não revelar nada, assim como Jane. Ninguém disse nada por alguns segundos.

E então, Rick falou:

— Você tem uma longa estrada pela frente, não é?

Ele não disse o que alguns adultos diriam: *Sua tia tem uma longa estrada pela frente, Cameron*, para me repreender, para provar um ponto, para dar respaldo a Ruth. Ele poderia ter dito, mas não disse.

— Tenho sim — respondeu Ruth. — Embora eu vá para Billings hoje. Tenho uma festa da Sally-Q lá amanhã a tarde.

Ela explicou o que era Sally-Q para ele enquanto Jane e eu levantamos e sacudimos a palha grudada em nós. Rick fingiu estar interessado no que Ruth estava dizendo sobre *ferramentas para mulheres*. Ou talvez ele não estivesse sequer fingindo.

Na escada, enquanto estava colocando a perna no primeiro degrau, Jane disse para mim, em voz baixa:

— Você não vai se sentir nem um pouco melhor se for estúpida com ela na hora que ela for.

— Como você sabe o que vou sentir?

— Eu sei um monte de coisas — respondeu Jane. — E isso eu sei.

● ● ●

Esse foi o nosso adeus: do lado de fora, sozinhas, ao lado do Fetomóvel, a brisa das montanhas ainda fria e cortante, o sol ainda quente, reluzindo na tinta branca do capô, Ruth dando um abraço apertado em mim, já chorando um pouco, e eu com minhas mãos no bolso, me recusando a abraçá-la de volta.

— Rick e eu conversamos sobre essa raiva que você tem de mim — disse ela com o rosto em meu pescoço. — Você tem muita raiva dentro de si.

Eu não disse nada.

— A pior coisa que eu poderia fazer agora é desistir de você por deixar a sua raiva me atingir. Não vou fazer isso com você, Cammie. Sei que você não consegue enxergar agora, mas *essa* seria a pior coisa a se fazer. Não trazer você aqui; desistir de você.

Eu continuei sem dizer nada.

Ruth colocou as mãos em meus ombros e se afastou de mim, me segurando a uma distância de um braço.

— Não vou fazer isso com você. Sua raiva não vai mudar minha cabeça. E eu não vou fazer isso com a memória dos seus pais também.

Eu me soltei dos seus braços e dei um passo para trás:

— Não fale dos meus pais — disse. — Meus pais nunca me mandariam para um maldito lugar como esse.

— Tenho uma obrigação que você não entende, Cameron. E, para ser sincera, você não sabe tudo que deveria saber sobre a sua mãe e o seu pai, nem o que eles queriam para você. Eu os conhecia há muito mais tempo do que você. Será que você não pode levar em consideração, nem por um minuto, que isso é exatamente o que eles fariam nessa situação?

O que ela disse não era nada profundo, mas caiu em mim como um ataque em um jogo de futebol. Era exatamente o ponto para me atingir, para me fazer sentir fraca e idiota e culpada e, pior ainda, com medo, porque ela estava certa: eu não sabia nada sobre as pessoas que meus pais tinham sido. Nada. Ruth tinha me lembrado disso, finalmente, e eu a odiava por isso.

Ela continuou:

— Eu não quero deixar você assim, com toda essa raiva entre nós.

Mas eu não deixei que ela terminasse. Dei um passo em direção a ela. Olhei bem em seus olhos. Fui cuidadosa e lenta com as minhas palavras:

— Você já pensou que talvez tenha sido a *sua* chegada que tenha me deixado assim? Talvez eu tivesse ficado bem. Mas e se cada escolha que você fez desde que eles morreram foi errada?

A cara que ela fez confirmou o quão terríveis minhas palavras haviam sido, e elas eram mentiras, é claro. Mas eu não consegui parar. Eu não parei. Fui falando mais alto. As palavras simplesmente vinham:

— Quem mais eu tenho além de você, Ruth? E você me decepcionou. E agora você me manda para esse lugar para tentar me consertar, rápido, antes que seja tarde demais. Antes que eu fique fodida para sempre. Rápido! Conserte-me, conserte-me rápido, Jesus. Cure-me! Rápido, antes que isso seja para a vida toda!

Ela não me deu um tapa na cara. E como eu quis voltar para aquele alojamento de mentira com uma marca brilhante, quente e vermelha no rosto. Mas Ruth não me deu um tapa. Ela ficou em pé aos prantos, mais genuína do que em qualquer momento que já a tinha visto chorar por mim. Eu acreditei na autenticidade daquelas lágrimas. O pranto continuava vindo, mesmo depois que a vi entrar no Fetomóvel e ir embora. Eu podia vê-la soluçando pela janela, incapaz de olhar para mim, ou sem vontade, e eu senti que finalmente, finalmente, eu tinha de fato feito algo terrível o suficiente para merecer aquela reação.

• • •

Aquela primeira noite na Promessa, após Erin e eu termos falado sobre as nossas vidas e sonhos e novas propostas — as dela, autênticas, as minhas, inventadas para a minha nova companhia (aceitar a ajuda de Jesus, me curar, encontrar um homem) —, eu ouvi o som da sua respiração, o barulho das cobertas em sua cama, todos os outros sons que se ouve durante a noite quando se está em um lugar novo com um monte de gente. Eu não pensei em Coley, mas pensei em Irene Klauson, longe, no dormitório da escola em sua primeira noite, ouvindo esses mesmos barulhos, pensando, quem sabe, em mim. Por fim, todos aqueles pensamentos e aquele silêncio me fizeram dormir.

Eu sonhei que a Jane Fonda verdadeira vinha me visitar na Promessa. Eu não havia alugado tantos filmes com ela, mas, certa vez, *Num lago dourado* estava passando na TV. Katharine Hepburn está no filme, mas ela já é a instável Katharine Hepburn, que fica dizendo ao marido, um Henry Fonda ainda mais velho, para olhar para "Os patos, Norman! Os patos!". Jane Fonda faz o papel de uma filha perdida, ou algo assim, cujo pai é todo engomado e velho e provavelmente tem demência, então é difícil para eles resolverem qualquer coisa. Talvez tenham conseguido em algum momento. Eu não sei, porque Ruth chegou em casa e tive que ajudá-la com algo e perdi o fim do filme. Eu nem sei ao certo o significado dos patos.

Mas, no meu sonho, Jane Fonda é toda bronzeada e tem um cabelo louro esvoaçante mesmo que não sopre vento qualquer, e estou fazendo um tour aqui com ela. Nós vamos a todos os prédios e, quando abrimos a porta para sair do refeitório, de repente estamos no rancho de Irene Klauson, no topo das escavações de dinossauros. Ao mesmo tempo é como se fosse e não fosse mesmo o rancho, desse jeito confuso de ser e não ser típico dos sonhos. Ao sairmos do rancho sob a luz do sol, sinto cheiro de poeira batida e penso que talvez a Promessa seja onde eu devesse estar.

Algo sobre aquele cheiro e a forma como a luz toma forma, parece, de alguma maneira, correto.

Eu tento perguntar a Jane Fonda sobre isso, mas ela não está mais do meu lado. Ela está no celeiro com um homem alto em um terno cinza. Demoro muito para andar até eles, como se estivesse caminhando em um daqueles pula-pulas infláveis. O chão sobe e desce, a superfície está cheia de ar. Quando chego diante deles vejo que é com Katharine Hepburn que a Jane Fonda está conversando, uma Katharine Hepburn jovem, usando um terno masculino e gravata, com aquele cabelo castanho-avermelhado ondulante. E então Katharine Hepburn meio que vem em minha direção, caminhando naquele chão que é mais parecido com um balão do que com um chão de verdade, e diz "Você não sabe nada sobre Deus. Você sequer sabe nada sobre os filmes". Então, ela se inclina com seus lábios vermelhos e grandes demais para serem reais e me beija. Quando nos soltamos, os lábios dela estão entre os meus dentes, mas são de cera. São lábios de cera imensos do Halloween e meus dentes entram dentro deles até a gengiva, ficam presos neles. Quero dizer algo, mas não consigo porque aqueles lábios estão presos nos meus dentes e minha boca não consegue passar por eles e formar as palavras. De algum lugar ao longe, Jane Fonda ri — apesar de eu não ter certeza se essa parte ainda era sonho.

CAPÍTULO CATORZE

Em minha primeira sessão individual, fizemos o meu iceberg. Acho que foi mais uma sessão de dupla, porque tanto o reverendo Rick quanto uma mulher que eu não tinha conhecido até aquele dia, a psicóloga/diretora assistente da Promessa, Lydia March, estavam lá me "apoiando". A abordagem da Promessa era pautada em apoio em vez de aconselhamento: *Sessões de Apoio. Workshops de Apoio. Apoio individual.* Aprendi mais tarde que eu não era especial e que todo mundo na Promessa tinha seu próprio iceberg. Os icebergs eram cópias em preto e branco de um desenho que Rick tinha feito. Quando ele me entregou o meu, ele era assim:

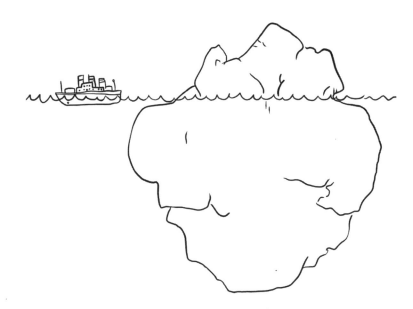

— Você sabe sobre como são os icebergs, certo? — perguntou ele.

Observei a imagem por um instante, tentando entender onde ele queria chegar com isso. Nós havíamos passado uma hora e meia falando sobre como eu estava me adaptando, sobre as aulas que eu teria, sobre quaisquer dúvidas que eu pudesse ter a respeito das regras. Não tínhamos chegado na parte sobre como esse lugar iria me curar e eu não entendi como esse desenho seria o começo dessa cura. E não entender era algo que me incomodava; eu não queria ser levada a revelar nada que fosse importante. Fiquei quieta.

Rick sorriu.

— Vou tentar de outra forma. O que você sabe sobre icebergs? Alguma coisa?

Dei a resposta mais inútil que podia, devido à minha incerteza:

— Sei que um iceberg causou um grande problema para o *Titanic* — respondi.

— Sim — disse ele, sorrindo e colocando o cabelo para trás da orelha. — Causou mesmo. Mais alguma coisa?

Olhei novamente para o desenho. Continuei olhando. Isso era estranho.

— Certamente você sabe algo mais sobre eles — acrescentou Lydia. — Enormes ilhas de gelo à deriva nos oceanos. — Ela tinha um sotaque inglês, e não que eu soubesse alguma coisa sobre as variações desses sotaques, mas o dela era claramente mais refinado, do momento pós-transformação de Eliza Doolittle, e não Eliza Doolittle pré-transformação, vendedora de flores. — Pense na expressão *ponta do iceberg* — completou ela.

Olhei para ela. Ela não sorriu. Não parecia má, necessariamente, mas era séria, focada no trabalho. Tinha um daqueles rostos com muitos traços marcantes, o nariz, as bochechas, sobrancelhas bem arqueadas; e ela usava o cabelo puxado para trás, super esticado na cabeça, como a guitarrista substituta naquele vídeo do Robert Palmer, o que fazia sua testa parecer infinita. Mas ela tinha, de fato, um cabelo bonito. Era muito branco, com um tom de branco perfeito, *Rabo de Unicórnio* ou *Barba do Papai Noel*, e com ele todo puxado para trás daquela forma, em rabo de cavalo, parecia, de alguma maneira, futurista, como se ela tivesse vindo direto da *Enterprise*.

— Ponta do iceberg — disse ela novamente.

Eu tinha acabado de ouvir aquela expressão recentemente, mas não conseguia me lembrar onde, e não tinha tempo de pensar sobre ela com os dois me olhando com tanta expectativa:

— É porque uma grande parte do iceberg está sob a superfície? — perguntei.

— Exatamente — disse Rick, dando um sorriso ainda maior. — Você acertou em cheio. Nós vemos apenas cerca de um oitavo da massa total de um iceberg quando o olhamos sobre a superfície da água. Esse é o motivo pelo qual os navios, às vezes, se metiam em encrenca. A equipe considerava insignificante aquilo que via sobre a superfície da água, algo administrável, mas não estavam preparados para lidar com todo o gelo sob a superfície.

Ele se inclinou, deslizou o desenho de volta sobre a mesa e escreveu algumas coisas nele, e então me passou novamente. Ao lado da massa pontuda sobre a superfície da água estava escrito: *Transtorno de Atração pelo Mesmo Sexo da Cameron*. Ele também tinha escrito: *Família, Amigos, Sociedade* em cima do navio.

Agora eu conseguia ver onde isso ia dar.

— Você diria que a ponta do iceberg, nesse desenho, pelo menos, parece bastante assustadora para as pessoas no barco? — perguntou ele.

— Acho que sim — respondi, ainda olhando para o papel na minha frente.

— O que significa isso, *Acho que sim*? — perguntou Lydia. — Você precisa responder essas perguntas com um pouco de reflexão. Nós não podemos apoiar você se você não for fazer nenhum esforço.

— Então, sim — falei, olhando para ela e falando deliberadamente. — A ponta do iceberg, como desenhada nesta imagem, tem muitos ângulos retos e protuberâncias pontudas, e está agigantando-se em direção ao barco de uma maneira precária.

— Sim — retrucou ela. — Está. Isso não foi tão difícil. E por ser tão grande e assustadora, sabemos que é nisso que as pessoas no barco querem focar. Mas nós sabemos que não é o problema real, não é?

— Nós ainda estamos falando do desenho? — perguntei.

— Não importa — respondeu ela. — O problema real para as pessoas no barco... — Ela fez uma pausa para bater com o dedo no desenho, bem em cima das palavras *Família, Amigos, Sociedade*; então, com o mesmo dedo, ela apontou para mim, fazendo-me olhar para o rosto dela antes de continuar. — O *problema real* é o bloco de gelo imenso escondido, que segura aquela ponta assustadora. Talvez eles consigam desviar o barco ao redor do gelo sobre a superfície, mas irão bater diretamente em problemas ainda maiores com o que está embaixo. A mesma coisa acontece com as pessoas que amam você e acontece também com você: o pecado do desejo e do comportamento homossexual é tão assustador e impositivo que as pessoas ficam focadas nisso, consumidas e horrorizadas com isso, quando na verdade os grandes problemas, aqueles com os quais você precisa lidar, estão escondidos sob a superfície.

— Então vocês vão tentar derreter a minha ponta?

Reverendo Rick riu. Lydia, não.

— Algo assim, na verdade — respondeu ele —, mas *nós* não vamos fazer nada: você vai. Você precisa focar em todas as coisas no seu passado que a levaram a enfrentar atrações não naturais pelo mesmo sexo. As atrações em si não devem ser o foco, pelo menos não agora. O que é importante são todas as coisas que vieram antes de você sequer perceber esses sentimentos.

Pensei no quão nova eu era quando considerei, pela primeira vez, beijar a Irene. Nove. Talvez oito? E teve também a minha paixão — pode-se chamar de paixão, acho — pela minha professora da pré-escola, a Sra. Fielding. O que poderia ter acontecido comigo para me fazer "enfrentar a atração pelo mesmo sexo" aos seis anos de idade?

— Em que você está pensando? — perguntou Rick.

— Não sei — respondi.

Lydia respirou fundo.

— Use as suas palavras — disse ela. — Suas palavras de gente grande.

Eu decidi que odiava ela. Tentei de novo:

— Quero dizer, é interessante pensar nisso dessa maneira. Nunca fiz isso antes, na verdade.

— Pensar em quê? — perguntou Lydia.

— Na homossexualidade — respondi.

— A homossexualidade não existe — falou ela. — A homossexualidade é um mito perpetuado pelo chamado movimento dos direitos gays. — Ela espaçou cada palavra da frase seguinte: — Não existe identidade gay; isso não existe. Em vez disso, há apenas a mesma luta contra desejos e comportamentos pecaminosos que nós, como filhos de Deus, precisamos combater.

Eu estava olhando para ela, ela olhando para mim, mas eu não tinha nada a dizer, então voltei meus olhos para o iceberg.

Ela seguiu, falando cada vez mais alto:

— Nós dizemos que alguém que comete o pecado do assassinato é parte de algum grupo de pessoas que têm essa característica da identidade em comum? Nós permitimos que assassinos façam paradas e se encontrem em clubes de assassinos para ficar doidões e dançarem a noite toda, e depois saírem de lá e cometerem assassinatos juntos? Isso pode ser chamado de um aspecto da identidade deles?

Reverendo Rick pigarreou. Eu continuei olhando para o meu iceberg.

— Pecado é pecado. — Ela parecia satisfeita com isso, então disse de novo. — Pecado é pecado. O que acontece é que a sua luta é com o pecado da atração pelo mesmo sexo.

Eu podia ouvir Lindsey dentro da minha cabeça me dizendo para falar *É sério? Bem, se a homossexualidade é simplesmente como o pecado do assassinato, então quem morre, exatamente, quando os homossexuais se reúnem para pecar?* Mas Lindsey não estava sentada ali com aqueles dois. E Lindsey não havia sido exilada na Promessa por um ano, no mínimo. Então eu mantive essa parte de mim quieta.

— Como você está se sentindo em relação a isso? — perguntou Rick. — Nós estamos jogando um monte de coisas em você, eu sei.

— Eu estou bem — respondi rapidamente, sem refletir nem um pouco sobre o que ele havia perguntado. Continuei: — Bem, talvez eu esteja bem.

Eu estava com dor de cabeça. A sala onde estávamos, um pequeno espaço do lado de fora da sala do Rick, tinha somente uma mesa e três cadeiras que nós estávamos ocupando, e o cômodo minúsculo tinha um ar pesado demais, um cheiro doce demais da gardênia plantada que ficava na prateleira embaixo da janela, suas folhas brilhantes e talvez meia dúzia de flores, algumas delas já marrons e morrendo. Estar ali me fez quase desejar a sala de aconselhamento de Nancy: o sofá, os pôsteres de celebridades adolescentes, as comidinhas da sala dos professores, a falta de pecado indicada pela minha presença.

— Então, o que eu faço com isso? — perguntei, segurando o meu iceberg.

O Rick colocou as duas mãos na mesa na minha frente:

— Nós vamos passar as nossas sessões individuais, o tempo que for preciso, tentando preencher a massa abaixo da superfície.

Eu assenti, mesmo não tendo certeza do que ele quis dizer com aquilo.

— Vai ser um trabalho árduo — disse Lydia. — Você vai ter que confrontar coisas que tenho certeza que preferiria não encarar. Um dos primeiros passos mais importantes é você parar de pensar em si mesma como homossexual. Isso não existe. Não torne o seu pecado especial.

A Lindsey na minha cabeça disse: *Engraçado, o meu pecado parece especial para caralho, considerando que vocês construíram um local inteiro de tratamento para lidar com ele*. Porém, o que eu disse em voz alta foi:

— Eu não penso em mim como homossexual. Eu não penso em mim como nada diferente do que eu mesma.

— Isso é um começo — concluiu Lydia. — Descobrir quem é o seu "eu" e por que ele possui essas tendências será o desafio.

— Você vai se sair bem — acrescentou Rick, dando seu típico sorriso genuíno. — Nós estaremos aqui para apoiá-la e guiá-la durante esse processo. — Eu devia estar com uma cara de dúvida ainda, porque ele falou:
— Lembre-se de que eu já estive exatamente nesse lugar também.

Eu ainda estava segurando meu iceberg. Balancei o papel para a frente e para trás algumas vezes, rápido, e fez aquele barulho legal que o papel faz quando o sacudimos desse jeito.

— Então eu devo levar isso comigo?

— Gostaríamos que você pendurasse no seu quarto — respondeu ele.
— Você irá escrever nele depois de cada sessão individual.

Aquele iceberg era o meu primeiro, e único, privilégio decorativo dos três meses seguintes. Eu o pendurei no meio da parede vazia no meu lado do quarto. Comecei a procurar o iceberg de todo mundo, agora que eu sabia pelo que procurar. Às vezes, os discípulos (nós devíamos nos chamar de discípulos e pensar em nós mesmos como discípulos do Senhor, e não como simplesmente alunos fodidos) que já estavam há mais tempo em seus programas tinham enterrado parcialmente seus icebergs sob as típicas memórias que aparecem nas paredes de adolescentes — embora os pôsteres e flyers e fotos dos adolescentes da Promessa tivessem mais a ver com atividades e bandas cristãs e menos com, digamos, cowboys pelados ou garotas do *Baywatch*. Mas colagens adolescentes são meio que todas iguais, e as cópias dos icebergs eram distintas o suficiente para que eu pudesse enxergá-las de vez em quando.

Escrito no gelo sob a superfície em cada figura dos discípulos estavam palavras e termos que não faziam muito sentido para mim até que minhas sessões individuais progredissem e eu começasse a escrever coisas semelhantes.

Eu observava os problemas *sob-a-superfície* de todo mundo com tanta regularidade que consigo lembrar de alguns em detalhes, palavra por palavra:

Erin Viking (minha colega de quarto):

Excesso de vínculos masculinos com o papai no futebol do Minnesota Vikings. A beleza extrema da Jennifer = sentimentos de inadequação feminina (inabilidade para mensurar), resultando numa crescente devoção aos Escoteiros, tentando provar meu valor (como mulher) de maneiras inapropriadas. Trauma (sexual) não resolvido no baile do sétimo ano quando Oren Burstock pegou no meu peito perto na fonte de água.

Jennifer era a irmã de Erin e havia algumas fotos dela no quadro. Eu não culpava Erin por se sentir inadequada: Jennifer era maravilhosa. Eu perguntei a ela por que haviam deixado que ela decorasse o quarto com as cores e recordações do Minnesota Vikings se este assunto era um grande problema.

Erin tinha todas as respostas prontas. Obviamente, ela havia gastado um tempo com isso, porque falou da maneira que eu tenho certeza que Lydia havia falado para ela inúmeras vezes:

— Eu preciso aprender a gostar de futebol de uma forma saudável. Não há nada errado em ser mulher e fã de futebol. Eu só não quero olhar para o vínculo que criei com o meu pai por causa do futebol como uma maneira de reafirmar minha identidade, porque isso confunde a minha identidade de gênero, já que a atividade que nos conecta é tão masculina.

Jane Fonda:
> Situação de vida extrema e não saudável na comunidade — sistemas de crença pagã e sem Deus. Falta de um modelo masculino (estável e regular) até a adolescência. Modelo de gênero inapropriado e relação pecaminosa "aceitável": Pat e Candace. Exposição precoce a drogas ilegais e álcool.

Adam Red Eagle:
> A modéstia extrema do meu pai e falta de afeto físico me levaram a buscar afeto físico em outros homens de maneiras pecaminosas. Próximo demais à minha mãe — modelo de gênero errado. As crenças em Yankton (winkte) são conflituosas com a Bíblia. Lar desajustado.

Adam era o cara mais bonito fisicamente que já conheci. Ele tinha a pele cor de juta cobreada e cílios que pareciam um anúncio de rímel de revista, embora não se conseguisse vê-los com muita frequência devido ao seu cabelo preto e lustroso, que ele deixava caído sobre o rosto até que Lydia March inevitavelmente viesse até ele com um elástico de cabelo esticado entre o polegar e o indicador, dizendo:

— Vamos prender esse cabelo, Adam. Não precisa se esconder de Deus.

Adam era alto e tinha músculos longos, e se portava como o dançarino principal da companhia Joffrey, todo gracioso, com poder e força refinados. Às vezes corríamos juntos nos fins de semana, antes da neve chegar, e eu me via olhando para ele de maneiras que me surpreendiam. O pai dele, que tinha se convertido recentemente ao cristianismo "por razões políticas", segundo Adam, foi quem o havia enviado para a Promessa. Sua mãe se opôs a tudo aquilo, mas eles eram divorciados e ela morava em Dakota do Norte; era o pai que tinha a guarda e estava resolvido. Esse mesmo pai tocava na banda Canoe Peddler de Assiniboine, era membro participativo do consolidado Conselho Tribal de Fort Peck e também um empreendedor imobiliário muito respeitado de Wolf Point cujas ambições maiorais eram ameaçadas pela existência de um *filho gay*.

Helen Showater:
Ênfase em mim como atleta: masculinidade reforçada pela obsessão por softball (ruim). Tio Tommy. Imagem do corpo (ruim). Pai ausente.

Mark Turner:
Próximo demais à mãe — ligação inapropriada (com ela) no meu papel no coral da igreja. Obsessão pelos conselheiros sênior (homens) no Acampamento de Verão Son Light. Falta de contato físico **apropriado** (abraço, toque) com o pai. Fraqueza de caráter.

Não era difícil dizer ao reverendo Rick as coisas que eu sabia que ele esperava que eu dissesse. Ele fechava a porta do seu escritório e perguntava sobre a minha semana e meus cursos, e então começávamos a falar sobre o que quer que ainda não tivéssemos falado, e eu contaria a ele alguma história sobre competir com Irene, ou sobre como eu saía mais com Jamie e os meninos do que com as garotas da minha idade, ou algo sobre a influência da Lindsey. Falávamos muito da Lindsey, das suas poderosas ideias de cidade grande, da sedução exercida pelo exótico.

Não é que eu mentisse para Rick, porque eu não fazia isso. É que ele acreditava tanto no que estava fazendo, no que nós estávamos fazendo, seja lá o que fosse... E eu não. Ruth estava certa: eu não tinha vindo para a Promessa com um "coração aberto", e eu não fazia a menor ideia de como transformar o coração que eu tinha em outra versão.

Eu gostava de Rick. Ele era gentil e calmo, e eu sabia que quando contei a ele uma história sobre ser recompensada e encorajada por comportamentos ou trabalhos masculinos, ele achou que estávamos evoluindo, que o "trabalho" dele estava me beneficiando, e que eu, em algum momento, iria abraçar *meu valor como mulher feminina* e que, fazendo isso, iria me abrir para *relacionamentos heterossexuais e sagrados*.

Lydia, por outro lado, era meio assustadora, e eu estava feliz que, ao menos por enquanto, minhas sessões individuais eram apenas com Rick. Eu tinha ouvido pessoas descreverem alguém como "afetado e apropriado" antes, mas Lydia era a primeira pessoa que acho que eu usaria essas duas palavras de uma maneira pejorativa. Quando ela dava a aula de Estudos sobre a Bíblia, ou mesmo quando eu a via no hall do refeitório (que não era um cômodo grande, certamente não era um hall), ou em qualquer outro lugar, ela me fazia sentir, instantaneamente, que eu estava pecando bem ali, simplesmente por estar viva, por respirar, como se a minha presença fosse a personificação do pecado e fosse trabalho dela arrancá-lo de mim.

No feriado de Ação de Graças, meu iceberg estava assim:

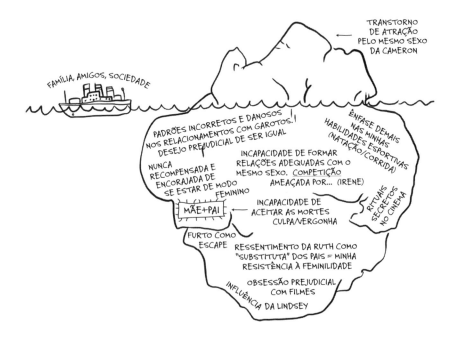

Éramos dezenove discípulos naquele outono, um aumento impressionante de seis pessoas em relação ao ano anterior. (Dez dos discípulos eram reincidentes.) Doze meninos, sete meninas, mais o reverendo Rick, Lydia March, quatro ou cinco monitores rotativos dos dormitórios e líderes de workshops e Bethany Kimbles-Erickson, uma moça de vinte e poucos anos, professora recém-viúva que vinha dirigindo seu Chevy marrom barulhento de West Yellowstone, de segunda a sexta, para supervisionar nossos estudos. (Ela e Rick também estavam namorando agora. De uma maneira muito pudica.) Dos dezenove de nós, em qualquer momento do dia, havia pelo menos dez discípulos realmente comprometidos com o programa, com dominar os pecados do desejo e do comportamento homossexuais, com derreter as pontas de seus icebergs na esperança da salvação eterna. O restante sobrevivia da mesma forma que eu: fingindo progresso nas sessões individuais, interações amigáveis com os funcionários e fumando maconha em uma série de interações pecaminosas, portanto proibidas, e, portanto, secretas.

No início, a programação constante, a rotina do lugar, foi o mais difícil para mim. Após anos fazendo o que queria com Jamie ou com qualquer outra pessoa, não poder trancar a porta do meu quarto, sair por aí de bicicleta, colocar um filme e assisti-lo três vezes seguidas, pareciam os piores tipos de castigo: muito piores do que me reunir com o reverendo Rick uma vez por semana.

Se não estivéssemos na capela, estávamos nas salas de aula. Eram duas, e cada uma tinha um monte de mesas pequenas e cadeiras de plástico, um quadro branco enorme, os indispensáveis mapas e o relógio padrão em salas de aula. Mas, quando se olhava para fora da janela, ainda se via todo aquele cenário montanhoso azul e roxo de cartão-postal, e a terra e o céu eram infinitos. Toda vez que eu olhava pelas janelas durante muito tempo eu me sentia desaparecer. E eu olhava por aquelas janelas durante muito tempo, o tempo todo.

Bethany Kimbles-Erickson não ensinava tanto quanto corrigia deveres, e ocasionalmente explicava algo se algum de nós levantasse o dedo enquanto lia ou trabalhava em silêncio. O silêncio nas salas era como eu imaginava ser um monastério. Às vezes, era tão pesado e constante que eu arrastava a minha cadeira o máximo que conseguia e ia apontar meu lápis, ou pegar um livro que eu nem precisava, só para interrompê-lo. As coisas eram assim principalmente porque nós não éramos todos do mesmo ano escolar e vínhamos de escolas diferentes, em estados diferentes, tínhamos leituras totalmente diferentes e era quase impossível alguém se colocar na frente da sala e nos ensinar dez matérias diferentes ao mesmo tempo. Nossa grade curricular seguia a do Estado de Montana e a nossa escola patrocinadora era a Lifegate Christian, em Bozeman, para onde íamos em novembro e em maio para fazer as provas finais. Planos de estudo e objetivos de aprendizado eram trabalhados individualmente com cada discípulo e a coisa toda era como se fosse um estudo independente de todas as matérias. Isso era tranquilo para mim. Significava muito "trabalhar no seu próprio ritmo", o que eu gostava, mas alguns alunos definitivamente tinham dificuldades. Bethany passava horas sentada ao lado deles, ou em pé ao lado de suas mesas, ou em uma mesa separada onde imagino que fizesse uma sessão de estudos individual.

Toda segunda-feira, a primeira coisa que ela fazia era entregar para cada um de nós pacotes de dever de casa e exercícios de leitura que atendiam aos requisitos do estado para alunos do nosso nível. Para completar estes deveres, usávamos livros da biblioteca da Promessa, uma série de quatro estantes de seis prateleiras cada, cheias de edições antigas de livros e um jogo de enciclopédias, alguns livros de referência, uma prateleira de "clássicos da literatura" e duas ou três prateleiras de livros sobre cristianismo, assim como assuntos antigos e atuais sobre o *Cristianismo Hoje* e *Guias*. Não tenho certeza do que estava esperando, mas os livros em si não eram nada diferentes dos que eu usava na Custer. Na verdade, tenho certeza de que o livro sobre governo/economia era exatamente o mesmo usado nas aulas de lá. E mesmo que alguns livros de ciências ali presentes negassem os fósseis como prova da correlação não bíblica da idade da Terra, e, previsivelmente, também tratassem a evolução como uma besteira, havia um livro de ensaios de cientistas de cristãos evangélicos, como Robert Schneider, com ensaios que falavam que uma pessoa pode acreditar em evolução sem negar a noção teológica de que Deus criou o mundo e tudo o que há nele. Encontrar esse livro na prateleira me surpreendeu muito. Ele me fez imaginar quem teria se certificado de deixá-lo ali, quem havia defendido essa inclusão.

Se não estivéssemos em sala, estávamos fazendo algo na função de cozinha, de limpeza ou evangélica. As duas primeiras eram óbvias, e eu fiquei muito boa em fazer caçarola para mais de vinte pessoas. Fazíamos várias versões com latas de sopa e batata, cebolas, e hambúrguer, e também algumas com latas de sopa, arroz, frango e ervilha. Essas misturas saíam do forno borbulhando e douradas, e eram tão pesadas que era preciso duas pessoas com luvas para levar as travessas imensas para o balcão. Também fazíamos um monte de pudim instantâneo de sobremesa, e isso me fazia pensar na vovó.

A função evangélica era talvez a menos óbvia. Dois ou três de nós eram designados para trabalhar no escritório principal fazendo cópias e enviando newsletters para os doadores da Promessa, e também mandando cartões pedindo doações para listas de cristãos em todo o país. O Êxodo Internacional nos enviava essas listas, além de vídeos, papéis e livretos. Eles eram o "ministério de maior informação e referência no mundo quanto a assuntos homossexuais". Ocasionalmente, durante os trabalhos evangélicos, um ou dois de nós até falava ao telefone com doadores importantes sobre os tipos de progresso que estávamos obtendo, mas, nesses primeiros meses, não me pediram para fazer isso.

Se não estivéssemos realizando alguma função, estávamos em um workshop, estudando em sessão individual ou em alguma atividade apropriada para o nosso gênero. Para os meninos, isso significava um monte de esportes em grupo, pesca, escalada ou atividades em algum dos ranchos vizinhos, onde por algumas horas eles trabalhavam como verdadeiros caubóis. Para nós, meninas, significava idas a vários salões de beleza em Bozeman, tipicamente frequentados por mulheres de cabelo longo que simpatizavam com as nossas necessidades de beleza únicas, além de aulas de culinária e receber visitas ocasionais de vendedoras da Mary Kay ou da Avon. Uma vez, uma mulher da unidade de parto do hospital Bozeman Deaconess fez uma apresentação sobre gravidez e cuidados com um bebê com bonecas similares aos manequins infantis do Rescue Annie que eu havia usado no treinamento de salva-vidas, e aquilo me fez pensar em Hazel. E em Mona. E no Scanlan. Mas não, de fato, nas alegrias da maternidade, que pareciam ser o foco da apresentação.

Se não estivéssemos em uma sessão individual, realizando alguma função ou em uma atividade apropriada para o nosso gênero, tínhamos horas de estudo e horas de reflexão e horas de oração/devoção, e em domingos alternados entrávamos em uma das duas vans da Promessa e íamos para Bozeman, aos cultos da megaigreja da Assembleia de Deus: Palavra da Vida. Tínhamos assentos especiais na igreja e éramos semicelebridades no meio dos congregados. Também em domingos alternados, o reverendo Rick fazia o sermão na nossa capela, e alguns dos fazendeiros locais e suas famílias juntavam-se a nós. Por mais que eu gostasse das excursões, eu preferia os domingos em que ficávamos na Promessa, a congregação inteira era basicamente composta por nós, discípulos. Na Palavra da Vida, eu me sentia como um peixe dourado, grande, brilhante, óbvio, um peixe que todos sabiam que tinha tendências homossexuais, então, basicamente, um peixe dourado gay em um tanque com dezoito outros peixes dourados gays, alinhados e parados em um banco de igreja por duas horas, para deleite da multidão. Naqueles serviços, parecia que todo mundo que olhava para mim, sorrindo ou desviando o olhar em seguida, ou qualquer um que apertasse minha mão na hora da paz de cristo, estava pensando: *Será esse o serviço que fará isso por ela? Será que ela já está ficando menos gay, e será esse o serviço que subirá os andares para o lado do Senhor? Será que isso acontecerá diante dos nossos olhos?*

Apesar de toda essa rotina, aqueles de nós que quisessem quebrar as regras conseguiam fazê-lo. Nós tínhamos, sim, horários livres nos fins de semana, e às vezes as horas de estudo podiam ser manipuladas e, dependendo de quem fosse o responsável pela tutoria naquela semana, elas também podiam ser manipuladas.

Jane Fonda, Adam Red Eagle e eu éramos os maconheiros. Steve Cromps podia ser coagido; mas não era um usuário oficial. Mark Turner, que era colega de quarto do Adam, tinha recentemente visto a Jane Fonda fumando no caminho para o lago e, apesar de não ter dedurado, pelo menos não até agora ("porque", Jane disse, "não é o jeito dele"), certamente tampouco ele havia aceitado a oferta dela para fumar junto. Mark era filho de um pastor importante de Nebraska — um homem com mais de dois mil membros em sua congregação, e seus outdoors com foto estavam por toda a estrada interestadual. Descobri isso tudo logo no começo, não porque Mark se gabou, na verdade ele sequer tocou no assunto, mas porque ele era basicamente um expert da Bíblia, um prodígio no assunto, e, portanto, com frequência era solicitado para recitar versículos durante os serviços de domingo. O que eu havia notado nele era a sua seriedade. Mas Jane achava que, além disso, havia algo mais a respeito dele. Ele era, segundo Jane, "alguém de quem desconfiar". Eu não sabia exatamente o que ela queria dizer com isso, mas isso era comum no meu entendimento das observações da Jane.

Adam e eu a ajudamos a colher a última safra de maconha plantada por ela no fim de setembro. Jane vinha reclamando que o frio antecipado já havia matado um monte de pés e que ela não conseguiria colher o que havia restado a tempo. Eu me ofereci para ir junto e ela me deu uma daquelas olhadas indecifráveis, mas logo depois disse:

— Por que não?

Quando eu a encontrei do lado de fora do celeiro no horário que ela pediu, carregando um toalha de praia que ela me mandou trazer, Adam estava lá com ela, mastigando um pequeno canudo cor-de-rosa da caixinha de suco que ele havia comprado da última vez que tínhamos todos ido ao Walmart. Adam estava quase sempre mastigando alguma coisa, e Lydia estava quase sempre dizendo para ele tentar "moderar sua fixação oral" com mais afinco.

— Ele vai com a gente — disse Jane, tirando uma foto minha e de Adam daquele jeito espontâneo dela.

— Talvez fosse legal aprimorar o momento em que você fala *Sorriam!* — comentei.

Jane quase nunca mostrava essas fotos para ninguém, embora ela devesse ter centenas. Ela já tinha tirado dezenas só de mim, mas eu só tinha visto umas três.

— Qual seria o propósito se você estivesse fazendo pose? — perguntou ela, tirando a Polaroid e colocando-a no bolso de trás da sua calça cáqui antes de entrarmos na floresta. Adam e eu seguimos.

— Aparentemente não se deve interferir na arte — disse ele para mim quando já estávamos adiante no caminho.

Eu não conhecia Adam bem o suficiente para dizer o quanto disso era uma piada, ou se ele sequer estava brincando.

— Você acha que Jane é uma artista? — perguntei.

— Não importa o que *eu* acho — respondeu ele, meio que sorrindo para mim ao redor do canudo. — Ela acha que é artista.

Jane parou e se virou para olhar para nós.

— Ei, seus bestas, eu sou uma artista. E, por incrível que pareça, consigo ouvir vocês daqui de cima, desses dois metros à frente de vocês.

— Artistas são sensíveis — comentou Adam com uma voz de apresentador de documentário de natureza que avistou algo selvagem. — Eles precisam ser tratados com carinho e, às vezes, com cuidado.

— Verdade — falei, tentando fazer a voz também. — Observe como a artista parece nervosa e fora do controle quando confrontada por não artistas insensíveis.

— Aqueles que não têm talento ficam, compreensivelmente, assustados e com ciúmes quando na presença da artista — afirmou Jane, e então tirou outra foto de nós: foto, flash, impressão.

— A artista reage com hostilidade — retrucou Adam —, usando seu instrumento avançado de captura de imagem para espantar e imortalizar suas vítimas.

— Minha abordagem estética requer espontaneidade — disse Jane, guardando a foto no bolso e retomando a sua caminhada adiante. — Vocês dois, sintam-se livres para procurar no dicionário a palavra *estética* quando voltarmos para o alojamento.

— Tem algo a ver com atração homossexual? — perguntei, não tão alto quanto Jane, mas alto o suficiente. — Porque certamente soa como se tivesse e, se esse for o caso, então não, obrigada, pecadora. Conheço seus truques.

— É melhor buscarmos a palavra *espontaneidade* quando chegarmos lá — completou Adam, definitivamente sorrindo agora.

— Com certeza — respondi. — E *abordagem*. E *requerer*. É estranho que a gente tenha conseguido entender alguma coisa do que a artista nos falou. Que loucura esse vocabulário imenso que ela possui.

— Na verdade eu não consegui — disse Adam. — Eu nem tenho certeza de para onde estamos indo agora. Ela tentou me explicar, mas as palavras eram muito grandes, sabe? Só balancei minha cabeça nas horas em que parecia que era isso o que eu deveria fazer.

Naquele momento decidi que Adam era a minha pessoa preferida na Promessa.

A plantação de maconha da fazendeira Jane não era longe de uma das principais trilhas de caminhada que ia até o lago, mas Jane sabia o que estava fazendo. Sabia o que plantar perto, como distinguir os caminhos. Mesmo depois de segui-la e de passar umas duas horas andando pela plantação cheirosa, eu provavelmente não teria encontrado o lugar sozinha sem levar uma eternidade. Acho que Jane sabia disso, ou ela jamais teria nos trazido junto com ela.

A toalha de praia que cada um levava sobre o ombro tinha dois propósitos. O primeiro era para parecer, no caso de encontrarmos algum colega discípulo, que estávamos indo para um último mergulho no lago antes do último respiro do outono e do inverno acabar com a nossa natação. O segundo era para transporte: carregar e esconder a maconha. Jane também tinha uma mochila para isso.

Muitas das folhas nas árvores já tinham ficado em tons de amarelo, de amarelo-canário a amarelo-sinal-de-trânsito a amarelo-sorvete-de-limão-siciliano, e a luz do sol de outono espalhava-se pelas folhas, os raios adentrando as sombras ao redor de nós naquela floresta gigante. Enquanto andávamos, Jane assobiava músicas que eu não reconhecia. Ela sabia assobiar e andava muito rápido, o rangido da sua perna um barulho reconfortante, como o ruído de um trem ou de um ventilador, de uma máquina fazendo seu trabalho. Eu gostava de andar atrás dela; Jane era pura determinação em todos os movimentos.

A plantação ficava numa espécie de clareira, desobstruída o suficiente para que as plantas pegassem a quantidade de sol indicada diariamente. Não sei o que eu estava esperando, mas todos aqueles arbustos altos e superverdes, alinhados em fileiras estreitas e contendo as folhas que eu havia visto imortalizadas em tantas imagens bordadas em mochilas e pôsteres e capas de CDs eram surpreendentemente impressionantes. E cheirosos. Adam também parecia impressionado, meio que sorria para aquilo tudo, nós dois sacudindo a cabeça em sinal de aprovação para a indústria de Jane.

— Você fez tudo isso sozinha? — perguntei.

— É melhor sozinha.

Ela se movia entre as plantas, com cuidado e delicadeza, passando os dedos pelas folhas. Então olhou para a cobertura espessa da floresta, movimentos calculados, sua cabeça pairando acima como se ela fosse uma atriz no palco, e disse:

— "E quando a safra progredia e a colheita terminava, nenhum homem pegava um punhado de terra quente e a deixava escorrer entre os dedos. Nenhum homem tinha tocado as sementes ou sentido alegria quando amadureciam. A terra produzia pelo efeito do ferro, e sob os efeitos do ferro morria gradualmente; não era amada; nem adorada nem amaldiçoada."

— O que é As vinhas da ira, Alex? — perguntou Adam.

— Não faço ideia — respondi.

— Nós lemos esse livro no ano passado — completou Adam. — É bom.

— É mais do que isso. É necessário — afirmou Jane. — Todo mundo deveria ler uma vez por ano. — Então, retornando de onde quer que tivesse estado, de repente ela era Jane outra vez. Colocou a mão no quadril e disse: — E aqui estão vocês dois, achando que ela simplesmente aparece, de alguma maneira, em saquinhos de plástico, toda separada e pronta para vocês fazerem seus baseados.

Adam começou a cantar:

— Havia uma fazendeira que plantava maconha, e Artista era o seu nome-e.

Jane e eu rimos.

— E Homo era o seu nome-e — acrescentei. — Soa melhor.

— Não para Lydia — disse Jane.

— Qual é a dela? — perguntei.

— Ela está personificando a mãe do filme *Carrie* como uma escolha profissional — respondeu Adam.

— Mal e porcamente — retruquei. — Ela não é dramática o suficiente, e eu também nunca a ouvi dizer "travesseiros sujos".

— Isso é só porque você não olha para os seus travesseiros sujos como deveria — respondeu ele.

Eu ri. Estávamos ali parados na ponta da plantação de maconha, bem onde o chão da floresta de folhas esmagadas e mortas encontravam o solo escuro e batido em que Jane havia, obviamente, trabalhado muito. Acho que nenhum de nós dois tinha certeza se éramos oficialmente bem-vindos ou não naquele local.

Jane havia se ajoelhado perto de um arbusto enorme e estava fazendo alguma coisa com o caule, mas eu não conseguia ver direito o que era.

— Lydia é uma mulher complicada — disse ela de trás da planta. — Acho que ela é, na verdade, meio que brilhante.

Adam fez uma careta.

— Mas completamente iludida.

— Claro que ela é iludida, mas é possível ser as duas coisas — respondeu Jane. — Vou te falar uma coisa: ela não é uma pessoa para se depreciar.

— Meu Deus, eu te amo, Jane — falou Adam. — Quem, além de você, usa a palavra *depreciar*?

— Aposto que a Lydia usaria — eu falei.

— Claro que sim — completou Jane. — É uma palavra boa; é muito específica no seu significado e soa bem na língua.

— Sei de outra coisa que soa bem na língua — disse Adam, batucando com os dois braços no ar em minha direção, e acrescentou: — Ba-dum-tsssss.

— Então podemos usar isso como confirmação de que você é a metade masculina hoje, de fato — comentou Jane, fazendo Adam rir embora eu não tivesse certeza do que ela queria dizer com isso.

— O trabalho árduo da Lydia deve estar finalmente dando certo — disse ele fazendo uma voz como a do Paul Bunyan.

— De onde ela é, aliás? — perguntei.

Adam mudou a voz para um péssimo sotaque britânico e disse:

— De uma terra mágica chamada Inglaterra. Ela fica longe, depois de cruzar o oceano. Um lugar onde as babás viajam voando em guarda-chuvas e as fábricas de chocolate contratam homens pequeninos de cabelos verdes.

— Sei — falei. — Mas por que ela está aqui na Promessa?

— Ela é a financiadora — respondeu Adam. — Ela é a sócia majoritária das Empresas Salvem Nossas Almas Fodidas.

— Além disso, ela é tia do Rick — acrescentou Jane, levantando e andando em nossa direção com alguns brotos do tamanho de nozes na mão.

— Mentira! — falei, exatamente ao mesmo tempo em que Adam falou:

— Tá de sacanagem?

— Juro — confirmou Jane. — Rick falou isso uma vez durante uma sessão individual minha, ou esse assunto surgiu de algum lugar, não lembro; é uma daquelas coisas que não são exatamente um segredo, mas eles são especialmente discretos em relação a isso.

— Meu Deus! — exclamou Adam. — Tia Lydia, a rainha do gelo. Aposto que ela dá coisas como meias de lã de presente de Natal.

— Meias de lã são totalmente úteis — retrucou Jane. — Eu ficaria feliz com uma caixa grande de meias de lã embaixo da árvore.

Adam riu.

— Provavelmente essa é a coisa mais sapatão que você já disse.

— O que quer dizer bastante coisa — dissemos em uníssono.

Jane sacudiu a cabeça.

— Num sentido prático isso não tem nada a ver com sexualidade.

— A frase ficaria boa em uma camiseta — falei.

— Aham, vamos dar essa ideia para a Lydia quando voltarmos — disse Adam. — Tenho certeza que ela vai imprimir uma leva imediatamente.

— De onde vem todo o dinheiro dela? — perguntei.

— Não faço a menor ideia — respondeu Adam. — Mas a minha teoria é que ela era uma atriz pornô de sucesso lá na Inglaterra, e veio para cá para fugir do seu passado e usar seu suado dinheiro diabólico a serviço de Deus.

— Faz sentido — falei.

— Eu sou levemente apaixonada por ela — comentou Jane, procurando algo em sua mochila, e por fim produzindo uma pequena leva de saquinhos de papel.

— Claro que você é — retrucou Adam, rindo alto. — Por que você não seria?

Jane parou de inspecionar a mochila e olhou para ele:

— Ela estudou em Cambrigde, sabia? Universidade. De. Cambridge. Você já ouviu falar?

— Sim, já — respondeu ele. — Que fica em Cambridge, na Flórida, certo?

Eu ri da conversa.

— Quem liga para onde ela estudou? — comentou Adam. — Todos os tipos de loucos vão para universidades boas.

— Eu acho ela misteriosa — falou Jane, retomando sua busca. — É só isso.

— Fala sério — retrucou Adam, curvando-se até a altura do quadril, como se estivesse totalmente exausto após ouvir a conclusão de Jane. — O sistema solar é misterioso. A CIA é misteriosa. A forma como as músicas são gravadas dentro de discos e fitas é misteriosa pra caralho. Lydia é uma psicopata.

— Gravação de discos não é nada misterioso — retrucou Jane, andando novamente em nossa direção, muito cuidadosa com as suas plantas. — É um processo totalmente direto.

— Claro que é — respondeu Adam. — E é claro que você sabe tudo sobre ele.

— Sei mesmo — retrucou Jane, pegando cada um de nós pelo cotovelo e guiando-nos até o caminho. — Mas não vou contar agora porque não é hora para isso. Nós viemos aqui fazer a colheita.

Durante a hora seguinte ela nos mostrou como retirar cuidadosamente os brotos verdes e pesados e como ela os queria enrolados nos saquinhos de papel pardo que havia trazido da cozinha. Ela analisava detalhes como texturas e cores naqueles brotos, as pequenas fibras, coisas que, segundo Jamie, se chamavam simplesmente "pelos vermelhos", mas aos quais Jane se referia, de maneira mais precisa, como pistilos.

Ela falava como uma botânica sobre a utilização deles para determinar o máximo de potência THC-para-CBD e, portanto, reconhecer o ápice da colheita, mas então acrescentou:

— Não importa se colhermos todos os brotos de uma planta só, já que o objetivo é armazenar absolutamente tudo o que nos proporcionará uma ondinha enquanto estivermos enclausurados durante a tempestade de neve em fevereiro.

— Entendi, entendi — falei.

— Entendi, entendi — disse Adam.

— Entendi, entendi, tudo bem — disse Jane. — É uma dádiva para vocês todos que a minha natureza seja a de uma provedora.

— É a coisa cristã a se fazer — concluí.

— Sem dúvida — completou Jane.

Ela alongou o pescoço e ficou vesga ao olhar para o sol, usando a parte de trás do antebraço para limpar a sobrancelha, em seu rosto uma expressão determinada e orgulhosa, como uma fotografia tingida em sépia de uma missionária pioneira do Velho Oeste que veio converter os nativos e assentar a terra. A diferença é que agora a plantação não era de milho ou de trigo e dessa vez era Jane que seria convertida.

Adam balançou um montinho de brotos cheio de pelos, do tamanho de uma bola de golfe, na cara da Jane:

— Podemos provar a colheita, sábia Mãe Terra?

Ela pegou o monte da mão dele.

— Não no local da colheita — respondeu ela. — Precisamos secá-la primeiro. Mas eu vim preparada, como sempre, pois minha natureza é ser uma provedora.

— E artista — completei.

— É, não se esqueça da artista — disse Adam.

— É verdade que eu sou muitas coisas — concluiu Jane.

Ela deixou o lugar que estávamos e foi andando em direção às árvores, apoiando as costas no tronco grosso e alto de um pinheiro e deslizando até o chão, onde ela enrolou as calças até a altura do joelho e soltou a sua perna. Ela estivera certa: àquela altura eu já estava acostumada a vê--la fazer isso.

Adam e eu sentamos ao lado dela enquanto ela enchia o cachimbo. Era perfeito ficar chapada ali no chão da floresta, em uma tarde do início do outono. Era quase possível esquecer o motivo que nos unia ali, o pecado que tínhamos em comum, o motivo da nossa amizade. Jane tinha algumas daquelas latinhas verdes de suco de maçã, como no lanche da pré-escola, e um pacote de carne seca também. Ali sentados, comemos nossa pequena refeição pioneira e revezamos o cachimbo.

Nós éramos bons em fumar e não conversar. Falávamos tanto na Pro-messa... Até aqueles que não diziam muita coisa em meio àquela falação. De vez em quando, vinha uma brisa e um punhado daquelas folhas amarelas flutuava até o chão, a luz do sol passando entre elas.

Em algum momento, Jane perguntou, de um jeito meio preguiçoso:

— Você já começou a esquecer de você mesma? Ou ainda é cedo demais?

Eu tinha deitado com as costas no chão para observar a altura esma-gadora dos pinheiros e cicutas e como eles pareciam com guarda-chuvas verdes semiabertos no céu. E quando Adam não respondeu, eu levantei um pouco, apoiada nos cotovelos, e disse:

— Você está perguntando para mim?

— Sim, você — respondeu ela. — Adam ficou aqui no Acampamento de verão, então agora ele é tudo menos invisível.

— Não tenho certeza do que você quer dizer com isso — falei.

— A Promessa tem um jeito de fazer a gente esquecer quem somos. Mesmo se você estiver resistindo à retórica da Lydia. Você ainda meio que desaparece aqui.

— Sim — falei. Não tinha pensado em dizer dessa maneira, mas sabia onde ela estava querendo chegar. — Acho que esqueci parte de mim.

— Não leve isso para o lado pessoal — afirmou Adam. — Sou o fantasma do meu antigo eu gay. Pense na versão de *Um conto de Natal*, do Charles Dickens, mas com a minha cara.

— Achei que você não tivesse um "eu gay" — disse Jane.

— Você e sua escolha de palavras — retrucou ele. — Eu não tinha, tecnicamente. Ainda não tenho. Eu só estava usando o termo disponível mais fácil para provar um ponto.

Fiz a minha melhor versão de Lydia:

— Você estava *promovendo a imagem gay através do uso de comentários sarcásticos e do humor* — falei. — Provavelmente terei que delatá-lo.

— Não a imagem gay — disse Adam, com mais seriedade. — Não há imagem gay aqui. Eu sou *winkte*.

Eu havia visto essa palavra em seu iceberg e queria perguntar a respeito.

— O que significa?

— Uma pessoa de duas almas — respondeu ele, sem olhar para mim, concentrado nas pontas do pinheiro longo que ele estava trançando. — É uma palavra de Lakota, digo, uma versão reduzida da palavra *Winyanktehca*. Mas não significa ser gay. É algo diferente.

— É algo enorme — concluiu Jane. — Adam é modesto demais. Ele não quer contar para você que ele é sagrado e misterioso.

— Porra, não começa — disse Adam, jogando um pouco dos galhos não trançados em cima dela. — Eu não quero ser o seu índio sagrado e misterioso.

— Bem, você já é. Coloque isso no seu cachimbo da paz e fume.

— Isso é imensamente ofensivo — disse ele, mas então sorriu. — É o Cachimbo Sagrado.

— Então você foi nomeado disso ou algo assim? — perguntei. — Como se fala mesmo?

— Wink-ti. Isso foi visto em uma visão no dia do meu nascimento. Bem, ao menos se você acreditar na minha mãe. Se você acreditar no meu pai, então a minha mãe inventou essa *loucura* como desculpa para a minha natureza afeminada, e eu preciso me *masculinizar*.

— É, vou ficar com a versão do seu pai — concluí. — Muito mais simples.

— Eu disse que íamos gostar dela — comentou Jane.

Adam não riu.

— Sim, você está certa. A versão do meu pai é mais fácil de explicar para todas as pessoas no mundo que não conhecem as crenças de Lakota. Eu não sou gay. Não sou nem travesti. Sou como um pré-gênero, ou quase como um terceiro gênero que é a união do masculino com o feminino.

— Parece complicado — respondi.

Adam bufou.

— Você acha? Supostamente os Winktes deveriam conectar a divisão de gêneros e serem curadores e pessoas espiritualizadas. Não deveríamos tentar escolher o sexo ao qual nossas partes privadas se alinham de acordo com a história da Bíblia sobre Adão e Eva.

Eu não sabia o que dizer, então fiz uma piada, minha resposta mais comum.

— Olha, desde que você se lembre de que é Adão e Eva, e não Adão e José, você vai ficar bem.

Ninguém disse nada. Pensei que eu tivesse estragado tudo. Mas então Jane começou a rir daquele jeito de quando estamos chapados.

E então Adam falou:

— Mas eu não conheço nenhuma Eva.

O que me fez rir junto com Jane.

E então ele acrescentou:

— Além disso, deixei um José bater uma pra mim no lago na semana passada.

— Então, claramente, você é a mãe de todas as causas gays perdidas.

Não tinha sido uma frase sequer engraçada, mas nós três entramos num daqueles frenesis de risadas histéricas que duram tanto tempo que você nem consegue se lembrar porque começou a rir.

Por fim, Jane recolocou a sua perna e foi finalizar algo no caminho, Adam foi caminhar por ali e eu fiquei onde estava. Ouvi os pios agudos das andorinhas e das trepadeiras, e senti cheiro de fumaça e terra molhada, o aroma agradável e bolorento dos cogumelos e da madeira sempre molhada. Senti tudo aquilo que fazia com que esse mundo parecesse tão, tão grande — a altura das árvores, o silêncio e o som da floresta, a troca entre a luz do sol e as sombras —, e ao mesmo tempo imensamente banida disso. Eu me sentia assim desde a minha chegada, como se na Promessa eu estivesse destinada a viver um tempo suspenso, um lugar onde a pessoa que eu tinha sido, ou que eu pensava ser, não existia. Era de se pensar que se aprofundar no passado durante as sessões individuais semanais faria exatamente o oposto, que resultasse numa conexão com aquela experiência, com a parte do passado que fez de você *você*, mas isso não aconteceu. Jane tinha acabado de chamar isso de *esquecer de si*, e essa era uma boa maneira de explicar. Todas as "sessões de apoio" eram feitas para fazer você perceber que o *seu* passado não era o passado *correto*; que se você tivesse um diferente, um melhor, a *versão correta*, você sequer precisaria ter vindo para a Promessa. Eu disse a mim mesma que eu não acreditava nem um pouco nessa merda, mas lá estava ela, repetida para mim todos e todos e todos os dias. Quando você está rodeado por um monte de estranhos vivenciando a mesma coisa, sem poder ligar para casa, presos à rotina de uma fazenda a quilômetros de qualquer pessoa que pudesse conhecer o seu eu anterior, talvez seja capaz de conhecer o seu *eu de verdade* se disser a eles que não consegue se lembrar do eu que andou vivendo, e isso não é um pouco ser você de verdade. É uma vida de mentira. É viver em um diorama. É viver a vida de um daqueles insetos pré-históricos preservados em âmbar: suspensos, congelados, mortos, porém sem estar mesmo mortos, não dá para ter certeza. Estes seres poderiam pulsar dentro daquele mundo de mel cor de laranja, ter a esperança de alguma vida dentro de si, e não estou falando de *Jurassic*

Park, sangue de dinossauro e clones de Tiranossauros Rex, mas do inseto em si, preso, esperando. Mas mesmo se o âmbar pudesse, de alguma maneira, derreter, e a criatura pudesse ser libertada sem danos físicos, como esperar que vivesse nesse novo mundo extirpada de passado, sem tudo o que sabia do mundo de antes, do lugar que ocupava nesse mundo, tropeçando em tudo de novo e de novo?

CAPÍTULO QUINZE

Em outubro, o discípulo Mark Turner e eu estávamos encarregados dos assuntos evangélicos no escritório. Passei nossa primeira sessão cuidando da newsletter, escrita por Lydia e Rick, e fiz uma montagem dela em papel azul-claro, com a logo da Promessa de Deus no canto, quatro páginas de artigos sobre os vários passeios e projetos comunitários, um perfil de página inteira sobre um discípulo. Naquele mês era Steve Cromps. O que fiz durante duas horas foi o seguinte: grampear, dobrar, preencher, carimbar... Mark, no entanto, estava sentado em uma cadeira giratória ligando para grandes doadores e gastando sua lábia. Ele era bom naquilo, provavelmente o melhor entre nós, e dava para saber com menos de cinco minutos da primeira ligação. Ele fazia aquilo bem porque acreditava no que dizia. Eu ainda não o conhecia direito, mas, como ele era dividia quarto com Adam, eu sabia de fato que ele estava totalmente comprometido com o programa da Promessa, em ser curado. (E também que ele não era dedo-duro — até onde a gente sabia, e teríamos sabido àquela altura, porque ele nunca contou para ninguém sobre Jane e o baseado que ele a viu fumando, então, apesar da *desconfiança* dela, ele me parecia um cara razoável.)

A cadeira em que ele estava sentado naquele dia parecia grande demais para seus traços élficos. Ele era um garoto tímido de quase um metro e oitenta e tudo nele era delicado — mãos, braços, pernas. Seu rosto era pequeno, os olhos castanhos escuros, as bochechas permanentemente rosadas e lábios de boneca. Ele tinha um fichário cheio de coisas para dizer, respostas para várias perguntas: *P. Você acredita mesmo que vai melhorar nesse lugar? R. Nesse meu período na Promessa eu já estreitei muito minha relação com Jesus Cristo. E isso aumenta cada dia mais. E, enquanto aprendo a caminhar ao lado dele, aprendo também a me afastar do pecado do meu desvio sexual.* Mas ele não precisava do roteiro, das respostas pré-aprovadas pelos funcionários, porque todas as respostas que ele dava seriam aprovadas. Assisti enquanto ele fechava uma doação com um cara do Texas, um sujeito que, fiquei sabendo, gostava de receber ligações todo mês, e agora Mark estava falando sobre o time de futebol Cornhusker, contando uma história do último jogo ao qual ele tinha ido com o pai e os irmãos no Memorial Stadium em Lincoln, numa tarde perfeita de outubro não muito diferente do dia que estávamos vivendo, apenas uma leve brisa gelada no ar, cidra quente na garrafa térmica, os Huskers como os favoritos em campo, é claro, aspecto confirmado pelo mar vermelho nas arquibancadas. Eu realmente o assisti enquanto ele contava aquela história. Parei o que estava fazendo e olhei para Mark, embora ele não tenha notado. Ele estava animado, os olhos cheios de vida, os braços desocupados gesticulando; e, enquanto ele falava sobre alguma virada no último quarto que foi "exatamente como tirar um coelho da cartola", quis ter estado lá com ele, assim como o cara do Texas ao telefone. E eu nem me importava com futebol americano universitário. Não era isso. Mark estava vendendo o sonho de uma família tipicamente americana em uma tarde de outono. E não tinha nada de falso ou cafona — não era como um comercial da Ford com estrelas e listras ao fundo. Era mais simples do que isso, mais genuíno. Acho que era porque ele acreditava de verdade naquilo. Não importa o que fosse *aquilo*.

O cara do Texas também deve ter acreditado, porque fez outra doação direto pelo telefone. Sei disso porque Mark falou:

— É muita generosidade de sua parte, Paul. Mal posso esperar para contar ao reverendo Rick. Não poderíamos fazer isso sem o seu apoio. Não somente por causa de pessoas como o senhor, mas do senhor pessoalmente. Quero que saiba disso. A sua doação tem um impacto muito real na minha salvação. E não existem palavras de agradecimento suficientes.

Não sei como alguém pode dizer essas coisas e não parecer minimamente babaca; sei que eu teria parecido, e eu jamais diria aquilo. Mas Mark nunca soava babaca. Ao menos não para mim.

Quando ele terminou aquela ligação e procurava o próximo número, perguntei:

— Quanto esse cara vai mandar?

Ele não ergueu os olhos da lista.

— Não sei muito bem — disse ele. — Ele vai acertar os detalhes com o reverendo Rick.

Dava para ver que não era só isso, mas não valia a pena incomodá-lo.

— Você manda muito bem nessas ligações — falei.

— Valeu — respondeu ele, agora levantando o olhar e sorrindo discretamente. — Muito gentil da sua parte.

— É verdade. Se todo mundo tiver que ser bom assim, nunca vão me pedir para fazer as ligações.

Ele sorriu novamente.

— Eu gosto de ligar. Dá um senso de objetivo que não consigo sentir nas outras tarefas.

— Bem, se continuar conseguindo doações, eles vão sempre pedir para você.

— Não é por isso que eu gosto.

— Eu sei — falei. — Eu entendo. — Mas não tinha muita certeza se era verdade.

— Tudo bem — disse ele, e voltou para a sua lista, conferiu o número e tirou o telefone do gancho.

— Você estava falando sério? — perguntei, me inclinando um pouco para a frente na mesa, sugerindo que ele parasse.

Ele parou. Manteve o telefone na mão, mas apertou o botão do sinal com a outra.

— Sobre o quê?

— Que estar aqui é necessário para a sua salvação?

Ele assentiu, e então disse:

— Não só para a minha. Para a sua também.

Revirei os olhos.

Ele deu de ombros.

— Não estou tentando convencer você. Não posso fazer isso. Mas torço que você se convença.

— E como isso aconteceria? — perguntei, com a voz ainda meio presunçosa, mas querendo saber a resposta.

— Você precisa começar a acreditar — disse ele, soltando o botão, discando os números. — É por onde todo mundo deve começar.

Fiquei pensando naquilo enquanto ele fazia mais ligações e eu as newsletters. Pensei naquilo durante o culto de domingo na Palavra da Vida, e durante as horas de estudo no meu quarto, com Erin Viking e seu marca-texto cor-de-rosa barulhento. Fiquei pensando no que realmente significava acreditar em algo. Acreditar de verdade. Ter crença. O enorme dicionário que ficava na biblioteca da Promessa dizia *"algo que alguém aceita como verdade ou coisa real; uma convicção real ou opinião"*. Mas mesmo aquela definição, curta e simples, me deixou confusa. *Verdade* ou *real*: essas eram palavras definitivas; *opinião* e *convicção* não eram — opiniões mudam e vacilam de acordo com a pessoa ou a situação. E a palavra mais preocupante de todas era *aceita*. *Algo que alguém aceita*. Eu era bem melhor em *esperar* qualquer coisa do que aceitar qualquer coisa, pelo menos em relação ao que era real, certo ou definitivo. Isso eu sabia. Nisso eu acreditava.

Mas continuei observando Mark e seu jeito calmo, pacífico, embora ele estivesse na Promessa pelos mesmos motivos que eu e todo o resto. Eu enchia o saco do Adam o tempo todo para que ele me desse detalhes. O que eles faziam quando estavam sozinhos no quarto; sobre o que falavam.

— Acho que o sistema já está funcionando — disse ele uma noite quando eu estava perguntando um monte de coisas sobre Mark que ele não podia responder.

Estávamos trabalhando no serviço do jantar. Botamos duas travessas de macarrão com atum no forno, lavamos a louça e saímos escondidos para um baseado rápido porque a gente sabia que Lydia e Rick estavam em sessões particulares.

— Que sistema seria esse? — perguntei, tirando o baseado da mão dele, mas deixando cair no meu colo.

Eu o peguei de volta e traguei.

— A conversão da sua sexualidade — disse ele, pegando o baseado de volta. — Acho que você está se aproximando da chamada revelação.

Ele estava com um pedaço de feno na boca, *sua fixação oral*, e deixava aquilo ali mesmo quando estava fumando.

— Por que está dizendo isso?

— Você não para de fazer perguntas sobre Mark Turner — respondeu ele, sorrindo. — É um pouco exaustivo para mim, mas parabéns. Eu diria que você está sofrendo de uma crush cem por cento heterossexual. Espero que a qualquer momento você desenhe corações com as iniciais de vocês no seu fichário cor-de-rosa.

Eu ri.

— Meu fichário é roxo, seu mongo.

— Detalhe, mero detalhe — falou ele, gesticulando. — Estou preocupado com a paixão. *L'amour*.

Dei um empurrão nele.

— Eu não estou afim do Mark Turner — falei. — Estou apenas tentando entender o garoto.

Adam assentiu como um dos orientadores, tipo Lydia, e juntou as mãos no formato de uma pirâmide na frente da boca para então dizer:

— Humm-humm. E, apenas esclarecendo, ao dizer *entender o garoto*, está querendo dizer que quer montar no pênis ereto dele, correto?

Soltei uma risada.

— Sim, é exatamente isso — respondi, mas não consegui me conter; eu estava *mesmo* um pouco obcecada por Mark Turner. — Você não acha ele interessante? A seriedade dele, sei lá? Não consigo imaginar ele fazendo algo gay o suficiente para ser mandado para cá.

Agora foi a vez de Adam rir.

— Como assim? Tem um barômetro oficial para a gayzice? Os pais dele não iam mandá-lo para cá, mas então o pegaram ouvindo Liza Minnelli pela terceira vez no mesmo mês e pronto: ele finalmente *tinha feito algo gay o suficiente*!

— Bem, é assim que funciona, não é? — falei. — Quero dizer, tipo assim.

Ele deu de ombros.

— Acho que sim — respondeu baixinho. — Se o crime não for ainda maior.

— É — concordei.

Fumamos em silêncio depois daquilo. Eu estava pensando em Coley, é claro, claro que estava. Não sei no que Adam estava pensando.

Depois de um tempo, ele disse:

— Mas quem seria a pessoa para você aqui, se não fosse o Mark? Tipo, para dar uns beijos.

— Nossa, não sei — respondi. — Ninguém. Acho que ninguém.

— Ah, vai — disse ele. — Se tivesse que escolher, se alguém te forçasse. Hesitei. Pensei.

— Bethany Kimbles-Erickson — respondi, rindo, mas falando sério. Ele riu também, balançando sua lustrosa franja preta.

— Consigo entender. Aquele lance professora-aluna. Um cenário clássico. Mas e se fosse algum aluno?

— Fala você — respondi. — Você que inventou isso, fala primeiro.

— Eu já me peguei com o Steve. Algumas vezes.

— Entendi. Então a sua resposta é Steve?

— Acho que não — respondeu ele, olhando diretamente para mim, fazendo uma expressão desafiadora parecida com a que Irene Klauson fazia. — Talvez você.

Minha cara idiota ficou vermelha de novo.

— Claro — falei. — Então o sistema está funcionando com você também. Fico feliz de saber que não é só comigo.

Ele fez uma cara de irritado.

— Eu não sou gay, Cam. Já falei isso. Não funciona assim para mim.

— Funciona assim para todo mundo.

— É um jeito muito tacanho de classificar o desejo.

Dei de ombros. Eu não sabia o que dizer. Examinei a madeira cinza do celeiro, as heras cor de chocolate e menta crescendo entre ela. Dei um peteleco em algumas delas.

— Quer fazer um túnel? — perguntou ele, segurando o que restava do baseado, o que não era muito.

— Não sei o que isso quer dizer.

— Sabe, sim — disse ele, gesticulando. — Viro isso ao contrário, boto a parte acesa dentro da boca e assopro enquanto você faz um túnel com as mãos em volta do meu rosto e inala. As pessoas chamam peruana também.

— Isso não é uma peruana.

— Discordo.

— A gente toca os lábios quando faz peruana — falei, pegando o baseado dele. — É tipo um beijo. Tenho certeza que você sabe isso.

— Isso é beijo chapado — disse Adam. — É diferente.

— Bem, é isso que eu quero fazer.

— Tem certeza?

Fiz que sim. E, então puxei a fumaça com o máximo de força possível, e isso durou um tempo, graças aos meus pulmões de nadadora. Depois, prendi a respiração e sinalizei para que Adam encostasse os lábios nos meus e soltei a fumaça. Então, ficamos nos beijando por um tempo, o suficiente para queimar a crosta do macarrão no forno.

Beijar Adam não era exatamente como beijar Jamie: não parecia um ensaio para a coisa de verdade, para algo melhor. Mas também não era como beijar Coley. Era algo no meio do caminho, como beijar Lindsey talvez, tipo isso. Eu gostei. Gostei de fazer aquilo e não precisei fingir que não era Adam para gostar. Mas também, não sei, não fiquei desejando que acontecesse de novo. *Desejo* é uma palavra meio nojenta. Assim como *dor*. Ou *anseio*. Elas são todas meio nojentas. Mas era assim que eu tinha me sentido ao beijar Coley. Não era a mesma sensação com Adam. E sei que não era como ele tinha se sentido em relação a mim.

• • •

A Promessa tinha regras, muitas regras. Como eu quebrava regularmente a maioria delas, não demorou muito para eu ser pega. Na verdade, foi uma infração menor, levando em consideração que eu poderia ter sido pega fumando maconha ou beijando Adam (algo que nos habituamos a fazer de vez em quando, no topo do celeiro, no meio do mato, quase totalmente vestidos), ou zombando abertamente das práticas e do *apoio* da Promessa do modo precisamente sarcástico e totalmente dentro do *clichê gay* que eu deveria estar deixando para trás. Mas não foi nada disso. Erin Viking me viu enfiando uma caixa de pilot ponta fina, de doze cores, muito cara, dentro da calça, escondida pela camiseta e pelo moletom, na livraria da Montana University State, enquanto nós discípulos esperávamos para assistir a um show de rock cristão da Campus Crusade no gramado principal.

A questão é que eu tinha um monte de dinheiro para pagar pelo pilot, mas não podia fazer isso porque: (1) Não era para eu ter levado dinheiro comigo para a Promessa, e o meu dinheiro oriundo das tarefas estava baixo porque demorava um século para receber e eu tinha comprado um monte de doces com ele; (2) Mesmo se eu tivesse usado o dinheiro das tarefas e quem sabe pedido um adiantamento dos pagamentos futuros (o que era permitido de vez em quando), todas as compras tinham que ser mostradas para um dos funcionários, com o recibo, antes que a gente entrasse na van de volta para a Promessa, e eu com certeza teria que explicar o que eu estava planejando fazer com os pilot, o que era um segredo que fazia valer a pena roubar. Mas eu não sabia que Erin tinha entrado na seção de material de artes para me chamar, sob a justificativa de que a gente "encontrasse um lugar bom para ver o show".

— O que você acabou de fazer? — perguntou ela.

E, antes que eu pudesse responder, ela disse tão alto que estava quase gritando:

— Você está roubando! Você acabou de roubar uma coisa. Tem que contar. Tem que contar ao Rick imediatamente.

— Eu nem saí da loja — falei, mantendo a voz baixa com a esperança de que ela me acompanhasse. — O roubo só existe depois que você sai do lugar. Vou colocar de volta. Olha, vou colocar de volta agora.

Retirei a caixa e fiz um gesto espalhafatoso enquanto devolvia a caixa à prateleira, junto a outras caixas de pilot do mesmo tipo, mas não foi o suficiente.

— Não — disse ela. — De jeito nenhum. Você ia roubar isso se eu não tivesse visto. Estava com o pecado em seu coração e é isso que importa.

Precisa conversar com o Rick ou com a Lydia. Eu não quero dedurar você, mas você precisa de ajuda. — Ela estava chorosa no final do pequeno sermão e dava para ver que tinha se esforçado para me confrontar daquele jeito.

Tentei falar com ela como o reverendo Rick falaria, com gentileza, mas com autoridade.

— Erin, acha mesmo que eu preciso falar com alguém sobre uma caixa de pilot que nem vou levar? Botei de volta na prateleira.

Erin balançou a cabeça, seus cachos saltitando gentilmente, suas bochechas rosadas.

— Eu não seria uma boa amiga se deixasse o seu pecado de lado. Como diz em Efésios: "Aquele que furtava, não furte mais; antes trabalhe, fazendo com as mãos o que é bom, para que tenha o que repartir com o que tiver necessidade."

— Parece que estão falando de um cara — falei, tentando um sorriso.

Erin não sorriu. Ela ficou ali bloqueando a minha passagem, de braços cruzados, exibindo aquela camiseta com a imagem de um Jesus musculoso e barbudo carregando uma cruz que dizia: O PECADO DO MUNDO. (Ela usava muito essa camiseta. Eu também já tinha decorado o que dizia nas costas em letras vermelhas e garrafais: ACADEMIA DE JESUS — ABERTA 24 HORAS.) Era difícil olhar para aquele seu rosto brilhante enquanto ela ficava parada ali, fazendo o que ela achava totalmente necessário para a minha salvação contra o mal, então me concentrei em seus braços cruzados.

Uma dupla de universitários vestindo camisas xadrez largas e dreadlocks grossos de gente branca entrou no corredor, passando por nós a caminho das tintas a óleo, e os dois também notaram a camiseta da Erin.

— É a invasão cristã no campus — disse o mais desleixado para o amigo.

— Tipo as Cruzadas, só que sem a diversão da matança e a pilhagem — disse o amigo de volta.

— E uma música de merda.

Com esse último comentário, claramente dito com a intenção de que fosse ouvido por nós, Erin parecia que ia começar a chorar, tipo chorar de verdade.

Suspirei e balancei a cabeça.

— Vou falar com o Rick — falei. — Com Lydia, não, mas vou falar com o Rick.

Ela assentiu e então se inclinou para me dar um grande abraço viking. Pude sentir sua bochecha úmida em meu pescoço e seu desodorante doce surtindo efeito.

— É a decisão certa — disse ela, ainda me abraçando.

Não fiz aquilo só porque ela estava chorando. Fiz porque eu sabia que se não fizesse ela teria sido tomada pela culpa, pela sua necessidade de me dar *apoio*, que seja, e iria me dedurar de qualquer jeito. Só que essa decisão teria sido desnecessariamente cruel para ela. E mais, Erin e eu havíamos entrado em uma rotina quase confortável como colegas de quarto. Ela falava sem parar sobre qualquer coisa, qualquer assunto, o tempo todo; mas eu já estava acostumada e, às vezes, gostava de verdade de tê-la ali, emitindo o ruído estável de um monólogo que eu já era capaz de ignorar quando necessário. Erin não era nenhum Mark Turner, pelo menos não parecia. A fé dela era flagrante, uma performance para si mesma tanto quanto para os demais. Eu não entendia, e certamente não queria copiar, mas apreciava o modo como ela achava que estava seguindo o programa, aquele marca-texto cor-de-rosa sendo arrastado sobre cada passagem, torcendo para que uma delas fosse o gatilho necessário para convencê-la de que ela não era mais aquela coisa errada. Eu ainda não estava pronta para que ela me classificasse como uma causa perdida. Eu gostava que ela pensasse que de algum jeito estávamos juntas naquilo ali.

Contar para Rick foi tão tranquilo quanto eu imaginava: ele me agradeceu por dizer a verdade, me abraçou e rezamos juntos. Mas ele contou para Lydia e disse que teriam que botar uma estrela ao lado de furto na minha ficha indicando ser "uma área problemática para a manifestação dos meus pecados". Lydia não apenas rezou, mas me informou que o pecado do roubo era sintomático de outros assuntos encobertos que eu não ainda não estava enfrentando, e que além dos meus encontros com o Rick, eu também teria que fazer sessões com ela uma vez por semana. Além disso, embora meus três meses de reclusão estivessem perto de acabar, a infração me custaria "um tempo adicional indeterminado" sem receber correspondências, permissão para decorar meu quarto e telefonar para casa. Aparentemente, eu tinha um pacote da vovó, uma carta da Ruth e outra da Coley, vai entender (aberta, lida e aprovada pelos funcionários), esperando por mim no armário trancado dentro da diretoria, mas elas teriam que esperar um pouco mais. E mais, tia Ruth foi avisada desses acontecimentos, embora essa notícia tenha me deixado levemente feliz.

Embora Rick e Lydia tenham me perguntado o motivo para eu querer roubar os pilot, uma vez que a Promessa tem caixas de material de arte nas salas de estudo, eles aceitaram a minha resposta "eu queria eles só para mim por causa do preço e da qualidade". Na verdade, por mais que eu sentisse falta de filmes e música, do hospital, do Scanlan, da vovó, do Jamie e da Coley, claro que eu sentia falta dela, eu estava sofrendo mesmo pela minha casa de bonecas. Não pela casa de bonecas em si, mas do que quer que eu estivesse fazendo nela havia tanto tempo. Mesmo durante o processo de guardar todas as minhas perversões, Ruth não tocou na casa de bonecas, e eu torcia (precisava) que aquilo ainda fosse verdade mesmo com a minha ausência: que aquela casa bizarra estivesse esperando por mim. Eu estava planejando uma espécie de casa de bonecas substituta, construída dentro de alguns potes gigantes limpos de queijo cottage que eu tinha escondido embaixo da cama. O queijo cottage era vendido para a Promessa a preço de custo por uma família que frequentava a igreja e que apoiava fortemente a missão da nossa conversão. Essa família tinha uma loja de laticínios que vendia de tudo, desde esses potes de cottage a quilos e mais quilos de manteiga a sorvete e outros queijos, tudo sob o nome de Holy Cow Creamery. A embalagem tinha a imagem de uma vaca com um halo sobre a cabeça e, de algum jeito, asas que saíam das suas laterais. Era nossa obrigação coletar os tubos vazios empilhados na cozinha para que o fornecedor reabastecesse o produto, mas eu havia roubado dois deles da última vez que me deixaram no serviço da cozinha e planejava pegar mais. Não era nenhuma casa de bonecas, mas já era alguma coisa. Eu já tinha roubado alguns pacotes de adesivo e cola do Walmart durante uma visita e, às vezes, pegava tesouras e tintas das salas de estudo e devolvia antes que alguém notasse; mas eu andava planejando criar um estoque só meu e as canetinhas eram essenciais. Mas Erin apareceu.

Preencher aqueles tubos com pedacinhos roubados e segredos, deixá-los escondidos debaixo da minha cama a apenas alguns metros da enxerida da Erin, com a porta do quarto sempre aberta sinalizando *pode entrar*, era arriscado e burro, e mais forte do que eu. Acho que eu nem queria resistir. Eu não sabia muito bem o que aquelas coisas significavam enquanto objetos, embora sentisse que havia bastante significado no trabalho em si. Sabia também que alguém como Lydia pensaria ser capaz de me decifrar através daqueles tubos, julgá-los como representações físicas daquela baboseira do que estava escondido no iceberg. E isso seria um problema. Era motivo suficiente para não mexer naquilo, para sua não existência como um todo. Mas fiz mesmo assim.

● ● ●

Fizemos um grande evento para o dia de Ação de Graças, oferecido pelos ranchos vizinhos e algumas pessoas de Bozeman. Adam e eu nos voluntariamos para fazer as batatas na manhã do evento, sacos e mais sacos de batatas que precisavam ser descascadas, cortadas e cozidas antes de virarem purê com a manteiga e o creme da Holy Cow. Fumamos meio baseado com Jane antes de começar e depois tomamos um canto da cozinha para nós. Durante mais ou menos uma hora ficou tudo bem enlouquecido, barulhento, quente e cheiroso (para todos menos o reverendo Rick) com todos aqueles temperos de final de ano, tipo canela, noz-moscada, sálvia e tomilho. Confesso que foi divertido, cada um com as suas tarefas: algumas pessoas encarregadas do peru e do recheio, Erin Viking preparando os legumes obrigatórios e a travessa de cebolas fritas, mas tudo quatro vezes do tamanho de uma refeição normal. Rick colocou uma fita que ele gostava com um monte de bandas cristãs contemporâneas, mas também tinha algumas músicas gospel antigas bem legais: Mahalia Jackson, Edwin Hawkins Singers. Eu já tinha ouvido a fita o suficiente para saber todas as músicas, mesmo contra a minha vontade. (Todos nós tínhamos ouvido o suficiente.)

Em algum momento, Rick reparou que eu estava cantando o refrão de "Oh Happy Day", que é uma música muito difícil de resistir. Ele também estava cantando e veio de costas na minha direção, fazendo uma espécie de dança engraçadinha, suas mãos melecadas do recheio pré-preparado. Ele as posicionou na minha frente como se fossem luvas, como se estivesse secando-as no ar, e inclinou a cabeça na minha direção para que a gente cantasse junto, acho, ou imaginasse um microfone na nossa frente, como um dueto famoso: Sonny e Cher ou Ike e Tina, talvez Captain & Tennille.

Adam esticou o braço com o descascador de batata na mão. Ele botou o objeto na frente das nossas bocas para que a gente não precisasse fingir que tínhamos um microfone. Todo mundo na cozinha estava batendo palmas para a música que tocava e nos observando. Peguei o descascador da mão do Adam e o segurei fazendo a minha melhor imitação de Mahalia. Fechei os olhos e foda-se: cantei como uma profissional. Terminamos a música assim, de forma muito barulhenta, despreocupada e totalmente boba. A minha desculpa era a maconha, mas Rick não tinha desculpa alguma além ser ele mesmo.

Helen Showalter assobiou alto quanto terminamos. Disse:

— Anda, cara... mais uma.

A voz dela saiu como o som de um trator (Helen era sempre meio brusca quando estava se divertindo, um pouco áspera), e a gente não podia usar *cara* para se referir a nenhuma mulher, mas Rick não a corrigiu.

A música que começou em seguida era algo cafona de Michael W. Smith com sintetizador demais e quando Lydia apareceu na cozinha com uma caixa enorme de pães e duas tortas da padaria local, o momento acabou.

— Não faço bis — falei.

— Bis do quê? — perguntou Lydia.

— Nada — respondi.

— Você perdeu — disse Erin Viking. — O reverendo Rick e a Cameron estavam fazendo um show.

— Que pena que perdi — disse Lydia, desempacotando. E, então acrescentou, bem baixinho, apenas para o pacote de pães em sua mão: — Embora eu deva dizer que a senhorita Cameron está quase sempre no palco.

Rick meio que lançou um olhar para ela, bem discreto, que dizia *sossega* ou algo do tipo, mas acho que ela não notou.

— Sem desculpas, da próxima vez faremos um karaokê — disse ele, passando recheio no meu rosto, como um irmão mais velho ou um tio jovem faria. Rick era muito fã de karaokê. A Promessa tinha uma máquina própria. Talvez fosse do próprio Rick. Eu nunca tinha cantado nos eventos anteriores de karaokê.

A cozinha esvaziou rapidamente depois disso, mas Adam e eu não havíamos terminado. Não existe um limite de purê de batatas no dia de Ação de Graças. Ficamos basicamente em silêncio, meio tomados pela monotonia de descascar e cortar.

Em algum momento, Adam perguntou de forma sonolenta:

— Então, por que você nunca fala da garota?

— De quem? — perguntei.

— Ah, nem vem com essa de fingir que não entendeu. A garota. A sua ruína.

— Quem disse que foi só uma? — falei, piscando para ele.

— É sempre uma pessoa — disse ele. — A pessoa. Aquela que muda tudo.

— Você primeiro — falei, mas estava tentando ganhar tempo e ele sabia.

— Essa sua modéstia enfadonha — disse Adam. — Você já ouviu toda a história sobre o Sr. Andrew Texier e sua predileção por minhas excepcionais habilidades orais. Uma predileção diminuída apenas pelo medo que tinha do pai dele. E do meu pai. E de todo o time de futebol americano de Fort Peck.

— Ele não merecia você — falei.

— Poucos merecem. Muito, muito poucos. Anda, fala. — Ele me deu um tapa na bunda com o descascador. — Não é educado deixar uma moça esperando.

— O que você quer eu diga? Ela está lá e eu estou aqui.

— Sim, mas foi ela que mandou você para cá. Tem uma história aí.

Ele andava lendo o meu iceberg.

— Você andou lendo o meu iceberg — falei.

— Claro — disse ele. — Mas você também falou alguma coisa a respeito.

Ele passou algumas batatas descascadas para mim.

— Não me lembro.

— Muita erva — disse ele.

Não tinha como negar aquilo.

— Ela não me mandou para cá. Na verdade, foi uma situação de merda e ela entrou em pânico e fui enviada para cá.

Ele ergueu as sobrancelhas.

— E para onde mandaram ela?

Engoli em seco e, então, disse:

— Para lugar nenhum.

— Isso é muito escroto.

Não respondi nada. A gente finalmente tinha acabado de descascar as batatas. Adam lavou o descascador, moveu a lata de lixo para debaixo do balcão e jogou as cascas escorregadias para dentro, onde caíram em movimentos delicados e em pedaços pesados e úmidos, sacodindo o plástico.

— Essa garota misteriosa era a mais bela do reino? — perguntou ele.

— Meio que sim — respondi, jogando pedaços de batata na panela grande, fazendo com que a água respingasse no balcão. — Sem dúvida, ela é bonita.

— Nossa Branca de Neve sem nome — disse ele, gesticulando para o ambiente vazio. — Amante das moças.

— Branca de Neve — repeti. — Amante do cinema.

— E destruidora de corações — disse ele, apertando meu ombro, para efeito dramático, não para me confortar.

— Ela não destruiu meu coração — falei.

Adam fez uma careta de dúvida.

Tentei imitá-lo enquanto eu balançava a cabeça negativamente.

— Acabei de dizer, foi uma situação de merda desde o início.

— Isso não importa quando estamos falando de corações e sofrimento.

Bem nessa hora, Rick entrou na cozinha. Mãos lavadas e camiseta trocada por uma camisa de botões temática. Ele pendurou seu avental que dizia HOMENS DE VERDADE REZAM (um presente da Bethany Kimbles-Erickson) no gancho, logo atrás de nós.

— Vem comigo um instante, Cam? — perguntou ele, tocando meu cotovelo.

Para Adam, ele disse:

— Ela já volta. Não vou deixar você sozinho com as batatas por muito tempo.

— Já estamos quase no fim — respondeu Adam. — Só falta cozinhar e amassar.

Rick e eu descemos o corredor em silêncio até o escritório da diretoria. Quando chegamos, ele sacou um conjunto de chaves do bolso e abriu o misterioso armário de correspondência. Ele me entregou a caixa da vovó, um pouco amassada em um dos lados, mas real. Ele também me entregou uma pilha de cartas. Eu já sabia da carta da Coley; podia ter deduzido as duas da vovó; mas as quatro da Ruth eu não sabia nem teria adivinhado.

Rick trancou novamente o armário.

— Falamos para eles que podiam escrever se quisessem, mas que não sabíamos quando você iria receber.

— Por que acha que estou pronta agora? — perguntei.

A carta da Coley estava no topo, a letra dela logo ali sob meus dedos. Puxei o elástico que segurava os envelopes algumas vezes.

— Gostei do que vi hoje na cozinha — disse ele. — Os momentos de revelação nem sempre acontecem nas sessões. Às vezes tem uma importância maior quando é fora delas.

— Por que cantar uma música é uma revelação? — perguntei. *Tlec. Tlec. Tlec.*

Rick cobriu a minha mão que estalava o elástico com a dele.

— Foi mais do que isso e você sabe. Durante três minutos você baixou o muro de aço que te cerca desde que chegou aqui. Esse mesmo que você já levantou novamente. Você se permitiu um momento de vulnerabilidade, e vulnerabilidade é o caminho para a mudança.

— Então agora posso receber isso aqui? — perguntei, levantando a pilha de cartas.

317

Pareciam estranhamente perigosas nas minhas mãos.

— Sim, com certeza. São suas. Também estou te dando os direitos de decoração. Alguns. Pode ter alguns. Lydia tem a folha com as regras, e ela vai ver isso com você.

— Não me sinto nem um pouco curada — falei.

Era o meu momento mais sincero com ele até então.

Rick balançou a cabeça, fechou os olhos e soltou um suspiro exagerado.

— Nós não curamos pessoas, Cameron. Nós as ajudamos a encontrarem Deus.

— Também não me sinto mais perto de Deus.

— Quem sabe Deus se sinta mais perto de você.

— Tem diferença?

— Leia suas cartas — disse ele, abrindo a porta. — Só não deixe Adam sozinho por muito tempo. Prometi a ele.

Primeiro, abri o pacote da vovó. Ela tinha mandado duas sacolas de doces em miniatura do Halloween, um pacote de meias brancas de algodão de corrida, além de brownies e blondies, que são brownies de chocolate branco. Estavam ali havia semanas, mas provei alguns mesmo assim. Velhos. Uma das suas cartas falava da dificuldade de fazer doces sem poder provar nada, mas que ela estava disposta a fazer isso por mim. Depois, ela admite que na verdade comeu um pouco do brownie. *Mas não muito.* A outra carta era basicamente sobre uma nova família de esquilos que tinha ido morar no quintal, e a sua alternância entre fascínio e irritação com eles. Ela não mencionava onde eu estava ou o que eu podia estar fazendo. Por outro lado, as cartas de Ruth só falavam do quanto sentiam a minha falta, do quanto rezavam por mim e como ela sabia como isso estava sendo difícil para mim. Então cheguei na carta que deve ter sido a primeira. Era toda sobre como ela havia se sentido muito mal na volta para casa em agosto, depois de me deixar na Promessa. Relatando como ela teve que encostar o carro para se recompor e como escolheu um lugar logo na frente da placa que dizia Lago Quake, e como aquilo era Deus dizendo para que ela fosse até lá. Simplesmente deveria ir. Então, ela foi.

Eu não ia ao L.Q. desde que voltei lá com algumas amigas comissárias nos anos 1980. Dessa vez, encostei o carro na frente de um mirante e chorei e chorei enquanto pensava sobre o que você tinha acabado de dizer, sobre como eu devia ser parcialmente culpada pela sua condição. Tive que lutar muito para entender isso, Cameron, e ainda estou lutando, mas estou disposta a admitir que talvez seja verdade. Posso assumir parte da culpa. Eu aguento. Vi você virando as costas para Deus e se rebelando, insegura, e deixei que seguisse seu caminho, em vez de ajudá-la ativamente a se tornar a mulher que sei que você consegue ser. Desejo tanto uma vida feliz para você. Espero que um dia você veja que esse é o caminho para a felicidade e, principalmente, para uma vida além desta.

Botei a carta de volta no envelope e deixei de lado. Respirei fundo. Estendi a mão na direção da carta da Coley, observei todos os elementos: o selo, uma versão natalina da Virgem Maria — era meio cedo para esse tipo de coisa; a letra perfeita; a cor suave e rosada do envelope. Tirei a carta do envelope, uma única folha da mesma cor do envelope.

Querida Cameron,

Estou escrevendo esta carta porque o pastor Crawford e minha mãe acham que é uma boa ideia. Estou trabalhando o que aconteceu entre nós, como sei que você também está, mas estou muito irritada com você por ter se aproveitado da nossa amizade, estou tão irritada que chega a ser difícil escrever. Achei que era cedo demais para você ouvir tudo isso, mas o pastor Crawford perguntou ao pessoal na Promessa e eles disseram que era bom que os discípulos vissem o quanto os seus pecados podem afetar os outros e a destruição que eles causam. Eu me sinto tão enojada e envergonhada quando penso no que aconteceu no verão. Nunca senti uma vergonha como essa. Não sei como deixei você me controlar daquele jeito. Parecia que eu não era mais eu mesma. Minha mãe começou a dizer isso já na Bucking Horse Sale, e ela estava certa.

Não estou dizendo que não pequei também. Estou dizendo que você já tinha algo dentro de você. Eu não. No entanto, eu era fraca e você viu isso e usou a seu favor. Às vezes, fico sentada encarando o céu e pensando por que eu fiz isso, mas ainda não tenho as respostas. Estou trabalhando para encontrá-las. Brett tem me apoiado muito e até mesmo diz que não está chateado com você, porque ele é um ser evoluído e um cristão bom demais para se apegar a essas coisas. Sei que você virá para casa no Natal e quem sabe até lá eu esteja preparada para reencontrá-la, não sozinha, mas na igreja. Mas não sei. Rezo para que você esteja encontrando DEUS e que esteja se livrando disso através DELE. Rezo por você todas as noites e espero que você também reze para que eu me cure de tudo isso. Tenho um longo caminho pela frente. No momento, me sinto indigna.

Coley Taylor

Li a carta algumas vezes para ter certeza de que tinha entendido bem. A pior parte, por algum motivo, era ela ter assinado o nome completo. Botei de volta dentro de envelope. Botei todos os envelopes dentro da caixa da vovó. Levantei, peguei a caixa, fechei a porta do escritório, desci o corredor contando meus passos, caminhando de forma precisa e ritmada. Levei trinta e oito passos para chegar até a cozinha. Jane estava em frente ao balcão, ela e o Adam rindo de alguma coisa.

— E aí, ganhou direito às paradas! — disse Jane, usando uma colher de madeira comprida para apontar na direção da caixa que eu segurava. — Ganhou alguma coisa boa?

Balancei a cabeça.

— Correspondência, soldado — disse ela. — Quem mandou o quê?

— Recebi uma carta da Branca de Neve.

Jane riu e disse:

— Só da Branca de Neve? Nada de nenhuma outra princesa da Disney?

Mas Adam disse:

— Mentira? Eles deixaram ela escrever? Deixa eu ver.

Entreguei a carta para ele, que a segurou de modo que Jane também pudesse ler. Eles a leram. Adam meio que ficou boquiaberto em algum lugar na metade; não sei qual frase causou aquilo. Então, terminaram, tinham que ter terminado, a carta não era tão longa assim, mas nenhum dos dois disse nada por um tempo.

Eventualmente, Jane disse:

— Nossa, ela total parece uma montanha de diversão.

Como ela tentou fazer uma piada, tentei sorrir. Nenhuma das duas coisas deu muito certo.

Adam esperou um pouco mais e então se aproximou, botando um braço em volta dos meus ombros, ainda com a carta na outra mão.

— Não importa o que você acha, se ela não tinha antes, agora ela conseguiu.

— Conseguiu o quê? — perguntou Jane.

— Partir o coração da Cam — disse ele.

— Essa garota? — disse Jane, arrancando a carta dele. — Esse androide cristão?

— Ela conseguiu — falei.

— Bem, então vou colar essa bosta de volta — disse Jane. — Você não pode deixar. — Ela sacudiu o papel no ar, com rapidez e raiva. — Não essa garota aqui. De jeito nenhum, galera. Não a garota do papel de carta cor-de-rosa.

Ela se virou, ainda com a carta na mão. Ligou o triturador de lixo, abriu a torneira no máximo e jogou a carta de uma vez só dentro do ralo. Ela desapareceu em um único movimento barulhento. Então Jane desligou o triturador, fechou a torneira, secou as mãos nas calças como se o ato tivesse sido sujo ou algo do tipo.

— Pronto. Agora não tem mais carta — falou ela. — Essa garota existe apenas na memória que você deseja ter dela. Recomendo que não guarde nada. Resolvido. Nunca existiu carta nenhuma de nenhum clone que repete as burrices da Lydia como um papagaio idiota. Ok?

Talvez eu tenha ficado um pouco chocada.

Jane deu alguns passos na minha direção. Eu ainda estava sob o braço do Adam. Ela pegou meu queixo e, com o rosto colado no meu, disse:

— Ok?

— Ok — respondi.

— Ok. Vamos fumar de novo antes de nos entupir de comida — disse ela. — Essa é sempre uma boa tradição do dia de Ação de Graças.

CAPÍTULO DEZESSEIS

O Natal chegou muito rápido. Eu e um monte de discípulos fomos até Billings numa van da Promessa. Todo mundo tinha que pegar um voo que não saía diretamente de Bozeman. Um voo para alguma parte do país que não era Montana. Todo mundo menos eu e Adam. Ruth ia me pegar de carro no aeroporto para irmos até Miles City, onde eu ficaria durante as duas semanas do final de ano. O pai do Adam ia buscá-lo no aeroporto para fazer a mesma coisa, só que não em Miles City.

Embora tivesse nevado um pouco na Promessa, assim que passamos os limites de Bozeman, grande parte do estado ainda esperava por ela. Durante a maior parte do caminho, as margens da estrada estavam descampadas, a vegetação morta marrom e cinza, aquele enorme céu branco de inverno, montanhas arroxeadas e acinzentadas ocasionalmente surgindo no horizonte, mas fora isso via-se apenas um mar de terra gelada: um mundo no mudo. Estávamos ouvindo o mesmo álbum de Natal havia pelo menos uns 200 quilômetros antes que Lydia, no banco do carona, finalmente desligasse o som, e ficamos ouvindo o vento bater na janela, o som do motor e do que quer que estivesse tocando em nossas cabeças.

Embora eu soubesse, no momento e depois, que o show de Jane com o triturador de lixo tinha sido uma espécie de truque de mágica, uma grande manobra radical para impedir que eu me afogasse no luto da carta da Coley, meio que tinha funcionado. Acho que às vezes é possível reconhecer que se está sendo manipulado e apreciar isso, ou até mesmo ser grato. E tinha a parte em que a Jane estava certa, a parte sobre a Coley Taylor que eu conhecia, ou que eu pensava conhecer, a Coley Taylor da última fila do

Montana Theatre, a da caçamba da picape, certamente não era a Coley Taylor que agora andava pelos corredores do Custer High como uma garota marcada pela minha perversão, uma vítima do meu pecado. Ou, quem sabe, elas eram exatamente a mesma garota, mas, mesmo que isso fosse verdade, ela não poderia ser a garota certa para mim.

Então eu não estava esperando, digamos — do mesmo jeito que eu estava em setembro —, que ela tivesse escrito a carta como uma maneira de acalmar as pessoas encarregadas da sua cura, e que assim que eu chegasse em casa ela me procuraria para um encontro secreto, no qual se explicaria e pediria desculpas pela carta até mais do que por ter contado sobre nós. Eu não estava sequer esperando um reencontro emocionado cheio de pedidos de desculpas: nem mesmo que os pedidos de desculpas fossem todos meus e que os *eu te perdoo* viessem dela. Mas eu estava esperando *sim*, mesmo que pouco, por um único momento, talvez no vestíbulo da igreja, ou quem sabe no saguão do café, um momento no qual ficássemos cara a cara. Eu queria aquele momento. Mas, se ele acontecesse, ainda não tinha decidido o que dizer. Algo breve. Algo memorável. Era difícil deixar de lado toda a ansiedade entre nós e achar algo consistente. Mas com certeza havia algo a ser dito, e pensei no que seria isso durante a maior parte da viagem.

Ruth e vovó estavam me esperando na entrada do aeroporto ao lado de uma árvore de Natal prateada, decorada com dúzias de enfeites de aviação: um helicóptero pilotado pelo Papai Noel, bonecos proporcionais de passageiros, um elfo saltando de paraquedas.

Minha avó exibia um daqueles sorrisos largos que a deixavam a cara de uma daquelas ilustrações de biscoito — as bochechas rosadas, seu corpo robusto estranhamente saudável. A cintura parecia um pouco menor do que quando fui embora e o cabelo preto e brilhoso era agora, pelo menos metade dele, grisalho, talvez uns sessenta por cento daquele cinza de vó. Foi meio chocante a rapidez com que essa mudança aconteceu, ou parecia ter acontecido, na minha ausência, como um gramado tomado por trevos em um único verão.

Ela meio que se balançava sobre os sapatos ortopédicos, agitada pela ansiedade e, quando eu a abracei, ela repetiu sem parar:

—Muito bem, agora vai ficar um tempo em casa. Agora vai ficar em casa por um bom tempo.

Ruth, por outro lado, não parecia tão bem. Ela vestia um sobretudo de lã vermelho que ia quase até o chão (novo para mim), com um broche brilhante de guirlanda verde e dourado na lapela. Estava arrumada, é claro, continuava bonita; mas seu cabelo parecia liso e ralo, nem um pouco parecido com os cachos saudáveis e brilhantes dos quais eu me lembrava, e seu rosto estava meio desleixado e inchado, como se uma camada de argila estivesse colada sobre sua pele de verdade, com a maquiagem perfeitamente aplicada, mas sem surtir muito efeito.

Mal terminamos de nos abraçar, o cheiro do perfume White Diamonds da Ruth de sempre ressurgiu quando Lydia chegou com formulários e instruções quanto aos meus cuidados. Enquanto elas conversavam, a alguns metros de distância, apresentei minha avó para todo mundo.

— Prazer. Muito bom conhecer você. Prazer.

Ela segurou as mãos de todo mundo com ambas as mãos enquanto se apresentava. Depois, desencavou uma lata com estampa de bonecos de neve animados de dentro de sua bolsa de retalhos e abriu-a, revelando uma camada de papel-manteiga.

—Vai, tira o papel, meu bem; parece que precisa deles de tão magra.

Precisava mesmo. O pote estava cheio de guirlandas de cereal feitas com muita manteiga, marshmallow e corante verde, três balas de canela em cima de cada. Estavam todas coladas, apesar dos esforços da vovó. Quando Lydia e Ruth se juntaram a nós, já estávamos todos de dentes verdes.

— Feliz Natal, Cameron —disse Lydia, me dando tapinhas nas costas.
— Sua tia Ruth tem um plano de duas semanas para você. Tente segui-lo.

Não precisei responder por que Erin Viking me puxou para um abraço exagerado e disse:

—Não deixa de escrever! Não deixa, hein? Não deixa!! E de ligar. Ou eu ligo para você!

Adam disse no meu ouvido, enquanto a gente se abraçava:

— Não volte grávida, hein?

— Nem você —respondi.

Era estranho ver todos os discípulos entrarem no aeroporto sem mim. De certa forma, me senti sozinha, ainda mais porque estava indo para casa depois de meses. Mas acho que isso significa alguma coisa, talvez bastante, sobre o que ir para casa significava agora.

• • •

Por algum motivo, Ruth não me contou a notícia durante nosso almoço no Cattle Company (a gente gostava da sopa de queijo e cerveja deles). Também não mencionou nada durante toda a viagem de carro até Miles City, os flocos de neve se intensificando conforme nos aproximávamos da saída que precisávamos pegar, flocos pairando sobre a cidade, feixes intensos de luzes coloridas cruzando a cidade, os sinos exagerados e as guirlandas penduradas nos semáforos, um pouco mais espalhafatosas do que eu me lembrava do Natal anterior. Mas elas eram espalhafatosas do meu jeito favorito — eram familiares, sempre estiveram ali. Ruth não abriu a boca nem quando paramos o carro na porta de casa, que estava decorada de um jeito que eu nunca tinha visto, muito mais do que quando meu pai era o responsável: cada pilastra e cada quina tinha uma fileira de luzes, absolutamente todas, transformando nossa casa num verdadeiro chalé de biscoito pintado com cobertura branca. Cada janela tinha uma guirlanda verde envolvida por luzes vermelhas. Havia uma guirlanda grande, enorme, de sinos prateados na porta de entrada.

— Minha nossa — falei. — Você se empenhou, tia Ruth. — Eu me forcei a dizer *tia* e fiquei orgulhosa de mim mesma.

— Eu, não — disse ela. — Foi Ray que fez tudo. Passou dois finais de semana montando isso. A gente queria que a casa ficasse bonita para... — Ela hesitou.

— Para o Natal? — perguntei, terminando a frase por ela mesmo tendo deduzido que ela provavelmente diria que era para mim, para o meu retorno, mas não queria dizer daquele jeito.

— Hummm — disse ela, usando o controle remoto para abrir a garagem, fingindo que botar o carro na garagem exigia toda a sua concentração.

E a novidade dela, a grande novidade, também esperou outras coisas acontecerem. Esperou que eu cumprimentasse Ray e comentasse como a árvore estava bonita (era de plástico, mas era bonita). Esperou que nós quatro nos sentássemos na sala, constrangidos, e bebêssemos nosso chocolate quente em nossas canecas cor-de-rosa da Sally-Q, sem ninguém falar nada sobre a Promessa, sobre onde eu estive pelos últimos meses, mas sim sobre times esportivos colegiais, sobre alguns bebês que tinham nascido nas famílias da igreja, sobre os novos produtos Schwan. A novidade de Ruth esperou até que eu redescobrisse meu quarto, minha casa de bonecas ainda lá, ainda tomando o canto do quarto. Eu estava mexendo em alguns dos meus trabalhos, passando o dedo sobre a superfície gelada e lisa das moedas, a textura do tapete feito com papel de chiclete, meio encantada pelo o que eu tinha criado, quando ela disse:

— Cammie? — Ela havia chamado da metade da escada e, quando virei para responder, já estava na porta.

Ela tinha dois porta-vestidos na mão direita e segurava os cabides bem acima da cabeça, o braço esticado no ar, para que as sacolas ficassem estendidas.

— O que é isso? — perguntei.

— São apenas algumas opções — disse ela.

Seu tom era mais animado e contente do que o usual, mas soava meio estranho. Ela entrou no meu quarto, posicionou as capas na cama do mesmo modo como ela tinha feito com as roupas do enterro anos antes.

— Opções para o quê?

— Quero que saiba que eu ia escrever, mas não sabia se você ia receber a carta antes de vir para casa, por causa da... restrição das correspondências ou sei lá.

— Porque tive uns problemas por não roubar umas canetinhas — falei. — Porque deixei elas perfeitamente arrumadas na prateleira de onde vieram. — Eu não conseguia me conter. Era tão confortável ser irritante com Ruth, tão esperado.

— Mas teria roubado se não tivesse sido pega — disse ela.

— Mas não roubei.

Ela escolheu um canto da cama para se sentar, cuidadosamente para não amassar as capas.

— Está bem. Não vamos começar assim. Não escrevi porque achei que você teria que esperar para ler a minha carta. Depois pensei que não valia a pena porque você viria para casa antes de recebê-la, e quando voltasse para a Promessa seria notícia velha.

— Qual é a notícia? — perguntei. Aquilo estava parecendo uma versão bizarra de *Jogo do milhão*, e Ruth era péssima de adivinhação.

— O casamento. Eu e Ray vamos nos casar na véspera de Natal.

— A véspera de Natal daqui a dois dias?

— Sim — respondeu ela, meio discretamente. Depois, sorriu para mim. — Bem, não é um anúncio triste, não é mesmo? Eu deveria ter dito com um pouco mais de convicção: sim!

— Uau — falei. — Ok.

— Tudo bem?

— A vida é sua... deve casar quando quiser. — Foi o que eu disse, mas ela não se casou quando quis. Ela queria ter se casado em setembro. Eu não tinha pedido que ela adiasse por minha causa, mas foi o que ela fez. — Por que na véspera de Natal?

Ruth se levantou, abriu o zíper do porta-vestidos que estava em cima.

— A gente não queria esperar mais, e você estaria em casa, então faz sentido. O santuário é sempre tão bonito no Natal com as poinsétias e as velas... a gente nem precisa acrescentar nada. — Ela tirou um vestido meio cor de champanhe da capa. Tinha uma espécie de casaco também. Era ok. Tranquilo para um casamento. — Essa é a primeira opção — disse ela. — A outra capa tem dois vestidos, então são três opções no total.

— São vestidos de madrinha? — perguntei, embora eu quisesse perguntar algo mais profundo do que isso, mas não sabia muito bem como dizer.

Ruth manteve as mãos ocupadas, os olhos nas sacolas, desenganchando um cabide do outro, que tinha uma gravata amarrada segurando os dois.

— Não, terei apenas a Karen e Hannah. Já falei delas para você, lembra? São grandes amigas da Flórida, da equipe de comissários da Winner's. As duas vêm para Billings amanhã. Você continua como dama de honra.

Era isso. Era isso que eu estava querendo saber.

— Não posso — falei.

Ruth parou as mãos e olhou para mim.

— Como assim? — perguntou ela, mas não tinha como ela não ter entendido.

Ela parecia mesmo muito cansada, muito diferente da Ruth de antes, mas falei mesmo assim:

— Eu vou ao casamento. Eu quero ir, mas não vou ser dama de honra. — Falei tudo o mais rapidamente possível, antes que ela pudesse me interromper. — E não acho justo você ficar chateada. Não dá para ter as duas coisas.

Ela balançou a cabeça.

— O que isso quer dizer, *as duas coisas*?

— Você não pode me despachar para ser consertada e depois me exibir como sua sobrinha toda arrumada encarnando o papel de Dama de Honra.

— Não é o que... não é isso... — disse ela. E então suspirou. Depois, em voz baixa, continuou: — Tudo bem, Cammie. Aceito a sua decisão. — Ela puxou a gola alta enorme do suéter e assoprou na direção da franja como uma miss para tentar mostrar o quanto está tentando não chorar. Funcionou. Não saiu nenhuma lágrima. — Eu achei que seria algo bom. Achei que você faria isso porque seria uma espécie de momento de cura para nós duas.

Parei de olhar para ela e me concentrei na casa de bonecas.

— Já tive momentos de cura suficientes este ano. Essas férias deveriam ser as minhas férias do processo de cura.

Ruth bufou e jogou a capa na cama, deixando que ela batesse contra a outra. A voz dela estava ligeiramente irritada.

— Viu? Não sei conversar com você quando está assim. — Ela deu um passo na minha direção. — Era para ser engraçado o que você acabou de falar? Era uma piada, não era? Estou perguntando de verdade. Realmente não sei.

— Você achou engraçado? — perguntei.

— Não.

— Então se era uma piada, deu errado.

Quebrei um pedaço de um galho seco que eu havia colado para ser um de dois miniarbustos na lateral da entrada da casa de bonecas. Eu tinha colhido aquele galho no rancho da Coley. Agora estava esmigalhado de um jeito muito prazeroso na minha mão, enquanto eu apertava cada vez mais.

— Muito bem — disse Ruth. — Obviamente as coisas continuam iguais.

— Aham — respondi.

Ela voltou a se ocupar com os porta-vestidos, arrumando-os.

— Esses vestidos são bonitos — disse ela. — Ainda pode usar um deles, como dama de honra ou não.

— Vou usar meu uniforme da Promessa — falei.

— Se prefere — disse ela. — Vou levar esses comigo, então.

Ela recolheu as roupas, não tão cuidadosamente dessa vez, jogadas sobre um dos braços, fazendo com o que o plástico duro emitisse som contra seu corpo a cada passo.

Depois que ela se foi, eu me permiti sentir uma pontada de arrependimento pelo que eu havia dito, mesmo que fosse verdade, depois me senti vingada com a minha decisão, e então me senti péssima, e enquanto eu fazia isso, continuei explorando a casa de bonecas, todos aqueles pedaços de coisas, apenas coisas coladas em todas as superfícies. Também esperei para me sentir eu mesma, como se tudo fosse baixar em mim de uma única vez, aquele sentimento de que me tornava a ser quem sou por estar em casa. Mas ele nunca chegou.

• • •

As pessoas disseram que foi uma cerimônia bonita. Não sei — talvez as pessoas sempre digam isso. Eu achei simpático, mas não chegou nem perto da extravagância da cerimônia e da festa que sei que Ruth tinha planejado por todos aqueles anos. Não tinha sido nada daquilo. Mas eu não tinha ido a muitos casamentos, apenas três ou quatro, com meus pais, quando eu era pequena; então eu não tinha muito parâmetro.

O casamento foi imediatamente após o culto de véspera de Natal da Portões da Glória. Coley, a mãe e o irmão estavam lá, assim como Brett e a família. Estavam na mesma fileira, no centro, nem um pouco perto de nós. O culto da véspera de Natal era sempre à luz de velas, lotado, com todo mundo muito bem vestido, falante e animado, mas ainda assim: as pessoas notaram a minha presença. Talvez fosse minha saia azul de flanela, seu padrão xadrez, a gola da minha camisa branca por cima da gola do suéter, meu cabelo reluzente preso atrás das orelhas, minha aparência pré-aprovada, arrumada e apresentável conforme os padrões da Promessa, mas tenho certeza de que era mais do que isso. Recebi alguns olhares de puro nojo, algumas caretas, pessoas fazendo aqueles movimentos exagerados de negação com a cabeça na minha direção, dando seu show de reprovação. Acho que um semestre não tinha sido suficiente para lavar a mancha da minha perversão. Brett olhou para mim quando as pessoas começaram a deixar a igreja em um rio de corpos enfiando as mãos nos bolsos dos casacos, queixo para baixo, subindo os fechos de seus casacos com enchimento, vestindo as cabeças das crianças com gorros. Ray e Ruth tinham ido para as salas de catequese trocar de roupa. Minha avó e eu ficamos esperando a evacuação em massa do santuário. Brett olhou diretamente para mim, sem nenhum tipo de discrição, embora eu não tenha conseguido interpretar seu olhar. A Sra. Taylor mordeu os lábios, demonstrando abertamente seu nojo, contorcendo o rosto, mas eventualmente desviou o olhar. Coley estava entre os dois, cada um deles segurando uma de suas mãos, mas ela não olhou na minha direção ou pelo menos fez parecer que não. Ela ainda aparentava ser exatamente a mesma Coley de sempre, mas vê-la não foi um baque, não me deixou sem reação, como achei que seria. Acho que isso aconteceu um pouco quando a vi pela primeira vez, de costas, durante o culto. Foi a visão da parte de trás da sua cabeça, de seu cabelo, como eu tinha visto todas aquelas semanas no laboratório. Aquilo me pegou de surpresa, mas não era algo que não podia aguentar.

Agora, com a saída dela, eu queria que meus olhos a acompanhassem até o vestíbulo pelo máximo de tempo possível, porque, de certa forma, era como vê-la de um modo todo novo. A questão é que minha avó estava olhando para mim e provavelmente outras pessoas também, todo mundo esperando pela minha reação, então desviei o olhar. Não vi Ty deixando o santuário. Ele não estava mais com o grupo.

A mãe de Jamie apareceu perto do nosso banco, e devo ter feito alguma cara de esperança procurando por ele na multidão, porque ela franziu a testa para mim. Então, em um ato que interpretei como um surto de espírito natalino, ela passou entre duas pessoas e se inclinou na minha direção:

— Jamie não veio. Ele foi passar o Natal com o pai, em Hysham.

Respondi:

— Diga que mandei oi. Estou com saudade dele.

Eu queria dizer outras coisas, mas não consegui.

— Digo, sim — respondeu ela. E, então, seguiu de volta pela multidão, mas se virou de volta para mim, já a alguns passos de distância, e disse: — Você está bonita.

Assim que as pessoas voltaram para casa, para suas árvores e suas bebidas natalinas, mais ou menos cinquenta pessoas se reuniram nos bancos da frente. Ray e Ruth pareciam a própria réplica viva dos bonequinhos em cima do bolo: um smoking preto clássico, vestido branco, um buquê de rosas. Ruth havia tido, segundo a vovó, bastante dificuldade para encontrar um vestido do qual gostasse. O tumor dela, aquele que tinha nas costas desde o nascimento, próximo demais da coluna, havia crescido um pouco, estava mais para o tamanho de uma bola de golfe do que de uma noz, e ela estava (compreensivelmente) constrangida. Ruth tinha achado um médico em Minneapolis que talvez pudesse remover parte dele, mas não antes de abril, não a tempo de usar o vestido aberto nas costas no seu casamento durante o inverno. Achei que o vestido escolhido tinha ficado bonito, e tinha uma espécie de capa de cetim, tipo uma echarpe superlonga, um envelope que passava pelos ombros e escondia completamente o tumor.

Ray tinha três irmãs, um irmão e um monte de primos. Todos vieram. Alguns deles tinham trazido a própria família. A organista da igreja, a Srta. Cranwall, tocou algumas músicas; Tandy Baker cantou "How Firm a Foundation". Ruth chorou durante os votos. Talvez Ray também tenha fico emocionado. Depois, fomos para o salão de convivência, onde as amigas comissárias da Ruth, que eram assanhadas e barulhentas — *uma farra*, disse a vovó — tinham pendurado uns sinos de papel antiquados e botaram uns vinis para tocar em um som trazido por elas. Não acredito que tenha sido a recepção que Ruth planejara todos aqueles anos, mas foi o que aconteceu. Comemos um bolo *red velvet* bem molhadinho e aquelas mentas com creme colorido cor-de-rosa, verde e amarelo com cobertura de açúcar — feitas pela vovó. Comi mais ou menos uma dúzia, eu gostava da textura do açúcar entre meus dentes seguido pelo interior macio, tão doce que deixava os dentes doendo. Comi tanto que passei meio mal. As pessoas dançaram, beberam drinques não alcoólicos, tiraram fotos com câmeras descartáveis. Foi legal. E, então, acabou. Ray e Ruth foram para o chalé em Pine Hills que pertencia a alguém que aparentemente havia preparado tudo para eles, com pétalas de rosa e champanhe. Mas eles voltariam na manhã seguinte, e as amigas da Flórida iriam lá para casa. Haveria um *brunch*, abriríamos presentes.

Eu e vovó passamos o resto da véspera de Natal juntas, só nós duas, embora fosse quase meia-noite quando chegamos em casa. Tivemos que correr porque estava um frio de rachar, e o vento era diferente do vento montanhoso da Promessa. Era um vento de campina, inquieto, que aumentava de velocidade com o passar dos quilômetros de terreno aberto e depois se enfiava pelas ruazinhas de Miles City como centenas de bolas de pinball soltas batendo pelos cantos.

Assim que entramos, ouvimos não apenas o assobio do vento, mas algo batendo contra o telhado, algo forte e agitado e, então, vinte segundos se passavam e o barulho voltava. Meu coração saltou. Imaginei Ty com sua jaqueta grossa Carhartt do lado de fora da casa. Esperando por nós. Não fazia sentido que ele estivesse no telhado, eu sabia, mas por que precisava fazer sentido?

— Deve ter sido boa o suficiente este ano para receber uma visita do Papai Noel — disse a vovó, enquanto eu tentava sem muito sucesso ver quem estava lá fora com o rosto pressionado contra a janela dos fundos.

— Até parece — falei, tentando sorrir. — Ele deve ter vindo por sua causa.

—Está tudo bem, querida? — perguntou ela, estudando meu rosto.

— Aham — falei. — Está.

— Muitas coisas acontecendo — disse ela, tocando meu rosto.

— É. Vamos descobrir o que é isso.

Ela continuou me olhando enquanto eu vestia o casaco e colocava o capuz.

— Como diz aquele poema? — perguntou ela. — "No alto do telhado, ouvimos tal furdunço que fomos ver qual era o assunto"?

— Algo assim — falei, abrindo a porta, já sem ar por conta do vento.

— Alguém está vestindo um lenço, eu me lembro disso.

Saí na varanda dos fundos e o vento bateu a porta atrás de mim. Desci os degraus e fui até o meio do quintal, a grama morta coberta com uma camada de neve, grossa o suficiente para marcar o barulho dos meus passos, como se eu pisasse em cereal. Olhei para cima. O vento havia soltado uma fileira inteira de luzes de Natal do alto do telhado e agora ela estava presa por um fio, que voltava às vezes e batia no telhado, antes de voltar voando para o céu. Fiquei mais calma de ver o que era o barulho, aliviada e, ao mesmo, meio alegre. Também era bem bonito, aquele fio aceso balançando contra o céu escuro.

— O que foi, corajosa? — gritou a vovó da porta.

— São as luzes — gritei de volta.

— O quê?

— Vem ver.

Ela veio. Saiu apressada, enrolada em uma coberta e de pantufas. Ela parou ao meu lado, olhou para cima e sorriu.

— Olha só — disse ela, saindo fumaça pela boca. —Ainda estão acesas.

— Eu sei — falei. — É bacana.

— Bacana. Exatamente isso — comentou ela.

Botei o braço em volta da vovó. Ela me abraçou de volta. Ficamos ali no quintal, no vento gelado pelo máximo de tempo possível, assistindo às luzes voando, batendo e voando novamente.

Depois de nos despedirmos, já em minha cama, eu podia ouvi-las bem acima de mim batendo no telhado, arrastando e, algumas vezes, até consegui ver um pedaço das luzes sendo carregadas pelo vento diante da janela. Na tarde seguinte, depois que os recém-casados tinham voltado do chalé, cansados e de ressaca dos drinques não alcóolicos, Ray pegou a escada, vestiu um par grosso de luvas, subiu no telhado e prendeu o fio rebelde. E, então, elas ficaram presas até o momento de serem retiradas, como todas as outras luzes, no dia do réveillon, da maneira mais disciplinada possível porque ele disse que tinha muita *eca* de gente que deixava as luzes de Natal penduradas *praticamente até a Páscoa.*

• • •

Nunca consegui o meu momento a sós com Coley. Não consegui ver Jamie, embora ele tenha ligado uma vez e tenhamos conversado por mais ou menos dez minutos, com a Ruth no quarto ao lado, inexpressiva e calada, mas com certeza deixando claro que estava ali, que estava escutando, então todo o conteúdo sincero veio dele. Ele estava namorando Andrea Dixon e, inacreditavelmente, segundo Jamie, ela *dava muito.* Fiquei triste quando ele disse que precisava ir embora e que sentia falta da minha *cara gay.* Fora isso, encontrei duas vezes com o pastor Crawford; vovó e eu fizemos um monte de tortas diet; Ray e eu jogamos Banco Imobiliário um monte de vezes, e acho que ele ganhou todas as partidas. Certa tarde, Ruth me entregou alguns exercícios da Lydia. Fiz todos na mesa da cozinha. Eram iguais a todos os outros exercícios idiotas que eu fazia o tempo todo na Promessa. Nesse, eu tinha que ler um artigo do reverendo John Smid chamado "Explorando o mito homossexual", e depois responder algumas perguntas sobre ele, perguntas simples o suficiente para qualquer um que sabe ler. Não demorei muito. Ruth pediu que eu levasse os exercícios para ela na sala quando terminasse. Foi o que fiz. Ray estava sentado com ela. A TV estava desligada e dava para ver que esperavam por mim, e também dava para ver que aquilo significava que iriamos bater um *papo* a meu respeito. Com sorte dessa vez não haveria tantas lágrimas quanto no dia do *papo* que tivemos em agosto, ou pelo menos não a mesma quantidade de revelações.

No fim, não existiu lágrima alguma: não da Ruth, nem de mim. Ela me disse, muito calmamente, que tinha debatido meu progresso com Lydia e Rick *diversas vezes* e, mesmo se eu tivesse um bom segundo semestre, o que ela *certamente esperava que fosse o caso*, todos achavam que seria melhor para mim se eu ficasse na Promessa durante o verão. No acampamento de verão da Promessa.

— O verão passado foi um momento especialmente ruim para você — disse Ruth.

Ela ainda parecia cansada, mesmo agora, depois do casamento. Seu cabelo estava meio esmagado, cheio de nós e seu rosto envelhecido. Ray, no entanto, parecia um cara que tinha ganhado o maior bicho de pelúcia no parque de diversões. Essa era a cara dele desde que eu tinha chegado em casa.

— Acho que o verão passado foi especialmente bom para mim — falei.

Ruth franziu a testa.

— Quero dizer que teve liberdade demais; teve muitas oportunidades para se meter em encrencas. Parte disso é culpa minha, eu sei, mas não posso passar o verão inteiro em casa com você, nem Ray.

— Vovó está aqui — falei. — Posso ficar com ela e ela cuida de mim, já que preciso disso.

Ruth apertou levemente os lábios.

— Não — disse ela, alisando o colo com as mãos. Fazia um tempo que não a via fazendo aquilo. — Isso não é uma opção. Se não quiser ficar na Promessa, existem outros acampamentos de verão cristãos que a gente pode ver. O reverendo Rick recomendou vários.

— Vou ficar na Promessa — falei.

— Bem, alguns deles me parecem ótimos. Tem um em... Onde fica aquele com a piscina? — perguntou ela ao Ray.

— Dakota do Sul, acho — respondeu ele. — Ainda tem o folheto, não tem? — Ele sorriu para mim. — Parece muito chique.

— Afinal, é em Dakota do Sul — disse Ruth. — Eles têm uma piscina coberta, um lago e eles...

— De jeito nenhum — falei. — Vou ficar na Promessa.

— Está bem, a decisão é sua — falou Ruth.

Soltei uma risada.

— Acho que não.

— Você acabou de dizer que era o que queria — disse ela.

— Dentro das opções que você me deu — respondi, mas dava para ver que ela estava pronta para me oferecer mais opções de acampamentos cristãos, então acrescentei: — Mas sabe de uma coisa? Não tem problema. Tanto faz. — E, mesmo com medo, perguntei: — E o ano seguinte do colégio?

— Bem, teremos que ver como será o verão — disse ela. — Teremos que esperar para ver.

• • •

Na noite de réveillon, os recém-casados foram ao centro da cidade e eu e a vovó pedimos pizza e fizemos um pote gigante de pipoca que comemos assistindo ao especial de final de anos da CBS e não ao especial *New Year's Rockin' Eve*, porque a vovó tinha uma implicância com o Dick Clark desde alguma coisa que ele tinha feito no *American Bandstand* muitos anos atrás, muito antes até de eu nascer. Mas o especial menos popular servia perfeitamente. Era a primeira vez que eu via TV em meses e, além disso o Pearl Jam e o U2 iriam tocar.

— Tenho outra coisa para você — disse a vovó enquanto a gente arrumava tudo na frente da TV. Ela segurava uma pilha de pratos de papel e guardanapos e achei que era aquilo, mas quando ela os botou na mesa de centro, botou também um daqueles envelopes acolchoados. — Não é meu, mas fui eu que escondi para você.

Peguei o envelope. Tinha um daqueles adesivos corporativos para devolução com um monograma prata que dizia MMK no canto e um endereço da Califórnia como remetente.

— Acho que Margot não está mais na Alemanha — falei, lembrando do nosso jantar, da foto roubada. Parecia ter sido muito tempo atrás.

— Não sei o que é — disse a vovó —, mas achei que Ruth podia esconder de qualquer jeito, e Margot era tão amiga da sua mãe. Chegou uma semana atrás e, como fui eu que recebi, escondi. Pode abrir que eu confirmo a legalidade.

Ela piscou de forma descarada para mim.

— Você é sorrateira, vovó — falei.

— Você que é — disse ela.

Era o manual do Acampamento para Garotas que Margot tinha mencionado durante o jantar, e também uma carta bonita que dizia que ela sentia muito por não ter mantido contato, que me desejava o melhor, e que esperava voltar logo a Montana. Havia também trezentos dólares em notas de cem. Como estavam presas bem no centro do livro, só as encontrei quando virei as páginas durante o comercial. Como a essa altura vovó já tinha declarado que "tudo bem você ficar com o manual, não vejo por que não", não falei nada sobre o dinheiro. As notas estavam presas entre uma página que listava alguns dos requisitos para se tornar uma Artesã Portadora da Tocha do Acampamento para Garotas e uma página com um poema, ou pelo menos acho que era um poema, ou um mantra, "O desejo do portador da tocha", que flutuava em um lago de espaço vazio em virtude do tamanho diminuto:

Aquela luz

Que foi

Dada a mim

Desejo

Passar sem escurecer

Aos próximos

Margot havia escrito algo muito pequeno sob aquelas palavras, em letras minúsculas a lápis: *Espero que o dinheiro seja tão bom quanto luz. Use com sabedoria. MMK.*

Às vezes eu pensava em Margot, aleatoriamente, tipo quando eu não conseguia dormir. Eu me perguntava o que ela estava fazendo, em qual lugar exótico estaria. E me perguntava o que ela acharia do meu exílio na Promessa, e sempre chegava à conclusão que ela não acharia nada.

— Acha que ela mandou isso por quê? — perguntou a vovó, indicando o livro e enchendo meu prato com muitas fatias de pizza.

— Porque ela e a mamãe foram ao Acampamento para Garotas juntas — falei. — Segundo ela, eu acharia engraçado.

— Simpático — disse a vovó. — Escreva um cartão de agradecimento bonito que envio para você. — E, então, acrescentou: — Não precisa falar nada do seu tratamento.

— Não vou, vovó — respondi. Seria totalmente constrangedor, mesmo sabendo que ela não aprovaria, contar a Margot Keenan sobre a Promessa em um cartão de agradecimento. — Isso não é nem um pouco a minha cara.

— Tem razão. Não é mesmo. Como você não está mais por perto eu às vezes esqueço como você é.

Depois disso, assistimos ao especial basicamente em silêncio, exceto por um comentário sobre o tamanho da multidão algumas vezes, e do frio. Então, o apresentador — um comediante, ou ator, Jay Thomas — fez um trabalho bem ruim ao fingir ler o guia de TV com as atrações dos outros canais, caso o telespectador quisesse mudar de canal, e nenhuma das opções falsas eram engraçadas, algo sobre Shannon Doherty e algo sobre Suzanne Somers, e então ele começou a falar sobre um "episódio perdido de *The Andy Griffith Show*", em que Gomer experimenta um monte de roupa de mulher e sai pela cidade até que o "enviam para a Marinha para consertá-lo". Era idiota, e ninguém riu, mas vovó, sentada ao meu lado no sofá, ficou ligeiramente tensa ao ouvir a palavra: *consertá-lo*. Pude sentir a mudança. E talvez tivesse ficado só nisso, mas uns dez minutos depois, esse tal de Jay Thomas, protegido do frio no Hard Rock Café ao lado de todas as bandas, interrompe a coapresentadora, Nia Peeples — que está de fato congelando parada ali na Times Square com seu casaco de couro, de gorro e luvas, e diz:

— Lembre-se, Nia, Times Square: homens são homens. Algumas das mulheres são homens. Alguns dos homens são mulheres, então, tomem cuidado quando acariciarem alguém por aí.

E a tal da moça basicamente diz que sabe se cuidar e a piada acaba, ou eles partem para outro assunto, sei lá, mas logo depois disso a vovó se virou para mim e disse:

— Não sei por que eles acham que essas piadas de duplo sentido tão engraçadas.

— Ele é um idiota, isso sim — falei.

A vovó esperou o momento e então disse:

— Lá não é tão ruim assim, é?

— Na Times Square? — perguntei. — Como eu saberia?

— Na sua escola — falou a vovó, certificando-se de que não olhava para mim enquanto recolhia milhos de pipoca caídos na mesa de centro, no sofá, e devolvendo-os para a tigela. — É muito difícil para você?

E eu disse:

— Não é tão ruim, vovó. É bem tranquilo, na verdade.

Então ela esperou alguns instantes, a banda tocando muito alto na TV, o som da guitarra elétrica quase doloroso porque eles estavam meio bêbados e porque o volume dos instrumentos estava no máximo. Ela disse:

— Mas está se sentindo minimamente diferente por causa do que eles estão fazendo?

Eu sabia o que ela queria dizer com diferente: melhor, endireitada, *consertada*; mas respondi com a palavra que ela tinha usado, não a intencionada.

— Eu me sinto diferente. Não sei muito bem como explicar.

Ela deu um tapinha na minha mão, parecendo aliviada.

— Ah, que bom, sim? É isso o que importa.

Ficamos assistindo à bola cair e demos as boas-vindas ao ano de 1993.

Era o primeiro ano, depois de uma proibição de décadas, que eles haviam liberado os confetes, de todas as cores e tamanhos, enrolados e longos, pequenos e metálicos, todos caindo das janelas e dos telhados dos prédios que cercavam a Times Square. Na tela chovia baldes de confete, e aquela chuva de glitter, mais os flashes das câmeras e as luzes dos outdoors e a multidão incrível de chapéus brilhantes e sorrisos largos, faziam aquele mundo brilhar e se destacar de um jeito que nos deixa triste de ver pela TV, de um jeito que nos faz sentir que, em vez de trazer a animação para a sua sala, as câmeras de TV são apenas um lembrete do que você está perdendo. Um lembrete bem ali diante de você, de pijamas no sofá com algumas sobras de pizza engorduradas em um prato descartável, o copo de refrigerante quase sem gás e aguado, todas as coisas boas acontecendo a quilômetros e quilômetros de distância. Pelo menos foi assim que me senti naquele ano.

CAPÍTULO DEZESSETE

Adam Red Eagle voltou do feriado de Natal com seu cabelo lindo todo raspado, tudo lisinho, apesar de ter começado a crescer rápido. Seu pai tinha insistido, e Adam disse que não havia como escapar da insistência dele. Ele fazia uma voz pomposa quando o imitava: *Nós não somos mais selvagens. E, pelo amor de Deus, também não somos mulheres.* O mais estranho era que a cabeça dele, agora quase careca, não contribuía em nada para deixá-lo menos parecido com uma mulher, menos feminino; na verdade, acentuava suas bochechas proeminentes e sua pele maravilhosa, as sobrancelhas arqueadas, os lábios carnudos; toda a sua beleza, de alguma maneira, destacava-se agora sem a cortina do cabelo.

Algumas outras coisas tinham mudado desde o nosso retorno. Agora eu tinha privilégios de decoração (apesar dos itens terem de ser aprovados antes por Lydia, e como ela não tinha aprovado nada que eu quisesse colar lá, deixei apenas meu iceberg solitário à deriva no mar da minha parede). Eu também estava no programa havia tempo suficiente para fazer parte das sessões semanais de apoio em grupo, que substituíram as minhas sessões individuais com o Rick, mas, infelizmente, não as com a Lydia. Enquanto estava em casa, em Idaho, Jane tinha comprado um monte de uma maconha maravilhosa de alguém que ela descreveu misteriosamente como uma *chama antiga, uma tragédia de mulher*, e ela havia usado isso para suprir nosso estoque reduzido. E finalmente Erin Viking tinha começado um regime de ano-novo de aeróbica cristã, que já tinha superado a primeira semana de esgotamento de tantas resoluções similares.

Ela também tinha trazido para a Promessa algumas fitas de vídeo, três roupas novas de marca para fazer exercícios e um degrau de aeróbica azul de plástico com borrachas pretas de tração por cima. Dedicação pura. As fitas de vídeo eram da linha *Fielmente em Forma* e ambas eram apresentadas por Tandy Campbell, uma mulher atrevida de cabelo castanho "líder da torcida de Cristo", que era compacta e enfeitada e fazia o maior sucesso em seu top brilhante de elastano e suas calças pretas de lycra e stretch.

Erin estava muito animada. Eu ainda não tinha nem desfeito a minha mala e ela já estava esfregando aquelas fitas na minha cara, com a Tandy radiante sob o título: *Aeróbica da Alegria: Cardio para Cristo*.

— Você vai fazer comigo? — perguntou ela, malhando o braço com a fita nas mãos. — Lydia disse que podemos usar a sala de recreação se acordarmos cedo.

— Eu nem sabia que Jesus gostava de aeróbica — comentei. — Sempre o imaginei como alguém que caminhava rápido, talvez sobre a água.

— Como você não conhece a Tandy Campbell? — perguntou ela, agora segurando as duas fitas bem na sua frente, uma em cada mão, e fazendo uma série de extensões e retrações com os braços, que imaginei serem supostamente aeróbica, apesar de parecerem os movimentos que um guarda de trânsito. — Ela é um baita sucesso. B-A-I-T-A! Minha mãe foi para um dos fins de semana de treinamento dela em San Diego com duas das minhas tias. Elas a conheceram. Disseram que ela é super pequenininha pessoalmente, mas ainda assim uma presença muito dinâmica.

— Aposto que a minha tia Ruth conhece ela — falei. — Aposto que é fã.

— Tenho certeza — comentou Erin, agora fazendo uns agachamentos junto com os movimentos do braço, que haviam ficado notavelmente mais curtos e menos precisos, mesmo naqueles trinta segundos que ela os estava fazendo. — Ela é completamente fantástica; todo mundo é fã. Você precisa fazer as aulas comigo. Por favor! Por favor, por favor, por favor. Preciso de uma companheira de exercícios, e você não pode mesmo correr agora. Você não poderá correr até abril, provavelmente.

Ela estava certa. Nós tivemos neve na Promessa desde meados de outubro, mas camadas e mais camadas tinham sido acrescentadas durante as duas semanas que estivemos fora, e agora tudo, com exceção da estrada principal, que um dos fazendeiros vizinhos havia limpado para nós, e o caminho para o celeiro, que os discípulos revezaram-se para limpar usando uma pá, estava repleto de montes brancos, alguns tão altos e estranhamente moldados pelo vento que não dava para dizer, de jeito nenhum, o que estava embaixo deles, ou onde o chão começava.

Pensei em fazer os exercícios das fitas com ela algumas vezes, vê-los o suficiente para fazer piada com propriedade quando eu os reportasse para Jane e Adam. (Lydia tinha concedido permissão a Erin para convidar todas as discípulas femininas para essas sessões matinais de exercícios; porém, a aeróbica cristã não era, aparentemente, uma atividade apropriada para o gênero dos meninos.) Não sei se, talvez, tenha sido a atração da fita VHS toda-poderosa que me lembrou dos meus dias de liberdade, mas não levou muitas manhãs para que eu criasse o hábito de acordar com Tandy e seu sorriso brilhante, sua energia elétrica, seu estranho hábito cativante de renomear os movimentos típicos da aeróbica para movimentos de Jesus, mesmo se as substituições dela não fizessem muito sentido e ela usasse em excesso a palavra *glória*: Deslocamento lateral em quatro tempos = Deslocamento Glorioso em Quatro Tempos; Marchando = Marcha em Glória; todos os tipos de chutes e socos = Explosões de Alegria.

Além das substituições, e do remix sincopado tum-tum-bum das músicas gospel, a única coisa distintivamente cristã sobre os exercícios de Tandy era a meditação de aquecimento e relaxamento, onde ela usava a Palavra para nos motivar em direção aos objetivos saudáveis. Sua passagem preferida era Hebreu 12:11 — *Nenhuma disciplina é satisfatória quando está acontecendo — é dolorosa! Mas depois, haverá a colheita pacífica de um viver correto para aqueles que forem treinados dessa maneira.* No início, os exercícios eram meio que dolorosos e intensos. Erin ficava ofegante nos primeiros seis minutos e nós duas ficávamos na fila do café da manhã com a franja grudada na testa. No desjejum, Erin também praticava a disciplina, escolhendo queijo cottage e peras em caldas mesmo nos dias em que o reverendo Rick nos enviava *French toasts* cobertas com crocante de arroz de canela. Às vezes, Helen Showalter se juntava a nós. Seus movimentos eram desengonçados e os passos pesados, sacudindo as folhas das plantas nos vasos. Jane veio uma vez, para tirar fotos, basicamente, e algumas vezes Lydia veio, para observar nosso comportamento, acho. Ela não participou do *para cima, palma-de-alegria, agacha, desce*. Mas normalmente éramos só nós duas. As roupas da Erin foram ficando mais largas com o passar das semanas e, à época do Dia dos Namorados, em fevereiro, eles haviam substituído partes do uniforme dela por um tamanho menor. A mãe dela tinha enviado uma caixa de cuidados pelo transporte oferecido pela linha de ônibus Greyhound (que levava doze dias para chegar em Bozeman, mas era mais barato para enviar coisas pesadas). A caixa continha dois conjuntos de alteres de 3,5kg cobertos de borracha roxa e uma fita nova para nos manter motivadas: *ELEVAÇÃO ESPIRITUAL: Tonificando mais do que os seus músculos*.

● ● ●

Quando eu tinha sete ou oito anos, eu era um pouco obcecada com aquelas mãozinhas de geleca grudentas de vinte e cinco centavos que dava para comprar naquelas máquinas de brinquedos no supermercado. As mãozinhas normalmente eram de uma cor neon, com cinco dedos gordinhos e caricatos, conectadas a um cordão comprido do mesmo material. Eu colecionava todas as versões: a mãozinha de purpurina e a mãozinha que brilhava no escuro e a mãozinha tamanho família. Eu costumava pendurá-las na maçaneta da porta do quarto e escolher uma ou duas para cada dia da semana, como algumas meninas deviam escolher suas joias. Não havia muito a fazer com elas, na verdade, além de chicoteá-las nas pessoas e assistir quando as vítimas se encolhiam, gritavam ou riam com o toque grudento na pele. Havia algo gostoso na maneira como o peso da mãozinha esticava o cordão, que ficava tão, tão fino que você tinha certeza que ele ia arrebentar, mas aí ela voltava para o seu tamanho e formato originais. A pior coisa das mãozinhas grudentas era a propensão que tinham para colecionar pequenas fibras e pelos, poeira, sujeira, e a dificuldade de limpá-las de maneira apropriada depois disso. Na verdade, não era possível deixá-las limpas novamente.

Quanto mais tempo eu passava na Promessa, mais as coisas que eles jogavam em mim, em nós, começavam a grudar, assim como nas mãozinhas grudentas, em porções pequenas, a princípio, pedaços perdidos, sem maiores problemas. Por exemplo, eu podia estar na cama depois das luzes se apagarem pensando em Coley, em beijar Coley e fazer mais coisas com ela ou com a Lindsey, ou com qualquer pessoa, Michelle Pfeiffer. Mas aí eu começava a ouvir a voz da Lydia dizendo: *Você precisa lutar contra esses impulsos pecaminosos: lute, não é para ser fácil lutar contra o pecado*, e eu poderia ignorá-la totalmente, ou até rir para mim mesma pensando no quão idiota ela era, mas ela estava lá, a voz dela, na minha cabeça, onde não existia antes. E também tinha outras coisas, esses pedacinhos de doutrina, de escritura sagrada, de lições de vida aqui e ali, até que mais e mais deles fossem acrescentados ao longo da viagem. Eu não questionava consistentemente de onde eles tinham vindo, ou por que estavam ali, mas realmente comecei a me sentir um pouco pesada com eles.

Parte do que contribuía para esse peso era, sem dúvida, o meu novo grupo das sessões de apoio. Ele consistia em Steve Cromps, Helen Showalter, Mark Turner e o sulista magérrimo, Dane Bunsky, um discípulo que eu conheci bem rápido (o grupo de apoio fazia essas coisas). Dane estava se recuperando do vício de metanfetamina, e estava na Promessa como bolsista de uma megaigreja em Louisiana.

Nós nos encontrávamos às terças e quartas às 3 da tarde e arrumávamos nossas cadeiras em círculo, um refrão de metal arrastando no linóleo que para mim soava como unha no quadro-negro. Lydia trazia uma caixa de lenços para cada sessão e entrava com um carrinho com uma garrafa grande de água quente e canecas, um pote com uma mistura instantânea para fazer chocolate quente, e também uma mistura completamente viciante de suco Tang com chá e pó de limonada instantânea, que o reverendo Rick fazia em grandes levas e chamava de chá russo, aparentemente como um tipo de piada datada cosmonauta. Mas não podíamos chegar nem perto do carrinho até o intervalo de quinze minutos no meio da sessão.

Começávamos cada sessão com uma corrente de oração. Todos nós, incluindo a Lydia, dávamos as mãos e a pessoa da vez naquele dia, seja lá quem fosse, começava falando: *Eu não irei rezar para Deus me mudar porque Deus não comete erros, eu que fui incitado a pecar: a mudança virá através de Deus, mas de dentro de mim. Eu preciso ser a mudança.* Tínhamos que dizer exatamente isso, palavra por palavra, e se não disséssemos Lydia interrompia a corrente de oração e fazia a pessoa repetir tudo até que ficasse perfeito. Na minha primeira rodada, eu ficava esquecendo a palavra *porque* e tive que dizer a coisa toda umas quatro vezes.

Após a oração inicial ser dita corretamente, o orador do dia apertava uma das mãos, e a pessoa que recebia o aperto acrescentava algo pessoal, normalmente sobre pedir força a Deus, ou agradecer a Jesus por esse tempo juntos ou algo assim, e então seguíamos o círculo. Às vezes, as orações eram mais pessoais e específicas, mas como a corrente era só o procedimento de abertura de uma longa sessão de compartilhamento, normalmente não eram. Tínhamos que manter os olhos fechados durante esse tempo, para focar somente em Cristo, mas eu conhecia os meus companheiros pela sensação nas mãos: o aperto forte e os calos de softball da Helen, ainda não completamente curados, mesmo após meses sem jogar; a pele de Dane, ressecada e grossa; os dedos finos de Lydia, gelados como era de se imaginar. Quando as orações chegavam novamente no orador do dia, seu trabalho então era dizer: *O oposto ao pecado da homossexualidade não é a heterossexualidade: é a Santidade. É a Santidade. É a Santidade.* Eu amava quando era a vez do Dane, porque seu sotaque e seu jeito lento e meio preguiçoso de falar, independentemente do que fosse, fazia o mantra soar estranhamente sedutor.

Nós podíamos falar sobre a nossa infância nessas sessões e, de fato, sobre experiências mais recentes que tivemos com relação ao pecado do comportamento e tentação homossexuais, embora a Lydia com frequência cortasse monólogos específicos com:

— Basta! Não estamos aqui para glorificar os nossos pecados do passado; estamos aqui para reconhecê-los e nos arrependermos deles. — Ou, como ela disse uma vez: — Detalhes demais, Steve! Demais! Vamos lembrar quem está nos detalhes, que tal? — Acho que essa foi a única vez que a ouvi tentar fazer algo como uma piada, o que talvez não seja exatamente uma crítica, porque tinha pouquíssima coisa engraçada no grupo de apoio.

Dane e Helen tinham sido molestados, o que a Lydia disse que era *um motivo comum que fazia as pessoas se sentirem erroneamente atraídas por membros do mesmo sexo*: no caso da Helen, o abuso do seu tio Tommy a tinha convencido de que *ser feminina significava ser fraca e vulnerável a tal tipo de coisa*, e isso a fez sentir medo de qualquer tipo de intimidade com homens; e, no caso de Dane, o problema estava em ter sido abandonado pelo pai ainda muito pequeno, o que criou, portanto, *uma curiosidade não saudável por homens*, que *se manifestou como uma obsessão* quando um rapaz muito mais velho colocado no mesmo abrigo que ele sugeriu forçadamente que os dois brincassem. Dane também tinha passado um tempo fugindo por causa do seu vício em metanfetamina, e essas histórias dele, cheias de homens mais velhos e seus apartamentos e trailers sujos, o vício de consumir qualquer coisa, eram completamente horríveis, mesmo sem os detalhes sexuais.

Eu havia determinado, após as primeiras sessões, que até com os meus pais mortos, com a língua presa do Steve e seus modos inimagináveis, e o pai pastor do Mark, nós três não podíamos competir com Dane e Helen no quesito da justificativa por nossa atração homossexual pecaminosa. A culpa por suas percepções fodidas de mundo era quase toda do passado que tiveram, mas nós três fodemos tudo por nossa própria culpa. Era especialmente fascinante quando chegava a vez de Mark Turner. Aqui estava ele, o garoto-propaganda de uma educação cristã, mas ainda assim na Promessa como o restante de nós. A única diferença é que ele não era como o restante de nós. Ele era muito bom e perfeito. Adam, Jane e eu brincávamos, às vezes, que ele era uma planta, que não *lutava contra a atração pelo mesmo sexo* e que estava na Promessa como parte de uma missão sagrada, com o intuito de beneficiar os demais discípulos, de nos mostrar a maneira como um discípulo modelo deveria ser. Mas aí chegou uma quinta-feira, no início de março, em que foi a vez dele contar a sua história.

Como sempre, a Lydia folheou seu caderno velho, escaneando o que quer que tivesse anotado das sessões do último grupo, de quem quer que fosse. Normalmente, ela fazia uma pergunta com a intenção de incitar uma resposta longa. Mas, naquele dia, Mark esperando pacientemente, sua Bíblia gigante no colo com literalmente centenas de marcadores de página e pedaços de papel saindo dela como penas, ela disse:

— Há algo específico em que você queira focar nesta semana, Mark?

E eu, pela primeira vez, fiquei pasma, não só porque ela havia feito uma pergunta de uma maneira quase doce, certamente sendo mais boazinha do que má, mas porque, ao perguntar isso, ela estava abrindo mão do controle, dando-o para um discípulo, e isso eu jamais tinha visto vindo dela. Mark também parecia um pouco perplexo; ele deu de ombros e franziu as sobrancelhas e então disse baixinho:

— Não sei. Posso falar do que você achar melhor.

A última vez que ele tinha compartilhado algo, lembro que falou muito sobre um ou dois sonhos *impuros* que ele havia tido com um pastor assistente da igreja do seu pai. Sonhos totalmente pudicos, me pareceram. Em um deles, os dois estavam de mãos dadas enquanto faziam uma trilha. Talvez estivessem sem camisa também — mas, mesmo assim, nada aconteceu. Talvez ele tivesse nos poupado de alguns dos detalhes mais sórdidos, só para garantir que a história pudesse ser contada, mas duvido. Acho que as lutas de Mark Turner eram quase em sua maioria contra pensamentos e emoções, tinham a ver com a batalha que travava por sentir-se de tal forma em relação aos homens — com a maneira que parte dele queria se sentir em relação a eles —, mas não tinha nada a ver com algo que ele tivesse, de fato, feito.

— Ok — disse Lydia, ainda folheando as suas anotações, mas obviamente fazendo isso para pensar no que dizer, e não porque estava procurando algo novo ali. — Sei que você teve duas semanas especialmente difíceis, e pensei que talvez tivesse algo o pressionando mais agora.

— Toda semana é especialmente difícil — retrucou Mark, sem olhar para ela, mexendo na capa da sua Bíblia de forma que ela abria um pouco e depois fechava por cima do seu dedo, e então ele a abria de novo. — Tudo pressiona.

— Ok — insistiu Lydia. — Mas tem alguma coisa...

— Que tal tudo? — interrompeu Mark. — Que tal cada mínima coisa? — Ele havia aumentado um pouco o tom de voz, o que era estranho vindo dele, surpreendente, e ele quase parecia pulsar de energia ou raiva ou outra coisa, como se algo se debatesse dentro do seu pequeno corpo, tocando aqui e ali, e ele estivesse com dificuldades de conter aquilo. Eu estava do outro lado do círculo, diante dele, e podia ver como os músculos do pescoço dele estavam tensos, como ele estava rígido e desconfortável. Ele desabafou a frase seguinte: — Se você quer que eu fale algo sobre o meu pai, simplesmente peça.

Lydia, com a caneta em cima do seu caderno, disse:

— Parece que é você quem quer falar sobre a decisão do seu pai.

— Falar o quê? — perguntou ele. — Você leu a carta, Lydia, assim como eu. — Ele fez uma pausa, olhou ao redor do círculo com um sorriso estranho. — Mas posso dividir com o grupo, a parte importante. — Ele endireitou um pouco a postura e mudou o tom de voz, deixando-o mais profundo. — "Sua visita de Natal confirmou meus medos e vejo que você ainda é muito feminino e fraco. Não posso ter esse tipo de fraqueza na minha casa. Passa para a minha congregação a mensagem de que eu aprovo isso, quando não aprovo. Você ficará aí durante o verão e veremos novamente o seu progresso em agosto. Você não está pronto para voltar para casa". — Ele recostou na cadeira, não muito, mas o suficiente para nos dizer que tinha acabado. Ele tentou parecer satisfeito, sorrir com desdém, mas não conseguiu. Seu rosto, naquele momento, parecia feroz. — Você não está pronto para voltar para casa — repetiu ele.

Durante toda a narrativa Lydia se manteve calma como sempre. Ela sequer reagiu ao comentário dele sobre o papel dela de investigadora de cartas. Ela terminou de escrever algo e perguntou:

— O que aconteceu no Natal, Mark? O que levou o seu pai a essa decisão?

Ele bufou.

— Eu aconteci. Somente eu. Como sempre. É suficiente que eu simplesmente entre na sala do jeito que eu sou.

— De que jeito você é, Mark? — perguntou ela.

— Eu quero ler uma coisa — disse ele, com a voz mais alta do que antes, quase furiosa, mas ainda não. — Posso ler uma passagem? É uma das preferidas do meu pai. Ele me relembra ela sempre que pode.

— Por favor, leia — pediu Lydia.

Então, Mark se levantou e leu em voz alta a passagem que acho que nunca tinha ouvido até então, mas que revisitei muitas e muitas vezes depois: 2 Coríntios 12:7-10. Talvez eu não devesse dizer que ele leu, porque apesar dele estar com a Bíblia aberta e segurá-la na sua frente, ele não precisava olhar muito.

— *"E, para que não me exaltasse pela excelência das revelações, foi-me dado um espinho na carne, a saber, um mensageiro de Satanás para me esbofetear, a fim de não me exaltar. Acerca do qual três vezes orei ao Senhor para que se desviasse de mim."*

Ele fez uma pausa, olhou para cima em direção ao teto feio de painel, ou através dele, provavelmente. Ele era um garoto tão pequeno, e tudo sobre ele era tão composto. Eu já o tinha ouvido ler as Sagradas Escrituras muitas vezes antes, sua voz sempre clara e firme, como a Hora Bíblica da rádio nas manhãs de domingo. Porém, ao ler essa passagem naquele dia, seu tom tinha um tremor quase furioso.

— *"E disse-me: A minha graça te basta, porque o meu poder se aperfeiçoa na fraqueza. De boa vontade, pois, me gloriarei nas minhas fraquezas, para que em mim habite o poder de Cristo."* — Ele fez outra pausa, apertou os olhos e fechou um pouco a cara para evitar chorar. Sua cabeça oscilava para a frente e para trás, rápido, e de alguma maneira ele forçou o resto da passagem pela mandíbula cerrada, cada palavra uma vitória diante um total colapso. — *"Por isso sinto prazer nas fraquezas, nas injúrias, nas necessidades, nas perseguições, nas angústias por amor de Cristo. Porque quando estou fraco então sou forte."*

Mark espirou forte quando terminou, como alguns caras fazem quando estão levantando peso. Então fechou a Bíblia e no mesmo instante a deixou cair das suas mãos. Isso se deu de forma incrivelmente lenta, como se a cena precisasse ser editada para acontecer, mas o barulho seco ao cair no chão estava totalmente dentro do momento, tinha sido tão alto e desconfortável quanto poderia ser.

Lydia tentou cortar o momento com sua frieza típica, e disse:

— Não há necessidade alguma do teatro barato. Se você se sentar, podemos falar sobre a passagem que você escolheu.

Mas Mark não tinha acabado com o teatro, e ele certamente não ia sentar.

— Eu não escolhi. Você não estava ouvindo? — perguntou ele. — Meu pai escolheu para mim. Ele faria uma tatuagem nas minhas costas, se as tatuagens não fossem condenadas em Levítico 19:28. *Pelos mortos não dareis golpes na vossa carne; nem fareis marca alguma sobre vós. Eu sou o SENHOR.*

Lydia levantou-se parcialmente e fez um movimento com as mãos para que ele se sentasse:

— Sente-se, Mark. Nós podemos falar sobre tudo isso.

Mas, em vez de se sentar, ele foi para o centro do pequeno círculo, o fazendeiro no pequeno vale, e disse:

— Vocês sabem a melhor coisa sobre a passagem do meu pai? — Ele não esperou que ninguém respondesse. — Ela tem *pelo amor de Cristo* dentro dela. Está bem ali.

Ele começou a fazer polichinelos. Ele fez. Polichinelos perfeitos, com as mãos batendo acima da cabeça, enquanto gritou:

— "Porque quando estou fraco então sou forte!" Na passagem do meu pai, a fraqueza na verdade se iguala à força. Isso significa que eu tenho a força de dez Marks. Vinte! Oitenta e cinco! Toda a minha fraqueza me torna o homem mais forte do mundo.

Ele parou de fazer os polichinelos e agachou-se, rapidamente, e com uma precisão militar colocou a palma das duas mãos no chão e lançou suas pernas pequenas para trás, nivelou as costas e começou a fazer flexões, uma atrás da outra, falando como um mantra:

— Pelo amor de Cristo — enquanto voltava para a posição inicial de cada flexão. — Pelo amor de Cristo! Pelo amor de Cristo!

Ele tinha feito, no mínimo, umas cinco flexões quando Lydia o interrompeu.

— Pare, Mark. Pare com isso agora! — disse antes de posicionar, enquanto ele estava no chão, seu pé direito, um pé que calçava um mocassim preto, nas costas pequeninas dele. Ela parecia colocar peso suficiente para impedir que ele fizesse a flexão para cima. Ela permaneceu nessa posição enquanto falou: — Vou remover meu pé quando você estiver pronto para levantar e retomar o controle do seu comportamento.

Mas então Mark, com a força de oitenta e cinco Marks, como ele havia dito, grunhindo e meio que chiando entre dentes trincados, mandíbula travada, começou a estender os cotovelos e a erguer-se do chão. Lydia, girando seu quadril para esta nova posição, perdeu o equilíbrio e, apesar de tentar colocar mais peso nos pés quando já estava firme de novo, era tarde demais. Mark fez força contra o pé dela e então, é claro, ergueu-se novamente na flexão. Lydia permanecia como uma idiota com um pé ainda nas costas dele, mas agora parecendo uma exploradora em uma fotografia com um pé sobre uma rocha ou um baixio.

Assim que conseguiu se erguer, ele cedeu e se jogou aos prantos, com o rosto espatifado no chão. Ele fazia todo tipo de som e dizia coisas, não tenho certeza o que exatamente, só sei que ouvi *desculpa* algumas vezes e *Não consigo, não consigo fazer isso.* Lydia agachou-se ao lado dele e colocou a mão em suas costas. Ela não esfregou as costas dele nem nada, só colocou a mão ali e disse, não para ele, mas para todos nós:

— Fiquem nos seus quartos até o jantar. Vão direto para os quartos de vocês, para nenhum outro lugar.

E quando nenhum de nós se moveu, ela falou:

— Vão agora, imediatamente.

E nós fomos. Pegamos nossos cadernos e fingimos, de maneira precária, não nos prolongar, observando Mark, que ainda chorava no chão. Enquanto andávamos em direção à porta, percebi que Dane pairou ao lado da sua cadeira, tentando ficar, imagino. Mas Lydia fez que não com a cabeça para ele, e então ele se juntou ao restante de nós no corredor, onde nos encaramos com olhos arregalados e boquiabertos. E, apesar de termos ido para os nossos quartos juntos, em grupo, éramos um grupo silencioso, ninguém sabendo o que dizer ao certo, ou o que fazer com o que tinha acabado de acontecer.

Finalmente, Steve falou, bem devagar:

— Isso foi intenso. Isso foi mais intenso do que qualquer outra situação.

— Se foi intenso para você, imagine para ele — comentou Dane, seco e direto. — Significou muito para todos nós, sua bicha.

— Jesus — retrucou Steve. — Eu nem quis dizer desse jeito. — Mas Dane ultrapassou Steve, e depois disso nenhum de nós falou nada; simplesmente fomos para os nossos quartos como ordenado.

. . .

Mark não apareceu no jantar. Àquela altura, a maioria de nós discípulos sabia o que tinha acontecido e eu podia ver que todo mundo estava esperando ele aparecer. Quando Adam entrou no refeitório sozinho, houve olhares e cochichos óbvios do pessoal que estava na fila da comida e de quem já estava sentado à mesa, que começava a comer seu macarrão com queijo e pedaços de salsicha, com vagem e peras em conserva de acompanhamento.

— Relatório completo? — perguntou Jane quando ele se juntou à nossa mesa, com o prato contendo três bolas cor de laranja sintético, um macarrão grudento com pedaços de salsicha cor-de-rosa.

— Eu não sei — repondeu ele. — Eu nem sabia que tinha acontecido alguma coisa, e então voltei das funções evangélicas e encontrei Rick e Lydia no nosso quarto. Mark estava fora de si, completamente, um zumbi. Estava sentado na beira da cama e os outros dois praticamente em cima dele falando todo tipo de merda, mas ele estava na terra do nunca. E eu pensando "Alguém vai me dar alguma dica do que está acontecendo aqui?".

— O que eles estavam dizendo? — perguntei.

— Só o lixo de sempre: *Vai ficar tudo bem; você está encarando o seu pecado e isso requer coragem; você só precisa descansar e rezar;* essas coisas. Nada disso estava fazendo efeito nele, ao menos pelo que pude ver.

Adam estava enchendo o garfo de macarrão desde que havíamos sentado. Eu normalmente amava vê-lo comer macarrão com queijo, ou qualquer outra coisa feita com massa em tubinho. Ele demorava horas. Ele equilibrava uma massinha em cada dente do garfo, quatro no total, pequenos tubos distribuídos lado a lado, e depois espetava um pedaço de salsicha no último dente e levava à boca. Mas, naquela noite, a sua dedicação com a rotina da comida estava me irritando.

Quando o garfo já estava cheio, ele o levou à boca e disse:

— Eu não ouvi muita coisa, porque dois minutos após eu ter entrado, Lydia me mandou para o quarto do Steve e do Ryan. Mas lá pelo menos o Steve me contou sobre o show de força do Mark, se é que se pode acreditar nele. Ele fez mesmo uma flexão com a Lydia em cima das costas dele?

— Ela não estava totalmente em cima dele — respondi. — Mas estava com um pé nas costas dele, colocando um pouco do peso dela.

— Nosso grupo nunca tem esse tipo de entretenimento — disse ele, franzindo a testa para a Jane como se fosse culpa dela não levar nenhum drama para as sessões. — Você não podia dar uma estrela ou algo do tipo? — Ele estava enchendo o garfo de novo.

— Eu costumava fazer uma ponte espetacular — comentou ela. — Andava o chão inteiro e depois subia na parede.

— Pode funcionar — concluiu Adam.

Eu sei que eles estavam fazendo o que sempre fazíamos, piada de tudo, porque era um saco estar aqui e nós não queríamos fazer parte disso, então por que não rir de tudo? Porque obviamente sabíamos muito mais do que qualquer um dos idiotas que comandavam esse lugar, mas, dessa vez — não sei, talvez porque eu estava lá e tinha visto o Mark, tinha visto ele perder o controle de si, tinha visto ele soluçando de chorar no chão —, a forma com que estávamos tratando o que tinha acontecido me deixou ainda mais irritada, e acho que um pouco com raiva também.

— Também sei fazer um pouco de malabarismo — acrescentou Jane, pegando o pote onde estavam as suas peras e inclinando-o até a sua boca, bebendo o suco cor de vaselina, e depois limpando o rosto antes de dizer:

— Como você acha que eu poderia fazer isso em uma sessão em grupo?

— Talvez você pudesse... — Adam começou a falar, mas eu o interrompi.

— Foi assustador — falei, sem olhar para nenhum dos dois, mas falando mais alto do que costumo. — Ele estava totalmente fora de controle. Foi difícil de assistir. Digo, parecia engraçado no início, e ótimo que a Lydia não conseguisse fazer com que ele se sentasse, mas então ele continuou, e aí não foi mais engraçado.

— Deve ter sido um pouquinho engraçado — disse Jane.

— Não foi — retruquei, olhando para ela. — Não se você estivesse na sala enquanto tudo isso acontecia na sua frente.

Jane fez sua cara patenteada impossível de decifrar, mas eu tinha começado a associá-la à desaprovação ou dúvida ou os dois.

— Eu entendo — comentou Adam. — Acho que é só porque não vimos a cena que ela parece louca demais para ser levada a sério.

— Foi louca — respondi. — E totalmente séria também.

Jane manteve a sua cara sem expressão até o fim da refeição, mas não falou mais da ponte nem do malabarismo.

Mais tarde, no nosso quarto, Erin Viking disse que precisava de um abraço e dei um e isso não foi a pior coisa do mundo. Foi até meio bom, na verdade. Então ela disse que ia rezar por Mark e me perguntou se eu queria me juntar a ela, e eu disse que sim. E assim fiz. E foi até legal também. Talvez não a reza em si, mas tratar o que tinha acontecido com certo respeito. Parecia melhor do que simplesmente fazer piada daquilo.

CAPÍTULO DEZOITO

No dia seguinte, nem Mark nem Adam apareceram na oração matinal, nem no café-da-manhã, nem nas salas para as horas de estudo, e ninguém parecia ter qualquer informação de seus paradeiros, nem Jane. Vi Adam durante o almoço, mas Rick estava abraçando ele e os dois andavam a passos rápidos no corredor em direção à sala dele e, obviamente, nenhum de nós foi convidado para ir junto.

Na sessão em grupo, Steve, Helen, Dane e eu nos sentamos e esperamos por Lydia, o que nunca tinha acontecido antes. O carrinho de bebidas não estava lá, encostado na parede de sempre. As luzes não estavam sequer acesas, e nenhum de nós as ligou. Em vez disso, nos sentamos nos paralelogramos oscilantes formados pela luz do sol do fim de inverno/início da primavera, raios filtrados pelas janelas enormes da parede oeste. Esperamos por dez, talvez quinze minutos, sem dizer muita coisa, e então Lydia e Rick entraram, arrastaram cadeiras para o nosso pequeno círculo e uniram-se a nós. E então Rick andou de volta até a entrada da sala e clicou no interruptor, fazendo as luzes fluorescentes chiarem e deixando a sala um ou dois tons mais clara.

Rick virou a cadeira ao contrário e se sentou nela como um cowboy, bateu as mãos no encosto de plástico agora à sua frente e disse:

— Hoje é um dia difícil.

Nesse momento, Helen começou a chorar, baixinho e discretamente, apesar de serem lágrimas gordas e lentas as que escorriam por suas bochechas. Ela não parava de fungar e rapidamente seu rosto ficou inchado. Lydia precisou passar a caixa de lenços de papel pelo segundo dia consecutivo, embora eu não tenha visto, de fato, Mark pegar um lenço no dia anterior.

— Desculpe — disse Helen. — Eu nem sei porque estou chorando.

— Não tem problema — falou Rick. — Não tem problema nenhum.

— Lydia, no entanto, talvez parecesse achar que não era tão tranquilo assim. — Sei que a sessão de ontem deve ter sido muito difícil para todos vocês, e me desculpem por terem tido que processar aquilo tudo sozinhos na noite de ontem. Nós precisávamos ficar com Mark.

— Onde ele está? — perguntou Dane com um pouco de veneno em seu sotaque tipicamente preguiçoso, embora em tom menos hostil do que o usado com Steve no corredor no dia anterior.

— Ele está no hospital, em Bozeman — respondeu Lydia.

Rick olhou para ela, acho que em virtude de ter sido uma resposta tão abrupta, e então ela acrescentou:

— Não vejo sentido em entrar em detalhes.

— Não há motivo para dramas teatrais, certo? — comentou Dane, meio que murmurando, mas definitivamente alto o suficiente para que a Lydia escutasse.

— Não, não há — respondeu ela. — Concordo.

Helen começou a fungar mais forte, e como ela já estava com a caixa de lenços no colo, simplesmente os puxava, um atrás do outro, como se arrancasse pétalas de uma margarida, até que suas mãos ficaram lotadas deles, o suficiente para cobrir todo o seu rosto se ela os colocasse na sua frente.

— Ele tentou se matar, não foi? — perguntou Dane, verbalizando o que provavelmente todos deduzíamos. Ao menos eu deduzia. Dane sacudiu a cabeça e apontou para a Lydia. — Eu sabia que algo ia dar errado antes mesmo de sairmos da sala.

A alfinetada falada com o sotaque estranho de Dane foi uma combinação esquisita. No grupo, eu já tinha ouvido ele falar sobre coisas como deixar um pai de três filhos, de uns quarenta e poucos anos, transar com ele no banco de trás de um Jetta para que ele pudesse ganhar uma aposta (sem detalhes explícitos, é claro); mas até naquele dia o seu sotaque, a forma com que ele contava as coisas, normalmente fazia o que quer que estivesse dizendo soar como uma história de acampamento, ou algo que acontecera com outra pessoa. Esse desprendimento não existia em sua voz nesse momento.

Lydia não se apressou para responder. Ela esperou por Rick, que parecia estar tendo dificuldade em decidir quais palavras usar.

Por fim, ele optou por:

— Não, não foi uma tentativa de suicídio. Eu não acho que tenha sido. Mas ele se machucou bastante.

Achei que o reverendo Rick prosseguiria com a explicação; acho que todo mundo também pensou o mesmo. Mas ele não o fez, e quando Lydia não acrescentou nada para esclarecer, Steve perguntou:

— Bem, ele sofreu um acidente ou algo assim?

— Não — respondeu Lydia.

— Mais ou menos... por assim dizer — disse Rick ao mesmo tempo.

— Como pode ser "não" e "mais ou menos"? — perguntou Dane. — Isso é para fazer algum sentido?

— Desculpem — pediu Rick. — Ficou confuso. Quis dizer que ele se feriu acidentalmente porque estava fora de si quando aconteceu. — Mas, assim que terminou de falar, Rick pareceu um pouco bravo consigo por ter colocado as coisas dessa maneira, por ter sido tão reticente conosco, diferente de seu estilo usual, e então acrescentou: — Olha, pessoal, Mark estava muito confuso ontem. Não preciso dizer isso para vocês, vocês todos viram. Ele estava sentindo muita dor emocional e espiritual e causou a si um dano físico para tentar fazer com que tudo aquilo desaparecesse.

— O que não é uma rota de fuga — complementou Lydia, com a voz seca e clara. — Não funcionou com o Mark, e não funcionará com vocês.

O reverendo Rick começou a falar novamente antes que a Lydia pudesse prosseguir:

— O importante é que levamos Mark para o hospital e o pai dele já veio de Nebraska para ficar com ele. Mark está estável e vai ficar bem.

— Porra nenhuma — disse Dane, fechando os punhos e batendo nas laterais das coxas duas vezes. — Esse papo de vocês tá igual a um hamster girando na rodinha. O que ele fez? Se ele não tentou se matar, então o que houve?

— Gritar e xingar não vai te fazer se sentir melhor em relação ao Mark — comentou Lydia.

Dane fez um barulho feroz.

— Tá vendo, e aqui está você, errada de novo, porque vai fazer sim. Estou me sentindo muito melhor dizendo *porra, porra e mil vezes porra*.

Acho que o fato de as coisas estarem tensas no ambiente, ou porque o processo já tinha começado, fez Helen começar a rir por trás do seu maço de lenços de um jeito obviamente incontrolável. Ela soltou uma risada surpreendentemente feminina, como se fosse uma líder de torcida em um filme adolescente.

— Me desculpem. Não consigo parar.

Mais risos.

Nesse momento, o reverendo Rick deslizou a sua cadeira para a frente enquanto levantava, batia as mãos e anunciava que aquilo *não estava funcionando*. A partir de agora teríamos sessões individuais breves em vez de em grupo e cada um de nós deveria ir para o seu quarto e esperar até que ou ele ou a Lydia fosse até lá, exceto Dane e a Helen, que fariam suas sessões imediatamente. Lydia estava olhando para ele como se não gostasse nada da espontaneidade do seu plano, mas fiquei feliz de sair dali.

Erin Viking estava no serviço do jantar, então nosso quarto estava vazio quando voltei para lá. O ambiente tinha o mesmo cheiro de algumas casas no fim do inverno, depois de fechadas por muito tempo: ar velho como aquele que vem de dutos de aquecimento sujos. Então abri um pouquinho a janela e fiquei em pé na frente da corrente de vento frio até começar a tremer um pouco. Nuvens pesadas se formavam atrás das montanhas, cinza-escuras, enormes pedaços escuros como as bolas de algodão usadas por tia Ruth para limpar a maquiagem dos olhos no fim de uma noite fora, nacos grudentos de rímel e sombra.

Sentei na cadeira da escrivaninha e fiquei me balançando apenas nas pernas de trás, meu pé apoiado na quina da mesa. Tentei fazer exercícios no meu livro de espanhol, mas só pensava em todas as coisas terríveis que Mark poderia ter feito consigo mesmo.

Eu não tinha certeza se seria Rick ou Lydia ou os dois que viriam falar comigo, então fiquei feliz, pouco mais de meia hora depois, quando somente Rick bateu na porta do nosso quarto e disse:

— Oi, Cameron, você tem alguns minutos para mim?

Era o clássico Rick, agindo como se estivesse fazendo só uma parada para um papo de rotina, e não como se tivesse nos enviado para os nossos quartos com o objetivo específico de conversar com ele. A questão é que Rick era tão indefectivelmente legal que era difícil não apreciar a maneira com que falava coisas como aquelas.

Eu não tinha certeza de onde ele iria sentar, mas ele foi para o fundo do quarto, onde eu estava, e empurrou o meu ombro para a frente, um toque firme, de forma que a minha cadeira voltasse à posição correta e ele tivesse espaço para puxar a cadeira da Erin do buraco sob a escrivaninha. Foi uma coisa amigável de se fazer, casual.

— Você sabe que sentar assim quebra a cadeira, né? — comentou ele. — Ao menos foi o que a minha mãe sempre me disse.

— Minha mãe também, mas nunca vi isso acontecer — respondi.

— Faz sentido — disse ele. E depois, sem mais delongas: — Então, tem algo sobre o que você queira falar?

— Sobre o Mark?

— Sobre o Mark, sobre a sessão em grupo de ontem, sobre qualquer coisa.

— Ele vai ficar bem?

Rick assentiu e colocou o cabelo para trás da orelha.

— Acho que sim. Ele realmente se machucou. Foi sério. Ele vai precisar de um bom tempo para melhorar. São vários tipos de machucado.

Parecia impossível falar desse jeito sobre os detalhes dessas coisas horríveis que eu queria e não queria saber. Eu ficava tendo flashes de Mark sofrendo todo tipo de tortura bíblica, seus olhos arrancados ou suas mãos empaladas, e não saber não tornava as coisas mais fáceis.

— Ele fez na sua frente? — perguntei, o que parecia o mais terrível de imaginar; que talvez ele quisesse que eles assistissem, ou que ele estivesse tão fora de si que não soubesse que eles o viam.

— Não, ele estava no quarto dele.

— Por que vocês o deixaram sozinho se estavam tão preocupados com ele?

Eu não pretendia que essa pergunta soasse maldosa, não de verdade, mas a fiz e não me arrependi de perguntar.

— Eu não tenho uma resposta muito boa para você — disse Rick, e então olhou para as próprias mãos. Ele estava passando os dedos de uma mão na palma da outra, tateando seus calos de tocar violão. — Poderia ter sido a sua voz na minha cabeça o dia inteiro me perguntando isso. Mas foi a minha própria.

Eu esperei. Ele esperou. E então ele continuou:

— Ele tinha se acalmado consideravelmente. Era muito tarde quando o levamos de volta para o quarto... Adam já estava dormindo. Lydia e eu tínhamos certeza que o Mark faria o mesmo.

Ambos esperamos um pouco mais. Todas as coisas não ditas esperaram ali conosco, pairando sobre nós dois. Fiquei olhando para essa foto da Erin e seus pais no museu Bíblia Viva em Ohio, todos de short cáqui e camiseta para dentro, dando sorrisos largos, posando na frente de uma imagem de Moisés no monte. Eu tinha olhado para essa foto durante o ano todo, pensando principalmente como eles pareciam felizes de verdade por estar ali, juntos. Mas agora aqueles sorrisos largos pareciam um pouco horríveis, como sorrisos de plástico ou máscaras, não sei. Eles estavam me dando dor de cabeça, aqueles sorrisos falsos. Olhei de volta para Rick e disse:

— Eu não sei mais o que perguntar a você. Acho que ou você quer que a gente saiba o que aconteceu e quer falar sobre isso ou não. Isso aqui parece falso se você não pretende nos contar tudo.

— Eu vou contar — falou ele. Simples assim. — Eu vou contar, se é isso o que você quer. É que... — Ele parou, fez algo com seus lábios entre um sorriso e uma careta. — Bem, Lydia e eu temos opiniões diferentes sobre isso, mas acho que é importante sermos honestos com todos vocês, para que saibam o que aconteceu exatamente da maneira que aconteceu, sem rumores ou fofocas envolvidos. Mas é muito feio, Cameron.

— Eu aguento o feio.

Ele assentiu e continuou:

— Mas o fato de você aguentar algo não quer dizer que seja bom para você.

Eu tive flashes de mim e da Hazel na praia, quando ela tentou me avisar para não ser salva-vidas usando a mesma lógica, mas eu estava mais velha agora e também sentia o peso dos meses que haviam se passado entre aquele momento e agora.

— Você acabou de me dizer que o importante é ser honesto, e agora você está recuando — comentei. — Dane está certo. É a coisa do hamster na rodinha.

Ele colocou o cabelo atrás da outra orelha, apesar disso não precisar ser feito.

— Dane tem uma ótima forma de dizer as coisas, não é?

— E de novo — falei. — Roda, roda, roda.

— Não estou fazendo isso — retrucou ele. — Ao menos não é minha intenção. Me desculpe. É que é algo difícil de dizer. — Ele inspirou rápido, expirou e disse: — Na noite passada Mark usou uma gilete para cortar seus genitais diversas vezes; e depois ele jogou cloro sobre os cortes.

— Jesus! — exclamei.

Rick sequer piscou com a menção do nome.

— Ele desmaiou depois disso e Adam ouviu a garrafa de cloro cair no chão. Ou acho que ele pode ter ouvido Mark cair no chão também. Foi Adam que veio me chamar, e ele ajudou a mim e ao Kevin a colocá-lo na van. Ele estava bem fora de si, completamente incoerente... Mark, digo.

— Por que o Adam não chamou logo Kevin?

Kevin era universitário e um dos monitores da noite. Ele vinha duas ou três noites por semana, mas chegava durante as horas de estudo e normalmente já tinha partido na hora do café da manhã, portanto, a não ser que você tivesse que ir ao banheiro, ou tivesse um sono leve e percebesse quando ele checava os quartos, você de fato não o via. Ele tinha me pego no flagra tentando encontrar Jane e Adam certa vez, depois das luzes terem sido apagadas, mas só me levou de volta para o meu quarto. Ele me disse para *ir para a cama*. Acho que nunca mencionou minha quebra de regras para o Rick nem para a Lydia.

— Ele não conseguiu encontrá-lo — respondeu Rick. — Acho que o Kevin estava fazendo um sanduíche na cozinha e eles se desencontraram. Ele também está tendo momentos difíceis.

— Vocês não deveriam ter chamado uma ambulância? — perguntei.

Eu já sabia por que eles não tinham feito isso: era muito mais rápido levá-lo até lá do que esperar alguém percorrer todo o caminho até a Promessa, mas eu só estava tentando pensar em coisas a dizer, porque eu não sabia o que fazer e não queria ficar ali sentada em silêncio com o Rick, olhando para um dos olhares reflexivos que ele lançava.

— Isso teria demorado tempo demais. Era mais rápido levá-lo até lá.

— Sim. Claro. Eu não raciocinei.

— Tudo bem. O que você realmente quer me perguntar?

Eu estava imaginando Adam acordando com tudo aquilo, o som da garrafa de plástico batendo no chão laminado, o cheiro químico do cloro, Mark no chão com as calças abaixadas, sangue e terror e uma bagunça total e Adam tendo acabado de acordar, tudo confuso e fora de foco. Mas o que eu disse para Rick foi:

— Eu não sei. — Então esperei um pouco, ele também, e então perguntei: — Adam está bem?

Rick sorriu seu sorriso estranho e meio triste para mim antes de dizer:

— Acho que sim, considerando as circunstâncias. Tenho certeza que ele vai querer conversar com você sobre isso tudo. Ele vai levar algum tempo para processar as coisas.

Aquilo me enlouqueceu. Eu não tinha sentido que estava fazendo contagem regressiva para algo, pelo menos não achava que era isso o que sentia. Eu tinha acabado de me sentir um pouco dormente e perplexa, mas ao ouvir que Adam levaria "um tempo para processar", fiquei instantaneamente com ódio, muito puta com Rick e com esse lugar idiota, a Promessa Escrota de Deus.

— Como vocês lidam com uma merda dessa? — Minha voz tinha adquirido o tom agudo característico de quando estou brava demais para chorar, mas sinto aquela mesma queimação na garganta. Odeio minha voz assim, mas simplesmente continuei: — É sério, você levanta e encontra o seu colega com o pênis retalhado? Qual exercício Lydia vai passar para isso? Talvez Adam possa colocar essa porra no iceberg dele agora. — Eu estava com tanta, tanta raiva, com mais raiva do que jamais tinha sentido em toda a minha vida. Comecei a falar coisas, qualquer coisa, do tipo: — Vocês nem sabem o que estão fazendo aqui, não é? Vocês vão inventando conforme as coisas vão acontecendo, e então algo assim acontece e vocês vão fingir que têm respostas que não têm, e isso é muito falso. Vocês não sabem como consertar isso. Deveriam chegar e dizer: nós fodemos tudo. — Eu disse outras coisas também. Nem sei tudo o que falei, mas minha voz estava alta e eu estava com raiva, por isso continuei falando.

Rick não me mandou parar de xingar nem para parar de ser escrota, não que ele fosse usar essa palavra, mas é meio isso o que eu estava sendo, mesmo que estivesse dizendo a verdade. Ainda assim ele não tentou me interromper ou me parar como Lydia teria feito. E aquilo não me surpreendeu de fato, porque Rick sabia ser calmo. Ele fez isso silenciosamente, mas não escondeu seu rosto de mim. Só ficou sentado, olhando para mim, e chorou. Aquilo parou o meu discurso. Parou bem rápido. E então foi tudo ainda mais terrível, a coisa toda, quando ele disse, ainda chorando:

— Eu não sei como responder você agora, Cam. Me desculpe.

Rick não me chamava de Cam, não era para ninguém me chamar assim na Promessa, porque isso era, de acordo com Lydia, *uma adaptação ainda mais masculina do meu nome já andrógino.* Às vezes, Jane, Adam e Steve me chamavam, porque simplesmente saía, mas eles tentavam não fazer isso perto dos dois, e Rick nunca tinha escorregado antes.

Ele era um homem bonito de verdade, e seu rosto estava terrivelmente lindo naquela hora, talvez porque estivesse muito vulnerável, não sei, mas foi um daqueles momentos em que é insuportável vivenciar, as emoções em carne viva, abertas, expostas. Mesmo agora não é algo que eu consiga explicar, mas naquele momento levantei e dei um abraço nele, um abraço que foi ainda mais esquisito porque ele estava sentado e eu estava inclinada sobre ele, mas fiz mesmo assim. Alguns segundos depois ele se levantou e nos abraçamos, o que foi um pouco menos esquisito.

Por fim, ele meio que deu um passo ou dois para trás, mas ainda me segurando pelos ombros, disse:

— Nós fizemos tudo ao contrário. Eu vim aqui para fazer você se sentir melhor.

— Tá tudo bem — falei. — Eu me sinto um pouco melhor.

— Você está certa em estar chateada com isso, e em pensar em como isso pode mudar o que estamos fazendo aqui. Mas, agora, o melhor que posso dizer é que deixaremos Cristo nos guiar para as nossas respostas. Quando em dúvida, Ele é o melhor cara para se seguir, certo?

— Com certeza — respondi.

Só que eu não acreditava nisso por não me sentir nada bem porque ele não tinha tentado me dar nenhuma resposta, porque ele tinha dito que não tinha nenhuma e começado a chorar, porque ele parecia em dúvida, incerto. Tudo parecia mais honesto do que qualquer coisa que ele (e Lydia) pudessem eventualmente inventar para lidar com isso usando a desculpa de que Cristo os havia *guiado para isso*. O que só deixaria tudo pior.

— Isso significa algo para mim — disse ele, e me puxou de volta para um breve abraço antes de soltar. — Obrigado por me permitir viver esse momento com você. Sei que isso não acontece facilmente.

— Isso não é fácil para ninguém — falei. — Não que seja pior para mim. Não fui eu quem encontrou ele caído no chão.

— Estou agradecendo por você ter sido honesta comigo. Foi muito corajosa.

— Aham. Ok.

Eu não queria mais falar sobre o que tinha acabado de acontecer; eu odiava esse aspecto da Promessa. Por que um momento não podia simplesmente acontecer e nós dois termos consciência sem precisar falar a respeito inúmeras vezes?

— Tem mais alguma coisa que você queira perguntar? — perguntou ele.

E do nada, digo, completamente sem planejar, perguntei:

— Lydia é mesmo sua tia?

Ele fez uma cara de *Que porra é essa?*, riu e respondeu:

— Eu não estava esperando por essa pergunta. — E então acrescentou: — Na verdade, ela é. Jane deve ter te contado, certo?

— Sim — respondi. — Logo que cheguei aqui. Eu só não tinha certeza se devia acreditar nela.

— Sobre isso, sim — disse ele. — Lydia era irmã da minha mãe.

— Era? — perguntei. — Não é mais?

— Minha mãe morreu há alguns anos.

Eu assenti.

— Sinto muito.

Gostaria de ter feito muitas outras perguntas sobre Lydia, sobre eles dois, sobre a falecida mãe dele, mas não parecia um bom momento e, de qualquer forma, Erin entrou no quarto, antes de perceber que Rick estava lá dentro.

— Ai, desculpa. Voltarei quando vocês terminarem.

Rick perguntou:

— Acho que já terminamos, certo?

Assenti.

Ele andou até a porta e disse a Erin:

— Fique. Estou indo falar com Steve. — Então ele colocou o braço em volta da cintura dela, a abraçou rapidamente e disse: — Dia difícil, né?

Erin assentiu, mas se segurou.

— Vamos reunir a todos na capela em uns vinte minutos — avisou ele, com uma das mãos apoiada no batente da porta e olhando para o relógio no pulso livre, um relógio do qual eu gostava, com a parte de cima branca e a pulseira de lona azul.

— Nós também? — perguntei.

— Sim, Lydia foi até a cozinha e nos avisou — explicou Erin.

Eu olhei para Rick, que assentiu, sorriu, deu dois tapinhas no batente da porta e partiu.

Erin queria falar sobre Mark. Eu não. Eu queria deitar na cama, de roupa, e dormir. Melhor ainda: queria videocassete e uma pilha de fitas. Queria assistir filmes e mais filmes sem parar. Erin não sabia de todos os

367

detalhes do que tinha acontecido — ela só tinha ouvido *automutilação* e que ele estava estável. Não preenchi as lacunas para ela, porque sabia que algum outro discípulo o faria, em algum momento. Eu só não queria mais falar disso.

Mas isso seria basicamente a programação pelo resto da noite. Tínhamos a sessão improvisada na capela, onde rezamos por Mark e sua família e também por Adam, com quem não cheguei sequer a falar nada em particular antes que tudo começasse. E então rezamos por nós. Depois, todo mundo que queria dizer alguma coisa o fez, e era quase todo mundo, exceto eu e Jane. Dane já estava bem mais calmo do que na sessão de grupo, tão calmo que pensei se eles o tinham drogado ou algo assim, apesar de pensar em Lydia com algum tipo ilegal de sedativo secreto ser meio ridículo, e também não ser. Então tivemos um tempo livre, e havia alguns lanchinhos no refeitório, pois os discípulos da preparação do jantar tinham sido chamados para a sessão antes de terminarem de fazer a refeição. O reverendo Rick foi até o Ennis buscar pizza para nós, uma cortesia em virtude da tragédia pessoal de Mark. Alguém, Lydia provavelmente, colocou *A noviça rebelde* na sala de atividades. Era um dos três filmes seculares na videoteca da Promessa, mas não consegui me entregar e me distrair com tantos discípulos de olhos vermelhos e inchados assistindo ao meu lado, respirando e trocando de sofá ou de lugar no chão. Jane, Adam e eu nos levantamos e saímos, e sabíamos que iríamos fumar. Nós nem precisamos falar a respeito. Pegamos nossos casacos e fomos para o celeiro. Nevava, mas não muito, *uma neve boa, silenciosa*, é o que a vovó teria dito. Flocos gorduchos caindo lentamente. Havia um pouco de neve no chão também, atestando que era mesmo inverno, mas o sol do início de primavera derretera o gelo ao longo do dia e a trilha tinha ficado bastante escorregadia, água sobre montes de gelo. Alguns passos à frente, caí de bunda no chão, automaticamente encharcando toda a parte de trás da calça. Adam segurou o meu cotovelo e me levantou, dizendo:

— Você está bem, dedo-frouxo?

Aquilo me fez sorrir, e falei:

— Eu estou. E você?

E ele respondeu:

— Já estive melhor.

Adam entrelaçou o braço no meu e terminamos nossa caminhada dessa forma. Foi bom.

Estava frio no celeiro, e lamacento, o mezanino fedido e molhado. Nós nos amontoamos ali, nossas pernas sob os cobertores que tínhamos levado para lá no outono. Estava escuro também, as poucas luzes elétricas no andar principal faziam pouco para iluminar o lugar. Eu estava com dor de cabeça, meu cóccix doía por causa da queda e minhas mãos estavam vermelhas e geladas. Resumindo: eu estava um lixo. Nós todos estávamos.

Ficamos um tempo só passando o baseado que Jane tinha trazido, sem conversar, até que, umas duas tragadas antes de ficarmos chapados, Jane falou:

— Eu nem sabia que o Mark se raspava.

— Ele não se raspa — disse Adam, pegando o baseado da Jane e segurando-o com elegância entre os dedos finos. — O garoto tem a pele de pêssego; ele não precisa se raspar. Era a minha gilete, do meu kit. Não era daquelas descartáveis, é uma boa, pesada. Meu pai me deu no meu aniversário do ano passado. Eu costumava usá-la de vez em quando para raspar as pernas, mas não agora, com a Lydia na patrulha garoto-afeminado. — Ele tragou e expirou antes que pudesse sentir o efeito. Então rapidamente acrescentou: — Não que eu esteja dizendo que vou usá-la novamente. Eu nem sei onde ela está. Lydia levou com ela na noite passada, depois de me ajudar a limpar o quarto.

— Sinto muito — falei.

— Eu também — disse Jane.

Adam assentiu. E depois, continuou:

— Tinha cloro no quarto inteiro. Ele deve ter usado uma garrafa novinha em folha, porque fez uma porra de um lago no chão. Ainda deve ter um pouco embaixo das camas, sei lá. Eu ouvi um barulho e soube que tinha algo estranho acontecendo. Depois senti o cheiro do cloro, mas... sabe quando você acabou de acordar e não registra muito bem as coisas? Aí coloquei os pés no chão e senti tudo molhado, molhado a ponto de encharcar minhas meias.

Jane e eu ficamos assentindo. O que poderíamos falar?

Adam me passou o baseado para uma última tragada, que eu dei, feliz por ter algo para fazer.

— O cloro encharcou a roupa dele toda também? — perguntou Jane. — Porque ele estava deitado nela, não estava?

— Ele estava pelado. Completamente nu. Eu tive que passar por cima dele para chegar ao interruptor e quando acendi a luz eu... Eu não entendi, só sabia que era algo ruim. Ele estava caído de um jeito que não dava para ver o... vocês sabem... — Ele fez uma pausa, balançou a cabeça. — O pau dele. Eu deveria poder dizer a palavra *pau*. Merda. Eu não consegui ver, então não sabia que ele tinha feito o que fez. Eu só sabia que ele estava pelado no chão, em um maldito lago de cloro e uns quatro segundos depois vi sangue se misturar ao cloro e fui chamar o Rick. Achei que talvez ele pudesse ter tentando beber o cloro, ou cortar os pulsos, ou algo assim. Mas achei que ele estivesse morto. Eu realmente pensei que ele estivesse morto. Foi isso o que falei para o Rick. Eu disse: "Mark está morto. Ele está morto no chão." — Ele parou, olhou para cada uma de nós. — Muito fodido, não é?

— Não é — respondi. — O que mais você iria pensar?

— Não isso. Sei lá. — Ele puxou um pedaço de feno que estava frouxo em uma parte do cobertor, o enrolou com muita força em um dos dedos, interrompendo a circulação, deixando a ponta inchada e vermelha e rajada de branco. — Falei com o pai dele hoje. Eles contaram isso para vocês?

Fizemos que não com a cabeça.

Adam afrouxou o fio de feno e então pegou de mim o que era agora definitivamente a ponta de um baseado. Eu estava só segurando. Ele colocou na ponta da língua. Ele sempre fazia isso. E então prosseguiu:

— Eu queria ir para o hospital, mas o pai dele não queria nenhum de nós lá. Ele mandou Rick de volta no minuto em que chegou do aeroporto. Mas ligou para cá depois para falar comigo, e disse: "Obrigado pelo que você fez pelo Mark. Nós vamos lembrar de você em nossas orações. Por favor, reze por ele também." E foi isso. Foi isso o que ele disse, palavra por palavra.

— Mas pense na situação em que o filho dele está — falou Jane.

— Uma situação que ele ajudou a causar — retrucou Adam, debochando. Ele se levantou e chutou alguns pedaços de feno. — Ele manda o filho para cá, diz que ele vai para o inferno como um sodomita se não se curar. Então o garoto tenta e tenta e, sabe, ele não consegue, porque não é assim que essa porra acontece, e aí ele resolve: "Vou simplesmente cortar o problema." Ótimo plano, pai.

— Você tem razão — concordou Jane. — Tá tudo fodido, mas o pai dele não vê dessa forma. Ele acredita piamente, com todas as forças, que o que está fazendo é a única maneira de salvar o filho da condenação eterna. Das chamas ardentes do inferno. Ele acredita mesmo nisso.

Adam continuou rindo de deboche, quase berrando agora:

— Que tal salvá-lo da situação em que está agora? E quanto ao inferno de pensar que é melhor retalhar o maldito saco do que fazer com que o seu corpo traia a merda da sua crença?

— Nunca é sobre isso para essas pessoas — concluiu Jane, ainda calma.

— Tudo isso é o preço que supostamente temos que pagar pela salvação. Deveríamos ficar felizes em pagar por isso.

— Obrigada, Sabedoria. Suas observações pacíficas são muito poderosas em momentos como esse.

O olhar machucado que Adam lançou desarmou a expressão no rosto de Jane, mas ela disfarçou rapidamente. Tenho certeza que Adam também viu, porque disse:

— Me desculpe.

— Tudo bem — respondeu ela. — Não quis dar um sermão.

— Só não quero esse olhar de pena. — Ele se debruçou e a beijou no rosto, então acrescentou: — Eu não vou ser babaca só porque meu colega de quarto surtou.

— Vai, sim — respondeu Jane. — Você pode ser o que quiser agora.

— Posso ser astronauta? — perguntou ele, sentando-se ao meu lado novamente e colocando um pouco do meu cobertor ao redor dele.

— Sem dúvida — respondeu ela. — Você pode até ser o famoso Neil Armstrong.

— Você só o escolheu porque o nome Armstrong soa um pouco nativo, não foi? — perguntou ele, sorrindo muito discretamente.

— Eu não vou ficar aqui na Promessa — falei, simplesmente. Só decidi isso enquanto falava. — Não vou. Eu vou embora.

— Você quer ser astronauta comigo? — perguntou ele, passando a mão na minha cabeça e puxando até a minha orelha se apoiar no seu ombro. — Nós podemos abrir o primeiro 7-Eleven lunar. — Ele fez uma mímica de um outdoor com as mãos, abriu e fechou os dedos como se fossem luzes piscando, e completou: — Agora servindo Shakes de maconha. Somente por tempo limitado. Contém algumas restrições.

— Estou falando sério — respondi, e a questão era que, quanto mais eu repetia, mas séria eu ficava. — Vou dar um jeito de sair daqui. Se eu não conseguir, sei que a Ruth vai me manter aqui no ano que vem. Sei disso.

— Claro que ela vai — concordou Jane. — Ninguém sai daqui porque está curado. Você só sai se não puder mais pagar ou se você se forma.

— Ou se você é o Mark — concluí.

— Sim. Ou se você é Mark.

— Jura? — perguntou Adam. — Ninguém nunca se curou no programa? Ninguém virou ex-gay o suficiente para voltar para uma escola normal?

— Bem, a Promessa só está aberta há três anos — respondeu Jane. — Mas ninguém que eu saiba conseguiu.

— Porque isso não pode ser feito — falei.

— E porque não há nenhum teste real que possa provar a sua transição — completou Jane, colocando as coisas de volta no compartimento da sua perna. Era estranho como eu às vezes esquecia daquela coisa. Falo da perna em si e não do compartimento, porque dele eu nunca poderia esquecer. — Você pode mudar o seu comportamento, mas se não tiver Lydia respirando no seu cangote, só vai durar um tempo. Além disso, não significa que nada em você mudou. Por dentro, quero dizer.

— É por isso que vou embora — falei. — Por isso e por milhares de outras razões. Eu não quero mais estar aqui.

— Eu tô dentro — disse Adam, sacudindo os nossos cobertores e fazendo minha pele arrepiar imediatamente. — Vamos fazer isso agora, sem mais delongas. Eu serei Bonnie e você será a minha Clyde.

— Eu vou com vocês — falou Jane, muito séria. Ela já estava quase com toda a perna encaixada. — Mas precisamos de um plano minucioso. Temos que pensar nos detalhes.

— Como um casal de lésbicas — completou Adam. — Plano minucioso? A gente vai construir um deck ou fugir? Vamos embora, simples assim. Vou roubar a chave da van. Falando sério. Vamos fazer isso agora. Podemos chegar ao Canadá pela manhã, comer bacon canadense o quanto quisermos. Um eufemismo para você.

— Parariam a nossa van roubada na fronteira — comentou Jane. — E mesmo que isso não acontecesse, estamos sem os nossos documentos, não temos muito dinheiro, não conhecemos ninguém no Canadá. Pelo menos eu não conheço.

Eu queria embarcar na ideia dele e ir. Simplesmente agir, como ele disse. Mas Jane tinha razão. Nossas carteiras de motorista (daqueles de nós que tinham) e outros documentos de identificação, ou cópias, estavam em armários trancados no escritório principal.

— Então vamos agora pegar as nossas carteiras de identidade — sugeriu Adam. — E depois partimos.

— É por isso que precisamos de um plano — disse Jane. — É exatamente por isso. Para não corrermos o risco de ser atropelados por todos os detalhes que esquecermos.

Enquanto ela falava, um certo ronronar vinha de longe e, se não estivesse nevando quando chegamos no celeiro, eu teria certeza se tratar de um trovão.

— A gente nunca vai conseguir — disse Adam — se ficarmos sentados pensando para sempre. Nunca. Então vamos simplesmente fugir.

— Para onde? — perguntei.

— Quem se importa? — retrucou ele. — A gente resolve quando estiver na estrada.

— Eu também quero ir — falou Jane. — Mas vamos fazer isso direito. Se roubarmos a van eles vão encontrar a gente e nos mandar de volta para cá em alguns dias. E então, qual terá sido o objetivo disso tudo?

Logo que ela terminou de falar ouvimos uma sequência de um barulho que agora soava, sem dúvida, como um trovão.

— Zeus está bravo — comentou Adam, levantando-se de novo.

— Isso foi um trovão? — perguntei, e logo ouvimos mais um trovão, ainda mais perto do que o último.

A tempestade se aproximava com rapidez, como costuma acontecer nas montanhas.

— É uma tempestade de neve — disse Jane.

Adam foi até a portinhola de madeira pesada que fechava o celeiro. Era uma merda para mexer. Nós tínhamos feito isso antes, mas as dobradiças estavam mais enferrujadas e as ripas de madeira ficavam coladas na pele como uma planta grudenta toda vez que encostávamos. Mas Adam conseguiu.

— Mas ainda está nevando? — perguntei enquanto me juntava a ele.

— Se estiver, é uma tempestade de neve — concluiu ele.

— Nunca ouvi falar disso — comentei, enquanto Adam dava um jeito de empurrar um pouco a portinhola, seus parafusos rangendo e dificultando nossos esforços, pequenos pedaços da madeira velha já lascando os meus dedos.

— Não é comum — disse Jane, levantando-se. — Aconteceu uma vez quando eu morava na comunidade. Não acredito que não estou com a minha câmera.

Adam e eu insistimos com a portinhola até conseguir fazer com que ela fosse um pouco para a frente, e depois um pouco mais. Foi quando conseguimos ver somente o céu e o chão pretos, algumas partes mais escuras do que outras, os flocos de neve caindo muito mais rápido do que antes e o vento à mil, transformando a neve num borrão super branco.

— É isso — disse a Jane. — É uma tempestade de neve.

— Meu Deus, nós já entendemos — retrucou Adam. — Pare de dizer *tempestade de neve*.

Mas ela meio que estava se justificando, porque depois uma rajada de trovões veio, um barulho muito alto, a tempestade se formando ao nosso redor. Os trovões eram daquele tipo que dá para sentir nas paredes, dentro do corpo. Uma rajada de relâmpagos rasgou o céu prateado, a trajetória do monitor de um paciente com o coração parando. E depois outro, sua luz iluminando a neve no chão, refletindo os milhares de cristais incrivelmente brilhantes e brancos. Em pouco tempo toda a área estava completamente escura de novo. Mais um raio, outro barulho muito alto de algo quebrando e a luz. Um dos pinheiros se iluminou momentaneamente, seus galhos repletos de neve, seu tamanho imenso no meio da escuridão, e então ele desapareceu. Depois outra coisa iluminou-se no terreno que segundos antes era breu e, durante todo esse tempo, trovoadas rugiam ao fundo, flocos de neve rodopiavam e voavam cada vez mais pesados, tão grossos que pareciam quase coagular o ar. Nós três assistimos a tudo isso juntos. Acho que foi a coisa mais bonita que eu já tinha visto.

— Não acredito que não estou com a minha câmera — disse Jane de novo, sua voz quase reverente.

— Você jamais conseguiria colocar isso em uma foto — falei. — E você estaria perdendo tudo isso enquanto estivesse tentando.

— Rick voltou — disse Adam.

Olhei na direção em que ele estava olhando e vi as luzes que ele via, dois pontos laranja fracos chegando cada vez mais perto da sede da Promessa, vindo em nossa direção.

— Quero ir com vocês — falou Jane. Ela pegou na minha mão. — É sério. Farei o que tiver que fazer.

— Ok — respondi.

— Vocês duas não vão fugir juntas e me deixar aqui — brincou Adam, pegando nossas mãos. — Mesmo não acreditando que vamos fugir.

— Nós vamos — disse Jane.

— Eu não tenho um plano — falei. — Conheço algumas pessoas que podem nos ajudar, talvez, se conseguirmos encontrá-las. Mas é tudo o que eu tenho.

Eu estava pensando em Margot, no dinheiro que ela havia enviado naquele manual para Acampamento de Meninas; estava pensando em Lindsey e na sua coragem; em Mona Harris ali tão perto, em Bozeman, na faculdade. E, por alguma razão, pensei em Irene Klauson também. Mas não sei exatamente por quê.

— Então vamos encontrá-las — disse Jane.

Eu gostava da certeza em seu tom.

— Tenho a minha beleza estonteante para oferecer — disse Adam. — E minha compreensão única e distorcida sobre identidade de gênero. Podem chamar isso de compreensão mística, se quiserem.

— Eu tenho maconha — completou Jane, e nós rimos da maneira que se ri quando se está tentando fazer algo corajoso diante de algo que assusta.

Os faróis ficaram maiores e mais próximos, logo além das casinhas com teto de metal. Naquele retângulo volumoso da van que quase não conseguíamos ver através da neve, o reverendo Rick carregava uma pilha de caixas de pizza, desbravando a tempestade de neve por nós, discípulos chatos.

— É melhor entrarmos — disse eu. — Antes que comecem a procurar por nós.

CAPÍTULO DEZENOVE

Mark Turner não voltou para a Promessa. Nem duas semanas depois. Nem um mês depois. Nem nunca. Pelo menos não enquanto eu estive lá. Adam e o reverendo Rick tiveram que arrumar as coisas dele e enviar para Kearney, Nebraska. Adam nunca recebeu de volta sua gilete extravagante, não que ele a quisesse de volta, mas ela desapareceu da Promessa, assim como Mark. Assim como nós três desapareceríamos.

Logo depois do *incidente* com Mark, que por algum motivo foi como todo mundo começou a se referir ao evento, com a exceção de mim, Jane e Adam, um cara do governo foi inspecionar a Promessa, as salas de aula, os dormitórios, tudo. Ele trabalhava para um departamento de alvarás. Depois, outros caras apareceram, e uma moça. Ela vestia um terninho cor de ameixa com uma echarpe dourada e cor de ameixa, e me lembro de ter pensado que tia Ruth teria chamado aquela combinação de um *modelito muito esperto*. Os homens todos vestiam gravatas e blazers e todo mundo que apareceu trabalhava para alguma agência federal. A maioria passava a maior parte do tempo na sala de Rick, mas um deles conversou com cada discípulo por mais ou menos vinte minutos. A minha vez foi depois da Erin, mas não tive chance de perguntar como tinha sido; passei por ela no corredor que levava até a sala onde ele tinha improvisado um escritório.

No início, gostei do cara porque ele era muito comum e, me pareceu, não sei, profissional, ou pelo menos não falava comigo em tom condescendente, nem se comportava como um orientador, provavelmente porque ele não era um. Ele se apresentou, mas não lembro do nome, Sr. Blá-Blá--Blá do Departamento de Serviço de Proteção a Crianças e Adolescentes, acho. Ele começou fazendo um monte de perguntas corriqueiras: *Com que frequência você faz refeições? Quanto tempo diário você passa fazendo trabalhos escolares, tanto em sala quanto fora dela? Quanto tempo você perde cumprindo outras atividades? Qual é o nível de supervisão para tais atividades?* E, então, ele fez outras perguntas menos mundanas: *Você se sente segura no seu quarto à noite? Você se sente ameaçada por algum funcionário ou aluno?* (Esse cara usava a palavra *aluno*, não *discípulo*). *Você confia nas pessoas encarregadas?* Minha resposta para essa pergunta foi a primeira que pareceu de fato interessante para ele.

— Não muito.

Ele fazia breves anotações em um bloco amarelo, mal olhando para mim, apenas lendo sua lista de perguntas e depois rabiscando uma coisa ou outra e seguindo em frente. Mas nesse momento ele hesitou e olhou diretamente para mim, deixando a caneta pairar no ar.

— Você não confia nos funcionários daqui?

Acho que, ao dar aquela resposta, era de se esperar uma reação da parte dele, mas quando ela veio fiquei meio sem saber como reagir.

—Bem, quer dizer, confiar como? — perguntei. — O que quer dizer com confiar?

— Confiança — disse ele, fazendo uma daquelas caras que dizem *deveria-ser-óbvio-para-você*. — Confiança: crença neles e em suas habilidades. Você confia neles a sua segurança enquanto está vivendo aqui? Acredita que eles querem o melhor para você?

Dei de ombros.

— Você está colocando como se fosse tudo muito simples. Preto no branco, sei lá — falei.

— Acho que é preto no branco — retrucou ele. — Não estou tentando enganá-la com essas perguntas.

Dava para ver que ele estava começando a perder a paciência comigo. Reparei que ele tinha orelhas muito peludas. Era difícil não olhar depois que notei. Ele tinha muito cabelo saindo do ouvido e por fora também.

— Talvez se você morasse aqui pensaria de forma diferente — falei.

Olhar para aquelas orelhas estava me dando uma vontade incontrolável de rir, igual a Helen nas sessões em grupo. Eu me concentrei na gravata dele, que era um tom de amarelo mais escuro que o bloco de anotações, mas não muito diferente. Ela tinha flores-de-lis cerúleas. Cerúleas. Eu ainda amava aquela palavra. Era uma gravata bonita. Bem bonita.

— Gostei da sua gravata.

Ele inclinou o pescoço para olhar, como se tivesse esquecido qual gravata tinha escolhido naquele dia. Talvez tivesse mesmo.

— Obrigado — disse ele. — É nova. Minha mulher me deu.

— Legal — falei.

E era, mais ou menos. Parecia algo tão normal ter uma mulher que escolhia gravatas amarelas para você. O que quer que isso significasse: normal. Tinha que significar uma vida diferente daquela na Promessa. Tinha que ao menos significar aquilo.

— É, ela é aficionada por moda — comentou ele. Então, pareceu se lembrar do que estava fazendo ali comigo. Consultou suas anotações e perguntou: — Acha que pode me dizer de modo mais específico o que quer dizer quando diz que não pode confiar nos funcionários daqui?

Dessa vez ele me soou como todos os outros orientadores que me pediam para elaborar meus sentimentos. Fiquei surpresa de ter escolhido aquela pessoa para me abrir. Estava surpresa por sequer me abrir. Talvez eu o tenha escolhido porque pensei que ele me levaria a sério, o que quer que eu dissesse, ele parecia tão obstinado e correto, e também parecia, precisamente por causa da sua posição e da sua obstinação, alguém que não julgava, acho.

— Eu diria que Rick e Lydia, e todo mundo ligado à Promessa, acham que estão fazendo o melhor por nós, tipo espiritualmente ou sei lá o quê — falei. — Mas só porque você acha algo não quer dizer que seja verdadeiro.

— Eeeeentendi — disse ele. — Acha que consegue elaborar?

— Não muito — respondi, mas tentei mesmo assim. — Só estou dizendo que às vezes dá para causar danos muito graves a alguém se sua suposta abordagem para ajudar for bem bosta.

— Então está dizendo que o método de tratamento deles é abusivo? — perguntou ele em um tom do qual não gostei muito.

— Olha, ninguém bate na gente. Eles sequer gritam com a gente. Não é assim. — Suspirei e balancei a cabeça. — Você me perguntou se eu confiava neles e, tipo, eu confio neles para nos levar em segurança na van por uma estrada, confio neles para comprarem comida para nós toda semana, mas não confio que eles realmente sabem o que é melhor para a minha alma, ou que saibam como fazer com que eu seja a melhor pessoa com uma vaga garantida no céu ou algo do tipo.

Dava para ver que eu estava perdendo o interesse dele. Ou talvez eu em momento nenhum tivesse tido. Estava com ódio de mim mesma por ser tão pouco articulada, por estragar o que eu devia a Mark, mesmo que ele não fosse ver dessa forma, o que era mais provável.

— Deixa para lá — falei. — É difícil de explicar. Eu só não confio que um lugar como a Promessa sequer seja necessário, ou que eu precise estar aqui, e todo o objetivo de estar aqui é que devemos confiar que o que eles estão fazendo irá nos salvar, então como posso responder que sim à sua pergunta?

— Acho que não pode — disse ele.

Achei que talvez tivesse conseguido uma entrada, então falei:

— É que eu sei que você está aqui por causa do que aconteceu com Mark.

Mas antes que eu pudesse continuar, ele disse:

— O que o Sr. Turner fez a si mesmo.

— O quê? — perguntei.

— Você disse o que *aconteceu com ele* — respondeu ele. — Nada *aconteceu* com ele. Ele machucou a si mesmo. Gravemente.

— É, enquanto estava sob o cuidado dessas pessoas — falei.

— Correto — disse ele em mais um tom indecifrável. — E é por isso que estou aqui: para investigar o cuidado que é dado por aqueles que comandam esse lugar, não para investigar a missão do lugar, a não ser que a missão inclua abuso ou negligência.

— Mas não existe abuso emocional? — perguntei.

— Existe — respondeu ele, completamente indecifrável. — Você acha que sofreu algum tipo de abuso emocional pelos funcionários daqui?

— Meu Deus — falei, jogando as mãos para o ar, me sentindo um pouco dramática, como se eu estivesse atuando. — Acabei de falar sobre isso... o único objetivo desse lugar de merda é fazer com que a gente se odeie para mudarmos. Devemos *odiar* quem somos, desprezar.

— Entendi — disse ele, mas dava para ver que não entendeu nada. — Mais alguma coisa?

— Não, acho que a parte sobre *odiar a si mesmo* cobre tudo.

Ele olhou para mim, com dúvidas, procurando o que dizer e, então, respirou fundo e falou:

— Muito bem. Quero que saiba que escrevi tudo o que você disse e que será passado para o relatório final. Também compartilharei essa informação com o meu comitê.

Ele havia anotado algumas coisas enquanto eu falava, mas com certeza não achei que ele de fato tinha escrito meu discurso, não muito, pelo menos não do jeito que eu tinha dito.

— Certo — concluí. — Bem, tenho certeza de que será um método eficiente para gerar mudança.

Agora eu odiava aquele cara, e levemente a mim mesma por ter achado que algo poderia acontecer apenas porque respondi algumas perguntas de forma honesta. Pela primeira vez.

— Não sei se entendi — disse ele.

E acredito que ele realmente não tinha entendido o que eu estava tentando dizer; de verdade. Mas também acredito que não queria entender, porque ele não devia ser tão imparcial assim, e talvez até mesmo acreditasse que pessoas como eu, como Mark, pertenciam àquele lugar. Ou a algum lugar pior. E, embora eu soubesse que não podia explicar aquilo tudo para ele, processar em palavras bonitas o que eu estava sentindo, eu tentei, mais por mim e por Mark do que pela compreensão daquele cara.

— A questão toda é que as coisas que ensinam aqui, as coisas nas quais eles acreditam, se a gente não acreditar, se duvidarmos em qualquer nível, dizem que vamos para o inferno. Dizem não somente que todo mundo que você conhece tem vergonha de você, mas que Jesus desistiu da sua alma. E se você for alguém como Mark e acreditar nessas coisas de verdade... Se tiver fé em Jesus, em toda a estupidez que é a abordagem da Promessa e ainda assim não conseguir se tornar bom o suficiente porque o que está tentando mudar é tão *imutável* como a sua altura ou o formato das suas orelhas, sei lá, então este lugar *realmente* faz as coisas acontecerem com você. Ou ao menos vai conseguir convencê-lo de que você sempre será um pecador imundo e que é tudo culpa sua porque não está se esforçando o suficiente para mudar. Isso convenceu o Mark.

— Está dizendo que acha que os funcionários deveriam ter previsto que Mark faria algo do tipo? — perguntou ele, anotando novamente. — Existiam sinais de alerta?

Nesse ponto eu abri o verbo.

— Aham, eu diria que a memorização obsessiva das passagens mais fodidas da Bíblia era um dos sinais — falei, olhando diretamente em seus olhos e tentando manter minha expressão tão inexpressiva quanto a dele. — Mas aqui na Promessa isso é visto como um sinal de progresso. É meio surpreende que todos os discípulos não tenham arrancado suas partes íntimas com o objeto afiado mais próximo. É provável que eu faça isso assim que eu voltar para o meu quarto.

Isso alterou a expressão dele, mas ele retomou o controle muito rapidamente.

— Sinto muito que esteja tão chateada — disse ele.

Ele não disse *Sinto muito por ter deixado você chateada*. Ele não levou a culpa; mas devia ter razão. Não era muito culpa dele.

— Estou chateada — falei. — É uma das definições possíveis.

Então, ele me fez outras perguntas e insistiu algumas vezes para que eu desse detalhes sobre *esse abuso emocional* que eu achava que tinha sofrido, mas até o jeito como ele disse aquilo fazia parecer idiota, uma garota mimada que não gostava da punição correta que estava recebendo em virtude do meu péssimo comportamento. Dei respostas de uma ou duas palavras e não levou nem três minutos para que ele tampasse a caneta e me agradecesse por ter vindo.

— Por favor, chame Steve Cromps em seguida.

E foi o que fiz.

Não sei o que qualquer um dos relatórios das agências federais concluíram sobre *o incidente*, mas sei que quase nada mudou na Promessa. Ah, Kevin, o monitor da noite, foi demitido. Foi substituído por Harvey, um sessentão que costumava ser segurança do Walmart. Harvey usava tênis de velho, preto e barulhento, e assoava o nariz com três sopros rápidos em seu lenço a cada quinze minutos. Eu tinha bastante certeza de que Rick e Lydia saberiam com certeza se ele me visse fora do meu quarto à noite. E mais, nossos pais ou *guardiões* foram informados do *incidente*; essa parte deve ter sido uma exigência da lei. Ruth me escreveu uma carta longuíssima sobre como sentia muito por aquilo *ter acontecido*. Ela não escreveu nada sobre quem sabe duvidar do tratamento que eu estava recebendo, ou culpá-lo, ou se preocupar que eu pudesse ter um destino similar. Os pais das outras pessoas reagiram quase da mesma forma. Ninguém tirou os filhos da Promessa (com exceção dos pais do Mark, é claro.) Durante as semanas que se seguiram logo após, havíamos nos transformado em um grupo ainda mais exótico de pecadores quando frequentávamos os cultos fora do campus na Palavra da Vida. Mas o brilho de sermos repudiados por associação se apagou bem rapidamente e logo voltaríamos a ser os pervertidos sexuais de sempre.

• • •

Eu me lembro que meu pai costumava dizer que Montana tinha apenas duas estações: inverno e obras na estrada. Ouvi muitas pessoas falarem a mesma coisa desde então, mas ainda considero isso como algo que meu pai dizia, algo do qual me lembro dele dizendo quando eu era muito, muito pequena. Sei todos os motivos pelo qual as pessoas dizem essas coisas, é uma brincadeira boba sobre um estado pelo qual seus habitantes são completamente apaixonados; um jeito brincalhão de articular as qualidades sufocantes do inverno aparentemente interminável e o calor seco e do incômodo provocado pelo verão que chega logo em seguida; o modo como um ditado desses resume a presença do mundo natural em Montana, e como estamos cientes disso — do céu, da terra, do clima, de tudo. (Variações do ditado: Montana tem apenas duas estações: inverno e incêndios florestais; inverno e qualquer outra coisa; temporada de caça e esperando pela temporada de caça.)

No entanto, posso dizer com certeza que tivemos uma primavera no oeste de Montana em 1993. E, graças a Deus, porque nosso plano de fuga dependia disso. A primavera começou a dar sinais de vida em meados de março, aqui e ali, e havia tomado o vale inteiro no final de maio. No começo, nossa trilha de neve ficou lamacenta, degelando durante o dia, congelando novamente à noite, e de novo, e de novo. Até que derreteu por completo, deixando partes do caminho pantanosas, o que com certeza não impediu que Adam e eu retomássemos nossas corridas, mesmo que precisássemos usar casaco e luva durante a segunda metade da corrida, de volta aos dormitórios, trecho que demorava quase o dobro do tempo que a primeira metade, nossos tênis tão imundos de lama que parecia que estávamos correndo com caneleiras. Não importava na frente de qual quarto a gente passasse, agora as janelas de todo mundo estavam abertas para deixar entrar todos os aromas da primavera, terra molhada, plantas frescas e o cheiro indescritível do vento gelado da montanha passando por entre os morros ainda cobertos de neve eterna não tão distantes assim.

Quando as primeiras flores de açafrão apareceram — havia um jardim enorme atrás de um dos chalés de verão e as florezinhas amarelas se espalhavam como um tapete sobre o terreno mais improvável, subindo das rachaduras entre as pedras e nas laterais do celeiro —, Jane, Adam e eu havíamos chegado a uma data para a fuga. Iríamos no início de junho, logo após os exames da Escola Cristã Portão da Vida em Bozeman, mas antes do começo do Acampamento Promessa. Eu estava adiantada nas matérias e, se fosse aprovada nos exames, estaria tecnicamente no último ano por conta do número de disciplinas cursadas. Era o mesmo ano do Adam. Mas Jane estaria formada; teria terminado o colégio. Era muito importante que ela tivesse todas as matérias em ordem.

Ainda estávamos acertando os detalhes do nosso plano naquela altura e todo o esquema pairava no horizonte, vago e incerto. Desde o início, no entanto, Jane vinha fazendo campanha para que a gente fosse depois das provas finais. Ela andava brigando com Adam por causa disso. Ele queria ir embora o mais cedo possível e junho certamente parecia tarde demais.

Eu e Jane falávamos discretamente sobre o plano certa manhã enquanto fazíamos juntas o serviço da limpeza, as duas esfregando as cabines dos chuveiros que viviam com mofo, nossas vozes ecoando, apesar dos esforços para falar baixo. Os chuveiros exalavam com um cheiro forte de Pinho Sol, um negócio que eu não suportava desde a noite terrível em que a vovó me contou a notícia. Eu estava feliz por termos um plano de fuga para distrair a minha mente.

Jane estava no meio de mais um argumento sobre os benefícios de esperarmos até junho, quando eu disse:

— Por mim não tem problema, a gente pode ir depois das provas. Mas por que se dar o trabalho de ir com a gente?

— Como assim "me dar ao trabalho"? — Ela espremeu a esponja amarela em nosso balde compartilhado. — Pelo mesmo motivo que você vai se dar o trabalho.

— Só quis dizer que você vai estar livre. Pode ir para a faculdade. Não precisa fugir.

— Até parece — disse ela. — Só faço 18 anos em agosto, e isso quer dizer que até lá eu vou ser uma menor de idade com um diploma, tecnicamente ainda sob a guarda da minha mãe, que vai querer que eu fique no acampamento de verão. Pode ter certeza de uma coisa: quanto menos tempo eu ficar debaixo do mesmo teto que ela, melhor. — Ela espremeu a esponja mais uma vez, fazendo um som na água enquanto a torcia. — Além do mais, você acha que vou seguir minha carreira acadêmica em uma universidade cristã na Carolina do Sul? Ou quem sabe em uma universidade batista na cidade mais progressista do mundo, Plainview, Texas?

— Só porque obrigaram você a se inscrever nessas faculdades de merda não quer dizer que precisar estudar lá — falei.

Bethany guardava um arquivo imenso com folhetos e catálogos de faculdades evangélicas, e Jane, além de outros discípulos que estavam se formando, havia passado algum tempo naquele outono se inscrevendo nessas faculdades, o que era, segundo Jane, uma formalidade. Segundo ela, faculdades desse tipo aceitavam qualquer um que pagasse ou fosse um evangélico legítimo ou estivesse disposto a fingir. E, de fato, muitas cartas daquelas faculdades chegaram na Promessa a primavera toda. Ninguém era rejeitado.

— Claro que eu *não preciso* — disse ela. — Mas eles não deixaram eu me inscrever em nenhum lugar que quero estudar e já é tarde demais para tentar entrar nesse semestre. A não ser que encontre uma faculdade técnica em algum lugar. — Ela estava agachada para espremer a esponja e, quando se levantou, pude ver que a prótese a incomodava. Ela não parava de mexer o quadril para que o peso ficasse em cima perna boa enquanto esfregava a esponja na parede. — É muita farsa. Já contei para você que Lydia estudou em Cambridge? E ela finge que não vê enquanto eles nos obrigam a estudar na Universidade de Cristo na Cruz.

— Ouvi dizer que o time de hóquei de grama deles é incrível — falei.

Jane jogou a esponja em mim. Ela errou e a esponja voou para fora do box, perto das pias, onde caiu com um som nojento contra a parede. Fiz uma careta e estava indo buscá-la quando Jane levantou a mão e seguiu na mesma direção.

— Eu nem sei se quero ir para a faculdade — comentou ela. — Acho que prefiro ser uma estudante do mundo por um tempo.

— Talvez — falei. — Mas, se for assim, parece que você não precisa ter todo o trabalho de fugir. Pelo menos não se não estiver planejando morar com a sua mãe enquanto for uma *estudante do mundo*.

— Meu Deus, não — disse Jane, voltando ao chuveiro. — Não tem nada para mim no pedacinho do perfeito mundo suburbano dela.

— Exatamente. Então, se você não vai morar com ela, nem ir para a faculdade que ela quer, por que não pode simplesmente dizer e, se ela surtar e disser para você não voltar para casa, vai dar no mesmo que fugir.

Quer dizer, sem dúvida, Adam e eu vamos ser mandados para cá por mais um ano se não fugirmos. Mas você, não.

— Você não quer que eu vá com você ou algo do tipo? — perguntou Jane, parecendo magoada, o que era especial no caso de alguém como ela, que quase nunca demonstrava isso. — Está achando que o Saci aqui vai atrasar vocês dois?

— Não... merda, não é nada disso — falei, com sinceridade. — Só me parece que está pegando o caminho mais difícil e desnecessário.

Ela parou de esfregar nessa hora e ficou parada ali com a esponja suja pingando gotas gordas no chão de azulejo.

— É engraçado que você ache esse o caminho mais difícil — disse ela —, porque vejo exatamente o contrário. Faz muito, muito tempo que sei que um dia vou ter que me livrar da minha mãe, e me parece bem mais fácil se eu fizer isso de uma vez só, de um modo que ela não possa ignorar... fugindo para sempre... do que qualquer coisa que eu tente dizer para ela. Já disse inúmeras vezes, e de todos os jeitos, que a maneira dela de ver as coisas não é igual a minha e, até onde eu sei, nunca fez diferença alguma.

— Acha que isso vai fazer diferença? — perguntei.

— A melhor coisa é que não vou estar aqui para saber — disse ela, sorrindo aquele sorriso típico de Jane. — Além do mais, assim eu faço com você e Adam e não sozinha. Pelo menos no começo.

Essa era a parte em que nosso plano ficava confuso, mesmo depois que conseguimos chegar a um consenso em relação à data de partida: aonde iríamos, exatamente, e por quanto tempo poderíamos ficar juntos depois que chegássemos lá. No início, acho que Adam deduziu que a gente se mudaria para algum lugar, nós três e, sei lá, montaríamos uma casa ou algo do tipo. Isso não parecia muito horrível para mim, até que Jane nos lembrou que as pessoas iriam procurar por nós, que éramos menores de idade e, pior, quando ela se tornasse maior de idade, poderia ser incriminada por ajudar a acobertar a nossa fuga ou sei lá. A gente não tinha certeza de nenhuma dessas leis, mas com certeza eu já tinha visto filmes o suficiente para saber que todos os vilões se separam quando estão fugindo, para que, se um seja preso, os outros tenham chance de fuga. E a gente meio que gostava de se identificar com os vilões, mas vilões pelos quais o espectador torce, do tipo que a gente quer que se dê bem no final.

Durante um tempo, a versão favorita do plano era uma fuga no meio de um passeio em grupo a Bozeman, quem sabe logo depois das provas, tipo imediatamente após. Ir embora direto da Escola Cristã Portão da Vida. Mas, se a gente fizesse isso, seria quase impossível levar suprimentos, até mesmo uma muda de roupa, sem falar que Lydia era hipervigilante quando estávamos fora da Promessa, ainda mais depois do meu episódio do roubo frustrado de canetinhas.

Adam continuava insistindo que a gente roubasse a van, mas Jane e eu acabamos convencendo-o, ao menos por um tempo, que aquele tipo de fuga faria com que a gente fosse rastreado ainda mais rápido. Finalmente, decidimos que, mesmo com a perna da Jane, uma travessia a pé seria a nossa melhor opção, ainda mais porque havíamos determinado certo nível de atividades ao ar livre que nos permitia, pelo menos nas semanas do final da primavera, "desaparecer" de forma realística em uma trilha durante parte do dia. Achávamos que podíamos ficar fora do campus por pelo menos seis, sete horas até que alguém começasse a nos procurar. Talvez mais se fôssemos cedo com a desculpa de um piquenique na hora do almoço. Além do mais, Jane realmente era, como ela gostava de nos lembrar, *um tipo meio rústico*, e ela sabia ler mapas, usar bússola e acender uma fogueira.

Havia dúzias de acampamentos, trilhas e locais turísticos, até mesmo algumas minicidades em um raio de 25 a 30 quilômetros da Promessa, menos até, dependendo da viagem; e, em qualquer um deles seria possível pegar carona até Bozeman se conseguíssemos nos passar por universitários ripongos, e achávamos que conseguiríamos: ainda mais se déssemos de cara com uns ripongos de verdade em uma das trilhas ou acampamentos.

— A gente não vai ter nenhuma dificuldade em fazer novos amigos — disse Adam, mais de uma vez. — Tipo, a gente vai chegar com maconha. É *o* presente do ano que diz preciso-conhecer-você e obrigado-por-nos-deixar-
-fugir-do-nosso-centro-de-desgayzação.

Quando chegássemos a Bozeman, o plano era procurar minha antiga companheira salva-vidas e de pegação, Mona Harris, que eu achava que estaria no mínimo disposta a nos abrigar no chão do seu dormitório por uma ou duas noites até que a gente descobrisse o que fazer a seguir. E, mesmo depois de termos programado essa parte, as coisas começavam a ficar confusas de novo com a parte do *o que fazer em seguida*: era confuso para todos nós. Eu achava que deveria tentar entrar em contato com Margot Keenan, embora ainda não tivesse certeza do que eu pediria a ela, ou se até mesmo pediria qualquer coisa. A questão é que Margot era uma adulta em quem eu achava que podia confiar, alguém que eu achava que me ajudaria e ficaria quieta. Jane planejava ligar para uma antiga paixão, a *mulher trágica* de quem ela havia comprado a maconha muito forte no Natal. Segundo ela, a mulher era imprevisível e talvez dirigisse até Bozeman para buscá-la, ou talvez a mandasse se foder, mas Jane nos assegurou que ela não teria nenhum interesse em nos entregar para as autoridades porque seria "totalmente contra sua sensibilidade dar uma de dedo duro". Adam não sabia o que pretendia fazer assim que a gente chegasse até Mona, mas ele não parecia preocupado. Mas, o que quer que decidisse, a ideia era nos separarmos, pelo menos por um tempo, assim que chegássemos a Bozeman: e esse tempo queria dizer até que completássemos 18 anos. Essa parte do plano, a parte da separação, por mais que fosse confusa e incerta e meio impossível de acreditar que um dia chegaria, me deixava incrivelmente triste.

● ● ●

No começo de abril, Jane foi pega fumando maconha no celeiro. (Por algum motivo, eu e Adam não estávamos com ela na hora. Estávamos tirando o lixo, acreditem.) Jane tinha acabado de terminar sua sessão particular e, como tinha alguns minutos antes de começar no turno do jantar, foi ao celeiro dar uns tapas porque a tarde estava muito bonita, florida. Aparentemente, Dane Bunsky, que também estava no turno do jantar, havia seguido Jane de longe. Ele andava estranho desde o *incidente* com Mark, como se tivesse direcionado a sua raiva para a vigilância. Como se agisse não contra a Promessa e seus ensinamentos, mas a favor, em prol de seus objetivos. Foi estranho ver aquela mudança. Dane entendia um pouco de drogas; meu chute era que ele já sabia havia um tempo que a gente fumava maconha, mas escolheu aquele dia para chamar Lydia e levá-la até Jane, que estava, segundo a própria Jane, "com um belo baseadinho na boca quando vi o topo da cabeça branca dela e, em seguida, o rosto no alto do mezanino. A mulher realmente subiu a escada para me achar; foi impressionante".

Impressionante ou não, Jane recebeu a punição mais rígida que eu já tinha visto na Promessa: todas as horas livres foram substituídas por horas de estudo supervisionadas ou dentro do quarto; todas as decorações e cor-respondências foram suspensas até a infame *data a ser determinada*; os pais foram comunicados; e, o pior de tudo, aconselhamento diário privado com Rick ou Lydia. Provavelmente Lydia, porque Rick andava viajando bastante para promover a Promessa e a série em vídeo Livre do Peso, no qual ele aparecia como um caso de sucesso.

Agora, eu e Adam víamos Jane apenas nas refeições ou durante as outras atividades supervisionadas, tipo nas aulas ou nos cultos. E, mesmo assim, Lydia quase sempre se sentava para comer conosco, ou no mesmo banco da igreja, sempre com aquele olhar gélido em nossa direção. Com ajuda de papeizinhos dobrados e passados secretamente, e de frases soltas de vez em quando, descobrimos que Jane havia entregado uma parte da maconha escondida no celeiro para apaziguar as coisas com Lydia e, com sorte, tentar convencê-la de que aquilo era todo o suprimento. Lydia não tinha descoberto o lugar secreto na prótese. Jane achava que não seria descoberta. E, melhor de tudo, Jane não tinha mencionado nem a mim nem Adam como parceiros de fumo, nem Dane, se é que ele sabia sobre nós, o que tenho quase certeza.

— Sua punição não podia ter acontecido em um momento mais in-conveniente, né? — disse Adam no café da manhã, enquanto Lydia ainda estava na fila, escolhendo cuidadosamente a porção menos aguada de ovos mexidos.

— Na verdade, acho que foi providencial — comentou Jane, apressadamente. — É a melhor época possível. — Ela olhou em volta à procura de espiões, mas a maioria dos discípulos sequer havia chegado, ou estava quase dormindo sobre seus pratos de comida. Mesmo assim ela baixou a voz ainda mais e continuou: — Ainda não sabemos como fazer para pegar nossas identidades no escritório. Para que isso aconteça, pelo menos um de nós precisa pegar uma tarefa no serviço evangélico para a qual nenhum de nós se candidatou ainda. Vou usar essa punição para dar uma de Dane Bunsky.

— O quê? — perguntou Adam antes que eu pudesse.

— Vou passar o próximo mês fingindo que engoli tudo que a Lydia está vendendo — disse ela, com os olhos brilhando e meio selvagens. — Totalmente. Acho que vocês deveriam fazer o mesmo. Mas não podem ser tão óbvios; precisam de um motivo para se reabilitarem.

— Não entendi— disse Adam, e ainda falava por nós dois. — Dane não está fingindo nada.

— Ele pode não estar armando um plano de fuga, mas não encontrou Jesus — comentou Jane. — Mark foi o catalizador para a mudança no caso dele, para a devoção extrema, e Lydia está amando isso. Fui pega com maconha, então, durante as minhas sessões, estou sendo muito sincera sobre o quanto amo ficar chapada... e por sincera quero dizer que estou dizendo para ela que fumo maconha para lidar com a culpa que sinto pela minha perversão sexual.

— E isso está funcionando? — perguntei.

— Até onde eu sei, sim. Quer dizer, eu nunca tinha sido realmente sincera com ela antes, e ela sabe disso. Então não tem como ela achar que não estamos progredindo. E estou só começando. Vocês vão ver quando eu chorar.

— Eu já chorei nas minhas sessões antes — disse Adam.

— Claro que já — falou Jane. — Indubitavelmente.

— Ah, perdoe meus sentimentalismos, sua mulher de pedra — disse Adam, fingindo ficar de bico.

Agora, Lydia estava dizendo algo para Erin, mas seu prato estava cheio e ela segurava uma xícara de chá. Chegaria em nossa mesa a qualquer momento.

— Não sei se consigo ser muito convincente — falei. — Sinto que ela vai entender na hora o que estou tentando fazer.

— Mesmo que descubra — disse Jane —, ela não vai entender o motivo. Eu só acho que quanto menos tempo nós três passarmos juntos agora, e quanto mais nos comprometermos com a Promessa, melhor. Precisamos sacrificar o hoje para nos beneficiarmos no amanhã.

— Eca, que nojo — falou Adam. — Já está falando como ela.

— Que bom. É essa a ideia — respondeu Jane.

Lydia se sentou à nossa mesa logo depois disso e falamos sobre assuntos levantados por ela, dos quais não me lembro.

* * *

Não muitos dias depois recebi por correio o catalisador perfeito para justificar minha mudança de comportamento durante as sessões particulares, embora isso não tenha se apresentado de maneira tão óbvia desde o início. Quer dizer, não recebi a notícia e pensei, *Maneiro, agora vou manipular Lydia com essa história triste*; a ideia simplesmente se apresentou diante de mim durante o processo.

O que recebi pelo correio era uma carta datilografada de três páginas enviada pela vovó (com uma página adicional escrita à mão por Ruth) contando em detalhes os problemas que Ruth estava enfrentando com o tumor nas costas, e a cirurgia preventiva para retirada do mesmo. Aparentemente, o tumor crescia a uma *velocidade alarmante* desde o Natal, especialmente desde então, e agora era visível que Ruth tinha um tumor nas costas. Ela já não conseguia escondê-lo debaixo das roupas com tanta facilidade. Além do mais, também causava dor e a deixava cansada, uma vez que o troço estava basicamente se alimentando dela como um carrapato ou uma lombriga. Sendo assim, a cirurgia que seria realizada em Minnesota foi adiantada algumas semanas, e Ray e vovó foram com ela para *cortar logo aquele negócio maldito fora*. Só que nem tudo tinha ocorrido bem.

Lydia me entregou o envelope no início de uma de nossas sessões e, como todas as correspondências dos discípulos ainda eram abertas e aprovadas previamente, ela já sabia o conteúdo. Geralmente, recebíamos as correspondências no final das sessões particulares ou em entregas coletivas nos quartos aos sábados, então eu sabia que havia algo de esquisito assim que ela me entregou a carta. Então, ela disse:

— Por que não lê a carta agora e a gente fala sobre isso, caso você precise?

E fiquei de fato meio preocupada sobre o que eu poderia encontrar ali.

Na carta, a vovó contava em detalhes sobre a viagem para Minneapolis e sobre o hospital, e também sobre a *ala muito elegante para visitantes*, onde eles tinham *aquelas máquinas de escrever antigas para que as crianças pudessem brincar*, ela achava, mas mesmo assim havia decidido ela mesma sentar e digitar aquela carta para mim, apenas para ver se ainda conseguia. *Eu me senti a própria Jessica Fletcher. Você se lembra dela, de "Assassinato por escrito"?*

```
Essa história toda tem sido muito complicada.
Os cirurgiões daqui tiraram apenas a parte de cima do
tumor (quase setecentos gramas!) antes de decidirem
que não ousariam chegar mais perto da coluna da
sua tia Ruth (embora tenham dito desde o início que
fariam exatamente isso). Ela perdeu muito sangue
durante a operação e isso foi preocupante, como pode
imaginar. Tinha um time inteiro de futebol de médicos
em roupas verdes (eu perguntei, eles chamam aquilo
de uniforme) e nenhum deles se sentia confortável
para chegar mais perto da coluna. Então, agora, a
maior parte do tumor foi retirada, mas todo mundo,
o time inteiro de médicos, está convencido de que
foi apenas um reparo e que o tumor vai continuar
```

crescendo porque a raiz (ou sei lá como chamam) ainda está lá. Eles fizeram uma biópsia do que conseguiram tirar e o resultado mostrou que era benigno (isso é bom — significa que não é câncer). Mas eles também retiraram um tumor menor da virilha (ela já teve um desses antes, lembra?) e esse era maligno (do tipo ruim), então ela vai precisar fazer algumas sessões de radioterapia para matar as células cancerígenas que estão ali. Além disso, Ruth tem o que parece o início de outro tumor na barriga. Não é tão sólido quanto o das costas, mas é bem grande, dizem, para um tumor novo. Então, viemos para Minnesota para retirar um e agora temos um monte deles para enfrentar. O que acha disso? Eu acho uma loucura. Ruth precisa ficar aqui em Minnesota por mais duas semanas para a radioterapia e tudo mais, e depois vai precisar de repouso em casa por algum tempo, embora eu ache que ela não vá seguir essas ordens. (Embora devesse!) Ray vai voltar para Miles City porque precisa voltar ao trabalho, mas estou planejando ficar aqui fazendo companhia para Ruth. ~~Eu~~ Nós com certeza queríamos que você estivesse aqui com a gente, meu bem.

Ruth teve o seguinte a dizer (ao menos para mim):

Acho que a sua avó explicou tudo. Quem diria que ela era uma datilógrafa e tanto?! Eu só queria escrever para dizer que estou bem. Estou cansada, mas me sinto forte e acho que a cirurgia foi um progresso, mesmo que não tenha sido o que eu esperava. Sei o que os médicos estão falando sobre ele crescer novamente, mas médicos não sabem tudo e eu estou disposta a acreditar que ele ficará do mesmo tamanho que os médicos deixaram por mais dez ou vinte anos, ou até mais, quem sabe para sempre... Ele esteve comigo por tanto tempo sem nenhuma mudança, que não acho tolice da minha parte acreditar nisso. Sobre o da minha perna, acho que a radioterapia irá eliminar todas as células cancerígenas remanescentes.

É uma bênção ter a sua avó aqui comigo, e falamos sobre você todos os dias. Sentimos sua falta. Torço para que você coloque minha recuperação nas suas preces pela sua própria recuperação, e quero que saiba que ainda estou rezando por você, Cameron. Eu te amo muito, muito mesmo.

Quando terminei as duas cartas e as estava guardando de volta no envelope, Lydia disse:

— Fiquei triste ao saber da doença da sua tia. Ela tem isso faz tempo?

Achei meio engraçado que Lydia tenha dito *saber da doença da sua tia,* quando ela realmente deveria ter dito, *abri suas cartas e li tudo sobre a doença da sua tia.* Mas o que respondi foi:

— Aham, mas não é sempre assim. Normalmente ela remove esses pequenos cistos de vez em quando e fica tudo bem. Acho que nunca houve um episódio grave como esse.

— É uma espécie de câncer, então? — perguntou Lydia, com um tom de voz baixo que algumas pessoas usam quando falam sobre câncer.

— Não — falei. — A neurofibromatose é uma coisa genética que cria tumores nos nervos... não entendo muito bem, mas não é exatamente um câncer. Mas, quando você tem isso, as chances de desenvolver câncer são bem maiores e acho que foi isso que aconteceu na perna dela.

— Imagino sua preocupação — disse Lydia.

— Aham — falei na mesma hora porque era a resposta certa, a resposta que, independentemente do que havia acontecido entre mim e Ruth, eu ainda deveria sentir vontade de dizer, mas não era verdade. Não é que eu *não* estava preocupada com Ruth; quero dizer, eu não desejava que ela ficasse mais doente, nem que tivesse outros tumores malignos nem nada disso, mas eu estava basicamente pensando na vovó naquele hospital enorme em Minneapolis, vagando por aqueles corredores compridos e antissépticos que são sempre meio verdes e brilhantes, comprando lanches para ela e

Ruth, fatias de torta, percorrendo um enorme bufê de salada com muitas escolhas, assistindo aos seus programas de detetive na TV no quarto da Ruth, o volume baixo demais para que ela conseguisse escutar porque Ruth estava descansando, o barulho das teclas da máquina de escrever em uma sala de espera lotada e grudenta onde todos parecem cansados, onde todos estavam de fato cansados, para que ela pudesse me escrever uma carta. Imaginar a vovó carregando uma bandeja cheia de tigelas de sopa, pegando o elevador até o andar da Ruth, me deixou mais triste do que imaginar Ruth na cama do hospital, embora fosse ela quem estivesse doente.

Lydia devia estar falando alguma coisa que não escutei, porque quando ela disse:

— Gostaria de fazer isso agora?

Tive que perguntar:

— Fazer o quê?

Ela retesou a boca e disse:

— Ligar para a sua tia no hospital. A gente pode fazer isso. Como eu disse, tenho o número.

— Ok.

Enquanto eu e Lydia caminhávamos até o escritório, torci para conseguir falar com a vovó, que ela não estivesse passeando pela loja de presentes nem do lado de fora.

Ela não estava. Depois que Judy, na recepção da enfermaria, conectou a ligação para o quarto, foi a vovó que disse:

— Sim, pois não?

Eu não conseguia me lembrar da última vez que eu tinha falado ao telefone com a vovó. Não depois que meus pais morreram, tenho certeza. A gente ligava para ela em Billings de vez em quando, mas não toda hora, porque ela normalmente vinha visitar ou a gente ia. Já tinha ouvido as pessoas dizerem que "lágrimas jorraram dos meus olhos" antes, ou li isso em algum lugar, eu acho, mas creio que nunca tinha sentido aquilo acontecer comigo, como se eu não tivesse pressentido as lágrimas, ao menos não até a vovó atender. Eu estava ali de pé no escritório com aquele cheiro típico de papel, pilot permanente e cola nos versos dos envelopes, ciente de que

Lydia estava atrás de mim — ela havia discado o número e agora estava plantada atrás de mim para monitorar a ligação, ou ao menos a minha parte da conversa. A voz da vovó surgiu de algum quarto de hospital em Minneapolis, mas era como se viesse de algum lugar do passado, do meu passado, a voz falando com um eu que não existia mais e que jamais existiria novamente. E, sabe de uma coisa? Uma porrada de lágrimas escorreram dos meus olhos. Juro. Elas não estavam ali e então de repente estavam. E meio que tive que respirar fundo antes de dizer:

— Sou eu, vovó. É a Cameron.

Depois daquele começo, a conversa de fato não foi tão interessante assim. A vovó ficou muito animada com a minha ligação, dava para ver, e me contou tudo sobre como a comida do refeitório era boa, exatamente como eu esperava, e tudo sobre as lindas árvores rosadas do jardim do hospital, que ela não sabia o nome, mas que *com certeza davam vontade de espirrar*. Quando o telefone foi passado para Ruth, ela parecia cansada, mas também estava tentando demonstrar alguma alegria e esconder o cansaço, o que a fez parecer ainda mais cansada do que se não tivesse se esforçado para tal. Nossa conversa foi breve, mas falei que esperava que ela melhorasse logo e que estava pensando nela. O que era verdade.

Depois que desliguei o telefone, Lydia sinalizou para que eu me sentasse na cadeira giratória e ela sentou na cadeira não giratória do outro lado da sala. O cômodo, no entanto, era muito pequeno, o que nos deixava muito próximas. Ela deixou que eu pensasse por alguns minutos, ou sei lá o quê, e disse:

— Então, como foi?

E eu falei:

— Foi estranho.

E Lydia disse:

— Você sabe o que penso sobre o uso dessa palavra durante as sessões. É genérico: o modo como está usando não quer dizer nada. Seja específica.

E, pela primeira vez, fui específica. Eu estava sendo total e completamente específica a respeito do que sentia naquele momento.

— Não sei por que, mas, quando eu estava falando com elas, fiquei imaginando as duas em um quarto de hospital, o que não é estranho, eu sei, mas não era o hospital onde elas de fato estão, porque eu nunca estive lá, então como eu saberia, certo? Então fiquei pensando nelas no hospital abandonado de Miles City. Ele se chama Holy Rosary, e tipo, mesmo nesse segundo, se tento imaginar a vovó no quarto de Ruth, não consigo deixar de ver o Holy Rosary, todo sujo e escuro. Tipo, eu poderia mudar a imagem mental, eu acho, deixá-la mais precisa, com os aparelhos do quarto funcionando e tudo mais, mas é isso que a minha mente está imaginando. Eu as vejo no Holy Rosary.

— Por que acha que isso está acontecendo? — perguntou Lydia.

— Não sei — falei.

— Deve ter alguma ideia.

— Talvez porque eu tenha passado muito tempo lá, mas do que de fato já passei em um hospital em funcionamento. E além disso o Holy Rosary é um lugar muito difícil de esquecer.

— Mas não você não deveria estar lá, não é? — perguntou Lydia, virando uma página nova no caderno, o que ela quase nunca fazia durante as sessões, porque falávamos sobre pouca coisa.

— Não — falei. — A gente costumava invadir.

Não era como se fosse a primeira vez que eu mencionava o Holy Rosary durante uma sessão. Claro que havíamos falado sobre a minha *amizade prejudicial* com Jamie e os garotos, o que Lydia chamava de *uma necessidade imprópria de copiar o comportamento irresponsável em certos adolescentes do gênero masculino*. Também havíamos falado de modo genérico sobre o meu consumo de bebidas alcoólicas enquanto menor de idade (que também entrava na mesma categoria de comportamento irresponsável), e chegamos até a falar do que em algum momento aconteceu entre mim e Lindsey, pela primeira vez, naquele hospital abandonado. Mas o que deixava Lydia fascinada, ela me disse, tanto naquela tarde e em muitas sessões após, era que eu estava ligando aquele lugar onde eu havia vivido todos os tipos de pecado com a culpa e a tristeza que eu estava sentindo pela doença da tia Ruth. E, segundo Lydia, havia muito trabalho e progresso a ser feito para "entender aquela conexão, escavando-a e trazendo-a à luz para realmente encarar a situação".

Eu não entendia muito de psicologia. Acho que posso dizer que aprendi algumas coisas sobre o assunto recentemente, desde que deixei a Promessa; mas, quando aquilo estava acontecendo comigo, quando eu estava no meio daquelas sessões particulares, eu não sabia dizer onde a religião acabava e começava a psicologia. Ao menos não quando Lydia estava no comando. Rick até usava um ou outro termo psicológico de vez em quando, tipo *identidade de gênero* ou *causa raiz*, mas na maior parte do tempo ele se baseava nas Sagradas Escrituras, usando palavras como *pecado, penitência, obediência*, e ainda assim apenas quando ele falava daquele jeito autoritário, o que não acontecia com frequência. Ele basicamente escutava. Mas Lydia misturava tudo, uma passagem da Bíblia seguida de uma atividade que ela havia retirado da Associação Nacional de Pesquisa e Tratamento da Homossexualidade. Ou nas partes em que ela nos lembrava de que *pecado era pecado*, e depois falava sobre os *comportamentos pseudoafirmativos* associados aos nossos pecados. Se o objetivo era fazer com que não questionássemos o tratamento recebido durante as sessões de apoio por não saber exatamente o que questionar ou do que discordar — a Bíblia ou a psicologia aplicada —, meio que funcionava. Mas não acho que isso era assim tão organizado, algo planejado com intuito de nos manipular. Só acho que aquilo ali era uma terra de ninguém e que eles inventavam aquelas merdas espontaneamente. Tipo, quem iria impedi-los? Agora eu sei a palavra para isso: *pseudocientífico*. É meio que uma palavra incrível: gosto da sequência fonética do "s". Mas, naquele dia no escritório com Lydia, eu não conhecia a palavra *pseudocientífico* e, mesmo que conhecesse, não teria usado. Eu estava feliz por ela achar que estávamos prestes a desvendar algo significativo sobre o meu *ciclo de desenvolvimento* todo fodido, sobre como eu havia me tornado o instrumento do pecado que havia garantido meu lugar na Promessa. Deixei que ela acreditasse, e não apenas por causa da insistência da Jane de que nós três deveríamos cair nas graças da administração para forjar nossa fuga, mas também porque pensei: *Se eu realmente vou deixar a Promessa para sempre, por toda a minha vida sem nunca olhar para trás, talvez eu deva passar o próximo mês de fato me dedicando a esse lugar e seus métodos.* Não me entregando. Isso não. E sem isso de passar a ter fé e ser devota em um piscar de olhos. Eu sabia que eu jamais seria um Mark Turner. Eu não tinha a capacidade para isso, nem tinha sido criada num ambiente propício, nem a combinação dos dois. Mas achei que, se eu podia ser honesta com Lydia, honesta de verdade, e responder a todas as perguntas dela com sinceridade, talvez de algum jeito eu pudesse descobrir algumas coisas sobre mim mesma. *Por que não?* Era basicamente o que eu estava pensando. *Por que não?*

CAPÍTULO VINTE

Mais ou menos uma semana depois que Lydia me deixou ligar para o hospital, Bethany Kimbles-Erickson me trouxe um livro muito incrível. À primeira vista você não diria isso. Pelo menos eu não percebi. Tinha a grossura de uma edição da *National Geographic* e a capa era de papel macio que cheirava a mofo e a porão, com uma mancha de café sobre o título: *The Night the Mountain Fell: The Story of the Montana-Yellowstone Earthquake, A noite em que a montanha ruiu: a história do terremoto Montana-Yellowstone.* O autor era um tal de Ed Christopherson e, aparentemente, custava um dólar quando foi publicado em 1960. Eu sabia disso porque estava escrito em maiúscula e em cores pretas no pé da capa: UM DÓLAR. Mas, agora, 33 anos depois, Bethany Kimbles-Erickson havia pagado apenas 25 centavos no brechó da Palavra da Vida, que tinha acontecido no estacionamento da igreja. Esse detalhe me deixou triste por Ed Christopherson, onde quer que ele estivesse.

— Achei bem em cima de uma caixa de livros que eu estava lendo para outra mesa — disse Bethany, provavelmente umas dez vezes desde o momento em que me dera o livro. — Bem em cima. É um daqueles milagres do dia a dia, porque sabe quantas caixas de livros estavam naquele brechó? Eu diria que centenas. De verdade, juro. E nem passei o olho em metade deles.

Bethany tinha a mania de usar a palavra *milagre* sempre que estava descrevendo coincidências e, mesmo quando emendava *dia a dia* para justificar o tipo de milagre do qual falávamos, ainda era meio irritante. Então, foi isso que achei da descoberta: mais uma coincidência disfarçada de milagre. Ao menos foi o que achei a princípio. Quer dizer, mesmo sem chamar aquilo de *milagre*, eu ainda conseguia apreciar o *timing* perfeito da descoberta.

Recentemente, os discípulos que estavam se destacando no preparo para os exames finais na Portão da Vida, e eu era um deles, ganharam permissão para trabalhar em projetos independentes de temas variados — e a história de Montana era um deles. Escolher esse fez com que eu me sentisse meio próxima da minha mãe e do trabalho dela no museu, mas depois decidi usar o lago Quake como meu objeto de pesquisa, a fim de descobrir de verdade toda a história da sua formação e como os fatos relatados mudam de família para família. Sendo assim, o achado da Bethany foi muito, muito útil.

O grupo que estava fazendo os projetos já tinha sido levado até a Biblioteca Pública de Bozeman uma vez, e iríamos de novo antes do final do mês, mas antes de Bethany eu ainda não tinha dado de cara com o livro de Ed Christopherson. Na verdade, eu tinha passado a maior parte das quatro horas disponíveis olhando microfilmes de arquivos do *Bozeman Daily Chronicle*, lendo os depoimentos das testemunhas sobre o terremoto, os olhos espremidos diante das fotos granuladas que os ilustravam, tentando imaginar minha mãe na manhã seguinte ao acontecimento. Ela e seu cabelo de cuia, sua camiseta do Acampamento para Garotas, sentada no banco de trás do carro da família com Ruth ao lado, meu avô Wynton dirigindo, minha avó olhando o tempo todo para trás para conferir se as garotas estavam bem, o carro tomado pela sensação pesada de alívio de saber que todos haviam evitado o local mais atingido pelo terremoto. Mas outras pessoas não tiveram a mesma sorte — ninguém sabia ainda quantas, mas certamente outras famílias do acampamento não haviam tido a mesma sorte.

Tentei imaginar o que minha mãe deve ter sentido naquele banco de trás naquela viagem longa, quente e, muitas vezes cheia de desvios até Billings, de volta para casa. O pescoço do meu avô provavelmente estaria retesado e dolorido, o rádio passando notícias intermináveis sobre o terremoto, a garrafa de refrigerante comprada no posto de gasolina suada e quente no meio das coxas dela, minha mãe tendo conseguido beber apenas um gole, pensando nos Keenan quase certamente mortos. Como ela podia ficar ali no banco de trás bebendo refrigerante se isso fosse verdade? Em algum momento, enquanto eu imaginava tudo isso, minha mente vagou para a viagem de carro interminável com o sr. Klauson até Miles City na noite em que ele havia interrompido a minha festa do pijama com Irene, na noite em que a vovó me contou a notícia sobre o acidente dos meus pais. Aquela mudança, da imaginação para a memória, aconteceu automaticamente, da minha mãe jovem em seu carro até eu mesma na caminhonete, um tipo de reflexo, acho, mas ativado pelo quê? Pelo som dos pneus rolando sobre o asfalto rachado e quente de Montana? Coisas não ditas em um veículo em movimento? Culpa? Não sei. E, então, Bethany me trouxe o livro: *The Night the Mountain Fell*.

Ali havia tudo. Gráficos, tabelas, um mapa de papelão dobrável da área inteira do terremoto do Madison Canyon. Nele havia uns desenhos engraçadinhos feitos à mão, alguns símbolos, tipo dois paraquedas simulando os bombeiros que foram chamados para combater o fogo iniciado por turistas do acampamento que haviam sobrevivido ao terremoto. Essas pessoas, sem seus carros, precisavam de resgate porque até mesmo a estrada por onde haviam chegado desaparecera.

O livro também tinha muitas fotos, imagens tratadas que não exigiam olhos espremidos para serem discernidas: um Cadillac de cabeça para baixo e a autoestrada onde ele estava agora aparecia rachada como um dos biscoitos diet da vovó partido ao meio; outra autoestrada, uma que cercava o lago Hebgen, literalmente caiu para o nada, dentro do próprio lago — ela está ali, e de repente não mais; homens pendurados de camisas desabotoadas puxando macas com feridos; multidões de curiosos observando a paisagem, seus carros compridos alinhados na margem das autoestradas que não foram destruídas; uma das fotos tinha a legenda "família de refugiados" e mostrava todos de pijama caminhando por uma rua em Virginia City. A avó, em um roupão branco, segurava a mão de criança de uma garotinha de franja, a mãe tímida carregava um filhote de gato, a filha mais velha de braços cruzados se recusava a olhar para a câmera embora exibisse um sorriso tímido de lado, e o filho, com seu corte de cabelo militar e pés descalços, sorria diretamente para a câmera. A foto não tinha pai. Talvez estivesse por trás das lentes, talvez não. Não sei — a legenda não dizia.

Mas a foto me fez repensar o uso da palavra *milagre* por Bethany, e isso também ajudou na finalização do nosso plano de fuga. Era como o livro em si: algo que não parecia especial à primeira vista. A maior parte da imagem mostrava duas rochas enormes que, segundo a legenda, haviam caído durante o terremoto, esmagando uma barraca e matando *David Keenan, 14 anos, de Billings*. Porém, *milagrosamente*, não havia tocado a comida da mesa de piquenique no acampamento da família, nem a barraca maior. A mesa do piquenique estava em destaque, as rochas logo atrás, assombrações que de algum jeito pararam antes de atingir a comida.

Os pais e a irmã de David sobreviveram, dizia a legenda. Eu havia visto a foto durante a aula e depois me esquecido dela. Simplesmente havia levado o livro para o quarto e seguido com o meu dia, ou parte dele, até que aquele nome, David Keenan, voltou como um raio atravessando meu cérebro e me fazendo tremer.

Eu estava dobrando toalhas de banho ásperas na lavanderia quando fiz a conexão. Voltei imediatamente para pegar o livro, deixando a porta da secadora aberta, um monte de toalhas ainda esperando para serem retiradas, muitas outras ainda na máquina esperando para serem centrifugadas. David Keenan era irmão de Margot. David Keenan havia beijado a minha mãe na despensa da Primeira Igreja Presbiteriana em Billings. Peguei o livro e passei duas vezes pela página em que a foto estava, minhas mãos trêmulas. Quando achei a página certa, olhar para aquela imagem foi como olhar diretamente para a memória de Margot, algo que deveria ser privado. Aqueles eram os copos e pratos da sua família, a caixa de papelão, provavelmente cheia de pães de cachorro-quente, um pote com cookies de chocolate caseiros, talvez os ingredientes para fazer s'mores, embora eu não tivesse certeza de que existissem s'mores em 1959. Margot estava na barraca maior *fora da imagem*, segura, quando o irmão morreu. O crédito da imagem era dado ao serviço florestal norte-americano. Algum estranho havia tirado a foto da tragédia da sua família. Imaginei que ela não precisaria da imagem para se lembrar com clareza do cenário, da mesa, das rochas, mas me perguntei se ela sabia da existência desse registro, se sabia que ela estava naquele livro de UM DÓLAR. E pensar nisso, claro, me fez pensar sobre meus pais e todas as fotos da morte deles no lago Quake que talvez estivem por aí: o carro sendo retirado do lago; seus corpos sendo retirados do carro; suas identidades sendo retiradas da carteira do meu pai, da bolsa da minha mãe. Provavelmente havia muitas fotos assim em arquivos policiais e jornais, fotos que eu talvez nunca fosse ver, e pensar nisso me fez — pela primeira vez desde a morte deles — querer ir ao lago Quake para vê-lo ao vivo. Eu havia dito para a Margot Keenan naquela noite no Cattleman's — meu Shirley Temple duplo na mesa entre nós — que talvez eu não quisesse ir até lá jamais. E ela havia me dito que tudo bem. Ela sequer argumentou que talvez eu mudasse de ideia um dia, ou esse tipo de coisa que adultos dizem sobre tais assuntos. Ela simplesmente deixou quieto. Mas agora, por causa do livro, daquela foto, eu havia mudado de ideia. O lago ficava quase ali do lado, com certeza a uma distância próxima o suficiente para ir a pé com alguém que soubesse ler um mapa, usar uma bússola e fazer uma fogueira. E eu conhecia esse alguém.

A primeira coisa que fiz depois de ter essa ideia foi ir até a biblioteca da Promessa, onde peguei o enorme dicionário da primeira prateleira na segunda estante e procurei pela palavra *milagre*. Uma das definições falava sobre o trabalho de *forças divinas* operando fora das *leis naturais ou científicas*, é claro, e, para essa definição, o exemplo era: *o milagre de levantar da cova*. E, sim, aquela definição parecia ser pressão demais para a minha situação atual. No entanto, a definição seguinte — *um evento, acontecimento ou conquista altamente improvável ou extraordinários que tragam consequências positivas* — funcionava bem melhor. Eu ainda não sabia se o plano de fuga funcionaria, se eu chegaria no lago Quake como minha *consequência positiva*. Mas, depois de Bethany ter encontrado aquele livro, de eu ter encontrado aquela foto, e do uso da palavra *milagrosamente* na legenda para descrever a comida intocada na mesa de piquenique, eu estava disposta a chamar tudo aquilo de um *acontecimento altamente improvável ou extraordinário*. O pior era que eu não podia contar a Bethany Kimbles-Erickson sobre como talvez ela estivesse meio certa sobre milagres no dia a dia, ao menos daquela vez.

• • •

— Podemos falar hoje sobre os potes de queijo cottage que você guarda embaixo da cama? — perguntou Lydia no começo de uma das sessões particulares no início de maio.

— Ok — falei.

Eu não estava necessariamente surpresa por Lydia saber da existência dos potes (claro que ela sabia), mas surpresa por não ter sido notificada antes, em forma de algum tipo de punição. Essa sessão estava acontecendo em uma mesa de piquenique não muito longe do celeiro. Uma sessão de apoio ao ar livre era algo raro, ainda mais quando Lydia era a orientadora; mas era o dia mais bonito da primavera até então, a temperatura em mais ou menos 20°C e o sol banhando tudo, e nem ela conseguiu resistir. Provavelmente também tinha a ver com o meu recente engajamento nas sessões.

— Deve estar se perguntando por que nunca falei deles antes — disse ela, passando a mão sobre seu cabelo branco preso em uma trança francesa muito apertada.

— Acho que eu não tinha certeza se você sabia — falei.

— Claro que tinha. — Ela deu um peteleco em um pequeno inseto preto que estava sobre seu caderno. — Não há dúvidas que você não se esforçou para escondê-los. Devia saber que seriam encontrados durante as inspeções, o que indica a sua vontade de que isso acontecesse.

— Pensei em fazer uma versão da minha casa de bonecas aqui na Promessa — respondi.

O que era verdade, assim como tudo que eu dizia em nossas sessões desde aquela ligação para o hospital. Na verdade, era bem menos trabalhosa essa coisa de honestidade total e completa, do que qualquer outra que eu estivesse fazendo antes.

— Você os achou tão satisfatórios quanto? — perguntou ela.

De fato, já havíamos passado uma sessão inteira particular e parte de outra de sessão em grupo falando sobre a casa de bonecas.

— Não — respondi. — Não muito. Não consegui me concentrar muito nesse projeto como eu fazia com a casa de bonecas. Eu nem olho para elas desde... — Pensei naquilo, de quando tinha sido. Balancei a cabeça. — Nem me lembro da última vez.

Lydia abriu um caderno que ela carregava para todo lugar, mas não era o caderno normal, esse tinha uma capa preta que parecia ser de couro. Talvez fosse. Ela passou algumas páginas e deu para ver que era uma espécie de agenda ou diário, algo com a data escrita em cada página.

— Quando tinha acabado de voltar das férias de final de ano — disse ela, passando a caneta na página enquanto procurava a informação. — Fizemos inspeções nos quartos no final de semana seguinte e você tinha adicionado...

— Três luzes de Natal — terminei por ela. — É, esqueci. Eram do fio de luz que Ray tinha pregado ao telhado, mas ele se soltou na véspera de Natal e o ventou fez com que balançasse para todo lado.

Havia um pica-pau a toda em algum lugar próximo. Virei a cabeça para procurá-lo. As árvores que não eram pinheiros ainda não estavam floresci-das, mas seus galhos estavam cobertos de botões verde-claros, parecendo um monte de chicletes de menta mastigados. Quando me virei de volta, Lydia olhava para mim do jeito que ela fazia quando eu não tinha dito o suficiente para que ela mudasse de pergunta.

— Eu e a minha avó fomos até o lado de fora da casa porque não conseguíamos descobrir o que era o tal som. Foi legal porque as luzem continuaram acesas mesmo balançando no ar. — Senti vontade de contar a história do modo como ela surgia na minha cabeça naquele momento, mas Lydia continuava com aquela cara. — Mas Ray prendeu o fio novamente.

Lydia bateu a caneta na mesa de piquenique.

— Então como você conseguiu essas luzes para botar no seu pote, que você escondeu desnecessariamente embaixo da cama uma vez que já tinha privilégios de decoração?

— Quando ele tirou toda a decoração de Natal, um dos fios estava queimado. Cortei três lâmpadas antes que ele jogasse fora — expliquei, me sentindo idiota o suficiente de dizer aquilo em voz alta, sem olhar para o sorrido maldoso no rosto de Lydia.

— Então, talvez nem fosse o fio que você tinha visto com a sua avó — disse ela.

— Aham, acho que não. Não tenho certeza.

— Ainda assim sentiu a necessidade de pegar aquelas três luzes, escondê-las na sua bagagem, trazê-las de volta para o seu quarto na Promessa para então colá-las na parte interna do pote de queijo cottage?

— Aham — respondi. — Foi exatamente o que eu fiz.

— Sei que foi isso que fez, Cameron, mas isso é apenas a cronologia. Estamos tentando entender *por que* você faria algo do tipo. Por que faz esse tipo de coisa o tempo todo.

— Eu sei — falei.

Eu estava vestindo meu suéter cor de camelo naquele dia. Era um dia de semana, então eu estava de uniforme e, de repente, com muito calor.

Talvez não tenha sido tão de repente, fato é que eu tinha acabado de perceber que estava com calor, de suéter e camisa de manga comprida. Então comecei a tirar o suéter e já estava na metade, com o queixo e os braços naquela posição estranha, as mãos puxando a barra do suéter e meus cotovelos na altura das orelhas, quando Lydia disse:

— Pare imediatamente com isso.

— Oi? — falei, parando naquela posição estranha.

— Não nos despimos na frente dos outros como se todos os espaços públicos fossem vestiários.

— Eu só fiquei com calor — expliquei, puxando o suéter de volta para o lugar. — Estou com uma camisa debaixo da roupa. — Levantei novamente o suéter, apenas com uma das mãos dessa vez, e apontei para a camisa com a outra.

— Uma segunda pele, ou a falta dela, não é problema meu. Se quiser remover uma peça de roupa, então peça licença para que possa fazer isso privadamente.

— Ok — falei, mantendo meu sarcasmo sob controle porque já havíamos passado por diversas conversas sobre esse assunto também. — Eu gostaria de retirar meu suéter porque estou com calor. Posso sair para fazer isso?

Ela conferiu o relógio e disse:

— Acho que consegue administrar seu desconforto pelo resto da sessão, quando então estará livre para voltar ao seu quarto e retirar seu suéter com privacidade.

— Ok — falei.

Lydia era assim o tempo inteiro. Tipo, quanto mais eu falava com ela, quanto mais eu fosse uma paciente-modelo ou sei lá o quê, mais fria ela ficava, corrigindo basicamente tudo que saía da minha boca e pelo menos metade do que eu fazia em silêncio. Mas a verdade era que suas repreensões quase constantes me faziam gostar mais dela. Acho que vê-la administrando todas aquelas dez zilhões de regras e códigos de conduta, todos os quais ela aplicava à sua própria vida, faziam com parecesse frágil e fraca, carente da proteção constante oferecida por todas aquelas regras. Na verdade, ela gostaria de ser vista de modo contrário, do modo como eu a via quando cheguei ali: poderosa e sábia.

— Está pronta para continuarmos, então? — perguntou ela.

— Aham.

— Que bom. Porque não quero que evite o assunto criando uma distração.

— Eu não estava fazendo isso.

Ela me ignorou e continuou a afirmação que parecia ter ensaiado muito antes da nossa sessão começar, o que acontecia com frequência. Eu nem sempre entendia do que ela estava falando quando fazia essas afirmações, mas não sei se fazia diferença.

— O fascinante é que você desenvolveu esse padrão de roubar fragmentos de materiais que, quase sempre, lembram você de algum pecado que cometeu. O ato de roubar esses itens já é um pecado em si, claro, mas eles frequentemente são lembranças de várias coisas irresponsáveis que já fez. São troféus dos seus pecados.

— As luzes não são.

E Lydia disse:

— Por favor, não me interrompa. — Então ela ficou em silêncio por um instante, como se talvez eu não fosse capaz de resistir a mais uma grosseria. Depois, respirou fundo e continuou: — Como eu estava dizendo, embora nem todos esses itens sejam diretamente relacionados ao seu comportamento pecaminoso, muitos deles são, ou pelo menos vêm das suas experiências com indivíduos com quem você tem um relacionamento conturbado. Primeiro você coleta esses itens, depois os exibe como uma maneira, acho, de tentar controlar sua culpa e seu desconforto em relação a esses relacionamentos e ao seu comportamento. — Ela consultou suas anotações antes de prosseguir, passando a mão novamente pelo cabelo. Seu tom de voz era meio grandioso e formal, como se falasse diretamente com um gravador que eternizaria sua fala e não com uma pessoa sentada diretamente à sua frente, a pessoa para quem aquelas acusações estavam sendo feitas. — Eventualmente essas experiências pecaminosas não estão caindo bem e você anda lutando em vão para resolvê-las colando as coisas a uma superfície como forma de obter controle e, assim, conseguir lidar com a culpa que sente. Claro que esse método está falhando e você já sabe. A escolha em esconder os potes de queijo cottage quando você sabia que eles seriam facilmente encontrados é uma coisa, mas continuar a escondê-los mesmo depois ter sido autorizada a ter decorações foi um grito de socorro. Podia ter deixado aqueles potes em cima da sua mesa. Você escolheu tentar preenchê-los de significados ao escondê-los. Não me deixa nem um pouco surpresa que, ao progredir nas suas sessões de apoio, tenha sentido menos vontade de trabalhar neles.

— Eu não tinha pensado nisso.

E não tinha mesmo, por isso fiquei preocupada que talvez tivesse razão, mesmo que eu nunca tenha me empolgado com os potes de queijo cottage em comparação à casa de bonecas.

— Aliás — disse ela, com um raro sorriso sincero no rosto —, acho que está na hora de jogá-los fora. Hoje. Imediatamente.

— Vou fazer isso — falei.

E fiz, assim que voltei ao meu quarto. Logo depois que tirei a porra do suéter.

• • •

Desde que Jane foi descoberta, não fumamos mais o restante da maconha não confiscada, nada de correr na trilha com Adam, e nós três sequer sentávamos juntos durante as refeições a não ser que outras pessoas estivessem na mesma mesa. Lydia me disse que aquilo era um bom sinal, porque ela havia notado durante muito tempo a existência de uma *conexão negativa* entre nós três.

Continuamos nos comunicando basicamente através de bilhetes e momentos compartilhados nos corredores, na van, ou sempre que possível. Estava sendo difícil explicar a necessidade de passarmos pelo lago Quake em nossa rota de fuga, mas depois de uma série de bilhetes mais longos do que o normal, Jane e Adam estavam dispostos a deixar meu milagre do dia a dia seguir seu rumo milagroso. Passei escondido o mapa do meu livro para Jane durante a nossa segunda visita à biblioteca de Bozeman e, enquanto eu estava lá, pesquisei e até copiei, "para o meu estudo independente", os mapas mais recentes das trilhas em volta da região do lago Quake. Fiz isso com a ajuda de uma bibliotecária meio sapatão: cabelo espetado, muitos piercings na orelha inteira, sandálias Birkenstock. Ela achou que meu interesse era porque iria acampar lá com meus amigos ou algo do tipo. Um pouco verdade. Também procurei alguns artigos sobre o acidente dos meus pais. Era difícil calcular o lugar exato em que o carro deles havia atravessado a cerca seguindo o que estava escrito na reportagem e um mapa do lago, mas eu fazia uma ideia.

Consegui dar um jeito de passar aquelas cópias para Jane enquanto a gente estava sentada no mesmo banco no fundo da van a caminho da Promessa. Afinal, ela era a nossa Meriwether Lewis. Ela me entregou um bilhete com a lista de suprimentos que eu devia reunir e pelos quais me responsabilizar: três velas da caixa reserva da capela; fósforos, também da mesma caixa; o abridor de lata vagabundo da cozinha — havia muitos, mas um deles estava enferrujado e ninguém sentiria falta; vários itens de comida não perecíveis, cujo estoque seria complicado por causa do amor explícito da Lydia por inspeções. Adam também tinha uma lista. Reunir aquelas coisas secretamente e escondê-las (do modo mais Boo Radley possível, acabei usando a parte podre de um tronco que não ficava muito longe da trilha para o lago) me fez sentir importante, útil e muito bem. Era meio incrível a adrenalina que eu sentia ao enfiar naquele tronco mais um objeto roubado. Aqueles pequenos atos faziam nossa fuga parecer real como não tinha acontecido antes.

Estávamos cada vez mais perto de junho. Me deixaram ligar para a vovó e para a Ruth antes das provas. Elas estavam de volta a Miles City. Ruth havia terminado a radioterapia, que havia provocado queimaduras muito graves, e como ela precisava lavar e trocar o curativo duas vezes por dia, não tinha voltado a trabalhar.

— Pelo menos não por enquanto — disse ela naquele seu tom alegre falso que continuava usando para esconder o tamanho do seu cansaço. — Mas um descanso é bom.

— Tem partes do corpo dela que parecem um filé cru — contou vovó, quando pegou o telefone. — Sei que está doendo mais do que ela diz. — A voz dela estava baixa, ainda mais para a vovó, e eu sabia que ela havia esticado o longo cabo do telefone da cozinha, aquele que sempre ficava enrolado com nós enormes, para chegar a um lugar em que pudesse falar longe da Ruth, e, portanto, era verdade. — Eles nem têm certeza se a radiação fez o esperado. Não sabem ainda, é o que dizem. "Não sabemos. Temos que esperar para ver."

— Aposto que a tia Ruth está agradecida pela sua companhia, vovó — falei.

— Ah, é o Ray que anda fazendo tudo para ela. Eu só a faço companhia e dou doces. Sabe, ainda não consegui me acostumar à ideia de que teremos férias de verão sem você.

— Nem eu — falei.

Em seguida, falamos um pouco sobre como todos eles, ela, Ruth, até mesmo sobre o Ray, estavam planejando uma visita à Promessa (isso ficou claro) no feriado do quatro de julho, em parte porque era muito perto da data de morte dos meus pais.

— Se Ruth estiver se sentindo disposta — disse vovó. — Mas, mesmo se não estiver, talvez eu pegue um ônibus e passe para ver o que está rolando aí na sua escola.

Eu não confiava em mim mesma se tivesse que falar qualquer mentira, então falei:

— Humm, humm.

A vovó meio que tossiu no telefone.

— Outra coisa. Não sei o que você acha disso, querida, e você vai ter tempo para pensar, mas eu e Ruth estávamos falando sobre talvez irmos todos de carro até o lago Quake para um piquenique. Ela disse que fica muito perto daí e parece que é bonito, apesar de tudo.

— É muito perto daqui.

— Acha que gostaria de fazer algo assim? Eu e você não vamos conseguir ir ao cemitério este verão.

— Você vai por mim? — perguntei. — E leve flores, mas não lírios.

— Com certeza — disse a vovó. — Depois pense com calma a respeito, ok? Tem todo o tempo do mundo para decidir até a gente chegar aí.

Depois que dissemos eu te amo e adeus, ouvi a vovó mexendo no telefone enquanto caminhava de volta para a cozinha e desligava o aparelho. Ela disse algo, provavelmente para Ruth, algo que não consegui entender, algo tipo *ela parece bem* ou *tudo está bem* ou *vai ficar bem*. Me perguntei quando eu poderia ligar novamente, e de onde eu faria isso. E o que eu diria.

• • •

Na semana das provas finais, tive a variação do mesmo sonho quase todas as noites. No sonho, eu e Bethany Kimbles-Erickson acabamos sozinhas na sala de estudos, e ela me mostra um livro novo, encontrado *milagrosamente*, que também fala tudo sobre o lago Quake. E ela meio que se inclina ao meu lado para passar as páginas e seu cabelo cai no meu rosto, e nossas cabeças estão muito, muito próximas, observando esse desenho da montanha ruindo, bloqueando a passagem da água. E, quando ela se vira para me perguntar algo, sua boca está tão próxima à lateral do meu rosto que o vapor das suas palavras queima minha bochecha e como a gente não se beijaria? É claro que a gente se beija, e então Bethany toma as rédeas da situação. Ela me levanta da cadeira e me coloca de costas em cima da mesa, onde ficamos juntas em cima do livro, que está pressionado contra as minhas costas, e nem me importo, ela não se importa, e não conseguimos parar...

Todas as noites eu acordava nessa mesma parte. Achei que estava fazendo aquilo pelo poder do pensamento ou por pura força de vontade, e abria meus olhos no escuro, suada, agarrando meu lençol e querendo não ter acordado, meu corpo vibrando e vivo e todo o meu ser pronto para lutar contra aquilo só para ver se eu conseguia, para ver se Lydia estava certa e se eu podia resistir àqueles impulsos pecaminosos até passarem. Eu ficava ali imóvel, mantendo meus músculos tensos e minhas mãos sobre as cobertas, concentrando todas as minhas forças para não voltar ao exato ponto do sonho onde eu havia parado. E funcionava. Ela estava certa. Quando eu voltava a dormir, sonhava outra coisa ou nada. Mas de manhã eu não me sentia como se tivesse vencido o pecado, como se estivesse mais próxima de Deus ou sei lá o quê, eu só me sentia orgulhosa por ter o mesmo tipo de disciplina que tinha para a corrida ou natação. Consigo entender como alguém consegue ficar viciado nesse tipo de disciplina ou negação; entendo que de algum modo dê a impressão de que, fazendo isso sempre, conseguirá viver de forma mais limpa ou *correta* que os outros. Era a mesma coisa que seguir todas aquelas regras de Lydia e, quando aquilo parasse de funcionar, criaríamos ainda mais regras para seguir, justificando-as com alguma passagem da Bíblia.

Não contei os sonhos para Lydia. Na primeira noite, achei que seria apenas aquela vez e, quando aconteceu de novo na noite seguinte, senti que eu já deveria ter contado sobre a noite anterior. Sendo assim, decidi que poderia passar por aquilo sozinha; era apenas um sonho e eu conseguia dar conta dele e dos meus sentimentos sem ela.

Mas aí veio a noite em que só acordei quando a Bethany do sonho estava botando a mão por baixo da minha saia xadrez e sequer tenho certeza se eu teria acordado nesse ponto, mas ouvi meu nome uma vez, e então de novo.

— Cameron?

Quando abri os olhos, Erin Viking estava bem ali, com o rosto colado no meu, embaçado no escuro, mas seus olhos estavam tão abertos e próximos aos meus que dei um grito assustado e ela sussurrou:

— Shhhh-shh, não, foi mal. Desculpa. Sou eu.

— Porra.

Minha voz estava alta e animada demais para quem tinha acabado de ser acordado em um quarto escuro. Erin estava ajoelhada no chão ao lado da minha cama e, como eu tinha acabado de viver um sonho pornográfico com Bethany, a proximidade me pareceu mais do que apenas uma invasão do meu espaço; me pareceu como se ela também tivesse visto o sonho.

— Você estava fazendo muito barulho — disse ela, meio que acariciando meu torso por cima do cobertor. — Tentei acordar você da minha cama, mas não funcionou.

— O quê?

Mesmo no escuro, mesmo semiacordada, mesmo incapaz de superar que ela estava bem ali, a alguns centímetros de mim, fiquei vermelha. Dava para sentir o cheiro do Listerine que ela havia feito gargarejo antes de ir para cama, a loção cor-de-rosa de bebê Johnson & Johnson que ela passava nos cotovelos e nos pés todas as noites.

— Ontem à noite e na anterior... você estava sonhando e acordei você. Falei seu nome.

— Não sabia — falei, me virando na direção oposta, no sentido do corredor, mas não totalmente. — Estou bem agora.

Mas eu não estava: estava vibrando e excitada, e aquela conversa estava atrapalhando a concentração necessária para que aquilo fosse embora.

— Era sobre o quê? — perguntou ela sem se mexer, sem voltar para a própria cama, seguindo as regras, fingindo ser perfeita, mas ficando bem ali, sem sequer mexer a mão que estava em cima de mim embora tivesse parado de me acariciar.

— Não me lembro — falei para a parede, para o meu iceberg. — Era assustador.

Por um instante ela não disse nada, e então falou bem baixinho, mas com objetivo:

— Não, não era.

— Era, sim — falei, querendo que ela fosse embora, de volta para sua cama de solteiro. — Ou você estava tendo o mesmo sonho para saber?

— Estava ouvindo você sonhá-lo — disse ela. — E aquilo não era som de medo.

— Ai, meu Deus — falei, virando de bruços em um giro irritado, torcendo para deixar clara minha raiva. Enfiei a cara no travesseiro e, então, falei: — Volta para a cama. Você não é a polícia dos sonhos. Sério.

Ela não se mexeu. Em vez disso, falou:

— Ouvi você dizer Bethany... Mais de uma vez.

— Não estou nem aí — respondi, as palavras ainda esmagadas pelo travesseiro.

— Você falou como...

— Não estou nem aí — falei, virando de volta na direção dela e falando de frente para o rosto dela, e também um pouco mais alto do que seria prudente para aquela hora da noite. — Não estou nem aí. Não estou nem aí. Apenas pare.

— Não — disse ela. E, então, ela se aproximou e me beijou.

Não foi preciso muito esforço ali no escuro — já estávamos muito perto —, mas, ainda assim, era um gesto grande, ousado e constrangedor: ela meio que errou metade da minha boca, pegou uma parte do lábio inferior e do queixo. Eu não a beijei de volta imediatamente; estava muito surpresa. Recuei e virei levemente o rosto. Mas Deus abençoe Erin Viking, porque isso não a impediu. Ela botou a mão no meu rosto, seus dedos macios e grossos, aquele aroma de hidratante ainda mais forte, e me virou em sua direção, colocou meus lábios nos dela, e tentou mais uma vez. Dessa vez foi bem melhor, em parte porque ela encontrou minha boca de primeira, mas também porque eu sabia que aquilo ia acontecer. Deixamos o beijo virar outro beijo e depois em uma manobra ela saltou da sua posição agachada para cima de mim.

Erin não era nenhuma Coley Taylor — ela já tinha feito aquilo antes, com uma garota. Dava para ver. Eu estava com uma camiseta Firepower e calça de pijama de flanela. A camiseta era gigante, uma daquelas GGG, e era como se eu tivesse vestido um saco, mas ela a retirou em alguns puxões. Quando estava com a mão na cintura da minha calça, levantei a barra da camiseta dela e ela meio que empurrou a minha mão delicadamente.

Tentei novamente. Puxei a camiseta pelas costas dela, até o meio, mas ela levou o braço até lá e de fato tirou a minha mão, deixando-a na lateral do meu corpo, presa com a dela, e disse:

— Não. Apenas me deixe fazer isso.

Eu deixei. Seus dedos eram delicados e fortes o suficiente e, depois daquele sonho preliminar com Bethany Kimbles-Erickson, não foi preciso muito esforço.

Erin Viking e eu éramos colegas de quarto havia quase um ano. Tínhamos nos visto em diversos estados de nudez inúmeras vezes e eu conhecia aqueles ombros macios, sardentos e, frequentemente, rosados, suas pernas surpreendentemente musculosas, sua barriga pálida e roliça, seus pés pequenos (tamanho 35), seu cabelo com cheiro de xampu anticaspa, cor de barbante quando molhado e bem mais claro quando seco. Mas, mesmo sabendo tudo aquilo, ela era tão, não sei, tão Erin Viking, minha colega de quarto. Mas ali no escuro, naquele momento pós-sonho, a Erin em minha cama, com a mão dentro de mim, era por algum motivo uma Erin totalmente diferente.

Depois que meus músculos relaxaram e a minha respiração voltou ao normal, meu corpo se encheu daquela sensação de satisfação e intensidade. Ela me deixou beijá-la quando passei para cima dela; mas, quando desci a minha mão pela sua barriga, ela me parou, como tinha feito antes com a camiseta, e disse:

— Não, tudo bem. Estou bem.

— Eu quero — falei, tentando desviar a minha mão da dela, mas ela estava inflexível.

— Eu já — disse ela.

— Já o quê?

— Enquanto você estava sonhando... — Ela parou e virou a cabeça de lado. — Não quero dizer, é vergonhoso.

— Não, é incrível — falei.

Ela riu.

— Não é, não.

— É, sim — falei. — É totalmente incrível.

Estava falando sério. Tentei beijar a parte do seu pescoço que estava virada para mim, mas ela recuou.

Eu me mexi contra ela em movimentos circulares curtos e pude sentir que ela cedia sob mim, que se movia junto com seus próprios movimentos circulares, mas então ela disse:

— Para. Sai.

— Sério?

— Tenho que voltar para a minha cama — disse ela.

— Agora?

— Eles podem aparecer a qualquer minuto.

Continuei me mexendo contra ela, passando a mão na barra da camiseta dela mais uma vez.

— Eles nem fazem mais isso.

— Fazem, sim — falou ela, me afastando para a parede. — Lydia fez uma visita surpresa na terça tipo à uma da manhã.

Ela botou os dois pés no chão. E, então se levantou, esfregando e mexendo no ombro como se tivesse acabado de arremessar uma bola.

— Como sabe? — perguntei. — Você não dorme?

— Não como você — respondeu.

Ela não se inclinou e me beijou de novo, nem fez nenhuma manobra do tipo para se despedir, nem agradecer, nem para dar um encerramento ao que havia acabado de acontecer. Agora que ela estava fora da cama, a situação era constrangedora. A comunhão da nossa proximidade desfeita.

— Bem, seus sonhos não devem ser tão bons — falei. — Então precisa ficar acordada para viver o meu por tabela.

Ela deu uma meia risada. Não era a sua risadinha de sempre, mas algo novo. O estranhamento entre nós, dentro daquele espaço de dois metros e meio entre nossas camas, era agora tão profundo quanto os poços de mergulho do Scanlan. Ficamos deitadas com aquela sensação por muitos minutos, enquanto o aquecimento armava e desarmava, como faz nas temperaturas indefinidas da primavera.

Em certo momento, Erin disse:

— Você não pode contar para ninguém, Cam.

— Não vou — respondi.

— Eu realmente quero superar isso — disse ela, como se talvez estivesse falando comigo ou apenas para lembrar a si mesma. — Quero um marido e duas garotinhas. Quero de verdade e não apenas porque devo.

— Eu sei — falei. — Acredito em você.

— Não me importa se você acredita ou não. Não se torna mais verdade apenas porque acredita em mim. É verdade porque é como me sinto.

Não falei nada.

Ficamos quietas por mais um tempo. Achei que talvez ela tivesse dormido, quando falou:

— Eu sabia que isso ia acontecer em algum momento.

— Eu não sabia.

— Porque você não pensa em mim desse jeito — disse ela.

Sua voz estava muito triste. Em menos de trinta minutos aquela coisa que a gente tinha feito juntas havia se transformado de algo espontâneo (eu achava que tinha sido), sexy e exatamente o que eu precisava, para algo feio, pesado e muito confuso.

Achei que talvez eu pudesse fazê-la rir ou pelo menos relaxar, então disse:

— Andei pensando em uma coisa. Você gosta tanto daqueles vídeos da Tandy Campbell porque ela é meio gata? Eu acho ela meio gostosa.

— Não vou falar sobre isso — disse Erin. — A gente não deve encorajar as atrações homossexuais umas das outras.

— Você tá de brincadeira, né? — perguntei.

Não tinha certeza.

— Não quero falar mais nada — respondeu ela. — Quero dormir.

— Que merda, hein? — falei. — *Eu* estava dormindo. Você me acordou.

Ela não disse nada. Soltei alguns daqueles suspiros irritantes que a gente dá quando quer deixar claro para alguém que estamos putos. Ainda assim, ela não falou. Esperei um pouco mais e ela continuou quieta. Eventualmente, me convenci de que ela de fato havia dormido e eu também estava com sono.

E, então, ela disse, alto o suficiente para que eu a ouvisse:

— Tandy Campbell nem faz meu tipo.

E eu sorri, mas deixei o que ela disse no ar, sem resposta, para que não tivesse certeza se eu tinha ouvido ou não.

• • •

Aqueles de nós que tinham finalizado os estudos independentes fizeram apresentações sobre os nossos temas em todas as disciplinas. Eu fiz uma colagem enorme e idiota de fotos e mapas para a ocasião, e eu era detalhista, sabia datas e acontecimentos. Contei uma história sobre a viúva de setenta e poucos anos, a sra. Grace Miller, que teve que ser levada de bote até em casa após o terremoto porque a casa estava flutuando no lago Hebgen, e, uma vez no local, encontrou seus "dentes ainda no balcão da cozinha, bem ao lado da pia". As pessoas deram risada. Até Lydia. Descrevi a forma como um terremoto com 7.3 na escala Richter podia erguer uma parede de nove metros de água do lago Hebgen e depois varrer o Madison Canyon, e, quando a água atingiu o local para acampamento Rock Creek, literalmente metade de uma montanha — oito milhões de toneladas de rocha — caiu dentro do vale, a 160km/h, e destruiu tudo. E assim foi, abracadabra: uma área de acampamento virou o lago Quake. Eu sabia do que estava falando. Recebi aplausos, mas não olhei para Jane e Adam nem uma vez durante a apresentação.

Alguns dias depois, fizemos as nossas provas finais na Portão da Vida. Foi exatamente como nos preparamos, sem surpresas. Depois disso, fomos comer torta na Perkins. Comi uma torta de morango fresco com chantilly. Pensei na vovó. Era meio da tarde e o lugar não estava muito cheio, algumas pessoas mais velhas jogavam bridge, cada uma com uma daquelas canecas marrons horrorosas, onipresentes nesses tipos de restaurante; um homem de negócios cuja gravata amarrotada estava sobre o ombro tomava sopa; uma mãe de família que parecia acabada pedia uma torta Grasshopper e outra de cereja para viagem. Tive dificuldades para me concentrar na minha fatia, no que Helen, que estava sentada ao meu lado, dizia. Era quinta-feira.

Nossa fuga estava planejada para a manhã de sábado, depois do café da manhã. Tendo terminado as provas, não havia mais horas de estudo planejadas para o fim de semana, nenhuma atividade em grupo obrigatória além das refeições, das tarefas e da Palavra da Vida no domingo, na qual não estaríamos. Assim esperávamos. Nenhum de nós tinha conseguido abrir o armário trancado de documentos para pegar nossas carteiras de identidade, mas não fazia diferença — íamos mesmo assim.

— Se usássemos nossos documentos seria ainda mais fácil para eles descobrirem onde estamos, de qualquer forma — concluíra Jane. — Vamos passar um tempinho sem poder viajar de avião, mas e daí?

Tínhamos conseguido todos os suprimentos da lista de Jane; meu tronco secreto estava lotado. Tínhamos os mapas. E o mais importante, tínhamos um plano. Era a hora de partir.

Lydia já tinha aprovado uma excursão para nós três: uma caminhada e depois um piquenique no lugar mais distante do rancho vizinho, em um bosque onde havia uma "mesa" feita com um pedaço do tronco de uma árvore gigante, colocada sobre duas pedras, com mais quatro pedras grandes para sentar. O reverendo Rick já tinha levado vários de nós até lá. Lydia disse a Jane que o castigo dela por fumar maconha não tinha sido revogado, mas que a estava presenteando com uma trégua no fim de semana para comemorar o término das provas finais e o progresso que ela estava fazendo nas sessões individuais.

— O que quer que tire a gente daqui — disse Jane aos sussurros para mim naquela manhã, a caminho do Portão da Vida. — Não que as leis da Lydia me afetem por muito mais tempo.

Do lado de fora do banheiro feminino da Perkins, enquanto esperava Erin terminar, eu, em um total impulso, olhei um catálogo que estava pendurado no cabo de um telefone público. Eu estava procurando por Mona, mas sem esperar encontrar nada, até que encontrei. Havia de fato uma Mona Harris na lista, morando em Willow Way. Achei que ela tivesse dito algo sobre estar morando no dormitório da faculdade, mas vai saber? Talvez ela tivesse se mudado. Arranquei do catálogo a página com o telefone dela. Não fez muito barulho, o papel era fino como lenço e aquele corredor também ficava na entrada da cozinha, então os garçons ficavam passando com bandejas de comida, de louça suja e maços de guardanapos. Ninguém percebeu. Dobrei a página fazendo um retângulo pequenino e coloquei no cós da minha saia.

Quando a Erin saiu do banheiro, havia um clima estranho entre nós. Ela segurou a porta aberta para mim, mas olhou para o restaurante, evitando o meu rosto, e eu meio que assenti para ela ao entrar. Não tínhamos conversado sobre o que tinha acontecido. Nem uma palavra. Não tínhamos conversado muito sobre nada nos últimos dias. Ambas tinham estado ocupadas estudando, e eu estava montando a minha apresentação; mas nosso silêncio não era em virtude dos afazeres; era uma coisa acordada, o caminho mais fácil a tomar.

Uma vez dentro do banheiro, tive que lavar e enxaguar a mão duas vezes para tirar a tinta preta barata do catálogo telefônico. Percebi que minhas mãos estavam trêmulas enquanto as lavava, e não fiquei surpresa. Eu estava na minha versão eletrificada e cheia de energia durante a semana toda.

A caminho de volta para a mesa, passando novamente pelo telefone público, pensei no reverendo Rick, que estava fora em uma missão da Livres do Peso. Estive pensando muito sobre o telefonema que ele receberia em algum momento da noite de sábado, onde quer que estivesse, Cleveland ou Atlanta ou Tallahassee. Imaginei aquele momento de diversas maneiras. Às vezes ele estava na frente de um grupo grande de fãs do Êxodo Internacional, todos fantasiados e sorrindo, em uma igreja ou em uma sala alugada. Lá estaria ele, em seu terno elegante, aquele que ele tinha usado quando foi à Portões da Glória e falou para a nossa congregação, o terno que fez com que parecesse mais novo do que era, e não mais velho, como um garoto fantasiado de adulto. Naquela versão, ele seria interrompido enquanto falava do seu jeito genuíno sobre sair da escuridão do pecado sexual e adentrar a luz de Cristo; uma mulher na lateral da sala faria um movimento para ele, ou um homem usando sapatos barulhentos caminharia até ele e sussurraria por trás da mão, ou talvez passasse um recado que Rick leria rapidamente antes de se desculpar e explicar que precisava atender um telefonema urgente. Sua conversa com Lydia, com a polícia, com quem quer que estivesse do outro lado da linha, seria observada pelos responsáveis pela igreja anfitriã, por alguns dos seus amigos ex-gays do Êxodo, todos fazendo caras de preocupação, olhando uns para os outros e depois observando as respostas de Rick para seja lá o que estivesse sendo dito, todos ali esperando pela história completa do que tinha acabado de dar errado na Promessa.

Também o imaginei recebendo a ligação quando estivesse sozinho no hotel. Às vezes não era um hotel, mas um motel qualquer, algo saído dos filmes toscos de assassinato que eu tinha visto, um lugar com traficantes de drogas e prostitutas, a placa de neon piscando através das cortinas sujas na janela, o quarto todo encardido, uma mancha de água no teto, ferrugem nas instalações do banheiro, o carpete onde você não gostaria de andar descalço. Nessa versão, o telefone que tocava era daquela cor de pele assustadora que alguns telefones têm, nem bege nem laranja, e tinha um toque agudo e estridente que era alto demais para o quarto, algo que ele não podia ignorar. Eu sabia que a estadia dele num hotel assim era improvável. Essa não era uma missão tosca. A Livres do Peso tinha apoiadores cheios de dinheiro, mas às vezes eu o colocava em um lugar assim, na minha imaginação.

Mais frequentemente, eu o imaginava em um hotel impessoal de aeroporto, com uma recepção pequena, um salão de café da manhã, jornal de graça e talvez um chocolate de brinde no *check in*. Ele estaria com a TV ligada, mas com o volume baixo, talvez em um canal surpreendente, como MTV ou HBO, e haveria uma garrafa aberta de água na cabeceira. Talvez ele já estivesse de cueca branca e camiseta quando o telefone, dessa vez preto e mais moderno, com uma luz vermelha de mensagem, tocaria o seu toque eletrônico discreto e descompromissado. Ele estaria passando a ferro sua camisa para o dia seguinte e faria tudo em seu tempo, colocaria a camisa de volta no cabide antes de caminhar para atender o telefone, e diria o seu típico "alô". Ele sentaria na ponta da cama para ouvir o relato: Jane Fonda, Adam Red Eagle e Cameron Post não voltaram da caminhada em tempo das tarefas do jantar. Um pouco depois das seis da tarde, Lydia March e um fazendeiro vizinho tinham ido de 4x4 até o lugar onde os três deveriam ter feito o piquenique. O fazendeiro havia estacionado a cerca de 1,5km do destino e, como a trilha era muito íngreme e cheia de obstáculos, os dois foram caminhando. Os discípulos não estavam na área do piquenique, e não havia nem sinal deles. A polícia tinha sido notificada às sete da noite. Eles ligaram para a guarda florestal. Também para os familiares dos discípulos, que ainda não tinham sido encontrados.

Não imaginei um final para a conversa telefônica e não preenchi o cenário com as respostas que Rick daria ao ouvir tudo aquilo. Imaginei, sim, seu rosto bonito mudar de uma expressão de surpresa para medo e preocupação, e essa parte, especialmente na versão onde ele estava sozinho em seu quarto de hotel, me fez lamentar por ele e pelo que a nossa fuga lhe causaria, o que ela significaria para ele. Mas não o suficiente para desistir dela.

• • •

Na sexta-feira, tive a minha última sessão individual com Lydia. Na mesma sala de reunião apertada do lado de fora da sala do Rick, onde, em agosto, eu tinha sido apresentada pela primeira vez ao meu próprio iceberg. A gardênia fedorenta no peitoril da janela tinha sido substituída por uma samambaia desajeitada. Tirando isso, a sala continuava igual.

Tínhamos terminado minha sessão anterior falando sobre o meu *vício pelo voyeurismo de atos pecaminosos através da obsessão por filmes alugados,* outro *mecanismo de fuga* que eu havia desenvolvido para me ajudar, sem sucesso, a *ignorar o trauma da morte dos meus pais e a culpa que eu sentia em relação a isso.* Retomamos desse ponto. Tentei ser o livro aberto que vinha sendo nas últimas semanas, mas estava com uma vontade estranha de contar para a Lydia sobre o que tinha acontecido entre eu e Erin, sobre o que tínhamos feito, sobre o que Erin tinha feito comigo. Coloquei essa confissão de lado e falei o que ela queria saber, coisas sobre todo o sexo que eu tinha assistido nos filmes com faixa etária acima da minha, a forma como eu os tinha assistido inúmeras vezes, me perdendo naquelas imagens e sons, uma cena após a outra; a maneira como eu tinha aprendido sozinha sobre *atos homossexuais perversos* no silêncio do meu quarto. Mas o impulso para dividir sobre a experiência com Erin voltou: *conta para ela, conta para ela, conta para ela.* Eu sabia que não podia falar nada, porque se eu falasse, Lydia nunca me deixaria ir fazer a caminhada no dia seguinte, de jeito nenhum, e então a nossa fuga seria adiada, por um longo período, talvez tão longo que nunca mais conseguiríamos organizar tudo de novo. Mas saber as consequências não impedia o meu desejo. Eu queria sentar ali, bem calma, e dizer:

"Sabe de uma coisa? Na verdade, há uma coisa que aconteceu recentemente que acho que eu deveria mencionar. Erin, minha colega de quarto, me acordou desse sonho em que eu estava fazendo um sexo maravilhoso com Bethany Kimbles-Erickson para que ela pudesse pular na minha cama e terminar o serviço. E te digo uma coisa: a garota sabia o que estava fazendo, viu? Muito profissional, o timing perfeito."

Claro que não fiz isso. Prosseguimos com a sessão como de costume, mas em determinado momento — e sequer posso dizer que pergunta tenha levado a isso exatamente — Lydia falou:

— Conforme formos progredindo, você vai precisar se esforçar mais para reconhecer e desvendar o papel dos seus pais no desenvolvimento da sua atual identidade pecaminosa. Você fez progressos ao explorar as formas que a morte deles contribuiu para a sua confusão sobre o gênero e a sexualidade apropriados para Deus, mas isso não é suficiente. Seus problemas de gênero começaram muito antes, com os seus pais, e focar no seu comportamento pecaminoso mais recente é somente parte de uma situação complicada.

Ela não tinha terminado, eu sabia, mas eu disse:

— As minhas escolhas são minhas, e não dos meus pais.

Um pequeno olhar de surpresa apareceu no rosto dela, mas não por muito tempo..

— Sim, e estou feliz que você esteja reconhecendo isso — disse ela. — Mas as condições sobre as quais você fez essas escolhas, o tratamento e as expectativas colocadas em você quando criança sob os cuidados deles contribuíram significativamente para as razões pelas quais você, hoje, faz as escolhas que faz. — Ela fez uma pausa, entrelaçou as mãos sobre a mesa, e continuou: — Você já estava nesse caminho quando os seus pais ainda estavam vivos. Não vai conseguir seguir adiante sem reconhecer isso.

— Eu já reconheci isso — falei, entrelaçando minhas mãos, fazendo isso de forma muito deliberada para que ela percebesse que eu a estava imitando. — Eu beijei Irene Klauson um dia *antes* do acidente dos meus pais. Eu queria beijá-la novamente durante o dia inteiro *do* acidente, e fiz isso, naquela noite. Acha que não sei o tipo de escolhas que fiz antes deles morrerem?

Essas eram coisas que já tínhamos debatido antes, mas eu nunca as tinha dito dessa forma, expondo a sequência de eventos que fazia com que eu me encolhesse de vergonha ao pensar neles. Lydia sorriu para mim — um sorriso de verdade, e não o seu sorriso de desaprovação, que era mais de deboche, acho. Mas esse foi um sorriso real, genuíno, e então ela disse:

— Eu acho que você deixa a culpa que sente pela morte deles envolver as lembranças que tem deles em uma espécie de cobertura protetora. Convenceu tanto a si mesma de que Deus estava punindo você por ter pecado com a Irene que ficou cega para qualquer outra avaliação, e, por isso, seus pais não são mais pessoas para você; são simplesmente bonecos que foram manipulados por Deus para colocar em ação o grande plano de ensinar uma lição. — Ela fez uma pausa, certificou-se de que eu estava olhando para o seu rosto, para dentro dos seus olhos posicionados embaixo daquelas sobrancelhas severas. Ela esperou até que eu de fato estivesse, e então continuou: — Você precisa parar de se achar uma figura tão importante, Cameron Post. Você pecou, você continua pecando, você tem o pecado em seu coração, assim como todo e qualquer filho de Deus; você não é melhor nem pior. Seus pais não morreram por causa dos seus pecados. Eles não precisaram fazê-lo: Jesus se encarregou disso. Se não conseguir aceitar isso e lembrar deles pelas pessoas que eram, e não por quem você os transformou, você não vai se curar.

— Estou tentando — falei.

— Eu sei, mas vai ter que tentar com mais afinco. Agora é a hora de se esforçar mais. — Ela olhou para o seu relógio. — Terminamos por hoje. Como você se sente?

— Eu me sinto pronta para seguir em frente — falei.

Foi uma resposta sincera.

Lydia não pediu explicações. Só falou:

— Que bom. Isso é promissor. Espero que suas ações me convençam disso.

• • •

Naquela noite, Adam, Jane e eu preparamos nosso almoço para a "caminhada" aprovada no dia seguinte. Não tínhamos muito o que dizer um para o outro, sabendo o que sabíamos sobre o nosso plano, o que tentaríamos executar. Além disso, estávamos na cozinha, e qualquer um podia entrar a qualquer momento. Steve entrou, duas vezes, pegou um saco de cenouras baby na primeira e pasta de amendoim na segunda.

— Estava pensando em ir com vocês amanhã — disse ele, passando as cenouras na pasta de amendoim e mastigando pedaços grossos enquanto falava. — O quão longe fica essas pedras?

— É longe — respondeu Jane, tranquila, deslizando filme-plástico nos sanduíches. — Vai levar a manhã toda, e vamos sair cedo, se quiser vir.

Eu queria parecer tão calma quanto ela, mas me preocupei que a bochecha vermelha, minha marca registrada, estivesse nos entregando. Adam estava virado de costas para Steve, com os olhos imensos e arregalados para Jane e para mim.

— É, não sei — disse Steve. — Ouvi dizer que talvez Lydia leve alguns de nós para Bozeman à tarde. Talvez. Acham que voltam a tempo para isso?

— Com certeza, não — respondeu Adam. — Nem perto.

— Imaginei. — Steve fechou o pote de manteiga de amendoim. — Vocês vão voltar lá no fim do verão, certo?

— Com certeza — respondeu Jane. — Rick sempre leva algumas pessoas lá.

— Acho que vou na próxima vez então — concluiu ele, pegando um punhado de uvas do cacho que eu estava lavando antes de sair.

Ninguém disse nada até ter certeza de que ele estava no fim do corredor.

— Ele pode mudar de ideia, simples assim — comentou Adam. — E aparecer de manhã pronto para partir.

— Ele não vai — afirmou Jane.

— Ele poderia — disse Adam. — Você não sabe. E aí nós estamos fodidos.

Balancei a cabeça e falei:

— Se ele for, é só não dizermos a ele o que está acontecendo, simplesmente seguimos com o plano. Ele não sabe onde a pedra fica. Não saberá que não estamos indo no caminho certo.

Adam revirou os olhos.

— Acho que ele pode descobrir quando não chegarmos nunca em uma pedra em formato de mesa.

Mas Jane sorria, debochada.

— Ele vai descobrir, mas não antes de estarmos muito longe, quando então contaremos o que está acontecendo. Se ele quiser voltar, ele terá que fazer isso sozinho e nós seguiremos na direção oposta.

— Não será assim tão fácil estarmos no meio da mata e falarmos para ele "Surpresa! Nós estamos fugindo".

— Acho que vamos nos virar, se isso acontecer — disse Jane. — Ele não vai aparecer, de qualquer forma.

— Ele poderia — retrucou Adam.

Jane jogou as mãos para cima.

— Tudo *poderia* acontecer — retrucou ela. — Ele *poderia* aparecer. Lydia *poderia* decidir que não podemos mais ir. Você *poderia* quebrar uma perna ao sair por essa porta.

— Isso não impediria você de seguir — falei.

E isso fez Adam rir, e Jane também.

— Nós temos um bom plano — disse ela. — Agora só precisamos segui-lo.

Depois disso, voltamos para os nossos quartos. Demos "boa noite". Tentamos agir normalmente. Erin estava lendo, então fingi fazer o mesmo. Algumas vezes, pensei em deixar um recado para ela, mas tinha decidido que não. Nenhum de nós estava deixando nada que explicasse o que estávamos fazendo. Por fim, Erin apagou seu abajur, então apaguei o meu também.

Dormi muito bem, na verdade. E não demorou muito tempo para que eu pegasse no sono. Não sei exatamente o que isso significa.

• • •

Steve não estava nem no refeitório quando tomamos café na manhã seguinte. Comemos nossos ovos e lavamos nossa louça. Pegamos nossos sanduíches e nossas mochilas. O dia estava fresco, mas ensolarado e claro, bom para fazer uma caminhada. Cada passo do nosso plano seguia na direção correta, como o desenrolar de um filme numa câmera: *clique, clique, clique, clique, clique*. E então estávamos na trilha e seguindo o nosso caminho.

CAPÍTULO VINTE E UM

O lago Quake tem 9,5km de largura. Ele faz curvas ao redor de baixios de pedra e floresta, e em algumas partes é largo, azul e cheio de ondas; em outras, é estreito e escuro, sempre sob sombras. Nós não estávamos seguindo a estrada principal. A US 287 contornava partes do lago antes de entrar no meio das árvores e depois saía novamente para seguir elevações com vista para a água, partes do gradil faltando em diversos pontos, quando as subidas ficavam muito íngremes e as curvas mais estreitas e fechadas. Mesmo assim, conseguíamos ver um pedaço da estrada e das barras de proteção lateral enquanto seguíamos pelas árvores densas pela beira do lago. Não dava para ver muito bem o outro lado do desfiladeiro; a distância era imensa, do outro lado da água, mas os postes refletores nas barras de proteção lateral destacavam-se como flashes com frequência, dependendo do ângulo em que estávamos e do brilho do sol.

— Você acha que estamos perto de onde tudo aconteceu? — perguntou Jane por trás do meu ombro.

Ela estava sem ar. Sua prótese a estava incomodando nos últimos quilômetros (tínhamos caminhado 22,5km até então), mas ela lutava muito e reclamava pouco, e não nos deixou parar muitas vezes para descansar.

— Eu não sei — respondi. — Olhando o mapa, parece por aqui. Mas mesmo estando bem longe, ainda é o mais perto que já estive.

— Mas você esperou eternamente — disse Jane. — Tem que ser o lugar exato.

— Você quer parar e conferir de novo? — perguntou Adam por trás dela.

— Não, vai dar certo — respondi, para me convencer tanto quanto a eles.

Seguimos subindo na trilha. A ladeira tinha declives íngremes em alguns lugares, o chão era denso e escorregadio com galhos de pinheiros. Mais de uma vez eu escorreguei e meus pés surfaram nos galhos até que uma pedra ou uma folha grossa ou a minha mão no tronco de uma árvore parasse o movimento. Em parte por causa da perna da Jane, e em parte por causa do solo em si, tínhamos caminhado uma boa parte da trilha e entrado na área do desfiladeiro em zigue-zagues largos, escolhendo as rotas de menor resistência em direção ao lago, mesmo quando elas eram tudo menos retas. Agora que finalmente podíamos ver a água, eu só queria chegar perto dela o mais rápido possível, o que significava olhar para o chão e escolher por onde andar, em vez de focar no lago em si.

Mas, em determinado momento, Adam perguntou:

— Aquelas árvores estão realmente dentro da água ou é uma ilusão de ótica?

Nós três paramos e olhamos na direção do lago. Vimos essas árvores, basicamente troncos e alguns galhos grossos, presas no meio da água, um pequeno arvoredo deixado para trás de antes do terremoto e da enchente.

— Elas são como os fantasmas das árvores — comentou Jane.

— Elas são esqueletos de árvores — falei. — São os restos delas.

— É meio sinistro — concluiu Adam.

Jane assentiu e disse:

— É mesmo.

— Tinha uma foto de algo parecido com isso em uma das reportagens sobre os meus pais — contei.

A foto em que eu estava pensando era basicamente da barra de proteção lateral quebrada, esmagada, retorcida e pendurada sobre o lago, o metal parecendo quase murcho; mas no fundo da imagem dava para ver um pedaço do lago e algumas árvores estranhas.

— Então é aqui — falou Jane.

— Não sei — disse eu. — Acho que poderia haver várias árvores como essas, já que o lago inteiro era uma floresta.

— Acho que está certo — afirmou Adam. — Acho que o lugar é aqui.

Dentro do desfiladeiro como estávamos, era praticamente noite, ou pelo menos parecia ser. O sol baixo era somente uma ideia de luz por trás dos paredões de rocha, iluminando o céu distante sobre nós, mas cada vez menos do chão ao nosso redor. Era o tipo de lugar onde o sopro do vento flutuando pelas árvores poderia ser o sussurro assustador de um fantasma de um filme tosco que, de alguma forma, não era nada tosco.

Quando mais perto ficávamos, mais estranhos os esqueletos das árvores pareciam — ali, logo após o meio daquela parte do lago, muitos deles estavam torcidos ou envergados, com a madeira manchada e molhada. Estranho era que, mesmo tantos anos desde o terremoto, desde que a água veio chegando e assentou ao redor deles, encharcando suas raízes além da sua capacidade de crescimento, não tivessem tombado para a frente. Eles se erguiam para fora da água como bengalas retorcidas deixadas para trás por uma raça de gigantes. Ou pior, os ossos dos gigantes em si, pegos por gigantes mais gigantescos ainda.

— Qual é o nome do gigante invisível? — perguntei sobre meu ombro.

Não estávamos nada longe agora, e eu queria preencher o silêncio, dispersar o meu nervosismo.

— De *O bom gigante amigo*? — perguntou Jane. — Acho que ele não era invisível.

— Não, o gigante do Adam — falei, e me virei para olhar para ele. — Quem era o gigante de Lakota, aquele que era para ser visível para os homens para sempre, mas não é mais, e vive em uma montanha rodeada por água?

— Yata — respondeu ele. — Por que, você o viu?

Ele fingiu observar a floresta ao redor, simulando ansiedade.

Distraída, eu tropecei e caí para a frente, mas Jane de alguma maneira pegou na minha mochila e me segurou. Paramos de novo para que eu me equilibrasse novamente.

— E quem de nós tem uma perna de Barbie? — perguntou ela, sorrindo.

— Obrigada por usar seus reflexos felinos — falei, deslocando minha mochila para ajeitá-la e desenrolando as alças que ela tinha puxado.

Adam perguntou de novo:

— Por que você queria saber sobre Yata?

Eu assenti em direção ao lago.

— Aquelas árvores me fazem pensar em bengalas para gigantes — respondi.

— Legal — disse Jane, e então ela pegou sua Polaroid.

Eu estava, na verdade, feliz por ela ter trazido a câmera; de alguma forma, era tranquilizador vê-la com ela, aquela objeto sempre presente. Nós continuamos.

— Isso poderia funcionar — falou Adam. — Esse poderia ser um território Yata. Yata gosta de cerimônias. É meio que o que você está fazendo aqui, certo?

— Não sei — respondi. — Não quero a pressão de um gigante místico sobre mim, ok?

— Sem pressão — retrucou ele.

O lago não tinha exatamente uma borda, pelo menos não na parte onde tínhamos descido: só rochas caídas e um pequeno aro de pedrinhas uniformes de um cinza meio branco exatamente no ponto em que a água encontra a terra. Parei a alguns metros dali e fiquei de pé, em silêncio. Jane e Adam vieram para o meu lado. Olharam para mim, olharam para o horizonte e então de volta para mim, talvez esperando que eu tirasse algum tipo de lembrança de dentro da mochila, que os incluísse em alguma cerimônia-funeral importante que eles achavam que eu tinha planejado. Continuei olhando para a água; eles continuaram olhando para mim.

— É lindo, mas é... — Jane começou a falar, mas não terminou.

— Assustador, não é? — falei.

— Um pouco — respondeu ela, segurando a minha mão. — São essas árvores, acho.

— É mais do que isso. Tem todo tipo de energia poderosa aqui. Uma coisa instável ou sei lá — disse Adam.

— Como algo inacabado — completou Jane, apertando os dedos.

Eu observei os esqueletos das árvores, imaginei a força e a profundidade das suas raízes para tê-las mantido firmes dentro d'água durante todos esses anos. Senti como se todo mundo estivesse esperando por mim, inclusive eu.

— Eu ainda não sei o que vou fazer, OK? — falei. — Me deem um ou dois minutos.

— Nós três temos um carregamento de minutos que parece infinito — afirmou Jane. — Sinta-se livre para usá-los à vontade.

Adam ergueu as sobrancelhas, mas controlou sua expressão de surpresa, acho que por minha causa.

— Você acha que eles estão procurando por nós agora? — perguntou Adam em voz baixa.

Jane sacudiu a cabeça.

— Não, acho que não. Mas, mesmo que estejam, eles não vão começar por aqui. Vão começar pelo suposto local do nosso piquenique, e isso é quase 50km da floresta Nacional de Gallatin de onde estamos agora.

Ela tirou uma foto e depois sentou em um pedaço de pedra enorme, preto e chapiscado de prata para soltar a sua perna.

Adam se inclinou sobre o chão, procurando por pedras lisas para lançar no lago, eu podia ver pela maneira que ele analisava o que colhia: pedras polidas, a maioria do tamanho da palma da mão. Com as mãos cheias, ele flexionou o braço para lançar uma pedra e fazê-la quicar na superfície lisa. Mas bem na hora que deveria tê-lo feito, ele parou, com o braço congelado no ar.

Olhou para mim.

— Tudo bem lançar isso aqui? Eu não quero trivializar a situação nem nada disso.

— Não tem problema — respondi, olhando para a pedra na mão dele, pensando se eu deveria ter dito não, esperando, quase aterrorizada, ouvir a pedra quicar na superfície do lago.

Então ele flexionou o braço novamente e, dessa vez, após outro momento de hesitação, ele deixou todas as pedras caírem no chão, um gotejar veloz de barulhinhos.

— Mais tarde. Não parece o momento correto para lançar pedras.

Ele se sentou no chão perto de Jane, os dois esperando que eu fizesse o quer que eu tivesse vindo aqui fazer, mas tentando não agir como se fosse isso o que estivessem fazendo.

Foi ali que decidi que eu precisava entrar no lago. Eu não tinha certeza até aquela hora. Em qualquer momento que eu talvez tivesse pensando em visitar aquele lugar, sonhando com isso, eu só me via na margem. E nesses sonhos a margem era turva, uma versão de sonho nebulosa e confusa. O aspecto principal desses cenários imaginados era ter feito a viagem, e o que eu faria quando chegasse seria, de alguma forma, óbvio e não tão importante quanto o fato de eu ter chegado. Mas agora, com água do lago batendo na ponta do meu tênis e aquela plateia de dois parecendo uma multidão para mim, mesmo com toda aquela floresta vazia, eu sabia que precisava estar na água, submergir totalmente.

— Eu vou entrar — falei, soltando minha mochila e colocando-a perto de Jane.

Depois abri o zíper do casaco e joguei-o no chão junto com a blusa de manga comprida só para que todos tivéssemos certeza de que eu estava falando sério, de que não haveria desistência. Fiquei ali em pé, de sutiã e calça jeans, o vento frio e gostoso na pele.

— Vai estar congelante — disse Jane, e remexeu na mochila. — Mas eu trouxe uma toalha, por precaução. — Ela puxou a toalha e me entregou. — Você vai colocar o maiô?

— Eu não trouxe — respondi. — Não sei por que... eu tinha espaço para os dois.

Sem querer chamar atenção ao sair para a caminhada, cada um de nós trouxe somente uma mochila de tamanho escolar com pertences e suprimentos. Também pensamos que seria melhor se, quando nossos quartos fossem inspecionados, mesmo se isso acontecesse logo em seguida, basicamente tudo parecesse estar lá. Mas quem teria notado que os meus maiôs tinham sumido? E se eu tivesse trazido um? Só um. Eu tinha pensado em levá-los — estavam, os dois, no canto direito da primeira gaveta da minha cômoda — enquanto estava arrumando a mochila na sexta-feira, após a sessão individual; Erin Viking estava nas tarefas evangélicas e o quarto estava vazio. Eu tive um momento de nostalgia com meu maiô velho do time de natação e o meu vermelho de salva-vidas, mas depois os deixei lá. Parecia uma decisão muito idiota agora que eu estava ali diante de Jane sem eles. Eram leves e não retiam água, e eu certamente iria querê-los de novo em algum momento: como agora. Eu estava com aquela sensação de estômago revirado que acontece ao reconhecer uma decisão estúpida que tomamos a respeito de algo importante, quando a gente fica imaginando se foi possivelmente só a primeira de muitas decisões estúpidas que tomamos sobre essa coisa importante, e que talvez seja só a primeira pista de que a coisa toda vai degringolar sobre o peso de todas as decisões estúpidas que você acumulou.

— Que idiota! — exclamei.

Jane alcançou a minha mochila.

— Você não precisa de maiô — disse ela, pegando as velas que tinha me dito para trazer. — Não fique chateada.

Ela vasculhou o compartimento da sua perna procurando um isqueiro.

— Obrigada por fazerem isso — falei, o ar gelado agora fazendo minhas palavras soarem trêmulas. — Digo, por me trazerem aqui.

— Vamos acender uma fogueira — disse Adam. — Para quando você sair da água. — Por um momento, ele colocou a mão no meu ombro sem roupa, e depois passou por Jane e entrou na floresta para buscar gravetos. Jane arrumou nosso suprimento de comida furtada, ambos ocupados com suas pequenas tarefas.

— Acho que vou tirar tudo — falei para Jane, colocando um pé na parte de trás do outro tênis para retirá-lo, exatamente da maneira que a Ruth me dizia, repetidas vezes, que iria *estragar* meus sapatos.

Jane assentiu para as minhas meias de algodão que-costumavam-ser-
-brancas-mas-agora-estão-encardidas. Eu segui tirando a roupa, desabotoei a
calça, tirei os pés dela, de alguma maneira livre da minha autoconsciência
pelo peso daquela tarefa em mãos.

Ela acendeu o isqueiro e a vela.

— Faz sentido, você só vai precisar secar a calcinha e o sutiã quando
sair, e isso deve levar um tempo. Você não quer ficar se coçando toda. —
Ela girou e colocou a vela no chão de pedras até que ficasse de pé, e então
acendeu a seguinte. — Apesar de *coçar* ser uma palavra fantástica.

— Posso ficar com uma dessas? — perguntei, apontando a cabeça em
direção às velas.

As chamas alaranjadas tremulavam, mas permaneceram acesas. Elas
me lembravam de uma cena em um dos filmes do *Karatê Kid*, o segundo
talvez, quando o sr. Miagi leva Daniel-san para a sua terra natal, Okinawa,
e os vilarejos fazem uma cerimônia sagrada onde enviam lanternas boiando
pela água em um barco de pescador, suas luzinhas se mexendo, refletindo
na superfície: uma cena tão bonita, mesmo com uma música do Peter
Cetera tocando ao fundo.

— Você vai levá-la junto? Porque eu tenho uma caneta-lanterna em
algum lugar, se preferir — comentou ela, procurando no bolso da frente
da sua mochila.

— Não, eu quero a vela — respondi. — Apesar de saber que, sem
dúvida, ela vai se apagar.

— Provavelmente — disse ela, mas acendeu a terceira vela e me
passou.

Tirei a calcinha e o sutiã antes de pegar a vela, meu corpo todo sentindo
pontadas de frio mesmo enquanto meus dedos tocavam na cera macia. Puxei
a vela para mim, segurei-a na frente do meu peito, um coral de garotas na
noite de Natal. A chama pequenina me proporcionou uma fontezinha de
calor, e eu a queria bem junto à pele.

Jane não fingiu não olhar para mim, nua e pálida na escuridão daquele
desfiladeiro, trêmula, meu rosto iluminado e cintilante pela chama da vela,

sentindo mais medo de ferrar as coisas do que já havia sentido em toda a minha vida. Eu a amava por isso. Ela encontrou meus olhos e falou:

— Você consegue. Estaremos aqui esperando por você.

— O que é isso que estou fazendo mesmo?

— Você sabe a resposta — disse ela. — Só acha que não, mas sabe. É o motivo de você ter vindo de tão longe.

Eu assenti, mas não estava confiante como Jane parecia estar.

Contudo, eu estava mais do que consciente da água gelada nos meus dedos, e depois nos meus pés, e de tentar, vagarosamente, me adaptar, centímetro a centímetro. Não haveria nenhuma adaptação a esse lago esta noite: haveria, na melhor das hipóteses, tolerância. Eu entrei, passo a passo, e continuei andando, o leito rochoso em alguns lugares, e lamacento e denso em outros. Talvez fosse como andar sobre carvão, se o carvão e as cinzas ficassem cada vez mais densos a cada passo, queimando cada vez mais para cima da perna. Depois de dez passos grandes, a água estava na minha cintura, o frio sugando todo o ar do meu corpo. Eu me concentrei na luz da minha vela, contei até três enquanto inspirava, e até três enquanto expirava. E de novo. E outra vez. Meu sangue pulsava nas orelhas e nas têmporas, algo parecido com a dor de cabeça que a gente sente quando come algo muito gelado. Se eu quisesse chegar até os esqueletos de árvores, eu teria que nadar.

Segurei a vela na minha mão direita, no alto e na frente do meu corpo, longe da superfície. Flexionei os joelhos e me soltei de costas, de forma a não agitar e espirrar a água mais do que o necessário. Deixei a água me balançar até que eu estivesse boiando completamente, com o rosto para o céu, os pés na direção da pedra onde Jane e Adam acendiam a fogueira, a vela ainda acesa sobre meu corpo, na minha mão. A cera escorreu pelo meu polegar e punho. Queimou quase que instantaneamente. Coloquei a vela sobre o meu umbigo e a segurei ali com as duas mãos, como se fosse algo sólido, fixo: um mastro de navegação, um mastro de uma bandeira. Meu coração batia na minha barriga, minha respiração estava tensa, mas, mesmo com o meu tremor, a vela se manteve acesa.

Meu corpo queria ficar tenso, era assim que ele planejava me manter viva, deixando-me saber o quão sério era o frio da água, o quanto eu precisava sair dali, recusando-se a me deixar acostumar com ela. Os músculos do pescoço retesaram como cabos arrastando algo pesado, um piano ou um trator. Eu não conseguia relaxar a mandíbula. Meus pés, para fora da água, exceto os calcanhares, estavam curvados e esticados em posições estranhas, como os pés de pessoas muito velhas que eu tinha visto cantando com o Poder de Fogo nos asilos. Eu me concentrei na chama da vela e tentei relaxá-los, deixar a água me controlar, me possuir nesse momento.

Quando consegui controlar a respiração, soltei a mão direita da vela e a afundei na água, empurrando-me para frente. Meus pés estavam curvados em direção às árvores curvadas, ao fundo, por trás das árvores, o rochedo arqueado e a estrada da qual meus pais tinham despencado. Provavelmente não levaria mais de um minuto e meio para alcançar o pequeno arvoredo, mas meu braço e ombro doíam àquela altura. Ajeitei outra vez a vela com as duas mãos e novamente me concentrei na respiração. De algum lugar além do desfiladeiro, das montanhas agigantando-se à distância, o vento veio, e levantei o pescoço para assisti-lo abrir caminho entre os pinheiros e declives, até chegar a água e a mim. O vento fez os esqueletos de árvores rangerem e se quebrarem, aquele som áspero. O vento também parecia ter apagado a chama completamente. Ali estava o pavio escuro, sozinho, mas de repente ele foi envolvido de novo pelo fogo. A chama permaneceu acesa.

Minha dor de cabeça fazia tudo doer, até os dentes. Eu abri os olhos e mexi o corpo, baixei o quadril, fiz todo o necessário para sair da posição boiando de costas e deixei primeiro as pernas, depois o colo, depois o rosto, escorregarem para dentro da água. Todo o meu corpo estava submerso exceto pelas mãos que, ao redor da vela, permaneceram sobre a superfície. Eu podia ouvir o barulho das árvores, mas gostava da camada de estofo que a água punha sobre os barulhos. Eu me fiz lembrar dos meus pais. Primeiro da minha mãe, depois do meu pai, separadamente. Seus rostos, seus corpos, a maneira como eles entravam na sala, seguravam o jornal, mexiam o café. Foi difícil, mas fiz o melhor que pude, subindo a cabeça e puxando ar quando necessário antes de afundar novamente e voltar aos meus pais. Minha mãe pensando sobre o posicionamento de algum objeto no museu. Meu pai enxugando a testa com o lenço azul que guardava no bolso de trás. Minha mãe me ensinando a segurar uma faca flexível de cortar vegetais. Meu pai dirigindo como ele dirigia, só com uma das mãos meio que apoiada no volante.

Eu senti que estava fodendo tudo, essa coisa que tinha esperado para fazer, e agora eu estava aqui e não sabia o que fazer, ou como fazer, ou o que sentir. Nenhuma das minhas desculpas iria funcionar: sem citações de filmes, sem piadas. Tinha que ser agora. Eu queria que fosse. Levantei a minha cabeça para fora da água.

— Mãe, pai.

Minha voz soou estranha, como se pertencesse ao lago, e não a mim. Ou talvez fossem as palavras. Eu não falava Mãe e Pai desse jeito, chamando-os, há muito tempo. Era, de alguma maneira, constrangedor fazer isso, mesmo sozinha, sem ninguém além deles para ouvir, mas resolvi que esse constrangimento era tranquilo, até correto, então continuei: — Consigo lembrar de muitas coisas bobas que assisti nos filmes e tudo mais, mas não de coisas sobre vocês dois que acho que deveria lembrar.

Pensei um pouco antes de voltar a falar:

— Eu costumava querer vir aqui para dizer a vocês o quanto eu lamento. — Respirei fundo e prossegui: — Não por beijar a Irene, mas por me sentir aliviada ao saber que vocês nunca descobririam, que eu não seria descoberta, porque vocês estavam mortos. Isso não faz nenhum sentido, eu sei, porque sabe-se de tudo quando se está morto, certo? Mas mesmo assim.

Do lado de uma das montanhas, havia, de repente, quatro retângulos amarelos perfeitos: janelas de uma casa que eu não tinha distinguido da escuridão das árvores até uma luz ser acesa. Imaginei pessoas atrás das janelas, olhando para o horizonte, em direção ao lago, imaginando o que seria a luz da minha vela solitária — ou será que pareceriam ser duas, com o reflexo da chama no lago visto de uma distância grande? Por alguma razão, eu realmente queria que pessoas estivessem lá.

Eu continuei com o que estava fazendo:

— Eu não acho que tenha causado o acidente de vocês... Ao menos não mais, então não vim aqui para isso. O que acho é que agora entendi que vocês eram pessoas, e não somente meus pais, antes de morrerem. Mas entendi de verdade, não como Lydia sugeriu, para que eu pudesse culpar vocês pelo que sou. Mas, apesar de saber que eu gostaria de conhecer vocês como pessoas, isso não aconteceu, e não tenho certeza que vocês me conheciam também, não como algo além de filha, digo. Talvez, eu ainda sequer tivesse me tornado quem sou enquanto vocês estavam vivos. Quem sabe eu ainda não tenha me tornado eu. Não sei se é possível ter certeza de que você finalmente se tornou você. — Eu balancei a vela um pouco e deixei toda a cera derretida concentrada ao redor do pavio respingar e escorrer pelos meus dedos, uma trilha a princípio transparente, mas que rapidamente endureceu e virou um rio branco sobre a minha pele. Muita cera escorreu pela minha mão, pela lateral do meu corpo e para dentro do lago, e ao encontrar a água o efeito parecia mágica, pequenos poás boiando, como versões de cera de bolinhas de papel caindo de dentro de um furador.

Vi uma das bolinhas boiar para além da luz da minha vela, e então continuei falando:

— Não sei se vocês teriam me mandado para a Promessa, ou para um lugar como aquele, ou se gostariam de tê-lo feito, mesmo que não fossem de fato fazê-lo. Mas vocês não estavam aqui. Ruth estava, e não acredito nela quando diz que é o que vocês iriam querer para mim. Mesmo se isso for verdade, acho que não é algo em que eu tenha que passar a vida acreditando. Isso faz sentido? Talvez fosse verdade se vocês me conhecessem agora, mas como não tiveram a chance, posso apagar tudo o que poderia ter sido verdade? Espero que isso faça algum sentido. A questão é que basicamente tudo o que aconteceu desde que vocês morreram me convenceu de que eu

tive sorte de ter tido vocês como pais, mesmo que somente por doze anos, e mesmo que eu não soubesse disso enquanto vocês estavam vivos. E acho que eu só queria vir aqui e dizer que sei disso agora, e que amava vocês, apesar de isso tudo soar um pouco tardio, ou não ser suficiente, ou sei lá. Mas isso é algo que consegui entender, com certeza. — Eu me deixei rodar um pouco ali na água, em círculos, não muito rápido nem devagar, mas me movimentando, remando com a mão. — Não sei o que vai acontecer quando eu chegar na margem do lago. Talvez vocês saibam. Não sei como funciona aí de onde vocês estão, o que conseguem ver. Gosto de pensar que podem ver tudo, e que seja lá o que estiver esperando por mim, espero que não consiga me derrubar. Ao menos não muito.

Parei de falar. Não tinha mais nada a dizer, nada que eu pudesse colocar em palavras. Mas continuei girando. Finalmente tinha chegado nesse lugar onde parecia que tudo na minha vida, apesar de distante, de algum modo tinha sido amarrado, mesmo coisas que não deveriam ter sido, e eu queria me afundar nelas. E então eu o fiz. Continuei girando até ficar tonta. Provavelmente a tontura se deu por outros motivos. Eu estava congelada. E então, acabou.

Eu não sabia como terminar, como ter a sensação de que tinha terminado, então fiz a única coisa possível, a mágica dos filmes, e apaguei a vela. E mesmo que tenha sido um gesto meio que previsível, sei lá, foi bom. Como um ato de encerramento ou algo assim. E então nadei em direção à margem. Nadei de um jeito que sequer pensava que meu corpo me permitiria, intenso e rápido, os músculos retesados sendo obrigados a nadar mesmo assim. Mantive a vela na mão direita. Ela afundava na água cada vez que eu dava um impulso, mas eu não iria soltá-la e nem diminuir a velocidade. Nadei até chegar o mais perto possível da margem, quando meus joelhos, arrastando no fundo do lago, me forçaram a parar.

Adam se lançou para dentro da água, encharcando os pés antes de me pegar pelo cotovelo, me puxando para cima de forma rápida e perfeita, como se ele já tivesse feito isso muitas vezes antes. Jane apareceu por trás dele, seus braços abertos com a toalha de praia listrada estendida entre eles.

Ela a envolveu em mim. E então, um de cada lado, eles me levaram até a beirada do lago, que era escura e infinita. Havia uma fogueira esperando. E uma pequena refeição sobre um cobertor. E um mundo inteiro além daquela margem, além da floresta, além das montanhas, além, além e além, nada submerso, tudo além, à nossa espera.

AGRADECIMENTOS

Essa parte é inacreditavelmente longa: por favor, me desculpem. De alguma maneira, minha agente fenomenal (antes mesmo de ser minha agente), Jessica Regel, acreditou neste livro enquanto eu a levava de Lincoln para Omaha — o dia estava úmido e abafado, o ar-condicionado funcionando sem fazer muito efeito, e eu fazendo um trabalho bem tosco de resumir o mundo da Cameron Post para ela. Apesar de estarmos quase sem gasolina, e eu ter dado um jeito de fazer a gente se perder um pouco na estrada à procura, os incentivos de Jessica começaram durante aquela pequena viagem, e seus conselhos e sua dedicação ajudaram de uma forma incomensurável a mim e a este livro desde então. Eu estou também em dívida com a minha editora, Alessandra Balzer, por seu imenso entusiasmo e bondade, e não só por saber, em cada estágio, o que era melhor para o livro, mas por me ajudar a enxergar o motivo. Obrigada, também, à fantástica Sara Sargent — na verdade, há um vagão inteiro no meu trem do amor reservado para a equipe toda da Balzer & Bray.

Sou eternamente grata aos professores e mentores que me ofereceram suas ideias, sua paciência e seu tempo: Eric Brogger, Julia Markus e Paul Zimmerman na Universidade de Hofstra — obrigada, Paul, pelo seu incentivo precoce, seu apoio contínuo todos esses anos depois, e pela sua sabedoria ao longo do caminho. Obrigada também a Gina Crance Gutmann, que fez uma pequena cidade de Montana ser instantaneamente bem-vinda na selvagem Long Island — sem seu apoio, eu jamais teria sobrevivido ao primeiro ano, ao treinamento de residência ou à intoxicação. Apesar de ainda não ter nome, eu desenvolvi a voz de Cameron durante um workshop de ficção de Danzy Senna no programa do Mestrado de Artes Plásticas da Universidade de Montana, e foi ela que me encorajou a continuar com este livro, originalmente escrito como um conto. Em Missoula, também tive o privilégio de estudar com Jill Bergman (todas essas "mulheres escritoras"); Judy Blunt; Casey Charles; Deirdre McNamer; Brady Udall, que foi uma conselheira fantástica; e Debra Magpie Earling, que sempre foi muito generosa comigo. Mas recentemente, no PhD do Programa de Escrita Criativa da Universidade de Nebraska-Lincoln, tive a honra de trabalhar e aprender com Amelia M. L. Montes; Gwendolyn Foster; Jonis Agee; Barbara DiBernard, que me ensinou tanto sobre ensinar e que é, sem sombra de dúvidas, uma das pessoas mais legais que conheci na minha vida; Judith Slater, que torceu por este livro desde o início e que é infinitamente calma e sábia; Gerald Shapiro, que tem um timing para comédia que beira a perfeição, sabe uma coisa ou outra sobre falafel e me fez querer vir para a UNL; e o naturalmente brilhante Timothy Schaffert, que sempre tem as melhores respostas para as minhas perguntas mais estúpidas (que são muitas), e cujo repertório de referências da cultura pop dos anos 1970 nunca deixa de me encantar.

Sou muito grata aos meus amigos talentosos e divertidos, muitos deles escritores, todos inspiradores: Rose Bunch, que uma vez colocou adesivos brilhantes de dinossauros em um dos meus rascunhos, que talvez seja o retorno mais positivo que já recebi; Kelly Grey Carlisle, que me permite usar o tempo pré e pós a nossa natação para falar sem parar do livro e que é fenomenal com incentivos; Carrie Shipers, que leu e editou alguns dos primeiros rascunhos, e disse tantas coisas inteligentes, fez tantas perguntas inteligentes, e se lembrou de detalhes, semanas e meses depois, que me deixaram orgulhosa de tê-la como leitora; Mike Kelly, que é o meu espírito musical dos anos 1990 e que leu a primeira metade do livro quando era tudo o que eu tinha escrito e perguntou onde estava o restante; Adam Parkening, que me conta tudo o que preciso saber sobre filmes que eu provavelmente jamais assistirei; Rebecca Rotert, que é a minha principal razão para visitar Omaha e que precisa terminar logo seu livro; Marcus Tegtmeier, extraordinário artista e webdesigner; e Ben Chevrette, que é absurdamente estiloso e charmoso, uma das duas melhores coisas que me aconteceram na faculdade, e que sempre, sempre será meu gay preferido.

Amor e agradecimentos a minha família, os Danforth, os Loendorf, os Finneman, e os Edssel. Obrigada especialmente a meu irmão, William, e a minha irmã, Rachel: esse experimento de tortura de *Thriller* que são vocês, provavelmente, me fez mais bem do que mal. (Provavelmente, apesar de ainda ser cedo demais para dizer com certeza.) Também sou profundamente grata a meus pais, por me criarem para ser uma pessoa curiosa com o mundo e tudo o que há nele, e pelo amor e apoio deles enquanto eu trilhava o meu caminho.

Finalmente, e acima de tudo, meu amor e agradecimento a Erica: por motivos demais para serem listados. Sei que você diz às pessoas que não teve nada a ver com a escrita deste livro e, embora isso talvez seja, tecnicamente, verdade, você teve *absolutamente tudo* a ver com o fato de eu ter sido capaz de escrevê-lo.

* * *

Em memória de Catherine Havilland Anne Elizabeth Mary Victoria Bailey Woods, que não somente tinha o melhor e mais longo nome de todas as amigas que já tive, mas também por ter sido a amiga mais fiel, a mais honesta e a pessoa com a imaginação mais criativa de todas.

PUBLISHER
Omar de Souza

GERENTE EDITORIAL
Mariana Rolier

EDITORA
Alice Mello

PREPARAÇÃO DE TEXTO
Ulisses Teixeira

COPIDESQUE
Marina Góes

REVISÃO
Anna Beatriz Seilhe

DIAGRAMAÇÃO
Abreu's System

DESIGN DE CAPA
Tulio Cerquize

Este livro foi impresso no Rio de Janeiro, em 2018,
pela Edigráfica, para a HarperCollins Brasil.
A fonte usada no miolo é Electra LT Std, corpo 11/16,3.
O papel do miolo é Avena 80g/m^2, e o da capa é Cartão 250g/m^2.